Né en 195... <!-- obscured --> grandit dans... <!-- obscured --> de lettres à San Diego en 1974, puis une maîtrise d'anglais à Boston en 1975, il retourne à San Diego en 1982 pour y passer un doctorat (sa thèse sur Phillip K. Dick sera publiée en 1984).

Fasciné depuis toujours par Mars qu'il a longuement étudiée, en étroite collaboration avec les services spécialisés de la NASA, il est chef de file d'une nouvelle « école » qui se qualifie de Real Science Fiction (on pourrait même dire hyperréaliste). Kim Stanley Robinson s'est immergé totalement dans des domaines aussi divers que l'astrophysique, l'économie, la sociologie, la physique des matériaux, la botanique... Sa trilogie martienne, racontant la conquête de Mars à l'horizon 2061, lui aura demandé dix-sept années de recherche et d'écriture.

Couronné des prix de science-fiction les plus prestigieux (*Mars la Rouge* a remporté le prix Nebula et le British S.F. Award 1993, *Mars la Verte* les prix Hugo et Locus 1994 et *Mars la Bleue* les prix Hugo et Locus 1997), saluée comme une « œuvre visionnaire » par la presse américaine, et par Arthur C. Clarke comme « les meilleurs romans de science-fiction sur Mars jamais écrits », cette trilogie constitue un éco-thriller palpitant, provocateur, qui nous dépeint en une fresque majestueuse les victoires et les tragédies intimes d'une poignée d'innocents déterminés à remporter la prochaine bataille du futur.

Le succès de cette saga martienne, et la réputation de son auteur, ont conduit James Cameron à en acquérir les droits pour en faire une série télévisée.

Kim Stanley Robinson, qui est également un spécialiste de l'Antarctique, a consacré au continent polaire son autre œuvre majeure : *SOS Antarctica*.

MARS LA ROUGE

DU MÊME AUTEUR
CHEZ POCKET

MARS

MARS LA ROUGE
MARS LA VERTE
MARS LA BLEUE

CHRONIQUES DES ANNÉES NOIRES
LES MARTIENS

SCIENCE-FICTION
Collection dirigée par Bénédicte Lombardo

KIM STANLEY ROBINSON

MARS LA ROUGE

Traduit de l'américain par
Michel Demuth et Dominique Haas

Édition augmentée

PRESSES DE LA CITÉ

Titre original :
RED MARS

Le papier de cet ouvrage est composé de fibres naturelles, renouvelables, recyclables et fabriquées à partir de bois provenant de forêts plantées et cultivées durablement pour la fabrication du papier.

Le Code de la propriété intellectuelle n'autorisant, aux termes de l'article L. 122-5 (2° et 3° a), d'une part, que les « copies ou reproductions strictement réservées à l'usage privé du copiste et non destinées à une utilisation collective » et, d'autre part, que les analyses et les courtes citations dans un but d'exemple et d'illustration, « toute représentation ou reproduction intégrale ou partielle faite sans le consentement de l'auteur ou de ses ayants droit ou ayants cause est illicite » (art. L. 122-4).
Cette représentation ou reproduction, par quelque procédé que ce soit, constituerait donc une contrefaçon sanctionnée par les articles L. 335-2 et suivants du Code de la propriété intellectuelle.

© 1993, Kim Stanley Robinson.
© 1994, Presses de la Cité pour la traduction française.

ISBN : 978-2-266-13834-5

Pour Lisa

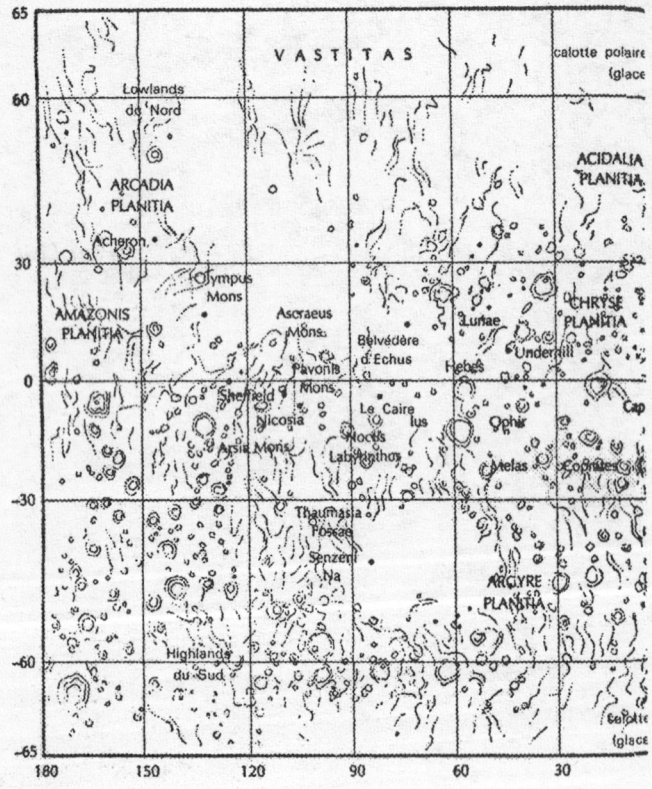

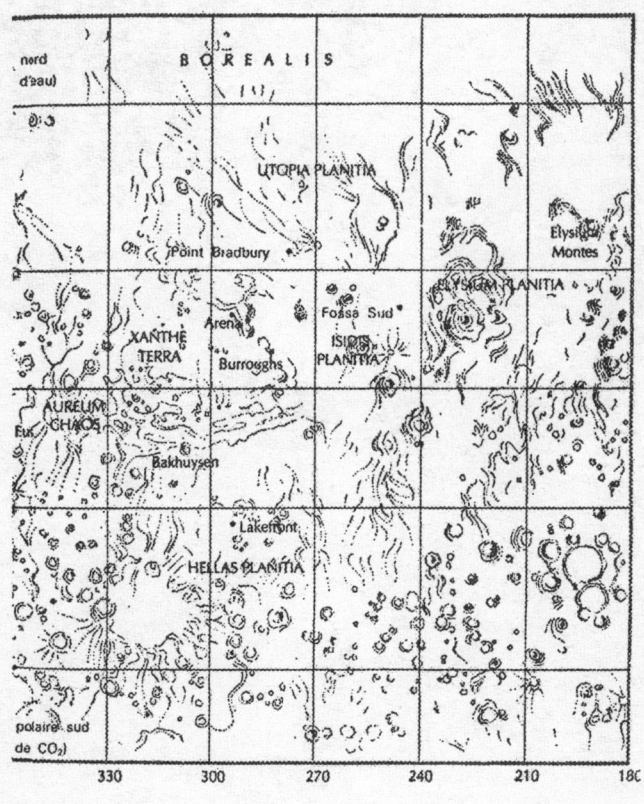

PREMIÈRE PARTIE

La nuit du festival

Mars était vide avant notre arrivée. Ce qui ne veut pas dire qu'il ne s'y était jamais rien passé. La planète avait connu des accrétions, des fusions, des tourbillons qui s'étaient refroidis, pour laisser une surface marquée par d'immenses cicatrices géologiques : cratères, canyons, volcans. Mais tout cela était survenu dans l'inconscient minéral, sans être observé, sans témoins — sauf nous, qui avions tout vu depuis la planète d'à côté, et seulement durant le tout dernier instant de sa longue histoire. Nous sommes la seule conscience que Mars ait jamais possédée.

A présent, chacun connaît l'histoire de Mars dans la culture humaine : comment, au cours de la préhistoire, durant des générations, elle était l'un des astres les plus lumineux du ciel, à cause de sa rougeur et des fluctuations de son intensité, et de la façon qu'elle avait de ralentir sa course entre les étoiles et, parfois, de l'inverser. Elle semblait lancer un message. Il n'est peut-être donc pas surprenant que les noms les plus anciens que les hommes lui aient donnés pèsent particulièrement sur la langue — Nirgal, Mangala, Auqakuh, Harmakhis — ils sonnent comme s'ils étaient plus anciens encore que les langages dont ils sont issus, comme des mots fossiles venus de l'ère glaciaire et de plus loin encore. Oui, durant des milliers d'années, Mars eut un pouvoir sacré dans les affaires humaines, et sa couleur rendait ce pouvoir encore plus redoutable, puisqu'il représentait le sang, la colère, la guerre, et le cœur.

Et puis, les premiers télescopes nous permirent de l'observer de plus près, de mieux voir ce petit disque orangé, avec ses pôles si blancs, et ses taches sombres qui s'agrandissaient ou se rétrécissaient au rythme des saisons. Les progrès techniques ne nous apportèrent jamais rien de plus, mais ces images captées par la Terre fournirent suffisamment de flous à Lowell pour lui inspirer un conte, un conte que nous connaissons tous : celui d'un monde agonisant, avec ses habitants héroïques, luttant désespérément pour creuser des canaux afin de stopper l'invasion des déserts.

Fascinant. Mais les sondes Mariner *et* Viking *transmirent leurs clichés et tout fut changé. Notre connaissance de Mars en fut formidablement multipliée. Nous en savions désormais des millions de fois plus sur cette planète qu'auparavant. C'est un monde nouveau qui défilait devant nos yeux, un monde insoupçonné jusqu'alors.*

Pourtant, c'était apparemment une planète sans vie. Les humains s'étaient mis à rechercher des traces du passé de Mars, d'une éventuelle forme de vie, des microbes aux architectes de canaux, en passant même par d'éventuels visiteurs extra-solaires. Comme vous le savez, aucune preuve de tout cela n'a jamais été avancée. Les contes et les légendes se sont donc multipliés afin de combler ce vide, tout comme du temps de Lowell, ou de celui d'Homère, comme dans les cavernes de la savane. On se mit à parler de microfossiles détruits par les bio-organismes expédiés de la Terre, de ruines entrevues dans des tornades de poussière et à jamais perdues, d'un géant et de ses aventures, d'une peuplade de petits êtres rouges et furtifs que l'on aurait aperçus. Et tous ces contes ont été bâtis pour essayer de donner une vie à Mars, ou de la ramener à la vie. Parce que nous sommes encore ces animaux qui ont survécu à l'âge glaciaire, qui contemplent avec émerveillement le ciel et se plaisent à se raconter des histoires. Et Mars n'a jamais cessé d'être ce qu'elle était pour nous depuis le commencement : un grand signe, un grand symbole, un grand pouvoir.

Et c'est alors que nous sommes arrivés. Non pas sur un pouvoir, mais sur un monde.

— Nous sommes arrivés. Mais ce que les autres n'avaient pas réalisé, c'est que, lorsque nous atteindrions Mars, nous serions changés à tel point par ce voyage aller que tout ce que l'on nous avait dit n'aurait plus vraiment d'importance. Ça n'avait rien à voir avec l'exploration des fonds sous-marins ou la colonisation du Far West. Non, c'était une expérience *absolument nouvelle*, et, tandis que l'*Arès* suivait sa trajectoire, la Terre devint une simple étoile bleutée perdue parmi d'autres, et nous recevions les messages avec un tel décalage qu'ils nous semblaient venir d'un autre siècle.

Nous n'appartenions plus qu'à nous seuls, et c'est ainsi que nous sommes devenus *des êtres fondamentalement différents*.

Rien que des mensonges, se dit Frank Chalmers, agacé.

Il était assis parmi les dignitaires pour entendre l'habituelle allocution de son vieil ami John Boone, l'habituel « discours d'exhortation de Boone ». Une épreuve exténuante pour lui. En vérité, le voyage vers Mars avait été l'équivalent technique d'un très long trajet en train. Non seulement ils n'étaient pas devenus des êtres fondamentalement différents, mais ils s'étaient révélés encore plus identiques à eux-mêmes que jamais, dépouillés de toutes leurs habitudes jusqu'à ce qu'ils soient réduits au matériau brut de leur moi. Mais John, en cet instant même, agitait l'index face à l'assistance tout en clamant :

— Nous sommes venus ici pour faire quelque chose de neuf, et quand nous sommes arrivés, nos différences terrestres se sont évanouies, car elles étaient absurdes sur ce monde nouveau !

Mais oui, il le croyait vraiment. Sa vision intime de Mars était comme un objectif déformant, une espèce de religion.

Chalmers cessa d'écouter et laissa errer son regard sur la ville nouvelle. Ils allaient la baptiser Nicosia. C'était la première agglomération édifiée à la surface de Mars. En fait, tous les immeubles avaient été bâtis sous une gigantesque toile transparente tendue par une structure quasi invisible, sur le site de Tharsis, à l'ouest de Noctis Labyrinthus. De là, on avait une vue prodigieuse sur l'horizon d'ouest, marqué par le grand pic de Pavonis Mons. Les vétérans qui se trouvaient dans le public en étaient absolument ébahis : ils étaient à la surface de la planète, ils avaient quitté leurs tranchées, leurs mesas et leurs cratères, et ils pouvaient voir jusqu'au fond de l'horizon ! Splendide !

Une vague de rires rappela l'attention de Frank. John Boone avait une voix rauque et un sympathique accent du Midwest. Il pouvait être tour à tour (et parfois simultanément) calme, véhément, sincère, ironique, modeste, confiant, grave et drôle. L'orateur parfait. Quant à l'assistance, elle était sous le charme : c'était *le premier homme sur Mars* qui leur parlait et, si l'on en jugeait à leurs expressions, ils auraient pu tout aussi bien contempler Jésus en train de multiplier le pain et les poissons pour le dîner. A vrai dire, John méritait presque d'être adoré car, sur un plan totalement différent, il avait accompli un miracle, lui aussi : il avait transformé leurs existences d'hommes-conserve en un fabuleux voyage spirituel.

— Nous sommes venus sur Mars pour nous respecter les uns les autres comme jamais encore nous ne l'avions fait, proclama-t-il.

Chalmers se dit que c'était un rapprochement plutôt inquiétant avec les expériences de surpopulation chez les rats.

— Mars, poursuivit John, est un monde sublime, exotique et dangereux.

Là, il voulait dire : une sphère glacée de roches oxydées qui dégageaient un taux de quinze rems[1] par an.

---

1. Sigle pour Röntgen Equivalent Man (Equivalent homme de Röntgen) : Unité de mesure des radiations ionisantes susceptibles de produire des effets biologiques approximativement égaux à 1 Röntgen de rayons X ou de radiations gamma (10^{-5} joules dans un gramme de matière). *(N.d.T.)*

— Et, grâce à notre travail, nous sommes en train d'y bâtir un nouvel ordre social et de nous élever vers un nouveau stade de l'histoire de l'humanité.

Bien sûr, la dernière variation sur le thème de la dynamique du pouvoir chez les primates.

John finit sur cette ultime fleur de rhétorique et, bien entendu, un tonnerre d'applaudissements lui répondit. Maya Toitovna s'avança alors sur le podium pour présenter Chalmers. Frank lui adressa un bref regard qui signifiait à l'évidence qu'il n'était pas d'humeur à supporter ses plaisanteries habituelles. Elle ne s'y trompa pas.

— Celui qui va prendre la parole maintenant a été le carburant de notre petite fusée spatiale. (Elle eut quand même droit à quelques rires.) C'est grâce à son énergie et à son imagination que nous avons réussi à atteindre Mars, alors, si vous avez des réclamations, vous allez pouvoir les formuler à notre vieil ami Frank Chalmers.

Lorsqu'il se retrouva sur le podium, il fut surpris de découvrir les dimensions de la ville. Elle formait un triangle immense, et ils se trouvaient au point culminant, dans le parc de l'apex occidental. A partir du centre, sept allées rayonnaient dans le parc pour s'élargir en larges boulevards bordés de pelouses et d'arbres. Les immeubles étaient autant de trapèzes bas, et chacun se distinguait par un revêtement de pierre polie de couleur différente. Leur taille et leur architecture conféraient à l'ensemble un air quelque peu parisien. Paris vu par un peintre fauviste au printemps, avec ses cafés, ses terrasses... Plus bas, à quatre ou cinq kilomètres de distance, la frange de la cité était marquée par trois gratte-ciel élancés. Au-delà, c'était la ferme et sa verdure.

Les gratte-ciel faisaient partie de la structure de soutien de la tente, qui se déployait comme une ombrelle entretissée de filins qui avaient la couleur du ciel. La matière dont elle était constituée était invisible et, tel quel, on pouvait avoir l'impression de vivre à ciel ouvert. Ce qui était un luxe inouï. Nicosia allait devenir une ville très courue.

Ce fut précisément ce que Chalmers promit à l'assistance, qui approuva avec enthousiasme. Ici, les esprits étaient versatiles, et il semblait que Chalmers les domptait aussi bien que John. Il était trapu, le teint mat, en total contraste avec la blondeur du séduisant John Boone. Mais il savait qu'il possédait son charisme personnel, aussi fruste soit-il, et, au fur et à mesure qu'il prenait de l'assurance, il s'en servit et sortit quelques bonnes vieilles phrases qu'il gardait en réserve.

C'est alors qu'un rai de soleil perça les nuages pour illuminer les visages soudain levés, et qu'il sentit une crispation bizarre au creux de l'estomac. Ils étaient si nombreux, et tellement *étrangers* ! La foule était une chose effrayante — tous ces yeux de céramique humide dans ces visages rosâtres qui étaient fixés sur lui... c'était presque trop. Cinq mille personnes dans une cité martienne. Après toutes ces années passées à Underhill, c'était difficilement concevable.

Et, stupidement, il voulut exprimer ce qu'il éprouvait.

— Si nous... si nous regardons autour de nous... Cela ne fait que renforcer l'étrangeté de... de notre présence ici.

Il était en train de les perdre. Mais comment leur dire ? Comment leur faire savoir qu'eux seuls étaient vivants sur ce monde rocailleux, et que leurs visages luisaient comme autant de lampions dans la nuit ? Comment leur expliquer que même si les êtres vivants n'étaient rien de plus que des porteurs de gènes indisciplinés, c'était quand même préférable au néant minéral ou à n'importe quoi d'autre ?...

Bien sûr, il ne pourrait jamais le dire. En tout cas, certainement pas au milieu d'un discours. Et sans doute jamais. Il se reprit.

— Dans la désolation du paysage martien, la présence humaine est, disons, une chose remarquable.

Il lui vint une pensée sardonique : *Comme ça, ils se respecteront un peu plus.*

— La planète, si on la considère globalement, est un cauchemar gelé. *(Donc exotique et sublime.)* Et, par conséquent, livrés à nous-mêmes, nous devons entamer un processus de... réorganisation. *(Ou bien créer un nouvel ordre social.)*

Et c'est comme ça, mais oui, mais oui ! qu'il se retrouva en train de proférer les mêmes mensonges que John !

Et, à la fin de son intervention, il eut droit à une énorme vague d'applaudissements. Agacé, il annonça que l'heure du repas était venue, privant ainsi Maya de la dernière chance qu'elle pouvait avoir de placer une remarque. Mais elle avait probablement deviné sa manœuvre et ne s'en souciait même pas. Frank Chalmers aimait bien avoir le dernier mot.

Les gens se rassemblaient sur la plate-forme provisoire pour rencontrer les célébrités. Il était rare de trouver ensemble autant de membres des Cent Premiers et tout le monde se pressait autour de John et Maya, de Samantha Hoyle, Sax Russell et Chalmers.

Frank jeta un regard en direction de John et Maya. Il ne parvint pas à identifier le groupe de Terriens qui les entouraient, ce qui éveilla sa curiosité. Il traversa la plate-forme et surprit le regard qu'échangeaient John et Maya.

— Il n'y a aucune raison pour que cet endroit n'obéisse pas aux lois naturelles, déclarait un des Terriens.

— Parce que Olympus Mons vous rappelle vraiment Mauna Loa ? répliqua Maya.

— Bien sûr. Tous les volcans de type hawaiien se ressemblent.

Par-dessus la tête du crétin, Frank chercha le regard de Maya. Mais elle ne lui répondit pas. Quant à John, il faisait semblant de n'avoir pas remarqué son arrivée. Samantha Hoyle était lancée dans une grande explication à voix basse avec un homme. Comme il acquiesçait, involontairement il regarda Frank. Mais Samantha ne se retourna pas pour autant. De toute manière, ce qui comptait pour Franck, c'était John. John et Maya. Et tous deux se comportaient comme dans une soirée ordinaire.

Chalmers quitta la plate-forme. Le public, traversant le parc, descendait vers les tables qui avaient été dressées à l'endroit où convergeaient les sept boulevards. Il suivit le flot sous les jeunes sycomores qui avaient été récemment plantés et dont le feuillage kaki filtrait la clarté de l'après-midi, donnant au parc l'apparence du fond d'un aquarium.

Les ouvriers occupaient déjà les tables de banquet et descendaient la vodka avec le sentiment plus ou moins obscur que la construction de Nicosia était achevée et que l'âge héroïque était terminé. Ce qui était peut-être vrai pour Mars tout entière.

Les conversations montaient en un seul brouhaha. Frank s'enfonça dans la turbulence et se risqua vers le périmètre nord. Il s'arrêta devant le parapet de béton qui lui arrivait à hauteur de la hanche : la muraille de la cité. Quatre couches de plastique cristallin s'élevaient du rail de métal. Un Suisse, un peu plus loin, donnait des explications à un groupe de visiteurs.

— La membrane extérieure de plastique piézoélectrique génère l'électricité à partir du vent. Puis, deux autres films emprisonnent une couche d'air-gel isolante. Quant à la couche intérieure, elle constitue une membrane antiradiations qui, avec le temps, devient violette, et qu'on doit alors remplacer. C'est encore plus transparent qu'une vitre, non ?

Les visiteurs acquiescèrent. Frank tendit la main et poussa sur la membrane interne. Ses doigts s'y enfoncèrent jusqu'aux premières phalanges. Le contact était légèrement frais. On pouvait discerner une inscription en blanc : Isidis Planitia Polymers. A travers les sycomores, par-dessus son épaule, il apercevait la plate-forme en apex. John, Maya et leur bande d'admirateurs terriens étaient toujours là, bavardant avec animation. Ils régissaient les affaires de la planète. Ils décidaient du destin de Mars.

Il cessa de respirer. Il serra les dents et sentit ses molaires se bloquer. Il poussa si fort contre le film de plastique qu'il atteignit la membrane externe, ce qui impliquait qu'une partie de sa colère serait ainsi captée et stockée sous forme d'électricité dans le circuit urbain. Ce polymère était d'une nature particulière : les atomes de carbone y étaient liés à ceux d'hydrogène et de fluor de telle façon que la matière était plus piézoélectrique qu'un cristal de quartz. Il suffisait de modifier un seul des trois éléments pour tout changer : par exemple, en remplaçant le fluor par le chlore, on obtenait une enveloppe de saran[1].

Frank garda le regard fixé un instant sur sa main, puis sur

---

[1]. Résine thermoplastique obtenue à partir des composants du vinyle, utilisée pour les films d'emballage, la confection de liens, etc. Marque déposée hors des USA. *(N.d.T.)*

les deux membranes collées l'une à l'autre. Sans lui, elles n'étaient rien.

Il alla perdre sa colère parmi les ruelles de la ville.

Agglutinés sur une plaza comme des moules sur un rocher, un groupe d'Arabes buvait du café. Les Arabes étaient arrivés sur Mars seulement dix ans auparavant et, déjà, ils constituaient une communauté avec laquelle on devait compter. Ils avaient de l'argent et avaient fait alliance avec les Suisses pour édifier de nombreuses villes, y compris celle-ci. Et ils se sentaient bien sur Mars. Comme le disaient les Saoudiens : « C'est comme un jour froid dans le Quart Vide[1]. » La ressemblance était telle que des mots arabes s'infiltraient de plus en plus rapidement dans l'anglais courant, parce que les Arabes avaient un vocabulaire plus riche pour ce type de paysage. *Akaba* pour les pentes abruptes des volcans, *badia* pour les plus vastes dunes, *nefuds* pour le sable dense, *seyl* pour le lit des fleuves asséchés vieux de milliards d'années... Les gens disaient souvent qu'ils allaient finir par adopter l'arabe.

Frank avait passé une bonne partie de son temps avec les Arabes, et ceux qui se pressaient sur la plaza furent heureux de le voir.

— *Salaam aleyk !* lui dirent-ils.

Et il répondit :

— *Marhabba !*

Ils lui souriaient, dents blanches sous la moustache noire. Comme d'ordinaire, il n'y avait là que des hommes. Les plus jeunes le précédèrent vers une table centrale autour de laquelle étaient assis les anciens, au nombre desquels son ami Zeyk.

Ce fut lui qui lui annonça :

— Cette place va s'appeler Hajr el-kra Meshab : la place de granit rouge de la cité.

Il montrait les dalles. Frank acquiesça tout en lui demandant de quel genre de roche il s'agissait exactement. Il

1. Il s'agit du Rub' Al-Khali, le grand désert du sud de la péninsule arabique. *(N.d.T.)*

s'exprima en arabe aussi longuement qu'il le put, jusqu'à ce que des rires s'élèvent. Puis il s'assit devant la table, comme les autres, et se détendit.

Il avait le sentiment qu'il aurait pu aussi bien se trouver au Caire ou à Damas, baigné du parfum d'une eau de cologne raffinée.

Il examina les visages de ses compagnons. Oui, leur culture était étrangère, cela ne faisait pas le moindre doute. Ils n'avaient pas l'intention d'en changer parce qu'ils étaient sur Mars, et ils apportaient un démenti absolu à la vision de John Boone. Leurs concepts étaient en désaccord absolu avec ceux des Occidentaux. Par exemple, ils ne toléraient pas la séparation de l'Eglise et de l'Etat, ce qui rendait impossible leur adhésion aux bases du gouvernement de Mars telles que les définissaient les Occidentaux. Et ils obéissaient tellement aux lois patriarcales que l'on disait que certaines de leurs femmes étaient illettrées. Des illettrés sur Mars ! Ça, c'était un signe avertisseur. Et, bien sûr, la plupart de ces hommes avaient l'expression dure que Frank associait au machisme. Ils oppressaient à tel point leurs femmes, et si cruellement, qu'elles ripostaient comme elles pouvaient, terrorisant leurs fils qui, à leur tour, terrorisaient leurs femmes, et ainsi de suite, en une mortelle spirale d'amour inversé en haine sexuelle.

En un sens, ils étaient tous fous.

C'est pour cette raison que Frank Chalmers les aimait. Et ils lui seraient certainement bientôt utiles, parce qu'ils formaient un nouvel enjeu de pouvoir. Machiavel l'avait dit : « Défendez toujours le nouvel ami faible afin d'affaiblir les anciens amis forts. » Aussi accepta-t-il une tasse de café et, peu à peu, poliment, ils revinrent à l'anglais.

— Qu'est-ce que vous avez pensé des discours ? demanda-t-il, le regard rivé sur la boue noirâtre au fond de sa tasse.

— John Boone n'a pas changé, répondit le vieux Zeyk. (Les autres ricanèrent avec colère.) Quand il déclare que nous allons constituer une culture martienne indigène, il veut seulement dire par là que certaines cultures d'origine terrienne seront promues, et les autres repoussées. Et tous ceux qui sont perçus comme régressifs seront isolés et détruits. C'est le concept d'Ataturk.

— Il considère que tous ceux qui se trouvent sur Mars devraient devenir *américains*, appuya un nommé Nejm.

— Pourquoi pas ? fit Zeyk avec un sourire. C'est bien ce qui s'est passé sur Terre.

— Non, protesta Frank. Il ne faut pas mal interpréter ce qu'a dit Boone. Les gens prétendent qu'il ne pense qu'à lui, mais…

— C'est pourtant exactement ça ! lança Nejm. Il vit dans une galerie de miroirs ! Il pense que nous ne sommes venus sur Mars que pour y établir une bonne vieille super-culture américaine, et que tout le monde sera d'accord parce que c'est le plan de John Boone !

— C'est vrai, dit Zeyk. Il ne comprend pas que d'autres gens puissent avoir d'autres opinions.

— Ce n'est pas ça, dit Frank. C'est juste parce qu'il sait qu'elles ne sont pas aussi bien fondées que les siennes.

Ce qui provoqua des rires. Mais, chez les plus jeunes, ces rires avaient une résonance amère. Ils étaient tous convaincus que, avant leur arrivée, Boone avait fait secrètement campagne auprès de l'ONU contre l'installation de colonies arabes sur Mars. Frank encourageait leur idée, qui n'était pas loin de la vérité : John détestait toute idéologie qui pouvait se mettre en travers de ses objectifs. Il voulait que tous ceux qui débarquaient se présentent avec une ardoise vierge.

Mais les Arabes, pour leur part, pensaient qu'il les détestait tout particulièrement. Le jeune Selim el-Hayil ouvrit la bouche, mais Frank lui lança un bref regard d'avertissement. Selim se figea, avant de plisser les lèvres d'un air irrité.

— Ma foi, dit Frank, ça n'est pas si méchant. Quoique, à dire vrai, je l'aie entendu dire qu'il aurait été préférable que les Américains et les Russes revendiquent la propriété de la planète en arrivant, comme les explorateurs d'autrefois.

Cette fois, les rires furent plus brefs et moins joyeux. Et Selim ploya les épaules comme s'il venait de recevoir un coup. Frank sourit et leva les mains.

— Mais tout cela ne rime à rien, car que peut-il bien faire ?

Le vieux Zeyk haussa les sourcils.
— Sur ce point, les opinions diffèrent.

Chalmers se leva et rencontra brièvement le regard insistant de Selim. Puis il descendit la rue, l'une de ces allées étroites qui reliaient les sept principaux boulevards de la ville. Elles étaient souvent revêtues de graviers ou d'herbe, mais, là, il foulait un béton brut et blond. Il ralentit le pas en approchant d'une porte cochère et risqua un regard dans un atelier de cordonnier fermé. Il entrevit son reflet déformé sur une paire de bottes de marche bien astiquées.

Les opinions différaient. Oui, bien des gens avaient sous-estimé John Boone — y compris Chalmers lui-même, très souvent. Il lui revint une image de John à la Maison-Blanche, radieux de conviction, ses cheveux blonds désordonnés volant dans le vent. Il était illuminé par le soleil qui filtrait par les fenêtres du Bureau ovale. Il agitait les mains tout en arpentant la pièce. Il parlait au président qui hochait la tête, sous le regard des conseillers qui se demandaient comment coopérer au mieux avec ce charisme électrisant. Ça, on pouvait dire qu'ils avaient été gonflés et très chauds dans ces années-là, Chalmers et Boone. Frank avec ses idées, et John à la pointe du combat, emporté par un élan que nul, pratiquement, n'aurait pu stopper : ç'aurait été un réel déraillement.

Un autre reflet se dessina sur les bottes. Celui du visage de Selim el-Hayil.

— Est-ce que c'est vrai ?
— Quoi donc ? répliqua Frank, irrité.
— Que Boone est anti-arabe ?
— Qu'est-ce que tu en penses, toi ?
— Est-ce qu'il n'a pas été l'un des premiers à s'opposer à la construction de la mosquée sur Phobos ?
— C'est un homme de pouvoir.

Une expression de colère déforma le visage du jeune Saoudien.

— C'est l'homme le plus puissant sur Mars, et il en veut encore plus ! Il veut être roi !

Selim ferma le poing et frappa la paume de son autre

main. Il était plus svelte que les autres Arabes, les membres graciles, et, sous sa moustache, sa bouche était petite.

— On va bientôt voter pour le traité de renouvellement, dit Frank. Et la coalition de Boone me court-circuite. (Il serra les dents.) J'ignore tout de leurs plans, mais je vais essayer d'en savoir plus dès ce soir. Tu peux déjà en avoir une certaine idée. Il va s'appuyer sur l'Occident, c'est certain. Il est possible qu'il refuse d'approuver un nouveau traité qui n'apporterait pas la garantie que tous les nouveaux comptoirs seront fondés sur les accords du traité initial. (Selim frissonna et Frank continua.) C'est ce qu'il vise, et il est très possible qu'il l'obtienne, parce que sa nouvelle coalition lui donne plus de pouvoir que jamais. Ce qui pourrait empêcher les non-signataires de fonder d'autres comptoirs. Vous deviendriez alors des consultants scientifiques. A moins qu'on ne vous renvoie.

Le reflet de Selim dans la vitrine se changea en un masque de fureur.

— *Batal, batal*, marmonna-t-il.

Ce qui signifiait : *très mauvais, très mauvais*. Ses mains se crispèrent comme si elles échappaient à son contrôle, et il déversa dans un long balbutiement tout un flot de paroles à propos du Coran, de Camus, de Persépolis, ou du trône du Paon.

— Les bavardages ne servent à rien, le coupa durement Chalmers. A un certain stade, seuls les actes comptent.

Ce qui calma le jeune Arabe, qui ajouta pourtant :

— Je n'en suis pas certain.

Frank lui tapota le bras.

— C'est de ton peuple dont nous parlons. Et de cette planète.

Les lèvres de Selim disparurent sous sa moustache. Un instant passa et il dit enfin :

— C'est vrai.

Frank n'ajouta rien. Ils restèrent silencieux, côte à côte, face à la vitrine, comme s'ils choisissaient les bottes qu'ils allaient acheter.

Enfin, Frank leva la main.

— Je vais aller revoir Boone et lui parler. Ce soir même.

Car il s'en va demain. Je vais essayer de le raisonner, bien que je doute que cela ait un quelconque résultat. Pas plus qu'auparavant. Mais je vais quand même essayer... Et ensuite, il faudra que nous nous réunissions.

— Oui.

— Dans le parc, sur l'allée la plus au sud. Disons vers onze heures.

Selim acquiesça.

Chalmers le transperça du regard et ajouta d'un ton brusque :

— Ça ne sert à rien de bavarder.

Puis il s'éloigna.

Chalmers arriva sur un autre boulevard, encombré de gens amassés devant des bars ouverts ou des kiosques qui vendaient du couscous ou des saucisses. Des Arabes et des Suisses... Etrange combinaison, mais qui fonctionnait bien.

Devant la porte d'un appartement, quelques Suisses distribuaient des masques. Ils semblaient fêter Mardi-Gras, ou *Fassnacht*, comme ils disaient, avec tout ce que cela comportait : musique, déguisements, transgression des conventions sociales, comme à Bâle, Zurich ou Lucerne pendant les folles nuits de février... Sur un coup de tête, Frank se mit à la queue.

— « Autour de tout esprit profond grandit et se développe sans cesse un masque[1] », dit-il aux deux jeunes femmes qui étaient devant lui.

Elles hochèrent poliment la tête et reprirent leur conversation. Elles parlaient swizerdeutsch, un dialecte non écrit, un code privé, incompréhensible même pour les Allemands. Encore une culture impénétrable, la culture suisse, plus inaccessible encore que la culture arabe, par certains côtés. Ça devait être ça, se dit Frank : ils travaillaient bien ensemble parce qu'ils étaient les uns et les autres tellement insulaires qu'ils n'établissaient jamais vraiment le contact. Il éclata de rire en choisissant un masque, un visage noir garni de fausses perles rouges. Il le mit.

Une file sinueuse de célébrants masqués descendait le

---

1. Friedrich Nietzsche, *Au-delà du bien et du mal* (N.d.T.)

boulevard, soûls, excités, déchaînés. Au carrefour, le boulevard débouchait sur une petite place où d'une fontaine jaillissait de l'eau couleur de soleil. Autour de la fontaine un orchestre martelait un rythme de calypso. Des gens se rassemblaient autour, dansant et sautillant au son de la grosse caisse. Cent mètres au-dessus, une ouverture dans l'armature de la tente laissait entrer de l'air froid, si froid que de petits flocons de neige se formaient, scintillant dans la lumière comme des fragments de mica. Puis des feux d'artifice pétaradaient juste en dessous, et les étincelles colorées se mélangeaient aux flocons de neige.

C'était au crépuscule, plus qu'à n'importe autre instant du jour, qu'ils avaient vraiment le sentiment d'être sur une planète étrangère. Il y avait quelque chose, dans les rais obliques et rougeâtres du soleil, qui ne correspondait à rien de ce qu'ils avaient connu, qui dérangeait les notions acquises par leur cerveau de savane, durant des millions d'années. Ce soir, le phénomène s'habillait de tons particulièrement criards et troublants. C'est dans cette clarté que Frank se dirigeait vers l'enceinte de la ville.

La plaine, au sud, était jonchée de rochers qui projetaient de longues ombres d'un noir d'encre. Il s'arrêta sous l'arcade de béton de la porte. Là, il n'y avait personne. Pendant les festivals tels que celui-ci, les portes restaient fermées, pour éviter à ceux qui avaient trop bu de se risquer à l'extérieur. Mais Frank s'était procuré le code d'urgence du jour auprès du service d'incendie informatisé le matin même et, dès qu'il fut certain que personne ne pouvait le surprendre, il tapa le code et se précipita dans le sas. Il revêtit rapidement un scaphandre, prit des bottes et un casque, et franchit les deux autres portes.

Dehors, il faisait froid, comme toujours. Le revêtement thermique à quartz entrait déjà en action. Il s'avança, broyant sous ses bottes des fragments de béton, puis de croûte ferrugineuse. Le sable déferlait vers l'est, poussé par le vent.

Il promena un regard sombre autour de lui. Partout, des rochers. Une planète qui avait été pilonnée des milliards de fois. Et sur laquelle les météores pleuvaient encore. Un jour, une des villes serait touchée. Il se retourna vers Nicosia.

Dans le crépuscule, elle brillait comme un aquarium. Il n'y aurait aucun signe avertisseur, et tout volerait en éclats : les murs, les véhicules, les êtres humains, les arbres. Les Aztèques croyaient que le monde pouvait finir de quatre façons différentes : par un séisme, par le feu, par l'eau, ou par une pluie de jaguars tombant du ciel. Ici, ils ne risquaient pas le feu. Pas plus qu'un séisme ou une inondation, songea Frank.

Ce qui ne laissait que les jaguars.

Le ciel était d'un rose profond au-dessus de Pavonis Mons. La ferme de Nicosia se déployait à l'est : c'était une serre immense et basse qui épousait la pente. Sous cet angle, on s'apercevait très bien qu'elle était plus étendue que la ville et foisonnante de verdure. Frank grimpa jusqu'à l'un des sas, et entra.

Il faisait chaud à l'intérieur, ce qui représentait au moins 60 degrés de différence avec l'extérieur, et plus de 15 par rapport à la ville. Mais Frank devait garder son casque, car l'atmosphère de la serre était adaptée aux plantes, riche en CO_2, et pauvre en oxygène.

Il s'arrêta à la station et ouvrit plusieurs tiroirs remplis de petit outillage, de gants, de sacs et de pastilles de pesticide. Il choisit trois minuscules pastilles qu'il mit dans un sac en plastique. Il le glissa doucement dans une poche de son scaphandre. Les pastilles étaient chargées de pesticides particulièrement subtils, des biosaboteurs conçus pour fournir aux plantes des systèmes de défense sélectifs. Il avait tout lu à leur propos et avait déterminé une combinaison qui, chez les animaux, pouvait avoir des effets mortels sur l'organisme...

Il glissa une paire de cisailles dans une autre poche. Et remonta vers la ville, en suivant les allées de gravier entre les longues bandes des champs de blé et d'orge. Il entra dans un sas, déverrouilla son casque, ôta le scaphandre et les bottes, et transféra le contenu des poches dans sa veste. Puis il descendit vers le bas de la ville, le visage caché par son masque, comme tout le monde, ce soir de festival.

Les Arabes y avaient fait construire leur médina, en insistant sur le fait qu'un tel environnement était essentiel au bien-être de la ville. Là, les boulevards devenaient plus étroits et toute une garenne de ruelles sinuait entre eux, directement copiée des plans de Tunis et d'Alger, ou bien créée de façon aléatoire. Ici, il devenait impossible d'avoir vue sur le plus proche boulevard, et le ciel se changeait en striures mauves que l'on discernait entre les bâtiments aux façades inclinées.

La plupart des allées étaient désertes, maintenant. Tout le monde était là-haut pour le bal masqué. Un couple de chats rôdait entre les maisons, explorant un nouveau domaine. Frank prit ses cisailles et se mit à graver sur quelques fenêtres de plastique, en caractères arabes : *juif, juif, juif...* Il poursuivit son chemin en sifflotant entre ses dents, passant devant les grottes de lumière des cafés, aux carrefours. Il entendait les bouteilles tinter comme des bottes de prospecteurs. Plus loin, un Arabe, installé devant une sono, jouait de la guitare électrique.

Il enfila le boulevard principal. Perchés dans les branches des tilleuls et des sycomores, des garçons chantaient en Swizerdeutsch, un dialecte non écrit, un code incompréhensible sauf par les peuples germains. Frank saisit cependant le refrain, en anglais :

> C'est John Bûune,
> Qui va sur la Lune.
> Y avait pas assez de pesetas
> Et il est venu sur Mars !

Dans la foule dense, une cohorte de petits groupes de musique s'étaient infiltrés.

Des types moustachus habillés en meneurs de bancs de football américain exécutaient un numéro de french cancan assez réussi. Les gamins tapaient follement sur des tambours de plastique, et même si les parois de la tente absorbaient les sons et qu'aucun écho ne revenait, comme sous les dômes des cratères, le vacarme était intense.

Et John en personne, entouré d'une petite troupe, était tout en haut, à l'endroit où le boulevard débouchait sur le parc aux sycomores.

Il repéra Chalmers en dépit de son masque et lui fit signe. Les Cent Premiers se reconnaissaient toujours...

— Salut, Frank. On dirait que tu t'amuses.

— Mais oui, dit Frank la voix assourdie par son masque. J'aime les villes comme celle-ci, et toi ? Toutes les races s'y mêlent. Ça prouve la diversité des cultures sur Mars.

John eut un franc sourire. Son regard se porta sur le boulevard.

Et Frank ajouta d'un ton coupant :

— Un grain de sable dans la mécanique de ton plan, non ?

Le regard de Boone revint sur lui. Les gens qui les entouraient se dispersèrent, devinant leur antagonisme.

— Je n'ai pas de plan.

— Oh, ça va ! Et qu'est-ce qu'il y avait dans ton discours ?

Boone haussa les épaules.

— C'est Maya qui l'a écrit.

Double mensonge : que Maya ait écrit le discours et que John pût le croire. Après toutes ces années, Frank avait encore le sentiment de s'adresser à un étranger. A un politicien en campagne.

— Laisse tomber, John ! Tu crois à tout cela et tu le sais bien. Mais qu'est-ce que tu vas faire de toutes ces nationalités ? De toutes les haines ethniques, des fanatismes religieux ? Jamais ta coalition ne pourra maîtriser tout ça. John, tu ne peux pas garder Mars pour toi. Ça n'est pas une station de recherches scientifiques, et jamais tu n'arriveras à décrocher un traité pour qu'elle le devienne.

— Mais ce n'est pas dans mes intentions.

— Alors pourquoi m'interdis-tu de prendre la parole ?

— Mais pas du tout ! protesta John, offensé. Calme-toi, Frank. On va régler le problème tous ensemble, comme on l'a toujours fait.

Frank dévisagea son vieil ami, perplexe. Qu'est-ce qu'il devait croire ? Il n'avait jamais réellement su comment prendre John. Il était tellement amical, mais il l'avait utilisé comme tremplin... Pourtant, ils avaient commencé comme des alliés, comme des amis, non ?...

Il s'aperçut que John cherchait Maya des yeux.

— Alors, où est-elle ?

— Quelque part dans le coin, dit Boone, d'un ton sec.

Ils n'avaient pas parlé de Maya depuis des années. Boone

avait le regard dur, comme pour dire à Frank que c'était une question qui ne le regardait pas. Comme si tout ce qui était important à ses yeux, au fil des ans, avait échappé à son compagnon.

Franck partit sans un mot.

Le ciel était à présent d'un violet profond, strié de cirrus jaunes. Frank croisa deux personnages vêtus de dominos de bal masqué en céramique blanche, les antiques personnages de la Comédie et de la Tragédie, les mains nouées. Les rues de la ville étaient à présent sombres, et les fenêtres flamboyaient, révélant des silhouettes, des yeux inquiets sous les masques flous, qui cherchaient la source de cette tension dans l'air. Un son déchirant mais sourd montait sous la rumeur de la marée de la foule.

Il n'aurait pas dû être surpris. Non, sûrement pas. Il connaissait John aussi bien que l'on pouvait connaître n'importe quelle autre personne, mais il ne s'en était jamais réellement préoccupé.

Il passait entre les grands sycomores du parc.

Tout avait été si différent autrefois ! Ils avaient passé tellement de temps ensemble, amis. Mais rien n'avait compté. Maintenant, c'était la diplomatie par d'autres moyens.

Il regarda sa montre. Presque onze heures. Il avait rendez-vous avec Selim. Encore un rendez-vous. Toute une existence divisée en journées et en quarts d'heure l'avait habitué à courir d'un rendez-vous à un autre, à changer de masque, à affronter crise sur crise, à diriger, manipuler, à travailler dans une hâte qui n'avait pas de fin. Et voilà qu'il affrontait une fête : Mardi-Gras. *Fassnacht !* Comme il l'avait toujours fait. Il n'existait aucune échappatoire dont il pût se souvenir.

Il pénétra sur un chantier. Le squelette de magnésium était entouré de piles de briques, de tas de pierres et de sable. Ce qui démontrait un certain laisser-aller. Il fourra dans ses poches quelques gros morceaux de briques, puis, en se redressant, il s'aperçut que quelqu'un l'avait observé — un homme de petite taille au visage mince, avec des dreadlocks[1] hirsutes et noires. Son regard intense avait quelque chose de déconcertant, comme s'il pénétrait tous les masques de Frank, comme s'il l'inspectait de tout près, comme s'il avait connaissance de ses plans, de ses pensées.

Effrayé, il battit rapidement en retraite vers les confins du parc. Lorsqu'il fut certain que l'autre l'avait perdu de vue, et que personne ne l'observait, il se mit à lancer des pierres et des fragments de briques vers la ville basse, de toutes ses forces. En même temps, il visait aussi le visage de l'étranger. Celui qui l'avait transpercé. Loin au-dessus de lui, la structure de la tente n'était qu'une trame diffuse faite d'étoiles occultées. On éprouvait ici une impression de liberté, dans le vent glacial. La circulation d'air avait été poussée au maximum, ce soir, bien sûr. Il entendit des bruits de verre brisé, des appels. Un cri. Très fort. Les gens devenaient fous. Il lança une dernière pierre en direction d'un grand panneau lumineux, de l'autre côté de la pelouse, et le manqua.

Il entra plus avant sous les arbres.

Tout près du mur sud, il distingua alors la silhouette de Selim, qui allait et venait sous un sycomore.

Frank ruisselait de sueur, mais sa voix demeura paisible quand il appela : « Selim ! »

Il glissa la main dans la poche de sa combinaison et trouva sous ses doigts les trois pastilles qu'il avait prises dans la serre. La synergie avait des effets puissants, bons ou mauvais. Il s'avança et étreignit brièvement le jeune Arabe. Le contenu des pastilles atteignit la peau de Selim à travers le coton léger de sa chemise. Et Frank recula.

A présent, Selim ne disposait plus que de six heures.

— Est-ce que tu as parlé à Boone ? demanda-t-il.

— J'ai essayé. Il ne m'a pas écouté. Il m'a menti. (C'était tellement facile de simuler la détresse.) Nous avons été amis pendant vingt-cinq ans, et il m'a menti !

Il cogna de la paume sur le tronc de l'arbre et les pastilles s'envolèrent dans l'obscurité. Il se maîtrisa.

---

1. Tresses « rasta » à la manière de Bob Marley ou de Yannick Noah. *(N.d.T.)*

— Sa coalition va proposer que toutes les colonies martiennes devront être fondées par les pays qui ont signé le premier traité.

C'était possible, et très certainement plausible.

— Il nous hait ! lâcha Selim.

— Comme il hait tout ce qui se met en travers de son chemin. Et il sait parfaitement que l'islam constitue encore une force réelle dans l'existence des peuples. Parce qu'il façonne la pensée. Et ça, il ne peut pas le supporter.

Selim frissonna. Frank vit qu'il avait les yeux plus brillants que jamais.

— Il faut qu'on l'arrête…

Frank se détourna et s'appuya contre un arbre.

— Je… je ne sais pas.

— Mais tu l'as dit toi-même. Ça ne sert à rien de parler.

Frank contournait l'arbre, avec une légère sensation de vertige.

Idiot, songea-t-il. Bien au contraire, parler est essentiel. Nous ne sommes faits que d'échanges d'informations. Et le langage nous est essentiel !

Il se rapprocha de Selim et lui demanda :

— Comment ?

— La planète. C'est le chemin que nous devons suivre.

— Les portes de la cité sont verrouillées, cette nuit.

Ce qui interrompit Selim, qui demeura immobile, les doigts crispés.

— Mais la porte de la ferme est encore ouverte, ajouta Frank.

— Pas les portes extérieures.

Frank répondit par un haussement d'épaules, laissant à l'autre le soin de trouver une solution. Selim, enfin, cligna des yeux et fit :

— Ah…

Puis disparut.

Frank s'assit entre les arbres. Le sol était humide, sableux, brun. Le produit d'une ingénierie très poussée. Car rien dans la ville n'était naturel. Rien.

Après un moment, il se releva. Il s'avança dans le parc en observant les gens. *Si je trouve une cité pure, j'épargnerai l'homme*. Mais, dans un espace découvert, des personnages masqués se ruaient les uns contre les autres pour se battre, s'affronter, entourés de spectateurs qui humaient déjà l'odeur du sang.

Et Frank retourna sur le chantier pour se procurer d'autres briques. Il les lança. On le vit, et il dut s'enfuir. Replongeant sous le couvert des arbres, dans l'étroit territoire sauvage, pour échapper aux prédateurs alors que l'adrénaline montait en lui. La drogue la plus forte pour les humains. Et il explosa d'un rire féroce.

Soudain, il découvrit Maya. Elle était seule, près de la plate-forme provisoire installée à l'apex de la cité. Elle portait un domino blanc, mais il n'y avait aucun doute : c'était bien elle. Il ne pouvait se tromper sur les proportions de sa silhouette, ses cheveux, sa pose. Oui, c'était Maya Toitovna tout entière. Les Cent Premiers, la petite bande : ils étaient désormais les seuls à compter vraiment pour lui, à rester vivants. Les autres n'étaient que des fantômes. Il se précipita vers elle, trébuchant sur les aspérités du sol. Il serrait un caillou, tout au fond d'une poche, et il pensait très fort : *Dis quelque chose, espèce de pute ! Allez, dis n'importe quoi pour le sauver. Pour que je coure dans toute la ville pour le sauver !*

Maya l'entendit et se retourna. Son domino blanc était phosphorescent et décoré de paillettes bleues. Difficile de discerner son regard.

— Salut, Frank, fit-elle, comme s'il ne portait pas de masque.

Se sentant découvert, il faillit faire demi-tour en courant. Mais il resta là et lui dit :

— Bonsoir, Maya. C'est un beau crépuscule, non ?

— Superbe. La nature n'a vraiment aucun goût. On inaugurait une ville, mais ça ressemble au jugement dernier.

Ils étaient sous un luminaire, debout au sommet de leur ombre.

— Tu t'es amusé ? demanda Maya.

— Beaucoup. Et toi ?

— Ça devient un peu agité.

— C'est compréhensible, non ? On est enfin sortis de nos trous, Maya. On est enfin à la surface ! Et quelle surface ! Ce n'est que sur Tharsis que tu peux profiter de telles perspectives.

— L'endroit a été bien choisi, je le reconnais.

— Ça deviendra une très grande ville. Mais toi, tu vis où, tous ces temps ?...

— A Underhill, Frank, comme toujours. Tu le sais bien.

— Mais tu n'y es jamais, n'est-ce pas ? Il y a plus d'un an que je ne t'ai vue.

— Si longtemps ? Tu sais, je suis souvent allée dans Hellas. Tu en as entendu parler, non ?

— Qui aurait pu me le dire ?

Elle secoua la tête dans un grand frémissement de paillettes.

— Frank...

Elle se détourna, comme si elle souhaitait échapper à tout ce qu'impliquait sa question.

Furieux, il lui barra le chemin.

— Et ce qui est arrivé sur l'*Arès*, Maya ? (Il avait la voix tendue et il tordit le cou pour essayer de se libérer la gorge.) Qu'est-ce qui s'est passé alors, Maya ?

Elle haussa les épaules sans lui répondre. Et elle resta longtemps silencieuse avant de le regarder avec attention.

— L'impulsion du moment, dit-elle enfin.

Ensuite, minuit sonna, et ils entrèrent dans ce moment martien, les trente-neuf minutes et demie entre minuit et minuit durant lesquelles toutes les horloges s'arrêtaient ou n'affichaient plus rien. C'était la solution pour laquelle les Cent Premiers avaient opté afin de réconcilier la journée martienne un peu plus longue que celle de la Terre avec les traditionnelles vingt-quatre heures. Ce qui, bizarrement, s'était révélé très satisfaisant. Chaque nuit, on pouvait échapper ainsi aux chiffres ou à la grande aiguille.

Et quand les cloches sonnèrent minuit, cette nuit-là, la ville devint folle. Ces quarante minutes ou presque volées au temps devaient être le summum de la fête. Tous le savaient instinctivement. Les feux d'artifice avaient été déclenchés, on applaudissait et on criait de toutes parts dans la clameur des sirènes. Frank et Maya s'étaient tus.

C'est alors qu'ils perçurent des cris, bien différents inquiets, désespérés.

— Que se passe-t-il ? fit Maya.

Frank avait incliné la tête.

— Une bagarre. L'impulsion du moment, sans doute.

Elle se tourna vers lui et il ajouta très vite :

— On devrait peut-être aller jeter un coup d'œil.

Les cris s'intensifièrent. Ils dévalèrent le parc, allongeant le pas jusqu'à prendre le trot martien. Le parc semblait plus grand et Frank, un bref instant, en fut effrayé.

Le boulevard central était couvert de détritus. Des gens jaillissaient de l'obscurité comme des hordes de prédateurs. Une sirène se mit à hurler, signalant une déchirure dans l'enveloppe de la cité. Des fenêtres explosaient. Un homme était allongé sur le dos, l'herbe autour de lui marquée de stries noires. Chalmers saisit le bras d'une femme qui se penchait sur lui.

— Qu'est-ce qui s'est passé ? cria-t-il.

La femme sanglotait.

— Ils se sont battus ! Ils se battent !

— Qui ? Les Suisses, les Arabes ?

— Des étrangers. *Ausländer*. (Elle le regardait sans le voir.) Allez chercher du secours !

Il rejoignit Maya, qui bavardait avec un groupe aggloméré autour d'une autre victime.

— Mais bon sang, qu'est-ce que ça veut dire ? fit-il pendant que les autres se dirigeaient vers l'hôpital.

— C'est une émeute. J'ignore pourquoi.

Elle était blême, les lèvres serrées.

Frank rejeta son masque.

Il y avait des éclats de verre sur toute la chaussée. Un homme accourait vers eux.

— Frank ! Maya !

Sax Russell. Jamais encore Frank n'avait vu le petit homme aussi excité.

— C'est John... On l'a agressé !

— Quoi ? s'exclamèrent-ils ensemble.

— Il a tenté de s'interposer dans une bagarre et trois ou quatre hommes lui ont sauté dessus. Ils l'ont assommé et l'ont enlevé !

— Et tu n'as pas essayé de les arrêter ? hurla Maya.
— Mais si — il y a toute une bande qui s'est lancée à leur poursuite. Mais ils nous ont semés dans la médina.

Maya regarda Frank.

Et il beugla :

— Mais qu'est-ce que ça signifie ? Où est-ce qu'on a pu t'emmener ?

— Jusqu'aux portes.

— Mais cette nuit, elles sont bouclées, non ?…

— Peut-être pas pour tout le monde.

Ils allèrent jusqu'à la médina. Les luminaires étaient brisés. Ils trouvèrent un capitaine de pompiers et gagnèrent la Porte turque. Le capitaine l'ouvrit et plusieurs pompiers se précipitèrent à l'extérieur, en enfilant leurs scaphandres. Dans la lueur de bathysphère de la ville, ils explorèrent les alentours. Les chevilles de Frank souffraient du froid de la nuit, et il percevait avec une acuité inhabituelle la configuration exacte de ses poumons : deux lobes de glace qui avaient été insérés dans sa poitrine pour refroidir les battements trop rapides de son cœur.

Ils ne trouvèrent rien au-dehors. Et ils retournèrent sous la tente, droit vers la paroi nord : la Porte syrienne. Une fois encore, ils sortirent sous les étoiles. Une fois encore, ils ne trouvèrent rien.

Il leur fallut réfléchir un certain temps avant de penser à la ferme. Ils étaient maintenant une trentaine. Ils franchirent à toute allure le sas et se répandirent entre les plantations.

Et ils le trouvèrent dans les radis. Le blouson relevé sur le visage, dans la position standard d'alerte atmosphérique. Il avait dû réagir inconsciemment, car ils découvrirent un hématome derrière une oreille en le retournant sur le côté.

— Ramenons-le à l'intérieur, coassa Maya. Vite !

Ils furent quatre à soulever John. Chalmers lui bloqua la tête entre ses mains, ses doigts entrelacés à ceux de Maya. Ils dévalèrent les marches, franchirent la porte en vacillant et rentrèrent dans la ville. L'un des Suisses les guida jusqu'au plus proche centre médical, déjà bondé de gens effondrés. John fut déposé sur une civière libre. Il était inconscient, l'air fermé, déterminé. Frank lui arracha son casque et entreprit de leur frayer un chemin en hurlant à l'adresse des docteurs et des infirmières. Tous l'ignorèrent jusqu'à ce qu'une doctoresse l'interpelle :

— Taisez-vous. J'arrive.

Elle dévala le couloir central et, avec l'aide d'une infirmière, installa John dans un moniteur.

Elle l'examina avec ce regard abstrait que les docteurs ont souvent. Elle palpait son cou, son visage, son crâne, son torse, le stéthoscope au cou...

Maya lui expliqua ce qu'ils savaient. La doctoresse décrocha un masque à oxygène, les lèvres crispées en une expression inquiète. Maya s'assit de l'autre côté, l'air défait. Depuis longtemps, elle avait ôté son domino.

Frank s'accroupit auprès d'elle.

— Nous pouvons continuer les soins, dit enfin la doctoresse, mais je crains qu'il soit irrécupérable. Il a trop longtemps manqué d'oxygène.

— Allez-y, dit simplement Maya.

C'est ce qu'ils firent, bien entendu. D'autres médecins intervinrent, John Boone fut emmené aux urgences. Et Frank attendit avec Maya, Sax, Samantha et quelques autres dans le couloir. Les docteurs allaient et venaient. Ils avaient tous la même expression neutre, qu'ils réservaient à la mort. Tous masqués. L'un d'eux apparut enfin et secoua la tête.

— Il est mort. Il a été trop longtemps exposé à l'extérieur.

Frank s'appuya contre le mur.

Lorsque Reinhold Messner était revenu de sa première ascension en solitaire de l'Everest, il était sérieusement déshydraté et dans un état d'épuisement absolu. Dans l'ultime étape de sa descente, il était tombé, avant de s'effondrer sur le glacier de Rongbuk. Il rampait lorsque la femme l'avait retrouvé. Il l'avait regardée au travers de son délire et il lui avait demandé : « Où sont mes amis ? »

Tout était tranquille. Ils n'entendaient que le souffle et le bruissement sourds auxquels, jamais, on n'échappait sur Mars.

Maya posa la main sur l'épaule de Frank, et il faillit s'effondrer, la gorge nouée, desséchée. Saisi par la douleur.

— Je suis désolé, parvint-il à dire.

Elle fronça les sourcils. Et son expression rappela à Frank celle des toubibs.

— Mais tu ne l'as jamais vraiment aimé.
— C'est exact.

Il se disait qu'il valait mieux être franc avec elle en cet instant, sur le plan politique. Mais il haussa les épaules et acheva d'un ton amer :

— Qu'est-ce que tu en sais ? De qui j'aime ou n'aime pas ?

Il repoussa sa main et se leva. Non, elle ne savait rien de tout cela. Il faillit pénétrer dans la salle des urgences, puis changea d'idée. Il aurait tout le temps durant la cérémonie funéraire. Il se sentait vide, et soudain il avait le sentiment que tout ce qui pouvait être bon avait disparu.

Il quitta le centre médical. Impossible de rien éprouver en de tels moments. Il traversa la ville étrangement silencieuse et entra dans le quartier de Nod.

Là, les rues scintillaient comme s'il y avait eu récemment une averse d'étoiles. Et les gens se serraient en groupes silencieux, pétrifiés. Frank Chalmers se fraya un chemin entre eux, sous le poids de leurs regards, droit vers la plateforme installée au sommet de la ville. Tout en se disant : *Maintenant, on va bien voir ce qu'on peut faire de cette planète.*

DEUXIÈME PARTIE

Hors la Terre

— *Etant donné qu'ils vont devenir dingues de toute façon, pourquoi ne pas envoyer des fous pour leur éviter ce genre de désagrément plus tard ?* avait proposé Michel Duval.

Il plaisantait à demi : dès le départ, il avait estimé que les critères de sélection représentaient une collection aberrante de contradictions.

Ses collègues psychiatres avaient les yeux fixés sur lui. Et le président, Charles York, avait demandé :

— *Pouvez-vous nous suggérer des modifications précises ?*

— *Peut-être pourrions-nous aller en Antarctique avec eux, afin de les observer durant cette première période qu'ils vont passer ensemble. Nous pourrions apprendre beaucoup de choses. Mais notre présence serait une inhibition. Je crois qu'il suffirait qu'un seul d'entre nous se joigne à eux.*

Et c'est ainsi qu'ils avaient envoyé Michel Duval avec les cent cinquante finalistes rassemblés à la station de McMurdo. Le meeting d'ouverture ressemblait à n'importe quelle conférence scientifique internationale. Chacun dans sa discipline, ils y étaient tous familiarisés. Mais il y avait cependant une différence : ceci n'était que la poursuite d'un processus de sélection entamé des années auparavant et qui ne s'achèverait que dans un an. Et ceux qui seraient sélectionnés partiraient pour Mars.

Ils avaient donc vécu ensemble dans l'Antarctique pendant toute une année. Ils s'étaient familiarisés avec les abris et le matériel que des véhicules-robots déposaient déjà sur Mars. Ils avaient appris à vivre dans un milieu *aussi froid et hostile que Mars. Ensemble. Ils étaient installés dans un essaim d'habitations, dans la Wright Valley, la plus large des vallées sèches de l'Antarctique. Ils entretenaient une ferme biosphère. Quand l'hiver austral survint, ils s'installèrent dans les habitats. Là, ils apprenaient des métiers secondaires ou tertiaires, et suivaient les programmes de simulation pour les tâches diverses qu'ils devraient accomplir à bord du vaisseau spatial Arès ou, plus tard, sur la planète rouge. En sachant qu'ils étaient sans cesse observés, évalués, jugés.*

Ils n'avaient rien d'astronautes ou de cosmonautes, bien qu'il y en eût environ une douzaine parmi les sélectionnés. Dans leur majorité, les colons devraient être des experts dans des domaines qui seraient utiles dès le débarquement : médecine, informatique, robotique, conception de systèmes, architecture, géologie, conception de biosphères, ingénierie génétique, biologie, plus toutes sortes d'autres ingénieries et tout ce qui concernait la construction. Ceux qui étaient rassemblés à McMurdo constituaient un groupe impressionnant de spécialistes dans des sciences et professions diverses, et ils consacraient en plus une bonne part de leur temps à se former dans des domaines supplémentaires, à échanger leurs spécialités.

Mais sur chacune de leurs activités pesait constamment le poids de l'observation, de l'évaluation, du jugement. C'était une procédure stressante et qui faisait partie du test. Michel Duval avait le sentiment que c'était une erreur, car cela avait tendance à enraciner la réticence et la méfiance chez les futurs colons, ce qui empêchait par là même cette compatibilité que le comité de sélection était censé viser. Encore une contradiction de fait. Les candidats prenaient assez calmement cet aspect des choses, et il ne pouvait leur en vouloir. Il n'existait aucune stratégie plus efficace, et cette contradiction assurait le silence. Ils ne pouvaient s'autoriser à offenser qui que ce soit, ni à trop se plaindre. Ils auraient couru le risque d'être écartés, et de se faire des ennemis.

Ils se montraient donc tous suffisamment brillants et talentueux pour être distingués, mais suffisamment normaux pour pouvoir continuer. Ils étaient assez âgés pour avoir beaucoup appris, mais encore suffisamment jeunes pour supporter les rigueurs physiques. Ils étaient assez motivés pour se montrer performants, mais assez détendus pour être sociables. Et ils étaient tous assez dingues pour vouloir quitter la Terre à jamais, tout en étant suffisamment équilibrés pour cacher leur folie fondamentale, qu'ils défendaient en fait comme étant purement rationnelle, issue de la curiosité scientifique ou de telle ou telle attraction comparable. Ce qui paraissait la seule raison acceptable de vouloir effectuer ce voyage. Donc, très naturellement, ils prétendaient être les scientifiques les plus curieux de toute l'histoire de l'humanité ! Bien sûr, ça allait plus loin. A un certain degré, ils devaient être aliénés, aliénés et assez solitaires pour pouvoir laisser derrière eux tous ceux qu'ils avaient connus au cours de leur vie — tout en conservant assez de liens et de sens social pour s'entendre avec leurs nouvelles relations de Wright Valley, avec chaque membre de ce minuscule village que deviendrait la colonie. Les contradictions n'en finissaient pas ! Ils devaient être à la fois extraordinaires et extrêmement ordinaires, pris isolément ou tous ensemble. Un défi impossible, et qui constituait pourtant un obstacle aux désirs les plus profonds inscrits dans leur cœur, qui en faisait l'essence même de l'anxiété, de la peur, de la rancune, de la colère. Et qui dominait tous les autres stress...

Mais cela aussi faisait partie du test. Michel ne pouvait que les observer avec un intense intérêt. Certains craquaient, d'une façon ou d'une autre. Un ingénieur en énergie thermique, américain, s'était isolé de plus en plus, avant de détruire plusieurs patrouilleurs, et il avait dû être écarté de force et éliminé de la sélection. Deux Russes étaient devenus amants avant de se séparer avec une violence telle qu'ils ne pouvaient plus se revoir, et eux aussi avaient dû quitter la colonie. Ce genre de mélodrame illustrait parfaitement les dangers des liaisons qui tournaient mal, et tous se montraient particulièrement prudents à cet égard. Mais des liaisons continuaient à se nouer et, lorsqu'ils quittèrent l'Antarctique, on enregistra trois mariages. Les six heureux élus pouvaient se considérer comme « sauvés » en un certain sens, mais les autres, pour la plupart, étaient tellement fascinés par Mars qu'ils conservaient cette part de leur vie en réserve. Ils gardaient leurs rapports très discrets, le plus souvent ignorés de tous et, surtout, du comité de sélection. Michel Duval savait qu'il n'observait que la partie émergée de l'iceberg. Que des événements critiques se produisaient qui échappaient à sa surveillance. Des relations s'amorçaient. Mais parfois la façon dont une relation s'amorce détermine son développement. Durant les brèves heures de la journée, certains s'enfuyaient du camp pour aller jusqu'à Lookout Point. D'autres suivaient. Et ce qui s'y passait laisserait une tache indélébile. Mais Michel ne le saurait jamais.

Puis ils quittèrent l'Antarctique, et l'équipage fut définitivement choisi. Cinquante hommes et cinquante femmes : trente-cinq Américains, trente-cinq Russes, plus trente autres venus de diverses nations, réparties par moitié selon l'influence des deux puissances maîtresses. Il avait été difficile de maintenir une telle symétrie, mais le comité de sélection avait tenu bon.

Les gagnants s'envolèrent pour Cap Canaveral ou Baïkonour. A partir de ces deux bases, ils seraient mis sur orbite.

A ce stade, ils se connaissaient tous très bien, et ne se connaissaient pas du tout. Michel se disait qu'ils formaient une équipe qui avait connu des rapports amicaux, ainsi qu'un certain nombre de cérémonies de groupe, de rituels, d'habitudes et de tendances. Et, au nombre de ces tendances, il y avait l'instinct de se cacher, de jouer un rôle, de déguiser son moi véritable. Peut-être était-ce la simple définition de l'existence du village, de la vie sociale. Mais il lui semblait que c'était plus que cela : nul ne s'était jamais battu avec autant d'acharnement pour faire partie d'un village. Et la division radicale entre la vie publique et la vie privée qui en était résultée était aussi nouvelle qu'étrange. Un courant sous-jacent de compétition existait désormais entre eux, le sentiment constant et subtil que chacun d'entre eux était seul et que, en cas de problème grave, ils étaient susceptibles d'être abandonnés par les autres, et expulsés du groupe.

Le comité de sélection avait réussi à susciter ainsi les

problèmes qu'il avait souhaité prévenir. Et certains en avaient conscience. Donc, tout naturellement, ils prirent grand soin d'inclure dans la liste des colons de Mars le psychiatre le plus qualifié à leurs yeux.

Et ils choisirent Michel Duval.

Tout d'abord, ce fut comme un grand coup dans la poitrine. Puis ils furent repoussés au fond de leurs sièges et, durant une seconde, la pesanteur leur fut presque familière. Un *g* qu'ils ne connaîtraient plus. L'*Arès* avait été mis sur orbite autour de la Terre à 28 000 kilomètres à l'heure. Durant plusieurs minutes, ils passèrent en phase d'accélération. La poussée des fusées était si puissante que leur vision devint floue sous l'effet de l'aplatissement de la cornée et qu'ils eurent de la difficulté à respirer. Quand ils atteignirent 40 000 kilomètres à l'heure, la combustion fut coupée. Ils étaient libérés de l'attraction terrestre, en orbite autour du soleil.

Dans leurs sièges delta, ils clignaient des yeux, le teint encore rouge, le cœur battant. Maya Katarina Toitovna, dirigeant officiel du contingent russe, promena les yeux autour d'elle. Les autres semblaient assommés. Quand on est obsédé et que l'on accède à l'objet de son désir, que peut-on bien ressentir ? Difficile à dire, en fait. En un sens, leur vie s'achevait là. Pourtant, quelque chose d'autre, une vie différente venait de commencer. Enfin… Et elle était emplie de tant d'émotions simultanées qu'il était impossible de ne pas être déconcerté. Ils affrontaient un schéma d'interférences : certains sentiments étaient effacés et d'autres renforcés. En débouclant sa ceinture, Maya sentit un sourire crisper son visage, et elle le retrouva chez les autres en écho. Un sourire d'impuissance. Sauf chez Sax Russell, impassible comme un hibou, les yeux fixés sur les écrans des ordinateurs qui emplissaient la salle.

Ils dérivèrent en apesanteur. On était le 21 décembre 2026 et ils se déplaçaient plus vite que n'importe qui auparavant. Ils étaient en route vers Mars. Ils venaient d'entamer leur voyage de neuf mois : plutôt un voyage qui durerait jusqu'au terme de leur existence. Ils étaient livrés à eux-mêmes.

Les responsables du pilotage de l'*Arès* se placèrent devant les consoles de commande et donnèrent les ordres d'éjection des fusées de contrôle latérales. L'*Arès* se mit en rotation pour se stabiliser à quatre tours par minute : les colons retombèrent sur le sol, sous une gravité de 0,38 g, très proche de ce qu'ils connaîtraient sur Mars. Des années de tests leur avaient appris que ce serait une pesanteur plutôt agréable à supporter, et certainement plus que l'apesanteur absolue. Maya trouva cette impression superbe. La sensation de pression, d'attirance, était presque annulée mais, pourtant, ils gardaient aisément l'équilibre. Un parfait équivalent de leur état d'esprit. Ils se dirigèrent en titubant un peu vers la vaste cantine du Torus D, excités et joyeux, marchant sur l'air.

Ce fut comme un grand cocktail, comme s'ils célébraient leur départ. Maya se promenait au milieu des autres en sirotant une coupe de champagne, avec un sentiment de bonheur et d'irréalité qui lui rappelait son mariage, bien des années auparavant. Mais ce mariage-ci aurait le meilleur des destins, songea-t-elle, parce qu'il durerait éternellement.

L'ambiance était saturée par les conversations.

— C'est une symétrie, moins sociologique que mathématique. Une sorte d'équilibre esthétique.

— On espère avoir des milliards d'hectares à se partager, mais ça ne sera pas facile.

Maya refusa un autre verre : elle se sentait déjà passablement étourdie. Et puis, elle avait du travail. Elle était, pour ainsi dire, maire-adjointe de ce village, responsable des dynamiques de groupe qui promettaient d'être complexes. Les habitudes de l'Antarctique revenaient déjà, même en ce moment de triomphe, et elle ne pouvait s'empêcher d'écouter et d'observer, comme une sociologue ou une espionne.

— Les psys ont leurs raisons. Nous allons finir comme cinquante couples très heureux.

— Et ils les connaissent déjà.

Ils riaient. Intelligents, équilibrés, extraordinairement bien élevés. Etait-ce enfin cette société rationnelle, cette communauté scientifiquement élaborée dont avait rêvé le siècle des Lumières ? Mais il y avait Arkady, Nadia, Vlad, Ivana. Elle connaissait trop bien le contingent russe pour se bercer d'illusions. Il était probable qu'ils allaient finir par ressembler à un dortoir d'étudiants dans une université technique, avec des frasques bizarres et des liaisons agitées. Si ce n'est qu'ils avaient l'air un peu mûrs pour ce genre de chose : plusieurs hommes commençaient à perdre leurs cheveux, et tous avaient des mèches grisonnantes, les femmes comme les hommes. La route avait été longue. Leur moyenne d'âge était de quarante-six ans, les extrêmes de trente-trois (pour Hiroko Ai, prodige japonais du concept de biosphère) à cinquante-huit (pour Vlad Taneev, lauréat du Nobel de médecine).

Mais, dans l'instant présent, c'était l'éclat de la jeunesse qu'on lisait sur tous les visages. Arkady Bogdanov était une eau-forte : les cheveux et la barbe roux, le teint rougeaud. Ses yeux d'un bleu électrique contrastaient singulièrement dans ce visage, et ils parurent jaillir de ses orbites quand il s'écria joyeusement :

— Libres ! On est enfin libres ! Nous et nos enfants, nous sommes enfin libres !

Les caméras vidéo avaient été coupées après les interviews que Janet Blyleven avait réalisées pour les stations de télé de « là-bas ». Désormais, ils n'avaient plus de contact avec la Terre, du moins dans la cantine, et Arkady s'était mis à chanter au milieu des verres levés. Maya s'arrêta pour se joindre à leur groupe. Enfin libres. C'était difficile à croire. Ils étaient réellement en route vers Mars ! Partout, des groupes bavardaient. Ici, il y avait des célébrités mondiales dans leur discipline. Ivana avait partagé un prix Nobel de chimie, Vlad était l'un des plus grands médecins-biologistes sur Terre, Sax était au panthéon des théoriciens subatomiques, et Hiroko était la plus brillante des biologistes dans le domaine des systèmes vitaux et tutti quanti. Quel brillant aréopage !

Maya était un de leurs chefs. Ce qui était plutôt intimidant. Ses talents d'ingénieur et de cosmonaute étaient assez modestes et c'était probablement ses dons de diplomate qui l'avaient désignée. Elle avait été choisie pour diriger l'indocile équipe russe et les quelques membres du Commonwealth — ce qui était parfait. Un travail intéressant auquel elle était habituée. Et ses talents particuliers deviendraient sans doute les plus précieux à bord. Ils devaient absolument s'entendre, après tout. Et c'était une question d'habileté, de ruse, et de volonté : la volonté de plier les autres à sa propre volonté !

En promenant les yeux sur tous ces visages rayonnants, elle ne put s'empêcher de rire. Tous ceux qui étaient à bord du vaisseau excellaient dans leur domaine, mais certains étaient encore plus brillants. C'était à elle de les identifier, de les isoler, de les former. Son rôle de dirigeant en dépendait car, à long terme, se disait-elle, ils deviendraient une espèce de méritocratie scientifique. Et, dans une société telle que celle-ci, les talents les plus extraordinaires détenaient les vrais pouvoirs. Lorsque la pression nécessiterait une réaction, ce seraient eux les vrais chefs de la colonie — eux, ou bien ceux qui les influenceront.

Elle regarda autour d'elle et découvrit son égal opposé, Frank Chalmers. Dans l'Antarctique, elle n'était pas parvenue à vraiment le connaître. Il était grand, costaud et brun. Plutôt liant, très énergique, mais difficile à percer. Elle le trouvait séduisant. Est-ce qu'il avait le même regard qu'elle sur les choses ? Elle n'aurait su le dire. Il bavardait avec un groupe, à l'autre extrémité de la salle, l'air attentif comme d'habitude, la tête légèrement inclinée, toujours prêt à décocher une réplique spirituelle. Elle se dit qu'il faudrait qu'elle en sache plus à son propos. Bien mieux : elle devait apprendre à s'entendre avec lui.

Elle traversa la salle, et s'arrêta près de lui. Elle pencha la tête tout en faisant un signe bref à leurs camarades.

— Ça va être bien, vous ne pensez pas ?

Chalmers lui jeta un regard.

— Si ça se passe bien, oui.

Après la fête et le dîner, Maya, incapable de dormir, partit à l'aventure dans l'*Arès*. Ils avaient tous séjourné dans l'espace auparavant, mais jamais à bord d'un vaisseau aussi énorme. A la proue, il y avait une sorte de studio-terrasse, une alvéole unique, comme une cabine de beaupré. Elle était en rotation permanente dans le sens opposé à celui du vaisseau, et donc stable en permanence. C'est là qu'on avait installé les instruments d'observation solaire, les antennes radio, et tout le matériel qui devait fonctionner hors rotation, à l'extrémité d'une chambre-bulbe en plastique transparent que l'on avait très vite surnommée le dôme-bulle. Grâce à lui, l'équipage avait une vue stable des étoiles et un aperçu d'une vaste partie du vaisseau, à l'arrière.

Maya flotta jusqu'à la baie pour observer avec curiosité le vaisseau. On l'avait construit à partir de réservoirs de navettes. Au début du siècle, la NASA et la Glavkosmos avaient commencé à fixer de petites fusées d'appoint sur les réservoirs pour les larguer sur orbite. Des milliers de réservoirs avaient été expédiés de cette manière, avant d'être pris en remorque jusqu'aux chantiers pour y être recyclés. Ils avaient ainsi permis la construction de deux grandes stations spatiales, une L5, et une autre en orbite lunaire, le premier vaisseau habité vers Mars, plus d'innombrables cargos chargés de matériel à destination de la planète rouge. Et ainsi, lorsque les deux grandes agences spatiales avaient décidé de construire l'*Arès* en commun, la pratique du recyclage de réservoirs était courante : adjonction d'unités de couplage standard, aménagements d'habitat, des systèmes de propulsion, et tout le reste.

Et la construction du grand vaisseau avait duré moins de deux ans.

Il avait l'air d'avoir été bricolé avec un jeu de modules pour enfant. Les cylindres, rattachés à leurs extrémités, créaient des formes complexes — et, dans ce cas précis, huit hexagones de cylindres connectés qu'ils appelaient des torus, tous alignés et pointés sur un moyeu tubulaire constitué d'un assemblage de cinq lignes de cylindres. Les torus étaient connectés au moyeu par des rayons flexibles et ultraminces, et l'ensemble de la chose évoquait un engin agricole, le bras principal d'une moissonneuse, par exemple, ou un dispositif d'arrosage mobile. Ou encore, songea Maya, huit beignets bien cuits piqués sur un bâton. Un gosse aurait vraiment apprécié le spectacle.

Les huit torus avaient été construits avec des réservoirs américains, et le paquet de cinq éléments du moyeu était russe. Tous les réservoirs étaient longs de cinquante mètres pour dix de diamètre. Maya se mit à dériver sans but vers le bas puits du moyeu central. Elle n'était pas pressée. Elle se laissa tomber dans le Torus G. Les pièces étaient de toutes les tailles et de toutes les formes, les plus grandes occupaient plusieurs réservoirs. Elle en traversa une qui ressemblait plus à un hangar qu'à une cabine, mais la plupart des réservoirs avaient été divisés en chambres. Elle croyait savoir qu'il y en avait au total plus de cinq cents, ce qui représentait en surface habitable l'équivalent d'un grand hôtel.

Mais est-ce que cela suffirait ?...

Peut-être. Après l'Antarctique, la vie, à bord de l'*Arès*, était un séjour de libération, de détente labyrinthique. Aux alentours de six heures, chaque matin, la lumière, dans les torus, augmentait lentement jusqu'à évoquer le gris du ciel à l'aube. Vers six heures et demie, elle montait encore d'un degré pour marquer le « lever du soleil ». Et Maya se réveillait alors, comme elle l'avait toujours fait. Après un tour dans la salle de bains, elle se rendait à la cuisine du Torus D, préparait son petit déjeuner et l'emportait jusqu'au grand réfectoire. Elle s'installait à une table, entre les citronniers en pot. Des colibris, des pinsons, des tangaras, des moineaux et des loriots picoraient autour d'elle et s'envolaient entre les vignes qui s'entrelaçaient sur le plafond voûté du grand cylindre peint dans un ton gris-bleu qui lui rappelait le ciel d'hiver de sa ville natale, Saint-Pétersbourg. Elle mangeait lentement en les observant et se détendait dans son siège, écoutant vaguement les bavardages autour d'elle. Un petit déjeuner de vacances ! Après toute une vie laborieuse, elle avait tout d'abord trouvé ça pénible, et même inquiétant, comme un luxe qu'elle aurait volé. C'était tous les jours dimanche matin, comme disait Nadia. Mais les dimanches matin de Maya n'avaient jamais été particulièrement indolents. Quand elle était enfant, c'était toujours le moment où elle devait faire le ménage dans la pièce unique où elle vivait avec sa mère, qui était docteur et qui, comme la plupart des femmes de cette génération, devait travailler durement pour gagner sa vie, élever sa fille, payer le loyer, assurer l'alimentaire, tout en poursuivant sa carrière.

Pour une femme, c'était trop, et elle avait rejoint les rangs de celles qui exigeaient rageusement d'être mieux traitées que sous le gouvernement des Soviets, qui leur octroyait la moitié des emplois, certes, mais leur laissait toutes les tâches domestiques. Plus question d'attendre, plus question de subir en silence : elles devaient profiter de l'instabilité tant qu'elle durait.

Il arrivait à la mère de Maya de s'exclamer, tout en préparant leur maigre repas : « Il y a tout sur cette table, tout sauf la nourriture ! »

Et elles en avaient peut-être profité. Durant l'ère soviétique, les femmes avaient appris à s'entraider, à former un monde quasi autonome de mères, de sœurs, de filles, de babouchkas, de collègues, d'amies aussi bien que d'étrangères. Avec l'arrivée du Commonwealth, les gains acquis avaient été consolidés et elles avaient pu s'inscrire un peu plus dans la structure du pouvoir, dans les dures oligarchies mâles du gouvernement russe.

Le programme spatial avait été l'un des domaines les plus touchés. La mère de Maya, qui participait aux recherches de médecine spatiale, avait toujours professé que les cosmonautes auraient besoin d'un apport féminin, ne serait-ce que pour des expérimentations strictement féminines.

— Ils ne peuvent quand même pas nous brandir constamment Valentina Terechkova ! se plaignait-elle.

Vraisemblablement, elle avait raison, puisque, après ses études d'ingénieur en aéronautique à l'université de Moscou, Maya avait été acceptée dans un des programmes de Baïkonour. Elle s'en était très bien tirée et avait été affectée à la mission *Novyï Mir*. Elle avait entrepris de revoir la conception de l'habitat pour en améliorer l'ergonomie. Nommée commandante de la station pendant un an, elle avait participé à deux opérations de réparations urgentes qui lui avaient valu sa réputation. Plus tard, nommée à divers postes administratifs à Baïkonour, puis à Moscou, elle en avait profité pour s'insérer dans le petit politburo du Glavkosmos, en manipulant subtilement les hommes les uns contre les autres. Elle en avait épousé un, en avait divorcé, et s'était hissée vers le sommet du Glavkosmos en tant qu'agent libre, jusqu'à devenir membre du cercle intérieur suprême, le double triumvirat.

Et maintenant, elle était là, profitant paresseusement de son petit déjeuner. Comme disait Nadia, sarcastique :

— C'est tellement civilisé.

Nadia était une des meilleures amies de Maya à bord de l'*Arès*. Elle était petite et rondouillette, avec un visage carré et des cheveux poivre et sel coupés au carré. Maya, qui savait qu'elle était jolie et que cela l'avait souvent aidée, appréciait la simplicité de Nadia qui, d'une certaine manière, soulignait sa compétence. Nadia était ingénieur, très efficace, experte dans la construction en climat froid. Elles s'étaient connues à Baïkonour vingt ans auparavant, et elles avaient vécu plusieurs mois ensemble à bord de la station *Novyï Mir*. Au fil des années, elles étaient devenues comme des sœurs : elles ne se ressemblaient guère, n'étaient pas souvent ensemble et, pourtant, elles étaient intimes.

Nadia, en cet instant même, regardait autour d'elle et proclamait :

— C'est une idée horrible que d'avoir séparé les quartiers d'habitation des Américains et des Russes dans des torus différents. On travaille avec eux durant toute la journée, mais on se retrouve ici avec toujours les mêmes têtes. Ça ne fait que renforcer les divisions qui existent entre nous.

— Nous devrions peut-être leur proposer de partager nos chambres.

Arkady, qui se goinfrait de roulés au café, se pencha vers elles.

— Ça ne serait pas suffisant, dit-il comme s'il avait suivi la conversation dès le départ. (Sa barbe rousse, plus hirsute de jour en jour, était parsemée de miettes.) On devrait décider de déménager tous les dimanches et d'échanger nos quartiers au hasard. Comme ça, les gens apprendront à mieux se connaître et il y aura moins de clans. Et puis, le sens de l'appropriation en sera réduit.

— Mais ça me plaît, moi, d'avoir ma chambre, protesta Nadia.

Arkady engouffra un autre roulé au café avant de sourire, tout en mâchonnant. On pouvait considérer comme un miracle qu'il ait passé les épreuves de sélection.

Maya aborda le sujet de leur cohabitation avec les Américains et, même si le plan d'Arkady ne plaisait à personne, tous étaient séduits par l'idée de l'échange de la moitié de leurs quartiers d'habitation. Après diverses consultations et discussions, le projet fut adopté. Ils commencèrent un dimanche matin. Le petit déjeuner devint un peu plus cosmopolite. Dans la cantine D, on voyait désormais Frank Chalmers et John Boone, et aussi Sax Russell, Mary Dunkel, Janet Blyleven, Rya Jimenez, Michel Duval et Ursula Kohl.

John Boone se révéla un lève-tôt. Il arrivait toujours à la cantine avant Maya.

— Cette salle est tellement spacieuse et aérée qu'on se croirait à l'extérieur, avait-il lancé à Maya un certain matin. On s'y sent vraiment mieux que dans la B.

— L'astuce, c'est de supprimer tous les chromes et le plastique blanc, répliqua Maya. (Elle maîtrisait assez bien son anglais, de mieux en mieux, même.) Et de peindre le plafond aux couleurs du ciel.

— Vous voulez dire, pas simplement bleu ?

— Oui.

Il était typiquement américain, se dit-elle : simple, ouvert, décidé et calme. Pourtant, elle avait devant elle un spécimen particulier qui était un personnage historique célèbre. Le fait était évident, indéniable, mais Boone semblait y échapper, n'en faire qu'une trace qu'il laissait derrière lui. Il pouvait discuter sur le goût des pâtisseries, sur les infos transmises sur l'écran de leur table, mais jamais il ne faisait allusion à la première expédition. Lorsque quelqu'un soulevait le sujet, il répondait comme s'il s'agissait de n'importe quel vol spatial accompli par d'autres. Mais cela n'était pas vrai, et il ne maintenait l'illusion que par sa seule désinvolture, en riant tous les matins aux plaisanteries usées de Nadia, en participant à la conversation. Au bout d'un certain temps, chacun eut du mal à discerner encore son aura.

Frank Chalmers, lui, était plus intéressant. Il arrivait régulièrement en retard, s'asseyait à l'écart et ne s'occupait que de son café et de l'écran de TV. Après quelques tasses, il consentait à parler à ses voisins, dans un russe atroce mais compréhensible. Dans la salle D, on parlait surtout anglais maintenant, pour arranger les Américains. La situation linguistique était une espèce de poupée russe, l'anglais étant la plus grande, qui les contenait tous les cent. A l'intérieur, il y avait d'abord le russe, puis toutes les langues du Commonwealth et celles des autres pays. Il y avait aussi huit membres de leur communauté qui parlaient des idiomes. Ce qui, aux yeux de Maya, était une situation d'orphelin assez attristante. Elle avait le sentiment qu'ils étaient plus attachés à la Terre que tous les autres, et qu'ils communiquaient plus fréquemment avec les gens de là-bas. Ce qui rendait d'autant plus étrange que le psychiatre fût dans cette catégorie.

De toute manière, l'anglais était la langue officielle à bord. Dans un premier temps, Maya avait pensé que cela conférait une sorte d'avantage aux Américains. Avant de constater que lorsqu'ils parlaient, ils étaient toujours en phase avec chacun, alors que tous disposaient de leurs langues particulières auxquelles ils pouvaient constamment revenir.

Mais Frank Chalmers constituait une exception. Il parlait cinq langues différentes, ce qui était plus que n'importe qui à bord. Et il n'avait pas peur de s'exprimer en russe, même s'il était particulièrement mauvais. Il débitait ses questions et écoutait les réponses avec une intensité réelle, avant de partir d'un rire bref et déconcertant. Sous bien des aspects, se disait Maya, il était un Américain atypique. Au premier abord, il semblait pourtant en avoir toutes les caractéristiques : il était grand, il parlait trop fort, il était obsessionnellement énergique, sûr de lui, bavard et amical, dès la première tasse de café. Il lui fallut quelque temps pour s'apercevoir qu'il n'était que *parfois* amical, et que son bavardage ne laissait rien paraître de lui. Par exemple, Maya n'avait pas appris un seul détail de son passé, malgré ses efforts. Ce qui avait éveillé sa curiosité.

Il avait les cheveux noirs, le teint très mat, avec des yeux noisette clair, le sourire furtif, le rire haut, tout comme la mère de Maya. Il était beau à sa façon rude.

Elle trouvait qu'il la regardait de façon trop acérée, comme s'il évaluait une adversaire, se disait-elle. Il se comportait avec elle comme s'ils se connaissaient depuis longtemps, ce qui la mettait particulièrement mal à l'aise puisqu'ils n'avaient échangé que quelques mots durant la période antarctique. Elle avait toujours considéré les femmes comme des alliées et les hommes comme autant d'attirantes sources de problèmes dangereux. Par conséquent, un homme censé devenir son allié devenait encore plus problématique. Et dangereux. Et… autre chose encore.

Elle se souvenait d'un instant particulier, où elle avait percé Chalmers au-delà de son image, dans l'Antarctique. Lorsque le spécialiste en ingénierie thermique avait craqué et avait été expulsé, on avait parlé de son remplaçant. Tout le monde avait été surpris et furieux d'apprendre que ce serait John Boone lui-même : il avait reçu déjà trop de radiations lors du premier débarquement sur Mars. Dans le brouhaha des commentaires, Maya avait vu Chalmers entrer dans le grand salon commun. En apprenant la nouvelle, il avait secoué la tête et, durant une fraction de seconde, Maya avait perçu sa colère, comme un éclair au niveau subliminal.

Elle s'était intéressée à lui. Il était certain qu'il avait des relations particulières avec John Boone. Bien sûr, pour Chalmers, ce choix était difficile à accepter. Il dirigeait officiellement les colons américains et avait même le grade de capitaine, mais Boone, ce gentil blond, avec l'auréole de son exploit, jouissait certainement d'une autorité plus naturelle. Il était le *portrait* du chef américain, et Frank Chalmers, comparé à lui, devenait un officier supérieur qui en faisait un peu trop, qui se contentait d'exécuter les ordres que Boone ne formulait pas. Ça n'était pas une situation très confortable pour lui. Ils étaient de vieux amis. Telle était la réponse que Maya avait obtenue quand elle avait posé la question. Mais, même en les observant de près, elle avait du mal à le croire.

Ils se parlaient rarement en privé, se rencontraient rarement, aussi, quand ils étaient ensemble, elle les observait avec de plus en plus d'attention, sans vraiment s'en expliquer la raison. Tout simplement, la situation semblait appeler cette logique. S'ils s'étaient trouvés à Glavkosmos, la stratégie idéale aurait été de s'insérer entre eux mais, ici, cette idée ne lui vint pas. Il y avait tant de choses qui n'effleuraient même pas sa conscience.

Mais elle continuait à les observer. Un matin, Janet Blyleven apparut avec ses lunettes vidéo à l'heure du petit déjeuner dans la cantine D. Elle était grand reporter pour la télé américaine et on la rencontrait souvent en train de fureter dans le vaisseau avec ses lunettes vidéo, tout en débitant ses commentaires, récoltant de petits bouts d'interviews qu'elle transmettait à la Terre, où tout cela, selon la formule d'Arkady, serait « prédigéré et revomi à l'usage du consensus des cervelles de moineaux ».

Rien de nouveau. Les médias faisaient partie de la vie des astronautes et, durant la période de sélection, ils avaient été sondés encore plus souvent. Mais, désormais, ils constituaient un matériau brut pour des programmes TV sur l'espace qui dépassaient tous les indices jamais enregistrés. Pour des millions et des millions de téléspectateurs, ils étaient le feuilleton suprême. Ce qui en perturbait certains.

Et lorsque Janet prit place en bout de table avec ses lunettes sophistiquées, à la monture munie de fibres optiques, on put entendre quelques grognements. A l'autre bout, Ann Clayborne et Sax Russell continuaient de discuter sans se soucier des autres.

— Sax, il faudra des années avant que nous sachions ce que nous avons investi. Des décennies. La surface de Mars est égale à celle de la Terre, mais sa géologie et son système chimique sont uniques. Il faudra les étudier en profondeur avant de les transformer.

— Mais nous allons les transformer rien qu'en débarquant, déclara Russell.

Il semblait vouloir repousser les arguments d'Ann comme s'ils avaient été autant de fils d'araignée sur son visage.

— Le seul fait de nous poser sur Mars constitue la première phrase d'une déclaration, qui dit...

— *Veni, vidi, vici*, l'interrompit Ann Clayborne.

Russell haussa les épaules.

— Si tu tiens à tout résumer comme ça...

— Mais c'est toi qui es nul, fit Ann, avec une grimace irritée. (C'était une femme aux épaules larges, à la chevelure brune épaisse, une géologue avec des opinions bien précises, une redoutable adversaire.) Ecoute, Mars *est chez elle*. Sur Terre, tu peux toujours jouer avec tes effets de climat si ça te plaît, et il y en a besoin. Ou sur Vénus. Mais tu ne peux quand même pas te permettre de balayer une surface planétaire qui date de trois milliards d'années.

Russell se démena pour se débarrasser d'autres fils d'araignée.

— Cette planète est morte. De plus, la décision ne dépend pas vraiment de nous, on nous l'enlèvera.

— On ne nous enlèvera aucune des décisions que nous avons prises, intervint Arkady, d'un ton sec.

Janet regarda tour à tour les interlocuteurs. Ann commençait à s'agiter et elle avait haussé le ton. Maya surprit le regard de Frank : il n'appréciait pas du tout. Mais, s'il les interrompait, il révélerait à des millions de gens qu'il n'aimait pas que les colons s'affrontent en direct. Alors, il se contenta de rencontrer le regard de Boone, à l'autre extrémité de la table. Et l'échange entre les deux hommes fut si rapide que Maya cilla.

— La première fois, dit Boone, j'ai eu l'impression que ça ressemblait déjà à la Terre.

— Si on oublie les 200 degrés Kelvin de différence, remarqua Russell.

— D'accord, mais ça ressemblait *vraiment* au désert Mojave, ou aux Dry Valleys. Quand j'ai posé le regard sur Mars, je me suis surpris en train de chercher l'un de ces phoques fossiles qu'on trouve dans les Dry Valleys.

Et ainsi de suite. Janet se tourna vers lui, puis vers Ann, l'air écœuré, prit sa tasse de café et sortit.

Après cela, Maya se concentra pour essayer de retrouver le regard que Boone et Chalmers avaient échangé. C'était comme un code, ou l'un de ces langages que les jumeaux parfaits s'inventent pour communiquer.

Les semaines passaient, et chaque journée commençait régulièrement par ce petit déjeuner tranquille. Les matinées étaient plus mouvementées. Ils avaient tous leur programme de travail quotidien, certains plus chargés que les autres. C'était le cas pour Frank, et il aimait ça : une course frénétique. Mais le travail prioritaire ne prenait pas énormément de temps : ils devaient aussi entretenir le vaisseau, mais aussi leur vie, leur forme, et se préparer pour Mars.

La maintenance de l'*Arès* couvrait aussi bien de la programmation complexe ou des réparations spécialisées que des tâches rudimentaires comme le déstockage des fournitures ou l'évacuation des immondices vers les recycleurs.

L'équipe de la biosphère passait le plus clair de son temps dans la ferme, qui occupait une surface majeure dans les Torus C, E et F. Tout le monde à bord avait droit à son tour à la ferme. Pour la plupart, ça n'avait rien d'une corvée. Il y en avait même qui y revenaient durant leur quartier libre. Chacun obéissait aux instructions médicales : il fallait passer au minimum trois heures par jour sur les différents appareils de remise en forme. Là, tout dépendait du tempérament : on aimait, on souffrait ou l'on méprisait. Mais les plus méprisants eux-mêmes achevaient leurs exercices de meilleure humeur.

Comme le résumait Michel Duval :

— Les endorphines bêta, il n'y a que ça.

— Heureusement, parce qu'on n'en a pas d'autres, répliquait John Boone.

— Il y a toujours la caféine.

— Moi, ça me fait dormir.

— L'alcool…

— Ça me donne mal à la tête.

— La procaïne, le darvon, la morphine…

— La morphine ?…

— Oui, c'est dans l'armoire à pharmacie. Mais sous ordonnance.

Arkady avait souri.

— Je ferais peut-être bien de me porter malade…

Les ingénieurs, dont Maya faisait partie, passaient de nombreuses matinées en simulation. Elles avaient lieu sur l'arrière-pont du Torus B, qui était doté des synthétiseurs vidéo les plus perfectionnés. Les simulations était si sophistiquées qu'il était parfois difficile de distinguer le virtuel du réel. Ce qui ne les rendait pas pour autant intéressantes. La manœuvre d'approche orbitale standard hebdomadaire, intitulée trajectoire Mantra, était la terreur de tous les équipages.

Mais, parfois, l'ennui était préférable à l'autre possibilité. C'était Arkady qui dirigeait les séances d'entraînement, et il manifestait un talent pervers pour programmer des problèmes tellement difficiles qu'ils se retrouvaient en fait tous « morts » durant l'approche. Autant d'expériences étranges et déplaisantes qui n'avaient pas rendu Arkady plus populaire auprès de ses victimes. Il mêlait de façon aléatoire les problèmes de trajectoire Mantra, mais les difficultés redoublaient de plus en plus fréquemment. Ils étaient en approche martienne, les lumières rouges se déclenchaient, parfois les sirènes aussi, et ils étaient fichus. Il leur arriva de heurter un objet planétésimal d'un poids approximatif de quinze grammes qui laissa une fissure importante dans leur bouclier thermique. Sax Russell avait estimé que les risques de rencontrer un objet de plus d'un gramme étaient d'environ un en sept mille années de voyage. Et pourtant, ils s'étaient retrouvés en état d'alerte rouge ! Bourrés d'adrénaline, ils s'étaient précipités vers la marmite du moyeu avant d'atteindre l'atmosphère de Mars et d'être transformés en gaufrettes.

Mais la voix d'Arkady leur avait annoncé dans les intercoms : « Pas assez vite ! Vous êtes tous morts. »

Ça, c'était encore simple. Il y avait mieux... Par exemple, le vaisseau était en guidage programmé, ce qui signifiait que les pilotes devaient transmettre les données de vol aux ordinateurs qui les traduisaient en poussées pour parvenir au résultat voulu. Ça, c'était la théorie, car lorsqu'on approchait d'une masse gravitationnelle comme Mars à une telle vitesse, il était impossible d'avoir la moindre intuition ni de deviner les diverses combustions nécessaires. Aucun d'eux n'était vraiment pilote, au sens où on l'entend dans la navigation aérienne. Néanmoins Arkady, fréquemment, plantait tout cet énorme système redondant à l'instant même où ils affrontaient un seuil critique (ce qui, selon Russell, était d'une probabilité de l'ordre de un sur dix milliards), ils devaient alors repasser en manuel, diriger mécaniquement toutes les fusées, surveiller tous les moniteurs à la fois. L'image orange sur fond noir de Mars montait vers eux et ils avaient le choix : ou bien dégager vers l'espace pour mourir lentement, ou prendre la trajectoire courte pour aller s'écraser sur la planète et mourir sur le coup. Dans ce dernier cas, ils avaient droit à la vision simulée jusqu'au crash final, à 120 kilomètres à la seconde.

Ça pouvait être aussi une défaillance mécanique : au niveau des propulseurs principaux, des fusées de stabilisation, de l'ordinateur ou des progiciels, du déploiement du bouclier antithermique qui, tous, devraient fonctionner parfaitement durant l'approche. Ces défaillances-là étaient les plus probables. Selon Sax (mais les autres contestaient ses méthodes d'évaluation), ils couraient un risque sur dix mille approches planétaires. Et ils recommençaient. Les voyants d'alarme passaient au rouge, et ils se mettaient à râler et à prier pour une bonne trajectoire Mantra, même si certains d'entre eux savouraient par avance le nouveau défi à relever. Quand ils réussissaient à sortir vivants d'une défaillance mécanique, ils en éprouvaient un plaisir intense : c'était le moment culminant de la semaine. John Boone réussit une fois un aérofreinage manuel, avec une seule fusée encore en fonction, et il avait atteint la milliseconde d'arc sans danger à la seule vitesse possible. Les autres avaient trouvé cela incroyable.

— Coup de chance, avait commenté Boone pendant le dîner, avec un immense sourire.

La plupart des simulations d'approche d'Arkady, de toute façon, s'achevaient par un échec, ce qui signifiait la mort pour eux tous. Simulation ou pas, il était difficile de ne pas être marqué par ces expériences et irrité par Arkady, qui les avait mises au point. Il leur advint une fois de réparer tous les moniteurs du pont juste à temps pour que les écrans leur annoncent qu'un petit astéroïde venait de fendre le moyeu du vaisseau et qu'ils avaient tous péri. Plus tard, Arkady, s'intégrant lui-même à l'équipe de navigation, commit une erreur, et donna l'ordre aux ordinateurs d'accélérer la rotation du vaisseau plutôt que de la freiner.

Il s'était écrié, faussement horrifié :

— On est écrasés sous six *g* !

Et ils avaient dû ramper pendant une demi-heure comme s'ils pesaient chacun une demi-tonne. Quand ils s'en étaient enfin sortis, Arkady avait bondi sur ses pieds avant de les repousser brutalement du moniteur de contrôle.

— Mais qu'est-ce que tu fabriques ? avait lancé Maya.

— Il est devenu dingue, avait dit Janet.

— Non, *il fait semblant de l'être*, avait rectifié Nadia. Et il va falloir que nous trouvions un moyen de le neutraliser — au cas où quelqu'un deviendrait cinglé comme ça sur la passerelle, tout à coup !

Ce qui était justifié, sans aucun doute. Mais ils voyaient tous le blanc des yeux d'Arkady et, sur son visage, il n'y avait plus la moindre trace de conscience. Ils durent s'y mettre à cinq pour le maîtriser et Janet et Phyllis Boyle furent décorées par ses coudes pointus.

Plus tard, pendant le dîner, il leur posa la question avec un sourire en biais, parce qu'il avait la lèvre un peu tuméfiée.

— Eh bien ? Si ça se produisait vraiment ? Nous sommes tous sous pression et, au moment de l'approche, ça sera pire encore. Si quelqu'un venait à craquer ? (Il se tourna vers Russell et son sourire s'élargit.) Quelles sont tes probabilités pour ça, hein ?

Et il se lança dans un reggae jamaïcain, avec son accent slave : « Oh, chute de pression ! Oh, chute de pression ! Ça, la chute de pression, elle va te tomber sur le chou, à toi aussi ! Oh, oui ! »

Et ils continuèrent, s'attaquant aux problèmes de simulation aussi sérieusement qu'ils le pouvaient, y compris une attaque des Martiens ou encore le découplage du Torus B provoqué par « des rivets explosifs installés par erreur lors de l'assemblage du vaisseau ». Ils eurent droit aussi à une déviation orbitale de Phobos, plus quelques autres scénarios marqués largement par l'humour noir. Arkady, d'ailleurs, repassait certaines bandes après le dîner, ce qui faisait parfois rire son public.

Mais les problèmes plausibles se présentaient régulièrement… Chaque jour. Et malgré les solutions, malgré les protocoles de résolution, chaque fois, ils avaient la vision de la planète rouge vers laquelle ils étaient lancés à 40 000 kilomètres à l'heure. Régulièrement, elle finissait par envahir l'écran, qui devenait blanc, pour annoncer enfin en gros caractères noirs : *Collision*.

Ils se dirigeaient vers Mars selon une ellipse Hohmann de type II, lente mais efficace, qui avait été choisie parmi d'autres surtout à cause de la position des deux planètes prévue au moment de l'approche du vaisseau : Mars à 45 degrés au-devant de la Terre sur le plan de l'écliptique. Durant le voyage, ils ne feraient qu'une demi-orbite autour du soleil et leur rendez-vous avec Mars aurait lieu trois cents jours plus tard. Leur temps de gestation, disait Hiroko.

Les psychologues terriens avaient considéré qu'il était nécessaire de modifier leur environnement à bord de l'*Arès* afin de suggérer le passage des saisons, la durée des nuits et des jours, le climat. Tout reposait sur les variations des teintes ambiantes. Certains avaient soutenu que leur atterrissage devrait s'opérer sous le signe des moissons, d'autres qu'il fallait lui donner les couleurs d'un printemps nouveau. Après un rapide débat, les voyageurs eux-mêmes avaient décidé de partir sous le signe du printemps naissant. Ainsi, un long été suivrait et, à l'approche de leur objectif, l'ambiance du vaisseau prendrait les teintes automnales de Mars, et non pas les verts tendres et les tons pastel qu'ils allaient laisser loin derrière eux.

Durant ces premiers mois, dès qu'ils en avaient fini avec leur travail sur la passerelle, dans la ferme, dès qu'ils sortaient en titubant d'une autre simulation sadique concoctée par Arkady, ils se retrouvaient en plein printemps. Les parois du vaisseau étaient décorées de panneaux vert pâle, de grandes photos d'azalées, de jacarandas ou de cerisiers d'ornement. Dans les vastes salles de la ferme, l'orge et la moutarde rutilaient de toutes leurs fleurs jaunes, le biome sylvicole et les sept parcs de l'*Arès* avaient été plantés d'arbres et de buissons au stade printanier de leur croissance. Maya adorait toutes ces couleurs et, dès qu'elle avait fini ses tâches matinales, elle poursuivait ses exercices par une promenade dans le biome de la forêt, dessiné en collines, où les arbres étaient si denses que l'on ne parvenait pas à discerner le secteur voisin. Là, elle rencontrait souvent

Frank Chalmers, qui prenait lui aussi un bref moment de détente. Il lui avait dit qu'il aimait les feuillages de printemps, même s'il semblait ne jamais leur accorder le moindre regard. Ils faisaient un bout de chemin ensemble, parfois silencieux. Quand ils se parlaient, ils n'abordaient jamais des sujets importants. Frank se refusait à discuter de leur rôle de direction dans l'expédition. Elle trouvait cela bizarre, mais ne le lui disait pas. Ils n'avaient pas non plus exactement les mêmes boulots, ce qui pouvait expliquer les réticences de Frank. Maya avait un poste officieux, qui ne dépendait pas de la hiérarchie — depuis Korolyov, les cosmonautes russes avaient toujours entretenu une tradition égalitariste. Mais le programme américain relevait d'un statut plus militaire, que reflétaient les titres : Maya, par exemple, était tout simplement coordinatrice du contingent russe, alors que Frank était le *capitaine* Chalmers, au sens strict de l'ancienne marine à voile.

Il ne lui avait pas dit si cette autorité lui rendait ou non les choses plus faciles. Il leur arrivait parfois de bavarder à propos du biome, de petits problèmes techniques ou des nouvelles de la Terre. Mais, la plupart du temps, il semblait avoir seulement envie de faire un bout de chemin avec elle. Ils suivaient en silence les petits sentiers entre les collines, à travers les bosquets épais de pins d'Aspen et de bouleaux. Avec cette impression d'être près l'un de l'autre, comme s'ils étaient de vieux copains, ou comme s'il lui faisait la cour à sa façon à lui, subtile et timide.

En y réfléchissant un jour, Maya se dit que le fait d'avoir décidé de commencer le voyage sous le signe du printemps avait dû créer un problème. Ils voguaient à travers le printemps à bord de leur mésocosme et tout était fécond, fertile, florissant, vert et débordant. Les journées rallongeaient dans le parfum des vents tièdes, ils étaient tous en short et chemisette : cent mammifères pleins de santé, qui vivaient ensemble, en vase clos, travaillaient et mangeaient ensemble, qui se douchaient et dormaient. Bien sûr, le sexe était là.

Evidemment, ça n'avait rien de nouveau. Maya elle-même avait vécu des expériences amoureuses fantastiques dans l'espace, surtout durant sa deuxième mission à bord de *Novyï Mir*. Avec Georgi, Yeli et Irina, ils avaient essayé toutes les positions possibles en apesanteur, qui étaient aussi nombreuses que variées. Mais ici, c'était différent. Ils avaient vieilli, ils étaient liés les uns aux autres par la nécessité. Ainsi que l'avait souvent déclaré Hiroko en d'autres circonstances :

— *Tout* est différent dans un système clos.

L'idée que leurs relations puissent se maintenir à un niveau strictement fraternel était bien ancrée à la NASA. Dans les 1 348 pages du rapport intitulé : *Les relations humaines durant le voyage vers Mars*, une seule était consacrée aux rapports sexuels, qui étaient déconseillés. Le texte suggérait qu'ils seraient comme une sorte de tribu avec des tabous marqués à l'égard du sexe intratribal. Ce qui avait fait hurler de rire les Russes. Les Américains seraient toujours aussi puritains.

— Nous ne sommes pas une *tribu*, avait protesté Arkady. Nous sommes le *monde* !

Donc, c'était le printemps. Il y avait des couples mariés à bord, dont certains se montraient particulièrement démonstratifs. Il y avait aussi la piscine du Torus B, le sauna et le jacuzzi. Ils portaient des maillots de bain, bien sûr, encore une fois à cause des Américains, mais ça ne changeait rien. Naturellement, les choses étaient déjà en route. Maya avait appris par Nadia et Ivana que le dôme-bulle était le lieu de rendez-vous privilégié au cœur de la nuit. Les astronautes et cosmonautes semblaient vraiment apprécier l'apesanteur. Les nombreux recoins des parcs et du biome forestier étaient autant de cachettes pour les ébats de ceux qui étaient moins familiers de l'apesanteur. Les parcs avaient été prévus pour donner aux voyageurs le sentiment qu'ils pouvaient se retirer en privé. Et chacun avait droit à une cabine à isolation sonore. Ce qui permettait aux couples d'entretenir des rapports sans devenir le sujet favori des ragots du bord, en toute discrétion. Et Maya était persuadée qu'il se passait encore plus de choses qu'ils le croyaient tous.

Elle le sentait. Et les autres aussi, certainement. Toutes ces conversations à voix basse, tous ces couples qui s'étaient formés à la cantine, ces regards, ces petits sourires, ces mains qui effleuraient une épaule au passage. Oh, ça oui : il se passait des choses. Ce qui expliquait une certaine tension ambiante, une tension qui n'était qu'à demi agréable. Les craintes qu'ils avaient connues dans l'Antarctique étaient de retour. Et, de plus, le nombre des partenaires potentiels étant réduit, il y avait un risque réel de se retrouver entre deux chaises.

Pour Maya, cela s'agrémentait d'un autre problème. Elle en avait plus qu'assez des Russes, parce que leur seul but était de coucher avec le chef. Si elle redoutait ça, c'est aussi pour l'avoir connu dans l'autre sens. Et puis, il n'y en avait pas un seul... Bon, elle éprouvait une certaine attirance pour Arkady, mais elle ne l'aimait pas vraiment, et lui semblait indifférent. Elle avait eu une aventure avec Yeli, mais ça n'était qu'un ami. Elle se fichait de Dmitri, Vlad était trop vieux, Yuri n'était pas son genre, Alex était comme Arkady... et ainsi de suite.

Mais pour les Américains et les autres... Là, le problème se posait différemment. Le croisement des cultures ? Allez savoir. Elle se maintenait donc sur le qui-vive. Mais elle y pensait sérieusement. Et, occasionnellement, quand elle s'éveillait, ou sortait d'une séance d'entraînement, elle se laissait emporter par une vague de désir et se retrouvait sur le lit ou sous la douche avec un sentiment de solitude.

Et c'est ainsi qu'un matin, après une simulation terrible qu'ils avaient failli réussir, elle avait rencontré Frank Chalmers dans le biome forestier, avait répondu à son bonjour. Ils avaient fait dix mètres entre les arbres avant de s'arrêter. Elle était en short et débardeur, pieds nus, en sueur, encore toute rouge de ses efforts. Lui aussi portait un short et un T-shirt, lui aussi était pieds nus, en sueur, couvert de poussière. Il sortait de la ferme. Il partit soudain de son habituel rire perçant et posa deux doigts sur le bras de Maya. Et il lui dit avec son irrésistible sourire :

— Vous avez l'air heureuse, aujourd'hui.

Les deux chefs de l'expédition étaient là. En égaux. Et il suffit à Maya de lever la main pour toucher la sienne.

Ils quittèrent le sentier pour s'enfoncer dans un bosquet de pins. Ils s'arrêtèrent et s'embrassèrent. Pour Maya, ça n'était pas arrivé depuis si longtemps qu'elle trouva cela étrange. Frank trébucha sur une racine avec un rire bref, étouffé, ce rire secret qui faisait frissonner Maya, au seuil de la peur. Ils s'étaient assis sur le matelas d'épines et roulaient l'un sur l'autre comme des adolescents. Elle se mit à rire. Elle avait toujours aimé les approches rapides, cette impression de s'envoyer un homme quand elle le voulait, comme ça.

Ils firent donc l'amour et, pour un temps, se laissèrent emporter par la passion. Après, elle se détendit et s'abandonna au reflux du plaisir. Mais elle ne se sentait pas vraiment à l'aise, elle ne trouvait pas un mot à dire. Il y avait toujours quelque chose de caché en lui, qu'il avait dissimulé alors même qu'ils faisaient l'amour. Plus grave encore, il lui semblait deviner derrière sa réserve une espèce de triomphe, comme s'il avait gagné, lui, alors qu'elle perdait. L'indélébile trace de puritanisme des Américains, cette idée que le sexe est une chose mauvaise et que les hommes doivent prendre les femmes à leur piège. Et elle se referma un petit peu plus sur elle-même devant ce sourire caché qu'elle décelait sur son visage. Dans l'amour, il y avait un gagnant et un perdant... Quels enfants !

Pourtant, ils étaient codirecteurs, comaires de la communauté, pour ainsi dire. Donc, s'ils se plaçaient sur une base égalitaire...

Un instant, ils bavardèrent d'un ton léger, et ils firent même encore l'amour avant de repartir. Mais Maya se dit que ça n'était pas comme la première fois, qu'elle avait l'esprit ailleurs. Il y avait tant de choses dans le sexe qui échappaient à l'analyse rationnelle. Elle décelait constamment chez ses partenaires des détails qu'elle ne pouvait décrire ni exprimer, encore moins analyser. Elle n'avait qu'une seule certitude : ou bien sa sensation lui plaisait ou elle ne lui plaisait pas. Aucun doute. Et dès qu'elle avait posé le regard sur le visage de Frank Chalmers après cette première fois, elle avait été certaine que quelque part ça n'allait pas. Elle en avait éprouvé un malaise.

Elle se montra cependant affectueuse, aimable. Ce ne serait pas bien de se montrer distante en cet instant. Ce serait impardonnable. Ils s'étaient levés, s'étaient rhabillés, ils avaient regagné le Torus D et avaient dîné à la même table, avec quelques autres. Elle avait alors senti qu'il était parfaitement logique de se montrer plus distante. Mais, dans les jours qui suivirent, elle s'aperçut avec surprise et déplaisir qu'elle l'évitait, qu'elle trouvait des excuses pour ne pas être seule avec lui. C'était maladroit et idiot, absolument pas ce qu'elle avait souhaité. Elle aurait préféré ne pas éprouver ce sentiment : une ou deux fois, ils se retrouvèrent ensemble, seuls, elle ne résista pas et ils refirent l'amour. Elle voulait que tout s'arrange, elle pensait qu'elle avait commis une faute ou bien qu'elle n'avait pas été dans sa forme habituelle. Mais non, il avait toujours ce sourire de triomphe rentré qu'elle détestait tant, qui disait : « Je t'ai eue », ce vilain défaut puritain.

Alors, elle l'évita de plus en plus souvent, pour ne pas se retrouver dans la situation de départ, et très vite il perçut sa dérive. Un après-midi, il lui demanda d'aller faire un tour avec lui en forêt et, lorsqu'elle refusa, prétextant sa fatigue, une expression furtive de surprise passa sur son visage qui se referma comme un masque. Maya ressentit un malaise inexplicable.

Pour essayer de compenser ce refus déraisonnable, elle se montra amicale avec lui quand ils étaient en situation sûre. Une ou deux fois, indirectement, elle suggéra, comme ça, que leurs rapports n'avaient fait que sceller une amitié, ainsi qu'elle l'avait fait avec d'autres. Mais elle l'avait glissé entre deux phrases, il était possible qu'il n'eût pas compris. Il semblait seulement perplexe. Un jour, comme ils s'éloignaient d'un groupe, elle avait surpris son regard appuyé. Ensuite, il n'y avait plus eu entre eux que de la réserve et de la distance. Mais jamais il n'avait semblé affecté, jamais il ne lui avait demandé d'explication. Ça faisait partie du problème, après tout, non ? Il n'avait pas l'air de vouloir discuter avec elle de ce genre de situation.

Tant pis : il avait probablement des liaisons avec d'autres femmes, des Américaines… Difficile de le savoir. Il était si secret. Mais tout cela était… tellement maladroit.

Maya décida l'abolition de la séduction exprès, en dépit du plaisir qu'elle en éprouvait. Hiroko ne s'était pas trompée : tout était différent dans un système clos. Dommage pour Frank (à supposer qu'il s'en souciât), qui lui avait permis un apprentissage utile. Elle décida finalement de faire amende honorable en devenant une simple amie. Elle s'y appliqua si bien et si fort que, un mois après, elle alla trop loin, lui laissant maladroitement croire qu'elle essayait à nouveau de le séduire.

Ils se trouvaient au milieu d'un groupe et la discussion s'était prolongée très tard. Elle était assise à côté de lui. Il en avait tiré une conclusion fausse, à l'évidence, et l'avait suivie jusqu'aux salles de bains du Torus D, sans cesser de lui parler sur ce ton affable et charmeur qui était le sien à ce stade. Maya s'en voulait : elle ne voulait pas avoir l'air complètement volage, mais au point où elle en était, et quoi qu'il advienne, ce serait le cas. Elle le suivit donc, parce que c'était plus facile, et aussi parce que, au fond d'elle, elle avait envie de faire l'amour. Ce qu'ils firent. Perturbée, elle décida que ce serait la dernière fois avec Frank Chalmers, que c'était un cadeau d'adieu, en espérant qu'il garderait un bon souvenir de tout cet incident.

Elle se surprit plus passionnée qu'avant : elle voulait vraiment lui plaire. Et puis, juste avant l'orgasme, elle le regarda. Et elle vit une fenêtre aveugle sur une maison déserte.

Et ce fut vraiment la dernière fois.

Δv. v pour Vélocité. Delta pour Changement. Dans l'espace c'est l'unité de mesure du changement de vitesse nécessaire pour aller d'un point à l'autre — c'est-à-dire de l'énergie utile.

Tout est déjà en mouvement. Mais, pour placer en orbite un objet à partir de la surface (mouvante) de la Terre, un minimum Δv de 10 kilomètres par seconde est nécessaire. Pour quitter l'orbite terrestre et entamer le voyage vers Mars, un minimum de Δv de 3,6 kilomètres par seconde. Et, pour se fixer en orbite autour de Mars et s'y poser, il faut un Δv d'environ 1 kilomètre par seconde. Le plus dur est de se détacher de la Terre, l'attraction granitique y est la plus élevée. Pour escalader cette pente abrupte de l'espace-temps, il faut une force formidable, puisqu'il s'agit de dévier la direction d'une inertie gigantesque.

L'histoire elle aussi a son inertie. Dans les quatre dimensions spatio-temporelles, les particules (ou les événements) ont une directionnalité. *Les mathématiciens, pour le prouver, ont tracé sur des graphiques ce qu'ils appellent des lignes du monde. Pour les problèmes de l'humanité, ces lignes forment un enchevêtrement dense qui se déroule depuis les ténèbres de la préhistoire pour se déployer dans le temps : ce qui forme une torsade du diamètre de la Terre elle-même, qui part en une longue spirale autour du soleil. Cette torsade de lignes enchevêtrées, c'est l'Histoire. Etant donné ses points de passage antérieurs, la direction qu'elle prend est claire, c'est une simple question d'extrapolation. Car quel genre de Δv faudrait-il pour échapper à l'Histoire, à une inertie aussi puissante, afin de déterminer une nouvelle trajectoire ?*

Le plus dur est d'échapper à la Terre.

La forme de l'*Arès* donnait une structure à la réalité. Le vide qui séparait la Terre de Mars commençait à évoquer pour Maya une longue série de cylindres, cintrés à 45 degrés à leur point de jonction. Dans le Torus C, il y avait un couloir d'entraînement, une sorte de course d'obstacles et, à chaque jonction, elle devait ralentir et tendre tous ses muscles face à l'accroissement de pression. Puis, la seconde d'après, elle découvrait l'extrémité du nouveau cylindre. Ce monde commençait à lui paraître bien exigu.

Et c'était sans doute par effet de compensation que ses habitants paraissaient plus grands. Les masques qu'ils avaient portés durant leur séjour dans l'Antarctique continuaient de tomber et ceux qui découvraient chez l'un ou l'autre un trait jusque-là inconnu en éprouvaient un sentiment accru de liberté. Ce qui précipitait l'apparition d'autres caractères cachés. Un dimanche matin, les chrétiens du bord, qui devaient être au nombre d'une dizaine à peu près, célébrèrent Pâques dans le dôme-bulle. Sur Terre, c'était le mois d'avril mais, dans l'*Arès*, on était au cœur de l'été. Après la messe, ils étaient tous revenus au réfectoire pour le petit déjeuner. Maya, Frank, John, Arkady et Sax étaient ensemble à une table. Les conversations se mêlaient et, dans un premier temps, seuls Maya et Frank entendirent John qui s'adressait à Phyllis Boyle, la géologue qui avait présidé le service de Pâques.

— Je comprends l'idée de l'univers considéré comme un être suprême, et le fait que son énergie constitue ses pensées. C'est un concept séduisant. Mais l'histoire du Christ...

John secoua la tête.

— Tu connais vraiment son histoire ? demanda Phyllis.

— Je suis du Minnesota et j'ai reçu une éducation luthérienne, répliqua vivement John. J'ai suivi les cours jusqu'à ma confirmation et on m'a enfoncé tout ça dans le crâne.

Maya se dit que cela expliquait sans doute le fait qu'il se lançait dans ce genre de conversation. Il avait une expression de dépit qu'elle ne lui avait jamais vue, et elle se pencha un peu plus, tout en lançant un regard à Frank, qui observait sa tasse de café, comme perdu dans un rêve. Mais elle était certaine que lui aussi écoutait.

— Tu dois savoir que les Evangiles ont été écrits des décennies après l'événement, reprit John, par des gens qui n'avaient jamais rencontré le Christ. Et qu'il en existe d'autres, qui révèlent un Christ différent, des Ecritures dont la Bible a été expurgée au cours d'un processus politique au IIIe siècle. Donc, le Christ est en vérité une sorte de personnage littéraire, une construction politique. Et nous ne savons rien de l'homme lui-même.

Phyllis secoua la tête.

— Ce n'est pas vrai.

— Mais si, insista John. (Ce qui attira enfin l'attention de Sax et d'Arkady.) Tout cela a été étudié. Le monothéisme est un système de croyance dont on constate l'émergence dans les toutes premières cultures fondées sur le bétail. Leur croyance en un dieu berger unique était fonction de leur dépendance de l'élevage du mouton. La corrélation est exacte et vous pouvez la vérifier dans toutes les études qui ont été faites. Le dieu est toujours mâle, puisque ces sociétés étaient patriarcales. Il existe une sorte d'archéologie, de sociologie des religions, si vous préférez, qui met cela parfaitement en évidence — comment tout s'est édifié et à quels besoins ça correspondait.

Phyllis le dévisagea avec un petit sourire.

— John, je ne vois pas quelle réponse te donner. Après tout, il ne s'agit pas d'histoire. C'est une pure question de foi.

— Parce que tu crois aux miracles du Christ ?

— Peu importe les miracles. Non plus que l'Eglise et ses dogmes. C'est Jésus qui compte seul.

— Mais il n'est qu'un personnage littéraire, insista John

d'un ton arrogant. Comme Sherlock Holmes, ou Tom Mix. Et puis, tu ne m'as pas répondu à propos des miracles.

Phyllis haussa les épaules.

— Je considère comme un miracle la seule existence de l'univers. Et de tout ce qu'il contient. Tu peux nier ça ?

— Evidemment. L'univers existe, un point c'est tout. Pour moi, je définis un miracle comme une action qui rompt avec les lois de la physique.

— Comme de voyager vers d'autres planètes ?...

— Non. Mais réveiller les morts, oui.

— Les docteurs font ça tous les jours.

— Non. Ils ne l'ont jamais fait.

Phyllis avait l'air perplexe.

— John, je ne sais pas quoi te dire. Je suis assez surprise, en fait. Nous ne savons pas tout, et nous serions bien pédants en prétendant le contraire. La création est un mystère. Tu donnes le nom de big bang à un événement, et tu prétends avoir une explication, mais c'est de la fausse logique, de la pensée fourvoyée. Il existe une immense étendue de conscience qui échappe à votre pensée scientifique rationnelle, une étendue plus importante que la science. Et la foi en Dieu en fait partie. Bien sûr, je suppose qu'on peut l'avoir ou non. (Elle se leva.) J'espère que tu la trouveras.

Elle sortit.

Après un instant de silence, John soupira.

— Désolé, les copains. Ça m'arrive encore de piquer ma crise à ce sujet.

— Oui, dès qu'un scientifique se proclame chrétien, fit Sax. Moi, je vis ça comme une opinion esthétique.

— Mais oui, ajouta Frank, le nez dans sa tasse. L'Eglise du style : est-ce-que-ça-ne-serait-pas-super-de-croire-à ça ?

— Ils ont le sentiment qu'il nous manque une dimension spirituelle que les générations précédentes avaient, et ils tentent de la retrouver par des moyens semblables, déclara Sax.

Puis il cligna des yeux comme un hibou, comme s'il venait de régler le problème en le définissant.

— Mais ça nous enfonce dans tout un tas d'absurdités ! s'exclama John.

— Non, c'est seulement que tu n'as pas la foi, intervint Frank.

John l'ignora.

— Les gens du labo sont vraiment bornés. Il faut voir Phyllis quand elle fait plancher ses collègues sur leurs données ! Ils se lancent tous dans des discours, des diversions, des critiques, comme s'ils devenaient d'un seul coup complètement différents.

— C'est parce que tu n'as pas la foi ! répéta Frank.

— J'espère ne jamais l'avoir ! Parce que ça ressemble vraiment à un gros coup de marteau sur le crâne !

John se leva pour ramener son plateau à la cuisine. Les autres échangèrent des regards en silence.

Maya se dit que le cours de confirmation religieuse avait été particulièrement mauvais. Il était clair que les autres, pas plus qu'elle, n'avaient pas deviné cet aspect de leur paisible héros. Qui pouvait dire alors ce qu'ils allaient encore apprendre, à propos de lui ou de n'importe qui ?...

Dans tout le vaisseau, on se mit à parler de l'accrochage entre John et Phyllis. Maya ne savait pas qui avait pu répandre la rumeur : John, pas plus que Phyllis, ne semblait disposé à en parler. Puis elle surprit Frank avec Hiroko. Elle riait à ses propos. En passant près d'eux, elle entendit Hiroko :

— Il faut que tu admettes que Phyllis a raison sur ce point-là : nous ne comprenons pas toujours le pourquoi des choses.

Frank lui répondit, semant la discorde entre Phyllis et John. Le christianisme (détail important) demeurait une force majeure en Amérique, comme dans le monde entier. Si l'on venait à savoir sur Terre que John Boone était antichrétien, il aurait des problèmes en retour. Ce qui ne serait pas une mauvaise chose pour Frank. Ils étaient tous médiatisés, mais, en suivant les reportages et les infos, il était clair que certains l'étaient plus que d'autres, ce qui ne faisait qu'accentuer l'image de leur pouvoir apparent, et cela finissait par se traduire dans la réalité du bord, par effet d'association. On trouvait dans ce groupe Vlad et Ursula (qui, soupçonnait Maya, étaient maintenant plus que des amis), Frank, Sax — c'est-à-dire tous ceux qui s'étaient fait connaître bien avant la sélection finale, sans pourtant atteindre à la réputation de John Boone. Le moindre fléchissement d'intérêt des médias sur Terre avait un effet direct sur leur statut au sein de la colonie. C'était ce principe que Frank mettait en œuvre.

Ils avaient parfois l'impression d'être confinés dans un hôtel sans issues, sans balcons. D'où un sentiment d'oppression grandissant. Quatre mois avaient passé, mais ils n'étaient même pas encore à mi-chemin. Et ce n'étaient pas la routine quotidienne ou leur environnement physique savamment conçu qui pouvaient accélérer leur voyage.

Un matin, la seconde équipe de vol affrontait un nouveau problème d'Arkady, quand plusieurs écrans passèrent en alerte rouge.

— Une éruption solaire a été détectée par le circuit de surveillance ! annonça Rya.

Arkady se redressa aussitôt.

— Ce n'est pas moi !

Il se pencha sur l'écran le plus proche, leva les yeux et sourit en rencontrant les regards sceptiques de ses collègues.

— Désolé, les copains. Cette fois, le coup est authentique.

Un message urgent de la base de Houston le confirma. Il avait pu inventer ça aussi mais, simulation ou non, ils étaient forcés de suivre.

En fait, une éruption solaire majeure avait déjà fait partie de leurs exercices. Chacun connaissait son poste, ce qu'il devait faire et, pour quelques-uns, le plus rapidement possible. Ils plongeaient déjà dans les torus en jurant et en essayant de ne pas se gêner les uns les autres. Ils avaient de nombreuses tâches à accomplir, et la mise en place des panneaux de protection, à peine automatisée, était complexe. Janet, qui poussait les bacs à plantes vers l'abri végétal, s'écria soudain :

— Est-ce que c'est encore un exercice d'Arkady ?

— Il prétend que non !

— Merde !

Ils avaient quitté la Terre durant la période basse du cycle solaire de onze années afin de réduire le risque de la rencontre avec une déflagration solaire. Et il leur en arrivait une. Ils n'avaient qu'une demi-heure avant que la première vague de radiations déferle, et guère plus d'une heure ensuite pour se protéger des rayonnements les plus durs.

Les alertes dans l'espace pouvaient être aussi évidentes qu'une explosion, ou aussi intangibles qu'une équation. Mais le danger était sans rapport avec l'évidence ou l'intangibilité. Jamais ils ne percevraient le vent de particules qui allait souffler sur le vaisseau et, pourtant, c'était un des pires dangers qu'ils couraient. Ils le savaient tous. Ils fonçaient de torus en torus pour abaisser les panneaux, couvrir les plantes ou les déplacer vers des zones de sécurité. Ils regroupaient la volaille, les cochons et les vaches naines avant de les diriger vers les abris prévus. Il fallait rassembler les graines aussi bien que les embryons surgelés, blinder les composants électroniques sensibles, et parfois les démonter. Et quand enfin ils eurent fini, ils se halèrent dans les rayons, en direction du puits central, aussi vite qu'ils le pouvaient, et se laissèrent glisser vers l'abri solaire, qui était situé exactement à l'extrémité du puits.

Hiroko et son équipe de biosphère arrivèrent les derniers et refermèrent le sas vingt-sept minutes après le déclenchement de l'alerte. Ils dérivèrent en apesanteur, essoufflés, écarlates.

— Ça a déjà commencé ?
— Non, pas encore.

Ils prirent des dosimètres sur un panneau velcro et les fixèrent sur eux. Les autres étaient déjà installés dans le demi-cylindre, le souffle court, soignant leurs égratignures et quelques bleus. Maya ordonna l'appel et fut soulagée d'en compter cent.

Evidemment, la salle était comble. Depuis des semaines, jamais ils ne s'étaient retrouvés rassemblés, et la plus vaste des salles du vaisseau n'aurait pas été suffisante. Ils étaient dans un réservoir, dans la partie centrale du moyeu. Les quatre réservoirs qui les entouraient étaient remplis d'eau, et celui dans lequel ils étaient avait été divisé dans le sens de la longueur, l'autre partie faisant fonction de bouclier, remplie de métaux lourds. La partie plate de ce demi-cylindre constituait le « plancher » de leur abri, qui avait été monté sur des rails circulaires, ce qui lui permettait de se maintenir en rotation pour contrebalancer celle du vaisseau, tout en gardant le bouclier de métaux lourds entre le soleil et eux.

Ils flottaient donc dans un volume stable, alors même que la paroi du réservoir était en rotation de quatre tours par minute, comme d'habitude. Le spectacle était assez particulier. En apesanteur, à l'approche de la nausée, certains avaient l'air inquiets. Les malheureux s'étaient regroupés au fond de l'abri, près des toilettes. Afin de les aider à prendre leurs repères, tous les autres s'étaient orientés par rapport au sol de l'abri. Ainsi, les radiations leur arrivaient droit sous les pieds. Pour la plus grande part, des rayons gamma qui avaient réussi à s'infiltrer dans les masses de métaux lourds.

Maya résista à l'impulsion de serrer les genoux. Les autres, autour d'elle, se laissaient dériver, ou bien enfilaient des pantoufles velcro pour se déplacer sur le « plancher ». Ils parlaient à voix basse et retrouvaient d'instinct leurs voisins, leurs amis, leurs partenaires. Toutes les conversations étaient assourdies. Ils étaient dans un cocktail, mais quelqu'un avait dit que les amuse-gueule étaient empoisonnés.

Arkady et Alex étaient penchés sur les moniteurs, à l'autre extrémité de l'abri, et John Boone s'approcha d'eux dans le *scritch-scratch* de ses pantoufles velcro. Il appuya sur une touche et le taux des radiations extérieures apparut soudain sur le grand écran.

— Voyons combien on déguste ! fit-il d'un air excité.

Des grognements s'élevèrent.

— C'est vraiment nécessaire ? s'exclama Ursula.

— Il vaut mieux le savoir. Et je veux vérifier aussi si cet abri est vraiment efficace. Celui du *Rust Eagle* était à peu près aussi fiable que la petite serviette que le dentiste vous met autour du cou.

Maya sourit. Il était rare que John rappelle qu'il avait été exposé à un taux de radiations plus élevé que quiconque — plus de 160 rems au cours de toute son existence, ainsi qu'il répondait dès qu'on lui posait la question. Sur Terre, on recevait un cinquième de rem par année et, dans une station orbitale, en dépit de la magnétosphère, ça grimpait à 35. John avait reçu une dose extrêmement élevée, ce qui, d'une certaine façon, lui donnait le droit d'afficher les prélèvements extérieurs s'il le voulait.

Ceux qui étaient intéressés — plus de la moitié — se regroupèrent derrière lui pour observer l'écran.

Les autres se réfugièrent à l'autre extrémité de l'abri, avec ceux qui luttaient contre leur malaise. Apparemment, ils ne tenaient pas du tout à savoir combien de radiations ils avaient encaissées. A cette seule idée, ils pouvaient craquer.

Et la déflagration les atteignit de plein fouet. L'indicateur de radiations grimpa bien au-dessus du taux normal avant de filer brusquement vers le haut. Ils retinrent tous un sifflement, mais on entendit quelques exclamations étouffées.

— Oui, mais l'abri fonctionne! s'exclama John en consultant le dosimètre agrafé à sa chemise. Je n'en suis qu'à 0,3 rem!

Ce taux-là représentait quelques années de passage sous les rayons X du dentiste, bien sûr, mais, à l'extérieur, dans la tempête solaire, il faisait un bon 70 rems, tout proche de la dose létale, alors ils se relaxèrent un peu.

Mais ils pensaient à tout ce qui traversait le vaisseau, aux particules qui entraient en collision avec les atomes de l'eau et des métaux lourds. Des milliards de particules qui volaient entre tous ces atomes de matière aussi bien que ceux de leur corps, sans rien toucher, comme s'ils n'étaient que des fantômes. Pourtant, il y avait des collisions, par milliers, avec les atomes de leur chair, de leurs os. Pour la plupart, elles étaient inoffensives — mais, sur ces milliers de collisions, il existait un risque sur deux (ou était-ce trois?) pour qu'une chaîne chromosomique soit atteinte et déviée. Ce qui était suffisant pour susciter des tumeurs par cette seule modification de la typographie dans le livre du moi. Au fil des années, si l'ADN de la victime ne se réparait pas de lui-même, l'extension des tumeurs devenait plus ou moins inévitable et ses résultats étaient *terribles* : cancer, leucémie, très probablement. Et la mort, à plus ou moins long terme.

Difficile donc d'observer les mesures sans inquiétude 1,4658 rem, 1,7861 rem, 1,9004 rem.

— C'est comme un odomètre, déclara Boone avec une grande sérénité.

Il avait agrippé un rail des deux mains et allait et venait

d'avant en arrière comme s'il se livrait à des exercices isométriques.

Frank lui lança :

— John, qu'est-ce que tu fiches ?

— J'esquive ! fit John en souriant. Tu sais : je déplace la cible !

Il eut droit à des rires. Maintenant que le danger était matérialisé sur les écrans, sur les graphiques, ils commençaient à se sentir moins vulnérables. C'était illogique, mais donner un nom aux choses était une force qui faisait de n'importe quel être humain un scientifique en puissance. Et là, il n'y avait que des scientifiques professionnels, avec des astronautes, tous entraînés pour affronter la possibilité d'une tempête solaire. Et leurs habitudes mentales revenaient, elles retrouvaient les chemins de leur pensée. Et le choc de l'événement en fut d'autant amorti. Ils étaient maintenant parés à l'affronter.

Arkady s'approcha d'un terminal et sélectionna la *Symphonie pastorale* de Beethoven, plus précisément le troisième mouvement, où la danse villageoise est dérangée par la tempête. Il monta le volume, et tous dérivèrent dans le demi-cylindre, au rythme des notes qui correspondaient parfaitement aux rafales du vent silencieux qui s'était abattu sur l'*Arès*. C'était tout à fait ça ! Les cordes et les bois jetaient des bouffées sauvages, belles et mélodiques.

Maya en frissonna. Jamais encore elle n'avait écouté ce vieux cheval de guerre musical avec autant d'attention, et elle jeta un regard admiratif (et un rien effrayé) en direction d'Arkady qui, lui, semblait maintenant radieux de son inspiration de disc-jockey et dansait comme un pantin de chiffon rouge. Quand le mouvement culmina, il devint difficile de croire que le taux de radiations ne montait pas encore. Et quand le tempo diminua, tous eurent le sentiment que le vent de particules faiblissait. Le tonnerre gronda, les dernières rafales s'apaisèrent. Et les cors d'harmonie sonnèrent la sérénité.

Ils se mirent tous à parler d'autre chose, de leurs travaux quotidiens qui avaient été brutalement interrompus, de n'importe quoi. Une demi-heure passa encore et une conversation domina toutes les autres. Maya n'avait pas entendu le début mais, soudain, Arkady s'exclama en anglais, et très fort :

— Je ne crois pas que nous devions tenir compte des plans qui ont été dressés pour nous sur Terre !

Toutes les conversations furent interrompues et toutes les têtes se tournèrent vers lui. Il flottait au-dessus d'eux. Tel un ange fou, il les tenait tous sous son regard et parlait :

— Je crois que c'est à nous de faire nos propres plans. Et dès maintenant. Tout doit être repensé depuis le début, selon nos pensées propres. Et cela devra s'étendre à tout, y compris aux premiers abris que nous aurons à construire.

Maya, agacée par son numéro, lança :

— Pourquoi donc ? Les plans sont bons.

C'était vraiment irritant : Arkady se donnait souvent le beau rôle, comme en cet instant, et les autres se tournaient régulièrement vers elle, comme si elle était responsable de son comportement et qu'il était de son devoir de les protéger.

— Ce sont ses bâtiments qui donnent la mesure d'une société, déclara Arkady.

— Ce ne sont que des logements, remarqua Sax Russell.

— Mais les logements impliquent une organisation sociale à l'intérieur, contra Arkady en promenant les yeux sur son public. La disposition des pièces révèle ce que le concepteur souhaitait à l'intérieur. Nous avons pu le constater au début du voyage, quand les Russes et les Américains vivaient en ségrégation dans les Torus D et B. Nous étions censés demeurer deux entités séparées. Et ce sera la même chose sur Mars. Les constructions expriment des valeurs, elles possèdent une sorte de grammaire, et les logements intérieurs forment des phrases. Je ne veux pas que des gens, à Washington comme à Moscou, me dictent comment vivre ma vie. J'en ai assez.

— Qu'est-ce qui te déplaît dans la conception des premiers abris ? demanda soudain John, l'air intéressé.

— Ils sont rectangulaires. (Des rires fusèrent un peu partout, mais Arkady insista :) Le rectangle ! La forme conventionnelle par excellence ! Avec un espace de travail séparé des quartiers de vie, comme si le travail ne faisait pas partie intégrante de la vie. Et, dans les quartiers de vie, les logements privés dominent, avec des hiérarchies marquées. Les chefs ont droit à des espaces plus importants.

— Est-ce que ça n'est pas uniquement pour faciliter leur travail ? demanda Sax.

— Non. Ce n'est pas réellement nécessaire. C'est une simple question de prestige. Un exemple très conventionnel de la pensée américaine dans le domaine des affaires, si je puis m'exprimer ainsi.

Des grognements lui répondirent, et Phyllis intervint :

— Arkady, est-ce que nous devons vraiment basculer dans la politique ?

Ce seul mot fit éclater l'assistance. Mary Dunkel et quelques autres se retirèrent vers l'autre extrémité de la salle.

— Tout est politique, protesta Arkady en les foudroyant du regard. Et surtout un voyage tel que celui que nous avons entrepris. Nous sommes en train de devenir une société nouvelle, alors comment cela pourrait-il ne pas être politique ?

— Nous sommes une station spatiale scientifique, dit Sax. Ce qui n'est pas nécessairement politique.

— En tout cas, ça ne l'était pas lors de la première expédition, appuya John en adressant un regard pensif à Arkady.

— Si, pourtant. Mais c'était plus simple. Tout l'équipage était américain, la mission était temporaire, et vous exécutiez les ordres de vos supérieurs. Mais à présent, nous formons un équipage international, et nous allons créer une colonie permanente. Cette fois, c'est complètement différent.

Lentement, les gens se rapprochaient pour mieux entendre le débat. Rya Jimenez dit :

— La politique, ça ne m'intéresse pas.

Et Mary Dunkel la soutint :

— C'est une des choses qui m'ont fait quitter la Terre !

Immédiatement, plusieurs Russes réagirent :

— C'est déjà une position politique !

Et ainsi de suite.

Alex s'exclama :

— Vous autres, les Américains, on dirait que vous voulez en finir avec la politique et l'histoire, pour rester dans un monde que vous serez seuls à dominer !

Quelques Américains tentèrent de riposter, mais Alex les fit tous taire.

— C'est vrai ! Le monde entier a changé durant ces trente dernières années. Chaque pays a réexaminé son rôle et a entrepris des changements énormes pour résoudre ses problèmes — sauf les Etats-Unis. Ils sont devenus le pays le plus réactionnaire de la planète.

— Les pays qui se sont transformés y ont été contraints, dit Sax. Parce qu'ils étaient rigides et presque ruinés. Les Etats-Unis se sont inclinés dans ce sens bien avant, et ils n'avaient pas besoin de changements aussi radicaux. Je persiste à dire que le système américain est supérieur parce que plus doux. Disons que c'est une meilleure ingénierie.

Cette analogie obligea Alex à réfléchir, et John Boone, qui n'avait pas cessé d'observer Arkady, dit alors :

— Revenons-en aux habitats martiens. Comment les concevrais-tu différemment ?

— Je n'ai pas de certitude. Il va falloir visiter les sites sur lesquels on va construire, se promener un peu partout, et en parler. Je ne fais que soulever le problème. Mais, d'une façon générale, je pense que les espaces de vie et de travail devraient être fusionnés autant qu'il est possible. Nous n'allons plus travailler pour gagner un salaire mais pour créer. Ce que nous allons faire sera notre œuvre d'art, et toute notre vie. Nous allons nous l'offrir et non pas l'acheter. Et il faudra également qu'aucune trace de hiérarchie n'apparaisse. Je ne crois même plus au système de *leadership* dont nous dépendons. (Il eut un hochement de tête courtois à l'adresse de Maya.) Nous sommes tous responsables à titre égal, désormais, et nos constructions devraient le montrer. Le cercle, c'est préférable — difficile en termes d'architecture, mais logique pour la conservation de la chaleur. Un dôme géodésique serait un bon compromis — facile à construire et symbolique de notre égalité. Quant à l'intérieur, il devrait être axé sur l'ouverture. Chacun aurait son logement, bien sûr, mais plutôt petit. Dans la périphérie, probablement, et connexe avec de plus grands espaces communs. (Arkady posa la main sur une souris et se mit à esquisser des plans sur le moniteur d'un des terminaux.) Oui. Une grammaire architecturale qui signifierait « tous égaux ». D'accord ?

— Des unités préfabriquées sont déjà au sol, intervint John. Je ne suis pas certain qu'on puisse les adapter.

— C'est possible si nous le voulons.

— Mais est-ce vraiment nécessaire ? Je veux dire : il est d'ores et déjà évident que nous sommes tous égaux.

— Aussi évident que ça ? rétorqua Arkady d'un ton sec. Si Frank ou Maya nous disent de faire telle ou telle chose, sommes-nous libres d'ignorer leurs ordres ?

— Oui, je le crois, soutint John, d'un ton calme.

Ce qui lui valut un regard dur de la part de Frank. La conversation se fragmentait en discussions multiples. Tout le monde avait quelque chose à dire, mais ce fut Arkady qui trancha à nouveau :

— Nous avons été envoyés par nos gouvernements, et *tous* nos gouvernements sont défaillants, la plupart au bord du désastre. Ce qui explique que l'Histoire soit un pareil bordel. Nous ne dépendons plus que de nous-mêmes, et, en ce qui me concerne, je n'ai pas l'intention de répéter les fautes commises sur Terre simplement pour obéir aux conventions. Nous sommes les premiers colons de Mars ! Nous sommes des *scientifiques* ! Notre devoir est de repenser les choses, de les rendre neuves !

Et les discussions reprirent, plus vives encore. Maya jura contre Arkady en constatant à quel point la colère montait. Elle surprit le sourire de John Boone. Il s'éleva du sol, monta vers Arkady et lui serra la main, ce qui les expédia en spirale dans une sorte de danse grotesque. Ce signe de soutien fit instantanément réfléchir l'audience. Maya surprit les expressions d'étonnement. Hormis sa célébrité, John était réputé pour sa modération et la discrétion de ses discours. Mais, s'il approuvait les idées d'Arkady, cela changeait toute la perspective.

— Bon sang, Arkady ! fit John. Je ne parle pas de ces simulations dingues, mais de ça : tu es un sauvage, vraiment ! Merde alors ! Comment ont-ils pu te laisser monter dans ce vaisseau ?

Exactement la question que j'aurais posée, se dit Maya.

— J'ai menti, fit Arkady.

Ils éclatèrent de rire. Même Frank, qui avait pourtant l'air surpris.

— Oui, bien sûr que j'ai menti ! cria Arkady, avec un grand sourire qui plissait sa barbe rousse. Comment je me serais retrouvé ici ? Je veux aller sur Mars pour y faire ce que je veux, et le comité de sélection voulait des gens qui partent mais qui obéissent. Et vous le savez ! (Il pointa le doigt vers les autres et cria :) Vous le savez ! Vous avez tous menti !

Frank riait franchement. Sax avait toujours son expression à la Buster Keaton, mais il leva un doigt et dit :

— Inventaire Multiphasique de Personnalité du Minnesota !

Les huées se déchaînèrent.

Ils avaient tous subi cet examen. C'était le test de psychologie le plus connu au monde, celui que tous les spécialistes respectaient. Il fallait répondre par oui ou non à 556 assertions afin de dessiner un profil. Mais l'analyse finale des réponses était fondée sur un ancien sondage qui avait porté sur un échantillonnage de 2 600 personnes de race blanche, mariées, appartenant à la classe moyenne des fermiers du Minnesota, et qui datait de 1930. Bien des gens pensaient que le choix de la population témoin l'avait biaisé depuis le début, et les remaniements auxquels il avait été soumis par la suite n'y avaient rien changé.

— Le Minnesota ! cria Arkady en roulant des yeux. Des fermiers ! *Des fermiers du Minnesota !* Moi, je vous le jure, j'ai menti à chaque question ! J'ai dit *exactement le contraire* de ce que je pensais, et c'est *ça* qui m'a classé comme normal !

On l'applaudit frénétiquement.

— Merde ! lança John. Moi, je suis du Minnesota, et j'ai menti aussi !

Nouveaux applaudissements. Maya remarqua que Frank était écarlate à force de rire, incapable de parler, les mains crispées sur le ventre. Jamais encore elle ne l'avait vu dans cet état.

— C'est le test qui t'a incité à mentir, dit Sax.

— Et pas toi ? demanda Arkady. Tu n'as pas menti, toi aussi ?

— Eh bien, non. J'ai dit la vérité pour chaque question.

Ce qui déclencha d'autres rires. Sax parut étonné, ce qui lui donnait vraiment un drôle d'air.

Quelqu'un lança :

— Qu'est-ce que tu en dis, Michel ? Qu'est-ce que tu as fait ?

Michel Duval leva les mains.

— Je crois que vous sous-estimez l'IMPM. Il est beaucoup plus sophistiqué que ça. Certaines questions ont été prévues pour vérifier votre honnêteté.

Ce qui lui valut une averse de questions, une véritable séance d'inquisition. Comment avait-il pu vérifier cela ? Comment les testeurs faisaient-ils pour rendre leurs théories falsifiables ? Comment les répétaient-ils ? Comment pouvaient-ils éliminer les solutions alternatives ? Et comment pouvaient-ils prétendre être scientifiques ?

Il était clair que, dans leur majorité, ils considéraient la psychologie comme une pseudo-science et qu'ils regrettaient amèrement les épreuves qu'ils avaient dû subir pour monter à bord. Durant ces dernières années, ils avaient largement payé le prix. Et le simple fait de découvrir ce sentiment chez les autres provoqua un nouveau déchaînement de conversations volubiles. Du coup, la tension créée par le discours politique d'Arkady s'éteignit.

Maya se dit que, peut-être, Arkady avait réussi à désamorcer leurs querelles. Dans ce cas, il s'était montré particulièrement habile. Mais Arkady *était* un homme habile. En fait, c'était John Boone qui avait dévié le sujet. Il s'était envolé vers le plafond à la rescousse d'Arkady, qui avait saisi cette chance. Oui, ils étaient aussi habiles l'un que l'autre. Et il était possible également qu'ils soient de connivence. Ils formeraient donc une espèce de second pouvoir, un Américain et un Russe. Il faudrait voir ça de plus près.

Maya dit à Michel Duval :

— Tu ne penses pas que c'est plutôt néfaste de nous considérer tous comme des menteurs ?

Il haussa les épaules.

— C'était quand même plus sain d'en parler. Parce que nous savons désormais que nous nous ressemblons plus que nous le pensions. Personne ne pensera plus qu'il lui a fallu user de malhonnêteté pour participer à la mission.

— Et toi ? fit Arkady. Tu t'es réellement présenté comme le plus rationnel et le plus équilibré des psychologues ? A cacher cet esprit étrange que nous avons tous appris à apprécier et à aimer ?

— Arkady, tu es un expert en esprits étranges, fit Michel avec un sourire.

A cet instant, ceux qui n'avaient pas quitté les écrans des yeux annoncèrent que les radiations diminuaient. Un moment encore, et elles revinrent presque à la normale.

Quelqu'un remit la *Symphonie pastorale* à l'intervention des cors d'harmonie, dans le dernier mouvement. « Le Bonheur et la Reconnaissance après la Tempête », dit une voix dans le circuit général.

Ils quittèrent l'abri et se dispersèrent dans tout le vaisseau comme du pollen porté par le vent, accompagnés par la célèbre mélodie dont les accents résonnaient dans toutes les coursives.

Ils découvrirent que les systèmes renforcés avaient résisté et qu'ils étaient intacts. Les parois de la ferme et du biome forestier avaient protégé en grande partie les plantations. Certaines étaient mortes, et ils estimèrent que toute la prochaine récolte serait inconsommable. Mais les stocks de semences n'avaient pas été atteints. Quant aux animaux, ils ne seraient pas consommables mais pourraient néanmoins assurer une nouvelle génération. Les pertes les plus tristes étaient les oiseaux chanteurs de la cantine D qu'ils retrouvèrent tous morts.

Pour l'équipage, les estimations atteignaient un maximum de 6 rems. Pour trois heures, c'était excessif, mais ç'aurait pu être plus grave, car l'extérieur du vaisseau avait encaissé une dose létale de 140 rems.

Six mois bouclés dans un hôtel, sans pouvoir jamais faire un tour dehors. Dans le vaisseau, c'était la fin de l'été, et les jours étaient longs. Ils allaient tous pieds nus, entre les parois et les plafonds où le vert dominait. Leurs conversations paisibles étaient à peine audibles dans le bourdonnement des machines et des ventilateurs. Le vaisseau semblait vide depuis que des secteurs entiers avaient été abandonnés : l'équipage se préparait. De petits groupes occupaient les coursives des Torus B et D. Ils bavardaient. Maya constatait que les conversations s'interrompaient parfois quand elle arrivait, et, bien sûr, elle était perturbée. Elle avait du mal à s'endormir comme à se réveiller. Son travail la rendait nerveuse. Les ingénieurs ne pouvaient qu'attendre, et les exercices de simulation étaient devenus insupportables. Elle mesurait difficilement le temps. Elle trébuchait souvent. Elle avait consulté Vlad, qui lui avait recommandé une surhydratation, plus d'exercices physiques, course et natation.

Hiroko, quant à elle, lui avait conseillé de passer plus de temps dans la ferme. Elle lui obéit et consacra des heures à désherber, à récolter, tailler, arroser, et même à parler aux feuillages, assise seule sur un banc. Une évasion. Les locaux de la ferme étaient vastes et leurs parois arrondies diffusaient des rais de soleil éblouissants.

Depuis la tempête solaire, les nouvelles plantations croissaient rapidement sur les différents niveaux de culture.

L'espace potager de la ferme n'était pas suffisant pour alimenter tout l'équipage, mais Hiroko se battait en permanence pour investir les secteurs de stockage dès qu'ils étaient libérés. Le blé bonsaï, le riz, le soja et l'orge poussaient dans les bacs. A l'étage supérieur, on trouvait les légumes cultivés en hydroponique, et les énormes vasques d'algues vertes ou jaunes destinées à la régulation des échanges gazeux.

Certains jours, Maya ne faisait rien, sinon observer les travaux de l'équipe de la ferme. Hiroko et son assistante Iwao travaillaient sans cesse sur l'optimisation de leur système de support bio-vital. Elles disposaient d'une équipe de volontaires réguliers : Raul, Rya, Gene, Evgenia, Andrea, Roger, Ellen, Bob et Sacha. Il s'agissait de faire jouer le facteur K représentant l'enclos même. Ainsi, l'équation pour chaque substance recyclée était :

$$K = I - \frac{e}{E}$$

E étant le taux de consommation du système, e le taux de l'enclos (incomplet), et I une constante pour laquelle Hiroko, plus avant dans sa carrière, avait défini une valeur corrigée. L'objectif, K = I–1, était irréalisable, mais le jeu favori des biologistes de la ferme était de tenter des approches asymptotiques et, au-delà, d'étendre l'équation à leur éventuelle existence sur Mars. Les conversations pouvaient donc s'étendre sur des jours et des jours, pour se perdre dans des spirales complexes que nul ne comprenait vraiment.

Pour l'essentiel, l'équipe de la ferme était déjà lancée dans son véritable travail, que Maya leur enviait, car elle en avait vraiment assez des simulations !

Pour elle, Hiroko était une énigme. Distante et grave, elle semblait constamment absorbée par son travail, et son équipe l'entourait toujours, comme si elle était la souveraine d'un royaume qui n'avait rien à voir avec le reste du vaisseau. Maya n'aimait pas ça, mais elle ne pouvait rien y faire. Et puis, il y avait dans l'attitude d'Hiroko quelque chose de rassurant. C'était un simple fait : la ferme était un lieu à part dans le vaisseau, et son équipe était aussi à part. Et Maya pourrait s'en servir pour contrebalancer l'influence de John et d'Arkady.

Puis elle avait cessé de s'inquiéter de cette situation de royaume indépendant. A vrai dire, elle retrouvait les gens de la ferme de plus en plus fréquemment. Parfois, à la fin d'une période de travail, il lui arrivait de rejoindre l'équipe de la ferme dans le moyeu pour jouer à un jeu qu'ils appelaient le saut de tunnel. En bas du puits central, les joints des cylindres avaient été élargis pour correspondre au diamètre exact des cylindres eux-mêmes, ce qui avait formé un tube lisse. On y avait installé des rampes afin de faciliter des déplacements rapides, mais la règle du saut de tunnel était de se jeter depuis l'écoutille de l'abri antitempête pour tenter d'atteindre le dôme-bulle, à cinq cents mètres de là, sans se toucher la paroi ni les rampes. Dans la pratique, les forces de Coriolis[1] ren-

---

1. Gaspard de Coriolis, physicien français (1792-1843), a apporté une contribution énorme dans son domaine, en définissant par exemple le système des vents, cyclones et ouragans sur Terre par rapport à la

daient cela presque impossible, et celui ou celle qui atteignait le milieu du tube était certain de gagner la partie. Mais, un certain jour, Hiroko vint s'assurer de la pousse expérimentale des plants dans le dôme-bulle. Elle salua les joueurs, s'accroupit au bord de l'écoutille de l'abri et sauta. Lentement, elle remonta tout le tube en se mettant en rotation, avant de tendre la main pour se bloquer sur l'écoutille du dôme.

Les autres la regardèrent, ahuris.

— Hé ! lança enfin Rya. Comment as-tu fait ça ?

— Quoi, « ça » ?

Ils lui expliquèrent alors leur jeu. Elle sourit et Maya, tout à coup, fut persuadée qu'Hiroko connaissait déjà les règles.

— Alors, comment tu as fait ? insista Rya.

— Il suffit de sauter tout droit ! répliqua Hiroko avant de disparaître.

On parla beaucoup de son exploit au cours du dîner. Et Frank dit à Hiroko :

— Tu as peut-être simplement eu de la chance.

Elle lui sourit.

— On pourrait peut-être faire une vingtaine de sauts, toi et moi, pour voir qui gagne.

— Ça me semble sympathique.

— Qu'est-ce qu'on peut parier ?

— De l'argent, bien sûr.

Elle secoua la tête.

— Parce que tu crois que l'argent a encore une quelconque importance ?

Quelques jours plus tard, Maya se retrouva flottant dans le dôme avec Frank et John. Elle regardait Mars, qui était maintenant une lune gibbeuse grande comme une pièce de dix *cents*.

— Il y a beaucoup de disputes depuis quelque temps,

---

rotation planétaire et à l'équateur. Il fut le premier à fixer les lois modernes de la cinétique et à définir l'énergie cinétique d'un objet comme égale à la moitié de sa masse multipliée par le carré de sa vitesse. *(N.d.T.)*

remarqua John d'un air détaché. J'ai entendu dire que Mary et Alex se sont battus vraiment. Michel prétend que c'était prévisible, mais quand même...

— On a peut-être trop de chefs, remarqua Maya.

— Tu aurais dû être le seul, peut-être, plaisanta Frank.

— Trop de chefs ? insista John.

Frank secoua la tête.

— Non, ce n'est pas ça.

— Non ? Mais il y a pourtant tout un tas d'étoiles à bord.

— L'envie de briller et celle de commander sont différentes. Et quelquefois, je me dis qu'elles sont opposées.

— Capitaine, je vous laisse la responsabilité de ce jugement.

John sourit en voyant Frank froncer les sourcils. Et Maya se dit qu'il était probablement la seule personne vraiment détendue à bord.

— Les psys ont deviné le problème, poursuivit Frank. Il était évident. Et ils ont utilisé la solution d'Harvard.

— La solution d'Harvard, répéta John, savourant la phrase.

— Il y a longtemps, les administrateurs de l'université ont remarqué que s'ils n'acceptaient que des collégiens de degré A, avant de distribuer tous les degrés aux étudiants de première année, un certain nombre n'acceptaient pas de se retrouver en D ou en F et qu'ils se faisaient sauter la tête.

— Pas possible ici, fit John.

Maya roulait des yeux étonnés :

— Dites, vous avez fait des écoles de commerce ?

— Ils ont trouvé le truc pour éviter ce genre d'embêtement, reprit Frank. Ça consistait à accepter un certain pourcentage d'élèves qui avaient l'habitude d'être mal notés, tout en s'étant distingués dans tel ou tel autre domaine...

— Comme d'avoir suffisamment de culot pour s'inscrire à Harvard avec des notes nulles...

— ... des élèves qui étaient rompus aux degrés inférieurs et qui étaient tout simplement heureux de se retrouver à Harvard.

— Mais comment tu as entendu parler de ça ? demanda Maya.

Frank sourit.

— J'étais dans ce cas.

— A bord de ce vaisseau, il n'y a pas de médiocres, fit John.

Frank eut une expression de doute.

— Nous avons toute une bande de scientifiques qui ne s'intéressent absolument pas aux choses courantes. La plupart trouvent ça ennuyeux. Comme l'administration. Ils sont ravis que des types comme nous s'en occupent.

— Des mâles bêta, fit John, s'en prenant à la passion de Frank pour la sociobiologie. Des moutons plutôt brillants…

Ils adoraient se balancer des piques.

— Tu as tort, dit Maya à Frank.

— C'est possible. De toute façon, ils constituent le corpus politique. Ils disposent au moins du pouvoir de suivre.

Il semblait déprimé à cette seule idée.

John, qui allait être de quart sur la passerelle, les quitta.

Frank dériva vers Maya, soudain nerveuse. Jamais ils n'avaient reparlé de leur brève liaison, même de façon indirecte. Maintenant, elle savait ce qu'elle devrait dire, qu'elle aimait prendre du plaisir avec les hommes qu'elle appréciait, à l'occasion. Et qu'elle n'avait fait qu'obéir à l'impulsion du moment.

Mais Frank pointa le doigt vers la pièce rouge sur fond d'espace.

— Je me demande pourquoi nous allons là-bas.

Elle haussa les épaules. Il pensait sans doute *je* et non pas *nous*.

— A chacun ses raisons.

— Ce n'est pas vrai.

Elle ne tint pas compte du ton de sa voix.

— Alors, c'est peut-être à cause de nos gènes. Ils ont senti que les choses tournaient mal sur Terre. Que le taux de mutations était en pleine croissance, ou quelque chose comme ça…

— Alors, ils ont décidé de recommencer de zéro.

— Oui.

— La théorie des gènes égoïstes. L'intelligence n'est qu'un outil destiné à aider la reproduction.

— Oui, je le suppose.

— Mais ce voyage met en danger notre capacité de reproduction. Nous ne sommes pas dans des régions sûres.

— Sur la Terre non plus, rien n'est sûr. La pollution, les radiations, les autres hommes…

Frank secoua la tête.

— Non. Je ne crois pas que l'égoïsme réside dans les gènes. Je pense qu'ils se trouve ailleurs. (Il la tapota de l'index entre les deux seins, assez fort pour quitter le sol. Puis répéta le geste sur lui avant de lui dire :) Bonne nuit, Maya.

Une semaine ou deux plus tard, Maya était dans la ferme, occupée à récolter des choux. Elle était seule dans la clarté de l'après-midi. Les choux ressemblaient à des rangées de cerveaux pensants, palpitant dans la lumière crue de l'après-midi.

Du coin de l'œil, elle entrevit un mouvement et se détourna. De l'autre côté de l'allée, derrière un bac d'algues, elle surprit un visage, déformé par le renflement du verre. Celui d'un homme au teint basané. Il regardait ailleurs et ne la voyait pas. Il semblait parler à quelqu'un qui n'était pas visible. Il bougea, et ses traits devinrent plus nets, agrandis par l'effet de loupe. Et Maya comprit pourquoi elle l'observait aussi intensément, l'estomac crispé : elle ne l'avait encore jamais vu auparavant.

Il se retourna et regarda vers elle. Leurs regards se croisèrent à travers deux épaisseurs de verre. C'était un étranger aux grands yeux dans un visage étroit.

Il disparut dans un vacillement brunâtre. L'espace d'une seconde, Maya hésita, apeurée, n'osant se lancer à sa poursuite. Puis elle se força à lui courir après sur toute la longueur de la salle et dans les deux courbures qui menaient au cylindre suivant. Personne. Elle parcourut encore trois cylindres, puis elle resta plantée là, le souffle court, à regarder les plants de tomates. Elle transpirait et en même temps elle se sentait glacée. Un étranger. C'était impossible. Et pourtant, elle l'avait vu ! Elle se concentra sur l'image qu'elle conservait de lui, essaya de revoir son visage. Et si c'était… mais non. Ce n'était aucun des Cent Premiers, elle le savait bien. L'identification des visages était l'une des facultés les plus puissantes de l'esprit, elle était d'une précision stupéfiante. Et il s'était enfui en la voyant.

Un passager clandestin. Mais c'était impossible ! Comment pouvait-il se cacher ? Et survivre ? Qu'est-ce qu'il avait fait pendant la tempête de radiations ?

Ou bien est-ce qu'elle hallucinait ? Elle en serait là ?...

Elle regagna sa cabine, prise d'un malaise. Les coursives du Torus D lui semblaient bien sombres malgré l'éclairage d'été, et des frissons lui parcouraient la nuque. Elle ouvrit la porte et plongea dans son refuge : un lit, une table de chevet, un placard, une chaise et quelques étagères. Elle resta là, immobile, deux heures durant. Mais elle n'avait rien à faire, aucune distraction, ni aucune réponse. Aucune issue.

Maya s'aperçut qu'elle était incapable de parler à quiconque de ce qu'elle avait vu, ce qui, en un certain sens, était encore plus effrayant que l'incident, qui en devenait d'autant plus impossible. Les autres penseraient qu'elle devenait folle. Et quelle autre conclusion pourraient-ils tirer ? Comment son passager clandestin se nourrissait-il ? Où se cachait-il ? Non. Ils savaient tous que ça n'était vraiment pas possible. Mais elle avait pourtant vu ce visage !

Une nuit, elle le revit en rêve, et s'éveilla baignée de sueur. Elle savait parfaitement que les hallucinations étaient un des symptômes de dépression dans les vols spatiaux. Ç'avait été fréquemment constaté dans les longues missions orbitales et quelques dizaines de cas avaient été enregistrés. Généralement, on commençait à entendre des voix sur le fond dominant du ronronnement de la ventilation et des machines, mais aussi à rencontrer un collègue de mission qui n'était pas là, ou, plus grave encore, son propre double, comme si l'espace commençait à s'emplir de miroirs. La diminution des stimuli sensoriels était, pensait-on, la cause de ce type de phénomène. L'*Arès*, lancé dans un voyage au long cours, sans que la Terre soit visible, avec un équipage brillant (et motivé, selon certains), présentait ce genre de risque potentiel. C'était entre autres ce qui expliquait la diversité des textures et des couleurs à bord, de même que les variations de clarté et de température selon les saisons.

Pourtant, elle, Maya, avait vu quelqu'un qui ne pouvait se trouver là.

Maintenant, quand elle circulait dans le vaisseau, elle avait l'impression que l'équipage se fractionnait de plus en plus en petits groupes, qui entretenaient peu de rapports.

Les gens de la ferme passaient la plus grande part de leur temps libre sur leurs lieux de travail : ils mangeaient ensemble à même le sol et, si l'on en croyait la rumeur, ils dormaient au milieu des plantes. L'équipe médicale disposait de chambres, de labos et de bureaux dans le Torus B : et ils s'y cloîtraient, plongés dans des observations et des expériences quand ils n'étaient pas en communication avec la Terre.

Les responsables du vol se préparaient aux manœuvres d'approche à raison de plusieurs simulations par jour.

Quant aux autres, ils étaient... dispersés. Difficiles à trouver. Les torus et les salles du vaisseau semblaient plus déserts que jamais auparavant. La cantine D n'était plus jamais comble. Et elle remarquait que dans les groupes, à l'heure du déjeuner, des querelles éclataient plus souvent, pour être très vite étouffées. A propos de quoi ?

Maya elle-même parlait moins et écoutait davantage. Les sujets de conversation d'une communauté en disaient long sur son état. Ici, on parlait presque toujours de science. On discutait boutique : biologie, ingénierie, géologie, médecine, etc. Tous sujets qui semblaient inépuisables.

Mais, dès qu'il y avait moins de quatre personnes à une table, les conversations déviaient vers les rumeurs, les ragots. Les deux sujets principaux étaient les piliers de la dynamique sociale : la politique et le sexe. Les voix se faisaient plus basses, les têtes s'inclinaient, et on échangeait ses petits échos. Ceux qui concernaient les rapports sexuels se faisaient plus courants et tranquilles à la fois, plus caustiques et complexes aussi. Dans quelques cas rares, par exemple celui du malheureux triangle Janet Blyleven — Mary Dunkel — Alex Zhalin, la chose devint publique et tout le monde en parla. Mais, dans la plupart des cas, cela se limitait à des chuchotements et à des regards incisifs.

Par exemple, Janet Blyleven entrait dans la cantine avec Roger Calkins, et Frank disait à John à mi-voix mais pour que Maya entende quand même :

— Janet pense que nous vivons en panmixie[1].

Maya l'ignorait, comme toujours, quand il s'exprimait

---

1. Reproduction sans sélection naturelle. *(N.d.T.)*

sur ce ton sarcastique, mais, plus tard, elle alla quand même chercher le sens exact du terme et comprit alors que, pour Frank, cela se résumait à une pratique d'accouplement généralisé entre un groupe de mâles et un groupe de femelles.

Le lendemain, elle considéra Janet avec une certaine curiosité. Elle n'avait à son sujet aucun a priori : Janet se montrait toujours amicale, elle savait écouter, elle se penchait vers vous avec son petit sourire vif. Et puis... après tout, le vaisseau avait été conçu pour leur assurer à tous une certaine intimité. Il ne faisait aucun doute qu'il se passait plus de choses qu'ils le croyaient tous.

Alors pourquoi, entre toutes ces vies secrètes, ne pouvait-il pas y avoir une autre vie secrète ? Solitaire, ou bien liée avec quelques-uns, qui constituaient une espèce de clique, de cabale ?

Un certain matin, Maya demanda à Nadia, à la fin de leur habituel petit déjeuner :

— Tu n'as rien noté de bizarre récemment ?

— Tout le monde s'ennuie. Il est temps de débarquer, je pense.

Après tout, ça n'était peut-être que ça, oui.

— Est-ce que tu as entendu parler d'Arkady et Hiroko ? ajouta Nadia.

Les rumeurs circulaient constamment autour d'Hiroko. Ce qui dérangeait et heurtait Maya. Cette fille asiatique solitaire était une cible toute désignée : la fille-dragon, l'Orient mystérieux... Sous la surface rationnelle et scientifique des esprits, il existait des superstitions profondes et fortes. Tout pouvait arriver, tout était possible.

Comme, par exemple, un visage découvert à travers un bac de verre.

Sacha Yefgremov se leva de la table voisine pour répondre à Nadia : Hiroko se préparait peut-être un harem de mâles.

Maya se dit que c'était absurde, mais l'idée d'une simple liaison entre Hiroko et Arkady la dérangeait, sans qu'elle sût pourquoi. Arkady ne taisait pas sa vocation d'indépendance à l'égard du contrôle de mission, mais Hiroko n'en parlait jamais. Pourtant, dans la pratique, n'avait-elle pas déjà mis toute l'équipe de la ferme à l'écart, dans une sorte de torus mental où les autres ne pourraient jamais pénétrer ?

Quand Sacha déclara à voix basse qu'Hiroko avait sans doute fait le projet de stocker tous ses ovules, fertilisés par tous les hommes de l'*Arès* et de les conserver en cryogénie pour qu'ils se développent plus tard sur Mars, Maya décida d'emporter son plateau vers les lave-vaisselle. Un sentiment de vertige. Ils devenaient tous trop bizarres.

Le croissant rouge de Mars avait maintenant la taille d'une pièce de vingt-cinq *cents*, et la tension montait, comme dans l'heure qui précède un orage. L'air était saturé de poussière, de créosote et d'électricité statique. Comme si le dieu de la guerre était réellement présent sur ce globe sanglant, qui les attendait. Les grands panneaux de l'intérieur du vaisseau étaient maintenant tachetés de jaune et de brun, et la lumière des après-midi alourdie par des vapeurs de sodium bronze pâle.

Ils passaient des heures dans le dôme-bulle, à observer ce monde que seul John avait vu ainsi avant eux. Les machines d'exercice étaient constamment occupées et tous faisaient preuve d'un nouvel enthousiasme pour les simulations. Janet visita les torus pour enregistrer en vidéo les images de tous les changements survenus dans leur petit univers. Puis elle lança ses lunettes sur une table et annonça qu'elle n'était plus la reporter officielle.

— Voilà, j'en ai jusque-là d'être considérée comme une étrangère. Dès que j'entre quelque part, tout le monde se tait, ou commence à me préparer son petit discours. On dirait que je suis un espion au service de l'ennemi !

— Tu l'étais, dit Arkady en la serrant dans ses bras.

Dans un premier temps, personne ne se porta volontaire pour la remplacer. Houston leur adressa des messages inquiets, puis des réprimandes suivies de menaces voilées. Ils allaient aborder Mars et l'expédition redevenait plus médiatisée. La situation, ainsi que la définissait le contrôle de mission, allait « exploser en nova ». On rappela à tous les colons qu'un coup publicitaire amènerait des bénéfices de toutes sortes au programme spatial. Il fallait donc qu'ils filment et émettent tout ce qu'ils faisaient, afin de stimuler l'intérêt et le soutien du public pour les futures missions martiennes dont ils allaient dépendre. C'était leur devoir !

Frank, face à l'écran de dialogue, suggéra au contrôle de mission de confectionner ses propres vidéos à partir des films enregistrés par des caméras-robots. Hastings, le directeur de la base de Houston, devint furieux. Mais, comme le dit Arkady avec un sourire qui étendait sa réponse à tout :

— Qu'est-ce qu'ils peuvent bien y faire ?

Maya secoua la tête. Ils étaient en train d'envoyer un signal très néfaste, de révéler ce que les rapports vidéo avaient caché jusqu'alors : que le groupe s'était disloqué en cliques rivales. Ce qui montrait à l'évidence qu'elle n'avait pas su maîtriser le contingent russe.

Elle allait demander à Nadia de prendre le relais de Janet lorsque Phyllis et plusieurs de ses amies du Torus B se portèrent volontaires. Maya accepta, tout en riant devant l'expression d'Arkady, qui affectait l'indifférence. Irritée, elle lui lança en russe :

— Tu sais très bien que tu viens de perdre ta chance ! Celle de façonner notre réalité !

— Pas notre réalité, Maya. La leur. Et peu m'importe ce qu'ils pensent.

Maya et Frank commencèrent à discuter des attributions de postes pour l'atterrissage. Ils étaient déterminés jusqu'à un certain point par les talents de spécialiste de chacun des membres de l'équipage mais, par un effet de redondance de ces talents, il convenait de faire certains choix. Et les provocations d'Arkady avaient eu au moins un effet : le plan de vol initial du contrôle de mission était désormais considéré au mieux comme provisoire.

A vrai dire, nul ne semblait plus vraiment admettre l'autorité de Maya ou de Frank, ce qui amena un regain de tension quand on apprit qu'ils s'occupaient de ces problèmes.

Le contrôle de mission avait prévu l'établissement d'une base-colonie dans les plaines au nord d'Ophir Chasma, l'immense extension septentrionale de Valles Marineris. L'ensemble de l'équipe de la ferme serait assigné à la base, ainsi que la majorité des ingénieurs et de l'équipe médicale — en tout, soixante personnes environ sur cent. Les autres seraient affectés à des missions parallèles et ne regagneraient la base que de temps à autre. La plus importante des missions parallèles était d'installer une partie de l'*Arès* sur Phobos, après son démantèlement, pour commencer à transformer cette lune de Mars en station spatiale. Une autre mission, moins essentielle, devrait quitter la base pour rallier la calotte polaire nord, afin de commencer des travaux miniers destinés à l'extraction de blocs de glace qui seraient ensuite transportés jusqu'à la base.

Une troisième mission assurerait l'exploration géologique de l'ensemble de la planète — une vraie croisière de détente.

Tous les groupes secondaires seraient ainsi autonomes durant des périodes pouvant aller jusqu'à un an, et la sélection n'était pas à prendre à la légère, ils connaissaient tous maintenant la longueur d'une année.

Arkady, avec un groupe de ses amis — Alex, Roger, Samantha, Edvard, Janet, Tatiana et Elena —, avait demandé à être affecté aux travaux de la station sur Phobos. Lorsque Phyllis et Mary l'apprirent, elles vinrent trouver Maya et Frank pour protester.

— Il est évident qu'ils essaient de faire mainmise sur Phobos. Qui peut savoir ce qu'ils en feront plus tard ?

Maya acquiesça, et vit que Frank, lui non plus, n'appréciait pas. Le problème était qu'aucun des autres ne voulait aller sur Phobos. Même Phyllis et Mary refusaient de remplacer l'équipe d'Arkady. Alors, comment s'opposer à sa proposition ?

Mais lorsque Ann Clayborne proposa la liste de son équipe d'exploration géologique, les réactions furent encore plus violentes. Beaucoup avaient espéré en faire partie et, parmi ceux qui avaient été rejetés, il en fut pour décider qu'ils lanceraient leurs propres expéditions, sans s'occuper d'Ann.

Les discussions éclataient, de plus en plus véhémentes, de plus en plus fréquentes. Chacun voulait participer à une mission précise, et ils prenaient tous rang pour la décision finale. Maya, quant à elle, avait le sentiment d'avoir perdu tout contrôle sur le contingent russe. Et elle était furieuse contre Arkady. Lors d'une réunion générale, elle suggéra de confier les sélections à l'ordinateur central. Ce qui fut rejeté sans le moindre égard envers son autorité. En levant les bras elle demanda :

— Qu'est-ce que nous faisons ?

Personne ne le savait.

Elle eut un entretien en privé avec Frank.

— Essayons de leur donner l'illusion que la décision finale vient d'eux, lui proposa-t-il avec un bref sourire.

Elle eut conscience qu'il prenait un certain plaisir à l'avoir vu perdre pied durant la réunion. En même temps, le souvenir de leur liaison lui revenait, et elle se traita d'idiote. Tous ces petits politburos étaient dangereux…

Frank interrogea tout le monde et afficha les résultats sur la passerelle par ordre de préférence.

Les missions géologiques étaient très demandées, ce qui n'était pas le cas de la station Phobos. Mais tout le monde le savait d'avance. Le sondage prouvait par ailleurs qu'il existait moins de conflits à bord qu'on aurait pu le craindre.

A la deuxième réunion, Frank annonça :

— Des plaintes se sont élevées contre la prise en main de la station Phobos par Arkady. Mais il est le seul avec ses amis à revendiquer cette mission. Tous les autres veulent rester à la surface de Mars.

— En fait, nous devrions avoir droit à une prime de risque, dit Arkady.

— Ça ne te ressemble guère de demander ça, remarqua Frank d'une voix calme.

Arkady se rassit en souriant.

Mais Phyllis, elle, ne s'amusait pas du tout.

— Phobos va être un relais entre la Terre et Mars, comme les stations orbitales de la Terre. Sans ces relais, on ne peut aller d'une planète à une autre. C'est exactement ce que les stratèges de la marine appellent des goulots d'étranglement.

— Je jure de garder les mains derrière mon dos et de ne pas te toucher le cou, fit Arkady.

— Nous sommes tous destinés à faire partie du même village planétaire ! aboya Frank. Ce que nous faisons affecte l'ensemble des autres ! Et si j'en juge par vos divers comportements, ça nous fera du bien de nous séparer de temps à autre. Pour ma part, je ne vois aucun inconvénient à ce qu'Arkady disparaisse de ma vue pendant quelques mois.

Arkady s'inclina.

— Phobos, nous voilà !

Mais Phyllis, Mary, ainsi que tout leur groupe, n'étaient pas satisfaites. Elles passèrent des heures en communication avec Houston. Dès que Maya pénétrait dans le Torus B, les conversations cessaient et elle sentait des regards soupçonneux peser sur elle — comme si le seul fait d'être russe la plaçait dans le camp d'Arkady ! Elle pestait contre tous ces idiots et particulièrement contre Arkady. C'était avec lui que tout avait commencé.

Il devint de plus en plus difficile de se faire une idée exacte de ce qui se passait. Dans un vaisseau qui semblait maintenant plus vaste, les cent membres de la colonie étaient répartis en groupes d'intérêts, de micropolitiques... L'équipage fragmenté. Ils n'étaient que cent et, pourtant, ils formaient une communauté impossible à diriger ! Et Maya, pas plus que Frank, n'y pouvait quoi que ce soit.

Une nuit, dans un rêve, elle revit le visage aperçu à la ferme. Elle s'éveilla en frissonnant et ne parvint pas à retrouver le sommeil. Les choses échappaient à son contrôle. Cent Terriens volaient dans le vide spatial à l'intérieur d'un amas de réservoirs, et on comptait sur elle pour s'occuper de cette flottille baroque. Absurde ! Elle quitta sa cabine, enfila le tunnel D jusqu'au puits central, se hissa dans le dôme-bulle sans penser un instant au jeu du saut de tunnel.

Il était quatre heures du matin. Le dôme semblait un planétarium vidé de son public : silence, infini. Des milliers d'étoiles sur le fond noir de l'hémisphère. Et Mars, à la verticale, presque sphérique, comme une grosse orange de pierre. Les quatre grands volcans étaient nettement visibles à sa surface, ainsi que les grands rifts de Marineris.

Maya dérivait, les bras étendus, tournant très lentement sur elle-même, essayant de discerner un sens dans le schéma complexe de ses émotions. Elle cligna des yeux et de petites sphères de larmes montèrent vers les étoiles.

La porte du sas s'ouvrit. John Boone entra, la vit, et agrippa la poignée pour se retenir.

— Désolé, Maya. Je peux me joindre à toi ?

— Non. (Elle renifla en se frottant les yeux.) Qu'est-ce que tu fais ici à cette heure ?

— Je me lève souvent très tôt. Et toi ?…

— J'ai fait de mauvais rêves.

— A propos de quoi ?

— Je ne m'en souviens pas vraiment.

Mais le visage lui revenait à l'esprit.

Il flotta dans sa direction.

— Moi non plus, je n'arrive jamais à me rappeler mes rêves.

— Jamais ?

— Disons rarement. Si je me réveille, et si j'ai le temps d'y penser, j'arrive parfois à m'en souvenir.

— C'est normal. Ce qui est mauvais, c'est de ne jamais se souvenir d'aucun rêve.

— Vraiment ? Et c'est le symptôme de quoi ?

— Je crois que c'est un refoulement complet. (Elle s'était laissée dériver vers le côté et revint vers John.) Mais c'est peut-être du Freud pur et dur.

— Tu veux dire que c'est de la phlogistique[1].

Elle rit.

— Oui, exactement.

Ils se turent et contemplèrent Mars en se désignant l'un l'autre les points de repère. Puis ils bavardèrent. Maya l'observait. Il était trop beau, trop bien. Ça n'était pas le genre d'homme qu'elle pouvait aimer. Toujours de bonne humeur : elle avait longtemps pris cela pour de la stupidité, tout au moins au début. Mais, durant le voyage, elle avait compris qu'il n'en était rien.

— Qu'est-ce que tu penses de toutes ces discussions à propos de ce que nous devrions faire ? demanda-t-elle.

— Je ne sais pas.

— Je pense que Phyllis a marqué des points.

Il haussa les épaules.

— Je ne crois pas que ce soit important.

---

1. Le phlogiston était un fluide que des chimistes du XVIIIe siècle avaient imaginé pour expliquer la combustion. *(N.d.T.)*

— Qu'est-ce que tu veux dire ?

— Dans une discussion importante, ce qui compte, ce sont les argumentations des gens : X prétend *a*, Y prétend *b*. Ils se disputent pour défendre leurs points de vue. Mais quand leur public se souvient de leur discussion, seul importe que c'est X qui pense *a* et que Y pense *b*. Les gens se font leur conviction à partir de ce qu'ils pensent de X ou de Y.

— Mais nous sommes des scientifiques ! Nous avons été formés à mettre en doute l'évidence.

Il acquiesça.

— Exact. En fait, vu que je t'aime bien, je te concède ce point.

Elle rit en le repoussant, et ils plongèrent vers le bas du dôme.

Maya, surprise de son geste, ne s'arrêta que sur le sol. En se retournant, elle vit que John était resté au centre et qu'il la regardait avec un sourire. Puis il prit appui sur une rambarde, s'élança dans les airs, et traversa le dôme dans sa direction.

Maya comprit aussitôt et, oubliant sa résolution d'éviter ce genre de chose, elle se projeta vers lui. Ils arrivaient droit l'un vers l'autre et, afin d'éviter une collision douloureuse, ils se saisirent en plein vol, comme dans une danse acrobatique.

Ils se mirent à tourner, les mains jointes. Ils flottaient en spirale vers une issue aussi limpide qu'évidente. Maya sentait son pouls s'accélérer, et son souffle était devenu brûlant. Ils s'embrassèrent.

Avec un sourire, John se détacha d'elle et l'envoya valser doucement vers le sommet du dôme tandis qu'il redescendait vers le sol. Là, il rampa jusqu'à l'écoutille d'accès qu'il verrouilla.

Maya démêla ses cheveux et secoua la tête d'un mouvement vif en riant. Non, ce ne serait pas un moment d'amour sublime et inoubliable, mais simplement un moment de plaisir, et cette impression de simplicité était... Un désir brutal l'envahit, elle s'élança vers John. Elle exécuta un double saut périlleux tout en faisant glisser le zip de sa combinaison, dans le tam-tam et les timpani de son cœur, la peau embrasée. Elle se déshabillait avec le sentiment de fondre, se heurta à John, dériva loin de lui, ils rebondirent encore en se défaisant de leurs combinaisons. Enfin, contrôlant leur vol, ils se rapprochèrent lentement l'un de l'autre, et leurs lèvres les soudèrent dans la spirale d'une étreinte aérienne.

Ils se revirent les jours suivants. Ils ne firent aucun effort pour garder leur liaison secrète et, très vite, ils devinrent un couple public qui surprit beaucoup de leurs compagnons de voyage. Maya, en entrant un matin dans le réfectoire, saisit un bref regard de Frank, qui la glaça. Elle se rappela un autre incident, dans d'autres circonstances, et elle préféra ne pas réveiller dans son esprit ce que pouvait évoquer ce regard.

Mais la plupart semblaient trouver le couple plaisant. Après tout, c'était une sorte d'union royale, l'alliance des deux puissances qui dirigeaient la colonie, ce qui signifiait une certaine harmonie. Bien sûr, cette union semblait en catalyser un certain nombre d'autres, qui sortaient de l'ombre ou qui s'affichaient plus franchement.

Vlad et Ursula, Dmitri et Elena, Raul et Marina — les nouveaux couples se montraient un peu partout et les plaisanteries agacées se multipliaient. Mais Maya avait l'impression que la tension diminuait, de même que les querelles, et que les rires revenaient.

Une nuit, alors qu'elle réfléchissait à un moyen de se glisser discrètement jusqu'à la chambre de John, elle se demanda ce qui les avait rapprochés. Pas l'amour : elle ne l'aimait toujours pas, elle n'éprouvait que de l'amitié à son égard, plus un désir aussi fort qu'impersonnel. Non, en vérité, ils s'étaient trouvés parce que c'était *utile*. Utile pour elle… Mais elle s'arracha à cette idée pour se concentrer sur l'expédition. Oui, leur couple était politiquement utile. Comme à l'époque féodale, dans les anciennes comédies de régénération, de renouveau printanier. Elle semblait réagir à des pulsions plus fortes que son désir, comme si elle obéissait à un pouvoir supérieur. Peut-être était-ce Mars. Une idée qui était loin d'être déplaisante.

Quant à estimer qu'elle avait acquis un moyen de pression vis-à-vis d'Arkady, de Frank ou d'Hiroko… Elle réussit à rejeter cette idée. Ce qui était un de ses talents.

Le jaune, l'orange et le rouge s'épanouissaient sur les parois du vaisseau. Mars avait à présent la moitié de la taille de la Lune. Le temps de récolter le prix de leurs efforts approchait. Dans une semaine au plus, ils y seraient.

La tension persistait pour l'attribution des postes pour la manœuvre de débarquement. Et, à présent, Maya avait plus de difficulté à travailler avec Frank. Ça n'était pas encore une gêne, mais elle prit conscience que leur incapacité à contrôler cette situation ne lui déplaisait pas. Les désaccords étaient surtout suscités par Arkady, et ainsi, la faute incombait plus à Maya qu'à lui. Plus d'une fois, en sortant d'une réunion avec Frank, elle était allée trouver John en espérant quelque secours de sa part. Mais John se tenait à l'écart des débats et soutenait toutes les propositions de Frank. Les conseils qu'il donnait en privé à Maya étaient assez avisés, mais l'ennui, c'était qu'il aimait bien Arkady et ne supportait pas Phyllis. Donc, il lui conseillait souvent de soutenir les propositions d'Arkady, sans paraître se rendre compte que cela sapait l'autorité de Maya dans le groupe russe. Pourtant, jamais elle ne le lui fit remarquer. Amants ou non, il existait encore des sujets qu'elle ne voulait pas aborder, avec lui ou avec quiconque.

Mais une nuit qu'elle se trouvait dans sa chambre, les nerfs à vif, incapable de trouver le sommeil, elle lui demanda :

— Est-ce que tu crois qu'il serait possible à un passager clandestin de se cacher à bord ?

— Je l'ignore, fit-il, déconcerté. Mais pourquoi me demandes-tu ça ?

La gorge nouée, elle lui parla du visage qu'elle avait vu derrière le bocal d'algues.

Il s'assit alors, le regard fixe.

— Tu es certaine que ce n'était pas…

— Non, ça n'était pas l'un de nous.

Il se frotta le menton.

— Eh bien… Je suppose que si un membre de l'équipage l'aidait…

— Hiroko, risqua Maya. Je veux dire, pas seulement parce que c'est Hiroko, mais à cause de la ferme et tout le reste. Il y a des tas de cachettes possibles dans la ferme et, pour le ravitaillement, ça ne pose pas de problème. Et pendant la tempête de radiations, il a pu s'abriter avec les animaux.

— Ils ont reçu une sacrée dose de rems !

— Mais il a très bien pu se protéger derrière la citerne. Un abri antiradiations pour une seule personne est trop difficile à construire.

John réfléchissait toujours.

— Neuf mois dans la clandestinité !

— Le vaisseau est grand. C'est donc possible, non ?

— Oui, je le suppose. Oui... Mais dans quel but ?

Elle haussa les épaules.

— Je n'en ai aucune idée. Quelqu'un qui voulait faire partie de la mission, qui a échoué à la sélection. Qui avait un ami à bord, ou même plusieurs amis...

— Quand même ! Je veux dire : un certain nombre d'entre nous avaient des amis qui auraient voulu embarquer. Ça ne signifie pas nécessairement que...

— Je sais, je sais...

Ils continuèrent ainsi durant plus d'une heure, spéculant sur les motifs du passager clandestin, les méthodes qui avaient pu permettre de le faire monter à bord de l'*Arès*, de le cacher, etc. Et Maya prit conscience qu'elle se sentait bien mieux, qu'elle avait retrouvé un moral solide. John la croyait ! Il ne pensait pas qu'elle était devenue folle ! Elle ressentit une vague de bonheur et de soulagement et l'entoura de ses bras.

— Ça m'a fait tellement de bien de te parler de ça !

Il lui sourit.

— Maya, on est amis. Tu aurais dû le faire avant.

— Oui.

Le dôme-bulle aurait été l'endroit idéal pour observer leur approche finale, mais ils devaient passer en aréofreinage pour réduire leur vitesse, et le dôme se trouverait ainsi derrière le bouclier antithermique qu'ils étaient en train de déployer. Donc, ils ne verraient rien.

L'aréofrein leur avait évité l'énorme charge de carburant qui aurait été nécessaire pour ralentir en descendant vers Mars, mais c'était une opération qui exigeait une précision extrême, et par conséquent dangereuse. Ils avaient une marge d'une milliseconde d'arc et, plusieurs jours avant que ne commencent les manœuvres réelles, l'équipe de navigation entreprit de corriger leur trajectoire par de petites poussées, à raison d'une par heure environ, pour affiner encore l'approche. Ils coupèrent la rotation du vaisseau. Le retour en apesanteur, même dans les torus, fut un choc. Maya réalisa brusquement qu'il ne s'agissait plus d'une simulation. Elle flottait dans les courants d'air des coursives et découvrait toute chose sous une perspective nouvelle. Réelle.

Elle se reposait par petits sommes : une heure, trois heures... Dès qu'elle bougeait dans son sac, elle avait un instant de désorientation, et se croyait de nouveau à bord de *Novyï Mir*. Puis elle se rappelait, et le flux d'adrénaline la réveillait brutalement. Elle se halait dans les coursives, entre les panneaux bruns, or et bronze. Elle allait retrouver Mary, Raul ou Marina sur la passerelle. Les quarts se succédaient selon la routine. Mais ils approchaient de Mars à une telle vitesse qu'il leur semblait voir la planète grandir à vue d'œil sur les écrans.

Ils devaient la contourner à 30 000 mètres de distance, l'équivalent de dix millionièmes de la distance qu'ils avaient parcourue.

— Aucun problème, dit Mary en coulant un regard furtif à l'adresse d'Arkady.

Jusque-là, ils étaient en trajectoire Mantra, et ils espéraient bien qu'aucun des problèmes tordus de ses simulations ne se présenterait.

Tous les membres de l'équipage qui n'étaient pas aux postes de navigation mettaient les panneaux en place, se préparant au pivotement et aux chocs que provoqueraient certainement les 2,5 g.

Quelques équipes sortirent du vaisseau pour déployer des boucliers thermiques supplémentaires et d'autres dispositifs secondaires.

Il y avait tant à faire et, pourtant, les journées semblaient si longues.

Cela devait avoir lieu au milieu de la nuit et, ce soir-là, tout resta allumé. Personne n'alla se coucher. Chacun avait son poste — certains étaient déjà au travail, d'autres attendaient.

Maya était installée dans son fauteuil, sur la passerelle, parcourant du regard les moniteurs et les écrans en se disant que c'était tout à fait comme un exercice de simulation à Baïkonour. Est-ce qu'ils étaient réellement en orbite autour de Mars ?

Oui, c'était bien réel : l'*Arès* heurta l'atmosphère ténue de Mars à 40 000 kilomètres à l'heure et, aussitôt, le vaisseau se mit à vibrer. Maya fut secouée furieusement dans son siège et elle perçut un grondement sourd. Une éblouissante clarté rose orangé se déversait sur les écrans.

L'air compressé rebondissait sur les boucliers thermiques et balayait les caméras extérieures, la passerelle tout entière était baignée des reflets de Mars. Et, la gravité revint, avec ses représailles : Maya sentit sa cage thoracique comprimée au point d'avoir du mal à respirer, sa vision devint floue. Elle souffrait !

Ils pénétraient l'air léger de Mars à une altitude et une vitesse calculées pour les placer dans ce que les aérodynamistes appelaient un flux transitionnel, un état intermédiaire entre le flux moléculaire et le flux de continuum. Le flux moléculaire libre aurait été logiquement le meilleur moyen d'approche : l'air qui frappait le bouclier thermique aurait été rejeté sur les côtés et, ainsi, le vide résultant aurait été rapidement comblé par la diffusion moléculaire.

Mais leur vitesse était encore trop élevée pour ça, et ils auraient pu à peine éviter la chaleur terrible du flux de continuum qui se répandait sur le bouclier et le vaisseau comme une vague.

Le mieux qu'ils pouvaient risquer était donc de choisir la trajectoire la plus haute possible afin de ralentir au maximum, ce qui les placerait en flux transitionnel, une sorte de vacillement entre le flux moléculaire libre et le flux de continuum, pour un bon vol bien chahuté. Et c'était là le danger.

Si jamais ils rencontraient une cellule à haute pression

dans l'atmosphère martienne, la chaleur, les vibrations ou les forces *g* pouvaient détériorer les appareils sensibles, alors ils se retrouveraient dans l'un des cauchemars d'Arkady à la seconde même où ils seraient écrasés dans leurs sièges, sous un poids de 400 kilos, ce qu'Arkady lui-même n'avait jamais réellement réussi à simuler parfaitement.

Maya se dit sombrement que, dans l'univers réel, ils étaient plus vulnérables, presque sans défense.

Mais le sort voulut que la stratosphère de Mars soit calme, et ils restèrent en trajectoire Mantra — c'est-à-dire qu'ils furent secoués, assourdis, le souffle presque coupé durant huit minutes. Un moment qui n'en finissait pas, pour Maya.

Les capteurs leur apprirent que la température du bouclier thermique principal avait enregistré jusqu'à 600 degrés Kelvin.

Puis la vibration cessa et le grondement s'éteignit. Ils avaient quitté l'atmosphère après avoir glissé sur un quart de la planète. Leur vitesse avait diminué jusqu'à 20 000 kilomètres à l'heure, la température du bouclier était remontée jusqu'à 710 degrés, à la limite du seuil de résistance. Mais la méthode s'était révélée efficace. Tout était calme. Ils flottaient à nouveau en apesanteur, maintenus par leurs harnais.

Tout était silencieux à bord.

Ils débouclèrent leurs ceinturons avec des gestes hésitants, dérivèrent comme des fantômes dans l'air frais des salles, le souvenir du grondement toujours présent, qui rendait le silence plus intense, plus épais. Et ils se mirent à parler trop fort, chacun serrant les mains de ses voisins. Maya éprouvait un vertige, elle ne comprenait pas très bien ce que les autres lui disaient, non parce qu'elle ne les entendait pas, mais parce qu'elle ne leur prêtait pas réellement attention.

Douze heures plus tard, leur nouvelle trajectoire les amena en périastre à 35 000 kilomètres de la surface. Là, ils déclenchèrent les fusées principales pour une brève poussée et leur vitesse augmenta d'une centaine de kilomètres à l'heure. Après quoi, ils furent attirés de nouveau vers Mars selon une ellipse qui allait les amener à cinq cents kilomètres d'altitude. Ils étaient maintenant en orbite martienne.

Chaque orbite elliptique durait environ un jour. Dans les deux mois qui suivraient, les ordinateurs contrôleraient les mises à feu qui, peu à peu, placeraient l'*Arès* en orbite circulaire autour de Phobos. Mais les équipes de débarquement devraient auparavant descendre vers la surface en profitant de la proximité du périgée.

Ils ramenèrent les boucliers thermiques en position de stockage et montèrent jusqu'au dôme-bulle afin d'avoir une vue panoramique.

Au périgée, Mars emplissait la plus grande partie du ciel, et ils eurent le sentiment de survoler la planète dans un jet. On distinguait les fonds de Valles Marineris, et les sommets des quatre grands volcans se détachaient comme d'immenses pics qui se dressaient au-dessus du paysage bien avant que celui-ci ne se déploie. Il y avait des cratères sur toute la surface, remplis de sable orange vif, un peu plus pâle cependant que celui qui couvrait le paysage. De la poussière, sans doute.

Les chaînes de montagnes raboteuses, usées, se dessinaient en plus sombre, en plis de rouille sur fond d'ombres noires. Mais ces teintes claires ou sombres n'étaient qu'à une tonalité de la couleur omniprésente, le rouge orangé rouillé de chaque pic, cratère, canyon ou dune qui se déployait jusque dans l'atmosphère poussiéreuse, loin au-dessus du croissant visible.

Mars la rouge ! Pétrifiante, hypnotisante.

Ils passaient de longues heures à travailler mais, au moins, c'était un travail réel. Ils devaient démanteler une partie du vaisseau. La partie principale serait placée en orbite de proximité autour de Phobos. Elle servirait de véhicule d'évacuation en cas d'urgence. Mais vingt réservoirs à la périphérie du puits du moyeu central devaient simplement être détachés de l'*Arès* et reconvertis en véhicules d'atterrissage. Les colons se poseraient sur Mars par groupes de cinq.

Le premier atterrisseur entamerait sa descente dès qu'il serait découplé et prêt, aussi travaillaient-ils vingt-quatre heures sur vingt-quatre en se relayant, la plupart du temps à l'extérieur du vaisseau.

Lorsqu'ils se retrouvaient au réfectoire, épuisés et affamés, les conversations se déchaînaient : l'ennui du voyage semblait oublié.

Une nuit, Maya traversa en flottant la salle de bains, prête à retrouver son lit. Depuis des mois, elle n'avait jamais eu les muscles aussi engourdis. Autour d'elle, Nadia, Sacha et Yeli Zudov bavardaient, et leurs phrases volubiles et chaleureuses lui firent prendre conscience que tous étaient heureux — ils vivaient les ultimes moments de leur attente, une attente qu'ils avaient entretenue au fond de leur cœur durant la moitié de leur vie, ou peut-être depuis l'enfance —, car ce qu'ils avaient attendu était maintenant sous eux, comme dessiné par un enfant, comme un yoyo qui montait puis descendait. Mars : un immense potentiel, un tableau rouillé et vide. Tout était désormais possible, tout pouvait leur arriver et, durant ces derniers jours, ils étaient absolument libres. Libérés du passé comme de l'avenir, ils flottaient dans l'air tiède comme des esprits prêts à renaître sur un nouveau monde matériel…

Dans le miroir, Maya fit la grimace tandis qu'elle se brossait les dents, et elle saisit une rampe pour stabiliser sa position. Elle se dit que jamais plus ils ne seraient aussi heureux. La beauté était la promesse du bonheur, et non pas le bonheur lui-même. Et le monde que l'on espérait était souvent plus riche que toute la réalité. Mais, cette fois, qui pouvait savoir ? Cette fois, c'était peut-être l'Eldorado.

Elle se détacha de la rampe, recracha son dentifrice dans un sac, et flotta à reculons dans la coursive. Quoi qu'il advienne, ils avaient atteint leur objectif. Ils avaient au moins gagné la chance d'essayer.

En démantelant l'*Arès*, ils étaient nombreux à éprouver un sentiment bizarre. John remarqua que c'était comme de démonter une ville, d'éparpiller ses immeubles dans la campagne environnante. C'était *leur* ville jusqu'alors. Sous l'œil géant de Mars, les désaccords devenaient plus vifs, car il était évident que la situation était critique et qu'il ne leur restait guère de temps. Les gens discutaient, dans l'espace ou à l'intérieur. Il y avait combien de petits groupes, maintenant, qui tenaient chacun conseil séparément ?... Comment ce bref moment de bonheur avait-il pu fondre ainsi ? Maya considérait qu'Arkady était le principal responsable. C'était lui qui avait ouvert la boîte de Pandore. Sans ses discours, le groupe de la ferme se serait-il autant resserré autour d'Hiroko ? Et l'équipe médicale aurait-elle tenu toutes ces réunions secrètes ? Maya en doutait.

Avec Frank, elle s'activait à amoindrir les différences, à forger un consensus, pour donner à tous le sentiment qu'ils ne formaient qu'une seule et unique équipe.

Ce qui impliquait de longues conférences avec Phyllis et Arkady, Ann et Sax, avec Houston et Baïkonour.

Dans le processus, une relation nouvelle se développa entre les deux chefs, plus complexe encore que leurs rencontres dans le parc, mais qui en faisait quand même partie.

Maya découvrait, dans les sarcasmes de Frank, des touches de ressentiment : il avait été marqué par l'incident, plus qu'elle ne l'avait cru, sur le coup. Mais on n'y pouvait plus rien, à présent.

La mission Phobos fut confiée à Arkady et à ses amis, bien sûr, principalement parce que personne d'autre n'en voulait. Tous ceux qui avaient demandé à participer à l'exploration géologique avaient reçu l'assurance qu'ils auraient un poste. Phyllis et Mary, ainsi que les autres membres du « groupe Houston », avaient été rassurées : la construction du camp de base obéirait aux plans de Houston. Ils avaient l'intention de travailler sur place afin que tout se déroule correctement.

— Bien, bien, parfait, grommela Frank à l'issue d'une des réunions. Nous allons donc tous être *sur* Mars. Alors, pourquoi se battre sur ce que nous devons faire ?

— C'est la vie, lança Arkady d'un ton enjoué. Sur Mars et partout, c'est comme ça.

Frank avait les mâchoires crispées.

— Je suis ici pour échapper à ce genre de chose !

Arkady secoua la tête.

— Mais non, bien sûr que non ! C'est ta vie, Frank. Qu'est-ce que tu deviendrais sans ça ?

Peu avant d'entamer la descente, un soir, ils se rassemblèrent tous pour un grand repas. La plupart des plats provenaient de la ferme : salade, pâtes, pain, et du vin rouge sorti de la réserve à cette occasion.

Il y avait des fraises au dessert et Arkady, à cet instant, flotta au-dessus de l'assemblée pour proposer un toast :

— Au nouveau monde que nous créons aujourd'hui !

Un tumulte de cris et de sifflements lui répondit : ils savaient tous ce que ça signifiait. Phyllis dégusta une fraise et dit :

— Ecoute, Arkady, cette installation est une station scientifique. Tes idées ne sont pas à l'ordre du jour. Elles le seront peut-être dans cinquante ou cent ans. Mais dans l'immédiat, ce sera comme une station, dans l'Antarctique.

— C'est vrai, concéda Arkady. Mais, en fait, le statut des stations d'Antarctique est très politique. La plupart ont été construites afin que les nations responsables aient leur mot à dire dans la révision du traité sur l'Antarctique. Et à présent, l'ensemble des stations est régi par les lois définies par ce traité, à l'issue d'un processus totalement politique ! Tu comprends donc que tu ne peux pas rester la tête dans le sable à crier : « Je suis une scientifique ! Je suis une scientifique ! » (Il se tapota le front.) Non. Parce que, quand tu dis ça, tu ne fais que répéter : « Je ne veux pas réfléchir à des systèmes complexes ! » Ce qui n'est pas vraiment bien de la part d'une scientifique, non ?...

Maya intervint d'un ton irrité.

— L'Antarctique est gouverné par un traité international parce que personne n'y habite, hors des stations scientifiques.

Gâcher leur dernier dîner, leur ultime instant de liberté, comme ça !

— Exact, encore une fois. Mais songe au résultat. Dans l'Antarctique, personne ne possède de terrain. Aucun pays, aucune organisation ne peut exploiter les ressources naturelles du continent sans le consentement des autres. Nul ne peut prétendre en être propriétaire, s'en emparer ou les vendre, de sorte que certains en bénéficient aux dépens des autres. Tu ne vois pas à quel point c'est radicalement différent de toutes les autres régions du monde ? C'est le dernier territoire de la planète à être organisé, à dépendre d'un ensemble de lois. Ce qui représente ce que tous les gouvernements travaillant ensemble considèrent instinctivement comme juste, matérialisé sur des territoires libres de toute réclamation de souveraineté et, en fait, de toute histoire. Si on va plus avant, c'est la meilleure tentative qui ait jamais été faite sur Terre pour créer des lois de propriété équitables ! C'est ainsi que le monde entier devrait être géré, si nous parvenions à nous débarrasser de cette camisole de force qu'est l'Histoire !

Sax Russell avança, l'air timide :

— Mais, Arkady, étant donné que Mars dépendra d'un traité fondé sur celui de l'Antarctique, pourquoi soulèves-tu des objections ? Le Traité spatial stipule qu'aucun pays ne pourra revendiquer de territoire sur Mars, qu'aucune activité militaire n'y sera tolérée, que toutes les bases devront être ouvertes aux inspections de tous les autres pays. Et que nulle ressource martienne ne saurait être la propriété d'une nation unique. L'ONU est censée mettre en place un régime international pour diriger toutes les exploitations, minières ou autres. Et les profits, s'il y en avait, ce dont je doute, seraient répartis entre toutes les nations du monde. Est-ce que tout ce que tu revendiques n'existe pas déjà ?

— Ce n'est qu'un début. Mais il existe certains aspects de ce traité que tu n'as pas mentionnés. Par exemple, que les stations de Mars appartiendront aux pays qui les ont construites. Si on applique la loi, nous allons construire des bases américaines et russes. Ce qui nous rejette dans le cauchemar de la loi territoriale et de l'histoire de la Terre. Les Américains et les Russes auront le droit d'exploiter Mars pour autant que les profits soient partagés entre les nations ayant signé le traité. Ce qui ne représenterait qu'un pourcentage payé aux Nations unies, en fait une sorte de pot-de-vin. Je ne pense pas que nous devions prendre en considération de telles mesures pour le moment !

Un long silence suivit.

Ann Clayborne fut la première à le rompre :

— Ce traité prescrit aussi que nous devrons prendre des mesures afin de prévenir tout démembrement de l'environnement planétaire, si je me souviens bien. C'est dans l'article 7. Il me semble que cela interdit le terraforming[1] dont vous êtes si nombreux à parler.

— Je dirais pour ma part que nous devrions également ignorer cet article, répondit vivement Arkady. Notre bien-être en dépend.

Cette fois, son point de vue l'emporta.

— Mais, reprit-il, si vous êtes prêts à ne pas tenir compte de cet article, il doit en être de même du reste, non ?...

Un malaise s'installa. Sax Russell rompit enfin le silence.

— Mais tous ces changements auront lieu inévitablement. Le simple fait d'être sur Mars nous conduira à évoluer.

Arkady secoua la tête avec véhémence, ce qui l'emporta dans une spirale au-dessus de la table.

— Non, non et non ! L'Histoire n'équivaut pas à une évolution ! C'est une analogie trompeuse ! L'évolution est une question d'environnement et de hasard, déployée sur des millions d'années. Mais l'Histoire, elle, concerne à la fois l'environnement et le choix, des actes limités à des temps de vie, et parfois même à des années, des mois, ou des jours ! L'Histoire est lamarckienne ! Et si nous choisissons d'établir telle ou telle institution sur Mars, il en sera ainsi !

D'un geste large, il enveloppa tous les convives encore assis à table aussi bien que ceux qui dérivaient dans les vignes.

— Je dis, moi, que nous devons faire ces choix par nous-mêmes, plutôt que d'obéir à ceux de la Terre. Dont les auteurs sont morts depuis longtemps.

— Ce que tu souhaites, c'est une sorte d'utopie communale, intervint Phyllis d'un ton tranchant. Mais ce n'est pas possible. Je croyais que l'histoire russe t'en aurait appris plus à ce propos.

— Oui. Et, justement, c'est ce que je mets en pratique.

— En te faisant l'avocat d'une révolution imprécise ? En fomentant une situation de crise ? En provoquant tous les

---

1. Technique qui consiste à aménager une planète afin que la vie humaine y soit possible.

membres de cette mission et en les dressant les uns contre les autres ?

De nombreux hochements de tête lui répondirent, mais Arkady les balaya d'un geste.

— Je refuse d'être responsable des problèmes de chacun durant ce voyage. Je n'ai dit que ce que je pensais, ce qui est mon droit le plus strict. Si certains d'entre vous ont eu un sentiment de malaise, c'est leur problème. C'est seulement dû au fait que vous n'aimez pas les implications de ce que j'ai voulu vous faire savoir et que vous ne trouvez pas d'arguments à leur opposer.

— Mais certains d'entre nous ne comprennent même pas ce que tu racontes ! s'exclama Mary.

Il se tourna vers elle, les yeux exorbités.

— Je ne fais que répéter ça : nous sommes sur Mars. Nous y sommes pour de bon. Il va nous falloir non seulement bâtir nos maisons, mais aussi fabriquer notre nourriture, notre eau, et même l'air que nous respirons — et cela sur une planète qui ne possède rien de toutes ces choses. Si nous y parvenons, c'est parce que nous disposons d'une technologie capable de manipuler la matière au niveau moléculaire. Ce qui est extraordinaire, si vous y songez ! Et néanmoins, certains d'entre nous, ici, peuvent accepter de transformer la réalité physique de cette planète sans opérer le moindre changement sur eux-mêmes, ni sur notre mode de vie. Ils veulent bien être des scientifiques du XXIe siècle sur Mars, mais tout en restant dans les carcans sociaux du XIXe siècle, eux-mêmes fondés sur les idéologies du XVIIe… C'est absurde, c'est dément, c'est… C'est absolument *antiscientifique* ! Aussi j'insiste : parmi toutes les choses que nous allons transformer sur Mars, il faudra compter avec nous-mêmes et notre réalité sociale. Ce n'est pas seulement Mars que nous devrons terratransformer, mais nous aussi.

Personne ne trouva rien à rétorquer. Arkady, quand il était lancé, ne rencontrait guère d'opposition. Ceux qui avaient à redire avaient besoin d'un temps de réflexion. Quant aux autres, ils étaient tout simplement mécontents, mais ils ne tenaient pas à provoquer un esclandre à la fin de ce dîner qui

était en quelque sorte une fête. Mieux valait porter un toast :
A Mars ! A Mars !

Mais, tandis qu'ils dérivaient autour du dessert, Phyllis déclara avec dépit :

— Il faut d'abord survivre. Si nous commençons avec des dissensions comme celle-là, quelles chances aurons-nous ?

Michel Duval fit une tentative pour la rassurer.

— Tu sais bien que la plupart de ces désagréments sont dus au voyage. Une fois sur Mars, la fusion se refera naturellement. Et nous disposerons d'autres ressources en dehors de ce que nous avons amené avec l'*Arès* : tout ce que les atterrisseurs ont déjà apporté : du matériel, des vivres, autant à la surface de Mars que sur les lunes. Tout ça nous attend. L'unique limite, c'est notre courage. Notre voyage faisait partie de l'épreuve : une sorte de test, de préparation. Et si nous échouons là, nous ne réussirons pas sur Mars.

— C'est exactement ce que je pense ! lança Phyllis. Nous sommes en train de tout rater !

Sax se leva, l'air excédé, et partit en direction de la cuisine. Tout en débarrassant son plateau, il soupira :

— Les gens sont tellement émotifs. J'ai souvent l'impression de répéter pour la dix millième fois *Huis clos*.

— Cette pièce dont personne ne peut sortir ?

Il acquiesça.

— « L'Enfer, c'est les autres. » J'espère que Jean-Paul Sartre avait tort.

Quelques jours plus tard, les atterrisseurs furent prêts. Ils allaient être largués sur une période de cinq jours et seul l'équipage de Phobos resterait dans ce qui subsistait de l'*Arès*, pour se placer sur orbite basse.

Arkady, Alex, Dmitri, Roger, Samantha, Edvard, Janet, Raul, Marina, Tatiana et Elena leur dirent au revoir : ils étaient tous déjà absorbés par leurs diverses tâches et jurèrent qu'ils descendraient faire un tour sur Mars dès que la station de Phobos serait achevée.

Dans les quelques heures de nuit précédant la descente, Maya ne parvint pas à trouver le sommeil. Elle finit par renoncer, et suivit les coursives et les salles jusqu'au moyeu du vaisseau.

Avec le manque de sommeil et l'adrénaline, tout prenait des contours plus nets, plus tranchés, et le vaisseau familier était effacé ou altéré par un changement, un empilement de caisses, un cul-de-sac au fond d'une coursive. C'était comme s'ils avaient déjà quitté l'*Arès*.

Elle regarda une dernière fois autour d'elle, vide de toute émotion. Puis elle s'inséra dans le véhicule atterrisseur qu'on lui avait assigné : autant attendre ici. Elle se glissa dans sa tenue spatiale avec le sentiment que, le moment venu, elle croirait encore à une simulation.

Et elle se demanda si elle arriverait un jour à vaincre cette pensée, par le simple fait de se trouver sur Mars. Ça en valait la peine : elle aurait enfin une sensation de *réalité* ! Elle s'installa dans son siège.

Après plusieurs heures d'insomnie, elle fut rejointe par Sax, Vlad, Nadia et Ann.

Ses compagnons se sanglèrent et, ensemble, ils répondirent au check-out. Le compte à rebours commença, on abaissa les leviers. Les fusées se déclenchèrent et l'atterrisseur s'éloigna de l'*Arès*. Une nouvelle mise à feu, et ils descendirent vers la planète.

Ils touchèrent la couche externe de l'atmosphère et le ciel coloré de Mars envahit tout le trapézoïde de leur unique hublot.

Maya leva les yeux, secouée par la vibration. Elle se sentait tendue, malheureuse, les idées fixées sur tout ce qu'elle laissait derrière elle, sur ceux qui étaient encore à bord de l'*Arès*. Et elle eut le sentiment qu'ils avaient échoué, qu'ils quittaient un groupe en plein désarroi.

Leur meilleure chance de créer un certain accord était passée. Ils n'avaient pas réussi. Ce flash de bonheur qu'elle avait éprouvé dans la salle de bains n'avait été, justement, qu'un flash. Elle avait échoué. Ils allaient suivre des chemins séparés, des croyances opposées.

Après deux années de vie carcérale, tout comme n'importe quel autre groupe humain, ils restaient un assortiment d'étrangers.

Les dés étaient jetés.

TROISIÈME PARTIE

Le creuset

Elle s'était formée en même temps que le reste du système solaire, il y avait environ cinq milliards d'années. Ce qui représentait quinze millions de générations humaines. Des rochers étaient d'abord entrés en collision, avant de se rassembler, à cause de cette force mystérieuse que nous appelons la gravité. C'est par ce même processus de chaîne dans la trame des choses que les rochers, quand ils furent suffisamment nombreux, s'effondrèrent vers un point central jusqu'à ce que la pression fasse fondre la roche. Mars est une petite planète, dont le noyau central est composé de ferro-nickel. Suffisamment petite pour que ses entrailles aient refroidi plus vite que celles de la Terre. La rotation du noyau ne diffère plus de celle de la croûte, et Mars est pratiquement dépourvue de champ magnétique. Elle n'a plus de dynamo. Mais l'un des derniers flux du noyau en fusion et du manteau s'est présenté sous la forme d'un renflement anormal qui a exercé une pression sur la paroi de la croûte pour former un continent surélevé de onze kilomètres, un continent trois fois plus haut que le plateau tibétain de la Terre par rapport aux régions environnantes.

Cette protubérance a suscité l'apparition de nombreuses autres particularités : un réseau de fractures radiales couvrant tout un hémisphère, y compris la faille la plus profonde, celle de Valles Marineris, un entrelacs de canyons qui aurait couvert les Etats-Unis d'une côte à l'autre. La surrection a provoqué aussi la naissance d'un grand nombre de volcans, dont les trois principaux culminent sur son arête : Ascraeus Mons, Pavonis Mons, Arsia Mons, et, à l'extrémité nord-ouest, Olympus Mons, la plus haute montagne du système solaire, trois fois plus élevée que l'Everest, avec trois cents fois la masse du Mauna Loa, le plus grand volcan de la Terre.

La Bosse de Tharsis a donc été le facteur déterminant de la configuration de la surface de Mars, le second étant une chute de météores. Durant l'Age noachien, il y a trois ou quatre milliards d'années, des météores ont frappé Mars à un rythme terrible, par millions. Certains d'entre eux étaient de taille planétaire, comme Véga ou Phobos. L'un de ces météores a laissé Hellas Planitia, 2 000 kilomètres de diamètre, le cratère le plus vaste du système solaire, quoique Daedalia Planum semble être dû à un impact de 4 500 kilomètres de diamètre. Ce sont deux sites de très grande taille, mais il se trouve des aréologistes pour penser que tout l'hémisphère nord de Mars n'est qu'un seul et immense bassin provoqué par un ancien impact météoritique.

Ces impacts gigantesques ont provoqué des explosions cataclysmiques difficiles à imaginer. Des déjections ont atteint la Terre comme la Lune, et même les astéroïdes sur orbite troyenne. Certains aréologues considèrent que Tharsis Montes a été formé par l'impact d'Hellas. D'autres pensent que Phobos et Deimos sont des déjections de Mars. Et cela ne prend en compte que les impacts les plus importants.

Des pierres de plus petite taille pleuvent chaque jour, et les surfaces les plus anciennes de Mars sont saturées de cratères. Le paysage est devenu un palimpseste d'anneaux recouvrant d'autres anneaux, et il n'est pas le moindre carré de terrain qui ne soit touché. Chaque impact a provoqué les explosions thermiques qui ont fait fondre la roche. Les éléments ont été brisés dans leur matrice et diffusés sous forme de liquides, de gaz brûlants et de minéraux nouveaux.

Avec l'appoint des éruptions gazeuses provenant du noyau, cela a fini par produire une atmosphère, et de l'eau en quantité. Des nuages se sont formés, puis des orages, de la pluie, de la neige, des glaciers, des ruisseaux, des fleuves, des lacs, qui se sont déployés sur le terrain et ont laissé les traces indélébiles de leur passage — des lits, des canyons, des rivages : tous les hiéroglyphes du schéma hydrologique.

Et puis, tout a disparu. La planète était trop petite, trop éloignée du soleil. L'atmosphère, à terme, s'est gelée et s'est fixée sur le sol. Le gaz carbonique sublimé a créé une atmosphère ténue, alors que l'oxygène fusionnait avec la roche à laquelle elle donnait sa teinte rouge. L'eau gelée, au fil des âges, a pénétré la roche fracassée par les météores jusqu'à des kilomètres de profondeur. Finalement, cette couche de régolite a été recouverte par le permafrost. Dans les fonds, la température plus élevée a fait fondre la glace, et il existe donc des mers souterraines sur Mars. L'eau coule toujours vers le bas, et les aquifères ont ainsi migré lentement, quand ils ne se bloquaient pas derrière un obstacle, une surrection rocheuse ou une barrière de terrain gelé.

D'intenses pressions artésiennes pesaient parfois sur ces barrages. Mais la chute de nouveaux météores, les éruptions continues des volcans faisaient céder le barrage, et une mer nouvelle surgie des profondeurs se répandait alors à la surface en raz de marée énormes, dix mille fois plus puissants que le débit du Mississippi. A terme, pourtant, l'eau de la surface gela et se sublima dans les vents incessants et secs. Elle retombait sur les pôles dans la chape des brouillards d'hiver. Les calottes polaires s'épaissirent, leur poids s'accrut, leur masse continuait à s'enfoncer, se transformant en surface en deux loupes de permafrost qui couvraient un volume de glace des centaines de fois supérieur en volume. Aux approches de l'équateur, de nouveaux aquifères se remplissaient à partir du bas, par dégazage du noyau. Et les plus anciens retrouvaient leur rôle.

Ce cycle, le plus lent de tous, approchait de sa seconde phase. Mais, comme la planète se refroidissait, tout se passait de plus en plus lentement, comme une horloge qui prend du retard.

La planète prit la forme que nous lui connaissons. Mais les changements ne cessèrent jamais : les vents permanents sculptaient le sol, et la poussière se faisait de plus en plus fine. Les excentricités de l'orbite martienne expliquaient que les hémisphères nord et sud échangeaient les hivers froids ou doux selon un cycle de 51 000 ans, la glace sèche et la glace d'eau s'inversant selon les pôles.

Chaque mouvement de balancier apportait une nouvelle strate de sable, et les auges des nouvelles dunes tranchaient en oblique dans les couches les plus anciennes, jusqu'à ce que le sable, autour des pôles, se présente comme un système de hachures croisées en pointillé qui dessinait des formes géométriques semblables aux peintures de sable navajos, cernant le sommet de la planète.

Les teintes des sables, les parois dentelées, cannelées des canyons, les volcans dressés droit vers le ciel, les rocs effrités des étendues chaotiques, les cratères dispersés à l'infini, tout autant d'emblèmes des débuts de la planète... Elle était belle, et plus rude encore : sèche, austère, dénudée, silencieuse, stoïque, rocailleuse, immuable. Sublime. Le langage visible de l'existence minérale de la nature.

Minérale. Et non pas animale, végétale ou même virale. Cela aurait pu se produire, mais non. Jamais, dans les argiles ou les sources sulfureuses, il n'y eut de génération spontanée. Il n'y eut aucune pluie de spores depuis l'espace, ni le moindre attouchement d'un dieu. Quelle que soit la façon dont la vie apparaisse (et nous l'ignorons), elle n'apparut pas sur Mars. La planète rouge roulait dans l'espace, preuve de sa différence en tant que monde, et de sa vitalité de pierre.

Et puis, un jour...

Elle foula le sol d'un pied ferme, sans difficulté, sous une pesanteur qui lui était devenue familière pendant les neuf mois du voyage. Et, avec le poids de sa tenue, elle aurait pu aussi bien marcher sur Terre, pour autant qu'elle se souvînt de la Terre.

Le ciel était d'un rose strié de tonalités de sable, plus riches et plus subtiles que sur toutes les photos qu'elle avait vues.

— Regardez le ciel ! disait Anne. Mais regardez le ciel !

Maya bavardait avec les autres, tandis que Sax et Vlad pivotaient comme des statues animées.

Nadejda Francine Chernechevski fit encore quelques pas, attentive aux craquements de ses bottes dans le sable durci par une couche de sel de deux centimètres. Les géologues appelaient ça la caliche, la duricroûte. A chacun de ses pas, d'infimes systèmes de fractures radiales apparaissaient.

Elle s'était éloignée de l'atterrisseur. Le sol était couleur rouille, orangé sombre, parsemé de fragments de roc dans les mêmes tons, quoique certains se distinguaient en noir, en jaune ou en rouge. Vers l'est, elle aperçut des véhicules de débarquement, tous de tailles et de formes diverses, les plus lointains perchés sur l'horizon. La plupart étaient couverts d'une couche rouge orangé pareille au sable. Ce spectacle était bizarre, excitant, comme s'ils venaient d'arriver dans un port spatial extraterrestre abandonné depuis longtemps. Oui, dans un million d'années, certaines parties de Baïkonour ressembleraient à ça, se dit-elle.

Elle s'approcha d'un des véhicules les plus proches, un

container de la taille d'une petite maison, posé sur son squelette de fusées à quatre pattes. Il devait être là depuis des décennies. Le soleil brillait à la verticale, et sa lumière était trop éblouissante pour que Nadia puisse lever la tête, même avec son écran. Il était difficile d'en juger à cause des filtres et de la polarisation, mais il lui semblait que la clarté du jour était tout à fait semblable à celle de la Terre. Pour autant qu'elle pût s'en souvenir. Une belle journée d'hiver.

Elle regarda autour d'elle, encore une fois. Ils étaient sur une plaine couverte de monticules doux et de fragments de rochers aux arêtes aiguës, à demi enfouis dans la poussière. Une petite colline au sommet aplati était posée à l'horizon d'ouest. Peut-être le bord d'un cratère : difficile à dire. Elle aperçut Ann, qui était déjà à mi-chemin, mais sa silhouette était encore très haute, et Nadia s'arrêta pour s'imprégner de cette image, certaine qu'elle devrait très vite s'accoutumer à cet horizon si proche, si étrange. Qui n'avait rien de terrestre, elle le sentait maintenant.

Ils étaient sur une planète plus petite.

Elle fit un intense effort de mémoire pour se rappeler la gravité de la Terre, et se demanda pourquoi c'était tellement difficile de marcher dans les forêts, la toundra, sur les fleuves gelés en hiver... Et maintenant : pas à pas. Le sol était plat mais il fallait trouver son chemin entre les rochers dispersés. Il n'existait aucun endroit sur Terre où elle en ait vu autant, disséminés au hasard. Essaie de sauter ! se dit-elle. Elle rit : même avec sa tenue, elle se sentait tellement plus légère ! Elle avait la même force, mais elle ne pesait plus qu'une trentaine de kilos ! Quant aux quarante kilos de sa combinaison... Bon, d'accord, ils la déséquilibraient un peu. Elle avait l'impression d'être creuse. Oui, c'était tout à fait ça : son centre de gravité avait disparu, son poids s'était réparti sur sa peau, sur ses muscles externes. Bien entendu, c'était à cause de la combinaison. A l'intérieur des habitats, ce serait comme à bord de l'*Arès*. Mais ici, elle était une femme creuse. Et, s'aidant de cette image, elle put soudain se déplacer plus facilement. Elle sauta par-dessus un bloc, retomba, pivota sur elle-même et esquissa un pas de danse ! Et elle continua : elle sautait, retombait sur un rocher plat et...

Elle trébucha et tomba à quatre pattes. Ses gants s'enfoncèrent dans la duricroûte. C'était comme le sable aggloméré sur une plage, seulement plus dur et plus friable. Ou comme une mince couche de boue durcie. Mais c'était très froid ! Ses gants n'étaient pas chauffés comme la semelle de ses bottes, et pas suffisamment isolés. C'était comme si elle venait de toucher de la glace à main nue. Elle se rappela que le sol devait être à –90 degrés centigrades. Plus froid qu'en Antarctique, ou que dans les pires hivers de Sibérie. Le bout de ses doigts était déjà engourdi. Pour travailler, il leur faudrait des gants plus isolants, avec des circuits de chauffage. Bien sûr, ça les rendrait plus épais et moins flexibles. Elle se dit qu'elle devrait se muscler les doigts.

En riant, elle bondit en direction d'un autre élément de transport en fredonnant *Royal Garden Blues*. Elle escalada une béquille d'atterrissage et gratta la poussière rouge sur la plaque du grand container. Une sorte de bulldozer martien John Deere ou Volvo, propulsé par hydrazine, semi-autonome, totalement programmable, thermiquement blindé. Livré avec prothèses et pièces détachées.

Elle eut un sourire radieux : chargeurs, bulldozers, tracteurs, niveleuses, pelleteuses, matériaux et fournitures de construction de tous genres, filtres à air pour les mines et les éléments chimiques de l'atmosphère, mini-usines de traitement et de transformation chimique. Plus d'autres usines encore, destinées à la recombinaison des éléments, tout un dépôt d'intendance, tout ce dont ils auraient besoin, dans ces centaines de containers qui s'étaient abattus sur la plaine.

Elle bondissait d'un atterrisseur à un autre, avec de plus en plus d'assurance.

Certains avaient visiblement percuté le sol avec violence, d'autres avaient brisé leurs béquilles, d'autres encore étaient tout simplement cassés, transformés en piles de caisses fracturées à demi enfouies dans la poussière. Mais ils constituaient une chance pour elle : récupérer et réparer, elle adorait ça ! Elle éclata de rire, un peu étourdie, et remarqua alors que le voyant du communicateur de son bloc de poignet clignotait. Elle passa sur la fréquence commune et fut surprise d'entendre Maya, Vlad et Sax parler tous les trois à la fois :

— Hé, les filles ! Ann, Nadia ! Vous voulez bien revenir nous donner un coup de main pour cette saleté d'habitat ? On n'arrive même pas à ouvrir la porte !

Nadia riait toujours.

Les habitats étaient dispersés comme tout le reste, mais ils s'étaient posés à proximité de celui qui avait été largué seulement quelques jours auparavant et qu'ils savaient fonctionnel, parce qu'ils l'avaient vérifié à fond. Malheureusement, la porte extérieure du sas n'avait pas fait partie de l'inspection et elle était bloquée. Nadia se mit au travail. Bizarre de travailler comme un serrurier sur un camping-car abandonné converti en station spatiale.

Il ne lui fallut qu'une minute en forçant sur la porte, tout en tapant le code d'alarme. Elle se dit que c'était peut-être l'effet du froid. Et que leurs problèmes ne faisaient sans doute que commencer.

Elle pénétra avec Vlad dans le sas, puis à l'intérieur. Ça ressemblait toujours à un camping-car, mais l'équipement de la cuisine était des plus modernes. Toutes les lumières brillaient, la climatisation fonctionnait (la température était douce), et le tableau de contrôle aurait pu être celui d'une centrale nucléaire.

Tandis que les autres entraient, Nadia parcourut les pièces, de porte en porte, et un sentiment étrange monta soudain en elle : rien ne semblait en place. Certaines lampes clignotaient et, tout au bout du couloir, une porte oscillait sur ses gonds.

A l'évidence, il y avait un problème de ventilation. Et le choc à l'atterrissage avait probablement légèrement dérangé les choses. Elle décida d'oublier le problème pour le moment et revint en arrière pour accueillir les autres.

Quand ils se furent tous posés, quand ils eurent fait leurs premiers pas sur la plaine caillouteuse — ils couraient, trébuchaient, levaient les yeux vers l'horizon si proche, tournaient et couraient encore —, quand ils eurent visité leurs trois habitats hyper-fonctionnels avant de se débarrasser de leurs tenues spatiales, quand ils eurent bavardé et mangé un peu, la nuit était largement tombée.

Mais ils continuèrent à travailler et à parler, trop excités pour trouver le sommeil. Pour la plupart, ils firent de petites siestes avant que l'aube pointe. Alors, ils se précipitèrent pour s'habiller et sortir, et se lancèrent dans la récupération et la vérification point par point de toutes les machines. Puis ils s'aperçurent qu'ils étaient affamés, se lancèrent dans un repas confus et rapide — et la nuit était déjà de retour !

Et ce fut comme ça pendant plusieurs jours : une ronde frénétique. Nadia se réveillait au bip de son bloc de poignet et prenait un petit déjeuner express en contemplant le paysage par la petite fenêtre orientée à l'est. A l'aube, de riches coloris cerise venaient tacher le ciel pendant quelques minutes, avant qu'il ne traverse toute une phase de tons rosés pour prendre l'orange rosé dense du jour.

Ses compagnons dormaient encore sur les matelas qui se rabattaient dans les parois beiges, faiblement teintées d'orange par le crépuscule de l'aube. La cuisine et le living-room étaient minuscules, et les quatre toilettes n'étaient guère que des placards. Ann s'y rendait dès que la pièce s'éclairait, alors que John s'activait déjà paisiblement dans la cuisine.

Ils étaient réduits à une promiscuité qu'ils n'avaient pas connue à bord de l'*Arès*, et ils avaient du mal à s'y accoutumer. Maya se plaignait de ne pas pouvoir dormir avec tous ces gens autour d'elle, mais, pourtant, Nadia la retrouvait au matin paisible, les lèvres entrouvertes. Elle était en fait la dernière à se réveiller et on l'entendait ronfler doucement tandis que les autres se lançaient déjà bruyamment dans la routine matinale.

Puis le soleil passait l'horizon, Nadia finissait son lait aux céréales (le lait était délayé dans de l'eau obtenue à partir de l'atmosphère, et il avait vraiment le goût de lait), et ensuite, très vite, elle se glissait dans son marcheur et partait au travail.

Les marcheurs avaient été conçus pour la surface martienne : ils n'étaient pas pressurisés comme les tenues spatiales, mais le tissu, constitué d'une maille métallique élastique, se comportait sur le corps comme un vêtement normal sous la pression de la Terre. Ce qui protégeait la peau des risques graves de dilatation si l'on était exposé à l'atmosphère ténue de Mars, tout en permettant plus de liberté de mouvements que n'importe quelle tenue pressurisée. Les marcheurs avaient aussi l'avantage notable de résister aux accidents : seul le casque en matière dure était étanche, mais si l'on s'égratignait un genou ou un coude, il suffisait d'un pansement, sans que l'on soit menacé de suffoquer et de mourir en quelques minutes.

Par contre, enfiler un marcheur constituait un exploit. Nadia s'agita pour remonter le pantalon sur ses sous-vêtements, avant de mettre son blouson et de zipper fermement les deux parties. Ensuite, elle chaussa ses bottes chauffantes, verrouilla les anneaux à ses chevilles, mit ses gants, les verrouilla aux anneaux de poignets, coiffa un casque dur parfaitement standard, le verrouilla sur le col du marcheur avant de se harnacher les bonbonnes d'air et de les connecter aux tubes respiratoires du casque. Elle inspira à fond deux ou trois fois, et apprécia le mélange frais d'oxygène et d'azote. Le bloc de poignet du marcheur indiquait que tous les joints étaient en place. Elle suivit alors John et Samantha dans le sas.

Ils fermèrent la porte intérieure, l'air fut aspiré dans les containers, et John ouvrit la porte extérieure.

Ils sortirent.

Chaque matin, c'était un émerveillement : sur cette plaine de rocaille, le soleil projetait des ombres immenses, soulignant les bosses et les creux. Généralement, le vent soufflait du sud et de fines lignes sinuaient sur le sable, donnant parfois l'illusion que les rochers rampaient dans le désert. Les vents les plus forts étaient à peine perceptibles si l'on tendait la main, mais ils n'avaient encore subi aucune tempête. A 500 kilomètres à l'heure, c'était certainement différent. Mais, à 20 à l'heure, ça n'était presque rien.

Nadia et Samantha se dirigèrent vers l'un des petits patrouilleurs qu'elles avaient déballés et montèrent à bord. Nadia démarra en direction du tracteur qu'ils avaient découvert la veille, à un kilomètre à l'ouest.

Le froid du matin brillait en éclats de diamant sur la

visière de son casque, jouant sur la trame en X des filaments thermiques. C'était une sensation étrange mais, en Sibérie, elle avait connu des froids encore plus intenses.

Ils débarquèrent devant le grand atterrisseur. Nadia prit une foreuse avec un tournevis cruciforme et entreprit de démonter le caisson, au sommet du véhicule. Le tracteur, à l'intérieur de l'atterrisseur, était un Mercedes. Elle s'attaqua à un écrou et le récupéra très vite avant de passer au suivant, le sourire aux lèvres. Combien de fois n'avait-elle pas fait ça dans sa jeunesse par des températures de ce genre, les mains engourdies. Combien de fois ne s'était-elle pas battue contre des écrous gelés ou bloqués... Mais là, tout marchait. Ils cédaient gentiment les uns après les autres. Et, dans son marcheur, il faisait bien meilleur qu'en Sibérie, les gestes étaient plus libres que dans l'espace, cette tenue ne restreignant pas plus les mouvements qu'une mince combinaison de plongée un peu raide. Les blocs de pierre rouges paraissaient disséminés avec une régularité surnaturelle. Des messages passaient sur la fréquence générale :

— Hé, je suis tombé sur les panneaux solaires !

— Si tu crois que c'est un gros coup, moi, je viens de retrouver ce putain de réacteur nucléaire !

Oui, la matinée s'annonçait superbe sur Mars !

Les parois du caisson fournissaient une rampe idéale pour sortir le tracteur. Elles n'avaient pas l'air très solides, mais, encore une fois, c'était l'illusion de la gravité. Nadia avait enclenché le système de chauffage du tracteur dès qu'ils étaient arrivés, et elle se hissa jusqu'à la cabine pour mettre l'engin en autopilotage, ce qui était le mieux à faire pour qu'il quitte l'atterrisseur tout seul. Elle et Samantha se placèrent de part et d'autre pour surveiller la manœuvre au cas où la rampe improvisée se montrerait plus fragile dans le froid. Nadia était encore incapable de penser en termes de gravité martienne pour mesurer la fiabilité des dispositifs. La rampe lui semblait tellement mince !

Mais le tracteur descendit jusqu'au sol sans problème. Il était long de huit mètres, bleu roi, avec des roues à chenille énormes. Nadia et Samantha furent obligées de prendre une échelle pour grimper jusqu'à la cabine.

Le bras de la grue était déjà fixé sur la partie avant, ce qui leur facilita le travail pour charger à bord le treuil, les pièces détachées, l'aspirateur de sable, et ce qui restait de l'emballage. L'opération achevée, le tracteur ressemblait à un orgue à vapeur mais, une fois encore grâce à l'apesanteur, ça n'était guère qu'un problème d'équilibrage. L'engin était une vraie bête : 600 chevaux, des essieux géants, et des roues immenses. Le moteur à hydrazine avait des reprises qui classaient les diesels dans la Formule 1, mais il était aussi inexorable que la marée montante. Alors, elles démarrèrent, et Nadejda Chernechevski se retrouva aux commandes d'une formidable Mercedes lancée à travers le désert martien ! Subjuguée, elle suivit le patrouilleur de Samantha.

Et la matinée s'acheva. Elles retrouvèrent l'habitat, se débarrassèrent de leur casque, de leurs bonbonnes, et mangèrent rapidement, affamées, en marcheur et bottes.

Plus tard, elles reprirent le Mercedes et allèrent récupérer un extracteur d'air Boeing dans le secteur situé à l'est des habitats, là où seraient regroupées toutes les usines.

Les extracteurs d'air étaient de grands cylindres métalliques, qui ressemblaient plus ou moins aux fuselages des anciens 737, si ce n'est qu'ils étaient équipés de huit blocs de réacteurs de descente, de fusées motrices fixées sur leurs flancs, et de deux moteurs à réaction placés à l'avant et à l'arrière. Cinq extracteurs avaient été largués sur la zone deux ans auparavant. Depuis, leurs réacteurs avaient aspiré en permanence l'atmosphère. Les composants avaient été divisés, compressés et stockés dans d'énormes réservoirs. Ils étaient maintenant disponibles. Chacun des Boeing contenait donc 5 000 litres d'eau gelée, 3 000 litres d'oxygène liquide, 300 litres d'azote, 500 litres d'argon, et 400 litres de gaz carbonique.

Ça n'avait rien de facile de remorquer ces géants en terrain caillouteux jusqu'aux réservoirs des habitats, mais c'était nécessaire, parce que, après qu'on les avait vidés, on pouvait les réactiver. Cet après-midi même, un autre groupe en avait vidé un avant de le relancer immédiatement, et le bourdonnement sourd de ses turbines résonnait partout, jusque dans tous les habitats et les casques.

L'extracteur de Nadia et Samantha était moins docile.

Durant tout l'après-midi, elles ne réussirent à le remorquer que sur une centaine de mètres.

Elles avaient été obligées de se servir du bulldozer pour aménager une piste. Lorsqu'elles regagnèrent l'habitat, peu avant le crépuscule, elles avaient les muscles douloureux et les mains glacées. Elles se déshabillèrent pour ne garder que leurs sous-vêtements poussiéreux et se précipitèrent vers la cuisine.

Vlad estimait qu'ils brûlaient chacun environ 6 000 calories par jour.

Elles se cuisinèrent des pâtes réhydratées et faillirent s'ébouillanter les doigts. Après, elles allèrent se changer avant de se laver à l'éponge et à l'eau chaude, puis d'enfiler de nouvelles tenues.

— Ça va être difficile de les garder propres : cette poussière s'infiltre par les joints de poignets. Et les fermetures de hanches fonctionnent comme des aspirateurs.

— C'est de la poussière micronisée ! Je peux te dire que ça va nous créer plus de problèmes que des vêtement sales. Ça va s'infiltrer partout, dans nos poumons, notre sang, notre cerveau…

— C'est ça, la vie sur Mars.

C'était déjà un leitmotiv populaire que l'on entendait à propos de n'importe quels problèmes, tout particulièrement lorsqu'ils étaient insolubles.

Quelquefois, après le dîner, ils avaient droit à une ou deux heures de soleil, et Nadia, qui ne tenait pas en place, en profitait pour ressortir. Elle se perdait entre les caissons qui avaient été remorqués jusqu'à la base. Il lui arrivait de rassembler un nécessaire d'outillage, heureuse comme une gamine dans une confiserie. Toutes ces années passées dans l'industrie en Sibérie lui avaient appris à respecter les bons outils. Elle avait cruellement souffert de leur absence. Tout, dans le nord de la Yakoutie, était construit sur le permafrost, et les plates-formes s'enfonçaient plus ou moins au cours de l'été pour se retrouver enfouies dans la glace en hiver. Les matériaux de construction venaient des quatre coins du monde, la machinerie lourde de Suisse et de Suède, les foreuses d'Amérique et les réacteurs d'Ukraine. Ils avaient aussi hérité d'énormes stocks de matériel soviétique de récupération, parfois utilisable, d'autres fois incroyablement délabré, mais toujours vieux et dépareillé — les cotes de certains éléments étaient en pouces... — et ils étaient obligés d'improviser en permanence. C'est dans ces conditions qu'ils avaient construit des derricks avec des bouts de ficelle et assemblé des réacteurs nucléaires à côté desquels Tchernobyl aurait eu des airs de montre suisse. En tout cas, ils avaient accompli à la sueur de leur front un travail phénoménal avec un outillage qui aurait fait pleurer un rétameur.

Dans la dernière lueur de rubis du soleil, accompagnée par le jazz que diffusait son casque, elle allait de caisson en coffre pour récupérer tous les outils dont elle pouvait avoir besoin. Elle les emportait jusqu'à une petite pièce qu'elle avait réquisitionnée dans les hangars de stockage. En sifflotant des morceaux du King Oliver's Creole Band, elle agrandissait sa collection où l'on trouvait, entre autres : un assortiment de clés à six pans, quelques pinces, une perceuse, plusieurs serre-joints, quelques scies à métaux, un jeu de foreuses à percussion, un lot de sandows à l'épreuve du froid, un assortiment de limes, de rabots et de râpes, un ensemble de clés anglaises, un sertisseur, cinq marteaux, quelques clamps hémostatiques, trois crics hydrauliques, une soufflerie, plusieurs jeux de tournevis, des forets et des mèches, un coffret d'explosifs avec des détonateurs plastique, de l'adhésif, un énorme couteau suisse de l'armée, des sécateurs, des minicisailles, des brucelles, trois étaux, une pince à dénuder, des couteaux multilames, une pioche, des maillets, des riveteuses, des colliers de serrage, un ensemble de fraiseuses, un ensemble de tournis de joaillier, une loupe, d'autres rubans adhésifs de toutes sortes, un jeu de découpe et d'alésage de plombier, un nécessaire à couture, des ciseaux, un tour, des tamis, des niveaux de toutes les dimensions, des pinces à long bec, des tenailles, un nécessaire de robinetterie, trois pelles, un compresseur, un générateur, un nécessaire de soudure, une brouette...

Et tout ça ne constituait que son équipement mécanique, son râtelier. Dans d'autres secteurs du hangar, on entassait du matériel de recherche et de labo, des outils d'exploration géologique, des ordinateurs, des radios, des télescopes, des caméras vidéo. Et l'équipe de la biosphère disposait de plusieurs hangars bourrés de matériel destiné à la construction de la ferme, des recycleurs de déchets, des échangeurs de gaz : en fait, l'essentiel de l'infrastructure nécessaire. L'équipe de médecine, elle aussi, entassait les équipements destinés à la clinique, aux labos de recherche, au génie génétique.

— Tu sais ce que tout ça représente ? fit Nadia à Sax Russell, un soir où ils visitaient ensemble son hangar. *Toute une ville*, entièrement démontée.

— Une ville plutôt prospère, apparemment.

— Oui, une ville universitaire. Avec des départements de pointe dans plusieurs sciences.

— Mais encore en pièces détachées.

— Oui. Mais ça me plaît assez comme ça.

Le crépuscule tombait et ils devaient impérativement regagner les habitats. Nadia trébucha dans le sas, se glissa à l'intérieur et avala rapidement un autre repas froid, assise sur son lit, tout en prêtant vaguement l'oreille aux bavardages qui tournaient surtout autour des tâches de la journée et du programme du lendemain.

Frank et Maya étaient chargés de la répartition du travail, en principe, mais en fait tout se passait spontanément, selon un système de troc tout à fait adapté. Hiroko excellait dans cet exercice, ce qui était surprenant quand on considérait son attitude de retrait durant le voyage. Mais maintenant, elle avait besoin d'aide, et, chaque soir, elle allait de l'un à l'autre, tellement convaincante qu'elle récupérait chaque jour une équipe de travail pour la ferme. Nadia n'était guère sensible à ces appels : ils disposaient de cinq ans de réserves de vivres lyophilisés ou en conserve, ce qui lui convenait parfaitement, vu qu'elle avait mangé plus mal durant une grande partie de son existence et qu'elle ne se souciait pas vraiment de la qualité des mets. Elle aurait aussi bien mangé du foin, ou refait le plein à la pompe, comme ses tracteurs. Mais la ferme serait utile pour faire pousser les bambous que Nadia avait l'intention d'utiliser pour la construction des habitats permanents. Tout était connecté, toutes leurs tâches étaient interdépendantes, nécessaires aux uns et aux autres. Aussi, quand Hiroko se laissa tomber près d'elle, elle lui dit :

— Oui, oui, je serai là à huit heures. Mais tu ne peux pas construire définitivement la ferme avant que l'habitat de base ne soit lui-même sur pied. Donc, demain, tu devrais me donner un coup de main, d'accord ?

— Non, non, fit Hiroko dans un rire. Après-demain, plutôt ?

C'était surtout Sax Russell et ses gens qui se battaient pour la main-d'œuvre. Ils essayaient de démarrer toutes les usines à la fois. De même que Vlad et Ursula, du groupe biomédical, qui avaient tellement envie de voir leurs labos opérationnels. Les trois équipes semblaient donc passer leur vie dans le parc de caravaning mais, heureusement, il y en avait bien d'autres qui n'étaient pas à ce point obsédés par leur travail. Comme Maya et John, et les autres cosmonautes, qui pensaient avant tout à s'installer dans des quartiers d'habitation plus vastes et moins fragiles dès que possible. Par conséquent, Nadia pouvait compter sur leur aide.

Son bref repas achevé, elle remporta son plateau à la cuisine, le nettoya rapidement, puis alla s'asseoir en compagnie d'Ann Clayborne, Simon Frazier et les autres géologues.

Ann semblait sur le point de s'endormir : elle passait ses matinées en excursions et randonnées à pied dans le désert et, dans l'après-midi, elle travaillait très dur à la base pour tenter de se rattraper.

Nadia la trouvait bizarrement tendue, moins heureuse de se retrouver sur Mars qu'on aurait pu le croire. Elle était réticente pour participer au travail de montage des usines, ou même avec Hiroko. Généralement, elle aidait l'équipe de Nadia : la construction de leurs futurs logements était moins susceptible d'altérer le milieu martien que les projets plus ambitieux des autres équipes.

Peut-être était-ce exact. Ann, quant à elle, ne disait rien. Elle était difficile à cerner, toujours rêveuse — non pas à la façon de Maya, c'est-à-dire dans le ton slave, mais de manière plus subtile et sombre, se disait Nadia. Elle avait un côté Bessie Smith.

Autour de Nadia, les autres allaient et venaient. Ils faisaient leur petite vaisselle avant de se mêler aux conversations, de lire les notices et les plans ou de se regrouper autour des terminaux. Puis, les uns après les autres, ils gagnaient leur lit, s'étiraient, les voix se faisaient plus discrètes, et le sommeil venait.

— C'est un peu la deuxième seconde de l'univers, remarqua Sax Russell en se passant la main sur le visage d'un geste las.

— Tous ensemble, sans aucune différence. Un paquet de particules chaudes qui vont se disperser.

C'était ça, une journée, et toutes se ressemblaient. Ils ne pouvaient même pas parler du temps, si ce n'est, à l'occasion, d'une trace de nuage ou d'un après-midi légèrement plus venteux que les autres. Les jours s'enchaînaient. Tout semblait prendre plus de temps que prévu. Ça commençait par la corvée des marcheurs, et ça se poursuivait par le réchauffement du matériel. Et même si tout avait été standardisé, les origines internationales de leur équipement entraînaient inévitablement des problèmes de gabarit ou de fonctionnement. Et puis il y avait la poussière…

— Ne parlez pas de poussière ! protestait Ann. C'est plus proche d'un gravier fin ! Dites de la poudre ! C'est de la *poudre* !

La poudre, donc, pénétrait partout. Dans le froid extérieur, tout effort était épuisant, ils travaillaient plus lentement que prévu, ils commençaient à se blesser, légèrement, mais de plus en plus souvent. Et puis, le nombre de choses à faire était ahurissant. Certaines missions ne leur étaient jamais apparues. Par exemple, il leur fallut près d'un mois pour ouvrir toutes les charges de fret (alors qu'ils avaient prévu dix jours), vérifier leur contenu et le trier, avant d'emporter les divers éléments sur les secteurs où ils devraient être utilisés.

Ensuite seulement, ils avaient pu commencer vraiment à construire. Là, Nadia était dans son univers. A bord de l'*Arès*, elle avait vécu en hibernation. Tout son talent était de construire, c'était la nature même de son génie. Elle avait appris cela à la dure école de la Sibérie. Très vite, elle était devenue le dépanneur numéro un de la colonie. Le remède universel, comme disait John.

Elle était intervenue sur tous les chantiers, elle avait aidé tout le monde, et quand elle se promenait un peu partout, tous les jours, pour répondre aux questions et donner des conseils, elle s'épanouissait dans une espèce de paradis de travail intemporel. Il y avait tant à faire ! Chaque soir, pendant leurs réunions de préparation, Hiroko déployait toutes ses ruses, tous ses charmes, et l'édification de la ferme s'accélérait : trois rangées de serres en parallèle, tout à fait semblables à des serres terrestres, mais plus petites et avec des parois plus épaisses pour éviter qu'elles n'explosent comme des ballons de baudruche. Même sous des pressions intérieures de l'ordre de 300 millibars, ce qui était une limite pour les cultures, la différence avec l'extérieur restait énorme. Un joint endommagé, un point faible, et… bang ! Mais Nadia était particulièrement performante sur les joints hypothermiques, et il ne se passait pas un jour sans qu'Hiroko ne l'appelle au secours.

Les responsables du nucléaire avaient besoin d'aide pour lancer leurs centrales, et les équipes d'assemblage appelaient Nadia à n'importe quelle heure. La crainte d'une erreur les pétrifiait, et les messages d'Arkady en provenance de Phobos, qui insistait pour qu'ils n'utilisent pas une technologie aussi dangereuse et attendent l'arrivée des éoliennes, étaient loin de les rassurer. Phyllis et lui s'accrochaient fréquemment à ce sujet.

Ce fut Hiroko qui coupa court à leur polémique, avec un dicton japonais très répandu : « *Shikata ga nai* », qui signifiait : *c'est la vie, il n'y a pas d'autre choix.* Il était possible que des éoliennes leur fournissent de l'énergie en quantité suffisante, comme le prétendait Arkady, mais ils ne disposaient pas du matériel pour en construire, alors qu'on leur avait expédié un réacteur nucléaire Rickover[1] construit par l'US Navy, qui était un vrai chef-d'œuvre. Et puis, personne ne désirait vraiment faire l'effort de l'énergie éolienne : ils

---

1. Hyman George Rickover, né en 1900 en Pologne, fut l'un des premiers à concevoir la propulsion de sous-marins par des réacteurs nucléaires. Le *Nautilus* fut lancé en 1955. Promu au titre de vice-amiral en 1959, il contribua à la science en traversant en plongée l'océan Arctique, du Pacifique à l'Atlantique. Il étudia ainsi le comportement des équipages dans les espaces confinés. Il reçut en 1964 le prix Fermi. *(N.d.T.)*

étaient beaucoup trop pressés par le temps. *Shikata ga nai*. C'était devenu une de leurs maximes.

Aussi, chaque matin, l'équipe de Tchernobyl (qui devait son surnom à Arkady, bien évidemment) suppliait Nadia de superviser les installations. On les avait exilés loin à l'est de la base, et ça représentait une journée de travail à temps complet. Mais l'équipe médicale lui demanda son aide pour la construction d'une clinique avec des laboratoires à partir de caissons largués qui avaient été convertis en abris. Donc, elle modifia son emploi du temps, revint à la base à l'heure du déjeuner, avant d'aller travailler avec l'équipe médicale.

Tous les soirs, elle se couchait dans un état d'épuisement total.

Elle avait eu de longues discussions avec Arkady. Son équipe avait des difficultés avec la pesanteur particulière de Phobos et il avait besoin de ses conseils.

— Rien que pour avoir quelques petits g, lui avait-il dit. De quoi vivre et dormir…

— Vous n'avez qu'à construire une voie ferrée tout autour, lui avait-elle suggéré dans un état semi-comateux. Prenez l'un des réservoirs de l'*Arès*, faites-en un train, et donnez-lui la vitesse nécessaire pour vous retrouver au plafond sous une bonne pesanteur.

Elle avait perçu ses gloussements de rire fou à travers les crépitements de statique.

— Nadejda Francine, je t'aime ! Je t'adore !

— Non, c'est la pesanteur que tu aimes !

Toutes ces interventions ralentissaient la construction de leur habitat permanent. Ce n'était qu'une fois par semaine qu'elle parvenait à s'échapper dans le Mercedes pour traverser le terrain labouré jusqu'à la tranchée qu'ils avaient commencée. Elle était large de dix mètres sur cinquante de longueur et quatre de profondeur. Le fond avait la même constitution que la surface : argile, rochers de toutes tailles, poussière, poudre. Et régolite[1].

Tandis qu'elle travaillait avec le bulldozer, les géologues

---

1. Manteau de débris provenant de la fragmentation des roches sous-jacentes. *(N.d.T.)*

prélevaient des échantillons, même si Ann n'appréciait guère le fait qu'ils taillent dans le vif du terrain. Mais les géologues avaient toujours été attirés par les tranchées. Nadia écoutait leurs conversations. Ils estimaient que le régolite était identique jusqu'au fond de roche, ce qui était une mauvaise nouvelle pour Nadia : le régolite n'était vraiment pas le terrain idéal pour construire. Mais, au moins, la teneur en eau était faible, moins de 10 %, ce qui signifiait qu'ils ne courraient pas le risque des affaissements qui avaient été un de leurs cauchemars pour les édifices de Sibérie.

Quand le régolite serait correctement découpé, elle déposerait une fondation en ciment de Portland, le meilleur matériau dont elle disposait. Si la couche n'atteignait pas deux mètres, il pourrait craquer, mais *shikata ga nai*. Et l'épaisseur constituerait un isolement. Mais elle devrait prévoir de réchauffer la pâte et de la mettre en coffrage. Au-dessous de 13 degrés centigrades, ça serait impossible, ce qui impliquait un dispositif de chauffage électrique... Tout progressait, mais avec une telle lenteur !

Elle fit avancer son engin et la pelle mordit dans la tranchée. Le bulldozer s'inclina sous la charge de régolite.

— Quelle bête ! s'exclama Nadia avec fierté.

— Nadia est amoureuse de son bull ! lança Maya sur leur fréquence commune.

Au moins je sais qui j'aime, se dit Nadia. La semaine précédente, elle avait passé trop de soirées avec Maya dans son atelier, à l'écouter raconter ses problèmes avec John, et comment elle s'entendait mieux avec Frank, mais qu'elle ne savait pas quoi décider vraiment, parce qu'elle savait bien que Frank lui en voulait, etc., etc., etc. Nadia, tout en nettoyant ses outils, n'avait cessé de répéter *da, da, da*, pour ne pas révéler son manque d'intérêt. La vérité, c'était qu'elle en avait assez des problèmes de Maya, qu'elle aurait préféré discuter des matériaux de construction ou de n'importe quoi d'autre.

Un appel de Tchernobyl l'interrompit dans ses réflexions.

— Nadia, comment faire pour obtenir un ciment assez épais sous une telle température ?

— Chauffez-le !

— Mais c'est ce qu'on fait !

— Chauffez-le encore plus !
— Oh !...

Elle se dit qu'ils avaient presque fini. Le Rickover avait été en grande partie préassemblé, et il leur avait suffi de souder les formes, de mettre en place le condensateur en acier, de remplir d'eau les canalisations (ce qui réduisait leur réserve pratiquement à zéro), de faire le câblage électrique, d'entourer le tout de sacs de sable, et d'introduire les barres de contrôle. Ensuite, ils pourraient fournir 300 kilowatts à la demande, ce qui mettrait fin à la querelle naissante pour avoir la part du lion de la production du générateur.

Sax l'avait appelée. L'un des processeurs Sabatier[1] s'était colmaté, et ils n'arrivaient pas à démonter le coffrage. Nadia abandonna donc son engin à John et Maya, et prit un patrouilleur pour se rendre à l'usine.

— Je vais faire un tour chez les alchimistes ! lança-t-elle.

Dès que Nadia eut débarqué et se fut mise au travail sur le Sabatier, Sax lui dit :

— Est-ce que tu as remarqué à quel point nos outillages reflètent les caractères de l'industrie qui les a produits ? S'ils ont été conçus par l'industrie automobile, ils disposent d'une énergie mineure mais sont fiables. S'il s'agit de l'aérospatiale, ils ont une réserve d'énergie scandaleuse, mais ils tombent en panne deux fois par jour.

— Et les conceptions en partenariat sont d'un dessin abominable, appuya Nadia.

— Exact.

— Et le matériel de chimie est très récalcitrant, ajouta Spencer Jackson.

— Oui, je sais. Surtout avec cette poussière.

Les extracteurs Boeing n'avaient été que la première étape du complexe. Les gaz qu'ils produisaient étaient stockés dans d'énormes cuves. Lentement, ils élaboraient des produits de plus en plus complexes, qui passaient d'une

---

1. Paul Sabatier (1854-1941), chimiste qui collabora avec Senderens sur les hydrogénisations catalytiques réalisées à partir de nickel réduit et de synthèse d'hydrocarbures. Ce qui permit entre autres la fabrication industrielle de matières grasses alimentaires, comme la margarine. Il reçut le prix Nobel en 1912. *(N.d.T.)*

usine de traitement à l'autre par le biais d'un jeu de structures qui pouvait évoquer des mobile homes prisonniers d'une toile faite de réservoirs à code-couleur, de tuyauteries et de câbles.

Le produit préféré de Spencer était le magnésium. Et il en produisait beaucoup. Il se vantait d'en extraire cinquante-cinq kilos de chaque mètre cube de régolite. Et, sous la pesanteur martienne, une barre de magnésium ne pesait pas plus lourd qu'une règle de plastique.

— A l'état pur, il est trop friable, mais si on fait un alliage, on obtient un métal extrêmement léger et très résistant.

— De l'acier martien, dit Nadia.

— Bien mieux.

C'était ainsi que ces machines récalcitrantes faisaient de l'alchimie. Nadia trouva la solution du problème sur le Sabatier et alla réparer ensuite une pompe à vide. Elle s'étonnait toujours de voir à quel point l'usine de traitement dépendait d'autant de pompes. Souvent, elles étaient assemblées n'importe comment, et leurs fonctions mêmes avaient tendance à les engorger sous l'effet de la poudre.

Deux heures plus tard, le Sabatier était opérationnel. En retournant vers le parc de caravaning, elle fit une visite rapide à la première serre.

Les plantes étaient déjà en fleurs, et les nouveaux semis poussaient sur les plates-bandes de terreau. C'était un vrai plaisir que de voir toute cette verdure apparaître dans ce monde rouge.

On lui avait dit que les bambous poussaient à vue d'œil : ils mesuraient maintenant près de cinq mètres. Bientôt, c'était évident, ils auraient besoin d'un appoint de sol.

Les alchimistes utilisaient l'azote produit par les Boeing pour synthétiser des engrais ammoniaqués. Hiroko en était littéralement avide, avec le régolite qui était un cauchemar agricole, riche en sels, bourré de peroxydes, aride et totalement dépourvu de biomasse.

Ils étaient condamnés à construire un sol tout comme ils devaient fabriquer des barres de magnésium.

Nadia retourna à son habitat pour un déjeuner rapide. Puis elle revint sur le site de l'habitat permanent.

En son absence, on avait presque mis à niveau la tranchée.

Elle s'arrêta devant le trou et pensa au projet qu'ils allaient réaliser et qu'elle aimait follement : elle y avait travaillé dans l'Antarctique et à bord de l'*Arès*. Cela consistait en une simple ligne de chambres voûtées, en forme de barrique, avec des parois adjacentes. Installées dans la tranchée, les chambres seraient dans un premier temps à demi enfouies. Plus tard, elles seraient recouvertes d'une couche de dix mètres de régolite compressé, afin de stopper les radiations, mais aussi parce que la pressurisation serait de 450 millibars, pour éviter l'explosion des bâtiments.

Pour cela, ils n'avaient besoin que de matériaux produits sur place : ciment de Portland, briques à la base, plus quelques renforts de plastique pour l'étanchéité.

Malheureusement, les fabricants de briques rencontraient certaines difficultés, et ils appelèrent Nadia au secours.

Elle était un peu à bout et elle grommela :

— On a fait tous ces millions de kilomètres jusqu'ici et vous ne savez pas comment fabriquer des briques ?...

— Ça n'est pas le problème, lui dit Gene. Ce qui se passe, c'est qu'elles ne nous plaisent pas.

L'usine de fabrication de briques mélangeait les argiles et les sulfures extraits du régolite. La matière était ensuite coulée dans des moules et cuite jusqu'au point de polymérisation du sulfure. Les briques, durant leur refroidissement, étaient compressées. A leur sortie, elles étaient d'un rouge sombre, avec une résistance adaptée aux chambres en caveaux. Mais Gene n'était pas satisfait.

— On ne peut pas courir le risque d'avoir des toits trop pesants. Si on subissait un tremblement de Mars... Non, je n'aime pas ça.

Nadia réfléchit un instant et dit :

— Ajoutez du nylon.

— Quoi ?

— Oui. Allez récupérer les parachutes de tous les largages, découpez-les en lanières très minces, et mélangez-les à l'argile. Comme ça, vous aurez plus de résistance.

Gene rumina un moment.

— Mais c'est vrai que c'est une bonne idée ! Tu penses qu'on peut retrouver les parachutes ?

— Bien sûr, quelque part vers l'est.

C'est comme ça qu'ils trouvèrent un job pour les géologues qui, en fait, collaboraient à la construction. Ann, Simon, Phyllis, Sacha et Igor lancèrent leurs patrouilleurs vers l'horizon oriental, bien au-delà de Tchernobyl, et, dans la semaine suivante, ils récupérèrent presque quarante parachutes, représentant chacun quelques centaines de kilos de nylon.

Un jour, ils revinrent surexcités, parce qu'ils avaient atteint Ganges Catenas, une série d'avens creusés dans la plaine, à une centaine de kilomètres au sud-est.

— Vous savez, leur raconta Igor, c'était vraiment bizarre, parce qu'on ne les voit qu'à la dernière minute. On dirait d'énormes entonnoirs. Ils font au moins deux kilomètres de large sur dix de long. Et ils s'emmanchent par huit ou neuf, de plus en plus rétrécis. Fantastique ! Ils sont probablement thermokarstiques[1], mais c'est difficile à admettre vu leur taille.

— Mais ça fait tellement de bien de les apercevoir, coupa Sacha. Quand on s'est tellement habitués à cet horizon rapproché.

— Ils sont effectivement thermokarstiques, déclara Ann.

Mais ils n'avaient pas rencontré d'eau. Ce qui les obligeait à dépendre des ressources des extracteurs atmosphériques. Nadia haussa les épaules. Ces engins étaient sacrément solides.

Elle devait avant tout penser à ses caveaux. Les briques améliorées étaient arrivées et elle avait mis les robots sur le chantier de construction des murs et des toits. La briqueterie chargeait les petits véhicules robots qui fonçaient ensuite à travers la plaine comme des patrouilleurs-jouets. Sur le site, les grues déchargeaient les briques une par une et les mettaient en place sur le mortier froid répandu par une autre équipe de robots. Le système fonctionnait parfaitement et Nadia aurait été satisfaite si elle avait eu entière confiance dans ses robots. Ils semblaient travailler correctement, mais les expériences qu'elle avait eues avec les robots à l'époque

---

1. Couche calcaire aux assises épaisses résultant de l'action souterraine des eaux qui dissolvent le carbonate de calcium. *(N.d.T.)*

de *Novyï Mir* l'avaient rendue méfiante. Quand tout fonctionnait à la perfection, ils étaient magnifiques, mais rien n'était jamais longtemps parfait, et il était difficile de les programmer avec des algorithmes de décision qui les rendaient soupçonneux au point de s'arrêter toutes les minutes, ou tellement indépendants qu'ils basculaient dans des actes d'une stupidité incroyable, répétant la même erreur des milliers de fois, transformant le moindre pépin en gaffe énorme. Exactement comme dans la vie émotionnelle de Maya. Les robots étaient ce qu'on y mettait, mais les meilleurs restaient encore de parfaits idiots.

Un soir, Maya tomba sur Nadia dans son atelier et lui demanda de passer sur une fréquence privée.

— Michel ne me sert à rien, se plaignit-elle. Je traverse une sale période et il se contente de me regarder comme un chien qui voudrait me lécher. Nadia, tu es la seule à qui je puisse faire confiance. Hier, j'ai dit à Frank que je pensais que John essayait de saper son autorité auprès de Houston, mais qu'il ne devait rapporter mes soupçons à qui que ce soit. Et voilà qu'aujourd'hui John m'a demandé pourquoi je pensais qu'il s'en prenait à Frank. Personne ne peut vous écouter et la fermer, ici !

Nadia acquiesça en roulant des yeux. Mais elle lui dit :

— Désolée, Maya, il faut que j'aille voir Hiroko pour une fuite qu'ils n'ont pas pu localiser.

En guise de baiser, elle cogna doucement sa visière contre celle de Maya, repassa sur la fréquence commune et partit.

Ça suffisait comme ça. Il était infiniment plus intéressant de bavarder avec Hiroko de problèmes réels, qui concernaient le monde réel. Hiroko était une personne brillante et, depuis le débarquement, elle estimait plus encore les capacités de Nadia. Il existait entre elles un respect professionnel mutuel, qui est fréquemment le ciment de l'amitié. Et puis, c'était tellement agréable de parler boulot et de rien d'autre. Joints hermétiques, mécanismes de verrouillage, ingénierie thermique, polarisation du verre, interfaces humains et ferme. (Hiroko avait toujours quelques coups d'avance sur les autres.) Ces discussions constituaient un réel soulagement après les confidences chuchotées de Maya, les supputations interminables pour déterminer qui aimait ou n'aimait pas Maya, ce qu'éprouvait Maya à tel ou tel sujet, qui lui avait encore fait du mal ce jour-là... Pff! Hiroko, elle, ne se montrait jamais bizarre, sauf quand elle déclarait des choses que Nadia ne savait pas trop comment prendre.

— Mars va nous dire ce qu'elle veut, et ensuite, nous devrons le faire.

Comment réagir à ce genre de déclaration? Hiroko, devant les haussements d'épaules de Nadia, se contentait de rire.

Le soir, on bavardait de tous côtés, avec véhémence, sans contrainte. Dmitri et Samantha étaient certains de pouvoir très bientôt introduire des micro-organismes de leur création dans le régolite, et qu'ils pourraient y survivre. Mais il leur faudrait d'abord l'autorisation de l'ONU. Nadia, elle, trouvait cette idée inquiétante. Par comparaison, l'ingénierie chimique des usines semblait très classique, elle ressemblait plus à la fabrication des briques que les redoutables expériences de création de la vie que préparait Samantha. Mais les chimistes avaient déjà réussi d'assez jolies créations. Il ne se passait pas un jour sans qu'ils ne débarquent dans le parc avec des échantillons de nouveaux matériaux : acide sulfurique, ciments pour le mortier de la voûte, explosifs au nitrate d'ammonium, carburant au cyanamide calcique pour les patrouilleurs, caoutchouc de polysulfure, hyperacides à base siliconique, agents émulsifiants, tubes de tests comportant des traces d'éléments nouveaux extraits des sels, plus, récemment, du verre transparent. Ce qui était une vraie réussite, car les précédentes tentatives de production n'avaient donné que du verre noir. Mais ils étaient parvenus à isoler le fer des silicates. Et c'est ainsi qu'une nuit, en patrouilleur, ils passèrent entre des plaques de verre plus ou moins ondulées, criblées de bulles et de défauts, qui semblaient avoir été fondues au XVIIe siècle.

Quand la première chambre fut enfouie et pressurisée, Nadia en fit l'inspection en ôtant son casque et en reniflant. L'atmosphère était à 450 millibars, comme celle de leurs casques et du parc de caravaning, composée d'un mélange oxygène-azote-argon, à environ 15 degrés centigrades. C'était merveilleux.

La chambre avait été divisée en deux niveaux. Le plafond de bambou était fixé dans les briques à deux mètres cinquante de hauteur. Les cylindres de bois vert tendre éclairés par les tubes de néon placés en dessous donnaient une ambiance très agréable. Un escalier de magnésium et de bambou accédait à un orifice d'accès. Elle grimpa les marches pour jeter un coup d'œil. Le bambou refendu qui constituait le sol était doux au regard. Elle leva les yeux vers la voûte de brique, à quelques centimètres au-dessus de sa tête. C'était là qu'elle avait prévu d'installer les chambres et la salle de bains. Le rez-de-chaussée serait réservé à la cuisine et au living.

Maya et Simon avaient déjà mis en place des revêtements muraux confectionnés avec les parachutes récupérés. Il n'y avait aucune fenêtre, et l'unique clarté était celle des néons. Ça ne plaisait guère à Nadia, et dans l'habitat plus grand qu'elle avait en projet, elle avait prévu d'ores et déjà des fenêtres dans toutes les pièces. Mais d'abord le plus urgent. Dans une première période, ces casernements aveugles étaient le mieux qu'ils aient pu concevoir. Et, après tout, c'était un sacré progrès par rapport au parc de caravaning.

En redescendant, elle effleura des doigts les briques et le mortier. Le contact était rugueux mais tiède, grâce aux éléments thermiques installés derrière. Il y en avait également sous le sol. Elle enleva ses chaussures et ses chaussettes pour apprécier la douce sensation des briques tièdes. C'était un endroit merveilleux, se dit-elle. Et même assez joli, si l'on pensait qu'ils avaient fait tout ce voyage jusqu'à Mars pour construire des demeures de brique et de bambou. Elle se souvenait des citernes qu'elle avait visitées en Crète des années auparavant, sur un site du nom d'Aptera : ces vestiges romains en forme de barrique, construits en brique, étaient enfouis à flanc de colline. Elles avaient à peu près la taille de ces chambres. Nul n'était parvenu à déterminer à quoi elles avaient pu servir — à entreposer de l'huile d'olive, disaient certains, mais cela aurait supposé une réserve d'huile phénoménale.

Deux mille ans après leur construction, ces celliers

étaient encore intacts, dans une contrée soumise à des séismes fréquents.

Tout en remettant ses bottes, Nadia sourit. Dans deux mille ans, leurs descendants parcourraient peut-être cette salle, qui serait devenue un musée. Les premiers humains sur Mars ! Et c'était elle qui l'avait conçue. Elle sentit soudain le poids du regard du futur, et frissonna. Ils étaient comme les hommes de Cro-Magnon et, plus tard, leur existence serait très certainement étudiée par des archéologues. Et des gens comme elle se poseraient des questions interminables sans vraiment trouver de réponses.

Le temps passait et le travail avançait. Nadia, constamment occupée, en était étourdie. L'aménagement intérieur des caveaux était compliqué, et les robots se montraient peu utiles pour la plomberie, le chauffage, les fluides en général, les serrures et la cuisine. L'équipe de Nadia, qui disposait de tous les outils et du matériel nécessaires, et pouvait travailler en short et sweat-shirt, y passait un temps considérable. C'était boulot, boulot, boulot, jour après jour ! Un soir, peu avant le crépuscule, Nadia regagna lentement le parc. Elle était affamée, épuisée, totalement détendue et heureuse.

Cela dit, en fin de journée, il fallait redoubler d'attention : un soir, elle avait fait un trou d'un centimètre dans le dos d'un de ses gants, et elle ne s'était pas méfiée. Le froid n'était pas si terrible — moins cinquante degrés centigrades ; ce n'était rien à côté de certaines journées d'hiver, en Sibérie ! — mais la faible pression atmosphérique avait provoqué un hématome qui avait instantanément gelé. Ce qui avait eu pour résultat d'en diminuer le volume, bien sûr, mais avait beaucoup ralenti la guérison. Bref, il fallait toujours faire attention, mais au terme d'une journée de travail, les muscles fatigués se faisaient fluides, la clarté du soleil se rouillait en longues rayures obliques sur la plaine caillouteuse, et tout d'un coup, elle se rendit compte qu'elle se sentait bien.

Arkady choisit cet instant pour l'appeler depuis Phobos et elle l'accueillit chaleureusement.

— Je me sens comme un solo de Louis Armstrong en 1947, lui dit-elle.

— Pourquoi 1947 ?

— Eh bien, je veux dire que c'était l'année où il semblait le plus heureux. Tu vois : après vingt années passées avec des orchestres atroces, il se retrouvait avec un tout petit groupe, le Hot Five, celui-là même qu'il avait dirigé dans sa jeunesse, avec les mêmes vieux morceaux, les bonnes vieilles têtes de ses copains — et le tout en mieux, à cause de la technologie d'enregistrement, de l'argent, du public, des musiciens, du prestige qu'il avait... Pour lui, ç'a dû être une fontaine de jouvence, je crois.

— Tu vas être obligée de m'expédier quelques enregistrements, dit Arkady.

Il risqua quelques paroles de *I can't give you anything but love, baby !* Phobos allait passer sous l'horizon. Il n'avait appelé que pour un petit bonjour.

— Alors, comme ça, c'est ton année 47, dit-il avant de disparaître dans le silence.

Nadia, tout en rangeant ses outils, retrouva les paroles de la chanson. Et elle se dit qu'Arkady avait raison : elle vivait son année 1947. Malgré les conditions de vie affreuses qu'elle avait connues, ces années de jeunesse en Sibérie avaient vraiment été les meilleures de sa vie. Plus tard, elle avait subi vingt ans avec les grands orchestres de cosmonautique, de bureaucratie, de simulation... tout ça pour arriver ici. Et elle se retrouvait à ciel ouvert, elle construisait des bâtiments avec ses mains, elle faisait fonctionner toute une lourde machinerie, elle résolvait cent problèmes par jour, exactement comme en Sibérie. Mais en mieux. C'était le retour de Satchmo !

Et lorsque Hiroko vint la trouver pour se plaindre : « Nadia, mon vernier est complètement gelé !... », elle lui chantonna :

— *That's the only thing I'm thinking of — baby !*

Avant de prendre la clé, de la cogner sur la table comme un marteau et de tourner le vernier pour bien montrer à Hiroko qu'il n'était plus bloqué.

Elle éclata de rire devant son expression.

— Mais c'est la solution de l'ingénieur, lui lança-t-elle.

Et elle s'éloigna en fredonnant. Hiroko était vraiment une drôle de fille : elle avait tout leur écosystème dans la tête, mais elle était incapable de planter un clou droit.

Ce même soir, elle parla avec Sax du travail de la journée, et avec Spencer du verre qu'ils avaient reçu. Et puis, en plein milieu de leur conversation, elle se jeta sur sa couchette, enfonça la tête dans son oreiller avec un sentiment de bonheur, et se lança dans le dernier chorus de *Ain't misbehavin'*.

Il n'en fallut pas plus pour qu'elle verse dans le sommeil.

Mais les choses changeaient avec le temps. Et rien ne durait, pas plus la pierre que le bonheur.

— Est-ce que vous avez vraiment conscience que nous sommes en L_S 70 ? s'exclama Phyllis un soir. Et est-ce que nous ne nous sommes pas posés en L_S 7 ?

Ce qui voulait dire qu'ils étaient là depuis une demi-année martienne. Phyllis utilisait un calendrier calculé par les planétographes. Il était maintenant devenu plus familier dans la colonie que le système terrestre. L'année de Mars était longue de 668,6 jours locaux, et afin de définir à quel point ils en étaient dans cette longue année, ils se servaient du calendrier L_S. Selon ce système, la ligne entre le soleil et Mars au moment de l'équinoxe de printemps nord était à 0° et, ainsi, on pouvait diviser l'année en 360 degrés, ceci afin que $L_S = 0°-90°$ équivaille au printemps nord, $90°-180°$ à l'été sud, $180°-270°$ à l'automne, et $270°-360°$ (ou 0 de nouveau) à l'hiver.

Cette situation plutôt simple est compliquée par l'excentricité de l'orbite de Mars, extrême selon les standards terrestres à son périhélie, Mars se trouve à 43 millions de kilomètres plus proche du soleil qu'à son aphélie, et reçoit donc à peu près 45 % de lumière en plus. Cette fluctuation rend les saisons inégales entre les deux hémisphères. Le périhélie se situe chaque année à $L_S = 250°$, tard dans le printemps austral. Aussi, le printemps comme l'été sont nettement plus chauds dans l'hémisphère sud que dans le nord, avec des différences pouvant aller jusqu'à 30 degrés. Les automnes et les étés quant à eux sont plus froids puisqu'ils surviennent près de l'aphélie — tellement froids que la calotte polaire sud est essentiellement composée de gaz carbonique, alors que la calotte boréale est faite d'eau gelée. L'hémisphère sud est donc celui des extrêmes, et le nord celui de la modération.

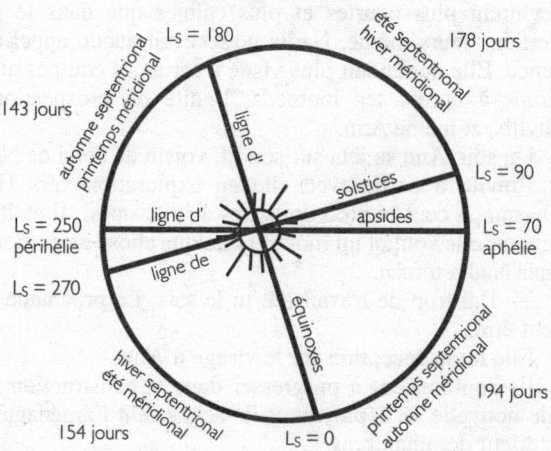

669 jours martiens au total dans une année martienne :
24 mois dont 21 mois de 28 jours et 3 mois (tous les huit mois) de 27 jours

L'excentricité orbitale de la planète est à l'origine d'une autre particularité notable : plus les planètes sont proches du soleil, plus vite elles se déplacent, et c'est ainsi que les saisons sont plus courtes vers le périhélie qu'à l'aphélie. Par exemple, l'automne boréale de Mars est de 143 jours, alors que le printemps dure 194 jours ! Certains prétendaient que cette seule raison justifiait l'installation de la colonie dans l'hémisphère nord.

En tout cas, ils étaient installés dans le nord. Et l'été était arrivé. Les jours allongeaient.

Tout autour de la base, les traces des engins formaient un réseau dense. Ils avaient coulé une chape de ciment sur la route de Tchernobyl. La base elle-même était désormais tellement étendue qu'à partir du parc de caravaning elle se déployait jusqu'à l'horizon dans toutes les directions. Le quartier des alchimistes et la route de Tchernobyl à l'est, l'habitat permanent au nord, la ferme et la zone de stockage à l'ouest, et le centre biomédical au sud.

Tous finirent par emménager dans les premières chambres de l'habitat permanent. Les discussions nocturnes y devinrent plus courtes et plus calmes que dans le parc. Certains jours même, Nadia ne recevait aucun appel d'urgence. Elle ne rendait plus visite à certaines équipes que de temps à autre : les biomeds, l'unité de prospection de Phyllis, et même Ann.

Un soir, Ann se jeta sur son lit, voisin de celui de Nadia, et l'invita à partir avec elle en exploration vers Hebes Chasma, à cent trente kilomètres au sud-ouest. Il était évident qu'elle voulait lui montrer quelque chose en particulier, mais Nadia refusa.

— J'ai trop de travail ici, tu le sais. La prochaine fois, peut-être.

Elle lut la déception sur le visage d'Ann.

Ils continuaient à progresser dans la construction : une aile nouvelle se déployait et ils achevaient l'aménagement intérieur des chambres.

Arkady avait suggéré une formation en carré, et Nadia allait suivre son conseil, car il lui avait dit qu'il serait possible, ensuite, de prévoir une toiture pour l'ensemble.

— C'est là que les poutrelles de magnésium vont nous être utiles, avait dit Nadia. Si seulement on pouvait obtenir des panneaux de verre plus résistants...

Ils avaient maintenant achevé deux côtés du carré, ce qui représentait douze chambres totalement installées.

Ann et son équipe revinrent d'Hebes. Ils passèrent tous la soirée à regarder leurs vidéos. On voyait d'abord les patrouilleurs qui traversaient les plaines de rocaille, puis apparaissait sur l'écran une crevasse qui ressemblait au seuil du monde. D'étranges falaises de faible hauteur barraient alors la route aux patrouilleurs. L'image dansa : un des véhicules venait de basculer.

Très vite, ils passèrent à une séquence prise depuis le bord, un long panoramique sur le canyon qui était plus immense que les cuvettes de Ganges Catena. Incroyable. La muraille d'en face était à peine discernable. En fait, des murailles rocheuses se dressaient de tous côtés, car Hebes était une faille quasi fermée, une ellipse longue de deux cents kilomètres sur cent de large.

L'équipe d'Ann avait atteint le rebord nord en fin d'après-midi, et la courbe orientale était nettement visible, baignée par la clarté du coucher de soleil. En direction de l'ouest, la paroi n'était plus qu'un rideau noir. Le fond de la faille était plus ou moins plat, avec une dépression centrale.

— Si l'on arrivait à poser un dôme flottant sur la faille, remarqua Ann, ça ferait un abri drôlement vaste.

— Pour ça, Ann, dit Sax, il faudrait un dôme-miracle. Parce que ça représente 10 000 kilomètres carrés.

— Mais ça serait vraiment bien et vraiment grand. Comme ça, on n'aurait même pas à s'occuper du reste de la planète.

— Le poids du dôme ferait s'effriter les parois du canyon.

— C'est pour ça que je parle de dôme flottant.

Sax secoua la tête.

— C'est plus exotique que cet ascenseur spatial dont tu parlais.

— Je voudrais habiter dans une maison tout près de l'endroit où vous avez pris ces vidéos, interrompit Nadia. La vue est superbe !

— Attends d'avoir vu les volcans de Tharsis, lança Ann, agacée. Là, tu pourras comparer.

Depuis quelque temps, ils avaient des petits accrochages de ce genre, qui rappelaient à Nadia les mauvais moments à bord de l'*Arès*.

Ainsi, Arkady et son équipe leur avaient envoyé des vidéos de Phobos, avec ce commentaire d'Arkady : « L'impact de Stickney a failli désintégrer toute la roche chondritique, avec 20 % d'eau. Une bonne partie s'est évaporée dans le système fractal pour se congeler en veines glaciaires. » C'était fascinant, d'accord, mais l'unique résultat fut une querelle entre Ann et Phyllis, les deux responsables de la géologie. Quant à savoir si cela expliquait réellement la présence de glace sur Phobos…

Phyllis alla même jusqu'à suggérer d'importer de la glace

de Phobos, ce qui était absurde, même s'ils n'arrivaient pas à couvrir les demandes en eau, toujours plus pressantes. Tchernobyl en consommait énormément, les fermiers voulaient installer un marais dans leur biosphère, et Nadia projetait la création d'un complexe de natation dans une des chambres, avec sauna, piscine à remous et jacuzzi.

Chaque soir, on lui demandait comment ça avançait : ils en avaient tous assez de se nettoyer avec des éponges, de garder la poussière collée à leur peau, sans jamais se réchauffer vraiment. Ils avaient besoin d'un grand bain — parce que leur cerveau de dauphin le demandait, dans leur endocortex ancien, là où les désirs étaient violents, primaires, et leur disaient de retourner vers l'eau.

Ils avaient besoin d'eau, plus encore, mais les sondages sismiques n'avaient pas apporté la preuve de l'existence de glace aquifère dans le sous-sol, jusqu'à présent. Et Ann soupçonnait qu'ils ne se trouvaient pas dans la bonne région pour ça. Ils devraient continuer à dépendre des extracteurs atmosphériques, ou bien gratter le régolite et le passer dans les distilleries. Ce qui déplaisait à Nadia. Les distilleries avaient été fabriquées par le consortium franco-hongro-chinois et elle était certaine qu'elles craqueraient dès qu'ils tenteraient de les utiliser massivement.

Mais c'était ça, la vie sur Mars. Ils étaient tombés dans un endroit sec. *Shikata ga nai.*

— On a toujours d'autres options, répliquait Phyllis, en suggérant de nouveau de charger la glace dans les véhicules de débarquement sur Phobos et de les descendre vers Mars. Et la discussion était repartie. Ann considérait cela comme un gaspillage d'énergie totalement ridicule.

Tout ce qui se passait irritait d'autant plus Nadia qu'elle se sentait très en forme. Elle n'avait aucune raison de se quereller, et elle était très perturbée que les autres n'éprouvent pas les mêmes sentiments. Pourquoi les dynamiques de groupe devaient-elles fluctuer à ce point ?

Ils étaient là, désormais. Sur Mars, où les saisons étaient deux fois plus longues que sur Terre et chaque jour plus long de quarante minutes... Pourquoi n'arrivaient-ils donc pas à se détendre ?

Nadia avait le sentiment qu'elle avait assez de temps pour tout, même si elle était constamment occupée. Les trente-neuf minutes et demie dont ils bénéficiaient en supplément expliquaient en grande partie cette conviction. Les biorythmes circadiens de l'être humain avaient été déterminés par des millions d'années d'évolution de la vie et toutes ces minutes en extra, jour après jour, nuit après nuit, avaient certainement un effet.

Nadia en était sûre, parce que, malgré le rythme frénétique des journées de travail et la façon dont elle s'écroulait, épuisée, tous les soirs, elle se réveillait toujours reposée. C'était l'étrange pause que marquaient les horloges digitales, lorsque les chiffres passaient sur 12 : 00 : 00 et s'arrêtaient subitement, et que le temps non décompté passait, passait, passait, pendant un moment qui paraissait parfois interminable ; puis les horloges affichaient 12 : 00 : 01 et reprenaient leur décompte inexorable. Le laps de temps martien était décidément un moment très spécial. Nadia le passait souvent à dormir, comme la plupart d'entre eux.

Mais lorsque Hiroko était éveillée, à ce moment-là, elle avait un chant. Et, chaque nuit de samedi, elle et tous ceux de la ferme se rassemblaient et chantaient en japonais. Nadia ne comprenait pas les paroles, mais il lui arrivait de fredonner avec eux, heureuse d'être là, sous la voûte de leur habitat, avec ses amis.

C'est lors d'une de ces soirées, alors qu'elle était au seuil du sommeil, que Maya surgit et s'assit près d'elle pour lui parler.

Maya, avec son adorable visage, toujours parfaitement propre et nette, toujours élégante, même dans ses combinaisons de travail, avait l'air totalement défaite.

— Nadia, il faut que tu me rendes un service, je t'en prie. Je t'en prie.
— Quoi donc ?
— Je veux que tu dises quelque chose à Frank pour moi.
— Pourquoi ne le fais-tu pas toi-même ?
— Je ne veux pas que John nous voie ! J'ai un message à lui communiquer, et c'est toi, Nadejda Francine, qui es mon unique ressource !

Nadia émit un vague son de dégoût.

— *Je t'en prie !*

Soudain, c'était surprenant, cette envie qui venait à Nadia de parler à Ann, Samantha ou Arkady. Oui, si seulement Arkady pouvait descendre de Phobos !

Mais Maya restait son amie. Et elle ne pouvait supporter une telle expression de désespoir sur son visage.

— Quel message ?

— Dis-lui que je le retrouverai cette nuit dans le secteur de stockage, fit Maya d'un ton impérieux. A minuit. Juste pour lui parler.

Nadia soupira. Mais, l'heure venue, elle alla trouver Frank et lui répéta le message. Il acquiesça sans affronter son regard, l'air embarrassé, sombre, malheureux.

Quelques jours plus tard, Nadia et Maya, ensemble, nettoyaient le sol de brique de la dernière chambre qui allait être pressurisée. Nadia céda à sa curiosité et demanda à Maya ce qui se passait exactement.

— Eh bien… C'est John et Frank, fit-elle d'un ton plaintif. Ils s'affrontent. Ils sont comme deux frères, mais il y a de la jalousie entre eux. John a été le premier homme sur Mars, et on l'a autorisé à y revenir. Frank considère que ça n'est pas juste. Il a beaucoup travaillé à Washington sur le projet de cette colonie, et il pense que John n'a pas cessé de tirer profit de son travail. Et puis… John et moi, nous sommes ensemble, je l'aime bien. Tout est facile avec lui. Facile, mais… Je ne sais pas. Non, pas ennuyeux. Mais pas vraiment excitant. Il aime bien se promener un peu partout, fréquenter les gens de la ferme. Et il ne parle pas beaucoup ! Avec Frank, je peux bavarder. D'accord, on se dispute souvent, mais au moins on cause ! Et puis tu le sais, on a eu une brève liaison sur l'*Arès*, au début du voyage. Ça n'a pas marché, mais lui croit encore qu'on pourrait recommencer.

Pourquoi croit-il ça ? faillit s'exclamer Nadia.

— Il ne cesse de me demander de quitter John pour vivre avec lui, et John s'en doute. Alors ça ne fait que renforcer leur jalousie. J'essaie seulement d'empêcher qu'ils ne se sautent à la gorge.

Nadia décida de s'en tenir à sa résolution et de ne plus poser de questions. Mais, désormais, elle était mêlée à cette affaire. Maya ne cessait de venir la trouver pour transmettre ses messages à Frank.

— Dis, je ne suis pas un coursier ! protestait Nadia.

Mais elle continuait et, une fois ou deux, il lui arriva d'avoir une longue conversation avec Frank, à propos de Maya bien sûr. Qui elle était, comment elle était, pourquoi elle agissait ainsi…

— Ecoute, lui dit Nadia. Je ne peux pas parler à sa place. J'ignore pourquoi elle agit comme ça, et c'est à toi de le lui demander. Mais ce que je sais, c'est qu'elle est de la vieille culture moscovite soviétique, elle a fait l'université, et elle était au Parti, comme sa mère et sa grand-mère. Les hommes étaient les ennemis de la babouchka de Maya, et sa mère, elle aussi, parlait de *matriochka*. Elle lui répétait toujours : « Les femmes sont les racines, les hommes ne sont que les feuilles… Toute cette culture-là était fondée sur la méfiance, la peur et la manipulation. Maya en est un pur produit. Mais, dans le même temps, nous avons aussi la tradition de l'*amicochonstovo*, une sorte d'amitié intense qui vous apprend les détails les plus intimes de la vie de son ami, ce qui fait que, en un sens, on l'envahit. Et comme c'est impossible, ça se termine généralement très mal.

Frank hochait la tête. Nadia soupira et reprit :

— Ces amitiés-là peuvent déboucher sur l'amour, mais l'amour, alors, connaît les mêmes problèmes en plus grave, puisqu'il est aussi fondé sur la peur.

Et Frank, le beau, le grand, le sombre Frank, l'homme surpuissant qui tournait avec sa dynamo interne, soumis aux caprices d'une beauté russe névrotique, Frank approuva avec humilité et la remercia, l'air découragé. Mieux valait pour lui qu'il le fût.

Vlad n'avait jamais approuvé les horaires prolongés qu'ils devaient passer en surface durant la journée, et il déclara :

— Nous devrions rester sous la colline la majeure partie du temps, et enterrer également les labos. Les travaux extérieurs devraient être réduits à une heure tôt le matin, plus deux heures en fin d'après-midi, quand le soleil décline.

— Ah non ! Rester bouclés comme ça toute la journée ! protesta Ann, soutenue par beaucoup d'autres.

— On a énormément de travail, appuya Frank.

— Mais on peut en faire un maximum par téléopération, dit Vlad. C'est ce que nous devrions faire. Alors qu'en ce moment, c'est comme si nous nous trouvions à dix kilomètres d'une explosion nucléaire…

— Et alors ? fit Ann. Des soldats ont fait ça…

— Oui, tous les six mois, acheva Vlad en se tournant vers elle. Tu en serais capable ?

Elle parut décontenancée. Sans couche d'ozone, sans le moindre champ magnétique, ils étaient mitraillés par les radiations exactement comme dans l'espace interplanétaire, au niveau de 10 rems par an.

Frank et Maya prirent donc la décision d'ordonner la limitation des heures de surface. Il y avait suffisamment de travail sous la colline : les dernières chambres devaient être achevées, et ils allaient pouvoir creuser des caves, ce qui leur procurerait encore un peu plus d'espace abrité des radiations. La plupart des patrouilleurs étaient équipés pour des téléopérations à partir des stations : leurs algorithmes de décision se chargeaient des détails sous la surveillance des humains installés devant leurs moniteurs. Donc, c'était possible. Mais personne n'apprécia le genre de vie qui en résulta.

Même Sax Russell, qui avait toujours préféré le travail à l'intérieur, semblait maintenant perplexe.

Chaque soir, ils étaient de plus en plus nombreux à défendre le lancement immédiat des travaux de terraforming.

— Ça n'est pas à nous qu'il revient de prendre cette décision, leur annonça Frank d'un ton cassant. C'est à l'ONU. De plus, il s'agit d'une solution à long terme, à l'échelle de plusieurs siècles, sans doute. Inutile de gaspiller notre temps à en parler !

— C'est vrai, intervint Ann, mais je ne tiens pas non plus à gaspiller ma vie dans ces caves. Nous devrions vivre comme nous le voulons. Nous sommes tous trop vieux pour nous préoccuper des radiations.

Et les discussions reprirent. Nadia avait l'impression

d'avoir été soulevée de la bonne vieille surface rocheuse de la planète pour se retrouver dans la réalité tendue de l'apesanteur, à bord de l'*Arès*. Ils se plaignaient tous, ils se querellaient, ils protestaient et trouvaient à redire sur tout — et puis, épuisés, vidés, désabusés, ils dormaient.

Nadia, de plus en plus souvent, quittait la chambre dès que le ton montait et se mettait en quête d'Hiroko, juste pour parler de choses concrètes. Mais il était difficile d'éviter les sujets brûlants, et même d'y penser.

Maya, un soir, vint la retrouver en larmes. Dans l'habitat permanent, il y avait maintenant suffisamment d'espace pour les conversations privées, et Nadia l'entraîna vers le coin nord-est des caveaux, là où les travaux d'aménagement intérieur se poursuivaient. Elles s'assirent côte à côte, et Nadia l'écouta en frissonnant, la prenant parfois par les épaules, la serrant contre elle. Puis l'arrêtant :

— Pourquoi tu ne te décides pas ? Pourquoi ne pas cesser de jouer l'un contre l'autre ?

— Mais j'ai décidé ! C'est John que j'aime. Je n'ai jamais cessé de l'aimer. Mais il m'a vu avec Frank et il croit que je l'ai trahi. C'est tellement ridicule de sa part ! Ils sont comme des frères, je te l'ai dit. Mais ils sont en compétition pour tout, et cette fois, ça n'est qu'une erreur !

Nadia refoula l'envie de demander des détails qu'elle ne voulait pas entendre. Mais elle continua d'écouter Maya.

C'est alors que John arriva. Nadia se leva pour se retirer, mais il ne sembla pas s'apercevoir de sa présence.

— Ecoute, fit-il à Maya. Je suis désolé, mais je ne peux pas faire autrement. C'est fini.

— Mais non, ça n'est pas fini, répliqua Maya, retrouvant instantanément son assurance. Je t'aime.

John eut un sourire triste.

— Oui. Et moi aussi je t'aime. Mais je veux que les choses soient simples.

— Mais *c'est* simple !

— Non. Ce que je veux dire, c'est que tu peux aimer plus d'une personne en même temps. Comme n'importe qui, c'est comme ça. Mais on ne peut être loyal qu'envers une seule. Et je veux... je tiens à être loyal. Envers quelqu'un qui se montre loyal en retour. C'est très simple, mais...

Il secoua la tête, incapable de trouver la formule juste. Il repartit vers les chambres de l'est.

— Ces Américains ! cracha Maya d'un air méchant. Tous des putains de gamins !

Et elle s'élança à sa poursuite.

Mais elle fut très vite de retour. John s'était réfugié dans un groupe et il refusait de quitter le box où ils se trouvaient.

— Je suis fatiguée…, commença Nadia.

Mais Maya refusait de l'écouter. Elle était de plus en plus nerveuse. Et elles se remirent à discuter, elles ressassèrent le même sujet pendant plus d'une heure. Finalement, Nadia accepta d'aller voir John et de lui demander de revenir parler avec Maya. Elle passa de chambre en chambre, sans même prêter attention à leurs voûtes de brique et aux tentures de nylon multicolores. Elle n'était plus qu'une intermédiaire qui passait inaperçue. Ils n'auraient pas pu employer des robots pour ce genre de corvée ?…

Elle finit par retrouver John, qui s'excusa de ne pas lui avoir adressé la parole.

— J'étais à cran. Désolé. Je suppose que tu as tout entendu.

Elle haussa les épaules.

— Ça n'est pas le problème. Mais il faut que tu ailles lui parler. C'est comme ça avec elle. On parle, on parle… Si tu dois avoir des rapports avec elle, il faut commencer par parler, et c'est exactement la même chose si tu comptes mettre fin à ces rapports. Si tu ne le fais pas, à long terme, ça sera pire pour toi, crois-moi.

Il entendit son argument. Calmé, il se leva pour aller retrouver Maya.

Nadia put enfin aller se coucher.

Le lendemain, elle travailla jusqu'à une heure avancée sur une excavatrice. C'était son troisième travail de la journée, et le deuxième n'avait pas été simple. Samantha avait essayé de prendre un virage alors qu'elle transportait une charge avec la pelleteuse, qui avait piqué du nez. Le bras articulé s'était tordu, les vérins étaient sortis de leur logement et le liquide hydraulique avait gelé sur le sol avant même de s'y infiltrer. Ils avaient dû positionner des crics sous la motrice sur coussin d'air, découpler toute la partie mobile de la pelle et abaisser le véhicule sur les crics. L'opération tout entière avait été incroyablement pénible.

Ensuite, ils n'avaient pas plus tôt fini que Nadia avait reçu un appel à l'aide pour la foreuse Sandvik Tubex, qui servait à percer des trous dans les rocs les plus volumineux afin de permettre le passage de la canalisation d'eau des alchimistes jusqu'à l'habitat permanent.

Apparemment, le marteau pneumatique était resté paralysé à fond de course, comme une flèche enfoncée jusqu'au cœur d'un tronc d'arbre.

Et c'est l'arbre du marteau que Nadia examina longuement.

— Tu aurais une suggestion à faire pour libérer le marteau sans le casser ? lui demanda Spencer.

— Oui, il faut faire sauter le rocher, fit-elle d'un ton las.

Elle gagna un tracteur équipé d'une pelleteuse, démarra et fit avancer l'engin jusqu'au rocher. Elle descendit et fixa un petit marteau Allied à impact hydraulique sur la pelleteuse. Elle venait juste de se positionner sur le sommet du rocher quand le marteau de forage dégagea sa mèche dans un sursaut violent. Le rocher fut soulevé en même temps et la main gauche de Nadia coincée sous son Allied.

Instinctivement, elle tenta de retirer sa main, et la douleur fusa dans tout son bras, jusqu'à sa poitrine. Toute une partie de son corps était en feu, et sa vision se fit blanche. Elle entendit des cris, quelque part, tout près d'elle.

— Qu'est-ce qui s'est passé ?

Elle devait avoir crié.

— Au secours ! grinça-t-elle.

Elle était assise, la main coincée entre le rocher et l'acier du marteau. Du pied, elle poussa le volant du tracteur et sentit le marteau racler ses phalanges. Puis elle retomba sur le dos, la main enfin libérée.

La douleur était à couper le souffle, elle s'enflait dans l'estomac, et elle se dit qu'elle allait s'évanouir. De sa main intacte, elle fit pression sur ses genoux, vit que sa main blessée saignait abondamment, que son gant était déchiré et son petit doigt apparemment absent.

Elle gémit et se pencha, serrant sa main contre elle avant

de l'enfouir dans le sol, ignorant l'éclair brutal de souffrance. Même avec l'hémorragie, sa main serait gelée dans... combien de temps exactement ?

— Gèle, merde ! Gèle ! cria-t-elle.

Elle secoua la tête, les yeux embués de larmes, et s'efforça de regarder.

Le sang s'était répandu et se changeait en vapeur. Elle enfonça un peu plus sa main dans le sol. Déjà, la douleur diminuait. Bientôt, ses doigts seraient engourdis, et elle devrait faire attention à ce que sa main ne soit pas gelée tout entière ! La peur l'envahit à la seconde où elle se préparait à dégager sa main pour la mettre entre ses cuisses. Les autres arrivèrent, la soulevèrent, et elle s'évanouit.

Elle en était sortie estropiée.

— Nadia les Neuf Doigts, lui dit Arkady depuis Phobos. Et il lui cita quelques vers d'Evtouchenko pour la mort de Louis Armstrong : « Fais comme tu faisais / Et joue. »

— Comment as-tu trouvé ça ? Je n'aurais jamais imaginé que tu aies pu lire Evtouchenko.

— Bien sûr que si. Il est meilleur que McGonagall ! Mais non, j'ai pris ça dans un bouquin à propos d'Armstrong. J'ai suivi ton conseil et j'ai écouté ses disques en travaillant. Et récemment, je me suis mis à lire ce qu'on avait écrit sur lui.

— J'aimerais tellement que tu redescendes.

C'était Vlad qui l'avait opérée. Il lui avait dit que tout se passerait bien.

— La section a été nette. L'annulaire droit est un peu déplacé et il prendra sans doute le relais de l'auriculaire. Mais les annulaires ne sont jamais très utiles. L'index et le majeur resteront aussi forts qu'avant.

Ils vinrent tous lui rendre visite. Mais elle conversait surtout avec Arkady dès qu'elle était seule, la nuit venue, durant les quatre heures et demie où Phobos traversait le ciel d'ouest en est. Il l'appelait presque chaque nuit, au début, et très souvent, par la suite.

Très vite, elle se remit, la main prise dans un plâtre bizarrement mince. Elle reprit ses interventions et ses conseils avec l'espoir de s'occuper l'esprit. Michel Duval n'était pas venu la voir, ce qui était étrange. Est-ce que les psychologues n'étaient pas faits pour ça ?... Elle arrivait difficilement à lutter contre la dépression. Elle avait toujours travaillé avec ses mains. Elle en avait besoin. Le plâtre finit par la gêner et elle cassa la partie qui lui entourait le poignet avec ses outils. Mais, quand elle était à l'extérieur, elle devait garder la main dans un coffre de protection. A cela, il n'y avait rien à faire. C'était vraiment déprimant.

Elle se retrouva le samedi soir assise au bord de la piscine à peine inaugurée, vidant lentement une bouteille de mauvais vin tout en regardant ses compagnons qui s'ébattaient dans leurs maillots tout neufs. Elle n'était pas la première victime de la colonie, loin de là ; ils étaient tous plus ou moins marqués par des mois d'efforts. Ils affichaient tous des brûlures de gel, des plaques de peau noire qui pelaient avec le temps et qu'ils perdaient comme des mues affreuses dans l'eau tiède. Maintenant, ils étaient plusieurs à porter des plâtres : sur les mains, les poignets, les bras, et même aux jambes. A vrai dire, c'était pure chance qu'il n'y ait encore eu aucun mort.

Tous ces corps, se dit-elle, et aucun pour elle. Ils se connaissaient si bien, comme les membres d'une famille. Ils étaient leurs propres docteurs, dormaient dans les mêmes chambres, s'habillaient dans les mêmes sas, se baignaient en commun. Ils constituaient un groupe ordinaire d'animaux humains, sans doute très voyant sur ce monde inerte, mais ils étaient plus réconfortants qu'excitants, la plupart du temps. Des corps mûrs. Nadia elle-même était rondelette comme un potiron, petite et musculeuse, râblée. Et seule. Son ami le plus proche était loin, ce n'était qu'une voix dans son oreille, un visage sur un écran. Quand il redescendrait de Phobos... Difficile de dire ce qui se passerait alors. Il avait eu pas mal de liaisons sur l'*Arès*, et Janet Blyleven était partie sur Phobos avec lui...

Les autres, au milieu des remous de la piscine, continuaient leurs conversations. Ann, longue et anguleuse, se pencha vers Sax Russell pour lui dire quelques mots, d'un ton très doux. Comme d'habitude, il fit semblant de ne pas l'entendre. Un jour, elle le giflerait. Bizarre de constater à quel point les comportements se modifiaient une fois encore, en même temps que la perception qu'ils avaient les uns des autres. Nadia était incapable de les déterminer de manière fixe : l'essence réelle du groupe était une chose à part, qui évoluait à son gré, et tout à fait distincte des individus qui la constituaient. Ce qui devait rendre impossible le travail de Michel, leur réducteur de têtes. Encore qu'il n'y eût rien à lui reprocher : Michel était le plus paisible et le plus discret des psychiatres que Nadia ait jamais rencontrés. Une valeur précieuse dans cette horde d'athées allergiques aux psys. Mais elle trouvait quand même bizarre qu'il ne soit pas venu la voir après son accident.

Un soir, en quittant la cantine, elle prit le tunnel qu'ils étaient en train de creuser à partir des chambres-caveaux en direction du complexe de la ferme. Et, à l'autre extrémité, elle discerna Maya et Frank qui se querellaient à voix basse. Le tunnel lui renvoyait les échos de leurs sentiments plutôt que de leurs paroles. Frank avait le visage déformé par la colère. Quant à Maya, elle pleurait, l'air éperdu. Elle lui lança brusquement :

— *Jamais* ça ne s'est passé comme ça !

Elle se mit à courir et le visage de Frank se changea en masque de chagrin.

C'est alors que Maya découvrit Nadia et se précipita vers elle.

Bouleversée, Nadia battit en retraite. Elle grimpa les escaliers de magnésium jusqu'au living de la chambre 2, et alluma aussitôt la télévision pour se plonger dans les programmes permanents de la Terre, ce qu'elle ne faisait que très rarement. Après un instant, elle coupa le son et leva les yeux vers les briques de la voûte. Maya la rejoignit et essaya de s'expliquer : il n'y avait rien entre elle et Frank. C'était lui qui avait tout imaginé, et il ne cessait de la pourchasser. Elle voulait John, rien que John, et ça n'était pas sa faute s'ils étaient en mauvais termes depuis quelque temps, mais uniquement à cause de cette passion débordante de Frank. Elle se sentait quand même un peu coupable parce que ces deux hommes avaient été tellement amis, presque comme deux frères.

Nadia l'écouta patiemment :

— *Da, da... Oui, je vois, je comprends...*, dit-elle, tant et si bien que Maya finit par se rouler par terre en sanglotant.

Nadia, elle, se retrouva assise au bord d'un fauteuil, il ne lui restait que des questions. Maya jouait-elle la comédie ? Est-ce qu'ils s'étaient vraiment querellés ?... Est-ce qu'elle était vraiment une mauvaise amie pour ne pas se fier complètement à ce que lui racontait sa vieille copine ? Mais elle ne parvenait pas à rejeter la conviction que Maya brouillait ses traces et se livrait à une nouvelle manipulation. La seule preuve évidente qu'elle en avait était ces deux visages angoissés qu'elle avait entrevus dans le tunnel : un duel entre deux partenaires intimes. L'explication de Maya était certainement un mensonge. Nadia balbutia quelques mots avant de se coucher et de réfléchir : *tu as certainement pris beaucoup trop de mon temps et de mon énergie avec ces jeux-là. Ça m'a aussi coûté un doigt, petite pute !*

On allait vers le terme du long printemps de l'hémisphère nord et ils n'avaient toujours pas d'approvisionnement en eau. Ann proposa donc une expédition vers la calotte polaire et monta une distillerie robotisée tout en définissant un trajet que les patrouilleurs pourraient suivre en pilotage automatique.

— Viens avec nous, dit-elle à Nadia. Tu n'as presque rien vu de la planète jusque-là. Tu fais le va-et-vient entre Tchernobyl et ici, c'est tout. Tu ne connais pas Hebes ou Ganges, et tu n'as rien de mieux à faire pour le moment. Vraiment, Nadia, je ne comprends pas que tu sois restée terrée comme ça. Est-ce que tu crois que tu es vraiment sur Mars, en fait ?

— Pourquoi ?

— *Pourquoi ?* Je te le demande ! Ce que je veux dire, c'est que nos deux activités principales sont l'exploration de Mars et le soutien vital de cette exploration. Toi, tu t'es complètement noyée dans le soutien vital, sans porter le moindre intérêt aux motifs de notre présence ici !

— Eh bien... c'est parce que ça me plaît comme ça, fit Nadia, déconcertée.

— C'est parfait, mais essaie de prendre un peu de recul, veux-tu ? Bon Dieu, tu aurais pu rester sur Terre et t'installer comme plombier ! Tu n'avais pas à faire tout ce voyage pour conduire ces putains de *bulldozers* ! Tu comptes passer encore combien de temps à creuser, à installer des *toilettes*, à programmer des *tracteurs* ?

— D'accord, d'accord, acquiesça Nadia en songeant à Maya et à tous les autres.

De toute manière, le carré de caveaux était achevé. Et elle ajouta :

— Oui, peut-être que des vacances me feraient du bien.

Ils partirent à bord de trois patrouilleurs à long rayon d'action. Nadia et cinq géologues : Ann, Simon Frazier, George Berkovic, Phyllis Boyle et Edvard Perrin. George et Edvard étaient des amis de longue date de Phyllis, depuis le temps de la NASA, et ils la soutenaient quand elle plaidait sa cause : études de géologie appliquée. Ce qui signifiait, en clair, prospection de métaux rares. Simon était un allié potentiel d'Ann, voué à la recherche pure, il se cantonnait à une attitude neutre. Nadia savait tout cela, bien qu'elle n'ait passé que très peu de temps avec chacun d'eux, exception faite d'Ann. Mais les bavardages servaient à cela, et elle pouvait énumérer la liste des affinités de tous les gens de la base.

Les patrouilleurs étaient constitués de modules doubles montés sur deux trains de roues 4 × 4 couplés par un attelage flexible. Ils ressemblaient un peu à des fourmis géantes. Ils avaient été construits par Rolls-Royce et un consortium aérospatial multinational. Ils étaient splendides avec leur coque laquée aigue-marine.

Les modules avant contenaient les quartiers d'habitation et leurs vitres étaient teintées. Sur les modules arrière, on avait chargé les réservoirs de carburant et des panneaux solaires noirs à rotation. Les larges roues à croisillons faisaient deux mètres cinquante de hauteur.

Ils mirent le cap au nord à travers Lunae Planum tout en marquant régulièrement leur route avec de petits transpondeurs verts. Ils dégagèrent aussi les rochers susceptibles d'endommager un patrouilleur robot en se servant du chasse-neige de la petite grue installée à l'avant du premier véhicule. En fait, ils étaient en train d'ouvrir une route. Mais ils ne se servirent que rarement de la grue dans Lunae : ils firent route droit au nord-est à 30 kilomètres à l'heure pendant plusieurs jours. Ils avaient choisi ce cap afin d'éviter le complexe de canyons de Tempe et Mareotis, et ils quittèrent Lunae pour aborder la longue pente de Chryse Planitia. Toutes ces régions ressemblaient aux environs de leur camp de base, bosselées, parsemées de rocs mais, comme ils descendaient vers la plaine, ils bénéficiaient souvent d'une vue plus ouverte sur l'horizon. Pour Nadia, c'était un plaisir de découvrir sans cesse de nouvelles perspectives : des tertres, des creux, d'énormes rochers isolés et, parfois, une mesa ronde et basse qui révélait la paroi extérieure d'un cratère.

Après avoir descendu les Lowlands de l'hémisphère nord, ils obliquèrent vers le nord pour se diriger vers les immensités d'Acidalia Planitia, et ils roulèrent de nouveau à pleine vitesse pendant plusieurs jours. Ils laissaient derrière eux la trace des chenilles, comme une tondeuse à gazon, et semaient au fil des kilomètres leurs transpondeurs verts, brillants, incongrus au milieu des rochers de rouille.

Phyllis, Edvard et George envisageaient de petites excursions, en particulier sur les filons de surface du cratère de Perepelkin où les photos satellite avaient mis en évidence la présence de minéraux inhabituels. Et Ann ne cessait de leur rappeler l'objet de leur mission d'un ton irrité.

Nadia en fut attristée : Ann était aussi lointaine et tendue qu'à la base. Dès que la colonne s'arrêtait, elle descendait seule faire un tour. A l'heure du dîner, dans le patrouilleur 1, elle se tenait toujours à l'écart.

Nadia se décida enfin à essayer de la tirer de son repli :

— Ann, comment tous ces rochers se sont-ils dispersés comme ça ?...

— Ce sont des météores.

— Mais où sont les cratères ?

— La plupart se trouvent dans le sud.

— Alors, comment tous ces rochers sont-ils arrivés là ?

— Ils ont jailli dans l'impact. C'est pour ça qu'ils sont tous si petits. Seules de petites pierres pouvaient être éjectées aussi loin.

— Mais je croyais t'avoir entendue dire que ces plaines

du nord étaient relativement jeunes, alors que la grande zone des cratères est plutôt ancienne.

— C'est exact. Les rochers que tu vois partout sont ce qui subsiste d'une action météoritique ultérieure. L'accumulation des débris rocheux dus aux météores est beaucoup plus importante que nous pouvons le constater. C'est ce qui a constitué le régolite. La couche mesure un kilomètre.

— Difficile à croire. Je veux dire que ça représente un nombre impressionnant de météores...

Ann hocha la tête.

— Ça s'est passé il y a des milliards d'années. C'est toute la différence entre Mars et la Terre : ici, on compte en milliards d'années. Et j'avoue qu'il est difficile d'imaginer une pareille différence. Le fait de voir tout ça devrait nous y aider.

A mi-chemin d'Acidalia, ils pénétrèrent dans de longs canyons aux fonds plats, aux parois abruptes. George remarqua qu'ils ressemblaient beaucoup aux lits desséchés des légendaires canaux. Leur nom géologique était *fossae*, et ils se présentaient en essaims. Les plus étroits étaient infranchissables et, souvent, ils devaient suivre la bordure jusqu'à ce que le fond remonte ou que les parois se rapprochent. Ils pouvaient alors rouler sur la plaine.

L'horizon oscillait entre vingt et trois kilomètres. Les cratères étaient devenus rares, et ceux qu'ils contournaient étaient cernés de monticules qui rayonnaient à partir du centre — des cratères à caldeira[1], créés par des météores qui avaient percuté le permafrost pour être instantanément transformés en boue chaude. Les compagnons de Nadia passèrent une journée entière à errer dans les collines autour de ces cratères. Leurs pentes arrondies, selon Phyllis, révélaient la présence d'eau ancienne aussi clairement que le grain des bois pétrifiés indiquait l'arbre d'origine. Nadia comprit à son ton que c'était encore un de ses points de désaccord avec Ann. Phyllis croyait au modèle ancien et

---

1. Une caldeira (mot portugais) est une dépression formée par l'effondrement de la partie centrale du cône volcanique. Sur Mars, elle est présente dans tous les volcans de type dit hawaïen, tels Olympus, Ascraeus, Arsia ou Pavonis. *(N.d.T.)*

humide de Mars. Ann, elle, inclinait vers le modèle court. Plus ou moins. Nadia se disait que la science avait plusieurs facettes, qu'elle était aussi une arme qui permettait de s'attaquer aux autres scientifiques.

Plus loin vers le nord, vers le 54e degré de latitude, ils pénétrèrent dans les thermokarsts, un terrain de monticules à l'aspect bizarre parsemé d'un grand nombre de puits ovales aux bords abrupts appelés alases. Ces alases étaient cent fois plus grands que leurs équivalents terrestres. Certains mesuraient jusqu'à deux ou trois kilomètres et leur hauteur excédait soixante mètres. Les géologues étaient tous d'accord, c'était un signe certain de permafrost : le gel et le dégel saisonniers du sol l'amenaient à s'affaisser selon ce schéma. Des puits d'une telle dimension indiquaient que le sol avait dû être riche en eau, déclara Phyllis. A moins, répliqua Ann, que ce ne soit là une autre manifestation des échelons du temps martien. Un sol légèrement gelé qui s'affaissait ensuite lentement, très lentement, durant des éternités.

D'un ton agacé, Phyllis suggéra qu'ils essaient de trouver de l'eau dans le sol, et Ann accepta, tout aussi agacée.

Ils trouvèrent une pente douce entre deux dépressions et s'arrêtèrent pour mettre en place un collecteur d'eau sur le permafrost. Nadia dirigea l'opération avec une impression de soulagement. Le manque d'activité commençait à la rendre nerveuse et ce boulot était inespéré. Elle dégagea une tranchée de dix mètres avec la petite pelleteuse du patrouilleur, posa la galerie du collecteur, une canalisation d'acier inox perforée remplie de gravier, vérifia la mise en place des éléments chauffants autour de la canalisation et des filtres, puis finit en comblant la tranchée avec les rochers et l'argile qu'ils avaient dégagés au début de l'opération.

Sur la partie la plus basse de la galerie, ils avaient disposé une pompe et un puisard, ainsi qu'un tuyau isolé relié à un petit réservoir. Le chauffage des éléments serait assuré par des piles, qui seraient elles-mêmes rechargées par des panneaux solaires. Dès que le réservoir serait rempli, en supposant qu'il y ait suffisamment d'eau pour ça, la pompe serait coupée et une valve à solénoïde s'ouvrirait afin de permettre à l'eau de se déverser dans la galerie. Après quoi, les éléments thermiques seraient coupés à leur tour.

— C'est presque fait, déclara Nadia au terme de la journée tout en soudant le dernier segment de tuyau sur le pylône en magnésium.

Ses mains étaient très froides, et elle ressentait des élancements douloureux du côté de son petit doigt perdu.

— Quelqu'un devrait peut-être préparer le dîner. J'ai presque fini, ici.

Le tuyau devait être maintenant enveloppé dans un épais fourreau de mousse de polyuréthane avant d'être engagé dans un second tuyau de protection, plus large. Incroyable de constater à quel point les problèmes d'isolation pouvaient compliquer un travail de plomberie ordinaire !

Un écrou huit pans, une bague, une goupille, un solide tour de clé... Nadia remonta le long de l'ensemble du dispositif pour vérifier tous les joints. Parfait. Elle largua ses outils dans le patrouilleur 1 et promena son regard sur le chantier : un réservoir, une tuyauterie, une boîte au sol, les restes des travaux de tranchée, presque discrets dans ce paysage accidenté.

— On va boire un grand coup d'eau fraîche sur le chemin du retour ! déclara-t-elle.

2 000 kilomètres de plus vers le nord et ils débouchèrent enfin sur les pentes de Vastitas Borealis, une plaine volcanique ancienne qui encerclait l'hémisphère nord entre 60 et 70 degrés de latitude. Ann et ses géologues passaient deux heures chaque matin sur le sol dénudé de cette plaine à prélever des échantillons, avant qu'ils reprennent leur route droit au nord tout en discutant à propos de leurs découvertes. Ann semblait totalement absorbée par son travail, heureuse.

Un soir, Simon leur fit remarquer que Phobos passait juste au sud, au ras des collines, et que, dès le lendemain, il serait au-dessous de l'horizon. Remarquable démonstration de l'étroitesse de l'orbite du petit satellite de Mars, puisqu'ils n'étaient qu'à 69 degrés de latitude ! Mais Phobos était à cinq kilomètres à la verticale de l'équateur. Nadia pensa « au revoir », tout en se disant que ça ne l'empêcherait pas de parler à Arkady grâce aux satellites radio aréosynchrones qu'ils avaient récemment reçus.

Trois jours plus tard, ils quittèrent le rocher noir pour des ondulations de sable noirâtre. Ils eurent l'impression d'atteindre une grève au bord d'un océan. Ils étaient au seuil des grandes dunes boréales, qui enveloppaient la planète entre Vastitas et la calotte polaire. Ils allaient les franchir sur huit cents kilomètres. Le sable ressemblait à de la poudre de charbon de bois tachetée de rose et de violet, un soulagement pour le regard après les étendues de gravats rougeâtres du sud. Les dunes se déployaient vers le nord et le sud. Leurs crêtes parallèles se brisaient ou se rejoignaient parfois. Sur un pareil terrain, la conduite était facile, car le sable était tassé, et il suffisait de choisir une grande dune et d'escalader sa bosse orientale.

Au bout de quelques jours, les dunes se firent plus grandes pour devenir ce qu'Ann appelait des dunes barkhanes. Elles évoquaient de grandes vagues gelées, les plus hautes avaient une centaine de mètres, faisaient un kilomètre de largeur et parfois plusieurs kilomètres de longueur. Comme la plupart des sites topographiques de Mars, elles étaient des centaines de fois plus vastes que leurs équivalents du Sahara ou du désert de Gobi. Les modules passaient du dos d'une vague à l'autre, pareils à de minuscules bateaux qui godillaient dans une mer noirâtre depuis longtemps gelée par une tempête titanesque.

Le patrouilleur 2 stoppa un jour au milieu de cette mer pétrifiée. Un voyant rouge s'était allumé sur le panneau de contrôle, signalant un problème dans l'attelage flexible. En fait, le module arrière était incliné sur la gauche, les roues enfoncées dans le sable. Nadia enfila un marcheur et sortit.

Elle balaya la poussière du joint à l'endroit où le couple était attaché au châssis du module et découvrit que les rivets étaient cassés.

— Ça va prendre du temps, annonça-t-elle. Il va falloir que vous trouviez à vous occuper dans le coin.

Bientôt, Phyllis, George émergèrent, suivis de Simon, Ann et Edvard. George et Phyllis allèrent prendre un transpondeur dans le patrouilleur 3 et l'installèrent à trois mètres à droite de leur route. Nadia se mit au travail sur le couple cassé, en maniant les choses avec d'infinies précautions.

L'après-midi était froid, sans doute au-dessous de 70 degrés, et elle sentait les cristaux de glace qui menaçaient ses os.

Les rivets cassés refusaient de sortir du module, et elle fut obligée d'utiliser une perceuse pour forer d'autres trous, tout en chantonnant *The Sheik of Araby*. Ann, Edvard et Simon étaient lancés dans une grande discussion à propos du sable. Nadia l'aimait bien, ce sable qui, pour une fois, n'était pas rouge. Et elle était tellement heureuse de voir Ann absorbée par son travail.

Ils avaient presque atteint le Cercle arctique, et la date était $L_S = 84$. A deux semaines du solstice d'été de l'hémisphère nord, aussi les jours devenaient-ils plus longs.

Nadia et George travaillèrent jusqu'au soir pendant que Phyllis faisait réchauffer leur dîner. Ensuite, Nadia reprit son travail. Le soleil rouge était noyé dans un brouillard brun, minuscule au bord de l'horizon. L'atmosphère était trop ténue pour qu'il s'enfle et se déploie comme il le faisait sur Terre.

Nadia avait fini. Elle rangea ses outils et elle ouvrait le sas extérieur du patrouilleur 1 quand elle entendit la voix d'Ann :

— Nadia, tu rentres déjà ?

Elle leva la tête. Ann était sur la crête d'une dune, à l'ouest, et agitait la main sur le ciel sanguinolent.

— C'est ce que je comptais faire, dit Nadia.

— Viens ici, juste une minute. Je voudrais que tu voies ce coucher de soleil. Exceptionnel. Allez, viens avec nous. Tu verras, c'est très beau. Il y a des nuages à l'ouest.

Avec un soupir, Nadia referma le sas.

Le flanc oriental de la dune était en pente accentuée et Nadia, prudemment, suivit les traces d'Ann. Le sable, ici, était très ferme mais, en approchant de la crête, elle dut s'aider des mains. Enfin, elle put se redresser et regarder autour d'elle.

Seules, les crêtes des plus hautes dunes étaient encore effleurées par le soleil couchant. Le reste de la planète était une surface obscure, marquée par des croissants gris acier. L'horizon n'était qu'à cinq kilomètres. Ann était là, accroupie, une poignée de sable au creux de la main.

— Il est fait de quoi ? demanda Nadia.

— De particules minérales solides et sombres.

— Ça, même moi j'aurais pu te le dire.

— Tu en aurais été incapable avant qu'on arrive ici. Ç'aurait pu être de la matière pulvérulente avec des sels. Mais c'est de la poussière de roche.

— Pourquoi est-elle si sombre ?

— C'est volcanique. Sur Terre, le sable est surtout composé de quartz, tu sais, à cause du granit. Mais ici, sur Mars, le granit est rare. Ces particules sont probablement des silicates d'origine volcanique. De l'obsidienne, du silex, du grenat... Splendide, non ?...

Elle tendit sa main emplie de sable avec un sérieux parfait.

— Très beau, en effet, déclara Nadia, en observant le sable à travers sa visière.

Elles regardèrent le soleil descendre sous l'horizon. Et leurs ombres se projetaient vers l'est sous le ciel rouge sang, opaque, à peine moins dense qu'à l'horizon d'ouest.

Les nuages qu'Ann avait signalés s'étiraient en longues bandes jaunes, très loin en altitude. Quelque chose, dans le sable, captait leur clarté, et les dunes, elles, étaient franchement fauves. Le soleil n'était plus qu'un petit bouton d'or au-dessus duquel deux étoiles scintillaient : Vénus et la Terre.

— Depuis quelques nuits, elles se rapprochent, remarqua Ann d'une voix très douce. Leur conjonction devrait être particulièrement brillante.

Le soleil toucha l'horizon, et les crêtes des dunes furent estompées par les plages d'ombre. Le petit soleil-bouton déclina sous la ligne noire de l'occident. A présent, le ciel était un dôme marron piqueté de lointains nuages d'un vert silène. Les étoiles apparaissaient de toutes parts, et c'est alors que le ciel devint d'un violet intense, répondant aux coloris des dunes. Nadia et Ann eurent soudain l'impression que des croissants de crépuscule s'étaient répandus sur la plaine noire. Nadia éprouva comme la caresse d'une brise au long de son échine. Elle pénétra sa peau, picota ses joues. Devant tant de beauté, on pouvait frissonner, comme dans l'acte sexuel. Mais cette beauté était tellement étrange, *étrangère*. Jamais encore elle ne l'avait perçue comme en cet instant, jamais encore elle ne l'avait *sentie*. Elle comprenait maintenant qu'elle avait vécu un peu comme si la Sibérie était devenue plus humaine, dans un spectacle analogique à l'échelle d'un monde. Elle avait tout accepté, mais dans les termes du passé. Et à présent, elle était là, sous un ciel violet, à la surface d'un océan noir pétrifié, et tout était nouveau, étrange, sans comparaison possible avec tout ce qu'elle avait jamais connu. Tout à coup, le passé s'effritait dans sa tête et elle tournait en rond comme une petite fille qui cherchait à s'étourdir. La pesanteur la pénétrait par tous les pores de sa peau, et elle ne se sentait plus aussi vide qu'avant. Bien au contraire, elle était solide, compacte, équilibrée. Elle était comme un roc pensant qui pivotait de plus en plus vite sur sa base.

Elles dévalèrent la face abrupte de la dune sur leurs talons. Arrivée en bas, Nadia serra Ann entre ses bras.
— Oh, Ann, je ne saurai jamais comment te remercier pour ça !
Même au travers de leurs deux visières, elle entrevit le sourire d'Ann. Une vision rare.

Ensuite, les choses lui apparurent comme différentes. Bien sûr, elle savait que ça se passait en elle, qu'elle avait désormais un autre regard. Mais le paysage participait à cette sensation, il alimentait cette nouvelle attention qu'elle portait au monde extérieur. Le lendemain, ils quittèrent les dunes noires pour pénétrer dans ce que ses compagnons appelaient un *terrain laminé*. Une région de sable plat qui, en hiver, était recouverte par la jupe de givre de gaz carbonique de la calotte polaire. On était au milieu de l'été et le paysage était entièrement composé de lignes sinueuses. Ils passèrent de vastes plages de sable jaune cernées de longs plateaux curvilignes dont les rebords étaient en degrés ou en terrasses, lamifiés grossièrement ou en finesse, pareils à du bois poli. Ils n'avaient jamais rien rencontré de semblable et ils passaient leurs matinées à prélever des échantillons, à extraire des carottes minérales. Ils se dispersaient et couraient en un étrange ballet martien bondissant, se lançaient des commentaires jubilatoires. Et Nadia était aussi excitée qu'eux.

Ann lui expliqua qu'à chaque hiver, le givre lamifiait la surface du sable. Puis l'érosion des vents taillait des arroyos, dénudait leurs berges, et ainsi les parois de ces arroyos étaient faites de centaines de terrasses étroites.

— Ce terrain est, de lui-même, une carte en courbes de niveau, acheva Simon.

Ils roulaient durant la journée et sortaient chaque soir dans le crépuscule violet qui persistait jusqu'aux abords de minuit. Ils foraient et rapportaient des échantillons rugueux et glacés, toujours lamifiés, même en profondeur. Nadia accompagna Ann un soir. Elles étaient en train d'escalader une série de terrasses parallèles et Nadia écoutait d'une oreille distraite le discours d'Ann à propos du périhélie et de l'aphélie, quand elle porta son regard sur un arroyo qui scintillait comme s'il était empli de citrons et d'abricots en plein midi. Juste au-dessus, elle distingua de pâles nuages verts, lenticulaires, qui ressemblaient parfaitement à ceux de la Terre.

— Regarde !

Ann se retourna et resta paralysée tandis que le banc de nuages défilait lentement.

On les rappela aux patrouilleurs pour le dîner. En redescendant les terrasses de sable, Nadia eut la certitude qu'elle avait définitivement changé — ou bien que la planète devenait plus étrange et plus belle à mesure qu'ils montaient vers le nord. Ou bien les deux.

Ils roulaient sur des terrasses de sable jaune, très fin et dur, sans le moindre rocher en vue, au maximum de leur vitesse, ne ralentissant parfois que pour passer d'un niveau à un autre. La pente arrondie qui séparait les terrasses leur occasionnait quelquefois des problèmes et, par deux fois, ils durent faire marche arrière pour chercher un autre chemin. Mais ils en trouvaient toujours un sans difficulté.

Au quatrième jour de leur voyage en terrain laminé, les parois des plateaux s'inclinèrent et ils enfilèrent le clivage pour atteindre un niveau plus élevé. Et là, sur le nouvel horizon, ils découvrirent une colline blanche et ronde, une sorte de Ayers Rock. Une colline de glace ! Large d'un kilomètre et haute de cent mètres. Et, quand ils la contournèrent, ils constatèrent qu'elle allait plus loin vers le nord, au-delà de l'horizon. C'était une avancée glaciaire, et peut-être une langue de la calotte polaire. Dans les patrouilleurs, tout le monde criait, et dans le brouhaha et la confusion, Nadia identifia la voix de Phyllis : « De l'eau ! De l'eau ! »

Oui, c'était bien de l'eau. Et même s'ils avaient prévu d'en trouver là, c'était quand même extraordinaire d'en rencontrer toute une colline. La plus grande colline qu'ils aient vue durant les 5 000 kilomètres de leur expédition. Il leur fallut toute cette première journée pour s'y habituer. Ils s'arrêtèrent, prirent des repères, bavardèrent et, enfin, sortirent pour recueillir des échantillons. Ils escaladèrent la colline sur quelques mètres : tout comme les sables environnants, la glace était laminée horizontalement, marquée de lignes de poussière à un centimètre d'intervalle. La glace elle-même était granuleuse. Sous la pression atmosphérique, elle se sublimait presque à toutes les températures pour révéler des parois rocheuses piquetées et rongées sur plusieurs centimètres. Plus avant, la roche redevenait solide et dure.

— Ça représente beaucoup d'eau, disaient-ils tour à tour.
De l'eau à la surface de Mars...
Le lendemain, le glacier barrait tout leur horizon, sur la droite, pareil à une muraille blanche qu'ils suivirent toute la journée. Plus ils avançaient, plus elle devenait haute. Vers la fin de l'après-midi, la glace atteignait trois cents mètres et formait en fait une chaîne de montagnes blanches qui courait à l'est de la vallée à fond plat qu'ils suivaient. Puis, à l'horizon du nord-ouest, le sommet d'une nouvelle colline apparut. Sa base était encore invisible. Un nouveau glacier qui formait une seconde barrière, à l'ouest, à trente kilomètres de distance.

Ils étaient donc bien dans Chasma Borealis, une vallée creusée par les vents qui taillait droit dans la calotte polaire sur cinq cents kilomètres, c'est-à-dire plus de la moitié de la distance qui les séparait du pôle. Le fond de la faille était constitué de sable plat, aussi dur que du béton. Ils passaient de loin en loin sur des plaques craquantes de givre carbonique. Les parois de glace étaient hautes mais pas verticales. Elles étaient inclinées à 45 degrés et, pareilles aux flancs des collines des régions laminées, elles formaient des terrasses travaillées par l'érosion et la sublimation, les deux forces qui, au fil de dizaines de milliers d'années, avaient creusé la faille sur toute cette longueur.

Plutôt que de continuer leur route vers le fond de Chasma Borealis, ils obliquèrent vers la paroi ouest, en direction d'un transpondeur qui signalait un largage de matériel de minage glaciaire.

Les dunes sablonneuses du milieu de la faille étaient douces et régulières comme une immense tôle ondulée. Depuis une crête, les explorateurs repérèrent les containers, à moins de deux kilomètres du pied de la muraille de glace : de gros modules d'atterrissage au squelette métallique, étonnante vision dans ce monde fait de tonalités de blanc, de fauve et de rose.

— Quelle horreur ! s'exclama Ann.

Mais Phyllis et George applaudissaient.

L'après-midi s'étirait et, dans l'ombre, la paroi orientale du glacier acquérait une infinie variété de tons pastel : l'eau pure était claire, bleutée, mais l'ensemble de la paroi était d'un ivoire opalescent teinté de jaune et de rose. Des plaques irrégulières de glace carbonique la marquaient d'un blanc immaculé. Le contraste entre la glace sèche et la glace d'eau était net et permettait de lire les âges sur la paroi de la colline.

Dans cette perspective en raccourci, il était difficile d'avoir une idée de la hauteur de la colline de glace. Elle semblait monter à l'infini dans le ciel, mais son altitude ne devait pas excéder cinq cents mètres à partir du fond de Borealis.

— Ça fait une quantité d'eau *phénoménale*, déclara encore une fois Nadia.

— Et il y en a encore plus dans le sous-sol, remarqua Phyllis. Nos forages ont montré que la calotte s'étend jusqu'à plusieurs degrés de latitude vers le sud, en profondeur.

— Alors, nous avons plus d'eau que nous n'en aurons jamais besoin !

Ann plissa les lèvres d'un air vexé.

Le largage du matériel de minage avait déterminé le site du chantier glaciaire : sur la paroi ouest de Chasma Borealis, par 41 degrés de longitude et 83 degrés de latitude nord.

Deimos venait de suivre Phobos sous l'horizon et ils ne le reverraient plus jusqu'à ce qu'ils franchissent à nouveau le 82 degrés de latitude nord. Les nuits de l'été martien baignaient dans un crépuscule sourd et mauve qui persistait durant une heure. Le reste du temps, le soleil tournait à moins de 20 degrés au-dessus de l'horizon. Ils passaient de longues heures à l'extérieur à installer le dispositif de minage glaciaire dans la paroi. L'élément principal était une foreuse de tunnel robotisée qui avait presque la taille d'un patrouilleur. L'engin perça la glace et ramena des cylindres d'un mètre et demi de diamètre. Il travaillait avec un bourdonnement grave et sourd, qui s'intensifiait dès que leurs casques étaient au contact de la glace ou même s'ils l'effleuraient. Ensuite, les tambours de glace passèrent sur une trémie avant d'être emportés par une pelleteuse robot en direction de la distillerie. La glace serait épurée de son contenu de poussière, et l'eau serait ensuite réfrigérée à nouveau sous forme de cubes plus pratiques pour le transport dans les caissons des patrouilleurs. Dès lors, les patrouilleurs de transport seraient parfaitement en mesure de faire l'aller-retour entre le site glaciaire et la base, et la colonie serait ainsi régulièrement approvisionnée en eau, bien au-delà de ses besoins. Rien que dans la partie visible de la calotte polaire, il y avait cinq millions de kilomètres cubes d'eau, estima Edvard au jugé.

Ils passèrent plusieurs jours à tester la foreuse et à déployer toute une batterie de panneaux solaires pour l'alimenter. Après le dîner, dans la soirée qui se prolongeait, Ann escalada la falaise de glace sous le prétexte d'aller prélever d'autres échantillons, mais Nadia savait qu'elle désirait avant tout s'éloigner des autres. Naturellement, elle voulait grimper jusqu'au sommet, poser le pied sur la calotte polaire et découvrir le paysage avant de prélever des échantillons des couches de glace les plus récentes. Et c'est ainsi qu'un jour, quand la foreuse eut passé tous les tests, Ann, Nadia et Simon se levèrent à l'aube — aux environs de deux heures du matin — et partirent dans le froid, projetant leurs ombres comme trois grandes araignées.

La pente était d'environ 30 degrés et elle s'accentua

comme ils montaient, puis atteignaient des terrasses grossières taillées dans les strates glaciaires.

Il était sept heures du matin quand ils parvinrent au sommet. Vers le nord, la plaine de glace s'étendait à perte de vue. L'horizon plongeait à une trentaine de kilomètres de distance. En se tournant vers le sud, la vue, au-delà des volutes géométriques du terrain en strates, était la plus vaste que Nadia ait jamais découverte depuis leur arrivée.

La glace du plateau ressemblait au sable laminé de la plaine, marquée de larges bandes roses de dépôt. Vers l'est, l'autre paroi de Chasma Borealis était visible ; longue, haute, massive, quasi verticale.

— Regardez encore toute cette eau ! s'écria Nadia. Nous n'en manquerons jamais !

— Ça dépend, murmura Ann d'un air absent, tout en plantant sa petite foreuse dans la glace.

Elle tourna sa visière fumée vers Nadia.

— Si on laisse faire les terraformeurs, tout ça va s'envoler comme la rosée du matin. Pour nous faire de jolis nuages.

— Et ça serait grave ?

Ann la dévisagea, pensive, les yeux étrécis.

Ce soir-là, après le dîner, elle dit :

— Nous devrions faire un tour jusqu'au pôle.

Phyllis secoua la tête.

— Nous n'avons pas suffisamment d'air ni de provisions.

— Il n'y a qu'à demander un largage.

Edvard secoua la tête.

— La calotte polaire est coupée par des vallées presque aussi profondes que Borealis.

— Pas à ce point, répliqua Ann. On peut parfaitement les atteindre. D'accord, elles sont sinueuses vues de l'espace, mais c'est à cause de la différence d'albédo entre l'eau et le gaz carbonique. Les pentes n'excèdent jamais 6 degrés. Le terrain est simplement plus stratifié.

— Mais comment faire pour atteindre le pôle ? demanda George.

— Nous allons prendre une des langues de glace qui descendent vers le désert. Elles forment des sortes de rampes naturelles jusqu'au centre du massif de glace et, ensuite, nous mettrons le cap droit sur le pôle !

— On n'a aucune raison d'aller là-bas, protesta Phyllis. On verra simplement un peu plus de glace qu'ici. Et nous serons beaucoup plus exposés aux radiations.

— Et, appuya George, les provisions et l'air qui nous restent pourront nous être utiles pour explorer un peu plus les sites que nous avons traversés en venant ici.

Ann plissa le front.

— C'est moi qui dirige la mission de reconnaissance géologique, fit-elle d'un ton tranchant.

C'était peut-être vrai, mais, en tant que politicienne, elle n'était pas douée, surtout comparée à Phyllis, qui avait des tas d'amis à Houston et Washington.

En souriant, elle lança :

— Il n'y a aucune raison géologique particulière d'aller jusqu'au pôle. La glace y est comme ici. Le problème, c'est que *toi* tu veux y aller.

— Et alors ? rétorqua Ann. Nous avons d'autres réponses à trouver là-bas ! Tu es bien certaine que la composition de la glace est identique, qu'elle contient autant de poussière qu'ici ?... A chaque pas que nous faisons, nous trouvons de nouvelles informations.

— Mais nous sommes venus ici pour trouver de l'eau. Pas pour nous balader.

— Mais on ne se balade pas ! On a trouvé de l'eau pour continuer à explorer, et non le contraire ! Tu prends vraiment les choses à l'envers ! Il y a vraiment trop de gens qui font comme toi dans cette colonie !

— On va voir ce qu'ils en pensent, à la base, proposa Nadia. Ils ont peut-être besoin d'un petit service, ou bien ils vont nous dire qu'ils sont incapables d'envoyer un largage. On ne sait pas.

Ann grommela.

— Je suis sûre qu'on va finir par demander l'autorisation de l'ONU.

Elle ne se trompait pas. Frank et Maya étaient contre son projet. Quant à John, il parut intéressé mais ne prit pas parti. Elle eut le soutien d'Arkady dès qu'il fut au courant, et il promit de leur expédier le nécessaire depuis Phobos s'il le fallait, ce qui était en fait impossible pour raison orbitale.

C'est à ce point de la discussion que Maya appela le contrôle de mission à Houston et Baïkonour et que l'affaire fit des vagues. Hastings était opposé à l'expédition polaire, mais l'idée séduisait les gens de Baïkonour et un certain nombre de scientifiques.

Finalement, Ann prit le téléphone, l'air tendue, mais la voix tranchante et le ton arrogant.

— C'est moi qui dirige cette mission géologique, et je dis que cette expédition est nécessaire. Nous n'aurons jamais une meilleure occasion de nous procurer des éléments d'informations sur les conditions de formation de la calotte polaire. Le système planétaire est délicat et toute modification atmosphérique peut avoir des influences importantes. Et vous avez des plans à ce propos, non ? Sax, tu travailles encore sur ton dispositif de chauffage par éolienne ?

Il ne participait pas à la discussion et il fallut l'appeler.

— Bien sûr, répondit-il.

Avec Hiroko, ils avaient mis au point un projet de fabrication de mini-éoliennes qui seraient larguées sur toute la planète par des dirigeables. Les vents d'ouest permanents feraient tourner les éoliennes, et l'énergie serait convertie en chaleur dans les bobines avant d'être diffusée dans l'atmosphère.

Sax avait déjà conçu une usine robotisée destinée à la fabrication en série des éoliennes. Vlad avait fait remarquer que le coût de l'énergie thermique récupérée serait payé par un ralentissement des vents — on n'avait jamais rien pour rien. Mais Sax avait aussitôt fait remarquer que ce serait un bénéfice supplémentaire, si l'on prenait en compte la violence de certaines tempêtes de sable.

— Un peu de chaleur contre un peu de vent, c'est une sacrée bonne affaire !

— Un million d'éoliennes, donc, dit Ann. Pour commencer. Tu as bien parlé de répandre de la poussière noire sur les calottes polaires, n'est-ce pas, Sax ?...

— Ça rendra l'atmosphère plus dense que n'importe quel autre système.

— Par conséquent, si tu réussis, les calottes sont condamnées. Elles vont s'évaporer et on pourra se demander : « A quoi est-ce qu'elles ressemblaient, déjà ?... » Et personne ne le saura plus.

— Est-ce que vous avez suffisamment de réserves, suffisamment de temps ? demanda John.

— On va vous larguer ce qu'il faut, proposa de nouveau Arkady.

— L'été dure quatre mois, fit Ann.

— Tout ce que tu veux, c'est aller jusqu'au pôle ! insista Frank, faisant écho à Phyllis.

— Et puis après ? Il se peut que tu sois venu ici pour faire de la politique, mais moi, je voudrais voir à quoi ressemble le coin.

Nadia fit une grimace. Ann avait mis un terme à la conversation et Frank allait être furieux. Ce qui n'était pas très habile. Ann, oh, Ann !

Le lendemain, les services de la Terre donnèrent leur opinion : la calotte polaire devait être examinée dans ses conditions aborigènes. La base ne soulevait donc aucune objection, et Frank ne revint pas en ligne. Simon et Nadia applaudirent :

— Cap sur le pôle !

Phyllis secoua la tête.

— Je ne vois pas quel avantage nous allons en tirer. George, Edvard et moi, nous allons rester ici et vérifier que la foreuse glaciaire fait son travail.

Et c'est ainsi que Nadia, Ann et Simon embarquèrent à bord du patrouilleur 3, redescendirent Chasma Borealis et s'orientèrent vers l'ouest, là où une langue glaciaire se déroulait en pente douce vers le sable, formant une rampe d'accès idéale. Les pignons des grandes roues attaquèrent la glace avec l'efficacité d'une autoneige. Ils franchissaient des plaques de poussière granuleuse, des collines basses de glace dure, des champs immenses de gaz carbonique gelé d'un blanc aveuglant, mais roulaient la plupart du temps sur la dentelle habituelle d'eau sublimée.

Des vallées à haut fond se déployaient en spirale à partir du pôle, dans le sens des aiguilles d'une montre. Certaines étaient particulièrement larges. Après les avoir franchies, ils se retrouvèrent sur une pente chaotique qui s'inclinait à droite comme à gauche jusqu'à l'horizon, couverte d'une glace sèche et brillante. Ils continuèrent sur une vingtaine de kilomètres, jusqu'à ce que tout le paysage visible soit du même blanc lumineux. Puis, droit devant, une nouvelle pente apparut, qui avait la teinte familière de la glace rougeâtre et sale qu'ils avaient déjà rencontrée, avec ses lignes de strates. Au fond de l'auge, le monde était coupé en deux : blanc derrière eux, rose sale au-devant.

En escaladant les pentes orientées vers le sud, ils découvrirent une glace encore plus impure mais, ainsi qu'Ann le fit remarquer, chaque hiver, un mètre de glace sèche s'ajoutait à la calotte permanente pour venir écraser le filigrane pourri de l'été précédent. Ainsi, les fondrières étaient comblées d'année en année, et les grandes roues du patrouilleur broyaient sans effort la surface.

Ils traversaient une plaine aux contours adoucis qui se déployait aux quatre coins de l'horizon. Même au travers des baies polarisées du patrouilleur, la blancheur du paysage était immaculée. Ils passèrent à proximité d'une éminence basse, annulaire, sans doute la trace d'un impact météorique récent, nappé depuis par la glace. Bien entendu, ils firent halte pour prélever des échantillons. Nadia obligeait Ann et Simon à se limiter à quatre prélèvements par jour, afin de ne pas perdre trop de temps et de ne pas surcharger les coffres du véhicule.

Mais il n'y avait pas que les échantillons : souvent, ils passaient entre des rocs noirs, isolés, dispersés sur la glace comme des sculptures de Dali — des météorites. Ils collectaient les plus petits et prélevaient des échantillons des plus gros. Ils en rencontrèrent un qui avait la taille d'un patrouilleur. Pour la plupart, ils étaient composés de ferro-nickel ou de chondrites rocheuses.

Ann, tout en grattant un fragment, déclara à Nadia :

— Tu sais qu'on a trouvé sur Terre des météorites venus de Mars. Le contraire existe aussi, mais c'est moins fréquent. Pour arracher des rochers à la Terre et les expédier au-delà du champ gravitique, il faut un impact énorme — de l'ordre de delta V, 15 kilomètres par seconde au moins. J'ai entendu dire que 2 % de la matière éjectée de la Terre tombait sur Mars. Ça serait drôle de retrouver un bout du Yucatan ici, non ?

— Le météore du Yucatan, ça remonte à soixante millions d'années, remarqua Nadia. Il serait enfoui loin sous la glace.

— C'est vrai, fit Ann tandis qu'elles retournaient au patrouilleur. Eh bien, quand on fera fondre les calottes, on découvrira peut-être des choses. Tout un musée de météores.

Ils franchirent de nouvelles vallées. Le patrouilleur escaladait et dévalait les pentes comme un bateau fendant les vagues. Vagues immenses, puisqu'il y avait souvent quarante kilomètres entre deux crêtes. Ils marchaient à l'horloge, se garaient de dix heures du soir à cinq heures du matin sur des buttes ou des rebords de cratères enfouis afin d'avoir une vue du paysage environnant. La nuit, ils obscurcissaient les baies pour dormir plus calmement.

Un matin, Ann alluma la radio et balaya les fréquences des satellites aréosynchrones.

— Pas facile de trouver le pôle, fit-elle. Ceux de la première expédition ont passé un sacré bout de temps dans le nord, mais toujours en été, et ils ne pouvaient pas voir les étoiles. Et puis, ils n'avaient pas de repères satellites.

— Comment est-ce qu'ils se sont débrouillés ? demanda Nadia, curieuse.

Ann sourit.

— Je ne sais pas. Pas très bien en tout cas, je pense. Ils ont sans doute procédé par reconnaissance à l'aveuglette.

Ce problème intriguait Nadia, et elle prit quelques notes. La géométrie n'avait jamais été son point fort, mais elle supposait qu'au milieu de l'été, au pôle nord, le soleil devait décrire un cercle parfait sans jamais vraiment monter ou décliner. Donc, à proximité du pôle, en été, on pouvait se servir d'un sextant pour mesurer la hauteur du soleil... Correct ?

— On y est, dit Ann.

— Comment ?

Ils s'arrêtèrent et regardèrent autour d'eux. L'immense plaine ondulait jusqu'à l'horizon proche, marquée de quelques rares lignes synclinales rouges. Mais rien n'indiquait qu'ils étaient au sommet de quoi que ce fût de particulier.

— Il est où, exactement ? demanda Nadia.

— Eh bien, juste au nord, fit Ann en souriant. Disons à un kilomètre à peu près. Probablement par là. (Elle pointa le doigt sur leur droite.) On va aller dans cette direction et vérifier par satellite. Une petite triangulation, et on devrait tomber pile dessus. A cent mètres près.

— Si on y met le temps, ça sera de l'ordre du mètre ! s'exclama Simon, enthousiaste. On le tient !

Ils roulèrent durant une minute, consultèrent la radio, tournèrent plusieurs fois à angle droit et firent de nouveaux calculs de triangulation. Ann déclara enfin qu'ils étaient arrivés, ou du moins qu'ils étaient tout près. Simon lança l'ordinateur, puis ils enfilèrent leurs tenues et sortirent pour avoir la simple certitude qu'ils avaient bien marché sur le pôle nord de Mars.

Ann et Simon forèrent la glace pour extraire un autre échantillon. Nadia s'éloignait, en faisant une spirale, de leur véhicule. La plaine était d'un blanc rougeâtre, l'horizon à quatre kilomètres de là. Trop proche. Le sentiment d'étrangeté lui revint, comme dans les dunes noires : cet horizon rétréci, cette gravité légère, comme dans un rêve, ce monde qui paraissait grand et ne l'était pas... Et elle se tenait exactement sur son pôle nord. On était $L_S = 92$, au milieu de l'été. Elle fit face au soleil, sans bouger. Elle pourrait rester comme ça, et le soleil tournerait autour d'elle en un cercle parfait toute la journée, toute la semaine ! Etrange. Elle pivotait au sommet du monde. Elle se demanda si elle le sentirait vraiment en restant suffisamment longtemps ici, immobile ?...

Le verre polarisant de sa visière transformait l'éclat terrible du soleil sur la glace en un arc-en-ciel de points cristallins. Il ne faisait pas très froid. En levant la main, paume ouverte, elle sentit le souffle de la brise. Une longue ligne rouge et gracieuse courait sur l'horizon, comme une longitude matérialisée. Elle sourit. Le soleil était entouré d'une auréole délicate de glace qui effleurait l'horizon. La glace se sublimait à partir de la calotte et montait en luisant vers le ciel, alimentant l'auréole en cristaux. Le sourire de Nadia se fit plus radieux et elle imprima l'empreinte de ses bottes dans le pôle nord de Mars.

Le soir venu, ils alignèrent les polariseurs afin que le désert blanc qui les entourait n'ait plus qu'un éclat ténu à travers les baies du module.
Nadia était assise à l'écart avec son plateau-repas sur les genoux, sirotant son café. L'horloge digitale passa de 11 : 59 : 59 à 0 : 00 : 00 et s'arrêta. Tout parut soudain plus calme encore. Simon s'était endormi. Ann, dans le siège de conduite, observait la scène. Elle avait à peine entamé son dîner. L'unique son était le souffle du ventilateur.

— Je suis heureuse que tu m'aies amenée ici, lui dit Nadia. C'était merveilleux.

— Il fallait bien que quelqu'un en profite. (Lorsque Ann était en colère ou amère, sa voix se faisait lointaine, éteinte.) Il n'y en a plus pour très longtemps.

— Tu en es certaine ? La couche fait cinq kilomètres, tu ne l'as pas dit toi-même ? Tu penses qu'elle va disparaître simplement parce qu'on va y déposer de la poussière noire ?

Ann haussa les épaules.

— Tout dépend de la température. Et également de la quantité d'eau existant sur cette planète, et de celle que nous récupérerons dans le régolite quand nous réchaufferons l'atmosphère. Nous ne savons pas vraiment ce qui se produira alors. Mais je crois que comme cette calotte constitue le réservoir d'eau le plus exposé, elle sera la plus sensible au changement. Il se pourrait qu'elle se sublime presque entièrement avant que le permafrost ait atteint 50 degrés.

— Entièrement ?

— Bien sûr, une partie reviendra se déposer là chaque hiver. Mais, si l'on calcule par rapport à l'ensemble du globe, ça ne fait pas autant d'eau que cela. C'est un monde sec, avec une atmosphère aride. L'Antarctique est une jungle, si l'on compare. Tu te souviens comme c'était sec, là-bas ? Donc, si les températures augmentent, la glace se sublimera à une allure très rapide. Toute la calotte va monter vers l'atmosphère et l'humidité sera poussée vers le sud, où elle gèlera chaque nuit. En fait, nous allons redistribuer toute cette glace sur l'ensemble de la planète sous forme d'une couche de givre d'un centimètre d'épaisseur. (Elle grimaça.) Moins que ça, bien sûr, puisqu'il y en aura une bonne partie en suspens dans l'air.

— Mais si la température augmente encore, le givre va fondre, et il pleuvra. Et comme ça, nous aurons des rivières, des fleuves, des lacs, n'est-ce pas ?

— Si la pression atmosphérique est suffisante. L'eau de surface dépend autant de la pression atmosphérique que de la température. Si l'une et l'autre augmentent, nous nous retrouverons sur le sable en quelques décennies.

— Belle collection de météorites, fit Nadia, pour tenter de rompre l'humeur sombre d'Ann.

En vain. Ann plissa les lèvres, penchée vers la baie, et secoua la tête. Impossible que son expression morne s'explique uniquement par ce qui allait se passer sur Mars. Il y avait autre chose au centre de sa colère, de son tourbillon mental intense. Elle était en pays Bessie Smith. Difficile à surveiller. Lorsque Maya était malheureuse, ça évoquait un blues d'Ella Fitzgerald, on savait que c'était une comédie, une émotion qui devait se déverser. Mais avec Ann, on avait mal.

Elle prit sa lasagne et la glissa dans le micro-ondes. Derrière elle, l'immensité blanche luisait sous le ciel noir, comme un négatif photo. Et l'horloge afficha brusquement 0 : 00 : 01.

Quatre jours plus tard, ils quittèrent la glace. Ils revenaient vers Phyllis, George et Edvard, quand ils s'arrêtèrent brusquement sur une crête. Une structure se dressait sur l'horizon. Un temple grec classique, avec six colonnes doriques de marbre blanc, surmontées d'un toit plat et circulaire, dressé sur le fond de sédiment de la faille.

— Bon Dieu, mais qu'est-ce que ?…

En s'approchant, ils virent que les colonnes étaient constituées de cylindres de glace extraits par la foreuse et que le disque du toit était grossièrement taillé.

— C'est une idée de George, leur apprit Phyllis par radio.

— J'avais remarqué que les cylindres de glace avaient la même dimension que les colonnes des Grecs, ajouta George, apparemment content de lui. Ensuite, tout était évident. Et puis, le minage se passe très bien et on avait un peu de temps à tuer.

— Formidable, commenta Simon.

Et c'était vrai : ils avaient devant eux un monument extraterrestre venu d'un rêve. Il brillait comme de la chair vive dans le crépuscule. On aurait dit que du sang courait dans la glace.

— Le temple d'Arès.

— Non, de Neptune, rectifia George. Nous ne tenons pas à invoquer trop souvent Arès, je pense.

— Surtout quand on pense à toute la population du camp de base, ajouta Ann.

Ils roulaient droit vers le sud, en suivant l'autoroute formée par leur piste et les transpondeurs. Ann sentit tout de suite la différence de conduite ; ils n'exploraient plus des territoires vierges. La nature même du paysage avait changé. Le sol était marqué, sur la droite et sur la gauche, par les lignes parallèles qu'avaient laissées les roues à croisillons de tracteurs, et par les boîtiers verts recouverts d'une légère croûte de poussière qui indiquaient « le chemin ». Ils n'étaient plus en terrain inconnu. C'était pour ça qu'on construisait des routes, après tout. Parfois, et même très souvent, ils mettaient le patrouilleur 3 en conduite automatique.

Ils roulaient à 30 kilomètres à l'heure, sans problème. Ils observaient les traces qu'ils avaient laissées et bavardaient rarement. Sauf un matin, où ils se disputèrent à propos de Frank Chalmers. Ann prétendait qu'il était totalement machiavélique, alors que Phyllis le défendait en arguant qu'il n'était pas plus néfaste que n'importe qui dans son exercice du pouvoir. Nadia, qui se souvenait de toutes ses conversations avec Maya, savait très bien que Frank était plus complexe que cela. Mais le manque de discrétion d'Ann l'épouvantait, et tandis que Phyllis poursuivait son discours sur le rôle de cohésion que Frank avait joué durant tout le voyage, elle fixait Ann d'un regard noir pour essayer de lui faire comprendre qu'elle déraillait. Phyllis, plus tard, se servirait de ses indiscrétions, c'était clair. Mais Ann n'excellait pas dans l'art de capter les regards, même très noirs.

Tout à coup, le patrouilleur freina et s'arrêta. Personne n'avait surveillé la conduite automatique et ils se précipitèrent vers la baie avant.

Une nappe parfaitement plate et blanche s'étendait devant eux, sur une centaine de mètres.

— Qu'est-ce que c'est ? s'écria George.

— Notre pompe à permafrost a dû claquer, fit Nadia.

— Ou alors elle a trop bien fonctionné ! Parce que ça, c'est de la glace d'eau !

Ils repassèrent en manuel pour s'approcher. La glace couvrait leur route comme un épanchement de lave blanche. Ils enfilèrent leurs marcheurs et quittèrent le module.

— Oui, c'est bien notre patinoire, confirma Nadia avant d'aller examiner la pompe.

Elle déverrouilla le joint d'isolation.

— Ah, ah !... Une fuite... L'eau a gelé exactement ici, et elle a bloqué le robinet de fermeture en position ouverte. La pression a dû être très forte. L'écoulement a continué jusqu'à ce que la glace soit assez épaisse pour l'arrêter. Un coup de marteau et on aura un petit geyser.

Elle plongea dans ses outils, dans le caisson inférieur du module, et sortit un pic.

— Attention !

Elle ne donna qu'un coup léger dans la masse blanche, à l'endroit où la pompe était fixée au tuyau d'alimentation du réservoir. Et un jet d'eau fut projeté à un mètre en l'air.

— Wow !

Il aspergea la couverture de glace dans un dégagement de vapeur avant de geler en quelques secondes, pétrifié en une feuille de gel lobée.

— Regardez ça !

Le trou se gelait à son tour, l'épanchement cessa, et la vapeur se dispersa.

— Vous avez vu cette rapidité ?

— Comme dans les cratères d'éclaboussement, remarqua Nadia avec un sourire.

Elle se mit à gratter la glace autour de la valve d'arrêt tandis que Phyllis et Ann discutaient à propos de la migration du permafrost, des quantités d'eau que l'on trouvait sous cette latitude, etc., etc. De quoi en avoir un malaise.

Mais elles se détestaient vraiment et elles étaient dans l'impossibilité de s'arrêter. A l'évidence, ce serait la dernière mission qu'elles accompliraient ensemble.

Nadia, quant à elle, n'éprouvait pas l'envie d'embarquer à nouveau avec Phyllis, George et Edvard. Ils formaient un groupe trop fermé. Mais Ann, elle aussi, était coupée de pas mal d'autres gens. Si elle n'y prenait pas garde, elle ne trouverait bientôt plus personne pour l'accompagner dans ses expéditions. Frank, par exemple — après tout ce qu'elle avait raconté d'horrible à son propos, décrivant en détail à Phyllis le personnage abominable qu'il était… Incroyable.

Et si elle gardait encore Simon de son côté, elle aurait quelque difficulté pour la conversation, car Simon Frazier était l'homme le plus discret et le moins disert de toute la colonie. Il avait dû prononcer moins de vingt phrases pendant le voyage. Ce qui mettait mal à l'aise, comme de communiquer avec un sourd-muet. A moins qu'il ne bavarde avec Ann, seul à seul ? Comment savoir ?

Nadia réussit enfin à remettre la valve en position arrêt, puis elle coupa la pompe.

— Si loin au nord, il faudra renforcer l'isolation, déclara-t-elle à qui voulait l'entendre, tout en rapportant ses outils jusqu'au patrouilleur.

Elle était épuisée et pressée de rejoindre la base pour reprendre son travail normal.

Et puis, elle voulait parler à Arkady. Lui, il saurait la faire rire. Et elle savait qu'elle le ferait rire en retour.

Ils ajoutèrent quelques morceaux de glace aux autres échantillons et mirent en place quatre transpondeurs pour guider les pilotes robots.

— Mais tout ça va se sublimer, non ? demanda Nadia.

Ann, perdue dans ses pensées, ne lui répondit pas.

— Il y a tellement d'eau par ici, marmonna-t-elle encore une fois, l'air excédée.

— Bien sûr ! lança Phyllis. Et pourquoi n'irions-nous pas jeter un coup d'œil sur ces dépôts qu'on a repérés au nord de Mareotis ?

Comme ils approchaient de la base, Ann devint taciturne et distante, le visage aussi rigide qu'un masque.

— Qu'y a-t-il ? lui demanda Nadia un soir.

Elles réparaient un transpondeur défaillant.

— Je ne veux pas retourner là-bas, dit Ann. (Elle s'était agenouillée près d'un rocher avec son marteau.) Je ne tiens pas à ce que ce voyage s'achève. J'aimerais qu'on continue comme ça tout le temps, qu'on descende les canyons, qu'on grimpe sur les volcans, qu'on explore les chaos et les montagnes autour d'Hellas. J'aimerais que ça ne s'arrête jamais. (Elle soupira.) Mais… je fais partie de l'équipe. Il faut bien que je retourne dans ce taudis avec les autres.

— C'est à ce point ?

Nadia, elle, pensait à ses superbes caveaux, à la piscine à remous, à un bon verre de vodka glacée.

— Mais tu me comprends ! Vingt-quatre heures et demie par jour dans ces petites salles enterrées, avec les complots politiques de Maya et de Frank, avec Arkady et Phyllis qui se disputent à n'importe quel propos, ce que je comprends maintenant, tu peux me croire, et George qui n'arrête pas de se plaindre, John perdu dans son brouillard, Hiroko obsédée par son petit empire, et aussi Vlad, et Sax… Je veux dire : c'est une foule impossible à vivre !

— Ils ne sont pas pires que n'importe qui. Ni pires ni meilleurs. Il faut faire avec. On ne peut pas s'en sortir seul ici !

— Non, je sais. Mais j'ai l'impression de ne pas être ici, justement, quand je suis à la base. Je préférerais encore me retrouver dans le vaisseau !

— Non, non. Tu oublies. (Elle donna un coup de pied dans le rocher sur lequel Ann travaillait, et Ann leva les yeux, surprise.) Tu vois ? Tu peux shooter dans les rochers, ici. On est là, Ann, *là*, sur Mars. Et tu peux sortir tous les jours pour aller faire un tour. Vu ta position, tu pourras te payer autant de voyages que tu le veux.

Ann détourna les yeux.

— Oui, mais parfois, ça ne me paraît pas suffisant.

Nadia ne la quittait pas du regard.

— Ecoute. C'est avant tout à cause des radiations que nous avons dû nous enterrer. Ce que tu veux dire en réalité, c'est que tu souhaiterais qu'il n'y ait plus de radiations. Ce qui signifie qu'il faut une atmosphère plus dense. Autrement dit : terraformer la planète.

— Je sais. (Soudain, la voix d'Ann était plus tendue, à tel point qu'elle abandonna son ton froid.) Tu penses que je ne le sais pas ? (Elle se leva en agitant son marteau de géologue.) Mais ça n'est pas juste ! Quand je contemple ce paysage, *je l'aime* ! Je ne veux qu'une chose, le parcourir sans cesse, le découvrir, l'apprendre. Mais en même temps, je le change — je détruis ce qui est, ce que j'aime. Cette route que nous avons tracée, ça me fait mal de la voir ! Et le camp de base ressemble à une mine à ciel ouvert, au milieu de ce désert que personne n'a touché depuis le commencement des temps. C'est tellement moche... Nadia, je ne veux pas qu'on fasse la même chose à toute cette planète. Non. J'aimerais mieux mourir. Il faut laisser Mars telle qu'elle est, dans toute sa sauvagerie, et que les radiations continuent à pleuvoir. Ça n'est qu'une question de statistiques, de toute manière. Je veux dire que si les risques de cancer augmentent de un à dix, alors j'ai raison neuf fois sur dix !

— C'est très bien pour toi. Ou pour n'importe quel autre individu. Mais pour le groupe, pour tous les êtres vivants — il y a un risque génétique grave. Avec le temps, nous serons diminués. Donc, tu ne peux pas penser pour toi seule.

— Parce que je fais partie de l'équipe, ajouta Ann d'un ton morne.

— Exactement.

— Je sais. Et c'est ce que tout le monde dit. On va rendre cet endroit habitable. Avec des routes, des villes. Un nouveau ciel, un nouveau sol. Jusqu'à ce qu'il ressemble à la Sibérie ou aux territoires du Nord-Ouest. Fini Mars, et nous nous demanderons alors pourquoi nous éprouvons ce sentiment de vide. Pourquoi, en contemplant le paysage, nous ne voyons que nos visages.

Au soixante-deuxième jour de leur expédition, ils aperçurent des colonnes de fumée à l'horizon sud. Brunes, blanches, grises et noires, elles se mêlaient en montant dans le ciel pour former un champignon aplati que le vent poussait vers l'est.

— La maison ! La maison ! s'écria joyeusement Phyllis.

Ils continuèrent en direction de la fumée, en suivant les traces qu'ils avaient laissées à l'aller, traversèrent la zone de largage, franchirent des fossés et des monticules de sable rouge, passèrent devant des puits et des entassements pour atteindre enfin la butte grossière de l'habitat dont le carré était à présent recouvert d'un réseau de poutrelles de magnésium. Même si la surprise réveilla soudain la passion de Nadia, elle ne put s'empêcher au passage de remarquer les structures, les caissons, les tracteurs, les grues, les pièces détachées abandonnées, les décharges, les éoliennes, les panneaux solaires, les réservoirs d'eau, et les routes de béton qui allaient vers le sud, l'est et l'ouest. Les extracteurs d'air, les quartiers trapus des alchimistes dont les cheminées crachaient les colonnes de fumée, les empilements de verre, les cônes de gravier gris, et les montagnes de régolite brut autour de la cimenterie, tout cela avait l'aspect fonctionnel, désordonné et laid de Vanino, Ousman ou de n'importe quelle cité industrielle stalinienne de l'Oural ou des champs pétrolifères de Yakoutie. Ils traversèrent cette région de désolation sur cinq bons kilomètres, et Nadia n'osait même pas regarder Ann, assise à côté d'elle, cloîtrée dans un silence de mépris et de dégoût. Nadia, elle aussi, était choquée et surprise par ce bouleversement. Tout lui avait paru tellement naturel avant leur expédition, si plaisant à vrai dire. Maintenant, elle était au bord de la nausée, et elle redoutait une réaction violente d'Ann, surtout si Phyllis se mettait à discuter. Mais Phyllis se taisait, et ils descendirent bientôt la rampe du garage nord. L'expédition était terminée.

L'un après l'autre, les trois patrouilleurs franchirent les portails. Des visages familiers apparurent. Maya, Frank, Michel, Sax, John, Ursula, Spencer, Hiroko et tous les autres. Ils étaient comme leurs frères et leurs sœurs, mais tellement nombreux, soudain, que Nadia se sentit débordée et se recroquevilla comme une anémone. Elle eut de la difficulté à parler. Quelque chose lui échappait, qu'elle essayait de retenir. Elle chercha Ann et Simon, mais ils étaient déjà noyés dans un autre groupe. Ann restait stoïque, les traits figés.

Phyllis raconta pour eux :

— C'était très beau, vraiment spectaculaire. Le soleil de minuit et la glace, une quantité fabuleuse de glace. Nous allons disposer d'une quantité d'eau énorme. Quand on est au sommet de la calotte, c'est exactement comme l'Arctique.

— Est-ce que vous avez trouvé des phosphates ? demanda Hiroko.

C'était un plaisir de retrouver son visage. Elle s'était tellement inquiétée du manque de phosphates pour ses plantes. Ann lui répondit qu'elle avait trouvé des veines de sulfates dans les matériaux légers des cratères qui entouraient Acidalia Planitia, et elles allèrent toutes deux récupérer les échantillons. Nadia, elle, suivit les autres à l'intérieur de l'habitat. Elle aspirait à une vraie douche, des légumes frais, tout en écoutant distraitement Maya lui donner les dernières nouvelles. Oui, elle était vraiment de retour.

Elle reprit le travail. Comme avant, il y avait tant de choses différentes à faire, une liste interminable d'interventions, jamais suffisamment de temps. Surtout parce que certaines opérations prenaient beaucoup plus d'heures que Nadia ne l'avait escompté. Avec les robots, tout était plus long. Et elle ne retrouva à aucun moment le bonheur qu'elle avait éprouvé en construisant les chambres en voûte, même si tout était intéressant sur le plan technique.

S'ils voulaient que le square central, au-dessous du dôme, soit utile, ils devraient déposer un fond composé de gravier, de béton, de gravier encore, de fibre de verre, de régolite, et, enfin, d'humus traité, afin de maintenir la pression, de barrer la route aux rayons ultraviolets et à la plupart des rayons cosmiques.

Quand tout serait achevé, ils disposeraient d'un jardin-atrium central d'environ 10 000 mètres carrés. Le plan était élégant et satisfaisant. Mais, dès que Nadia se lança sur les divers aspects de la structure, elle ressentit comme une tension de l'esprit, en même temps qu'une boule lui montait dans la gorge.

Maya et Frank n'avaient plus de rapports officiels, ce qui était un signe certain de la dégradation de leurs rapports privés. Et Frank ne semblait plus adresser la parole à John. Lamentable.

La liaison rompue entre Sacha et Yeli avait provoqué une sorte de guerre civile entre leurs amis. Quant à la bande d'Hiroko, Iwao, Raul, Ellen, Rya, Gene, Evgenia et les autres, sans doute par réaction contre cette ambiance, ils passaient leur temps dans l'atrium ou les serres, plus coupés que jamais du reste de la colonie.

Vlad, Ursula et toute l'équipe médicale étaient cloîtrés dans le secteur de la recherche, sauf pour s'occuper de la clinique qu'ils géraient avec les autres. Cette situation rendait Frank furieux. Quant aux ingénieurs généticiens, ils passaient l'intégralité de leur temps dans les labos qui avaient été construits dans l'ex-parc de caravaning.

Et pourtant, Michel se comportait comme si tout était normal, comme s'il n'était pas le psychologue officiel de la colonie. Il passait le plus clair de son temps à regarder la télévision française. Et quand Nadia l'interrogea au sujet de Frank et de John, il lui répondit par un regard neutre.

Ils étaient sur Mars depuis 420 jours, et les premières secondes de leur débarquement appartenaient au passé. Ils ne se rassemblaient plus pour discuter de la journée de travail.

— On est trop occupés, répondaient-ils tous à Nadia quand elle posait la question. On a tellement de choses à faire, tu sais, que tu t'endormirais si on te les récitait. Même moi, ça m'endort.

Parfois, elle retrouvait les images des dunes noires, de la glace, et des silhouettes de ses compagnons sur le ciel du crépuscule. Alors, elle frissonnait et soupirait.

Ann était déjà repartie pour une nouvelle expédition, vers le sud, cette fois, en direction des vallées septentrionales de l'immense Valles Marineris, pour découvrir d'autres merveilles inimaginables. Mais Nadia était retenue au camp, qu'elle le veuille ou non.

Maya se plaignait des absences d'Ann.

— C'est évident : elle et Simon ont une aventure et ils sont partis en lune de miel pendant qu'on en bave ici.

C'était typique de la façon dont Maya voyait les choses.

S'ils avaient une liaison, ce serait pour Ann une sublimation de ses propres états d'âme. Nadia espérait que c'était vrai. Elle savait que Simon était amoureux d'Ann, et elle avait perçu la solitude immense d'Ann. Si seulement elle pouvait les rejoindre !

Mais elle travaillait. Elle dirigeait les équipes sur les sites de construction et secouait tous ses amis. Pendant le voyage, sa main mutilée avait retrouvé un peu plus de force et elle pouvait maintenant conduire à nouveau des tracteurs et des bulldozers. Elle passait ainsi de longues journées, mais rien n'était plus pareil.

A $L_S = 208$, Arkady descendit sur Mars pour la première fois. Nadia se rendit jusqu'au nouvel astroport et attendit sur le bord de la vaste piste de ciment poussiéreux en se balançant d'un pied sur l'autre. Le sol couleur sienne brûlée portait déjà les marques jaunes et noires des débarquements précédents. La capsule d'Arkady apparut dans le ciel rose comme un point blanc suivi d'une flamme jaune. Finalement, l'hémisphère géodésique se matérialisa, avec ses fusées et son train d'atterrissage. Il descendit sur une colonne de feu pour se poser délicatement au centre de la zone-cible. A l'évidence, Arkady avait étudié les procédures de descente.

Il sortit de l'écoutille vingt minutes plus tard, et s'arrêta sur le premier échelon pour observer ceux qui l'attendaient. Il descendit, l'air confiant. En touchant le sol, il sauta sur la pointe des pieds, fit quelques pas, puis pivota, les bras levés. Nadia gardait un souvenir très vif de cet instant, de la sensation de creux qu'elle avait éprouvée. Il trébucha et elle se précipita vers lui. Il l'aperçut enfin, se redressa, courut dans sa direction… et trébucha une fois encore sur la surface rugueuse de ciment de Portland. Elle l'aida à se relever et ils s'étreignirent, lui dans sa grande tenue pressurisée, elle dans son marcheur. Elle retrouva son visage barbu à travers la visière. La vidéo lui avait fait oublier la réalité de l'homme, son sourire farouche auquel elle répondit des yeux.

Puis il désigna sa console de poignet et passa sur leur fréquence privée, 4224. Elle l'imita.

— Bienvenue sur Mars.

Alex, Janet et Roger venaient de descendre à leur tour, et ils montèrent tous sur la plate-forme du modèle Ts. Nadia s'installa au volant. Elle prit d'abord la route pavée, avant de couper par le quartier des alchimistes. Elle commentait la visite, mais elle était persuadée qu'ils identifiaient déjà chaque bâtiment. Elle se sentait angoissée en se rappelant ce qu'elle avait ressenti en revenant du pôle. Ils franchirent le sas du garage. Une réception les attendait.

Plus tard, elle fit visiter les vingt-quatre salles voûtées à Arkady. Ils débouchèrent dans l'atrium. Le ciel était couleur rubis au travers des grands panneaux de verre, et les poutrelles de magnésium avaient l'éclat un peu terni de l'argent.

— Alors, qu'est-ce que tu en penses ?

Arkady la serra contre lui en riant. Il n'avait toujours pas quitté sa tenue spatiale et sa tête semblait toute petite au-dessus de l'encolure. Il avait l'air pataud, énorme, et Nadia souhaita qu'il sorte très vite de ça.

— Eh bien, il y a du bon et du mauvais, dit-il. Mais pourquoi est-ce donc si laid ? Si triste ?

Elle haussa les épaules, irritée.

— On a eu beaucoup à faire.

— Nous aussi, sur Phobos, mais tu devrais voir ce qu'on a fait ! Toutes les galeries sont revêtues de panneaux de nickel et de platine, avec des motifs répétés dont les robots s'occupent la nuit. Des reproductions d'Escher, des effets de miroirs, des paysages terrestres ! Quand on entre dans une salle avec une bougie, on a toutes les étoiles du ciel, ou bien un grand incendie. Chaque salle est une véritable œuvre d'art, tu verras !

— Je l'espère bien, fit Nadia en lui souriant.

Ils firent un grand dîner dans les quatre salles communicantes du complexe. Au menu, il y avait du poulet, des burgers au soja, et d'énormes salades. Ils parlaient tous en même temps, ce qui rappelait les meilleurs jours de l'*Arès* ou même l'Antarctique. Arkady se leva pour leur parler de ce qu'ils avaient accompli sur Phobos.

— Je suis heureux de me retrouver enfin à Underhill.

Il leur apprit qu'ils avaient presque fini le dôme de Stickney, et foré dans ses longues galeries tout au long des veines de glace, dans la roche bréchiforme.

— S'il y avait un peu de gravité, ça serait un endroit formidable. Mais ça, c'est un problème insoluble. Nous avons passé beaucoup de temps dans le train gravitationnel de Nadia, mais il n'y a guère de place, et nous travaillons surtout sur le site de Stickney, et même plus bas. Même en apesanteur et avec les exercices, nous perdons nos forces. La pesanteur martienne me fatigue déjà, j'ai la tête qui tourne.

— Tu as toujours eu la tête qui tourne !

— Il faut que nous utilisions au maximum les robots, que nous travaillions par rotation d'équipes. Nous envisageons de tous redescendre définitivement. Nous avons accompli notre part de travail là-haut : la station spatiale est désormais disponible pour ceux qui nous suivront. A présent, nous réclamons notre récompense !

Il leva son verre.

Frank et Maya s'assombrirent. Personne n'avait envie de remonter vers Phobos mais, pourtant, Houston et Baïkonour exigeaient que la station soit entretenue en permanence. L'expression de Maya était celle qu'elle avait eue si souvent sur l'*Arès* : tout ça, c'était la faute d'Arkady. Il la regarda et partit d'un grand rire.

Le lendemain, Nadia et plusieurs autres l'accompagnèrent pour un tour plus détaillé d'Underhill et des installations. Arkady passa son temps à hocher la tête avec ce regard qui signifiait « Oui, mais, oui, mais... ». Il émettait critique sur critique, et Nadia elle-même finit par s'en lasser.

Pourtant, il était difficile de nier que la zone d'Underhill était ravagée d'un horizon à l'autre, ce qui donnait l'impression que les dégâts s'étendaient bien au-delà, à l'ensemble de la planète.

— C'est facile de colorer la brique, disait Arkady. Il suffit d'ajouter des oxydes de manganèse obtenus par la fusion du magnésium pour obtenir de la brique parfaitement blanche. Et pour la noire, on ajoute les résidus de carbone du traitement de Bosch. Et vous pouvez avoir toute la gamme des rouges en modifiant la teneur en oxydes ferriques. Même des écarlates merveilleux. Avec le soufre, vous aurez de la brique jaune. Il y a aussi un truc pour avoir des verts et des bleus, si j'en crois Spencer. Sans doute une polymérisation des sulfates, je ne sais pas… Mais dans ce paysage rouge, un vert vif serait idéal. Il devrait être un peu plus sombre par rapport au ciel, mais il resterait vert. Et notre regard y tient.

« Avec ces briques de toutes les couleurs, vous pourriez construire des murs en mosaïque. Comme ça, chacun aurait un mur ou un bâtiment personnalisé, n'importe quoi. Le quartier des alchimistes ressemble à un tas de boîtes de sardines, des hangars abandonnés. Des murs de brique permettraient de les isoler, ce qui est déjà un motif scientifique important. Mais il est tout aussi important qu'ils soient beaux, qu'ils aient l'air d'appartenir au paysage. J'ai vécu trop longtemps dans un pays qui ne pensait qu'à l'utilitaire. Nous devons montrer que nous valons plus que cela, non ?…

— Peu importe ce que nous pourrons faire sur les bâtiments, fit Maya d'un ton tranchant. Le terrain alentour restera défoncé.

— Non, pas nécessairement ! Quand la construction sera achevée, il sera possible de redonner au terrain sa configuration d'origine. On pourra éparpiller des rocs en surface pour lui redonner l'aspect de la plaine avant notre arrivée. Les tempêtes de sable joueront leur rôle, les gens marcheront sur des allées, les véhicules rouleront sur des pistes ou des routes, et tout redeviendra comme avant, avec des constructions de mosaïque colorée, des serres en dôme, et des chemins de brique jaune[1]. Mais bien sûr que c'est ce qu'il faut faire ! Evidemment, il fallait bien installer l'infrastructure et

---

1. Allusion au *Magicien d'Oz*, de Frank Baum. *(N.d.T.)*

c'est toujours le chaos, mais aujourd'hui, nous sommes prêts pour passer à l'architecture, à l'esprit d'ensemble.

Il agita les mains, puis s'interrompit soudain devant les expressions sceptiques qu'il découvrait derrière les visières.

— C'est une idée, non ?...

Oui, songea Nadia, c'est une idée. Elle regarda autour d'elle en s'efforçant de visualiser ce qu'Arkady venait de dire. Et si, après ces transformations, elle retrouvait du plaisir à faire son travail ? Et Ann aussi ?...

Comme le résuma Maya dans la piscine le même soir, d'un air amer :

— Encore de grandes idées d'Arkady. Voilà bien ce qu'il nous fallait.

— Mais elles sont bonnes, dit Nadia.

Elle sortit de l'eau, passa sous la douche et enfila une combinaison.

Plus tard, elle alla retrouver Arkady et le conduisit dans la salle de l'angle nord-ouest, dont elle avait laissé les murs à nu, pour lui montrer les détails de la structure.

— C'est très élégant, fit-il en passant la main sur les briques. Vraiment, Nadia, Underhill est magnifique. Je reconnais ta touche dans chaque détail.

Flattée, elle lui montra sur un écran les plans qu'elle avait conçus pour un habitat plus grand. Trois rangs de salles en caveaux empilées en sous-sol dans une tranchée profonde. Des miroirs dans la paroi opposée afin d'orienter la lumière solaire... Arkady, tout en acquiesçant, sourit, et fit des suggestions en montrant l'écran.

— Pourquoi pas une arcade entre chaque salle et la paroi de la tranchée pour dégager de l'espace ? Et chaque niveau légèrement décalé par rapport à celui du dessous, pour laisser la place à un balcon qui surplomberait l'arcade...

— Oui, c'est possible.

Nadia pianota sur le clavier et modifia le paysage architectural.

Plus tard, ils se promenèrent dans l'atrium. Les grands bambous noirs étaient encore en pots. On préparait le sol. L'endroit était sombre et paisible.

— On pourrait peut-être l'abaisser d'un étage, proposa

doucement Arkady. Comme ça, en découpant des fenêtres et des portes dans tes caveaux, ils seraient mieux éclairés.

Nadia acquiesça.

— Nous y avons pensé, et ça va être fait. Mais, tu le sais, il faut du temps pour évacuer toute cette rocaille par les sas. Mais en ce qui nous concerne, Arkady, jusqu'alors, tu n'as parlé que de l'infrastructure ? Je pensais que l'embellissement des constructions figurait tout au bas de ta liste de priorités.

Il lui sourit.

— C'est sans doute parce que nous avons déjà accompli ce qui venait en tête.

— Quoi ? C'est Arkady Nikeliovich qui me dit ça ?

— Tu sais… Ce n'est pas par pur plaisir que je me plains, chère Miss Neuf Doigts. Et, si j'en crois la façon dont les choses se sont passées ici, ça ressemble beaucoup à ce que je conseillais pendant le voyage. Ça y ressemble même tellement que ce serait stupide d'émettre des réserves.

— Je reconnais que tu m'as surprise.

— Vraiment ? Mais réfléchis à tout ce travail que vous avez fourni ici depuis un an.

— Non. Six mois.

Ça le fit rire.

— Oui, c'est vrai : six mois. Et pendant tout ce temps, nous n'avons pas eu de chefs, en fait. Ni aucune de ces réunions, chaque soir, où chacun disait ce qu'il avait à dire. Ce qui est nécessaire, et maintenant personne n'a plus de temps à gagner ou à perdre. Tout appartient à tous à titre égal. Mais pourtant, aucun d'entre nous ne peut exploiter ce que nous possédons, parce qu'il n'y a personne à qui vendre quoi que ce soit. Nous formions une commune, un groupe démocratique. Tous pour un, un pour tous.

Nadia soupira.

— Arkady, les choses ont changé. Ça n'est plus comme ça, à présent. Et le changement s'accélère. Ça ne durera plus longtemps.

— Pourquoi dis-tu ça ? Ça durera si nous décidons que ça doit durer.

Elle lui lança un regard sceptique.

— Tu sais bien que ça n'est pas aussi simple.

— Oui. Ça n'est pas simple. Mais nous en avons la possibilité !

— Peut-être. (Elle songeait à Maya et Frank, à Phyllis, Sax et Ann.) Il y a des conflits un peu partout.

— C'est parfait, du moment que nous nous entendons sur certaines bases.

Elle secoua la tête, frotta sa main mutilée. Elle avait mal à la phalange manquante et, soudain, elle se sentait déprimée. Arkady se pencha sur la cicatrice avant d'embrasser doucement son doigt mutilé.

— Miss Neuf Doigts, vous avez des mains très fortes.

— Je me suis entraînée bien avant ça, répliqua-t-elle en levant le poing.

— Un jour, Vlad te fera pousser un nouveau doigt tout neuf. (Il la força à ouvrir les doigts pour lui prendre la main.) Ça me rappelle l'arboretum de Sébastopol, ajouta-t-il.

— Mmm, fit-elle rêveusement, sans l'écouter vraiment.

Elle ne pensait qu'à la chaleur de sa main, à l'entrelacs de ses doigts. Lui aussi avait l'étreinte solide. Elle avait cinquante et un ans. C'était une petite femme russe aux cheveux gris, spécialiste en construction et dépannage. Et il lui manquait un doigt.

C'était tellement agréable de sentir un autre corps contre le sien ; ça faisait trop longtemps, et sa main s'imprégnait de chaleur comme une éponge, jusqu'à ce que son pauvre doigt fantôme se mette à la picoter comme s'il débordait.

Elle pensa que, pour lui, le contact devait être bizarre.

— Je suis heureuse que tu sois là, lui dit-elle.

Arkady à Underhill, c'était un peu comme le calme avant la tempête. Il amenait tous les autres à réfléchir. Il passait en revue toutes les habitudes qu'ils avaient abandonnées sans même y penser, et tous, sous cette nouvelle pression, passaient sur la défensive, ou se montraient agressifs. Tous les arguments en jeu prirent un nouveau relief. Et, surtout, le débat sur le terraforming.

C'était une querelle, non pas une dispute isolée, mais plutôt un processus en développement permanent, un sujet qu'ils abordaient constamment au travail, durant les repas, avant de s'endormir. Et qui pouvait revenir à propos de tout : une fumée blanche entrevue au-dessus de Tchernobyl, le retour d'un patrouilleur robot chargé de glace polaire, des nuages nouveaux dans le ciel de l'aube.

Régulièrement les réflexions fusaient :

— Ça va encore augmenter la température de quelques degrés.

— Est-ce que l'hexafluoroéthane n'est pas le gaz parfait pour une serre ?

Il s'ensuivait parfois une discussion sur les aspects techniques du problème. A d'autres moments, la conversation revenait sur les soirées à Underhill. De technique, le débat devenait alors philosophique, et menait parfois à des échanges animés.

Mais le débat, bien sûr, ne se limitait pas à Mars. Tout un flot d'articles et de déclarations se déversait depuis Houston, Baïkonour, Moscou, Washington, et le bureau des Affaires martiennes de l'ONU. Tous les gouvernements y allaient de leurs prises de position, de même que les universités, les associations, les comités et les cafés du commerce de tous les pays.

On se mit à donner des surnoms aux colons de Mars selon leur position. C'est comme ça qu'en regardant les infos, ils apprenaient qu'ils étaient dans le camp Clayborne ou bien en faveur du programme Russell.

Ils redécouvraient qu'ils étaient célèbres sur Terre, qu'ils étaient les personnages d'une série télévisée. Après la première vague de reportages et d'interviews qui avait prélude au débarquement, ils avaient eu tendance à oublier les transmissions, absorbés dans leur besogne quotidienne.

Mais les caméras vidéo continuaient d'envoyer des images à la Terre, et là-bas, ils avaient des fans.

Par conséquent, tout le monde avait son opinion. Les estimations montraient que le programme Russell était majoritaire dans l'opinion : ce qui, pour Sax, signifiait le terraforming de la planète par tous les moyens, et aussi vite que possible. Mais la minorité, celle que soutenait Ann, tendait à se montrer plus véhémente dans son programme « ne touchez à rien », insistant sur les répercussions immédiates que cela aurait sur l'Antarctique et sur l'ensemble de la politique d'environnement des gouvernements de la Terre.

Les sondages faisaient apparaître clairement que nombreux étaient ceux qui étaient fascinés par les projets agricoles d'Hiroko, alors que d'autres considéraient que c'était du bogdanovisme. Arkady avait transmis de nombreuses vidéos depuis Phobos, avec des séquences spectaculaires sur le travail qui avait été réalisé au niveau de l'ingénierie et de l'architecture. Déjà, des complexes commerciaux et des hôtels imitaient son style. C'était ainsi qu'était apparu le mouvement architectural appelé bogdanovisme, en même temps que d'autres, qui se concentraient sur des réformes économiques et sociales dans l'ordre mondial.

Le terraforming était presque toujours au centre du débat, et le conflit d'opinions des colons de Mars était répercuté à l'échelle planétaire. Certains réagissaient en fuyant les caméras et les interviews.

— Je suis venu ici précisément pour éviter ce genre de chose, avait répondu Iwao, l'assistant d'Hiroko.

Et certains l'avaient approuvé. Mais pour la plupart, ils s'en fichaient. Quelques-uns semblaient même aimer ça. Le programme hebdomadaire de Phyllis, par exemple, était diffusé sur les chaînes câblées chrétiennes et repris par les émissions économiques dans le monde entier. Quoi qu'il en soit, de quelque façon qu'ils prennent le problème, il était de plus en plus clair que la majorité, sur Terre comme sur Mars, avait la certitude que le terraforming serait réalisé. Il ne s'agissait pas tant de savoir quand mais sur quelle échelle.

C'était le point de vue des colons eux-mêmes, à de rares exceptions près. Ils étaient peu nombreux à soutenir Ann Simon, bien sûr, et sans doute Ursula, Sacha et peut-être Hiroko. John aussi, à sa manière et, depuis quelque temps, Nadia. Les rouges, comme on les surnommait, étaient évidemment plus nombreux sur Terre, mais ils adhéraient à une théorie, et non à des considérations esthétiques. Le point fort de leurs arguments, celui sur lequel Ann avait mis l'accent dans ses communiqués à la Terre, était la possibilité d'une vie indigène.

— Si la vie martienne existe, disait-elle, une altération radicale du climat de la planète l'exterminera. Nous ne pouvons influer sur la situation de Mars avant de connaître exactement l'état de la vie ici. C'est antiscientifique, et plus grave encore, immoral.

Une large part de la communauté scientifique terrienne partageait cette opinion, ce qui influençait considérablement le comité aux Affaires martiennes de l'ONU, responsable de la colonie. Mais chaque fois que l'on en parlait à Sax, il répliquait calmement :

— Il n'y a aucune trace de vie en surface, présente ou passée. S'il en existe, ça ne peut être que dans le sous-sol, à proximité des volcans, je suppose. Mais, à supposer que ce soit le cas, nous pourrions chercher pendant dix mille ans sans la découvrir, sans exclure la possibilité qu'elle se trouve quelque part où nous n'avons pas cherché. Ce qui signifie une attente perpétuelle pour une possibilité infime que le terraforming ne mettrait même pas en danger, de toute façon.

Cette position était commune à tous les modérés.

— Mais si, protestait Ann. Peut-être pas dans l'immédiat, mais à moyen terme, le permafrost fondra, il y aura des mouvements dans l'hydrosphère, une contamination par l'eau plus chaude, des formes de vie terriennes, des bactéries, des virus, des algues. Cela prendra du temps, mais ça se passera exactement ainsi. Nous ne pouvons pas prendre ce risque.

Sax répondait par un haussement d'épaules.

— D'abord, c'est une supposition, une probabilité très faible. Ensuite, il faudrait des siècles pour qu'une telle forme de vie soit menacée. Et donc nous aurons le temps de la détecter et la protéger.

— Mais il se peut aussi que nous ne la trouvions jamais.

— Donc, nous ne ferions rien à cause d'une forme de vie hautement improbable que nous ne découvrirons jamais ?...

— Il le faut. A moins que tu ne considères que c'est une bonne chose de détruire la vie sur les autres planètes quand on la rencontrera. Et n'oublie surtout pas que s'il existe une forme de vie indigène sur Mars, elle est sans doute la plus ancienne du système solaire. Ce qui aurait des implications sur la fréquence de la vie dans la galaxie qu'on ne saurait sous-estimer. La recherche de la vie est une des raisons de notre présence ici !

— Bien... Pendant ce temps, la vie que nous connaissons est exposée à un taux énorme de radiations. Si nous ne faisons rien pour le diminuer, nous ne pourrons sans doute pas poursuivre notre séjour ici. Nous avons besoin d'une atmosphère plus dense.

Il ne répondait pas à l'argument principal d'Ann mais à une autre question, qui avait une influence extraordinaire. Des millions de gens, sur Terre, souhaitaient venir sur Mars, débarquer sur cette « nouvelle frontière » où la vie redevenait une aventure. Les listes d'attente des offices d'émigration étaient saturées.

Mais personne ne souhaitait vivre dans un bain de rayonnements durs. Le désir de rendre ce monde vivable était bien plus fort que celui de préserver le paysage mort de la planète rouge, ou une forme de vie hypothétique qui, selon de nombreux scientifiques, ne pouvait exister.

Tout semblait donc indiquer, même après les ultimes mises en garde, que le terraforming allait être entrepris.

Un sous-comité de l'AMONU s'était réuni afin d'examiner le projet. Sur Terre, l'affaire semblait conclue : c'était une avancée inévitable du progrès. C'était dans l'ordre des choses. Du destin.

Sur Mars, cependant, le débat était plus ouvert et plus pressant à la fois. Il ne s'agissait pas tant d'une question de philosophie de la vie quotidienne, d'atmosphère empoisonnée et de radiations. Parmi les partisans du terraforming, un groupe s'était formé autour de Sax — un groupe qui non seulement voulait terraformer Mars, mais aussi le faire le plus rapidement possible. Nul ne savait ce que cela représentait dans la pratique. Les estimations pour la création d'une « surface humainement viable », allaient d'un siècle à dix mille ans, avec des variantes entre les extrêmes : trente années (pour Phyllis), ou cent mille ans (pour Iwao).

— Dieu nous a donné cette planète afin que nous la

façonnions à notre image, pour créer un nouvel Eden, disait Phyllis.

Et Simon répliquait :

— Quand le permafrost fondra, nous nous retrouverons dans un paysage en voie d'effondrement, et nous serons nombreux à périr.

Dans les discussions, on faisait intervenir d'innombrables variables : les niveaux de sels, de peroxyde, de radiations. L'aspect du paysage, les mutations mortelles de certains micro-organismes dus au génie génétique, etc.

— Nous pouvons essayer de modeler tout ça, dit Sax. Mais la vérité, c'est que nous n'arriverons jamais à le faire de façon adéquate. C'est trop vaste, les facteurs sont trop nombreux et beaucoup trop nous sont encore inconnus. Mais ce que nous allons apprendre sera utile pour le contrôle des climats de la Terre, pour éviter un effet de serre total ou une période glaciaire. C'est une expérience à très vaste échelle, et ça continuera de l'être sans aucune garantie ni certitude. Mais la science, c'est ça.

Les autres approuvaient.

Arkady, lui, abordait toujours les choses sous l'angle de la politique.

— Nous ne serons pas autonomes tant que nous n'aurons pas terraformé la planète. Nous en avons besoin pour qu'elle soit à nous, pour que nous ayons une base matérielle afin d'acquérir notre indépendance.

Là, son auditoire roulait les yeux. Mais cela signifiait que Sax et Arkady étaient alliés, en quelque sorte, et c'était une force importante. Les discussions se poursuivaient sans fin.

Underhill était à présent presque achevé. C'était un village qui fonctionnait en totale autonomie dans plusieurs secteurs. Ils devaient maintenant définir ce qu'ils allaient faire ensuite. Des tas de projets avaient été proposés pour entamer le processus de terraforming, chacun défendant sa vision des choses, chacun c'est-à-dire, pour la plupart, les responsables.

Cela comptait pour beaucoup dans l'attrait que le terraforming exerçait : toutes les disciplines y contribueraient. Les alchimistes évoquaient des moyens mécaniques et chimiques pour augmenter la chaleur. Les climatologues envisageaient d'influer sur le temps. L'équipe de la biosphère parlait de tester certaines théories sur les écosystèmes. Les bio-ingénieurs travaillaient d'ores et déjà sur de nouveaux micro-organismes : ils modifiaient, divisaient et recombinaient des gènes à partir d'algues, de méthanogènes, de cyanobactéries et de lichens pour essayer de trouver des micro-organismes capables de survivre à la surface de Mars, ou dans le sous-sol. Ils invitèrent Arkady à constater ce qu'ils avaient accompli jusque-là, et Nadia l'accompagna.

Dans leurs cornues martiennes, ils cultivaient les prototypes de leurs premiers gems[1]. La plus grande de ces cornues était installée dans l'un des vieux habitats du parc. Ils l'avaient ouvert pour répandre une couche de régolite sur le sol avant de le refermer. Ils travaillaient par téléopération et observaient les résultats à partir de la dernière caravane. Sur les moniteurs, les différents bacs étaient visibles avec leur production et Arkady les observa attentivement, quoiqu'il n'y eût pas grand-chose à voir : leurs anciens quartiers d'habitation étaient maintenant recouverts de cubicules de plastique remplis de poussière rouge, et des robots veillaient, les bras déployés. Sur les diverses couches de sol, une sorte d'ajonc bleuâtre avait poussé.

— Jusqu'à présent, c'est notre champion, déclara Vlad. Mais il n'est encore que très légèrement aréophylle.

Ils opéraient leur sélection à partir d'un certain nombre de caractères extrêmes : résistance au froid, à la déshydratation et aux UV, tolérance aux sels, faible exigence en oxygène, en habitat, rocheux ou humus. Sur Terre, il n'existait aucun organisme doué de tout cela en même temps. Ceux qui avaient un ou deux de ces caractères étaient généralement de croissance lente. Mais les gens du génie génétique avaient lancé ce que Vlad appelait un programme *mix-and-match*[2], et ils avaient récemment obtenu une variante de la cyanophyte appelée parfois algue bleue.

---

1. *Genetically Engineered Micro-organisms* : micro-organismes issus du génie génétique. *(N.d.T.)*

2. Mélange et assortiment. *(N.d.T.)*

— On ne peut pas dire qu'elle prolifère, mais elle ne meurt pas aussi vite que les autres.

Ils l'avaient baptisée *areophyte primares*, et le nom commun qu'ils avaient choisi était algue d'Underhill. Ils souhaitaient faire un essai sur le terrain et avaient rédigé une proposition destinée à l'AMONU.

Arkady revint de cette visite très excité, constata Nadia. Durant le dîner, il déclara aux autres :

— Nous devrions prendre nous-mêmes la décision, et si nous votons pour, agir sans perdre de temps.

Maya et Frank furent outrés et, apparemment, la plupart des autres. Maya insista pour changer de sujet, et la conversation dévia dans une ambiance de malaise.

Le lendemain matin, Maya et Frank vinrent trouver Nadia pour lui parler d'Arkady. Ils avaient déjà tenté de le raisonner, tard dans la soirée.

— Il nous a ri au nez ! s'exclama Maya. Ça ne sert à rien de lui parler raisonnablement !

— Ce qu'il propose pourrait être très dangereux, ajouta Frank. Si nous désobéissons ouvertement à une directive de l'ONU, ils peuvent très bien envoyer une mission ici rien que pour nous réexpédier sur Terre, et nous remplacer ensuite par des gens qui respecteront la loi. Ce que je veux dire, c'est que, à ce stade, la contamination biologique de cet environnement est illégale, et nous ne devons pas l'ignorer. Nous relevons d'un traité international. Nous obéissons à la volonté générale de l'humanité en ce qui concerne le sort actuel de ce monde.

— Est-ce que tu ne pourrais pas lui parler, *toi* ?

— Oui, je le peux. Mais je ne suis pas certaine que ça fasse avancer quoi que ce soit.

— S'il te plaît, Nadia. Essaie. Nous allons avoir des problèmes.

— Bien sûr que je vais essayer.

Le même soir, elle eut un entretien avec Arkady. Ils revenaient vers Underhill en suivant la route de Tchernobyl. Elle lui suggéra de montrer un peu de patience.

— Ce n'est qu'une question de temps. L'ONU se rangera à tes vues.

Il s'arrêta et prit sa main mutilée.

— Combien de temps penses-tu qu'il nous reste ? lui demanda-t-il. (Il désigna le soleil couchant.) Combien de temps nous conseilles-tu d'attendre ? Pour nos petits-enfants, nos arrière-petits-enfants, aveugles comme les poissons cavernicoles ?

— Les poissons cavernicoles... Allons... dit-elle en retirant sa main.

Il rit.

— Mais c'est une question grave. Nous n'avons pas l'éternité devant nous, et ce serait bien que les choses commencent à changer.

— Même dans ces conditions, est-ce qu'on ne peut pas attendre un an ?

— Un an de la Terre ou de Mars ?

— Un an de Mars. Faisons un relevé saisonnier et accordons un délai à l'ONU pour son intervention.

— Nous n'avons pas besoin de relevés. Ils existent depuis des années.

— Tu en as parlé à Ann ?

— Non. Ou plutôt si, d'une certaine façon. Mais elle n'est pas d'accord.

— Elle n'est pas la seule. Je pense qu'ils rejoindront tes vues, finalement, mais que ça va être à *toi* de les convaincre. Tu ne peux pas les bousculer comme ça. Sinon, ils te considéreront comme aussi négatif que ces politiciens de la Terre que tu ne cesses de critiquer.

Il soupira.

— Mais oui, mais oui...

— Ça n'est pas exact ?...

— Toi et tes emmerdeurs de libéraux.

— Je ne sais pas ce que ça veut dire.

— Ça veut dire que vous faites trop dans la sensiblerie pour *accomplir* quoi que ce soit.

Ils arrivaient en vue d'Underhill qui, à cette distance, pouvait ressembler à un nouveau cratère. Nadia pointa le doigt.

— C'est moi qui ai fait ça. (Elle lui donna un grand coup de coude dans les côtes.) Mais vous, saletés de radicaux, vous détestez justement le libéralisme *parce que ça marche* !

Il grommela.

— Mais si ! Il progresse avec le temps, sans efforts, sans feux d'artifice, sans drames trop faciles, sans que personne ne souffre. Il n'a pas besoin de vos révolutions sexuelles, ni de toute la souffrance et de la haine que ça provoque ! Le libéralisme est efficace, un point c'est tout.

— Oh, Nadia… (Il passa le bras autour de ses épaules et ils reprirent leur marche.) La Terre est un monde parfaitement libéral. Mais la moitié de la population y meurt de faim, et depuis des éternités. Et ça va continuer. En tout libéralisme.

Mais il semblait avoir été perturbé par les réflexions de Nadia. Il cessa d'exiger unilatéralement d'ensemencer la surface avec les nouveaux gems pour se confiner dans son programme de propagande. Il passait le plus clair de son temps dans le quartier, à essayer de confectionner des briques et du verre colorés. Nadia le rejoignait dans la piscine avant le petit déjeuner, presque tous les jours. Souvent, John et Maya faisaient un mille mètres avec eux. John menait les épreuves de sprint, Maya les courses de fond, et Nadia, qui était handicapée par sa main amputée, suivait toutes les épreuves. Ils faisaient mousser l'eau comme jamais elle n'aurait moussé sur Terre, en ligne comme des dauphins, en regardant à travers leurs lunettes le fond de béton bleu ciel de la piscine.

— La nage papillon a été inventée pour cette pesanteur, disait John avec un grand sourire, émerveillé de la façon dont ils volaient pratiquement au-dessus de l'eau.

Après cela, le petit déjeuner était un moment agréable, bien que trop bref, et les journées se passaient normalement. Nadia ne voyait que très rarement Arkady avant la soirée.

Sax, Spencer et Rya venaient d'achever l'usine robotique destinée à la fabrication des réchauffeurs à éoliennes de Sax. Conformément à l'autorisation de l'AMONU, ils en répartirent un millier dans les régions équatoriales pour les tester.

On estimait qu'ils pouvaient au mieux doubler l'apport de température de Tchernobyl, et certains posaient même la question : pourrait-on distinguer la chaleur d'appoint des fluctuations saisonnières ? Mais, ainsi que le fit remarquer Sax, ils ne le sauraient pas avant d'avoir essayé.

Ce qui relança instantanément les querelles sur le terraforming. Et soudain, Ann entreprit une action violente : elle adressa de longs messages aux membres du comité exécutif de l'AMONU, ainsi qu'à tous les bureaux des Affaires martiennes de toutes les nations, puis, finalement, à l'assemblée générale. Ce qui lui valut une audience énorme, qui allait des milieux politiques aux tabloïds et à la télé. Pour les médias, c'était un nouveau rebondissement du feuilleton de la planète rouge.

Ann avait composé et expédié ses messages en privé, et les habitants d'Underhill n'en eurent connaissance que lorsqu'ils les virent sur les écrans. On compta de nombreux débats au gouvernement, une manifestation de 20 000 personnes à Washington, des éditoriaux à l'infini, et une nouvelle vague de commentaires dans la presse scientifique. Les arguments étaient d'une violence un peu choquante, et certains, au sein de la colonie, se dirent qu'Ann aurait pu leur demander leur opinion avant d'agir. Phyllis, tout particulièrement.

— Et en plus, ça n'a pas de sens, répartit Sax, nerveusement. Tchernobyl répand déjà autant de chaleur dans l'atmosphère que ces éoliennes, et jusqu'à présent, elle ne s'est pas plainte.

— Mais si, fit Nadia. Elle a seulement perdu aux voix.

Un groupe de scientifiques matérialistes s'en prit à Ann après le dîner. D'autres, à l'écart, étaient témoins de la confrontation. La salle à manger principale d'Underhill était composée de quatre chambres en voûte dont les murs de séparation avaient été remplacés par de solides piliers. Elle était vaste, encombrée de sièges, de plantes en pots et des derniers descendants des oiseaux de l'*Arès*. Récemment, on avait découpé des fenêtres dans le haut de la paroi nord, à travers lesquelles on pouvait voir le gazon de l'atrium. C'était le lieu le plus vaste de l'habitat et la moitié au moins des colons y prenaient leur repas quand la réunion commença.

— Pourquoi ne pas en avoir discuté avec nous ? demanda Spencer.

Sous le regard d'Ann, il détourna les yeux.

— Pourquoi aurais-je dû discuter avec vous ? (Elle se

tourna vers Sax.) Votre opinion est claire, nous sommes revenus sur ce sujet plusieurs fois, et rien de ce que j'ai pu dire n'a changé quoi que ce soit en ce qui vous concerne. Vous restez dans vos petits trous, plongés dans vos petites expériences, comme des gamins qui jouent au petit chimiste. Alors que tout un monde s'étend autour de vous. Un monde dont les formes sont cent fois plus larges que leurs équivalents terrestres, mille fois plus anciennes, avec des traces de la création du système solaire dispersées un peu partout. Un monde qui a à peine changé durant ces derniers milliards d'années. Et maintenant, vous allez détruire tout ça. Sans même avoir l'honnêteté de le reconnaître. Nous pourrions vivre ici et étudier cette planète sans la changer — sans trop de peine, sans nous créer trop d'inconvénients. Ces histoires de radiations ne sont que des conneries, et vous le savez. Le taux n'est pas assez élevé pour justifier une altération radicale de l'environnement. Vous voulez simplement le faire parce que vous pensez en être capables. Vous voulez voir ce que ça donnera — comme si vous étiez dans un grand bac à sable pour construire des châteaux. Vous prenez vos justifications n'importe où, mais ce n'est jamais que de la mauvaise foi, pas de la *science* !

Le visage d'Ann était cramoisi. Nadia ne l'avait encore jamais vue aussi furieuse. Elle avait perdu son masque de résignation et elle avait presque du mal à cracher ses mots. Un silence mortel s'était abattu sur la salle.

— Ça n'est pas de la science, je le répète ! Vous vous amusez, c'est tout. Et c'est à cause de ça que vous allez détruire ce témoin des temps, en même temps que les calottes polaires, les drifts et les canyons — vous allez ravager un paysage pur et magnifique, *pour rien* !

Tout s'était immobilisé. Ils étaient tous devenus les personnages d'un tableau. Dans le bourdonnement des ventilateurs, les uns et les autres commençaient à se regarder avec défiance. Simon fit un pas en direction d'Ann, la main tendue, mais elle le cloua sur place d'un seul regard. Il rougit et retourna s'asseoir.

Sax Russell se leva à son tour. Il restait le même petit homme discret, il battait des paupières comme un hibou. Il avait sans doute le visage un peu coloré, mais sa voix restait calme et sèche, comme s'il récitait un texte sur la thermodynamique ou la table périodique des éléments.

— C'est dans l'esprit de l'homme que réside la beauté de Mars. Hors de la présence humaine, ce n'est qu'une collection d'atomes, guère différente de toutes celles qu'on peut observer dans l'univers. C'est nous qui comprenons Mars, qui lui donnons son sens véritable. Avec tous ces siècles que nous avons passés à l'observer dans nos télescopes, à deviner des canaux avec chaque changement d'albedo. Avec nos romans de S.-F. stupides remplis de monstres, de princesses et de civilisations disparues. Avec tous les étudiants qui ont rassemblé toutes les données pour nous conduire jusqu'ici. C'est ça qui donne sa beauté à Mars. Et non pas le basalte ou les oxydes.

Il s'interrompit pour regarder autour de lui. Nadia avait la gorge serrée : c'était tellement étrange d'entendre Sax Russell prononcer de telles phrases avec le même ton neutre qu'il avait quand il commentait un graphique. Très étrange !

— Maintenant que nous sommes ici, continua-t-il, ça ne suffit pas de nous cacher à dix mètres sous terre pour étudier la roche. Oui, d'accord, c'est de la science, et elle est même nécessaire. Mais la science va bien au-delà. La science fait partie d'une entreprise humaine plus vaste, qui implique d'aller jusqu'aux étoiles, d'adapter les autres planètes à notre forme de vie. La science, c'est créer. L'absence de vie sur cette planète, et le fait que nous n'en ayons pas trouvé trace en cinquante ans de travail sur le programme SETI[1] indique que la vie est rare, et la vie intelligente encore plus. Pourtant, la beauté est tout le sens de l'univers. Elle réside dans la conscience de la vie intelligente. Nous sommes la conscience de l'univers, et notre travail est de la répandre, d'observer les choses, d'aller vivre là où nous le pouvons. Il est trop dangereux de confiner la conscience de l'univers à une seule planète. Elle pourrait être balayée. Nous voilà donc sur deux planètes, trois si nous comptons la Lune. Et nous avons les moyens de transformer cette planète-ci, si

---

1. *Search for Extra-Terrestrial Intelligence* : recherche sur l'intelligence extraterrestre. *(N.d.T.)*

nous voulons y vivre en sécurité. En la transformant, nous ne la tuerons pas. Il sera sans doute plus difficile de déchiffrer son passé, mais nous n'en supprimerons pas la beauté. En quoi des lacs, des forêts, des glaciers pourraient-ils diminuer cette beauté ? Pour moi, cela ne fera que l'accentuer. Cela lui apportera la vie, le plus beau des systèmes. Mais la vie n'abattra pas Tharsis, elle ne comblera pas Marineris. Mars restera Mars. Différente de la Terre, plus froide, plus sauvage. Mars et nous pouvons survivre en même temps. C'est inscrit dans l'esprit humain : si ça peut être fait, ce sera fait. Nous pouvons transformer Mars et la construire, comme nous avons construit les cathédrales. Ce sera un monument à l'humanité et à l'univers. (Il leva la main, comme s'il était satisfait de constater que son analyse était confirmée par les courbes de données, et acheva.) Nous ferions bien de nous y mettre.

Il avait les yeux fixés sur Ann, que tous observaient. Elle gardait les lèvres serrées, les épaules affaissées. Elle savait qu'elle venait d'être vaincue.

Puis elle haussa les épaules, comme si elle rejetait une capuche, comme si elle libérait son corps d'une carapace. Du ton éteint qui était le sien quand elle était troublée, elle dit :

— Je crois que tu donnes trop de valeur à la conscience, et pas assez aux rochers. Nous ne sommes pas les seigneurs de l'univers mais seulement une infime partie. Il se peut que nous en soyons la conscience, mais cela ne signifie pas que nous devions en faire notre miroir. Cela signifie qu'il faut nous y adapter, et lui apporter toute notre attention. (Elle affronta le regard de Sax et, obéissant à une dernière impulsion de colère, elle lui jeta :) Tu n'as même jamais vu Mars.

Et elle quitta la salle.

Janet n'avait pas arrêté ses caméras une seule seconde. Phyllis envoya une copie de la séquence à la Terre. Une semaine plus tard, le comité de l'AMONU sur les altérations de l'environnement approuvait la dissémination des éoliennes de réchauffement.

Le plan prévoyait de les larguer à partir de dirigeables. Arkady revendiqua aussitôt le privilège d'en piloter un, comme une sorte de récompense pour le travail qu'il avait accompli sur Phobos. L'idée de le voir absent d'Underhill durant un mois ou deux ne déplaisait pas à Maya et Frank, et on lui confia aussitôt un des dirigeables.

Il allait monter vers l'est dans les vents favorables pour placer des éoliennes dans les lits des canaux et les flancs des cratères, aux endroits où les vents étaient les plus forts. Nadia entendit parler pour la première fois de cette expédition quand Arkady se glissa jusqu'à sa chambre.

— Ça me paraît bien, lui dit-elle.
— Tu veux m'accompagner ?
— Pourquoi pas ?

Elle sentait un élancement douloureux dans son doigt fantôme.

Leur dirigeable était le plus grand jamais construit sur le modèle allemand de Friedrichshafen Nach Einmal. Expédié en 2029, il venait juste d'arriver. Il s'appelait l'*Arrowhead* et mesurait cent vingt mètres d'envergure au bout des ailes, une centaine de mètres de la proue à la poupe, pour une hauteur de quarante mètres.

Sa carcasse interne était en matériau ultraléger, et il possédait des turbopropulseurs à l'extrémité des ailes ainsi que sous la nacelle. Ils étaient alimentés par de petits moteurs en plastique à batteries solaires disposées sur la partie supérieure de l'enveloppe. La nacelle en forme de crayon occupait une bonne partie de la face ventrale, mais Nadia découvrit que l'intérieur était plus réduit qu'elle ne s'y était attendue, à cause de leur cargaison d'éoliennes. Au décollage, ils ne disposaient que du volume du cockpit, plus deux couchettes exiguës, une minuscule cuisine, des toilettes lilliputiennes, et l'espace minimal pour bouger. Mais, heureusement, la nacelle disposait de hublots des deux côtés, ce qui, en dépit des éoliennes, leur donnait beaucoup de lumière et une assez bonne visibilité.

Ils s'élevèrent lentement. Arkady largua les amarres attachées aux mâts. Les turbopropulseurs étaient au maximum, mais ils étaient dans une atmosphère ténue de 12 millibars. Le cockpit rebondissait lentement, au rythme des flexions de la carcasse interne. Et, à chaque bond, ils gagnaient quelques mètres d'altitude. Pour quiconque avait l'habitude des lancements de fusée, l'effet était particulièrement comique.

— On va gouverner au 360 pour jeter un coup d'œil sur Underhill avant de partir, proposa Arkady quand ils furent à cinquante mètres du sol.

Il inclina le dirigeable et ils entamèrent un virage lent et long, penchés vers le hublot de Nadia.

Des sillons, des trous, des amoncellements de régolite, d'un rouge sombre sur la surface poussiéreuse, orangée, de la plaine — comme si un dragon était venu labourer le sol de ses griffes géantes, répandant son sang en longues traînées. Underhill se situait au centre des blessures. Le site était superbe à contempler : un carré sombre de verre et d'argent, avec des reflets de vert sous le dôme.

Les routes s'en écartaient en étoile vers Tchernobyl et les terrains d'atterrissage du nord. Plus loin, ils découvraient les bulbes allongés des serres et le parc de caravaning...

— Le quartier des alchimistes ressemble encore à l'Oural, commenta Arkady. Il faudrait faire quelque chose pour ça. (Il manœuvra le dirigeable en direction de l'est et le laissa porter par les vents.) Est-ce qu'il ne faudrait pas que je le survole pour profiter du courant ascendant ?

— On ferait mieux de voir comment cet engin se comporte par lui-même, non ? proposa Nadia.

Elle se sentait légère, comme si l'hydrogène des ballonnets compensateurs s'était infiltré dans ses poumons. La vue était stupéfiante. L'horizon brumeux était à une centaine de kilomètres de distance et tous les détails du paysage étaient clairement visibles — les tertres et les cuvettes de Lunae Planum, les collines et les canyons plus marqués, vers les terres ravinées de l'est.

— Ça va être merveilleux.
— Oui.

Il était surprenant qu'ils n'aient jamais encore tenté ce genre de croisière auparavant. Mais voler dans une atmosphère aussi ténue n'avait rien de facile. Le dirigeable constituait la meilleure solution : il était gros, aussi léger que possible, rempli d'hydrogène qui, dans l'air de Mars, n'était pas seulement ininflammable mais également plus léger que tous les autres composants. C'était grâce à l'hydrogène et aux nouveaux matériaux ultra-légers qu'ils avaient réussi à soulever du sol leur cargaison d'éoliennes. Mais, dans le même temps, leur navigation était incroyablement lente.

Ils se laissaient porter. Durant toute la première journée,

ils traversèrent les champs de rides de Lunae Planum, poussés vers le sud-est par le vent dominant. Durant une heure ou deux, ils purent observer Juventa Chasma à l'horizon du sud, un canyon qui évoquait un puits de mine géant. Plus loin à l'est, les terres devenaient jaunâtres. Il y avait moins de gravats en surface, et la roche sous-jacente était plus accidentée. Il y avait aussi de nombreux cratères de toutes tailles, avec des rebords plissés et denses, ou bien à demi enfouis. Ils étaient au-dessus de Xanthe Terra, une région élevée topographiquement semblable aux Uplands du sud, qui s'étendait vers le nord entre les dépressions fermées de Chryse et Isidis. Ils survoleraient Xanthe durant plusieurs jours, s'ils continuaient à être portés par les vents dominants d'ouest.

Ils voguaient tranquillement à 10 kilomètres à l'heure. La plupart du temps, ils plafonnaient à une centaine de mètres, ce qui leur donnait un horizon distant de cinquante kilomètres. Et ils avaient ainsi tout le temps d'observer ce qu'ils voulaient, bien que Xanthe ne leur apparût que comme une interminable succession de cratères.

Vers la fin de la soirée, Nadia inclina la proue du dirigeable et entama un cercle dans le vent. Ils tombèrent jusqu'à raser le sol, à une dizaine de mètres, puis jetèrent l'ancre. L'aéronef se redressa, tressauta au bout du câble tendu, puis se stabilisa sous le vent comme un gros cerf-volant. Nadia et Arkady dévalèrent la nacelle vers ce qu'Arkady surnommait le « lance-bombes ». Nadia accrocha une éolienne au treuil. C'était une petite boîte de magnésium avec quatre ailettes et une tige au sommet, qui ne devait pas peser plus de cinq kilos. Ils refermèrent la trappe, chassèrent l'air, et ouvrirent les portes du fond. Arkady se chargea de la manœuvre du treuil, penché vers un hublot. L'éolienne descendit comme un plomb, heurta la surface de sable dur, au flanc sud d'un petit cratère sans nom. Il dégagea le crochet du treuil et le remonta, puis referma la trappe du lance-bombes.

Ils retournèrent au cockpit pour vérifier le fonctionnement de l'éolienne. Elle était posée un peu de guingois, mais ses quatre pales tournaient déjà. On aurait dit un anémomètre construit à partir d'une trousse de météo pour enfants. L'élément thermique, un bobinage de métal qui ferait office de poêle, était placé sur un côté de la base. Avec un bon vent, il pouvait irradier 200 degrés centigrades, ce qui était assez remarquable dans de pareilles conditions de température. Mais pourtant…

— Il va en falloir énormément pour qu'on sente la différence, remarqua Nadia.

— Bien sûr, mais chaque petite chose compte, et c'est de la chaleur gratuite. Non seulement le vent alimente les réchauffeurs, mais aussi les usines qui fabriquent les éoliennes. Je pense que c'est une bonne idée.

Ils s'arrêtèrent encore une fois dans l'après-midi pour déposer une autre éolienne, avant de s'ancrer pour la nuit dans l'abri d'un jeune cratère plissé. Ils cuirent un plat au micro-ondes, dans leur minuscule cuisine, puis s'étendirent sur leurs couchettes. C'était bizarre de se sentir balancer dans le vent, comme sur un bateau au mouillage, bord sur bord. Mais, au bout d'un moment, c'était très relaxant et, très vite, Nadia s'endormit.

Ils s'éveillèrent avant l'aube, larguèrent les amarres et lancèrent le moteur à l'instant où le soleil se levait. A une centaine de mètres de haut, ils contemplèrent les ombres du paysage gagnées par des teintes de bronze au fur et à mesure que le terminateur reculait devant le jour. Un chaos fantastique de rochers et de longues ombres denses se révélait. Le vent du matin soufflait de droite à gauche sur leur étrave et les poussait en direction du nord-est, vers Chryse, sifflant un ton en dessous des turbopropulseurs qui tournaient à plein régime. Puis la terre se perdit, et ils se retrouvèrent au-dessus du premier des chenaux d'écoulement qu'ils devaient survoler, une vallée sinueuse et sauvage, à l'ouest de Shalbatana Vallis. La forme en S de ce petit arroyo était la marque indiscutable de l'eau. Plus tard dans la journée, ils survolèrent le canyon, bien plus large et profond, de Shalbatana, et trouvèrent des signes encore plus évidents : des îles en forme de larmes, des chenaux incurvés, des plaines alluvionnaires, des croûtes. Une inondation énorme avait marqué tout le paysage et créé ce canyon si vaste au-dessus duquel l'*Arrowhead* ressemblait à un petit papillon.

Les canyons d'écoulement et les hautes terres qui les

séparaient rappelaient à Nadia les paysages des westerns américains, avec leurs alluvions, leurs mesas et leurs grands rochers isolés, comme dans Monument Valley — mais le survol, ici, dura quatre jours, et ils passèrent, après Shalbatana, Simud Vallis, Tiu et Ares Vallis, au-dessus d'une succession de chenaux sans nom. Tous témoignaient d'inondations gigantesques qui avaient envahi les terres durant des mois, avec des volumes dix mille fois supérieurs à ceux des crues du Mississippi. Nadia et Arkady en parlèrent tout en regardant au fond des canyons, à leurs pieds, mais ils avaient du mal à imaginer une masse d'eau torrentielle à cette échelle. A présent, les grands canyons vides ne portaient plus que le vent. Mais il était si fort qu'Arkady et Nadia descendaient plusieurs fois par jour pour poser d'autres éoliennes.

A l'est d'Ares Vallis, ils revinrent vers Xanthe. La région, à cet endroit, était criblée de cratères : des grands, des petits, des vieux, des récents, des cratères sur le tour desquels s'ouvraient d'autres cratères, des cratères si nettement dessinés qu'on aurait dit qu'ils venaient de se former, des cratères uniquement visibles à l'aube et au crépuscule, tels des arcs à peine esquissés sur l'ancien plateau. Ils survolèrent Schiaparelli, un cratère géant d'une centaine de kilomètres de diamètre. Lorsqu'ils se retrouvèrent à la verticale du tertre central, les parois délimitaient leur horizon, comme un cercle parfait de collines cernant le monde.

Après cela, ils rencontrèrent pendant plusieurs jours des vents qui soufflaient du sud. Ils entrevirent Cassini, autre vaste cratère ancien, avant de voir défiler des centaines de petits cratères. Chaque jour, ils déposaient plusieurs éoliennes. Ce voyage dans le ciel de Mars leur donnait une plus juste mesure des dimensions de la planète, et le projet commençait à paraître ridicule, comme s'ils essayaient de faire fondre l'Antarctique en parachutant des milliers de camping-gaz.

— Non, il en faudrait des millions et des millions pour qu'on sente la différence de température, dit Nadia alors qu'ils venaient de mettre en place une autre éolienne.

— Exact. Mais ça plairait trop à Sax. Il dispose d'une chaîne d'assemblage automatique. Il n'y a que la distribution qui pose problème. De plus, ça n'est qu'un des éléments de la campagne qu'il prépare. (Il montra l'arc immense de Cassini, à l'horizon du nord-ouest.) Sax aimerait bien creuser d'autres grands trous comme celui-là. Aller capturer des petites lunes de glace au large de Saturne ou dans la ceinture des astéroïdes pour les remorquer jusqu'ici et les piler. Il aimerait tellement avoir des cratères chauds, faire fondre le permafrost — ça ferait autant d'oasis.

— Plutôt sèches, non ? La plus grande partie de la glace serait perdue en entrant dans l'atmosphère.

— Bien évidemment, mais de la vapeur d'eau, ça ne nous ferait pas de mal.

— Mais la glace ne va pas s'évaporer, elle va se désintégrer au niveau moléculaire.

— Une partie, oui. Mais il nous restera toujours l'hydrogène et l'oxygène, dont nous avons grand besoin.

— Parce qu'on ramènerait de l'hydrogène et de l'oxygène de Saturne ? Alors qu'on en a déjà des quantités ici même ?... Il suffit de casser la glace...

— Ça aussi, ça fait partie de ses projets.

— Je suis impatiente de savoir ce qu'Ann en pense. (Nadia soupira.) La chose à faire, je suppose, serait de râper un astéroïde de glace dans l'atmosphère avec des aérofreins, et comme ça il brûlerait sans dispersion moléculaire. La vapeur d'eau serait utile, c'est vrai, mais il n'est pas question de bombarder la surface avec l'équivalent d'une centaine d'ogives à hydrogène.

Arkady acquiesça.

— Excellente idée ! Tu devrais la soumettre à Sax.

— C'est toi qui le lui diras.

A l'est de Cassini, le terrain apparut plus chaotique que jamais. C'était une des régions les plus vieilles de la planète, criblée de cratères jusqu'à saturation lors des bombardements torrentiels des premiers âges. Un no man's land issu d'une titanesque guerre de tranchées et dont la vue laissait paralysé, comme après l'explosion d'un obus cosmique.

Et ils continuaient de flotter dans le ciel. Tantôt à l'est, au nord-est, au sud-ouest, au sud, au nord, à l'est... Ils atteignirent les confins de Xanthe pour entamer la descente de la longue pente de Syrtis Major Planitia. Une plaine de lave, moins riche en cratères que Xanthe. La pente s'accentuait jusqu'à un bassin au plancher lisse : Isidis Planitia, l'une des régions les plus basses de Mars. C'était le secteur essentiel de l'hémisphère nord et, après les Highlands du sud, Isidis semblait particulièrement plate et douce. Mais aussi particulièrement vaste.

Un matin, alors qu'ils prenaient leur altitude de croisière, ils découvrirent trois pics à l'horizon d'est. Ils venaient d'atteindre Elysium, le seul autre « continent géant » comparable à Tharsis. En fait, il était un peu plus réduit, mais quand même important. Il se déployait sur mille kilomètres, avec une altitude moyenne de 10 000 mètres par rapport aux régions environnantes. Tout comme Tharsis, il était cerné de terrains fracturés, entaillés par les mouvements de surrection. Ils survolèrent bientôt la plus occidentale de ces régions, Hephaestus Fossae. La vue était totalement étrangère : cinq longs canyons profonds couraient en parallèle, comme des traces de griffes dans le socle rocheux. Au-delà s'étendait Elysium, en forme de selle, Elysium Mons et Hecates Tholus s'érigeant aux deux extrémités de la dorsale, à 5 000 mètres plus haut. Sublime. Tout ici était plus immense que ce qu'ils avaient découvert jusqu'alors, et ils restèrent muets un long moment, tandis que le dirigeable dérivait vers la chaîne, lentement. Et quand ils parlaient, c'était comme s'ils réfléchissaient tout haut.

— On dirait le Karakoram, dit enfin Arkady. Ou le désert d'Himalaya. Mais ce sont des exemples trop simples. Ces volcans ressemblent au Fuji Yama. Un jour, des gens les escaladeront en pèlerinage.

— Je me demande à quoi vont ressembler les volcans de Tharsis. Est-ce qu'ils sont vraiment deux fois plus hauts que ceux-là ?…

— Au moins. Tu n'es pas d'accord ? Ça ne te fait pas penser au Fuji Yama ?

— Non, ils sont moins escarpés. Mais tu as déjà vu le Fuji Yama ?

— Non, répondit-il au bout d'un long moment. Je pense qu'on ferait bien de tourner autour. Je ne suis pas certain que nous ayons assez d'altitude pour franchir ces montagnes.

Ils relancèrent les propulseurs et mirent le cap au sud, aidés par les vents qui, eux aussi, contournaient Elysium.

L'*Arrowhead*, au sud-est, survola une région accidentée Cerberus Rupes et, durant toute la journée, ils mesurèrent à vue leur avance par rapport à Elysium, qui défilait lentement sur leur gauche. Les heures passaient et le massif géant diminua bientôt derrière les hublots. Ils avaient maintenant conscience des dimensions de Mars. Ils avaient toujours tous répété que *Mars représentait plus en surface que la Terre* — et leur périple autour d'Elysium venait de leur en apporter la preuve.

Les jours s'écoulaient : ils s'élevaient dans l'air glacé chaque matin au-dessus des terres rougeâtres de rocaille, et redescendaient à l'heure du crépuscule pour s'amarrer.

Un soir, ils constatèrent que le stock d'éoliennes avait diminué et ils rapprochèrent leurs deux couchettes le long des hublots de tribord. Ils n'en discutèrent pas auparavant, comme si le réaménagement était évident et qu'ils étaient d'accord depuis longtemps. Ils se bousculèrent, mais intentionnellement cette fois, en se frottant l'un contre l'autre avec sensualité, accentuant ce qu'ils avaient amorcé depuis le début, et les heurts accidentels devinrent des préliminaires. Pour finir, Arkady la serra entre ses bras comme un grand ours, rieur, et Nadia le repoussa vers leurs deux couchettes jumelles. Ils s'embrassèrent comme de jeunes amants et firent l'amour une bonne partie de la nuit. Puis ils s'endormirent, et refirent l'amour dans la clarté rose de l'aube. Ils recommencèrent chaque nuit sous les étoiles, tandis que le dirigeable dansait doucement au bout de ses amarres.

Ils se parlaient dans le roulis du vent, et c'était encore plus romantique qu'à bord d'un train ou d'un paquebot.

— Nous avons d'abord été des amis, lui dit Arkady. C'est ce qui fait la différence, tu ne crois pas ? Je t'aime.

Il pointa le doigt sur elle, comme s'il voulait éprouver l'effet de ces mots. Pour Nadia, il était évident qu'il ne les avait pas souvent prononcés, et qu'ils avaient tout leur sens. Il accordait tellement d'importance aux idées !

— Moi aussi, je t'aime ! lui dit-elle.

Chaque matin, il arpentait l'étroite nacelle entièrement nu, ses cheveux roux brillant dans la lumière horizontale du matin. Nadia l'observait de sa couchette. Sereine et heureuse, à tel point qu'elle devait se remémorer que cette impression était probablement due à la faible pesanteur de Mars. Mais c'était tellement agréable.

Une nuit, alors qu'ils allaient s'endormir, elle lui demanda avec curiosité :

— Pourquoi moi ?

— Mmm ?...

— J'ai dit « pourquoi moi » ? Arkady Nikeliovich, tu aurais pu aimer n'importe quelle autre femme, et elle t'aurait aimé autant que moi. Même Maya.

Il grommela.

— Ah, ça, oui ! Maya ! Seigneur ! J'aurais pu avoir le bonheur de posséder Maya Katarina ! Comme Frank et John ! (Ils rirent ensemble.) Mais comment j'ai pu passer à côté d'une affaire pareille ? Suis-je idiot !

Il était convulsé de rire jusqu'à ce qu'elle lui tapote le ventre.

— D'accord, d'accord. Alors, les autres ? Les plus jolies ? Janet, Ursula, ou Samantha ?

Il se redressa sur un coude.

— Allons... Tu veux me dire que tu ne sais pas ce qu'est la beauté ?

— Mais bien sûr que non, fit Nadia, obstinée.

Arkady affecta de ne pas l'entendre.

— La beauté, c'est la puissance et l'élégance, l'acte légitime, la fonction qui renforce la forme, l'intelligence, la raison. Et très souvent... (Il sourit et lui toucha le ventre.) Elle s'exprime en courbes.

— Oui, ça, j'ai pris des courbes, fit-elle en repoussant sa main.

Il se pencha et essaya de lui mordre un sein, mais elle se déroba.

— La beauté, c'est toi, Nadejda Francine. Selon ces critères, tu es la reine de Mars.

— La Princesse de Mars, rectifia-t-elle distraitement, plongée dans ses pensées.

— C'est vrai. Nadejda Francine Chernechevski, la Princesse Martienne aux Neuf Doigts.

— Tu n'es pas un type très conventionnel.

— Oh, non ! hurla-t-il. Et jamais je ne l'ai revendiqué ! Sauf devant certains comités de sélection. Un homme conventionnel ! Ah, ah, ah ! Ce sont les hommes conventionnels qui tournent autour de Maya. C'est ce qu'ils méritent.

Et il repartit d'un rire farouche.

C'était le matin quand ils franchirent les ultimes collines en dents de scie de Cerberus pour aborder la plaine poussiéreuse d'Amazonis Planitia. Arkady fit descendre le dirigeable pour déposer une éolienne dans une passe, entre deux des dernières buttes du vieux Cerberus. Quelque chose cassa dans le verrouillage du treuil, et il cassa alors que l'éolienne n'était qu'à mi-hauteur. Elle tomba sur sa base. Vue d'en haut, elle semblait intacte, mais quand Nadia descendit avec l'élingue pour vérifier son état, elle s'aperçut que la plaque thermique s'était détachée.

C'est alors qu'elle entrevit quelque chose. A l'intérieur du coffrage. C'était d'un verdâtre terne, marqué de bleu. Elle pointa un tournevis sur la chose et la piqua avec précaution.

— Merde !

— Comment ? cria Arkady.

Elle l'ignora et gratta un peu de la substance dans le sac où elle mettait ses écrous et ses rivets. Puis elle reprit l'élingue et cria :

— Remonte-moi.

— Qu'est-ce qui ne va pas ?

— Remonte-moi, c'est tout.

Il referma les volets du lance-bombes derrière elle.

— Qu'est-ce qui se passe ?

Elle enlevait son casque.

— Tu sais très bien ce qui se passe, espèce de salopard ! (Elle lui envoya une gifle et il tituba en reculant, percutant la pile d'éoliennes.)

— Aïe ! (Il venait de se cogner le dos dans une pale.) Hé, Nadia, c'est quoi ton problème ?

Elle décrocha le sac de son marcheur et l'agita sous ses yeux.

— Le problème, c'est ça ! Comment as-tu pu faire ça ? Comment as-tu osé me mentir à ce point ? Salaud, est-ce que tu te rends seulement compte des ennuis que nous allons avoir ? Ils vont débarquer sur Mars et tous nous réexpédier vers la Terre !

Arkady la dévisageait, les yeux ronds, en se frottant le menton.

— Nadia, je ne te mentirais pas. Je ne mens jamais à ceux que j'aime. Voyons ce que tu rapportes.

Elle lui rendit son regard. Il tendait le bras. Puis il haussa les épaules et elle plissa le front.

— Tu ne sais pas ce qu'il y a là-dedans ?
— Mais *quoi donc* ?

Elle ne pouvait croire qu'il feignait l'ignorance : ça n'était pas dans son style. Ce qui conférait tout à coup un nouvel aspect étrange aux choses.

— Certaines de nos éoliennes sont de petites fermes d'algues.
— *Quoi ?*
— Ces putains de moulins que nous avons semés un peu partout. Ils sont bourrés de cette nouvelle algue de Vlad, ou de lichen, ou de je ne sais quoi. Regarde.

Elle posa le sac sur la petite table, l'ouvrit, et se servit du tournevis pour entrebâiller l'intérieur. Ils virent des petites grappes noueuses d'algue bleuâtre. De la vie martienne surgie d'un ancien magazine de S.-F.

Ils restaient hypnotisés.

— Bon Dieu ! fit Arkady.

Il se pencha jusqu'à ce que ses yeux ne soient plus qu'à un centimètre de la chose.

— Tu me jures que tu l'ignorais ? insista Nadia.
— Je te le jure. Nadia, jamais je n'aurais fait ça. Tu le sais...

Elle souffla longuement.

— Eh bien... Apparemment, ça n'est pas le cas de nos copains.

Il se redressa en hochant la tête.

— C'est vrai. (Il réfléchissait intensément. Il s'approcha des éoliennes et en prit une.) Ça se trouvait où ?

— Derrière la plaque thermique.

Ils l'ouvrirent avec les outils de Nadia. Et trouvèrent une autre colonie d'algues d'Underhill. Nadia sonda les bords de la plaque et découvrit deux petits gonds.

— Regarde, c'était prévu pour s'ouvrir.

— Mais par quel moyen ?

— Par radio ?

— Bon Dieu ! (Arkady se mit à arpenter la travée étroite.) Je veux dire…

— A combien de lâchers les dirigeables ont-ils procédé ? Dix ? Vingt ? Et combien de ces choses ont-ils larguées ?

Il se mit à rire, la tête en arrière, d'un rire sauvage qui partageait sa barbe rousse.

Nadia ne trouvait rien de drôle à ça, mais elle ne put s'empêcher de sourire devant sa réaction.

— Mais ça n'a rien de drôle ! On est dans une sale situation !

— Peut-être.

— Mais si, absolument ! Et c'est de ta faute ! Certains de ces fous de biologistes du parc ont pris au sérieux tes vantardises d'anarchiste !

— Eh bien, c'est au moins un point en leur faveur, à ces salauds. (Il retourna dans la cuisine pour examiner la touffe de choses bleues qu'ils avaient posée sur la table.) De qui crois-tu que nous parlions exactement ? Combien de nos amis sont au courant ? Et pourquoi, au nom du ciel, ne m'ont-ils rien dit ?

Elle savait qu'il était ulcéré. En fait, plus il réfléchissait à la chose, moins il la trouvait drôle. Parce que ces algues signifiaient qu'il existait une sous-culture à l'intérieur de leur groupe, qui agissait hors de la supervision de l'AMONU, *mais qui n'avait pas voulu qu'Arkady fût au courant*. Même s'il avait été le premier et le plus fervent avocat de ce genre de subversion. Qu'est-ce que ça voulait dire ? Que certains étaient de son côté mais ne lui faisaient pas confiance ? Qu'il existait des dissidents avec un programme concurrent ?

Impossible de le savoir. Ils levèrent l'ancre et montèrent

dans le ciel au-dessus d'Amazonis. Ils survolèrent un cratère de taille moyenne appelé Pettit. Arkady remarqua que c'était un emplacement parfait pour une éolienne, mais Nadia lui répondit par un grognement irrité. Ils essayaient de définir la situation. Il était certain que plusieurs personnes des labos d'ingénierie génétique devaient être dans le coup, sinon tous. Et Sax, responsable de la conception des éoliennes, en faisait certainement partie. Hiroko, quant à elle, avait toujours soutenu le projet des éoliennes, mais ils n'avaient jamais vraiment compris pourquoi. Il était impossible de déterminer si elle approuverait une chose pareille ou non. Leurs idées étaient tout simplement trop proches. Mais ça se pouvait.

Ils en discutèrent tout en démontant complètement l'éolienne. La plaque thermique constituait un fond pour le compartiment qui contenait les algues. Quand ce fond s'ouvrait, les algues étaient libérées dans une zone légèrement plus chaude que l'environnement extérieur. Chaque éolienne était donc destinée à fonctionner comme une micro-oasis et, si les algues réussissaient à survivre, elles pouvaient croître au fur et à mesure que la température du site s'élevait, avant de se développer au-delà. La plaque de réchauffement n'était là que pour les démarrer, rien de plus. C'était du moins ce qu'avaient pensé ses concepteurs.

— En tout cas, les deux premières pommes sur Mars, c'est nous, fit Arkady.

— Mais je ne vois pas quels ennuis ça pourrait nous attirer. On ne savait rien de tout ça.

— Qui va nous croire ?

— Oui, c'est juste. Ces salauds nous ont vraiment eus...

Il était évident que c'était ce qui le perturbait. Bien sûr, ils avaient contaminé Mars avec des biotopes étrangers, mais, surtout, il avait été tenu à l'écart d'un secret. Les hommes étaient souvent incroyablement égomaniaques. Et Arkady plus que certains, avec son groupe de partisans qui approuvaient toutes ses positions, qui le suivaient en toutes choses. L'ensemble de l'équipe de Phobos, et de nombreux programmeurs d'Underhill.

Si certains des siens lui cachaient des choses, c'était terrible. Mais si un autre groupe dissimulait d'autres secrets, c'était plus grave encore, parce que cela impliquait une interférence, une compétition.

C'est, du moins, ce qu'il semblait penser. Il ne le dit pas explicitement, mais c'était évident à en juger par ses grommellements et la façon qu'il avait de lâcher des jurons âpres, soudains et authentiques, même s'ils alternaient avec des plages d'hilarité.

Il ne semblait ni furieux ni séduit, et Nadia décida finalement qu'il éprouvait les deux émotions en même temps : c'était typique de lui. Il sentait les choses librement et à fond, sans trop se soucier de leurs conséquences. Mais elle n'était pas certaine pour sa part d'apprécier ses réactions, cette fois, et elle lui en fit part d'un ton très irrité.

— Mais tu ne comprends donc pas ? cria-t-il. Pourquoi m'auraient-ils tenu à l'écart de ce secret, alors que c'était *mon* idée ?

— Parce qu'ils devaient savoir que je t'accompagnerais. S'ils t'avaient mis au courant, tu me l'aurais répété. Et alors, j'aurais tout bloqué.

Il explosa d'un rire énorme.

— Alors, pour toi, ils ont été pleins d'égards !

— Va te faire foutre !

Les ingénieurs bio, Sax, les alchimistes qui mettaient les choses au point. Des gens des communications, probablement... Ils devaient être des dizaines à être au courant.

— Et Hiroko ? demanda Arkady.

Ils n'avaient aucune idée à son sujet. Ils ne connaissaient pas suffisamment ses opinions. Nadia avait la quasi-certitude qu'elle avait participé à ce plan, sans pouvoir préciser pour quelle raison.

— Je suppose que c'est à cause de ce groupe qui s'est formé autour d'elle, toute la ferme, plus un grand nombre d'autres, qui la respectent... et la suivent. Ann y compris, en un sens. Si ce n'est qu'Ann va hurler en apprenant ça ! Mais je suis certaine qu'Hiroko aurait été au courant de n'importe quel secret, surtout s'il s'agit des systèmes écologiques. Les ingénieurs génétiques travaillent avec elle la plupart du temps. Pour certains d'entre eux, elle est une sorte de gourou. Ils ont peut-être écouté ses conseils pour mettre au point ces algues !

— Mmm...

— En tout cas, ils ont eu son accord. Je dirais même sa permission.

Arkady hocha la tête.

— Je vois ce que tu veux dire.

Ils parlaient à bâtons rompus, abordant tous ces points. La plaine qu'ils survolaient semblait maintenant différente à Nadia. Elle avait été ensemencée, et elle allait changer, inévitablement. Ils parlèrent des autres projets de terraforming de Sax : les miroirs géants placés sur orbite qui renverraient les rayons du soleil sur le terminateur, à l'aube et au crépuscule, le carbone semé sur les calottes polaires, l'aréothermie, les astéroïdes de glace importés. Il semblait bien que tout cela fût pour bientôt. Ils avaient contourné le débat et ils allaient modifier la face de Mars.

Au soir du deuxième jour qui suivit leur découverte, ils préparaient leur repas, à l'ancrage dans un petit cratère, lorsqu'ils reçurent un appel d'Underhill, relayé par satellite.

— Hé, vous deux ! lança la voix de John Boone. On a un problème !

— Vous aussi ? fit Nadia.

— Pourquoi ? Quelque chose ne va pas ?

— Non, non.

— Bien, parce que je ne voudrais pas que vous en ayez deux ! Une tempête de poussière vient de se former dans la région de Claritas Fossae, et elle se développe. Elle monte vers le nord à toute vitesse. On pense qu'elle vous atteindra dans un jour au plus.

— Est-ce que ça n'est pas un peu tôt pour les tempêtes ? demanda Arkady.

— Non... On est à $L_S = 240$, et c'est la période. Le printemps austral. En tout cas, elle vous arrive droit dessus.

Il leur transmit un cliché satellite qu'ils examinèrent attentivement. La région sud de Tharsis était obscurcie par un nuage jaune amorphe.

— On ferait mieux de rentrer dès maintenant, dit enfin Nadia.

— De nuit ?

— On pourrait marcher sur les batteries, et on les rechargerait demain matin. Après, nous n'aurons pas beaucoup de lumière, à moins que nous ne parvenions à monter au-dessus de la tempête.

Après en avoir discuté avec John, puis Ann, ils larguèrent les amarres. Le vent les porta vers l'est-nord-est, ce qui les amènerait à passer immédiatement au sud d'Olympus Mons. Ensuite, ils espéraient pouvoir contourner le flanc nord de Tharsis, ce qui les abriterait de la tempête, pour quelque temps au moins.

La nuit, tout était plus bruyant. Le vent, sur l'enveloppe du ballon, émettait une plainte continue auprès de laquelle le bruit des moteurs n'était qu'un timide bourdonnement. Le cockpit n'était éclairé que par la lueur verte des instruments de bord. Ils parlaient à voix basse, tandis que le monde obscur défilait sous eux. Il leur restait environ 3 000 kilomètres à parcourir jusqu'à Underhill, ce qui représentait trois cents heures de navigation. C'est-à-dire douze jours, plus ou moins. Mais la tempête, si elle se comportait comme toutes les autres, s'abattrait sur eux bien avant. Après... il était difficile d'émettre des suppositions. Sans soleil, les propulseurs videraient les batteries, et ensuite...

— Est-ce que nous ne pourrions pas nous laisser porter par le vent ? suggéra Nadia. En n'utilisant les moteurs que pour rectifier le cap ?

— Peut-être. Mais ces machines ont été conçues pour que les propulseurs assurent la poussée verticale, tu sais...

— Oui.

Elle fit du café, qu'ils burent en silence dans le cockpit, les yeux rivés sur le petit écran radar.

— Il va probablement falloir que nous larguions tout ce qui ne nous est pas absolument nécessaire. A commencer par ces saletés d'éoliennes.

— C'est autant de lest. Gardons-le pour reprendre de l'altitude quand nous en aurons besoin.

La nuit était interminable. Arkady prit la relève de quart, et Nadia dormit pendant une heure d'un sommeil agité. Quand elle regagna le cockpit, elle constata que la masse noire de Tharsis s'avançait sur eux. Les deux volcans les plus au nord du trio, Ascraeus Mons et Pavonis Mons, se découpaient comme des bosses obscures sur le fond des étoiles, au bord du monde. Sur leur gauche, Olympus se dressait encore sur l'horizon. Ils avaient l'impression, avec ces trois volcans géants, de voler à l'intérieur d'un canyon de titans. L'écran radar reproduisait le paysage en miniature, tracés verts sur la grille de mesures.

Puis, dans l'heure qui précéda l'aube, il leur sembla qu'un autre volcan se dressait derrière eux. Car tout l'horizon du sud s'élevait vers le ciel, occultant les étoiles, noyant Orion dans le noir. La tempête accourait.

Elle s'abattit sur eux au lever du jour, masquant le ciel rouge de l'est, déferlant en vagues de pénombre couleur de rouille. Le grondement assourdi du vent autour de la nacelle se changea en un hurlement. La poussière les fouettait en lanières violentes, à une vitesse terrifiante. Le vent s'amplifia encore et la nacelle tressauta et vibra tandis que toute la membrure du dirigeable se déformait.

Par chance, ils continuaient à faire route vers le nord.

— J'espère que le vent va s'enrouler autour de l'épaulement nord de Tharsis, dit Arkady.

Nadia ne put qu'acquiescer en silence. Ils n'avaient pas eu la moindre occasion de recharger les batteries après leur vol nocturne et, sans soleil, les moteurs ne tourneraient plus très longtemps.

— Hiroko m'a dit que l'ensoleillement du sol pendant une tempête est censé être supérieur de 15 % à la normale, dit Nadia. A la hauteur où nous nous trouvons, ça devrait être encore plus important. Donc, nous finirons par nous recharger, mais ce sera lent. Il est possible que les propulseurs ne nous servent pas à grand-chose cette nuit.

Elle pianota les données sur son clavier. Ils couraient un danger sérieux : elle le lisait sur le visage d'Arkady : ça n'était pas de la peur, ni même de l'anxiété — tout simplement, son sourire était *bizarre*. S'ils étaient incapables de se servir des moteurs, ils ne pourraient pas corriger leur direction, et ils seraient même dans l'incapacité de garder leur altitude. Ils pouvaient descendre, c'était vrai, et tenter de s'amarrer. Mais ils ne disposaient que de quelques semaines de vivres, et des tempêtes comme celle-ci duraient souvent deux ou trois mois.

— Voilà Ascraeus Mons ! s'exclama Arkady en montrant l'écran radar. L'image est bonne… C'est la meilleure que nous puissions avoir cette fois-ci, je le crains. Dommage. J'avais tellement envie de les voir tous ! Tu te souviens d'Elysium ?

— Mais oui, mais oui, fit Nadia d'un ton distrait.

Elle était occupée à vérifier les charges de batteries en simulation. Le soleil était presque au périhélie, ce qui expliquait le déclenchement de la tempête. Les instruments indiquaient que 20 % seulement de la pleine clarté solaire les pénétreraient à ce niveau (alors que Nadia, à vue, estimait son intensité à 30 ou 40…). Ils pourraient donc utiliser les propulseurs à mi-temps, ce qui les aiderait formidablement. Ils se déplaçaient actuellement à 12 kilomètres à l'heure environ, et ils perdaient de l'altitude, même si le terrain s'élevait. Avec les moteurs, ils pourraient garder une altitude fixe, et corriger leur cap d'un ou deux degrés.

— Cette poussière, tu mesures sa densité à combien ?

— Sa densité ?

— Oui, je veux dire : combien de grammes au mètre cube ? Essaie d'avoir Ann ou Hiroko par radio, tu veux ?

Elle retourna au tableau de bord pour essayer de trouver comment alimenter les propulseurs. L'hydrazine, pour les pompes à vide du lance-bombes, qui pourraient être reliées aux propulseurs, probablement… Elle était en train de dégager une des maudites éoliennes à grands coups de pied, quand elle s'arrêta. Les plaques thermiques étaient alimentées par la charge électrique générée par les pales. Si elle pouvait dévier cette charge dans les batteries des moteurs, il suffirait de fixer des éoliennes sur les flancs de la nacelle. Le vent ferait tourner les pales et les propulseurs pourraient fonctionner avec cette énergie d'appoint. Elle fouillait déjà dans son coffre à outils, en quête de câbles et de transformateurs. Elle confia son idée à Arkady et il eut son habituel rire fou.

— Bonne idée, Nadia ! *Excellente* idée !

— Si ça marche.

Sa réserve d'outils était tristement réduite par rapport à son arsenal habituel. Elle rassembla ceux qui lui étaient nécessaires dans la clarté jaune sinistre qui vacillait à chaque bourrasque de vent. L'obscurité extérieure était déchirée de nuages denses et sulfureux qui zébraient la tempête comme autant d'éclairs. La poussière devait les balayer à plus de 300 kilomètres à l'heure. Même sous une pression de 12 millibars, le vent secouait violemment le dirigeable et, dans le cockpit, Nadia entendait Arkady jurer contre l'inefficacité de l'autopilote.

— Reprogramme-le ! lança Nadia, puis, se rappelant soudain les simulations sadiques d'Arkady sur l'*Arès*, elle ajouta en riant : Problème ! Problème !

Et elle continua de rire en écoutant ses jurons, avant de se mettre au travail.

Avec le vent en poupe, au moins, ils allaient plus vite. Arkady était en liaison avec Ann et répéta ses informations en hurlant. La poussière était extrêmement fine, composée de particules d'un diamètre de 2,5 microns en moyenne. La masse totale de la colonne était de 10^{-3} par cm^{-2}. Ça n'était pas trop grave. L'ensemble, ramené au sol, ne laisserait qu'une couche infime, ce qui confirmait ce qu'ils avaient observé sur les largages les plus anciens d'Underhill.

Quand elle eut refait les câblages d'un certain nombre d'éoliennes, elle regagna le cockpit en vacillant.

— Ann dit que la force du vent doit diminuer près du sol, lui annonça Arkady.

— Bien. Parce qu'il va falloir nous poser si on veut fixer les éoliennes.

Le soir venu, ils descendirent sans la moindre visibilité, et laissèrent traîner l'ancre jusqu'à ce qu'elle se bloque. Le vent était effectivement moins fort, mais Nadia fut quand même chahutée sérieusement pendant sa descente en élingue, sous les nuages déferlants de poussière. Enfin, elle sentit le sol sous ses bottes ! Elle se détacha de l'élingue, courbée dans le vent. Même affaibli, il paraissait lui envoyer de grandes gifles et elle sentait affluer en elle ce vieux sentiment de vide. La visibilité ondulait avec les vagues jaunes de poussière et Nadia était désorientée. Sur Terre, un vent d'une pareille force l'aurait balayée comme un brin de paille.

Mais là, elle parvenait à se maintenir au sol. Arkady avait manœuvré le treuil pour tendre le câble d'amarrage, et l'*Arrowhead*, tout proche à présent, était un toit vert et ventru qui projetait une ombre étrangement dense.

Elle démonta les câblages des turbopropulseurs des ailes pour les fixer sur le dirigeable avant de les sertir dans les contacts, à l'intérieur. Elle travaillait aussi vite que possible pour éviter une exposition prolongée à la poussière. Le ventre du dirigeable tressautait dans les bourrasques.

Avec quelque difficulté, elle perça des trous dans le fuselage de la nacelle et y fixa dix éoliennes maintenues par des écrous. Elle finissait le câblage entre les éoliennes et les contacts des propulseurs lorsque le dirigeable chuta brutalement. Si vite qu'elle dut se jeter à plat ventre, la perceuse pressée douloureusement contre son estomac.

— Merde !

— Qu'est-ce qui se passe ? demanda Arkady dans l'intercom.

— Rien. Quel merdier ! On dirait que je travaille sur un trampoline.

Elle précipita son travail. A l'instant où elle finissait, le vent reprit de la violence, et elle dut ramper jusqu'à la trappe en haletant.

En enlevant son casque, elle cria à Arkady :

— Ce gros machin a bien failli m'écraser !

Tandis qu'il se battait pour dégager l'ancre, elle s'avança en titubant dans la nacelle, rassembla tout ce dont ils n'auraient plus besoin (matelas, lampe, ustensiles de cuisine, couverts, bouquins, plus quelques échantillons de rocs). Elle les jeta par la trappe du lance-bombes. Elle se dit avec jubilation que si un jour un voyageur rencontrait tout ça, il se poserait certainement des questions.

Ils durent pousser les propulseurs au maximum pour dégager l'ancre. Après quoi, libérés, ils volèrent comme une feuille dans le vent de novembre. Ils continuaient en poussée maximale pour reprendre de l'altitude au plus vite. Il y avait quelques volcans entre Olympus et Tharsis, et Arkady souhaitait plafonner à plusieurs centaines de mètres au-dessus. Sur l'écran radar, Ascraeus Mons disparaissait à l'arrière. Quand ils furent bien au nord, ils purent mettre le cap à l'est et essayer de définir une course autour du flanc nord de Tharsis et, de là, jusqu'à Underhill.

Mais, durant les longues heures qui suivirent, ils découvrirent que le vent soufflait vers le bas de la pente nord de Tharsis, prenant leur étrave par le travers et, même lorsqu'ils lançaient les propulseurs à fond vers le sud-est, ils dérivaient vers le nord-est, tout au mieux. Dès qu'ils tentaient d'aller contre le vent, le malheureux *Arrowhead* était secoué comme un planeur et ils avaient l'impression que la nacelle était suspendue à un élastique. Malgré toutes leurs tentatives, ils n'arrivaient pas à prendre le bon cap.

L'obscurité revint. Ils avaient été déportés un peu plus loin au nord-est. S'ils continuaient, ils allaient passer à quelques centaines de kilomètres au large d'Underhill. Ensuite, ils n'auraient plus aucun refuge possible. Ils allaient être balayés jusqu'à Acidalia, jusqu'à Vastitas Borealis, vers la mer pétrifiée de dunes noires. Et ils n'avaient plus assez d'eau ni de vivres pour refaire le tour de la planète et tenter le coup à nouveau.

La bouche et les yeux pleins de poussière, Nadia retourna dans la cuisine et fit réchauffer quelque chose à manger. Elle était épuisée. Elle se rendit compte, en sentant l'odeur de la nourriture, qu'elle mourait de faim. Et de soif, aussi, or le recycleur d'eau fonctionnait à l'hydrazine.

A propos d'eau, une image lui passa par la tête. Un souvenir de leur expédition au pôle nord : cette galerie de permafrost effondrée, et l'eau blanche, figée par le gel dans son jaillissement. Mais quel rapport ?

Elle regagna le cockpit comme elle put, en se cramponnant aux parois.

Nadia partageait un repas poussiéreux avec Arkady, en essayant de réfléchir à une solution. Il observait l'écran radar en silence, l'air inquiet.

— Ecoute, dit-elle, si nous pouvions capter les signaux des transpondeurs en nous dirigeant vers Chasma Borealis, nous pourrions nous poser. Et alors, on pourrait envoyer un des patrouilleurs robots pour nous récupérer. Ils se déplacent très bien dans la tempête, ils n'ont pas besoin de voir. On laisserait l'*Arrowhead* à l'amarrage.

Arkady la dévisagea, avala une bouchée et dit :

— Bonne idée.

A condition de pouvoir capter les signaux des transpondeurs.

Arkady appela Underhill. Il parvint à se faire comprendre en dépit des crépitements d'électricité statique. Durant toute la nuit, ils discutèrent avec les autres, à propos des fréquences, des canaux, de la poussière qui devait atténuer les signaux déjà faibles des transpondeurs, etc. Les transpondeurs avaient été conçus pour indiquer leur route aux patrouilleurs qui passaient à proximité, et au sol. Les capter allait donc être un réel problème.

Underhill pouvait donner leur position avec précision et leur indiquer les points de descente. Leur propre carte radar leur tracerait la route. Mais ni l'une ni l'autre de ces deux méthodes ne serait parfaitement exacte, et il serait presque impossible de trouver la route dans cette tempête s'ils ne se posaient pas dessus. Une erreur de dix kilomètres, et elle serait au-delà de l'horizon. Et ils perdraient toutes leurs chances. Ils auraient plus de chance s'ils accrochaient les signaux d'un des transpondeurs.

En tout état de cause, Underhill dépêcha un patrouilleur robot vers le nord. Il devrait arriver dans le secteur qu'ils espéraient traverser dans cinq jours. Nadia et Arkady avançaient à 30 kilomètres à l'heure, et atteindraient leur but dans quatre jours environ.

Quand tous les plans furent établis, ils décidèrent des tours de veille pour la nuit. Nadia, entre deux tours, ne trouvait pas le sommeil, ou mal, dans les secousses du vent. Les vitres étaient noires comme si on avait tiré des rideaux devant. Le rugissement du vent faisait un bruit de fourneau à gaz, entrecoupé par moments de cris stridents. Elle rêva qu'ils étaient dans une énorme chaudière peuplée de démons de feu et se réveilla trempée de sueur. Elle alla, à l'avant, relever Arkady.

La nacelle sentait la poussière, la sueur, et aussi l'hydrazine. En dépit des joints micronisés, un film blanc s'était déposé sur les parois. Nadia passa les doigts sur une cloison de plastique bleu et les regarda. Incroyable...

Ils passaient de la pénombre des jours aux nuits sans étoiles, secoués sans cesse. Le radar leur montra ce qui devait être le cratère de Fensekov, à la verticale. Ils étaient inéluctablement emportés vers le nord-est, sans aucune chance de pouvoir défier la tempête. La route du pôle était leur unique chance. Entre ses quarts, Nadia faisait le tri des choses qu'ils pouvaient jeter par-dessus bord, et découpait même certaines parties de la nacelle qu'elle ne jugeait pas essentielles. Les ingénieurs de Friedrichshafen en auraient frémi. Mais les ingénieurs allemands en faisaient toujours trop, et, sur Terre, personne n'était capable de penser en termes de gravité martienne.

Alors elle scia et donna des coups de marteau jusqu'à ce que la nacelle soit à peu près réduite à une simple carcasse. Chaque fois qu'elle ouvrait la trappe, un nuage de poussière remontait dans l'habitacle, mais elle estimait que ça valait la peine ; ils devaient s'alléger. Malgré son bricolage avec les éoliennes, la batterie ne leur procurerait pas une poussée suffisante. Elle avait depuis longtemps jeté les autres éoliennes par-dessus bord, et quand bien même elle les aurait eues à sa disposition, elle ne serait pas repassée sous le dirigeable pour les fixer. Le souvenir de l'incident lui donnait encore la chair de poule. Au lieu de cela, elle continuait à tailler et à élaguer. Elle aurait même éliminé des parties de la carcasse si elle avait pu accéder au ballon.

Et pendant tout ce temps, Arkady l'encourageait. Nu, couvert de poussière, géant roux et chantonnant, il surveillait l'écran radar, préparait leurs petits repas et observait leur avance. Impossible de ne pas partager son excitation, de ne pas admirer comme lui les grandes bourrasques de poussière. La tempête semblait souffler dans son sang.

Trois longues journées passèrent ainsi, dans la tourmente orange. Au quatrième jour, peu après midi, ils mirent la radio à plein volume et guettèrent le souffle de la statique sur la fréquence des transpondeurs. Nadia était hypnotisée par l'écoute de ce bruit blanc et dérivait vers le sommeil. Car ils dormaient peu. Elle était au seuil de l'inconscience quand Arkady lui parla. Elle sursauta.

— Tu entends ? répéta-t-il.

Elle écouta intensément et secoua la tête.

— Une sorte de *ping*, ajouta-t-il.

Oui, elle entendait un petit *bip*.

— C'est ça ?

— Je le pense. On va descendre aussi vite que possible. Il faut que je vide quelques ballonnets.

Il pianota quelques touches du clavier de contrôle, le dirigeable s'inclina vers l'avant, et ils commencèrent à tomber très vite. Les chiffres de l'altimètre défilaient. L'écran radar leur révéla un sol plat. Le *ping* se fit plus fort — sans récepteur directionnel, c'était leur unique moyen de calculer leur approche.

Ping... ping... ping... Nadia, dans son état d'épuisement, était incapable de savoir s'il augmentait ou diminuait.

— Il diminue, fit Arkady. Tu ne crois pas... ?

— Je ne sais pas.

— Mais si.

Il lança les propulseurs et, dans leur ronronnement, le signal s'atténua. Il fit pivoter le dirigeable, qui fut durement secoué. Il lutta pour contrôler sa chute, mais le délai était trop long entre les mouvements des volets et les soubresauts du dirigeable. En réalité, ils ne faisaient qu'amortir un crash inévitable. Le *ping* se faisait plus faible.

Quand l'altimètre indiqua qu'ils étaient suffisamment bas pour larguer l'ancre, ils s'exécutèrent aussitôt et attendirent, angoissés. Ils jetèrent toutes leurs amarres, et l'*Arrowhead* fut enfin bloqué. Nadia enfila sa tenue et sauta sur l'élingue. Elle descendit vers la surface, dans une aube couleur chocolat, ployée dans le torrent changeant du vent. Elle était écrasée par un épuisement physique qu'elle n'avait jamais connu. Elle ne progressait qu'avec difficulté. Dans son intercom, le signal du transpondeur résonnait et le sol devenait pentu. Elle lutta pour conserver son équilibre. Le *ping* se fit plus net.

— On aurait dû écouter avec nos intercoms, dit-elle à Arkady. C'est bien mieux.

Un coup de vent la fit tomber. Elle se releva et reprit péniblement sa marche, laissant derrière elle un filin de nylon, réglant ses pas sur le volume du signal. Elle ne voyait guère qu'à un mètre de distance, parfois moins, dans les bourrasques les plus violentes. Puis la visibilité s'améliorait et elle voyait les lames de poussière brunâtre qui filaient à une vitesse terrifiante tout autour d'eux. Le vent avait la force des plus violentes tempêtes de la Terre, sinon davantage. Elle avait le plus grand mal à garder son équilibre, et l'effort physique était éreintant.

C'est au cœur d'un nuage dense, aveuglant, qu'elle faillit heurter le transpondeur, planté là comme un grand piquet.

— Hé ! cria-t-elle.
— Qu'est-ce qu'il y a ?
— Rien ! J'ai failli entrer dans la borne !
— Tu l'as trouvée ?
— Oui.

Elle sentit la fatigue peser encore plus lourd. Ses mains et ses bras étaient de métal et elle dut s'asseoir un instant, avant de se relever : le sol était bien trop glacé. Et elle éprouvait un élancement douloureux le long de son doigt fantôme.

Elle prit le filin de nylon et revint en aveugle au dirigeable, se rappelant le mythe ancien du labyrinthe.

Ils roulaient vers le sud à bord du patrouilleur quand ils apprirent par la radio que l'AMONU venait d'approuver l'établissement de trois nouvelles colonies. Chacune d'elles compterait cinq cents personnes, venues de pays qui n'avaient pas été représentés dans la première expédition.

Et le sous-comité de terraforming avait donné son accord, avec l'approbation de l'assemblée générale, pour l'expédition d'un premier support matériel qui devait permettre la dissémination à la surface de la planète de micro-organismes conçus par le génie génétique à partir de souches d'algues, de bactéries ou de lichens.

Arkady rit pendant trente secondes.

— Ces fumiers ! dit-il enfin. Ces fumiers : quelle chance ils ont eue ! Ils vont s'en tirer comme ça !

QUATRIÈME PARTIE

Le mal du pays

C'est un matin d'hiver, et le soleil brille sur Valles Marineris, illuminant les parois nord de la concaténation de canyons. Et, sous sa lumière intense, çà et là, un surplomb, un affleurement est marqué d'une touche de lichen noir.

La vie s'adapte, voyez-vous. Elle n'a que quelques besoins : un peu de carburant, un peu d'énergie, et elle se montre d'une ingéniosité fantastique pour extraire ce qu'il lui faut dans la vaste gamme des environnements terrestres. Certains organismes survivent au-dessous du point de congélation de l'eau, d'autres au-dessus de 100 degrés. D'autres encore supportent des taux de radiation intenses, alors qu'il s'en trouve pour s'accommoder de régions à salinité élevée, ou qui apprécient la roche dure, l'obscurité totale, l'extrême déshydratation, et même le manque d'oxygène. Ils s'adaptent à toutes sortes de milieux, de manière tellement étrange et merveilleuse que notre imagination est dépassée. Et des lits de roc au sommet de l'atmosphère, la vie a imprégné la Terre pour en faire une seule et immense biosphère.

Toutes ces capacités d'adaptation sont codées et génétiquement transmissibles. Si les gènes mutent, les organismes changent. Si les gènes sont altérés, les organismes changent. Les bio-ingénieurs se servent de ces formes de changement, non seulement en recombinant les chaînons des gènes, mais en se servant de l'art bien plus ancien de la culture sélective.

Les micro-organismes ont un code d'identité, et les plus rapides en croissance (ou bien ceux qui présentent les caractères souhaités) peuvent être recueillis et recodés. On peut ajouter des mutagènes afin d'augmenter le taux de mutation et, avec la succession rapide des générations microbiotiques (à raison de dix par jour, à peu près), on peut répéter le processus jusqu'à satisfaction. La reproduction sélective est l'une des plus puissantes techniques de bio-ingénierie dont nous disposons.

Mais des techniques nouvelles ont attiré l'attention. Des micro-organismes issus du génie génétique sont apparus un demi-siècle environ avant que les Cent Premiers débarquent sur Mars. Mais, pour la science moderne, un demi-siècle, c'est beaucoup de temps. Les conjugaisons de plasmides, durant toutes ces années, sont devenues des outils très sophistiqués. Le choix d'enzymes de restriction pour le bouturage et d'enzymes ligases[1] *pour le collage était vaste et diversifié. D'où la possibilité de développer de longues chaînes d'ADN. La connaissance accumulée par les génomes était immense, et s'accroissait exponentiellement. Utilisée dans son ensemble, cette nouvelle bio-technologie permettait toutes sortes de réorganisations de caractères, de promotion, de réplique, de suicide provoqué (destiné à stopper les excès de succès), et ainsi de suite. Il était possible de trouver les séquences ADN d'un organisme qui possédait les caractères souhaités, de synthétiser les messages de cet ADN, de les couper et de les coller dans les anneaux des plasmides. Après ça, les cellules étaient lavées et suspendues dans le glycérol avec les nouveaux plasmides, le glycérol était suspendu entre deux électrodes, on lui infligeait un choc très bref de l'ordre de 2 000 volts, et les plasmides éclataient en cellules. Et voilà*[2] *! Tel le monstre de Frankenstein, on obtenait alors un nouvel organisme. Avec des capacités nouvelles.*

Donc : des lichens à croissance rapide. Des algues thermorésistantes. Des champignons destinés aux froids extrêmes. La bactérie halophylique Archae, *qui se nourrissait de sel et fabriquait de l'oxygène. Des mousses surarctiques. Toute une taxinomie de nouvelles formes de vie, partiellement adaptées à la surface de Mars, qui toutes étaient essayées. Certaines espèces s'éteignirent par sélection naturelle. D'autres prospérèrent selon la loi du mieux adapté. Certaines se propageaient de façon vivace, aux*

---

1. Enzyme catalyseur d'union entre deux molécules. *(N.d.T.)*
2. En français dans le texte. *(N.d.T.)*

dépens d'autres organismes. Puis certains éléments chimiques qu'elles excrétaient activaient leurs gènes suicidaires, et elles régressaient jusqu'à ce que les niveaux de ces agents chimiques retombent à nouveau.

La vie s'adaptait donc aux conditions. Et, dans le même temps, les conditions étaient modifiées par la vie. Telle est une des définitions de la vie : l'organisme et son environnement changent ensemble selon un arrangement réciproque et constituent deux manifestations d'une écologie, deux parties d'un tout.

Résultat : plus d'oxygène et d'azote dans l'atmosphère. Un duvet noir sur les glaces polaires. Sur les surfaces bulbeuses des rochers boursouflés. Des plaques d'un vert pâle sur le sol. Des cristaux de givre plus gros. Des animalcules dans le régolite, creusant comme des trilliards de taupes minuscules, transformant les nitrates en azote, les oxydes en oxygène.

Tout d'abord, ç'avait été presque invisible, et très lent. Un coup de froid, une éruption solaire, et des disparitions massives auraient suivi. Mais les restes des morts nourrissaient les autres créatures, dont les conditions de vie s'amélioraient, ce qui accélérait le mouvement. Les bactéries se reproduisent très vite, et peuvent doubler leur masse plusieurs fois par jour si les conditions sont favorables. Les possibilités mathématiques de leur vitesse de croissance sont précaires, et même si les contraintes d'environnement — plus particulièrement sur Mars — empêchent de loin toute évaluation mathématique de la croissance réelle, les nouveaux organismes, les aréophytes, se reproduisirent rapidement. Certains mutaient parfois, mouraient constamment, et une vie nouvelle se développait sur le compost de ses ancêtres pour se reproduire. La vie, puis la mort. Et l'air et le sol qu'ils laissaient derrière eux étaient différents de ce qu'ils avaient été durant quelques millions de brèves générations.

Ainsi, le soleil se lève un matin, et ses longs rayons se propagent au travers de la nappe de nuages effilochés sur toute la longueur de Valles Marineris. Sur les parois nord, des traces infimes de noir, de jaune, de vert olive et de gris sont visibles. Des touches de lichen marquent les façades de pierre inchangées, craquelées, rougeâtres. Mais tachetées désormais. Comme moisies.

Michel Duval rêvait de sa maison. Il nageait dans les longues lames, à la pointe de Villefranche-sur-Mer, dans l'eau tiède du mois d'août. Le crépuscule approchait, le vent soufflait, et la mer était d'un bronze blanchi qui renvoyait des éclats de soleil tout autour de lui. Pour la Méditerranée, les rouleaux étaient gros et rapides, et le portaient un instant avant d'aller se briser en longues ondulations irrégulières. Il était soulevé par les bulles et le sable, resurgissait dans la lumière dorée, le goût du sel dans la bouche, les yeux délicieusement piquants. De grands pélicans noirs se laissaient porter par les coussins d'air au-dessus de la houle, montaient vers le ciel en tourbillons maladroits, planaient, puis se posaient sur l'eau, non loin de lui, les ailes repliées. Souvent, ils arrivaient en piquant droit sur un petit poisson. L'un d'eux souleva une petite gerbe d'eau à quelques mètres de lui. Sa silhouette noire se découpa un bref instant en ombre chinoise sur le soleil. On aurait dit un stuka ou un ptérodactyle.

Il faisait tour à tour frais et chaud, et il se laissait flotter, glisser. Une vague se brisa près de lui en une frange de crème qui explosa en diamants.

Le téléphone sonnait.

Le téléphone sonnait. C'était sans doute Ursula ou Phyllis qui l'appelaient pour lui dire que Maya avait un nouvel état d'âme et qu'elle était inconsolable. Il se leva, enfila ses sous-vêtements et gagna la salle de bains. Les vagues déferlaient à la limite du ressac. Maya. Une fois encore déprimée. La dernière fois qu'il l'avait vue, elle était très bien, presque euphorique. Cela remontait à… quoi ? Une semaine ?… Mais c'était comme ça avec elle. Maya était dingue. Dingue comme seuls les Russes pouvaient l'être ; ce qui impliquait qu'elle représentait une force avec laquelle il fallait compter. La Mère Russie ! L'Eglise et les communistes avaient tenté d'éradiquer le matriarcat qui les avait précédés, et tout ce qu'ils avaient réussi à apporter, c'était un flot de mépris émasculatoire, ils avaient créé une nation de *russalkas* et de *baba yagas* hautaines, de superwomen permanentes, qui vivaient dans une société quasi parthénogénétique de mères, de filles, de babouchkas, de petites-filles. Mais néanmoins vouées à leurs rapports avec les hommes, dans une quête désespérée du père disparu, du parfait compagnon. Ou, plus simplement, de l'homme qui accepterait sa part du fardeau. Et quand elles trouvaient ce grand amour, la plupart du temps elles le détruisaient. Complètement fou !

Mais il était dangereux de généraliser. Maya était un cas classique. Tour à tour mélancolique, colérique, charmeuse, brillante, séduisante, manipulatrice, exaltée — et maintenant les yeux rouges, la bouche entrouverte, elle semait le désordre dans le bureau de Michel transformé en poubelle géante.

Ursula et Phyllis accueillirent Michel avec des remerciements chuchotés, s'excusèrent de l'avoir dérangé si tôt le matin, et s'éclipsèrent.

Il ouvrit les stores vénitiens et la lumière du dôme central inonda la pièce. Oui, Maya était une très belle femme, avec ses longs cheveux soyeux, son regard sombre, charismatique, direct, immédiat. C'était désolant de la découvrir à ce point perturbée. Jamais il ne s'y habituerait. Le contraste était trop fort avec sa vivacité habituelle, la façon qu'elle avait de poser le doigt sur votre bras pour vous confier sur un ton confidentiel ce qui l'avait récemment fascinée…

Cette pauvre créature qui avait sombré dans le désespoir était à présent affalée sur le bureau et commençait à lui raconter d'une voix rauque la dernière scène de son drame permanent dont elle était l'actrice avec John et, bien sûr, Frank. Apparemment, elle était furieuse contre John : il avait refusé de l'aider dans un plan pour lequel elle avait besoin que les transnationales russes soussignent le développement des colonies du bassin d'Hellas qui, étant la région la plus profonde de Mars, serait la première à bénéficier des changements atmosphériques. La pression, à Low Point, serait dix fois plus élevée qu'au sommet des grands volcans, et trois fois plus que la moyenne enregistrée. Ce devrait être le premier endroit viable, parfait pour le développement à venir.

Mais John, apparemment, préférait passer par l'AMONU et les gouvernements de la Terre. Ce n'était qu'un des nombreux désaccords politiques qui commençaient à infester leur vie privée, à tel point qu'ils se querellaient de plus en plus souvent à propos d'autres sujets qui étaient sans importance, et pour lesquels ils ne se seraient jamais passionnés auparavant.

En observant Maya, Michel faillit lui dire : « John souhaite que tu sois irritée à son égard. » Mais il n'était pas certain de la réaction de John.

Maya se frotta les yeux, posa le front sur son bureau, révélant sa nuque et ses épaules larges. Jamais elle ne se serait montrée dans un pareil désarroi devant les autres citoyens d'Underhill. C'était un accord intime entre eux. Comme si elle s'était déshabillée. Les gens ne parvenaient jamais à comprendre que l'intimité véritable n'était pas forcément fondée sur les rapports sexuels, ce que l'on pouvait accomplir avec des étrangers et dans un état d'aliénation totale. L'intimité consistait à parler durant des heures de ce qui était le plus important pour la vie de l'autre. Mais Maya, c'était vrai, était absolument belle, avec des proportions parfaites : il l'avait vue plonger dans la piscine et nager sur le dos dans son maillot bleu. Une image de la Méditerranée. Il flottait encore dans la rade de Villefranche, sous la lumière ambrée du soleil, il observait la plage où passaient des hommes et des femmes en maillots de bain, ou simples cache-sexe. Et les dauphins surgissaient d'entre les vagues, comme pour faire concurrence aux corps bronzés et huilés des femmes.

Mais Maya parlait de Frank. Frank qui semblait doué d'un sixième sens pour semer la discorde entre elle et John (mais un sixième sens était-il vraiment nécessaire ?...), Frank qui accourait vers elle pour lui parler de la vision qu'il avait de Mars, une vision audacieuse, excitante, ambitieuse, qui ne correspondait à rien de ce qu'était John.

— Frank est tellement plus dynamique que John, ces jours-ci, je ne comprends pas pourquoi.

— Parce qu'il est d'accord avec toi, dit Michel.

Elle haussa les épaules.

— Oui, ça n'est peut-être que ça. Mais nous avons la chance de pouvoir construire toute une civilisation ici, une chance réelle. Mais John est si... (Là, grand soupir.) Pourtant, je l'aime. Je l'aime vraiment. Seulement...

Durant un moment, elle parla du passé, de leur liaison, qui avait sauvé l'expédition de l'anarchie (ou du moins de l'ennui), et du bien qu'elle avait éprouvé au contact de l'aisance équilibrée de John. On pouvait constamment compter sur lui. Et elle était tellement impressionnée par sa réputation, au point de se sentir elle-même une actrice de l'histoire du monde. Ils étaient tous les Cent Premiers. Elle s'emportait, son débit se faisait plus rapide et véhément.

— Je n'ai plus besoin de John pour tout ça, maintenant. Je n'ai besoin de lui que pour les sentiments qu'il m'apporte, mais nous ne sommes plus d'accord sur quoi que ce soit, nous ne sommes plus les mêmes. Ça n'est pas le cas avec Frank. Il a toujours su se maintenir à distance, et nous nous entendons sur tout. Et je suis si heureuse qu'il ait recommencé hier. Dans la piscine. Il... il m'a pris les bras... (Elle referma les mains sur ses biceps...) et il m'a demandé de quitter John pour aller avec lui. Bien sûr, je suis incapable de cela, mais il *tremblait*, et moi aussi, quand je lui ai dit que c'était impossible.

Plus tard, à bout de nerfs, elle avait eu une scène avec John. Elle l'avait provoqué de façon si flagrante qu'il était devenu vraiment furieux et était parti en patrouilleur vers l'arcade de Nadia. Il avait passé le reste de la nuit avec l'équipe de construction. Frank était venu retrouver Maya, et comme elle le repoussait, il lui avait annoncé qu'il partait vivre de l'autre côté de la planète, dans la colonie européenne, lui, un élément essentiel de leur expansion !

— Il va le faire ! Ça n'est pas son genre de jouer au chantage ! Il a appris l'allemand en un rien de temps. Pour lui, les langues ne posent aucun problème.

Michel essayait de se concentrer sur ce qu'elle disait. C'était difficile, parce qu'il savait que dans une semaine, les choses seraient différentes, que la dynamique interne du trio serait modifiée jusqu'à être méconnaissable. Il avait du mal à compatir. Et qui se préoccupait de ses ennuis, à lui ? Tellement plus graves. Personne ne l'écoutait jamais, lui. Il faisait les cent pas devant la fenêtre, rassurant Maya avec les questions et commentaires habituels. La verdure de l'atrium était rafraîchissante. Il aurait pu se croire dans une courette d'Arles ou de Villefranche. Soudain, il se souvint de cette petite place d'Avignon, sous les cyprès, proche du palais des Papes, avec ses cafés-terrasses. Les étés, au crépuscule, y avaient la couleur de Mars. Il retrouva la saveur des olives et du vin rouge...

— Sortons faire un petit tour, proposa-t-il.

Cela faisait partie de la routine. Ils traversèrent l'atrium jusqu'aux cuisines. Là, Michel put prendre un petit déjeuner qu'il oublia aussitôt. Manger, oublier, songea-t-il tandis qu'ils suivaient les couloirs en direction des sas. Ils mirent leurs tenues, passèrent en dépressurisation, et sortirent.

Un froid de cristal. Un instant, ils suivirent les trottoirs circulaires d'Underhill et firent le tour des grandes pyramides de sel.

— Tu penses qu'ils trouveront un usage à tout ce sel ? demanda Maya.

— Sax travaille toujours là-dessus.

De temps en temps, elle se remettait à parler de John et de Frank. Michel posait les questions que l'on attendait d'un psy, et Maya répondait comme un programme qui se serait appelé Maya. Ils étaient dans l'intimité de l'intercom.

Ils s'arrêtèrent à la ferme des lichens. Michel observa les bacs avec toutes leurs couleurs vives. L'algue noire destinée à la neige, les couches épaisses de lichen *otoo* marquées par les traces bleu-vert de l'algue symbiote dont la croissance en solitaire avait été mise au point par Vlad. Le lichen rouge, qui ne semblait pas se porter tellement bien. Et qui était de toute façon superflu. Le jaune, l'olive, et un autre qui avait exactement la couleur des bateaux de guerre. Un autre encore, blanc floconneux. Et puis celui qui était d'un vert printemps — un vert vivant, riche, qui accrochait le regard, comme une improbable fleur dans le désert martien. Michel avait entendu Hiroko s'écrier : « C'est la *viriditas* ! », ce qui, en latin, signifiait puissance verdoyante. Le nom avait été forgé par une mystique chrétienne du Moyen Age, une femme du nom d'Hildegarde. *Viriditas*, qui s'était désormais adapté au milieu ambiant, se propageait lentement sur les Lowlands de l'hémisphère nord. Dans les étés du sud austral, il se comportait encore mieux. Il lui était arrivé de supporter 285 degrés Kelvin, battant le record de douze degrés. Ce monde changeait. Maya le fit remarquer.

— Oui, acquiesça Michel. Dans trois cents ans, nous atteindrons des températures supportables.

Elle rit. Elle se sentait mieux. Bientôt, elle serait redevenue normale, en route vers l'euphorie. Maya était une instable. Stabilité-instabilité étaient au centre des études que Michel avait faites sur les Cent Premiers. Maya était un cas extrême.

— Allons jeter un coup d'œil à l'arcade, proposa-t-elle.

Michel acquiesça, tout en se demandant comment ça se passerait s'ils rencontraient John. Ils prirent un véhicule. Michel, au volant de la petite jeep, écouta Maya. Il se demandait si leur conversation était modifiée par le fait qu'ils se parlaient d'oreille à oreille ? Est-ce que ce serait meilleur ou pire s'ils utilisaient la télépathie ?…

La route était un magnifique ruban de ciment, et il poussa le véhicule à la vitesse maximale : soixante kilomètres à l'heure. En accélérant, il sentit le souffle de l'air ténu sur son casque. Plein de CO_2 que Sax voulait épurer de l'atmosphère. Pour ça, il aurait besoin de très bons épurateurs, plus efficaces que les lichens. Il allait lui falloir des forêts, d'immenses forêts humides multi-halophiles, qui captureraient des quantités gigantesques de carbone dans le bois, les feuilles, le terreau. Des tourbières de cent mètres de profondeur, des forêts humides de cent mètres de haut. C'est ce qu'il disait. Et rien qu'au son de sa voix, le visage d'Ann se crispait.

En cinq minutes, ils atteignirent l'arcade de Nadia. Le site était encore en construction et évoquait Underhill à ses débuts, à plus vaste échelle. Un monticule de gravats rouges avait été extrait de la tranchée, orientée d'est en ouest.

Elle était profonde de trente mètres, sur la même largeur, et longue d'un kilomètre. Le flanc sud était désormais une paroi de verre et, au nord, la tranchée était couverte de batteries de miroirs filtrants et de parois mésocosmes, de bacs et de terrariums qui composaient un ensemble chatoyant, une tapisserie dédiée au passé et au futur.

Dans la plupart des terrariums, des conifères et autres flores rappelaient la grande forêt terrestre du 16e degré de latitude nord : autrement dit, l'ancienne maison de Nadia Chernechevski en Sibérie. Est-ce que cela indiquait qu'elle avait été gagnée par la maladie de sa forêt ? Et que ça l'inciterait, lui, à recréer un milieu méditerranéen ?

Nadia conduisait un bulldozer. Normal pour une femme pleine de *viriditas*. Elle s'arrêta pour échanger quelques mots avec eux. Le projet avançait. C'était surprenant de voir ce dont les véhicules robots arrivés de la Terre étaient capables. L'implantation était achevée, avec toutes sortes d'arbres, y compris un séquoia nain qui culminait quand même à cent mètres, haut comme l'arcade. Les trois niveaux de chambres en voûte d'Underhill avaient été installés au-delà de la tranchée, et elles étaient déjà isolées. Le site venait juste d'être pressurisé et chauffé. Désormais, il était possible d'y travailler sans combinaison. Les trois niveaux avaient été empilés sous des arcades plus réduites, qui rappelaient à Michel le pont du Gard. Evidemment, toute cette architecture était d'inspiration romaine, et ça n'était guère surprenant. Néanmoins, les arcades étaient plus larges et légères. On avait profité de la tolérance g de Mars.

Nadia reprit son travail. Elle était si calme. Stable. Le contraire même de l'instabilité. Discrète, secrète, introvertie. Elle n'aurait pas pu être plus différente de sa vieille amie Maya, à qui elle faisait du bien par sa seule présence. Elle était à l'autre extrémité du spectre. Elle l'empêchait de péter les plombs. Elle lui montrait l'exemple. Lors de cet échange, Maya avait adopté le ton calme de Nadia. Et quand Nadia était retournée au travail, Maya avait paru garder pour elle un peu de sa sérénité.

— Je regretterai Underhill quand nous serons partis, fit-elle. Et toi, Michel ?

— Je ne pense pas, répondit Michel. Il y aura beaucoup

plus de soleil. Trois étages du nouvel habitat seront ouverts sur la grande galerie. Et les chambres auront de grands balcons, des terrasses, du côté exposé au soleil, comme ça, même si toute la structure est exposée au nord et plus profondément enterrée qu'Underhill, les miroirs à filtre héliotropique qui se trouveront de l'autre côté de la tranchée leur renverront de la lumière de l'aube au crépuscule. Je serai heureux de déménager. Depuis le début, nous avons besoin de plus d'espace vital.

— Mais tout cet espace ne sera pas que pour nous seuls. Il va y avoir d'autres gens.

— Oui. Mais, en même temps, l'espace sera différent.

Maya prit un air songeur.

— Frank et John, quand ils seront loin…

— Oui. Mais ce n'est pas nécessairement une mauvaise chose. Dans une société plus élargie, lui dit-il, l'atmosphère villageoise et claustrophobique d'Underhill commencerait à se dissiper, ce qui leur donnerait une meilleure perspective des choses.

Il hésita avant de poursuivre. La subtilité était dangereuse quand on se servait d'un autre langage, issu de plusieurs dialectes indigènes, et les risques d'incompréhension étaient certains.

— Il faut accepter le fait que tu ne veux peut-être pas choisir entre John et Frank. Que tu les désires l'un et l'autre. Dans le contexte de cette société que constituent les Cent Premiers, ça ne peut être que scandaleux. Mais dans un monde élargi, avec le temps…

— Hiroko a dix hommes à elle !

— Oui, et toi aussi. Toi aussi. Dans un monde plus large, nul ne le saura, ou ne s'en souciera.

Et il continua à la rassurer, à lui répéter qu'elle avait du pouvoir (ça, c'étaient les termes que Frank employait), qu'elle était la femelle alpha de la colonie. Elle rejetait tous ses arguments pour en appeler de nouveaux jusqu'à satiété. Alors, il proposa qu'ils retournent à Underhill.

— Tu ne crois pas que ce sera un choc véritable de vivre avec des gens nouveaux, différents ? demanda Maya.

Elle s'était tournée vers lui en posant la question et faillit quitter la route.

— Oui, je le suppose.

Les nouveaux groupes avaient déjà débarqué dans Borealis et Acidalia. En les découvrant sur la vidéo, ils avaient effectivement éprouvé un choc. Comme si des extraterrestres avaient surgi du fond de l'espace. Mais, jusqu'alors, seuls Ann et Simon avaient rencontré des représentants des nouveaux venus, lors d'une expédition au nord, dans le secteur de Noctis Labyrinthus.

— Ann m'a dit qu'elle avait eu l'impression de rencontrer un personnage de feuilleton télé.

— Ma vie ressemble à ça, commenta Maya, l'air triste.

Michel haussa les sourcils. Jamais le programme Maya n'aurait été censé faire un tel aveu.

— Qu'est-ce que tu veux dire ?

— Tu le sais bien. Les trois quarts du temps, ça ressemble à un grand exercice de simulation, non ?...

— Non. (Il réfléchit un bref instant.) Non, définitivement.

Le froid qui lui pénétrait les membres était bien trop réel — indéniablement et péniblement réel. Maya avait beau être russe, elle ne l'appréciait peut-être pas. Mais le froid était toujours là, toujours, installé en permanence, et même à l'heure de midi, en plein été, quand le soleil ressemblait à la gueule d'un four dans le ciel rouillé, la température ne dépassait pas 15 degrés au-dessous de zéro. Le froid omniprésent transperçait le tissu des marcheurs et transformait chaque pas en une épreuve de douleur. Près d'Underhill, Michel sentit que le froid traversait le tissu et pénétrait jusqu'à sa peau. L'air qui sortait de l'embout et se déversait dans ses poumons était trop enrichi en oxygène. Il leva les yeux vers le sable, au loin, sur l'horizon et dans le ciel, et se dit : *Je suis comme un serpent diamantin qui sinue dans ce désert rouge de poussière et de pierre froide. Un jour viendra où je me débarrasserai de ma peau comme un phénix dans le feu, pour devenir une créature différente sous le soleil. Et je marcherai nu sur la plage, et je plongerai dans les rouleaux tièdes d'eau salée...*

De retour à Underhill, il ouvrit le programme psy qu'il

avait dans le cerveau et demanda à Maya si elle se sentait mieux. Il posa sa visière contre la sienne, avec un bref regard qui était un baiser.

— Mais tu le sais bien. (Il hocha la tête.)

— En ce cas, je vais aller faire encore un petit tour, dit-il, et il se garda d'ajouter : Et moi, qu'est-ce qui m'aidera à me sentir mieux ?

Il fit appel à toute sa volonté pour s'éloigner. La plaine désolée qui entourait la base évoquait un désert post-atomique, un monde de cauchemar. Et pourtant il n'avait pas envie de regagner leur petite garenne avec sa lumière artificielle, son air artificiellement réchauffé, ses teintes minutieusement choisies, principalement par lui-même, d'ailleurs, en fonction des dernières théories sur l'influence des couleurs sur l'humeur. Théories dont il avait appris qu'elles étaient fondées sur des principes qui n'avaient pas cours sur Mars. Les couleurs étaient fausses, ou, plus grave encore, insensées. Un enfer de papier peint.

La phrase était venue naturellement à ses lèvres. Un enfer de papier peint. Mais comme, de toute façon, ils étaient voués à la folie…

Au départ, on avait certainement commis une erreur en ne désignant qu'un seul psychiatre pour l'expédition. Les thérapeutes de la Terre étaient eux-mêmes en thérapie. Ça faisait partie de leur job. Mais le psy de Michel se trouvait à Nice. Bien sûr, Michel pouvait lui parler avec un quart d'heure de décalage, mais il ne lui était guère utile. Il ne le comprenait pas vraiment. Là où il vivait, il faisait doux et la mer était bleue comme le ciel, il pouvait se promener sur la plage et — du moins Michel le présumait — il était dans un état de santé mentale raisonnable. Alors que Michel était médecin-psychiatre dans une prison installée en enfer. C'était lui le docteur, et il était malade ! Il avait été incapable de s'adapter. Les gens différaient sur ce point. C'était une question de tempérament. Maya avait un tempérament complètement différent du sien. Il la regarda marcher vers le sas : elle était totalement chez elle ici. A vrai dire, il pensait qu'elle ne faisait jamais vraiment attention à son environnement. Cela dit, à tous les autres points de vue, ils étaient semblables, elle et lui. Ça devait être une question de rapport labilité/stabilité, et de sa capacité émotionnelle particulière. Ils étaient tous les deux labiles. En même temps, ils étaient fondamentalement très différents. Le rapport labile/stable devait être apprécié en relation avec les ensembles de caractéristiques très différentes regroupées sous les étiquettes introversion et extroversion. C'était sa grande découverte de l'année passée. Elle structurait désormais toute sa pensée sur ses patients et lui-même.

Tandis qu'il se dirigeait vers le quartier des alchimistes, il tenta de replacer les événements de la matinée dans le schéma de ce nouveau système caractérologique. La balance extroversion-introversion figurait parmi les systèmes de caractères les plus étudiés de toute théorie psychologique, avec des quantités de preuves venues de cultures différentes qui consolidaient la vérité objective du concept.

Ce n'était évidemment pas une simple dualité ; on ne se contentait pas d'apposer telle ou telle étiquette à un individu donné ; ça revenait plutôt à le positionner sur une échelle, à noter ses qualités comme la sociabilité, l'impulsivité, la versatilité, la loquacité, l'élan vers l'autre, l'activité, la vitalité, l'excitabilité, l'optimisme, et ainsi de suite. Ces mesures avaient été effectuées si souvent qu'il était statistiquement certain que les divers traits de personnalité étaient véritablement cohérents, à un degré qui passait de beaucoup le seul hasard. Le concept était donc réel, et même bien réel. En réalité, les investigations psychologiques avaient révélé que l'extraversion était liée à des états de faible excitation du cortex au repos. Au début, Michel avait trouvé cette vision rétrograde, et puis il s'était rappelé que le cortex inhibait les zones centrales basses du cerveau, de sorte qu'une faible excitation corticale favorisait le comportement désinhibé de l'extraverti, alors qu'une forte excitation du cortex était inhibante et menait à l'introversion. Ce qui expliquait que l'absorption d'alcool, un produit dépresseur qui abaissait l'excitation corticale, pouvait mener à des comportements qui se traduisaient par de l'excitation et une désinhibition.

L'ensemble de caractéristiques de l'introversion/extraversion, avec tout ce qu'elles pouvaient nous apprendre du caractère de l'individu, pouvaient donc être ramenées à un groupe de cellules du tronc cérébral appelé le système d'activation réticulaire ascendant, la zone qui déterminait, en fin de compte, les niveaux d'excitation du cortex. Ils étaient donc mus par la biologie. *La fatalité ne devrait même pas exister*, avait dit Ralph Waldo Emerson, un an après la mort de son fils de six ans. Or la biologie était une fatalité.

Mais le système de Michel ne se bornait pas à cela. Après tout, le destin n'était pas un simple choix entre deux possibilités. Il s'intéressait depuis peu à l'échelle de Wenger de l'équilibre autonome, qui permettait, à l'aide de plusieurs variables, de déterminer si un individu donné était dominé par les branches sympathique ou parasympathique de son système nerveux autonome. La branche sympathique répondait aux stimuli externes et donnait à l'organisme le signal de l'action, de sorte que les individus dominés par cette branche étaient facilement excitables ; alors que la branche parasympathique habituait l'organisme alerté aux stimuli et restaurait son équilibre homéostatique, si bien que les individus dominés par cette branche étaient placides. Duffy suggérait de classer ces deux groupes d'individus en labiles et stables, et cette classification, bien que moins populaire que la répartition en extravertis/introvertis, était tout aussi solidement étayée par les preuves empiriques, et tout aussi utile pour comprendre les divers tempéraments.

Maintenant, aucun des deux systèmes de classification ne disait grand-chose à l'investigateur sur la nature globale de la personnalité étudiée. Les termes étaient tellement généraux, il faisaient intervenir tellement de paramètres, qu'ils n'apportaient pas grand-chose en matière de diagnostic, surtout qu'ils obéissaient l'un et l'autre aux courbes de Gauss de la population réelle.

Mais la combinaison des deux systèmes donnait quelque chose de très intéressant.

Ce n'était pas simple, et Michel avait passé un bon bout de temps devant son ordinateur à esquisser les combinatoires, en utilisant les deux systèmes comme axes des x et des y de plusieurs grilles différentes, dont aucune ne lui avait appris grand-chose. Mais il avait commencé à déplacer les quatre termes autour des sommets d'un carré sémiotique de Greimas, un schéma structuraliste aussi vieux que l'alchimie, et qui suggérait que la simple dialectique ne suffisait pas à indiquer la véritable complexité d'un amas donné de concepts liés les uns aux autres, ce qui obligeait à identifier la vraie différence entre l'opposé d'une chose et son contraire. On voyait tout de suite que le concept de « non-X » n'était pas tout à fait équivalent à celui d'« anti-X », comme on le voyait immédiatement. La première étape était donc généralement exprimée à l'aide des quatre termes S, –S, $\bar{S}$ et $-\bar{S}$, inscrits dans un simple carré :

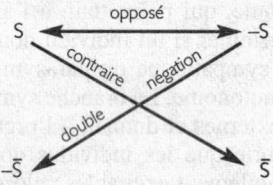

–S voulait donc simplement dire non-S, et $\bar{S}$ était un anti-S, plus fort, alors que $-\bar{S}$ représentait pour Michel le casse-tête de la négation d'une négation, soit la neutralisation de l'opposition initiale, soit l'union des deux négations. Dans la pratique, ça restait souvent un mystère, ou un koan, mais parfois, ça s'éclaircissait, et cette idée complétait assez agréablement l'unité conceptuelle, comme dans l'un des exemples de Greimas :

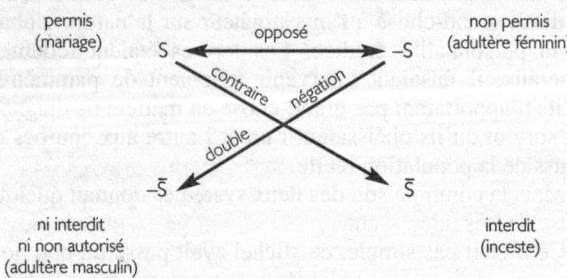

L'étape suivante résidait dans la complication du dessin. Là, les nouvelles combinaisons se révélaient souvent être des relations structurelles pas évidentes du tout au premier abord. Cette étape consistait à construire un autre carré qui contenait le premier, comme ceci :

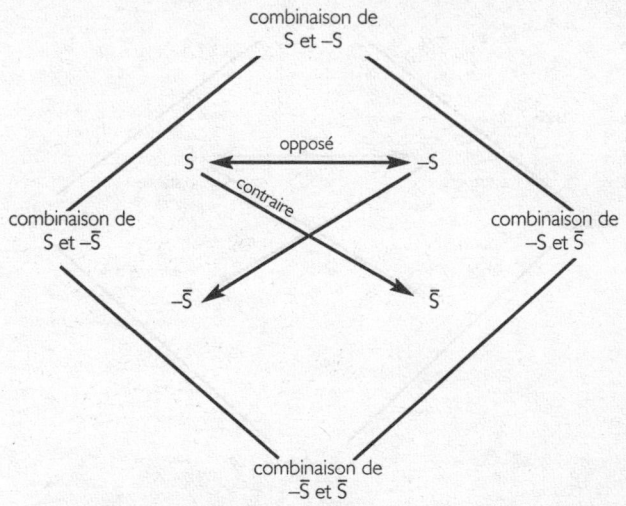

Michel avait contemplé ce schéma en plaçant les termes extraversion, introversion, labilité et stabilité aux quatre premiers coins, et il avait examiné les combinaisons ainsi obtenues. Soudain, tout était devenu clair pour lui. C'était comme si un kaléidoscope avait fait apparaître, par hasard, une rose. Tout prenait un sens, parfaitement clair : il y avait des extravertis excitables et des extravertis d'une humeur toujours égale ; il y avait des introvertis assez émotionnables et d'autres qui ne l'étaient pas. Il trouva immédiatement des exemples de ces quatre types parmi les colons.

En réfléchissant aux noms à donner à ces catégories de combinaisons, il ne put s'empêcher de rire. Incroyable ! C'était au mieux un paradoxe de penser qu'il avait utilisé les résultats de cent ans de pensée psychologique, et certains des derniers travaux de laboratoire en psychophysiologie, sans parler d'un ensemble complexe d'alchimie structuraliste, tout cela pour réinventer l'ancien système des humeurs. Mais c'était bien à ça que ça se ramenait : la combinaison extraverti et stable, située au nord de la rose des vents ainsi obtenue, correspondait clairement au tempérament que Hippocrate, Galien, Aristote, Trimestigus, Wundt et Jung auraient appelé sanguin ; le point situé à l'ouest,

265

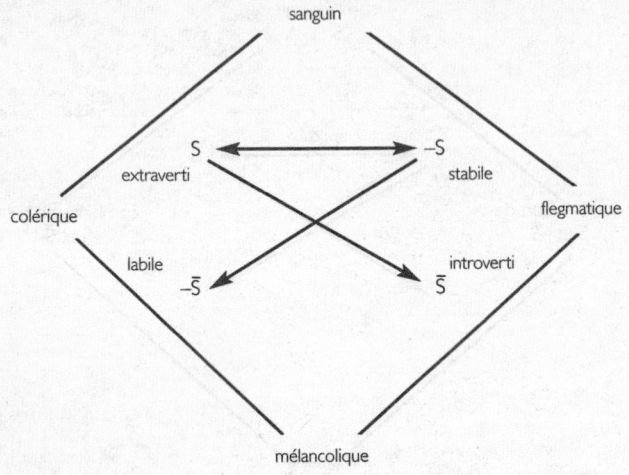

extraverti et labile, était le colérique ; celui de l'est, l'introverti stable était le flegmatique ; et celui du sud, l'introverti labile, correspondait évidemment à la définition même du mélancolique ! Eh oui, ça collait parfaitement ! L'explication physiologique de Galien des quatre tempéraments était erronée, bien sûr, et la bile, la kholê, le sang et le flegme avaient été remplacés, en tant qu'agents causaux, par les systèmes d'activation réticulaires ascendants et le système nerveux autonome. Mais les vérités de la nature humaine avaient la vie dure ! Et la puissance de la vision psychologique et de la logique analytique des premiers physiciens grecs était aussi grande, ou plutôt *beaucoup* plus grande que celle de n'importe laquelle des générations subséquentes, aux yeux bouchés par une accumulation de connaissances souvent inutiles. Et c'est ainsi que les catégories avaient persisté et s'étaient réaffirmées, génération après génération.

Au sortir de ses réflexions, Michel se retrouva dans le quartier des alchimistes. Il s'efforça de s'intéresser à ce qu'il découvrait. Ici, les hommes se servaient des arcanes de la connaissance pour extraire des diamants du carbone, et ils le faisaient avec tellement de facilité et de précision que le verre des baies était revêtu d'une couche moléculaire de diamant afin de le protéger de la poussière corrosive de l'extérieur. Leurs grandes pyramides de sel (l'une des grandes formes issues de la connaissance ancienne) étaient elles aussi revêtues d'une couche de diamant pur. Mais la pulvérisation moléculaire du diamant n'était qu'une parmi les milliers d'opérations alchimiques qui s'accomplissaient dans ces bâtiments trapus qui, depuis ces dernières années, avaient pris un aspect vaguement musulman, avec leurs parois de briques blanches décorées d'équations en calligraphie de mosaïque noire. Michel rencontra Sax, qui se tenait non loin de l'équation de vélocité terminale inscrite sur un des murs de la briqueterie. Il passa sur la fréquence commune pour lui demander :

— Est-ce que vous pouvez changer le plomb en or ?

Sax inclina son casque, intrigué.

— Pourquoi pas ! Ce sont des éléments. Ce serait difficile... Il faudrait quand même que j'y pense.

Saxifrage Russell. Le flegmatique parfait.

La partie réellement utile de la représentation des quatre tempéraments sur le carré sémiotique résidait dans le fait qu'elle suggérait immédiatement un certain nombre de relations structurelles fondamentales, ce qui devait permettre à Michel de voir leurs attractions et leurs antagonismes sous un nouvel éclairage. Maya était labile et extravertie, manifestement colérique, de même que Frank ; et ils étaient tous les deux des leaders, et tous les deux étaient très attirés l'un par l'autre. Cela dit, étant tous les deux colériques, ils se repoussaient mutuellement et leur relation comportait en même temps quelque chose de volatile, comme si chacun d'eux reconnaissait dans l'autre exactement ce qu'il n'aimait pas en lui-même.

Il en allait de même pour l'amour que Maya portait à John, qui était clairement sanguin, avec une extraversion similaire à celui de Maya, mais beaucoup plus émotionnellement stable, jusqu'à la placidité. Il lui procurait la plupart du temps une grande paix, comme un ancrage dans la réalité — quitte à s'envenimer occasionnellement. Et l'attirance de John pour Maya ? L'attirance pour l'imprévisible, peut-être ; le piment dans ce néant de bonheur chaleureux. Et pourquoi pas ? On ne peut pas faire l'amour à sa renommée. Même s'il y avait des gens qui essayaient.

Oui, il y avait beaucoup de sanguins parmi les Cent Premiers. C'était probablement une préconisation psychologique pour la sélection de la colonie. Arkady, Ursula, Phyllis, Spencer, Yeli... Oui. Et la stabilité étant une des qualités privilégiées pour la sélection, il y avait naturellement beaucoup de flegmatiques parmi eux aussi : Nadia, Sax, Simon Frazier, peut-être Hiroko — le fait qu'on ne puisse jamais vraiment avoir de certitude à son sujet tendait à confirmer cette intuition —, Vlad, George, Alex...

Les flegmatiques et les mélancoliques ne pouvaient évidemment pas s'entendre, les deux étant introvertis et prompts à se replier sur eux-mêmes, tandis que les stables étaient décontenancés par l'imprévisibilité des labiles et s'évitaient mutuellement, comme Sax et Ann. Il n'y avait pas beaucoup de mélancoliques parmi eux. Ann, bien sûr. C'était probablement dû à la fatalité de sa structure cérébrale, bien que ça ne serve pas à grand-chose de savoir qu'elle avait subi des mauvais traitements dans son enfance. Elle était tombée amoureuse de Mars pour la raison même qui la faisait détester à Michel : parce qu'elle était morte. Or Ann était amoureuse de la mort.

Mais il y avait aussi des mélancoliques, chez les alchimistes. Et Michel, malheureusement pour lui, l'était aussi. Peut-être cinq en tout. Contre tous les axes qui leur avaient valu d'être sélectionnés, ni l'introversion, ni la labilité n'ayant été considérées comme des critères souhaitables par le comité de sélection. Pour passer entre les mailles du filet, il fallait vraiment être très doué pour dissimuler sa véritable nature. Ces gens-là devaient être dotés d'un grand contrôle sur leur *persona*, ces masques plus grands que nature qui dissimulaient toutes les contradictions intérieures les plus farouches. Et si, en fin de compte, une seule espèce de *persona* avait été sélectionnée pour partir ? Une seule espèce qui comprendrait une grande variété de personnalités ? Il ne fallait jamais oublier que le comité de sélection avait posé des exigences impossibles à tenir. Ils voulaient des stables, et en même temps des gens qui avaient envie d'aller sur Mars, si passionnément, d'une façon si monomaniaque qu'ils consacreraient des années de leur vie afin d'arriver à ce but. Etait-ce cohérent ? Ils voulaient des extravertis et des scientifiques brillants qui devaient nécessairement se plonger dans des études solitaires pendant des années et des années. Etait-ce cohérent ? Bien sûr que non ! Et tout était comme ça, du début jusqu'à la fin. Ils avaient enfilé les contradictions, les unes après les autres. Pas étonnant que les Cent Premiers se soient défiés d'eux, les aient détestés ! Il se rappelait, avec un frisson, ce moment, dans la grande tempête solaire à bord de l'*Arès*, où tout le monde avait compris à quel point ils avaient été obligés de mentir et de dissimuler, quand ils s'étaient tous tournés vers lui et l'avaient regardé avec cette rage rentrée, comme si tout était de sa faute, comme s'il n'était qu'un psychologue et rien d'autre, et comme si c'était lui qui avait concocté les critères de sélection, mené les tests et effectué les sélections tout seul. Il se revoyait, à ce moment-là : il s'était recroquevillé sur lui-même, et ce qu'il avait pu se sentir seul ! Ça lui avait fait un sacré choc. Il en avait été terrifié, au point de ne plus pouvoir réfléchir et leur avouer que lui aussi, il avait menti, évidemment, et sûrement plus qu'aucun d'entre eux !

Mais pourquoi avait-il menti ? Pourquoi ?

C'était ce dont il n'arrivait pas à se souvenir. La mélancolie en tant que panne de mémoire, une sensation aiguë de l'irréalité du passé, de sa non-existence... Toujours à l'écart, incapable de contrôler ses sentiments, enclin à la dépression. Jamais on n'aurait dû le sélectionner pour Mars, et à présent, *il ne parvenait plus à se rappeler pourquoi il avait lutté avec tant de passion pour être choisi*. Le souvenir s'était perdu, sans doute englouti dans les images douloureuses, poignantes, fragmentées de l'existence qui avait été la sienne au milieu de son désir de partir pour Mars. Des images minuscules et précieuses : les soirées sur les places, les après-midi d'été à la plage, les femmes de ses nuits. Les oliviers de la garrigue, non loin d'Avignon. Les flammes vertes des cyprès.

Il avait maintenant quitté le quartier des alchimistes. Il se trouvait au pied de la grande pyramide de sel. Lentement, il gravit les quatre cents marches, en posant prudemment le pied sur les tapis bleus antidérapants. A chaque marche, il découvrait un peu plus la plaine d'Underhill, toujours inchangée, dénudée, semée de rochers. Au sommet de la pyramide, dans le pavillon blanc, on pouvait apercevoir Tchernobyl et le port spatial. Rien d'autre. Pourquoi donc était-il venu sur ce monde ? Pourquoi avait-il travaillé si dur et sacrifié tous les plaisirs de la vie, de la famille, du foyer, des loisirs, des jeux... Il secoua la tête. Aussi loin qu'il se souvienne, ç'avait été au centre de sa vie. C'était une compulsion, un objectif à atteindre. Comment faire la différence ? Les nuits baignées de clair de lune dans les oliveraies, la caresse électrisante du mistral et le friselis des feuilles. Il se laissait porter par les vagues, rapides et douces, les bras en croix, sous les étoiles. Et l'une de ces étoiles était toujours présente, rouge entre toutes les autres, faible parfois, et il la cherchait alors, tandis que voletaient autour de lui les feuilles d'olivier. Il avait *huit ans* ! Mon Dieu ! qu'étaient-ils ? Rien n'expliquait ça, rien ne les expliquait, eux ! Autant essayer d'expliquer le pourquoi des gravures rupestres de la grotte de Lascaux, des cathédrales de pierre qui montaient jusqu'au ciel. Ou pourquoi certains polypes faisaient des coraux.

Il avait eu une jeunesse ordinaire, souvent agitée. Il avait laissé derrière lui de nombreux amis, il était monté à Paris pour étudier la psychologie à l'université, il avait présenté une thèse sur les dépressions nerveuses à bord d'une station spatiale, avant d'aller travailler sur le programme Ariane, puis Glavkosmos. Il s'était marié, il avait divorcé. Françoise lui disait toujours « qu'il n'était pas là ». Il y avait eu toutes ces nuits en Avignon, tous ces jours à Villefranche-sur-Mer, dans le plus bel endroit de la Terre. Et lui passait son temps dans son désir brumeux de Mars ! Absurde ! Stupide ! Une lacune dans son imagination, sa mémoire et, enfin, dans son intelligence. Il avait été incapable de mesurer ce qu'il avait et ce qu'il aurait. A présent, il en payait le prix, prisonnier d'un bout de banquise perdu dans la nuit arctique avec quatre-vingt-dix-neuf étrangers dont aucun ne parlait un mot de français. Il y en avait bien trois d'entre eux qui essayaient, mais le français de Frank était pire que pas de français du tout. Il attaquait les phrases à la hachette.

L'absence de la langue propre à son esprit l'avait conduit à regarder de plus en plus souvent la télévision, ce qui ne faisait qu'exacerber son chagrin. Il enregistrait des monologues vidéo qu'il envoyait à sa mère et à sa sœur, pour qu'elles lui répondent. Il regardait plusieurs fois leurs messages, plus fasciné par les arrière-plans que par leurs visages. Il avait quelquefois des dialogues avec des journalistes. Il était à l'évidence une célébrité en France, et il se montrait vigilant dans ses réponses : il jouait le rôle de Michel Duval, il en assumait la personnalité et le programme. Quelquefois, quand il avait envie d'entendre du français, il lui arrivait d'annuler des rendez-vous. Que les autres aillent donc se gaver d'anglais ! Mais ce genre d'incident avait fini par lui attirer de sévères réprimandes de Frank, suivies d'une conférence en compagnie de Maya. Est-ce qu'il était surmené ? Bien sûr que non. Il n'avait que quatre-vingt-dix-neuf patients, il se promenait en Provence par l'esprit, entre les collines couvertes d'arbres et de vignobles, de ferme en ferme, passant d'une tour en ruine à un monastère, dans un paysage vivant, infiniment plus beau et humain que les étendues de pierraille de la réalité...

Il était dans le salon télé. Apparemment, perdu dans ses pensées, il était revenu. Mais il n'en avait pas le souvenir : il avait cru se trouver encore au sommet de la grande pyramide de sel. Il avait sous les yeux une image vidéo de la paroi d'un canyon de Valles Marineris, recouverte de lichen.

Il frissonna. Ça recommençait. Il avait perdu le contact avec la réalité et il avait erré. Cela lui était déjà arrivé une dizaine de fois. Et il ne se perdait pas seulement en esprit : il s'enfouissait, il était comme mort vis-à-vis de ce monde. Il regarda autour de lui. On était $L_S = 5$. C'était le début du printemps boréal, et les parois des grands canyons étaient baignées de soleil. Mais, de toute façon, ils allaient tous devenir dingues...

Quand il regarda de nouveau, il lut $L_S = 157$. 152 degrés s'étaient écoulés le temps d'une télé-existence. Il rissolait sous le soleil dans la cour de la villa de Françoise, à Villefranche, le regard perdu entre les tuiles, les piliers de terra-cotta, la petite piscine, turquoise sur le fond cobalt de la Méditerranée. Un cyprès montait vers le ciel, oscillant doucement dans la brise, comme un grand plumet vert. Il en percevait le parfum. Et là-bas, il devinait la langue verte du cap Ferrat…

Mais il se trouvait à Underhill Prime, que l'on appelait généralement la tranchée, ou encore l'arcade de Nadia. Il était assis sur le balcon supérieur, les yeux fixés sur un séquoia nain. Derrière, il y avait le mur de verre et les miroirs avec leur gradient de réflexion qui captait la lumière du soleil qui brillait sur la *Côte d'Or*[1]. Tatiana Durova avait été tuée dans la chute d'une grue renversée par un robot, et Nadia était inconsolable.

Mais le chagrin glisse sur nous, à la fin, pensa Michel assis auprès d'elle. Il passe comme la pluie sur les ailes d'un canard. Avec le temps, Nadia se remettrait. Jusque-là, il n'y avait rien à faire. Ils le prenaient pour un sorcier ? Un prêtre ? Si cela était, il se serait guéri lui-même, et ensuite tout ce monde, avant de jaillir vers l'espace pour retourner chez lui. Ça ferait un certain effet de surgir comme ça sur une plage d'Antibes :

— Bonjour, je m'appelle Michel. Je viens juste de revenir.

Et puis, à $L_S = 190$, il se retrouva lézard sur le pont du Gard, sur les étroits rectangles de roche de l'aqueduc qui traversait la gorge comme une flèche. Sa peau en pointes de diamant s'était plissée autour de sa queue, et le soleil ardent brûlait la nouvelle peau, y formant un croisillon de rides. Sauf qu'il était en réalité à Underhill, dans l'atrium, que Frank était allé vivre avec les Japonais qui avaient atterri à Argyre, que Maya et John se chamaillaient pour leurs chambres et devaient loger au quartier général de l'AMONU, et que Maya, plus belle que jamais, le suivait à la trace dans l'atrium, implorant son aide. Il ne cohabitait plus avec Marina Tokareva depuis une bonne année martienne — elle lui reprochait de ne pas être assez là — et, en regardant Maya, Michel ne pouvait s'empêcher de l'imaginer dans ses bras, mais c'était dingue, évidemment, c'était une *russalka*, elle avait couché avec les cosmonautes et les huiles de Glavkosmos pour grimper dans la hiérarchie, et ça avait fait d'elle une femme dissociée, amère et imprévisible. Maintenant, le sexe lui servait à faire du mal, ce n'était qu'un

---

1. En français dans le texte. *(N.d.T.)*

moyen d'influence comme un autre, et il aurait fallu qu'il soit fou pour avoir des rapports de cette nature avec elle. Il serait attiré dans le vortex de ses membres, de son système limbique. *Autant laisser ça à des fous, ça leur éviterait le désagrément de le devenir…*

Mais on était en $L_S = 241$. Il s'avançait vers le parapet de calcaire alvéolé des Baux et se penchait vers les ruines de l'ermitage médiéval. C'était l'heure du crépuscule et la lumière avait une teinte étrangement martienne, qui faisait flamber le calcaire, tout le village et la plaine qui se déployait jusqu'à la ligne de bronze et de métal en fusion de la Méditerranée. Tout était improbable, comme dans un rêve… Mais c'était un rêve, et il en sortit pour se retrouver dans Underhill.

Phyllis et Edvard revenaient d'une expédition. Phyllis, en riant, leur montrait un bloc de rocher à l'apparence huileuse.

— Il y en avait dans tout le canyon. Des pépites d'or grosses comme le poing.

Il se retrouva dans les tunnels du garage. Le psy de la colonie avait des visions, sombrait dans des failles de sa conscience, les crevasses de sa mémoire. Médecin, guéris-toi toi-même ! Mais il ne le pouvait pas. Il avait le mal du pays et il en devenait fou. Le mal du pays. Il devait exister un terme scientifique plus approprié, qui légitimerait ce mal, qui le rendrait réel, évident au regard des autres. Mais il savait que la maladie était réelle. Il lui arrivait parfois de regretter la Provence au point de ne plus pouvoir respirer. C'était comme le doigt de Nadia. On lui avait arraché quelque chose, mais il éprouvait toujours les élancements douloureux des nerfs fantômes.

Ça leur éviterait le désagrément…

Le temps passait, le programme Michel déambulait. C'était une personnalité creuse, un minuscule homuncule du cerebellum subsistant qui téléopérait la chose.

Dans la nuit du second jour de $L_S = 266$, il se mit au lit. Il était épuisé, alors qu'il n'avait rien fait, vidé de ses forces. Mais, allongé dans l'obscurité, il ne parvint pas à trouver le sommeil. Son esprit tournait douloureusement. Il avait la conscience aiguë d'être très malade. Il aurait tellement aimé cesser sa comédie pour avouer qu'il avait perdu. Pour pouvoir rentrer chez lui. Il ne se rappelait presque plus rien des dernières semaines — ou bien était-ce des mois ? Il n'avait plus aucune certitude. Il se mit à pleurer.

La porte cliqueta et s'ouvrit. Un mince faisceau de lumière venu du hall perça à l'intérieur. Mais il n'y avait personne.

— Oui ?... fit-il en tentant de ravaler ses sanglots. Qui est là ?

La réponse lui arriva dans l'oreille, comme s'il était sur l'intercom de son casque.

— Viens avec moi, lui dit une voix d'homme.

Michel sursauta et se cogna contre la paroi. Il discerna alors une silhouette obscure.

— Nous avons besoin de ton aide, chuchota la silhouette. (Une main se posa sur son bras et le serra.) Et toi, tu as besoin de la nôtre.

Il y avait comme une trace de sourire dans cette voix que Michel ne reconnaissait pas.

La peur le projeta dans un monde nouveau. Soudain, il voyait plus nettement, comme si l'attouchement de son visiteur avait réglé son optique à la façon d'une caméra. L'autre était mince, la peau sombre. Un étranger. L'étonnement domina sa peur, il se leva et se déplaça dans l'ombre avec des gestes précis. Ceux d'un rêve. Il mit ses sandales et suivit l'étranger qui le pressait de sortir dans le couloir. Pour la première fois depuis des années, il sentit la légèreté de la pesanteur martienne. Le couloir semblait empli d'une lumière grise et dense. Mais il savait que seules les bandes d'éclairage du sol étaient allumées. Elles suffisaient à y voir clair, même si on avait peur. Son compagnon avait sur la tête des dreadlocks courtes et noires, ce qui lui donnait une allure de hérisson. Il était de petite taille, fluet, le visage émacié. Un étranger, sans le moindre doute. Un intrus venu des nouvelles colonies de l'hémisphère sud, songea Michel. Mais il le guidait dans Underhill comme un familier des lieux, dans un silence absolu. A dire vrai, tout Underhill était plongé dans le silence, comme un film en noir et blanc. Un film muet. Il jeta un coup d'œil à son bloc de poignet : il était vide. Le laps de temps martien. Il voulut demander : « Qui êtes-vous ? », mais le silence était si épais qu'il n'y parvint pas. Il formula les mots en esprit, l'homme se détourna et le regarda, et il découvrit le blanc de ses yeux comme deux cercles lumineux, et ses narines comme deux trous noirs dans son visage.

— Je suis le passager clandestin, dit-il dans un sourire.

Michel vit alors que ses canines étaient teintées : elles étaient en pierre. De la pierre martienne dans une bouche de Terrien. Mais l'étranger le saisit par le bras et l'entraîna vers le sas de la ferme.

— Dehors, nous allons avoir besoin de casques, chuchota Michel, en reculant.

— Pas cette nuit.

L'étranger ouvrit le sas et Michel ne sentit pas le moindre souffle d'air. Ils y entrèrent et pénétrèrent dans le feuillage. L'air était doux. Hiroko sera furieuse, se dit Michel.

Soudain, il avait perdu son guide. Devant lui, il devina un mouvement et entendit un petit rire cristallin. Comme celui d'un enfant. Il prit brusquement conscience que l'absence de tout enfant dans la colonie expliquait ce sentiment de stérilité qu'ils éprouvaient. Ils construisaient, ils plantaient et, pourtant, en l'absence d'enfants, ce sentiment de stérilité enveloppait leur existence.

Il était effrayé, mais il continua d'avancer vers le centre de la ferme. L'air était humide et chaud, il sentait la boue, l'engrais et le feuillage. La lumière perçait au travers de milliers de trous dans le feuillage, comme si les étoiles avaient réussi à les rejoindre au travers de la baie.

Ils traversèrent un champ de maïs dans un grand bruissement, et Michel eut le sentiment de respirer un parfum de cognac. De petites pattes se hâtaient dans les canaux étroits des rizières où poussait le paddy. Même dans la pénombre, Michel devinait le vert intense des pousses. Et puis, aussi, de petits visages qui souriaient à la hauteur de ses genoux et disparaissaient dès qu'il essayait de les regarder en face. Le sang bouillonnait dans ses veines, il recula de trois pas, puis s'arrêta et pivota. Deux petites filles nues venaient vers lui, suivant l'allée, les cheveux noirs, la peau sombre. Elles ne devaient pas avoir plus de trois ans. Elles avaient les yeux bridés, l'air solennel. Elles lui prirent les mains et il se laissa entraîner le long de l'allée, en les regardant tour à tour.

Quelqu'un avait décidé de s'attaquer à la stérilité. Comme ils s'avançaient, d'autres gamins nus surgirent des buissons pour se rassembler autour d'eux, filles et garçons, certains plus sombres ou plus clairs que les deux petites filles qui l'avaient accueilli, mais tous à peu près du même âge. Michel se retrouva avec une escorte de neuf ou dix enfants lancés au trot. Au centre du labyrinthe végétal, il déboucha sur une clairière. Il y découvrit une dizaine d'adultes, nus également, assis en cercle. Les enfants se précipitèrent sur eux pour les cajoler, avant de s'installer sur leurs genoux. La vision de Michel était maintenant plus claire dans le reflet des étoiles et la brillance des feuilles, et il identifia certains membres de l'équipe de la ferme : Iwao, Raul, Ellen, Rya, Gene, Evgenia. Hiroko était absente.

Après un instant d'hésitation, Michel se débarrassa de ses sandales et ôta ses vêtements avant de prendre place dans le cercle. Il ne savait pas à quoi il participait, mais, pour l'heure, ça n'avait pas d'importance. Certains des autres inclinèrent la tête, et Ellen et Evgenia, qui l'encadraient, lui touchèrent le bras. Puis, brusquement, les enfants se levèrent et coururent vers les travées extérieures en riant et en poussant des cris aigus. Ils revinrent pour former un groupe serré autour d'Hiroko, qui pénétrait maintenant dans le cercle, forme nue et semi-obscure dans le noir. Conduite par les enfants, elle fit lentement le tour du cercle, distribuant à chaque main tendue une poignée de terre. Michel imita le geste d'Ellen et d'Evgenia à son approche, tout en observant la peau satinée d'Hiroko.

Il lui était arrivé une fois, sur la plage de Villefranche, de courir avec des femmes africaines dans la phosphorescence des vagues. Et l'écume lumineuse avait ourlé leur peau noire et luisante…

La terre était tiède et elle avait une odeur de rouille.

— Ceci est notre corps, dit Hiroko.

Elle passa de l'autre côté du cercle et distribua une poignée de terre à chacun des enfants. L'un après l'autre, ils retournèrent s'asseoir parmi les adultes. Elle prit place en face de Michel et entama une mélopée en japonais. Evgenia se pencha vers Michel et traduisit en chuchotant dans son oreille. Ils célébraient l'aréophanie, une cérémonie qu'ils avaient conçue ensemble, inspirés et guidés par Hiroko. C'était une sorte de religion du paysage, une prise de conscience de Mars en tant qu'espace physique coloré par le *kami*, qui était l'énergie spirituelle, la force présente dans le sol. Le *kami* se manifestait avec évidence dans certains objets extraordinaires du paysage : piliers de pierre, déjections isolées, falaises en à-pic, intérieurs de cratères étrangement polis, vastes pics circulaires autour des grands volcans. Ces expressions du *kami* de Mars avaient un analogue terrestre chez les colons eux-mêmes, la force qu'Hiroko appelait *viriditas*, cette force verdoyante et fructifère qu'ils portaient en eux, qui savait que le monde sauvage est saint. *Kami, viriditas* c'était la combinaison de ces forces sacrées qui permettrait de donner une signification à l'existence des humains ici.

Lorsque Michel entendit Evgenia chuchoter le mot combinaison, tous les termes formèrent aussitôt un rectangle sémantique dans son esprit : *kami* et *viriditas*, Mars et la Terre, la haine et l'amour, l'absence et le désir. Puis le kaléidoscope se mit en place, les rectangles se replièrent dans son esprit, toutes les antinomies s'effondrèrent pour former une seule et splendide rose, le cœur de l'aréophanie, le *kami* se fondit dans la *viriditas*, le vert et le rouge flamboyant ensemble. Michel avait la bouche entrouverte, la peau brûlante. Il ne pouvait rien expliquer et ne le voulait pas. Dans ses veines, son sang courait comme du feu.

Hiroko cessa sa mélopée, leva la main vers sa bouche, et mangea la terre qui était dans sa paume. Tous les autres l'imitèrent. Michel leva la main : ça faisait beaucoup de terre à avaler. Mais il tendit la langue, en lécha une bonne moitié et sentit comme un choc électrique qui fusa jusqu'à son palais. Le gravier se changea en boue. Avec un goût de sel et de rouille, une trace pas désagréable de sels chimiques et d'œuf pourri. Il avala, avec une brève crispation de l'œsophage. Et l'autre moitié suivit. Un marmonnement irrégulier montait du cercle des fidèles, fait de voyelles qui s'enchaînaient : aaa, eee, iii, ooo, uuu… Ils s'attardaient sur chacune pendant une minute environ. Les sons se répétèrent, créant des harmoniques étranges. Et Hiroko reprit une mélopée. Tous se levèrent, et Michel aussi. Ils se déplacèrent tous vers le centre du cercle, Evgenia et Ellen entraînant Michel par les bras. Bientôt, tous se pressèrent contre Hiroko. Michel sentit le contact de toutes ces peaux tièdes contre la sienne.

Ceci est notre corps. Certains s'embrassaient, les yeux clos. Ils bougeaient lentement, formant de nouvelles configurations sans jamais perdre le contact des autres. Michel sentit une toison pubienne sur ses fesses, et crut deviner un pénis en érection contre sa hanche. Dans son estomac, il sentait le poids de la terre, mais il avait la tête légère, flottante. Le feu circulait toujours dans ses veines, et sa peau était comme la baudruche d'un ballon. Dans le ciel, il y avait un nombre d'étoiles étonnant, chacune avec sa couleur propre, verte, rouge, jaune ou bleue. Comme des étincelles.

Il était un phénix. Hiroko se pressait contre lui, et il se dressa au centre du feu, prêt à renaître. Elle étreignit son nouveau corps, le serra. Elle était grande et tout en muscles. Ses yeux se rivèrent aux siens. Ses seins étaient collés à ses côtes, et son mont de Vénus à sa cuisse. Elle l'embrassa longuement, la langue dardée entre ses dents. Il perçut le goût de la terre et sentit Hiroko dans le même temps, tout entière. Il sut que durant toute sa vie, le souvenir de cette sensation suffirait à déclencher une érection. Mais là, en cet instant, il était trop subjugué, totalement embrasé.

Hiroko rejeta la tête en arrière et le regarda. L'air grondait dans ses poumons. En anglais, d'une voix calme et douce, elle lui dit :

— Ceci est ton initiation dans l'aréophanie, la célébration du corps de Mars. Bienvenue. Nous adorons le monde. Nous voulons nous y faire une place pour y vivre, un lieu qui soit beau et martien, tel qu'on ne le connaît pas sur Terre. Nous avons construit un refuge caché dans le sud, et à présent, nous allons partir.

« Nous te connaissons et nous t'aimons. Nous savons que ton aide pourra nous être utile. Nous savons que tu pourras avoir besoin de la nôtre. Nous voulons construire ce que tu appelles de tout ton désir, ce que tu n'as pas trouvé ici. Mais sous des formes nouvelles. Car nous ne pouvons jamais revenir en arrière. Nous ne devons aller que de l'avant. Trouver notre propre chemin. Nous commençons cette nuit. Nous voulons que tu viennes avec nous.

Et Michel dit :

— Je viens.

CINQUIÈME PARTIE

Chute dans l'Histoire

Le labo bourdonnait doucement. Les bureaux, les tables et les paillasses étaient encombrés d'objets, les murs blancs couverts de graphiques, de cartes et de coupes. Et le tout vibrait doucement sous la lumière artificielle. Un labo comme les autres : à la fois propre et net, et en désordre. L'unique fenêtre, dans un coin, était obscure et ne reflétait que l'intérieur. Il faisait nuit. Le bâtiment était presque vide.

Mais deux hommes en blouse étaient penchés sur une des paillasses, les yeux fixés sur l'écran d'un ordinateur. Le plus petit tapota sur le clavier avec son majeur, et l'image changea. Des vrilles vertes sur un fond noir. Elles sinuaient, ce qui leur donnait un relief accentué, comme si elles étaient vraiment là, à l'intérieur d'une boîte. Une image enregistrée par un microscope électronique. L'écran entier ne représentait que quelques microns.

— Ce que tu observes là, dit le plus petit des deux chercheurs, c'est une sorte de réparation plasmidique de la séquence génétique. Des ruptures des chaînons originaux ont été identifiées. Les séquences de remplacement sont synthétisées, et quand ces séquences de remplacement sont introduites en masse dans la cellule, les ruptures apparaissent comme des sites d'attache et les remplacements se conforment aux originaux.

— Tu les introduis par transformation ? Par électroporation ?

— Par transformation. Les cellules traitées sont injectées, et les chaînons de réparation font un transfert conjugal.

— In vivo ?

— In vivo.

L'autre siffla doucement.

— *Et comme ça, vous pouvez réparer n'importe quelle petite chose ? Une erreur de division cellulaire ?*

— *C'est exact.*

Les deux hommes ne quittaient pas du regard les vrilles sur l'écran, qui se développaient comme des pampres sous la brise.

— *Et vous avez des preuves ?*

— *Vlad ne t'a pas montré les souris dans la salle d'à côté ?*

— *Si.*

— *Elles ont quinze ans.*

Nouveau sifflement.

Ils passèrent dans la salle aux souris en bavardant à voix basse, comme pour respecter le bourdonnement des machines. Le plus grand se pencha avec curiosité sur une cage où des pelotes de fourrure soufflaient sous des copeaux de bois.

Quand ils sortirent de la salle, ils éteignirent toutes les lumières. Le scintillement du microscope électronique illuminait de vert le premier labo. Les deux chercheurs s'approchèrent de la fenêtre, sans cesser de bavarder. Ils regardèrent au-dehors. Le ciel était passé au violet : le jour approchait. Les étoiles s'estompaient. Et là-bas, sur l'horizon, se dessinait la masse énorme d'un volcan au sommet aplati : Olympus Mons, la plus haute montagne du système solaire.

Le plus grand des deux hommes secoua la tête et déclara :

— *Ça change tout, tu sais.*

— *Je sais.*

Du fond du puits, le ciel était une pièce de monnaie rose brillante. Un kilomètre de diamètre pour sept kilomètres de profondeur, mais, depuis le fond, le puits semblait plus étroit et plus profond à la fois. Illusion de perspective de l'œil humain.

Tout comme cet oiseau qui volait là-haut dans le ciel, et qui semblait tellement grand. Si ce n'est qu'il ne s'agissait pas d'un oiseau.

— Hé ! cria John.

Le directeur du puits, un Japonais au visage rond du nom d'Etsu Okakura, se tourna vers lui, et John entrevit son sourire nerveux. Il avait une dent teintée.

Okakura leva la tête.

— Quelque chose tombe ! s'exclama-t-il. Courons !

Ils s'élancèrent sur le fond du puits. John constata très vite que la plus grande partie de la roche avait été dégagée pour révéler le basalte noir étoilé. Aucun effort n'avait été fait pour rendre le sol horizontal. Il essayait de courir plus vite, mais les cratères miniatures et les escarpements le ralentissaient. A ce stade du vol primitif, les instincts formés dans l'enfance se manifestaient à nouveau, et il ne pouvait s'empêcher de pousser trop fort à chaque pas, de prendre trop brusquement appui sur le sol non balisé, ce qui le faisait rebondir de façon erratique. Il finit par heurter un rocher du bout du pied, ce qui le déséquilibra. Il trébucha et tomba sur la pierre raboteuse, levant les bras pour protéger sa visière. Le fait qu'Okakura soit tombé en même temps que lui n'était qu'une faible consolation. Heureusement, la gravité qui les avait fait chuter avait aussi facilité leur fuite. Et la chose qui tombait du haut n'avait pas encore atteint le fond.

Ils se redressèrent et se remirent à courir. Okakura tomba une deuxième fois. John jeta un regard derrière eux et entrevit un reflet métallique à la seconde où la chose heurtait la roche. Il reçut l'écho de l'impact comme un coup dans les tympans. Des fragments argentés jaillirent, certains dans leur direction. Il s'arrêta net et testa l'air, craignant une éjection. Mais tout était silencieux.

Un grand cylindre hydraulique jaillit dans les airs et rebondit bruyamment sur leur gauche. Ils sursautèrent : ils ne l'avaient pas vu arriver.

Ensuite, le silence se rétablit. Ils demeurèrent immobiles encore une minute, puis Boone fit quelques gestes. Il était en sueur, ce qui n'était guère étonnant : leurs tenues pressurisées avaient été prévues pour les températures de la surface martienne, mais ici, au fond du puits, il faisait 49 degrés centigrades. C'était l'endroit le plus chaud de la planète. Il esquissa un geste pour aider Okakura à se redresser, mais s'arrêta net. Le Japonais préférait sans aucun doute se relever tout seul plutôt que de devoir un *giri* à Boone pour son aide. Si Boone, toutefois, avait bien compris ce concept japonais.

— Allons jeter un coup d'œil, dit-il simplement.

Okakura se releva et ils rebroussèrent chemin dans le boyau de basalte. Le puits avait depuis longtemps pénétré la roche dure. En fait, il était engagé à 20 % dans la lithosphère. Au fond, la température était suffocante, comme si leurs tenues n'étaient plus isolées. Boone inspirait avidement l'air frais. Il leva de nouveau le regard vers le ciel rose, tout en haut. La clarté du soleil illuminait une section conique du puits. En été, elle aurait dû pénétrer jusqu'au fond — mais non : ils étaient au sud du tropique du Capricorne. Dans l'ombre permanente.

Ils approchaient des restes fracassés d'un camion poubelle robot, un de ceux qui remontaient à la surface les fragments de roc arrachés en spirale à la paroi du puits. Les pièces de l'engin étaient mélangées à des cailloux sur une bonne centaine de mètres à partir du point d'impact. Au-delà, ils se faisaient rares. Le cylindre qui avait volé dans leur direction avait dû être propulsé.

Dans l'amas horriblement tordu, l'acier, le magnésium et l'aluminium avaient partiellement fondu.

— Est-ce que vous croyez que c'est vraiment tombé d'en haut ? demanda Boone.

Okakura ne répondit pas. Boone le regarda. L'autre examinait les restes de la machine en évitant son regard. Il avait peut-être peur, se dit Boone.

— Il s'est écoulé largement trente secondes entre l'instant où je l'ai aperçu et celui où il a touché le sol.

Trois mètres par seconde au carré. Plus qu'il n'en fallait pour atteindre la vélocité terminale. Donc, l'engin avait percuté le sol à 200 kilomètres à l'heure. Ce qui n'était pas si grave, en fait. Sur Terre, il aurait mis deux fois moins de temps, et ils se seraient peut-être trouvés dessous. Merde ! se dit Boone. S'il n'avait pas levé les yeux… Il fit un calcul rapide. La chose était sans doute au milieu du puits quand il l'avait détectée. Mais elle devait tomber depuis un certain temps.

Lentement, il s'avança entre la paroi du puits et la pile de débris. Le camion robot était tombé sur son flanc droit. Le flanc gauche, quoique déformé, était identifiable. Okakura escalada les débris avant de désigner une zone noire, immédiatement derrière le pneu avant gauche.

John le suivit et gratta le métal avec son gant. La couche noircie s'effaça comme de la suie. Une explosion de nitrate d'ammonium. Le corps de l'engin était tordu comme s'il avait été passé sous une presse.

— La charge était bien calculée, commenta John.

— Oui, dit Okakura avant de s'éclaircir la gorge.

Il était encore sous le coup de la frayeur, c'était visible. Mais oui… Le premier homme sur Mars avait bien failli être tué alors qu'il se trouvait sous sa protection. Et lui aussi, par la même occasion.

— Suffisante pour faire tomber le camion.

— Eh bien, comme je l'ai déjà dit, on a rapporté plusieurs cas de sabotage.

Le visage d'Okakura se crispa derrière sa visière.

— Mais qui en serait responsable ? Et pourquoi ?

— Je ne sais pas. Est-ce que quelqu'un, dans votre équipe, aurait des problèmes psychologiques ?

— Mais non.

Okakura avait pris une expression fermée. N'importe quel groupe de plus de cinq individus avait rencontré des difficultés, et la petite cité industrielle d'Okakura comptait quand même 500 habitants.

— C'est le sixième cas que je constate, dit John. Mais c'est le premier que je vis en direct. (Il rit. L'image de l'oiseau dans le ciel rose venait de lui revenir.) Il était facile pour n'importe qui de placer une bombe sous un camion robot avant qu'il ne redescende. Il suffisait d'un dispositif d'horlogerie ou d'un altimètre.

— Vous pensez aux rouges, fit Okakura d'un air soulagé. Nous en avons entendu parler. Mais... (Il haussa les épaules.) C'est fou...

— Oui.

John escalada prudemment l'amas de débris. Puis ils traversèrent à nouveau le fond du puits en direction de l'ascenseur qu'ils avaient emprunté pour descendre. Okakura était passé sur une autre fréquence et discutait avec son personnel de surface.

John s'arrêta un instant dans le puits pour un ultime regard.

Ses dimensions mêmes étaient difficiles à appréhender ; la pénombre, les lignes verticales faisaient penser à une cathédrale, mais posées au fond de ce trou gigantesque, les plus grandes cathédrales jamais construites auraient eu des allures de maisons de poupée. Les proportions irréelles avaient quelque chose d'étourdissant, et il décida qu'il était trop longtemps resté la tête basculée en arrière.

Ils remontèrent la pente ménagée dans la paroi jusqu'à la première cabine. Ils durent changer sept fois d'ascenseur en empruntant les chemins de correspondance taillés dans les parois. Peu à peu, la lumière ambiante ressemblait à celle du soleil. En levant les yeux, John vit l'endroit où la double spirale des routes se rejoignait sur le rebord du puits. Mais, en se retournant, il ne parvint pas à distinguer le fond, perdu maintenant dans la pénombre.

Les deux dernières cabines leur permirent de franchir le régolite : d'abord le mégarégolite, qui ressemblait à une couche rocheuse fracturée, puis le régolite lui-même, fait de roc, de gravier et de glace compressés dans une couche de ciment, une paroi incurvée qui évoquait un barrage et qui s'achevait sous un angle impossible qui transformait l'ascenseur en funiculaire à crémaillère.

Finalement, ils surgirent à la surface, sous le soleil.

Boone quitta la cabine du funiculaire et regarda vers le bas.

La retenue de régolite évoquait un cratère aux parois lisses, avec une route à deux voies qui descendait en spirale. Mais un cratère sans fond. Un mohole[1]. Il distinguait l'entrée du puits, mais l'ensemble était plongé dans l'ombre. Seule la route accrochait quelques rayons de soleil et elle donnait ainsi l'illusion d'un escalier planté dans le vide, qui descendait vers le noyau de la planète.

Trois camions géants remontaient lentement le dernier tronçon de route, chargés de blocs de roche noire. Depuis quelques jours, il leur fallait cinq heures pour remonter du fond, avait dit Okakura. L'ensemble du projet n'exigeait que peu de surveillance. Les habitants de la ville nouvelle n'avaient à s'occuper vraiment que du programme, du déploiement, de la maintenance, des pannes éventuelles. Et, depuis peu, de la sécurité.

La ville, baptisée Senzeni Na, était dispersée sur le fond du plus profond des canyons de Thaumasia Fossae. Près du grand trou se trouvait le parc industriel. On y fabriquait le matériel d'excavation et on y traitait la roche dont on extrayait les métaux utiles. Boone et Okakura entrèrent dans la station de bordure, échangèrent leurs tenues pressurisées pour des sauteurs cuivrés avant d'emprunter l'un des tubes transparents qui reliaient tous les bâtiments de la ville. L'intérieur était froid et ensoleillé, et tout le monde portait le même vêtement cuivré, la dernière trouvaille des Japonais en matière de protection antiradiations. Partout, des créatures de

---

1. Andrija Mohorowicic, géologue croate (1857-1936), définit les différences entre les couches terrestres par rapport aux séismes. La « discontinuité de Mohorowicic » sépare la croûte terrestre du manteau. Dans les années 60, il fut question de forer des puits à partir du fond océanique en direction du manteau. Ces puits furent nommés moholes. *(N.d.T.)*

cuivre circulaient dans les tubes, comme des fourmis verticales. Dans le ciel, le nuage thermal se cristallisait en givre et jaillissait comme la vapeur d'une valve avant d'être emporté par les vents d'altitude en une longue traînée de condensation aplatie.

Les quartiers d'habitation avaient été construits dans la paroi sud-est du canyon. On avait découpé un immense rectangle dans la falaise pour le remplacer par du verre. Audelà, un hall élevé et ouvert permettait l'accès aux appartements en terrasse, sur cinq niveaux.

Boone suivit Okakura dans le hall : il le conduisait vers le secteur des bureaux, au cinquième étage. Un petit groupe se forma autour d'eux. Les gens avaient l'air inquiets, ils bavardaient ou interrogeaient Okakura. Ils entrèrent tous dans le bureau et passèrent sur la terrasse. Okakura raconta l'incident, en japonais, sous le regard vigilant de John. Le public semblait nerveux, et ils étaient nombreux à éviter de rencontrer le regard de John. L'incident avait-il pu susciter le *giri* ? Il était sans doute important pour eux de ne pas attirer l'attention publique, ou quelque chose de ce genre. La honte, pour les Japonais, était un élément important, et l'expression d'Okakura s'assombrissait, comme s'il avait décidé que la chose était arrivée par sa faute.

— Ecoutez, risqua John, héroïque, ça peut être aussi bien le fait d'étrangers que d'habitants de la ville. (Il fit quelques suggestions pour la sécurité.) La bordure du cratère constitue une barrière parfaite. Mettez en place un système d'alarme, et que quelques personnes de la station gardent un œil sur tout le dispositif et les ascenseurs. C'est une perte de temps, mais je pense qu'il faut le faire.

Avec une expression méfiante, Okakura lui demanda s'il avait la moindre idée de l'identité des saboteurs. John haussa les épaules.

— Pas la moindre. Désolé. Des gens qui sont contre les moholes, je suppose.

— Mais les moholes sont déjà creusés, remarqua quelqu'un.

— Je sais. Mais ça peut être symbolique. (John sourit.) Evidemment, si un camion écrase quelqu'un, ce sera un mauvais symbole.

Ils acquiescèrent gravement. Il aurait aimé avoir le don qu'avait Frank pour les langues. Cela lui aurait été bien utile. Ces gens étaient inscrutables, difficiles à percer.

Ils se demandaient s'il allait laisser tomber.

— Bon, je n'ai rien. On nous a manqués. Il faudra faire des recherches, d'accord, mais pour aujourd'hui, nous suivons le programme prévu.

Et Okakura, en compagnie de plusieurs hommes et femmes, lui fit faire le tour de la ville. Souriant et décontracté, il visita les laboratoires, les salles de réunions, les salons et les grands réfectoires. Il ne cessait de serrer des mains en disant *Hi*. A la fin, il fut convaincu d'avoir rencontré la moitié de la population de Senzeni Na. La plupart n'avaient pas encore appris l'incident, et ils se montraient tous ravis de le rencontrer, de lui secouer la main, de lui adresser quelques mots, de le dévisager ou de lui montrer telle ou telle chose. Cela lui rappelait tout à fait ses années de parade entre la première et la seconde expédition.

Mais c'était son job. Une heure de travail, et quatre heures de spectacle du premier homme sur Mars : le quota habituel. On glissait vers le soir, et toute la ville se rassembla pour le grand banquet donné en son honneur, et il joua son rôle. Avant tout, se montrer détendu, ce qui n'était pas facile ce soir. En vérité, il s'offrit une pause, et gagna brièvement la salle de bains de sa chambre pour avaler une des capsules mises au point par l'équipe médicale de Vlad, à Acheron. De l'omegendorphe, un mélange synthétique de tous les opiacés et de toutes les endorphines qu'ils avaient trouvés dans l'arsenal de la chimie cérébrale. La meilleure drogue que Boone ait jamais pu imaginer.

Il retourna au banquet tout à fait relaxé. Presque heureux, en fait. Il avait échappé à la mort en courant comme un homme des bois ! Il existait donc des endorphines appréciables. Il allait de table en table avec aisance, posant des questions à tous. Les gens aimaient ça, ils avaient le sentiment de participer à un vrai festival en rencontrant John Boone. Et il aimait ça, lui aussi. C'était ce qui rendait la célébrité supportable. Car, lorsqu'il posait des questions, les gens se précipitaient pour lui répondre, comme des saumons bondissant sur une mouche. Mais ce soir, c'était plus particulier, comme s'ils éprouvaient tous le besoin d'équilibrer la situation, parce qu'ils en savaient tant sur lui alors qu'il ne connaissait presque rien d'eux. C'est ainsi qu'avec les encouragements appropriés, parfois une seule incitation bien calculée, ils débordaient d'informations personnelles stupéfiantes : des témoignages, des confidences, des aveux.

Il passa donc sa soirée à tout apprendre de la vie à Senzeni Na. « Je veux dire, qu'avons-nous fait ? » Suivi d'un rapide sourire. Après quoi, on le raccompagna dans la suite réservée aux hôtes, avec ses chambres et son lit de bambou. Dès qu'il fut seul, il connecta sa boîte de codage au téléphone et appela Sax Russell.

Russell se trouvait au nouveau quartier général de Vlad, un complexe de recherche édifié sur une étroite arête, dans le site spectaculaire d'Acheron Fossae, au nord d'Olympus Mons. Il y passait tout son temps à étudier le génie génétique comme un collégien. Il avait acquis la conviction que la bio-technologie était la clé du terraforming, et il était bien décidé à la creuser jusqu'à être capable de contribuer personnellement à cet aspect du développement. Même s'il avait suivi des études de physique.

La biologie moderne avait une réputation atroce, et la plupart des physiciens la détestaient. Mais les gens d'Acheron déclarèrent à Sax qu'il s'y était très bien mis, ce que John croyait sans le moindre doute. Sax, quant à lui, émettait quelques doutes sur ses progrès, mais il était évident qu'il avançait très vite. Il en parlait constamment.

— C'est crucial, disait-il. Nous avons besoin d'extraire de l'eau et de l'azote du sol, et du gaz carbonique de l'air. Et la biomasse nous permettra l'un et l'autre.

Il ne décollait donc pas des labos et des écrans.

Il écouta le rapport de John avec son impassibilité habituelle. Une parodie de savant, se dit John. Il portait même une blouse. Ce qui rappela à John une histoire que racontait un des assistants de Sax et qui faisait toujours rire dans les soirées. Lors d'une expérience aussi secrète qu'oubliée, une centaine de rats de labo auxquels on avait injecté une piqûre d'intelligence étaient devenus des génies. Ils s'étaient alors révoltés, ils s'étaient enfuis, ils avaient capturé le principal responsable des recherches et lui avaient réinjecté tout leur savoir en utilisant une méthode inventée en une fraction de seconde. Leur victime était un savant du nom de Saxifrage Russell, éternellement en blouse blanche, collé dans son labo. Et son cerveau était désormais la résultante d'une centaine de rats superintelligents.

— Et c'est pour ça qu'on lui a donné le nom d'une fleur, comme on le fait pour les rats de labo, vous saisissez ?...

Ce qui en disait long. John ne put s'empêcher de sourire en achevant son rapport, et Sax pencha la tête d'un air curieux.

— Tu crois que ce camion était destiné à te tuer ?
— Je l'ignore.
— Et les gens réagissent comment ?
— Ils ont peur.
— Ils pensent qu'on peut les tenir pour responsables ?

John haussa les épaules.

— J'en doute. Ils s'inquiètent seulement de ce qui va se passer maintenant.

Sax leva la main.

— Ce genre de sabotage ne risque pas de mettre le projet en péril, dit-il doucement.
— Je le sais.
— Mais qui est à la base de ça ?
— Je ne sais pas.
— Est-ce que ça ne pourrait pas être Ann ? Est-ce qu'elle ne serait pas devenue un autre prophète, comme Hiroko ou Arkady, avec ses fidèles, un programme et tout ça ?...
— Toi aussi, tu as un programme et des fidèles, lui rappela John.
— Mais je ne leur dis pas de casser le matériel ni d'assassiner les gens.
— Certains pensent que tu vas foutre Mars en l'air. Et que les gens vont certainement mourir dans les accidents en chaîne que provoquera le terraforming.
— Mais qu'est-ce que tu me racontes là ?
— Je te rappelle certaines choses. J'essaie de te faire comprendre pourquoi certains pourraient tenter ce qui a failli réussir.
— Alors tu penses que c'est Ann ?

— Ou Arkady, ou Hiroko, ou quelqu'un d'une des nouvelles colonies et dont nous n'avons jamais entendu parler. Nous sommes nombreux, maintenant. Et les factions se sont multipliées.

— Je sais. (Sax s'approcha d'un comptoir et prit sa vieille chope à café fatiguée.) J'aimerais que tu essaies de savoir qui a fait ça. Va où il faut. Parle avec Ann. Essaie de la raisonner. (Une note plaintive perça dans sa voix.) Moi, je ne peux plus lui adresser la parole.

John fut surpris par cette émotion apparente. Sax prit son silence pour une hésitation et ajouta :

— Je sais que ce n'est pas vraiment ton truc, mais ils te parleront tous. Tu es le seul qui puisse se vanter de ça. Je sais que tu t'occupes des moholes, mais ton équipe peut s'en charger en partie. Il n'y a vraiment personne d'autre que toi qui puisse le faire. Et nous n'avons pas de police à mettre sur l'affaire. Quoique si d'autres incidents se produisent, l'AMONU interviendra.

— Ou bien les transnationales, ajouta Boone.

Il réfléchit et revit le camion qui tombait du ciel rose.

— D'accord. J'irai parler à Ann, de toute façon. Ensuite, il faudra que nous nous réunissions pour discuter de la sécurité concernant tous les projets de terraforming. Si nous arrivons à éviter d'autres incidents, l'AMONU ne s'en mêlera pas.

— Merci, John.

Il sortit sur le balcon. Le hall de la ville était planté de pins d'Hokkaido et l'air glacé était saturé de leur parfum. Des silhouettes de cuivre circulaient entre les arbres. Il tenta de réfléchir à la situation nouvelle qui s'était créée. Depuis dix ans, il travaillait sur le terraforming avec Russell, sur les taupinières, les relations publiques, et tout le reste, et ça lui plaisait. Mais il n'était à la pointe d'aucune des sciences représentées, et ça n'était pas à lui de prendre les vraies décisions. Il avait conscience que leurs adversaires ne s'en prenaient à lui qu'en tant que figure de proue, parce qu'il était une célébrité sur Terre, un astronaute stupide qui avait eu de la chance une première fois et qui avait remis ça. Mais ça ne le tourmentait pas : il y avait toujours des nains qui cherchaient à vous ramener à leur taille. Non, tout se passait très bien, d'autant plus que dans la situation actuelle, ils se trompaient. Car son pouvoir était considérable, même s'il n'arrivait pas à le mesurer lui-même dans ces meetings sans fin, et toutes ces rencontres. Il avait une réelle influence sur le choix des autres. Le pouvoir, après tout, ne résidait pas dans les diplômes et les titres. C'était une question de vision, de persuasion, de liberté de mouvement, de célébrité, d'influence. Et les figures de proue devaient jouer leur rôle, indiquer le cap.

Malgré tout, il se posait quelques questions au sujet de sa nouvelle mission. Elle serait problématique, difficile, sans doute risquée... Mais avant tout, ce serait un défi. Un nouveau défi. Ça lui plaisait plutôt. Quand il se mit au lit (John Boone a dormi ici !), il prit conscience qu'il était non seulement le premier homme à avoir posé le pied sur Mars, mais le premier détective de la planète rouge. Il sourit à cette pensée, et les dernières molécules d'omegendorphe scintillèrent le long de ses nerfs.

Ann Clayborne explorait les montagnes qui entouraient Argyre Planitia, ce qui voulait dire que John pouvait la rejoindre en planeur à partir de Senzeni Na. Très tôt le matin, il embarqua à bord du ballon-ascenseur pour monter vers le sommet du mât d'amarrage des dirigeables. En découvrant la vue des grands canyons de Thaumasia, il fut émerveillé. Il accéda par le dirigeable à l'un des planeurs arrimés sous sa nacelle et se glissa dans le cockpit.

Il se harnacha, libéra l'amarre, et le planeur, dans un premier temps, tomba comme une pierre. Jusqu'à ce qu'il rencontre le courant thermal du mohole qui le relança violemment vers le haut. John se battit un instant avec les commandes et réussit à lancer la grande chose arachnéenne dans une vrille ascendante, tout en affrontant les rafales : il avait l'impression de chevaucher une bulle de savon au-dessus d'un feu de camp !

A 5 000 mètres, le nuage du mohole s'épanchait vers l'est. John profita de la spirale ascendante et se dirigea vers le sud-est. Maintenant, il avait le planeur bien en main. Mais il devrait être prudent dans les courants pour atteindre Argyre.

La plainte du vent sur les membrures montait dans les éclaboussures jaunes et éblouissantes du soleil. La terre, sous lui, était d'un orangé sombre et âpre qui s'éclaircissait vers l'horizon. Les Highlands du sud étaient ocellées de cratères dans toutes les directions, avec cet aspect lunaire que l'on retrouvait dans toutes les saturations de cratères. John adorait survoler ces paysages, et il pilotait presque inconsciemment, concentré sur la vision qui se déployait. C'était un bonheur réel que de voler dans le vent sans vraiment penser à rien. En cette année 2047 (M.10), il avait soixante-quatre ans, il était l'homme le plus célèbre de l'humanité depuis près de trente ans. Et de plus en plus heureux quand il se retrouvait seul dans les airs.

Une heure s'écoula avant qu'il ne pense à sa nouvelle mission. Le plus important était de ne pas se laisser prendre dans les fantasmes des loupes et de la cendre de cigare, des tueurs en chaussures à semelle de crêpe. Même en plein ciel, il pouvait déjà travailler. Il appela Sax et lui demanda s'il pouvait connecter son analyseur d'informations avec la banque de données de l'AMONU sur l'immigration et les voyages planétaires sans que l'AMONU soit alertée. Sax lui répondit après un moment qu'il pouvait le faire, et John lui envoya une série de questions. Une heure et plusieurs cratères plus tard, le voyant rouge de Pauline se mit à clignoter frénétiquement, ce qui indiquait un chargement de données. John lança l'analyseur, avant de se pencher sur les résultats qui apparaissaient sur l'écran.

Les schémas de déplacement étaient déroutants, mais il espérait que s'ils étaient mis en parallèle avec les sabotages, quelque chose apparaîtrait. Bien sûr, certains échappaient aux recensements. Ils constituaient la colonie cachée. Et qui pouvait dire ce que Hiroko et les autres pensaient des projets de terraforming ? Ça valait quand même le coup d'aller y faire un tour…

Nereidium Montes surgit à l'horizon. Les mouvements tectoniques, sur Mars, avaient été très espacés, ce qui expliquait la rareté des chaînes montagneuses. Celles que l'on rencontrait étaient formées de cratères avec des anneaux de déjection qui avaient été brisés par des impacts, à tel point que les débris étaient retombés sur plusieurs kilomètres, sous forme de rocs rugueux, en cercles concentriques. Hellas et Argyre, qui étaient les bassins les plus importants, avaient par conséquent les plus hautes chaînes. Phlegra Montes, sur les pentes d'Elysium, la seule autre chaîne majeure de Mars, était probablement ce qui subsistait d'un bassin d'impact investi plus tard par les volcans d'Elysium, ou par ceux de l'ancien Oceanus Borealis. La question était très controversée, et Ann, l'autorité suprême, dans ces matières, pour John, n'avait jamais donné son opinion.

Nereidium Montes délimitait le pourtour nord d'Argyre, mais Ann et son équipe exploraient le sud, dans la région de Charitum Montes. Boone infléchit la course du planeur vers le sud et, au début de l'après-midi, il reprit de l'altitude au-dessus de la plaine d'Argyre. Après le relief sauvage des cratères des Highlands, le sol du bassin paraissait lisse. L'étendue jaunâtre d'Argyre n'était délimitée que par les crêtes incurvées des chaînes périphériques. Ce qui suffisait à donner une idée de la dimension de l'impact initial. Une perspective fantastique. Boone avait survolé des milliers de cratères martiens, et il savait quelles tailles ils pouvaient atteindre, mais Argyre était au-delà de toute mesure. Un cratère aussi énorme que Galle, tout proche, avait l'air d'une petite pustule ! C'était comme si une planète s'était fracassée ici ! Ou, du moins, un astéroïde drôlement gigantesque.

A l'intérieur du cratère, au sud-est, près des collines de Charitum, il repéra la mince ligne blanche d'une zone d'atterrissage. Facile de repérer les constructions de l'homme dans ce paysage désolé. Elles étaient comme autant de balises. Des colonnes d'air chaud montaient des collines réchauffées par le soleil, et il plongea dans la première qu'il rencontra. Il perdit de l'altitude, et les ailes vibrèrent comme un diapason. Puis il tomba comme un roc, comme un astéroïde, songea-t-il en souriant, et il se prépara à se poser dans une ultime manœuvre élégante, avec toute la précision dont il était capable, conscient de sa réputation de pilote qu'il entretenait, bien sûr, à chaque occasion. Cela aussi faisait partie de son boulot. Mais il s'avéra qu'il n'y avait que deux femmes dans les caravanes proches de la piste, et elles ne l'avaient pas vu se poser, trop absorbées par les infos télévisées de la Terre. Elles redressèrent la tête quand il passa le sas et se levèrent aussitôt pour l'accueillir. Elles lui apprirent qu'Ann était dans un des canyons avec son équipe, sans doute à moins de deux heures de là. John déjeuna en leur compagnie. Elles étaient anglaises, avec un accent du nord, rude mais charmant. Il prit un patrouilleur et suivit les traces qui allaient dans la direction d'une colline de Charitum. Pendant une heure, il sinua dans le lit d'un arroyo et rejoignit enfin une caravane accompagnée de trois patrouilleurs.

La caravane était vide. Des traces de pas allaient dans toutes les directions. Après avoir réfléchi un instant, Boone escalada un tertre à l'ouest du camp, et s'assit au sommet. Puis il s'étendit et dormit jusqu'à ce que le froid s'infiltre dans son marcheur. Il avala alors une capsule d'omegendorphe tout en observant les ombres des collines qui rampaient vers l'est. Il repensa à l'incident de Senzeni Na, passa en revue toutes les heures qui l'avaient précédé et suivi, les expressions des gens, leurs propos. En retrouvant l'image du camion tombant du ciel rose, il sentit son pouls s'accélérer.

Des silhouettes de cuivre venaient d'apparaître au pied des collines, à l'ouest. Il se redressa et descendit pour aller les rejoindre.

— Qu'est-ce que tu fais ici ? lui demanda Ann sur la fréquence des Cent Premiers.

— Il faut qu'on se parle.

Elle émit un vague grognement et coupa la communication.

Même sans John, la caravane aurait été surpeuplée. Ils étaient assis dans la pièce principale, genou contre genou, pendant que Simon Frazier réchauffait une sauce pour les spaghettis dans la minicuisine. L'unique fenêtre faisait face à l'est, et ils mangèrent en regardant les ombres se déployer dans l'immense bassin d'Argyre. John avait apporté un demi-litre de cognac utopien, et il le présenta au dessert, salué par des murmures d'approbation. Il insista pour faire la vaisselle pendant que les aréologues dégustaient l'alcool, et leur demanda comment se passaient leurs recherches. Ils espéraient relever les traces des anciens épisodes glaciaires de la planète, ce qui permettrait d'établir un modèle des premiers âges de Mars, avec des océans dans les parties basses.

Mais Ann désirait-elle vraiment trouver les preuves d'un passé océanique ? se demanda John. Car c'était un support moral pour le projet de terraforming. Cela impliquait qu'ils ne faisaient que restaurer l'état antérieur des choses. Il était probable qu'elle se montrerait réticente à découvrir ce genre de preuve. Est-ce que cela pouvait réellement influer sur son travail ? Bien sûr, en profondeur. Même si elle n'en avait pas conscience. La conscience n'était qu'une mince lithosphère qui entourait un grand noyau brûlant. Un policier ne devait jamais perdre ça de vue.

Mais tous semblaient s'accorder pour dire qu'ils n'avaient pas relevé la moindre trace de glaciation. Et c'étaient d'excellents aréologues. Il y avait les grands bassins élevés, qui évoquaient des cirques, et des vallées hautes en U typiques des vallées glaciaires de la Terre, et certaines configurations en paroi et dôme qui pouvaient résulter d'une abrasion glaciaire. Tous ces traits propres à Mars avaient été relevés sur les premiers clichés des satellites, en même temps que quelques reflets dans lesquels on avait cru voir des lissages glaciaires. Mais, sur le terrain, rien ne tenait plus. Pas le moindre lissage glaciaire, même dans les secteurs les plus abrités des vents des vallées en U. Pas de moraines, latérales ou frontales. Pas de signes d'abrasion ou de lignes anciennes de transitions là où des *nanatuks* se seraient érigés, même dans les plus hautes couches de glace ancienne. Rien. C'était un nouveau cas de ce que l'on nommait l'aréologie du ciel, dont l'histoire remontait au-delà des premières photos prises par les sondes, jusqu'aux télescopes. Les canaux de Mars appartenaient à l'aréologie, et des hypothèses bien plus absurdes avaient été formulées. Pour être toutes dépassées maintenant par la rigueur de l'aréologue au sol. Comme on disait : on les jetait dans le canal.

La théorie glaciaire, néanmoins, et le modèle océanique auquel elle appartenait avaient perduré. D'abord parce que chaque modèle de la formation planétaire indiquait que l'eau avait dû être dégagée de la masse. Il avait bien fallu qu'elle aille quelque part. Ensuite, se disait John, parce qu'ils seraient nombreux à être rassurés si le modèle océanique était confirmé. Ils se sentiraient moralement plus à l'aise vis-à-vis du terraforming. Quant aux opposants... Oui, il n'était pas surpris que l'équipe d'Ann n'ait rien trouvé. Sous l'influence du peu de cognac qu'il avait bu, irrité par leur attitude inamicale, il leur demanda depuis la minicuisine :

— Mais s'il y a eu des glaciers sur Mars, le plus récent devrait remonter à... disons un milliard d'années, non ? Ce qui suffirait à effacer les traces superficielles, je le pense, le lissage glaciaire, les moraines et les nanatuks. Pour ne laisser que la configuration grossière du paysage, ce qui est exactement ce que nous rencontrons. Non ?...

Ann était jusque-là restée silencieuse, mais elle dit enfin :

— Les formes du paysage ne correspondent pas exclusivement à une glaciation. Elles sont communes à toute la planète parce qu'elles ont toutes été créées par des rochers qui sont tombés du ciel. Ici, on peut tout trouver. Les formes les plus bizarres ne sont limitées que par leur angle de repos.

Elle avait refusé son cognac, ce qui avait surpris John. Elle fixait le sol avec une expression de dégoût.

— Pas pour les vallées en U, dit John.

— Mais si.

— Le problème, intervint Simon d'une voix calme, c'est que le modèle océanique est très difficile à confirmer ou à infirmer. On peut ne pas en trouver la moindre preuve valable, ce qui est notre cas, mais on ne peut rien conclure de cela non plus.

John invita Ann à une promenade dans le crépuscule. Elle se montra réticente. Mais cela faisait partie de son rite de fin de journée, ils le savaient tous, et elle finit par accepter avec une brève grimace et un regard appuyé.

Il la conduisit vers le tertre où il avait fait sa sieste. Le ciel formait une arcade prune au-dessus des dents de scie noires des crêtes. Les étoiles apparaissaient en flots rapides, à chaque regard. Il restait immobile auprès d'Ann, qui détournait les yeux. Ils auraient pu se trouver sur Terre, ce soir.

Elle était plus grande que lui, svelte, anguleuse. John l'aimait bien. Mais les sentiments qu'elle avait pu éprouver réciproquement à son égard s'étaient dissipés quand il avait décidé de travailler avec Sax. Il aurait pu faire ce qu'il voulait, lui disait son regard dur, et il avait choisi le terraforming.

Il leva la main, le majeur pointé. Elle tapota alors son bloc de poignet et il entendit son souffle dans son oreille.

— Alors ?

Elle évitait toujours son regard.

— C'est à propos des sabotages.

— Je le savais. Je suppose que Russell pense que c'est moi qui suis derrière tout ça.

— Ce n'est pas vraiment...

— Il me croit stupide ? Il pense vraiment que je suis capable de me dire que quelques actes de vandalisme pourraient interrompre vos jeux de gamins ?

— Il n'y a pas que cela. On compte six incidents majeurs, dont n'importe lequel aurait pu provoquer des morts.

— Parce qu'on peut tuer des gens en faisant basculer des miroirs de leur orbite ?

— Oui, les gens de la maintenance, par exemple.

Elle souffla d'un air excédé.

— Qu'est-ce qui s'est passé encore ?

— Un camion a basculé dans un mohole, hier, et il a failli m'écraser. (Elle cessa de respirer.) C'est la troisième fois que ça se passe. Et le miroir dont tu parlais est parti en spirale avec une fille de l'équipe d'entretien. Elle a dû ramer toute seule jusqu'à une station. Et elle a eu de la chance d'y arriver. Il y a aussi ces explosifs qui se sont déclenchés accidentellement dans le mohole d'Elysium, juste une minute après la fin du travail. Et aussi tous ces lichens d'Underhill, détruits par un virus qui a envahi tout le labo.

Ann haussa les épaules.

— Mais qu'est-ce que vous attendez des gems ? C'était probablement un accident. Je suis surprise que ça n'arrive pas plus souvent.

— Ça n'était pas un accident.

— C'est zéro plus zéro. Russell me prend vraiment pour une idiote.

— Tu sais bien que non. Mais c'est une question de déséquilibre. La Terre a investi beaucoup d'argent dans ce projet, mais il suffirait de très peu de mauvaise publicité pour qu'il soit abandonné.

— Ça se pourrait. Mais tu devrais t'écouter lorsque tu dis ce genre de choses. Toi et Arkady, vous êtes les meilleurs avocats qui soient pour une sorte de nouvelle société martienne, plus Hiroko, sans doute. Mais si l'on considère la façon dont Russell, Frank et Phyllis gèrent le capital terrien, tout va nous échapper. On retombera dans le monde des affaires et tes idées seront oubliées.

— J'ai tendance à croire que nous voulons tous la même chose, dit John. D'abord, faire du bon travail dans un bon milieu. Nous exagérons simplement nos différences sur les moyens d'y parvenir, c'est tout. Si nous pouvions seulement coordonner nos efforts, travailler comme une seule équipe…

— Mais nous ne voulons pas les mêmes choses ! Tu veux changer Mars, pas moi. C'est aussi simple que ça.

— Eh bien…

Il hésitait, face à son amertume. Ils se déplaçaient lentement autour de la colline, en une danse complexe qui ressemblait à leur conversation, parfois face à face, ou dos à dos. Mais ils se parlaient au creux de l'oreille. John aimait les conversations radio en marcheur, il s'y était habitué. La voix de l'autre pouvait être si insidieuse, persuasive, caressante, hypnotique.

— Ça n'est pas aussi simple, malgré tout. Ce que je veux dire, c'est que tu es censée aider ceux qui se rapprochent le plus de tes opinions, et t'opposer aux autres.

— C'est ce que je fais.

— C'est pour cette raison que je suis venu te demander ce que tu savais à propos de ces saboteurs. Ça semble logique, non ?…

— Je ne sais rien d'eux. Mais je leur souhaite bonne chance.

— Personnellement ?

— Quoi ?

— J'ai relevé tes déplacements durant ces deux dernières années, et tu t'es toujours trouvée à proximité d'un incident, un mois avant ou après. Tu étais à Senzeni Na il y a quelques semaines, d'accord ?

Il guetta sa respiration. Elle était en colère.

— Ils se servent de moi comme couverture, marmonna-t-elle, et elle ajouta quelques mots vagues qu'il ne put saisir.
— Qui ?
Elle lui tourna le dos.
— John, tu ferais mieux d'interroger le Coyote à propos de tout ça.
— Le Coyote ?
Elle eut un rire sec.
— Tu n'as pas entendu parler de lui ? Les gens disent qu'il rôde à la surface sans marcheur. Il surgit n'importe où, comme ça. Quelquefois de l'autre côté de la planète la même nuit. C'est un grand ami d'Hiroko. Et le grand ennemi du terraforming.
— Tu l'as déjà rencontré ?
Elle ne répondit pas.
— Ecoute, insista John, il y a des gens qui se font tuer. Des innocents.
— D'autres innocents seront tués quand le permafrost va fondre et que le sol se dérobera sous nous. Mais je ne suis pas mêlée à toute cette histoire. Je fais mon travail, c'est tout. J'essaie seulement de relever ce qui était ici avant notre arrivée.
— Oui. Mais tu es la plus connue de tous les rouges, Ann. Et ces gens ont dû te contacter. J'aurais aimé que tu les décourages. Cela aurait pu permettre de sauver quelques vies.
Elle se retourna enfin pour lui faire face. La visière de son casque reflétait l'horizon ouest, violet et noir.
— Si tu quittais la planète, ça épargnerait des vies. C'est ce que je veux. Je préférerais te *tuer* si je pensais que ça peut être utile.
Après cela, ils n'avaient plus grand-chose à se dire. Tandis qu'ils regagnaient la caravane, il aborda le sujet d'une autre manière.
— Que penses-tu que soient devenus Hiroko et les siens ?
— Ils ont disparu.
— Elle ne t'en avait pas parlé ?
— Non. Et à toi, elle n'a rien dit ?
— Non. Elle ne communiquait qu'avec ceux de son groupe. Tu as une idée de l'endroit où ils ont pu aller ?

— Non.

— Et pour quelle raison ils sont partis ?

— Ils voulaient sans doute se libérer de nous. Faire quelque chose de neuf. Ce qu'Arkady et toi vous disiez, eux, ils le veulent réellement.

Il secoua la tête.

— Ils le veulent pour vingt personnes. Moi, je pense à tous.

— Ils sont peut-être plus réalistes.

— Peut-être. On va bien finir par trouver. Il y a plus d'un moyen d'y arriver, Ann. Il faut que tu apprennes ça.

Elle ne lui répondit pas.

Tous les regards convergèrent sur eux quand ils regagnèrent la caravane. Ann ne lui fut d'aucune aide : elle se déchaînait dans le coin-cuisine. John, assis sur un accoudoir de l'unique canapé, posa des questions aux autres à propos de leur travail, des niveaux d'eau dans le sol d'Argyre et, plus généralement, dans l'hémisphère sud. L'altitude des grands bassins était faible, mais ils avaient été déshydratés sous l'effet des impacts qui les avaient formés. Il semblait que l'eau, en général, ait été aspirée vers le nord. Autre élément du mystère : nul n'avait jamais expliqué pour quelle raison les deux hémisphères étaient tellement différents. C'était le grand problème de l'aréologie. Si on le résolvait, on aurait la clé de toutes les énigmes du paysage martien, tout comme la théorie des plaques tectoniques avait expliqué tant de mystères de la géologie. En fait, certains voulaient se servir une fois encore de l'explication tectonique, postulant qu'une croûte ancienne s'était repliée sur elle-même dans la moitié australe, que le nord s'était ainsi formé une nouvelle peau, et que tout s'était gelé quand le refroidissement de la planète avait stoppé tout mouvement tectonique. Ann considérait que c'était tout à fait ridicule. Selon elle, l'hémisphère nord était le plus grand bassin d'impact, le bang ultime de l'Age noachien. C'était un choc similaire qui avait arraché la Lune à la Terre, probablement vers la même période. Les aréologues de l'équipe d'Ann discutèrent des divers aspects du problème durant un moment, John se contentant de quelques questions neutres.

Puis ils allumèrent la TV pour les infos de la Terre. Il y

était question des forages qui avaient débuté dans l'Antarctique.

— C'est ce que nous faisons maintenant, dit Ann depuis la cuisine. Ils n'ont pas cessé de chercher des minerais et du pétrole sous l'Antarctique depuis le premier traité. Mais le démarrage du terraforming ici a fait s'écrouler tout le projet. Ils sont à court de pétrole, et le club du Sud est pauvre, avec un continent rempli de minerais, de pétrole et de gaz à portée de main, que les riches du Nord entretiennent comme un parc naturel. Et voilà que nos pauvres du Sud constatent que les riches du Nord annexent Mars pour eux seuls. Et qu'est-ce qu'ils disent, les pauvres du club du Sud ? Merde alors, vous êtes en train de foutre en l'air toute une planète, et nous on devrait protéger ce gros iceberg qui est juste à côté de chez nous, avec tout ce dont nous avons désespérément besoin ? On laisse tomber ! C'est comme ça qu'ils ont dénoncé le traité de l'Antarctique et que maintenant, ils peuvent forer, creuser, sans que ça ne dérange plus personne ! Et c'est la fin de la dernière région propre de la Terre.

Ann vint s'installer devant l'écran avec une tasse de chocolat.

— Il en reste, si tu veux, dit-elle à John d'un ton sec.

Simon jeta un regard de sympathie à John, et les autres les dévisagèrent, les yeux ronds : ils étaient consternés par cette querelle entre deux des Cent Premiers. Quelle sinistre plaisanterie ! John faillit en rire. En se levant pour aller se verser une tasse de chocolat, il obéit à une impulsion et embrassa Ann sur la tête. Elle se roidit et il s'éloigna vers la cuisine.

— Nous voulons tous des choses différentes de Mars, commença-t-il, oubliant qu'il avait dit le contraire à Ann. (Puis :) Mais nous sommes là, pas très nombreux, et c'est le monde où nous avons choisi de vivre. Comme dit Arkady, nous en faisons ce que nous voulons. D'accord, ce que disent Sax et Phyllis ne te plaît pas, et ils n'aiment pas ce que tu veux. Et Frank, lui, n'aime rien de ce que veulent les autres. Et chaque année, d'autres gens débarquent et soutiennent tel ou tel camp, même s'ils n'y comprennent rien. Ça peut devenir très moche, tout ça. En fait, ça a déjà commencé, avec ces sabotages. Est-ce que tu imagines ce que ça donnerait à Underhill ?

— Underhill a été entièrement pillé par l'équipe d'Hiroko pendant le temps où elle y a séjourné, dit Ann. C'est pour ça qu'ils sont partis de cette manière.

— Oui, peut-être. Mais ils ne menaçaient pas la vie des autres.

L'image du camion tombant dans le puits lui revint, aussi brève que nette. Il but une gorgée de chocolat et se brûla la langue.

— Bon sang ! En tout cas, quand je commence à me sentir découragé, j'essaie de me dire que tout ça est naturel. Mais il faudrait que tu réalises que tu exerces un effet sur nous, Ann. Tu as changé notre manière de considérer ce que nous faisons ici. Merde, Sax et pas mal d'autres n'arrêtaient pas de parler de faire n'importe quoi aussi vite que possible pour terraformer la planète — ils voulaient capturer des astéroïdes, utiliser des bombes à hydrogène pour réveiller les volcans — ils étaient prêts à tout ! Maintenant, tous ces plans ont été abandonnés à cause de toi et de tes partisans. C'est toute la vision du terraforming qui a changé. Et je pense, moi, que nous pourrons parvenir à un compromis valable, qui nous mettra à l'abri des radiations, avec une biosphère, et peut-être une atmosphère respirable — même provisoirement. Et cela, tout en conservant Mars à peu près comme elle était avant notre arrivée.

Ann roulait des yeux, mais il poursuivit :

— Personne n'a l'intention d'en faire une planète-jungle, tu sais, même si c'était possible ! Elle sera toujours froide, et Tharsis se dressera toujours jusqu'à l'espace. Ce sera déjà une partie inviolée. Et ça, grâce à toi.

— Mais qui peut dire que passé ce premier stade, vous ne voudrez pas aller plus loin ?

— Certains en auront peut-être envie, oui. Mais en ce qui me concerne, ils me trouveront en travers de leur route. Je le jure ! Il se peut que je ne sois pas de ton côté, mais je comprends ton point de vue. Quand on vole au-dessus des Highlands comme je l'ai fait aujourd'hui, on ne peut qu'aimer ce monde. Les hommes essaieront de le transformer, mais il les transformera aussi. Le sentiment du paysage, ses signes, sa beauté, toutes choses se modifient avec le temps. Tu sais que les premiers hommes qui ont découvert le Grand Canyon ont trouvé ça très laid parce que ça ne ressemblait pas aux Alpes. Et il leur a fallu très longtemps avant d'en apprécier la beauté.

— De toute façon, ils l'ont presque totalement inondé, dit Ann d'un air sombre.

— Oui, oui. Mais que crois-tu que nos gamins jugeront beau ? Ils se fonderont sur ce qu'ils connaissent, et ce monde seul leur sera familier. Nous terraformons Mars, mais elle nous aréoforme.

— L'aréoforming.

Un sourire, chose rare, effleura son visage. Et John se sentit rougir. Il l'aimait, et il y avait tant d'années qu'il ne l'avait pas vue sourire.

— Oui, j'aime bien ce mot, dit-elle enfin. (Elle pointa l'index sur lui.) Mais je t'en rends responsable, John Boone ! Je n'oublierai pas ce que tu as dit ce soir !

— Moi non plus.

Ils finirent la soirée dans une ambiance plus détendue. Le lendemain, Simon l'accompagna jusqu'au terrain d'atterrissage vers le patrouilleur qu'il prendrait pour remonter vers le nord. Simon, qui ne s'était jamais laissé aller qu'à une poignée de main, un sourire, au plus à un « ça m'a fait plaisir de te voir », lui déclara soudain :

— J'ai réellement apprécié ce que tu as dit hier soir. Je pense que ça lui a fait du bien. Surtout quand tu as parlé des enfants. Elle est enceinte.

— Quoi ? (John secoua la tête.) Elle ne m'a rien dit. C'est toi le père ?

— Oui, fit Simon avec un sourire.

— Mais elle a quel âge ? Soixante ?...

— Oui. On joue un peu sur le temps, mais ça n'est pas nouveau. On prend un ovule congelé il y a une quinzaine d'années, et quand il est fertilisé, on l'implante. On verra bien comment ça va se passer. Il paraît qu'Hiroko est constamment enceinte, qu'elle sème des bébés comme un incubateur.

— On raconte beaucoup de choses sur Hiroko, mais ce ne sont que des histoires.

— D'accord, mais ça nous a été rapporté par quelqu'un qui est censé bien la connaître.

— Le Coyote ? demanda John d'un ton coupant.

Simon haussa les sourcils.

— Je suis surpris qu'elle t'en ait parlé.

John grommela, vaguement irrité. Apparemment, sa renommée leur faisait supposer qu'il était à l'écart des rumeurs et des bruits.

— C'est une bonne chose. (Ils se serrèrent la main, rudement, comme cela se faisait depuis les premiers âges de l'astronautique.) Eh bien… Félicitations. Et prends soin d'elle.

Simon haussa les épaules.

— Tu la connais. Elle n'en fait qu'à sa tête.

Boone roula vers le nord pendant trois jours. Il jouissait du paysage et de la solitude. Il consacrait régulièrement quelques heures, chaque après-midi, à capter les infos planétaires pour suivre les mouvements des autres, cherchant à établir une éventuelle corrélation avec les sabotages. Très tôt le quatrième matin, il atteignit les canyons de Marineris. Il avait parcouru près de 1 500 kilomètres depuis Argyre. Il s'engagea sur une route à transpondeurs qu'il suivit jusqu'à une petite éminence, au sud de Melas Chasma. Il descendit du patrouilleur pour avoir une meilleure vue.

Il n'était jamais venu dans ce secteur des grands canyons. Avant l'achèvement de l'autoroute transversale de Marineris, il était difficile d'y accéder. La vue était splendide, aucun doute. La falaise de Melas tombait en à-pic sur 3 000 mètres jusqu'au plancher du canyon, et on avait l'impression, depuis le bord, de contempler le nord depuis un planeur. L'autre paroi du canyon était à peine visible, culminant à l'horizon. Et, entre les deux falaises, se déployait Melas Chasma, le cœur du complexe de Valles Marineris. John parvenait à apercevoir les failles entre les parois qui marquaient les débouchés des autres canyons : Iu Chasma à l'ouest, Candor au nord, Coprates à l'est.

Il se promena durant plus d'une heure sur la crête, en abaissant fréquemment ses jumelles sur sa visière pour profiter au maximum du panorama du plus grand des canyons de Mars, gagné par l'euphorie de la terre rouge. Il lança des cailloux dans le vide, chantonna, puis esquissa une sorte de danse maladroite. Finalement, il retourna au patrouilleur, l'esprit rafraîchi, et roula jusqu'au bout de la route de la falaise.

A cet endroit, l'autoroute transversale devenait une simple coulée de ciment. Elle contournait plus loin l'arête d'une énorme rampe qui se déployait depuis la bordure jusqu'au sud du plancher du canyon. Cette formation exceptionnelle, appelée l'Eperon de Genève, pointait vers le nord, quasi perpendiculairement à la falaise, droit sur Candor Chasma. Elle était si parfaitement située par rapport au plan que, avec la route, elle évoquait un aménagement récent ouvert par les engins.

En fait, à cause de l'escarpement, il avait fallu dessiner des centaines de lacets jusqu'en bas pour conserver une pente raisonnable. Ainsi, ils évoquaient une broderie de fil jaune en zigzag sur l'ourlet d'un tissu orange ocellé de brun.

Boone descendit avec prudence, mais, virage après virage, il lui fallut s'arrêter pour reposer ses bras fatigués. Il en profita pour regarder derrière lui.

La paroi sud se dressait vers le ciel, entrecoupée de ravines profondément érodées.

Il redémarra et, durant une autre demi-heure, affronta boucle après boucle, virages en épingle à cheveux, descentes vertigineuses, jusqu'à ce que la route accède enfin au bas de l'éperon qui, à partir de là, allait s'élargissant pour s'évaser dans le plancher du canyon. Et il découvrit un groupe de véhicules.

C'était l'équipe suisse qui venait d'achever la construction de la route. Il passa la nuit en leur compagnie. Ils étaient près de quatre-vingts : tous plutôt jeunes, mariés pour la plupart, et ils parlaient l'allemand, l'italien et le français. Certains risquaient un anglais marqué d'un accent lourd. Ils avaient leurs enfants avec eux, ainsi que leurs chats, plus une serre mobile pleine d'aromates et de légumes. Bientôt, ils reprendraient la route puis les pistes comme des gitans de Mars, dans leur caravane composée de véhicules terrestres modifiés. Ils comptaient aller vers l'ouest du canyon, afin de délimiter le tracé d'une route à travers Noctis Labyrinthus, jusqu'au flanc est de Tharsis. Ensuite, deux parcours s'offriraient à eux : l'un à travers la Bosse de Tharsis entre Arsia Mons et Pavonis, et l'autre vers le nord, en direction du Belvédère d'Echus. Mais ils n'avaient encore rien décidé, et Boone resta sur l'impression que cela n'avait pas une réelle importance pour eux. Ils avaient résolu de construire des routes sur Mars toute leur vie, et ils ne se souciaient guère de leur prochain objectif. Ils étaient vraiment devenus les gitans de la planète rouge.

Tous les enfants vinrent lui serrer la main. Après le dîner, il prononça un petit discours. Comme d'habitude, il leur parla de leur nouvelle vie sur Mars.

— Quand je rencontre des gens comme vous, je suis vraiment heureux, parce que ça fait partie de l'existence qui va être la nôtre, de cette société que nous créons, qui va tout changer aussi bien sur le plan technique que social. Je n'ai aucune certitude sur cette nouvelle société, sur ce qu'elle devrait être, ni à quoi elle devrait ressembler. C'est le plus difficile, mais je sais que ça doit être fait, et je pense que vous, comme tous les autres groupes de surface, vous concevez tout cela sur des bases empiriques. Et vous voir m'aide à y réfléchir.

Ce qu'il faisait, bien que pas très effectivement. Il se contentait plutôt de faire du relationnel, sa spécialité, en tirait sur des bouts de ce qui sortait de son sac à penser. Et ils buvaient ses paroles, les yeux brillants.

Plus tard, ils s'assirent en cercle, quelques-uns d'entre eux, autour d'une lampe, et ils bavardèrent jusque tard dans la nuit. Les jeunes Suisses lui posèrent des questions sur le premier voyage, les premières années d'Underhill. Tout semblait avoir pour eux une dimension mythique. Il leur raconta tout en détail, ce qui éveilla les rires. Il les interrogea à son tour à propos de la Suisse, de ce qui les avait poussés à venir sur Mars.

Une jeune femme blonde fut la première à lui répondre en riant.

— Mais vous n'avez jamais entendu parler du Böögen ? (Il secoua la tête.) Il fait partie de notre Noël à nous. Sami Claus visite toutes les maisons une à une, voyez-vous, et il a son assistant, le Böögen, vêtu d'une cape et d'un capuchon, qui porte un grand sac. Sami Claus demande aux parents comment leurs enfants se sont conduits dans l'année, et ils lui montrent les bulletins scolaires, ce genre de chose, vous voyez… Si les enfants ont été gentils, Sami Claus leur offre des cadeaux. Mais s'ils ont été méchants, le Böögen les emporte dans son sac et jamais plus on ne les revoit.

— Quoi ? s'écria John.

— C'est ce qu'on raconte. Mais c'est en Suisse. Et c'est pour ça que je suis ici, sur Mars.

— C'est le Böögen qui vous a amenée ici ?

Ils se mirent tous à rire.

— Oui, dit la femme. J'ai toujours été méchante. Mais nous n'aurons jamais de Böögen ici.

Ils lui demandèrent ensuite son opinion à propos de la dispute entre les rouges et les verts, et il haussa les épaules en leur résumant ce qu'il pensait des positions d'Ann et de Sax.

— Je ne pense pas qu'ils aient raison, dit un certain Jürgen, qui était un de leurs chefs.

C'était un ingénieur qui semblait avoir le double rôle de bourgmestre et de chef gitan, les cheveux noirs, les traits acérés, l'air grave. Il continuait :

— L'un et l'autre camp disent qu'ils sont partisans de la nature, bien sûr. Il faut bien qu'ils le prétendent. Pour les rouges, Mars est déjà la nature, telle qu'elle est. Mais ce n'est pas la nature, puisqu'elle est morte. Ça n'est que du rocher. C'est ce que disent les verts, et ils annoncent qu'ils vont apporter la nature sur Mars en la terraformant. Mais ça non plus, ça n'est pas la véritable nature, c'est de la culture. Un jardin. Une œuvre d'art. Ainsi, ni l'un ni l'autre n'aura la nature qu'il défend. La nature n'est pas possible sur Mars.

— Intéressant ! remarqua John. Je répéterai cela à Ann, pour voir ce qu'elle en dit. Mais... Alors, comment appelleriez-vous ça ? Ce que vous faites ?

Jürgen sourit avec un haussement d'épaules.

— Nous n'avons pas de nom pour cela. C'est Mars. Seulement Mars.

C'était peut-être ça, un Suisse, se dit John. Il en avait rencontré de plus en plus souvent dans ses voyages, et ils étaient tous comme ça. Ils accomplissaient des choses sans trop se préoccuper de théorie. Ils faisaient ce qui leur paraissait bien.

Plus tard, après qu'ils eurent vidé quelques autres bouteilles de vin, il leur demanda s'ils avaient jamais entendu parler du Coyote. Ils rirent et l'un d'eux lui lança :

— C'est celui qui est venu juste avant vous, non ?

Ils rirent plus fort en voyant son expression.

— Ça n'est qu'une histoire qui court. Comme celle des canaux, du Géant. Ou de Sami Claus.

Le lendemain, en traversant Melas Chasma en direction du nord, John se dit qu'il aurait souhaité que tout le monde soit suisse sur cette planète, ou du moins que tous leur ressemblent.

Par certains cotés, en tout cas. Leur amour de la patrie semblait s'exprimer par la façon dont ils bâtissaient leur vie : rationnelle, juste, prospère, scientifique. Ils œuvreraient pour cette vie où qu'ils soient, parce que pour eux, c'était la vie qui comptait, pas un drapeau, une croyance ou un ensemble de mots, pas même ce petit arpent de terre rocailleuse qu'ils possédaient sur Terre. L'équipe de terrassiers suisses était déjà martienne. Ils avaient apporté leur mode de vie et laissé leurs bagages derrière eux.

Il soupira et déjeuna à bord du patrouilleur, tout en roulant entre les transpondeurs qui jalonnaient la route du nord. Les choses n'étaient pas aussi limpides, songea-t-il. Les Suisses qui construisaient la route étaient des nomades, des sortes de gitans. Le genre de Suisses qui passent le plus clair de leur temps loin de la Suisse. Les Suisses qui restaient au pays étaient les vrais représentants de l'helvétitude. Armés jusqu'aux dents, toujours prêts à jouer les commis-voyageurs pour quiconque leur apportait de l'argent, toujours à l'écart de l'ONU. Quoique ce dernier point, si l'on considérait le pouvoir qu'exerçait l'AMONU sur leur situation, les rendît encore plus intéressants à ses yeux. Ils étaient une sorte de modèle. Ils étaient capables de faire partie du monde tout en se situant à part, de s'en servir tout en le maintenant à distance. Ils étaient petits mais vigilants, armés mais jamais en guerre. N'était-ce pas une espèce de définition de ce qu'il souhaitait pour Mars ? Plus il pensait à la Suisse, plus il était convaincu qu'il pourrait en apprendre quelque chose. Il commença à s'organiser :

— Pauline, s'il te plaît, sors-moi l'article « Suisse » de l'encyclopédie.

L'article apparut sur l'écran. Il fut déçu de ne rien y trouver de spécifique sur le système de gouvernement suisse. Le pouvoir exécutif était assuré par le conseil des Sept, élu par l'Assemblée. Pas de président charismatique, ce que Boone avait tendance à ne pas apprécier. L'Assemblée, en dehors du choix du Conseil fédéral, ne semblait guère utile. Elle était prise entre le pouvoir du Conseil et celui du peuple, qui s'exerçait par voies d'initiatives directes et de référendums, une pratique apparue au XIXe siècle en Californie. Et puis, il y avait le système fédéral : les cantons étaient censés avoir autant d'indépendance que de diversité, ce qui participait un peu plus à l'affaiblissement de l'Assemblée. Mais le pouvoir des cantons s'était érodé au fil des générations et le gouvernement fédéral se renforçait. Ce qui menait à quoi ?

— Pauline, sors mon dossier constitutionnel.

Il ajouta quelques notes au document qu'il avait récemment commencé : *Conseil fédéral, initiatives directes, faiblesse de l'Assemblée, indépendance locale, principalement au niveau culturel.* Il pourrait y repenser à l'occasion. De quoi alimenter le bouillonnement de ses idées.

Il revint aux Suisses de la route, à leur calme, au curieux mélange de technologie et de mysticisme qui émanait d'eux. Et en plus, il y avait la chaleur de leur accueil, ce à quoi Boone n'était pas habitué. Dans les colonies israéliennes ou arabes, par exemple, il rencontrait une certaine raideur, sans doute parce qu'il avait une réputation d'athée, que Frank avait sans doute consolidée en répandant divers bruits. Il avait eu ainsi la surprise de rencontrer une caravane arabe dont les membres croyaient qu'il avait interdit la construction d'une mosquée sur Phobos. Ils l'avaient regardé en silence quand il leur avait dit qu'il n'en avait jamais entendu parler. Il était convaincu que Frank était derrière tout ça. Janet et d'autres lui avaient rapporté que, de cette façon, Frank comptait lui couper la route. Il y avait donc des groupes qui le recevaient fraîchement : les Arabes, les Israéliens, les équipes des réacteurs nucléaires, certains représentants des transnationales... Tous obsédés par leurs religions, leurs intérêts, incapables d'accepter l'ampleur de ses vues sur Mars. Et, malheureusement, ils étaient nombreux.

Il sortit de ses réflexions amères et fut surpris de se

retrouver au milieu de Melas, dans un paysage qui ressemblait trait pour trait à celui des plaines du nord. A cet endroit, le grand canyon était large de deux cents kilomètres. La courbure de la planète faisait que les falaises nord et sud étaient sous l'horizon. Ce n'est que le lendemain matin que l'horizon fut multiplié par deux. Alors, le grand mur nord fut séparé du plancher du canyon. Il était fendu en deux par le canyon nord-sud qui reliait Melas à Candor. Il eut, en entrant dans ce large col, le genre de vision que les gens imaginaient quand ils se voyaient descendre dans Marineris : des parois véritablement gigantesques, de chaque côté, des dalles brun foncé sillonnées par une infinité fractale de gorges et de crêtes. Au pied des falaises, des blocs de roche s'étaient accumulés, peut-être des terrasses brisées de plages fossilisées.

Dans cette passe, la route suisse était une ligne de transpondeurs verts qui sinuait entre les mesas et les arroyos. On aurait dit que Monument Valley avait été transportée au fond d'un canyon deux fois plus profond et cinq fois plus large que le Grand Canyon. La vue était tellement saisissante que John ne parvenait plus à se concentrer sur autre chose et, pour la première fois depuis le début de son voyage, il déconnecta Pauline durant toute la journée.

En quittant le canyon, il surgit dans le vaste bassin de Candor Chasma, une réplique gigantesque du Painted Desert, avec ses couches de dépôts, ses strates jaunes et mauves, ses dunes orange, ses rocs rougeâtres, ses plages roses, ses ravines indigo — un paysage extravagant, fantastique, qui désorientait le regard, car toutes ces couleurs intenses rendaient plus difficiles encore d'imaginer ce qu'étaient les choses, d'évaluer les dimensions, les distances. Des plateaux géants qui semblaient barrer la route de John se révélaient n'être que des strates incurvées sur une falaise lointaine. De petits blocs, non loin des transpondeurs, devenaient des mesas énormes à un jour de route. Et toutes les couleurs flamboyaient avec la venue du crépuscule, tout le spectre martien se révélait, et de nouvelles teintes paraissaient jaillir des rochers, du jaune pâle au violet sanguin. Candor Chasma ! John se promit d'y revenir pour l'explorer à fond.

Le jour suivant, il s'engagea sur la pente nord de la route d'Ophir, que l'équipe des Suisses avait achevée l'année précédente. Il sortit des canyons sans même apercevoir la bordure d'un cratère, passa entre les dômes de Ganges Catena, et retrouva une plaine familière. La route s'élargit, passant au large de Tchernobyl et Underhill. Encore un autre jour, cap à l'ouest vers le Belvédère d'Echus, où Sax avait installé son nouveau quartier général de terraforming.

En tout, le voyage de John avait duré une semaine, et il avait franchi 2 500 kilomètres.

Sax Russell était de retour d'Acheron. Il fallait compter avec lui, depuis que l'AMONU, dix ans auparavant, l'avait nommé directeur scientifique du plan de terraforming. Et, évidemment, ces dix ans de pouvoir avaient opéré leur effet. Il avait demandé des fonds à l'ONU et aux transnationales pour construire toute une ville autour de son quartier général, à cinq cents kilomètres à l'ouest d'Underhill, sur le rebord de la falaise qui formait la paroi orientale d'Echus Chasma. Echus était l'un des canyons les plus profonds et les plus étroits de Mars. La paroi orientale était plus haute que le sud de Melas. La section sur laquelle ils avaient décidé d'implanter la ville était une falaise verticale de basalte qui culminait à 4 000 mètres.

Les traces de la ville nouvelle étaient discrètes, au sommet. Le sol semblait inviolé. On ne découvrait que des casemates de béton, çà et là et, au nord, la torsade de vapeur d'une centrale Rickover. Mais dès que John descendit de son patrouilleur, pénétra dans une casemate et prit un des grands ascenseurs, il redécouvrit les véritables dimensions de la ville. Les ascenseurs plongeaient sur cinquante étages. Et quand il sortit de la cabine, il prit un autre ascenseur qui descendait encore plus bas, tout en bas, jusqu'au fond d'Echus Chasma. Il y avait dix mètres entre chaque étage, ce qui signifiait que la falaise pouvait abriter quatre cents niveaux. En fait, ils n'avaient pas encore investi tout le volume disponible, et la plupart des salles construites jusqu'alors étaient regroupées dans les vingt étages supérieurs. Les bureaux de Sax, par exemple, étaient situés tout près de la surface.

La salle de réunions était vaste, avec une grande baie qui allait du sol au plafond, ménagée dans la paroi ouest. C'était le milieu de la matinée et il faisait presque clair. Loin en dessous, le fond de la faille était encore plongé dans la pénombre. La partie basse du mur ouest était déjà au soleil. Au-delà, on découvrait la longue pente de Tharsis, qui montait vers le sud. A mi-distance, l'éminence basse de Tharsis Tholus était visible avec, sur sa gauche, juste au-dessus de l'horizon, le sommet aplati et mauve d'Ascraeus Mons, le plus septentrional des grands volcans-princes.

Sax n'était pas dans la salle de réunions, et il ne venait jamais contempler le panorama, John le savait. Il le trouva finalement dans un labo voisin, plus savant fou que jamais, les épaules voûtées, la barbe hirsute, les yeux perdus, marmonnant. Il entraîna John à travers une enfilade de labos, s'arrêtant régulièrement pour consulter des écrans, des graphiques, l'air complètement absent, lâchant quelques phrases à l'adresse de John par-dessus son épaule. Ils passaient entre des ordinateurs, des imprimantes, des rangées de bouquins, des piles de paperasses, des disquettes, des incubateurs, des analyseurs, des bataillons d'appareils. Et, partout, il y avait des plantes en pots, parfois méconnaissables, bulbeuses et autres succulentes. Au premier coup d'œil, on pouvait penser qu'une sorte de mousse parasite avait tout envahi.

— Tes labos commencent à faire un peu désordre, remarqua John.

— C'est la planète qui est le labo, répliqua Sax.

John rit, repoussa un grand cactus surarctique jaune vif et s'assit. On racontait que Sax ne bougeait plus de ses labos.

— Qu'est-ce que tu nous mijotes ?

— Des atmosphères.

Bien sûr. C'était un problème qui faisait grincer des dents. Toute la chaleur qu'ils libéraient dans l'atmosphère de Mars la rendait plus dense, mais leurs stratégies de fixation du CO_2 la rendait plus ténue. La composition de l'air devenait moins toxique, tout en perdant ses qualités de serre. Tout refroidissait et donc le processus général ralentissait. Ils avaient un feedback négatif en réponse à un feedback positif, sur l'ensemble de la planète. Jongler avec tous ces facteurs pour en extrapoler un programme constructif dépassait les capacités de tous ceux qui s'y étaient essayés, et Sax avait eu recours encore une fois à sa solution préférée : tout faire lui-même.

Il arpentait les travées étroites.

— Il y a trop de gaz carbonique. Au début les modeleurs avaient mis ça sous le tapis. Je pense que je vais envoyer des robots pour installer des convertisseurs de Sabatier sur la calotte polaire sud[1]. Ce que nous pourrons traiter ne se sublimera pas, et je crois que nous pourrons extraire l'oxygène et transformer le carbone en briques. Nous aurons un stock de carbone à ne plus savoir quoi en faire. Peut-être des pyramides noires pour répondre aux blanches.

— Belle idée.

Des crays et deux nouveaux schillers bourdonnaient derrière lui, sous-tendant son monologue d'une note de basse. Ces ordinateurs passaient leur temps à décrire des suites de conditions de l'atmosphère. Les résultats variaient, mais ils n'étaient jamais encourageants. L'air resterait froid et toxique pendant encore longtemps.

John suivit Sax dans ses errances, jusqu'à un autre labo. Il y avait un lit et un réfrigérateur dans un coin. Des piles de bouquins furieusement désordonnées étaient surmontées, là encore, de plantes, des choses du Pléistocène qui semblaient aussi redoutables que l'atmosphère extérieure.

John s'assit dans le seul fauteuil disponible, tandis que Sax, debout, examinait un aggloméré de coquillages. Il lui rapporta son entretien avec Ann.

— Tu penses qu'elle est dans le coup ?

— Je crois qu'elle sait qui est là-dessous. Elle a mentionné quelqu'un qu'on surnomme le Coyote.

— Ah, oui... (Sax lui lança un bref regard.) Elle nous ressert un personnage de légende. Tu sais qu'il était censé être à bord de l'*Arès* avec nous. Caché par Hiroko.

John fut tellement surpris que Sax connaisse l'existence du Coyote qu'il lui fallut un certain temps pour comprendre ce qui l'avait plus particulièrement troublé dans sa réaction. Et il trouva. Une nuit, Maya lui avait dit qu'elle avait

---

[1]. Qui, sur Mars, est essentiellement composée de givre. *(N.d.T.)*

entrevu un visage, le visage d'un étranger. Maya avait difficilement supporté le voyage, et il avait oublié ce récit. Mais à présent…

Sax continuait sa ronde : il allumait des lampes, se penchait sur des écrans, marmonnait des chiffres sur les mesures de sécurité. Il entrouvrit la porte du réfrigérateur et John eut une brève vision d'autres cactées. Ou bien il poursuivait ses expériences ici, se dit-il, ou alors son casse-croûte avait été sévèrement atteint.

— Tu comprends maintenant pourquoi la plupart des sabotages visaient les moholes. Ils constituent les cibles les plus faciles.

Sax pencha la tête.

— C'est vrai ?

— Réfléchis. Tes petites éoliennes sont un peu partout, et on ne peut rien y faire.

— Il y a des gens qui les détruisent. On a reçu des rapports.

— Combien ? Une dizaine ? Alors qu'il y en a une centaine de milliers sur la surface ? De toute manière, elles sont bonnes à mettre à la poubelle. C'était la pire de tes idées, Sax.

Et elles avaient failli anéantir son projet, à cause des coupelles d'algues que Sax avait cachées dans certaines. Apparemment, toutes les cultures avaient péri. Et si elles s'étaient développées et que quelqu'un avait pu prouver que Sax était responsable de leur dissémination, il aurait perdu son poste. Autre indication sur la logique de Sax, fondée entièrement sur le culot.

A présent, il pinçait le nez.

— Elles fournissent un terrawatt par an.

— Et en détruire quelques-unes, ça ne représente donc rien. Quant aux autres opérations physiques, l'algue noire des neiges est plantée sur la calotte polaire boréale et on ne peut plus l'enlever. Et les miroirs d'aube et de crépuscule sont en orbite, et ça n'est pas facile de les dégringoler.

— Quelqu'un a essayé de s'en prendre à Pythagore.

— Exact, mais nous savons de qui il s'agit, et une équipe de sécurité suit cette fille.

— Elle ne les conduira à rien. Ils sont bien capables de

sacrifier un de leur membre pour chaque sabotage. Ça ne me surprendrait pas.

— D'accord, mais il suffirait de quelques changements dans le personnel de filtrage pour qu'il devienne impossible à quiconque d'introduire du matériel de sabotage à bord.

— Mais ils ne pourraient pas se servir des miroirs, fit Sax en secouant la tête. Ils sont fragiles.

— OK. Et plus que certains autres projets.

— Ces miroirs ajoutent trente calories par centimètre carré au sol. Et ils sont de plus en plus nombreux.

La plupart des cargos lancés depuis la Terre étaient à voile solaire, désormais. Quand ils atteignaient le système martien, on les ajoutait aux collections précédentes, parquées sur orbite aréosynchrone, et on les programmait pour qu'ils ajoutent un peu plus d'énergie à chaque aube, chaque crépuscule. L'ensemble du projet avait été supervisé par Sax, et il en était fier.

— On va accroître la sécurité pour les équipes de maintenance, dit John.

— Bien. Sur les miroirs et les moholes.

— Oui. Mais ce n'est pas tout.

Sax renifla, méfiant.

— Ça veut dire quoi ?...

— Eh bien, ce ne sont pas seulement les projets de terraforming qui constituent des cibles potentielles. D'une certaine façon, les réacteurs nucléaires font aussi partie du projet, et ils pompent de la chaleur. Si l'un d'eux venait à péter, cela aurait des répercussions énormes, plus politiques que physiques, j'entends.

Sax plissa le front jusqu'à ce que les rides qui séparaient ses yeux atteignent ses cheveux. John leva les mains.

— Tu sais, ça n'est pas ma faute. C'est comme ça, c'est tout.

— IA[1], prends note, lança Sax à l'adresse des ordinateurs. Vérifier la sécurité au niveau des réacteurs.

— Note enregistrée, dit un des schillers, avec la même voix que Sax.

---

1. Pour intelligence artificielle, bien sûr. *(N.d.T.)*

— Mais ça n'est pas le plus grave, reprit John. Il y a les labos d'ingénierie génétique.

Les lèvres de Sax se figèrent en une ligne étroite.

— On y mitonne de nouveaux produits tous les jours, et il serait possible d'y créer de quoi tuer tout le reste de ce qui existe sur cette planète.

Sax accusa le coup.

— Espérons qu'ils ne pensent pas comme toi, les autres.

— J'essaie justement de penser comme eux.

— IA, prends note. Sécurité des bio-labos.

— Bien entendu, Vlad, Ursula et leur groupe ont implanté des gènes-suicide dans tout ce qu'ils ont mis au point. Mais ils sont destinés à éviter la surréussite ou les accidents mutagénétiques. Si quelqu'un cherchait à les détourner en concoctant une réaction alimentée par la surréussite, on aurait de graves ennuis.

— Je vois.

— Donc, je résume. Les labos, les réacteurs, mes moholes, les miroirs. Ça pourrait être pire.

— Je suis heureux que tu aies pensé à tout ça, fit Sax en roulant des yeux. Je vais aller en parler à Helmut. On dirait qu'ils sont sur le point d'approuver l'ascenseur de Phyllis à la prochaine session de l'AMONU. Ça va sérieusement diminuer le coût du terraforming.

— A terme, certainement. Mais l'investissement doit être prodigieux.

Sax haussa les épaules.

— On pousse un astéroïde d'Amor sur orbite[1], on installe une usine-robot, on enclenche... Ça n'est pas aussi ruineux que tu le crois.

— Mais, Sax, qui paie pour tout ça ?

Sax cligna des yeux.

— Le soleil.

John se leva, soudain affamé.

— C'est ça. Mais n'oublie pas, le soleil donne des coups de soleil.

---

1. Amor est un ensemble d'astéroïdes qui recoupe l'orbite de Mars. *(N.d.T.)*

Mangalavid émettait six heures de vidéo amateur chaque soir, un programme fourre-tout, bizarre, que John regardait chaque fois qu'il le pouvait. Après s'être composé une énorme salade verte dans la cuisine, il alla regarder la télé tout en mangeant, jetant régulièrement un regard sur le crépuscule incandescent qui descendait sur Ascraeus.

Les dix premières minutes de l'émission de ce soir avaient été réalisées par une fille, ingénieur du service sanitaire, qui travaillait dans un centre de retraitement des déchets de Chasma Borealis. Son commentaire était aussi enthousiaste qu'ennuyeux.

— Ce qu'il y a de bien, c'est que nous pouvons polluer tout ce que nous voulons avec certains agents : de l'oxygène, de l'azote, de l'ozone, de l'argon, de la vapeur d'eau, un peu de biota — ce qui nous donne une liberté d'action que nous n'avions pas sur Terre. On se contente de moudre tout ce qu'ils nous donnent jusqu'à ce qu'on largue tout.

Retourne chez toi, se dit John. Une nouvelle. Ensuite, il y eut une séquence de karaté, drôle et assez belle en même temps, puis vingt minutes d'*Hamlet*, interprété par des Russes en tenues pressurisées au fond du mohole de Tyrrhena Patera, une production qui rendit John aussi dingue qu'Hamlet apercevant Claudius en prière. Puis la caméra s'éleva vers les parois du puits pour aller se perdre dans le soleil, comme le pardon que jamais Claudius ne recevrait.

John éteignit la télé et prit l'ascenseur pour redescendre jusqu'au niveau des chambres. Il se coucha et tenta de se détendre. Un ballet de karaté. Les nouveaux venus sur Mars, c'étaient encore des ingénieurs, des ouvriers du bâtiment, des scientifiques de tous bords. Mais ils semblaient moins obsédés que les Cent Premiers, ce qui était probablement une bonne chose. Ils avaient encore un esprit scientifique, ouvert. Ils étaient pratiques, empiriques, rationnels. Il était permis d'espérer que, sur Terre, les gens de la sélection rejetaient les fanatismes, qu'ils leur expédiaient des gens avec une sensibilité de Suisses nomades, à l'esprit pratique, mais ouverts aux possibilités nouvelles, capables de sceller des loyautés nouvelles, d'avoir de nouvelles croyances. C'est ce qu'il espérait, du moins.. Mais il savait désormais que cette idée était plutôt naïve. Il suffisait de considérer les Cent Premiers pour réaliser que les scientifiques deviendraient aussi fanatiques que leurs prédécesseurs, peut-être plus encore. Les systèmes d'éducation étaient sans doute trop étroitement focalisés. Et puis, l'équipe d'Hiroko avait disparu… Elle s'était perdue quelque part dans la rocaille sauvage… Sacrés veinards de salopards…

Il sombra dans le sommeil.

Il travailla encore au Belvédère d'Echus pendant quelques jours, puis Helmut Bronski l'appela de Burroughs[1] : il désirait s'entretenir avec lui à propos des nouveaux colons. John décida de prendre le train jusqu'à Burroughs et de rencontrer Helmut en tête à tête.

La veille de son départ, le soir, il retrouva Sax dans ses labos.

— Nous avons trouvé un astéroïde d'Amor qui est constitué à 90 % de glace, lui annonça Sax de son ton monocorde. Il suit une orbite qui l'amènera près de Mars d'ici trois ans. C'est exactement ce qu'il nous fallait.

Son plan était de mettre en place un pilote de masse robot sur l'astéroïde et de le dévier sur une orbite de freinage au large de la planète, pour qu'il fonde dans l'atmosphère. Ce qui obéirait aux directives de l'AMONU, qui interdisait tout impact direct au sol. L'opération apporterait des quantités d'eau, de l'hydrogène et de l'oxygène dans l'atmosphère, tout ce qui leur faisait défaut.

---

1. L'aréographie a rendu hommage à Edgar Rice Burroughs, le père de Tarzan et de John Carter, Le Conquérant de la planète Mars, en donnant son nom à un cratère de la planète rouge. (*N.d.T.*)

— Tu sais que la pression pourrait être augmentée de 50 millibars.

— Tu plaisantes !

La moyenne, avant leur arrivée, se situait entre 7 et 10 millibars et, malgré tous leurs efforts, ils n'avaient jamais pu dépasser 50 millibars.

— Tu veux dire que ta boule de glace va doubler la pression atmosphérique ?

— C'est ce que donnent les simulations. Mais avec un taux si faible au départ, il n'y a pas de quoi être impressionné.

— Mais c'est quand même formidable, Sax. Et pour saboter ça, ce sera difficile.

Mais Sax, apparemment, ne voulait pas entendre parler de sabotage ce soir. Il fronça les sourcils et s'éclipsa.

Ce qui fit rire John. Sur le seuil, il s'arrêta soudain et se retourna. Le couloir était vide. Et il n'y avait pas de moniteurs vidéo dans les bureaux de Sax. Il revint sur ses pas, furtivement, ce qui le fit sourire, et jeta un regard sur le chaos de paperasse qui encombrait le bureau. Par où commencer ? Il était probable que son IA contenait tout ce qu'il pouvait y avoir d'intéressant, mais elle ne répondait sans doute qu'à la voix de Sax, et elle devait enregistrer toute autre tentative de demande. Lentement, John ouvrit un tiroir. Vide. Tous les tiroirs du bureau étaient vides. Il faillit éclater de rire. Sur la paillasse du labo, cependant, il y avait une pile de courrier. Il se mit à fouiller. Il y avait un maximum de mémos des biologistes d'Acheron. Mais, tout en dessous, il tomba sur un message non signé, sans adresse ni code d'origine. L'imprimante de Sax l'avait craché tel quel. Il était très succinct :

1. Nous utilisons des gènes-suicide pour modérer la prolifération.

2. Il existe maintenant tellement de sources de chaleur sur la planète que nous considérons que personne ne sera en mesure de distinguer nos émanations des autres.

3. Nous nous sommes simplement mis d'accord pour nous écarter des autres et travailler seuls, sans interférence. Je suis persuadé que vous le comprenez maintenant.

John resta les yeux fixés sur le message durant une minute avant de se passer la main sur le front et de regarder autour de lui : il était toujours seul. Il remit alors le message là où il l'avait trouvé et sortit discrètement des bureaux de Sax.

— Sax, murmura-t-il d'un ton admiratif. Sacré vieux rat ! Tu les bats tous !

Le train de Burroughs transportait surtout des marchandises. Il était composé de trente voitures étroites, les deux premières étant réservées aux voyageurs. Il circulait sur une piste magnétique à supraconducteur, si vite et sans la moindre vibration qu'il était difficile de croire à la vision que l'on avait. Après toutes ses randonnées sur la planète, John trouvait cela presque effrayant. La seule chose à faire était d'inonder les centres de plaisir du cerveau d'omegendorphe, de bien s'installer et de profiter du voyage, qui évoquait plutôt un vol supersonique au ras du sol.

La piste suivait plus ou moins le 10e degré de latitude nord. Le plan était de boucler le tour de la planète mais, jusqu'à présent, seul l'hémisphère entre Echus et Burroughs avait été achevé. Burroughs était devenue la plus grande ville de l'hémisphère nouveau. La première implantation avait été conçue par un consortium américain selon les plans français de la Communauté européenne à l'extrémité supérieure d'Isidis Planitia qui, en fait, était une auge immense creusée dans les plaines nordiques, là où elles pénétraient profondément dans les Highlands du sud. Le fond et les parois de l'auge étaient tellement en contraste avec la courbure de la planète que le paysage aux alentours de la ville avait des allures d'horizons terrestres. Quand le train s'enfonça dans l'auge immense, Boone découvrit des plaines sombres parsemées de mesas jusqu'à soixante kilomètres de là.

La plupart des constructions de Burroughs avaient été taillées dans les flancs de cinq mesas de basse altitude groupées sur une éminence, dans la courbure d'un ancien chenal. De vastes sections de la paroi rocheuse avaient été comblées avec des rectangles de miroir, ce qui donnait l'illusion que des gratte-ciel postmodernes avaient été basculés sur le flanc avant d'être enfoncés dans les mesas. La vision était surprenante, bien plus que le panorama d'Underhill, et même du Belvédère d'Echus qui offrait un point de vue magnifique mais se cachait au regard.

L'image radieuse de Burroughs, dressée au-dessus du grand chenal qui semblait attendre le retour de l'eau, expliquait qu'elle ait été très vite considérée comme la plus belle ville de la planète.

La gare ouest était à l'intérieur d'une mesa. C'était une salle haute de soixante mètres, couverte par un voile de verre.

John débarqua dans le flot de la foule, les yeux étonnés, comme un péquenot jeté dans Manhattan. Les employés du train étaient en combinaisons bleues, ceux des équipes de recherche en marcheurs verts, les bureaucrates de l'AMONU en costume, les ouvriers du bâtiment en combinaisons de travail irisées de style sport. Les quartiers généraux de l'AMONU avaient été installés à Burroughs trois ans auparavant, ce qui avait suscité un boom dans la construction. Dans la gare, on avait l'impression qu'il y avait autant de fonctionnaires de l'AMONU que d'ouvriers.

John prit le minimétro qui conduisait aux bureaux de l'AMONU. Il serra les mains de quelques personnes qui l'avaient reconnu. Il éprouvait le sentiment étrange du retour au bocal. Il était parmi des étrangers. Dans une ville.

Il dîna avec Helmut Bronski. Il s'étaient souvent rencontrés, et John était impressionné par le personnage, un milliardaire allemand qui s'était lancé dans la politique. Bronski était grand, costaud, blond, rougeaud, propre et net. Son costume gris avait dû lui coûter une petite fortune. Il était ministre des Finances de la Communauté européenne quand il avait accepté ce poste à l'AMONU. Il attaqua son rosbif aux pommes de terre tout en racontant à John les dernières nouvelles dans un anglais très correct. Il manipulait son couteau et sa fourchette à l'allemande.

— Nous allons accorder un contrat de prospection pour Elysium au consortium multinational Armscor. Ils vont expédier leur propre matériel.

— Mais, Helmut, est-ce que ça n'est pas une violation du traité de Mars ?

Helmut faucha l'air de sa fourchette. Nous sommes des hommes de terrain, disait son regard. Nous pouvons comprendre ce genre de chose.

— Le traité est dépassé. C'est évident pour quiconque affronte notre situation. Il doit être révisé dans dix ans. Entre-temps, il va nous falloir anticiper certains aspects de cette révision. C'est pour cette raison que nous accordons quelques concessions. Il ne serait pas raisonnable de retarder plus longtemps les choses, et si nous tentions de le faire, cela créerait des troubles au sein de l'assemblée générale.

— Mais l'assemblée générale ne verra pas d'un très bon œil que vous accordiez la première concession à un vieux fabricant d'armes sud-africain.

Helmut haussa les épaules.

— Armscor n'a que très peu de rapports avec le groupe d'origine. Il n'en a gardé que le nom. Quand l'Afrique du Sud est devenue l'Azanie, la société a transféré son siège social en Australie, puis à Singapour. Et à présent, bien sûr, c'est plus qu'une simple société aérospatiale. C'est une vraie transnationale, un des nouveaux tigres, avec ses propres banques. Elle contrôle 50 % des parts de la vieille Fortune 500.

— *Cinquante pour cent ?* s'exclama John.

— Oui. Et Armscor est l'une des plus petites transnationales. C'est pour cette raison que nous l'avons choisie. Parce que son économie est plus solide que n'importe lequel des vingt premiers pays du monde. Voyez-vous, les anciennes multinationales, en se combinant en transnationales, acquièrent plus de pouvoir, et elles en arrivent à influencer l'assemblée générale. Lorsque nous accordons une concession, vingt ou trente pays en profitent, et Mars s'ouvre à eux. Pour les autres, ça constitue un précédent. Et les pressions qui s'exercent sur nous en sont réduites d'autant.

— Hon, hon…, fit John. Mais, dites-moi, qui a négocié cet accord ?

— Eh bien, nous avons été plusieurs.

Helmut poursuivait son repas, ignorant le regard pesant de John.

John plissa les lèvres et détourna enfin les yeux. Il comprenait tout à coup que son interlocuteur, bien que fonctionnaire, se considérait comme bien plus important que lui, John Boone, sur cette planète. Jovial, placide (mais qui était son coiffeur ?), Bronski se pencha en arrière pour commander des alcools. Son assistante, qui jouait le rôle de maître d'hôtel pour cette soirée, se précipita vers eux.

— Je ne me souviens pas d'avoir été jamais servi depuis que je suis arrivé sur Mars, remarqua John.

Helmut affronta son regard avec calme, mais son teint était soudain plus rouge. John faillit sourire. Le mandataire de l'AMONU voulait paraître menaçant, il représentait des pouvoirs tellement sophistiqués que la petite station-météo mentale de John ne pouvait les analyser. Mais il avait découvert par le passé que quelques minutes de son numéro du premier homme sur Mars pouvait briser ce genre d'attitude. Alors, il rit, il but, raconta des histoires, fit allusion à des secrets que seuls les Cent Premiers partageaient, et fit clairement comprendre à l'assistante de Bronski que, à cette table, c'était lui qui commandait — et ce par son comportement désinvolte, assuré, arrogant. Quand ils eurent fini leur sorbet, puis leur cognac, Bronski s'exprimait plus fort, plus nerveusement. Sur la défensive.

Ah, ces fonctionnaires, se dit John en riant intérieurement.

Mais il était intrigué par le but de leur rencontre, qui n'était toujours pas clair pour lui. Peut-être Bronski avait-il voulu le voir en personne pour mesurer quel serait l'effet de cette nouvelle concession sur le premier des Cent Premiers ? Et celle des autres ? Non, c'était stupide, car pour avoir une bonne estimation des opinions des Cent Premiers, il fallait en sonder au moins quatre-vingts. Mais John avait pris l'habitude d'être considéré comme un baromètre. Une figure de proue. Il avait sans doute gaspillé son temps en venant ici.

Il se demanda s'il pouvait en récupérer une partie dans la soirée. Et, alors qu'ils se dirigeaient vers la suite qu'on lui avait réservée, il demanda :

— Est-ce que vous avez entendu parler du Coyote ?

— L'animal ?

John sourit et abandonna. Il s'étendit sur son lit et

regarda Mangalavid tout en réfléchissant. Puis il se brossa les dents, observa son image dans le miroir et plissa le front. Il agita sa brosse à dents et parodia avec mauvaise foi l'accent léger d'Helmut :

— Drès bien, z'est leur bizness ! Kôm d'habitude !

Le lendemain matin, il disposait de quelques heures libres avant leur prochaine rencontre, et il passa son temps avec Pauline, révisant ce qu'on pouvait connaître des agissements d'Helmut Bronski durant les six derniers mois. Est-ce que Pauline pouvait se glisser dans la valise diplomatique de l'AMONU ? Helmut s'était-il rendu à Senzeni Na ou sur l'un des autres lieux de sabotage ? Pendant que Pauline explorait ses algorithmes, il prit une omegendorphe pour en finir avec sa gueule de bois et se mit à réfléchir sur ce qui l'incitait à explorer le dossier Helmut Bronski. Depuis ces dernières années, l'AMONU était l'autorité ultime sur Mars, du moins si l'on prenait à la lettre les lois édictées. En pratique, ce que la nuit passée lui avait révélé clairement, elle était aussi désarmée que l'ONU face aux armées nationales et à la monnaie transnationale. Si elle allait à l'encontre de leur volonté, elle ne servait à rien elle n'était plus qu'un outil. Donc, que voulaient vraiment les gouvernements et les conseils d'administration des diverses transnationales ? Si les sabotages se multipliaient, est-ce que ça ne leur donnerait pas un motif pour importer leur propre sécurité ? Et accroître leur contrôle ?

Il émit un grognement de dégoût. Apparemment, le seul résultat qu'il eût obtenu jusque-là, c'est que la liste des suspects avait triplé.

— Excuse-moi, John, fit la voix de Pauline.

Et l'information se déversa sur l'écran. La valise diplomatique était cryptée avec les nouveaux codes. Impossible d'y entrer. Par contre, les déplacements d'Helmut étaient faciles à retracer. Il s'était rendu sur Mythagore, la station-miroir qui avait été mise sur orbite dix semaines auparavant. Puis il était allé à Senzeni Na deux semaines avant la visite de John. Mais pourtant, personne, à Senzeni Na, n'avait fait allusion à son passage.

Plus récemment, il était revenu du complexe minier installé sur le site de Bradbury Point[1].

Deux jours plus tard, John partit pour Bradbury Point.

Bradbury Point était situé à huit cents kilomètres au nord de Burroughs, sur le prolongement le plus oriental de Nilosyrtis Mensae. La mensae était constituée de séries de longues mesas qui ressemblaient à des îles importées des Highlands du sud, posées dans les plaines basses du nord. Les îles-mesas de Nilosyrtis s'étaient récemment révélées comme très riches en minerais, avec des dépôts de cuivre, d'argent, de zinc, d'or, de platine. On avait découvert des gisements tout aussi concentrés sur plusieurs sites de ce qu'on avait appelé le Grand Escarpement, à la limite des Highlands du sud, là où elles retombaient sur les Lowlands du nord. Certains aréologues n'avaient pas hésité à coller l'étiquette de province métallogénique sur toute la région. Un autre élément bizarre à verser au grand dossier mystérieux nord-sud, et qui appelait toute leur attention. Des travaux de creusement couplés à des études poussées sur le terrain étaient dirigés par des scientifiques au service de l'AMONU. John découvrit en explorant les dossiers professionnels des nouveaux arrivants que les transnationales essayaient toutes de trouver des indices de nouveaux filons. Mais, sur la Terre elle-même, on n'avait jamais vraiment compris la géologie de la formation des minéraux, ce qui expliquait que la prospection avait encore toutes ses chances. Sur Mars, c'était encore plus mystérieux. Les découvertes majeures du Grand Escarpement avaient été largement accidentelles, et ce n'était que depuis une date récente que la région était une cible pour la prospection.

La découverte du complexe de Bradbury Point avait encore accéléré la course : il s'annonçait comme le plus important des complexes terriens, probablement l'égal du complexe Bushveldt d'Azanie. D'où une ruée vers l'or de Nilosyrtis. Qu'Helmut Bronski avait visitée.

---

1. Ainsi nommé en hommage à l'auteur des *Chroniques martiennes*. *(N.d.T.)*

Nylosyrtis s'était révélée petite et utilitaire, un simple commencement : une centrale Rickover, quelques raffineries, à proximité d'une mesa qui avait été forée pour y installer un habitat. Les mines étaient dispersées dans les Lowlands, entre les mesas. Boone roula jusqu'à l'habitat, franchit un sas et retrouva un comité d'accueil qui l'accompagna jusqu'à une salle de conférences cernée de baies.

On lui apprit que Bradbury comptait trois cents habitants, tous employés de l'AMONU et formés par la transnationale Shellalco. Ils firent rapidement le tour des lieux, et il découvrit que les ex-Afrikanders côtoyaient les Australiens et les Américains. Les hommes représentaient les trois quarts de la population. Ils étaient pâles et impeccables et ressemblaient plus à des techniciens de labo qu'aux trolls noirs que John avait imaginés quand on lui avait parlé de *mineurs*. Ils étaient tous visiblement heureux de lui serrer la main. La plupart étaient sous contrat de deux ans et ils comptaient les jours. Ils travaillaient par téléopération et parurent choqués lorsque John leur demanda de descendre dans un puits.

— Mais ça n'est qu'un trou, vous savez, dit l'un d'eux.

John les regarda en toute innocence et, après une brève hésitation, ils rassemblèrent une équipe pour l'accompagner.

Il leur fallut deux heures pour revêtir leurs marcheurs avant de franchir un sas. Un patrouilleur les emmena jusqu'au bord d'un puits, puis descendit une rampe, à l'intérieur d'un trou ovale de deux kilomètres de long. Ils descendirent et suivirent John, entre les bulldozers robots, les camions et les déblayeurs. Les hommes avaient une expression tendue, et John se dit qu'ils semblaient guetter un monstre des profondeurs. Il était surpris par cette attitude craintive, et il prit conscience que Mars pouvait avoir des allures de bagne, une combinaison infernale de la Sibérie, du désert d'Arabie Saoudite, du pôle Sud en hiver et de *Novyï Mir*.

Ou alors, ils pensaient tout simplement qu'il était un hôte dangereux. Il trouva la clé. Ils avaient sans doute tous entendu parler de l'incident du camion. Mais oui. Ou bien y avait-il un autre élément ? Est-ce qu'ils craignaient quelque chose qu'il ignorait ? En réfléchissant un moment, John changea de façon de penser. Il avait toujours cru que la chute du camion était un accident, ou du moins une chose qui ne pouvait se produire qu'une fois. Mais il était facile de retracer ses mouvements. Tout le monde savait où il était. Chaque fois qu'on sortait, on n'était qu'à un marcheur de la mort, comme on disait toujours. Et dans un puits de mine, il y avait beaucoup de monstres mécaniques…

Mais ils revinrent sans problème. Et, ce même soir, il eut droit au banquet et à la soirée en son honneur. Une soirée où l'on buvait sec, ou l'on consommait aussi beaucoup d'omegendorphe en bavardant et en riant bruyamment. Les jeunes ingénieurs endurcis étaient apparemment ravis de découvrir que John Boone était un bon vivant. C'était une réaction qu'il rencontrait fréquemment chez les nouveaux venus, surtout les plus jeunes. Il parlait à tout le monde, glissait ses questions sans éveiller la méfiance, et il passa un bon moment. Ils n'avaient pas entendu parler du Coyote, ce qui était intéressant, vu qu'ils connaissaient le Géant et la colonie cachée[1]. Apparemment, le Coyote n'appartenait pas à cette catégorie de légendes. Il avait une existence, et elle n'était connue, semblait-il, que des Cent Premiers.

Les mineurs, néanmoins, avaient reçu une visite inattendue : une caravane arabe qui traversait les confins de Vastitas Borealis. Les Arabes leur avaient rapporté qu'ils avaient vu certains des colons perdus, comme ils les appelaient.

— Intéressant, commenta John.

Il lui semblait pourtant improbable qu'Hiroko et les siens tiennent à se montrer. Mais qui pouvait savoir ? Il ferait sans doute bien de vérifier cette information. Après tout, il n'avait pas grand-chose de plus à faire à Bradbury. Il constatait qu'on ne pouvait guère enquêter avant que le crime ne se produise. Il passa encore deux jours à visiter les mines, ce qui confirma le choc qu'il avait éprouvé devant l'ampleur des opérations et l'efficacité des engins robots.

---

1. L'une des sondes *Mariner* aurait pris un cliché qui rappellerait la sculpture au sol de la face d'un gigantesque anthropoïde. Après des échos dans la presse, l'information fut classée avec les « canaux martiens » de Schiaparelli et ne serait que l'effet de la lumière rasante du soleil sur un cratère. *(N.d.T.)*

— Mais qu'est-ce que vous allez faire de tout ce métal ? demanda-t-il alors qu'ils visitaient une vaste mine à ciel ouvert, à vingt-cinq kilomètres à l'ouest. Ça coûterait plus cher que sa valeur de l'expédier jusqu'à la Terre, non ?

Le chef des opérations, un homme brun au visage buriné, lui répondit en souriant :

— On va garder tout ça jusqu'à ce que les cours augmentent. Ou jusqu'à ce qu'ils construisent ce fameux ascenseur spatial.

— Vous y croyez ?

— Mais oui, on a tout ce qu'il faut sous la main ! De la trichite de graphite renforcée de spirales de diamant. Sur Terre, on y arriverait presque. Ici, ce serait facile.

John secoua la tête. Cet après-midi-là, ils mirent une heure à rentrer, en passant devant des excavations et des monticules, vers le panache des raffineries qui montait à l'horizon, de l'autre côté de la mesa où les habitats avaient été installés. Il avait l'habitude de voir des territoires dévastés aux fins d'habitation, mais ça… Il était sidéré de voir ce que pouvaient faire quelques centaines de personnes. Evidemment, c'était la même technologie qui permettait à Sax de construire une ville verticale de la même hauteur que le Belvédère d'Echus, la même technologie qui permettait de bâtir si vite des villes nouvelles. Et pourtant, provoquer de tels dégâts rien que pour déterrer des métaux destinés à l'appétit insatiable de la Terre…

Le lendemain, il donna des consignes de sécurité diaboliques au chef des opérations, qu'il devrait appliquer durant deux mois. Puis il repartit sur les traces de la caravane arabe, vers le nord-est.

Frank Chalmers se trouvait avec la caravane. Mais il n'avait pas entendu parler d'une quelconque rencontre avec les gens d'Hiroko, et aucun des Arabes ne lui avoua avoir raconté quoi que ce fût à Bradbury Point. Donc, c'était une fausse piste. Ou alors, Frank aidait les Arabes à l'effacer. Mais comment John pourrait-il savoir la vérité ? Les Arabes n'avaient débarqué que récemment sur Mars, mais ils étaient d'ores et déjà les alliés de Frank, ça ne faisait aucun doute. Il vivait avec eux, il parlait leur langue et, naturellement, il était devenu le médiateur entre eux et John. Il n'avait donc aucune chance d'enquêter indépendamment. Il pouvait toujours demander à Pauline de chercher dans ses données, mais elle n'avait pas besoin de la caravane pour ça.

Néanmoins, John voyagea en leur compagnie durant quelque temps dans la grande mer de dunes. Ils prospectaient et faisaient un peu d'aréologie. Frank ne demeurerait que peu de temps avec la caravane : il était seulement venu voir un ami égyptien. Il avait trop de travail pour s'attarder. Son poste au secrétariat d'Etat américain l'avait transformé en globe-trotter, tout comme John, et ils se croisaient fréquemment. Frank avait réussi à se maintenir à travers trois administrations différentes, et même s'il n'était que secrétaire de cabinet, c'était une performance remarquable, sans même considérer les millions de kilomètres qui le séparaient de Washington. Depuis quelque temps, il supervisait les investissements des transnationales américaines, et cette nouvelle responsabilité le gonflait de pouvoir et d'une soif de travail quasi maniaque. John voyait en lui une espèce de Sax des affaires, toujours en mouvement, gesticulant à chaque mot comme s'il était le chef d'orchestre de ses discours. D'année en année, il était passé en surpropulsion chambre de commerce.

— Il faut que nous revendiquions la propriété du Grand Escarpement avant que les trans et les Allemands raflent tout ! Et ça représente un sacré boulot !

C'était son refrain préféré. Il le répétait souvent en montrant le petit globe qu'il gardait constamment sur lui.

— Regarde tes moholes. J'en ai visité plusieurs la semaine dernière. Un près du pôle Nord, trois dans le secteur du soixantième parallèle, au sud et au nord, quatre sur l'équateur, et quatre autres à la lisière du pôle Sud, tous bien placés à l'ouest des dorsales volcaniques pour récupérer les extrusions. C'est très beau. (Il fit tourner le globe et les points bleus qui correspondaient aux moholes furent une seconde reliés par de fines lignes bleues.) Ça fait plaisir de voir que tu fais enfin quelque chose d'utile.

— Enfin.

— Regarde, ça c'est la nouvelle fabrique d'habitats d'Hellas. On y sort des unités provisoires à une cadence qui permettra d'abriter 3 000 immigrants par $L_S = 90$. Si l'on compte avec la nouvelle flotte de navettes, ce sera à peine suffisant. (Voyant l'expression de John, il ajouta :) Dans le fond, tout ça c'est de la chaleur, John. C'est plus utile au terraforming que l'argent et le travail. Tu ferais bien d'y réfléchir.

— Est-ce que tu t'es jamais demandé ce que cela allait donner à terme ?

— Qu'est-ce que tu veux dire ?

— Je parle de ce déluge de gens et de matériel, alors que les choses sont en plein effondrement sur la Terre.

— Les choses ont toujours été comme ça sur Terre. Tu ferais bien de te faire une raison.

— D'accord, mais ici, qui va posséder quoi ? Qui va gagner quoi ?

Frank, devant la naïveté de John, fit la grimace. Et John y lut tout le dégoût, mais aussi l'amusement et l'agacement de Frank. Au fond, cela lui plut. Il connaissait son vieil ami mieux qu'aucun membre de sa famille, et ce visage basané, ces yeux pâles étaient l'image d'un frère, une sorte de jumeau. D'un autre côté, la condescendance de Frank l'irritait.

— Les gens se posent des questions, Frank. Pas seulement moi ou Arkady. Tu ne peux pas rejeter cette question et te comporter comme si elle était stupide, comme s'il n'y avait pas de décision à prendre.

— C'est l'ONU qui décide, répliqua Frank d'un ton sec. Ils sont dix milliards à décider, et nous sommes dix mille ici. Ça fait un rapport de un pour un million. Si tu veux avoir une influence, tu devrais représenter l'AMONU, comme je t'avais dit de le faire quand ils ont distribué les postes. Mais tu ne m'as pas écouté. Tu t'es contenté de hausser les épaules. Tu aurais réellement pu faire quelque chose, mais maintenant, qu'est-ce que tu es ? L'assistant de Sax, chargé de la publicité.

— Et du développement, et de la sécurité, ainsi que des affaires terriennes et des moholes.

— C'est ça ! La politique de l'autruche ! Viens : on va aller manger.

John acquiesça. Ils dînèrent dans le plus gros des patrouilleurs et se régalèrent d'agneau rôti et de yoghourt parfumé à l'aneth. C'était aussi délicieux qu'exotique. Mais John demeurait agacé par le mépris de Frank. Leur vieille rivalité était plus vive que jamais, et son titre de premier homme sur Mars n'avait jamais diminué l'arrogance mordante de Frank.

Aussi, lorsque Maya Toitovna arriva inopinément le lendemain, en route vers Acheron, à l'ouest, John la serra plus longuement contre lui que d'habitude et, après le dîner, il fit le nécessaire pour qu'elle passe la nuit dans son patrouilleur : il déploya toutes les attentions possibles, un rire choisi, un regard choisi. Leurs bras s'effleurèrent tandis qu'ils goûtaient les sorbets et parlaient aux Arabes heureux, visiblement fascinés par Maya... C'était leur code de conciliation et de séduction, qu'ils avaient mis au point au fil des années. Et Frank ne pouvait que les observer, le visage figé, tout en bavardant avec ses amis.

Cette nuit-là, tandis qu'ils faisaient l'amour, John se retira brièvement d'elle, contempla son corps blanc et songea : *Tu vois ce que c'est, le pouvoir politique, Frank, mon pote ?* Il avait clairement lu dans ce visage figé le désir qui n'était pas éteint. Frank, comme la plupart des hommes de la caravane, aurait aimé être à sa place. Il l'avait certainement été une ou deux fois dans le passé, mais jamais quand John était à proximité. Non, cette nuit, Frank devait se rappeler ce qu'était réellement le pouvoir.

Bouleversé par sa méchanceté, John mit un moment à revenir à Maya elle-même. Il y avait près de cinq ans qu'ils n'avaient pas fait l'amour et, entre-temps, il avait eu plusieurs autres partenaires. Et il savait aussi qu'elle avait vécu quelque temps avec un ingénieur d'Hellas. C'était si étrange de recommencer, comme s'ils se connaissaient intimement sans se connaître tout à fait. En dessous de lui, il voyait son visage sortir de l'obscurité et y retourner chaque fois qu'elle tournait la tête, sœur et étrangère, sœur et étrangère... Et puis il se passa quelque chose, quelque chose changea en lui ; toutes ces affaires extérieures, tous ces jeux se délitèrent. Quelque chose dans son visage, dans la façon dont elle était là, tout entière, la façon dont elle se donnait entièrement à lui quand ils faisaient l'amour. Il ne connaissait personne qui fût tout à fait comme elle. Mais la flamme ancienne s'était ranimée, timide d'abord, comme si c'était la première fois. Puis ils s'étaient embrassés et les étincelles avaient jailli, et ils avaient retrouvé le brasier d'avant. Allumé par Maya, comme d'habitude, force lui était de l'admettre. C'est elle qui l'obligeait à faire attention. Contrairement à lui, elle ne considérait pas le sexe comme une sorte de discipline sportive. Pour elle, c'était la grande passion, un état transcendant de l'être, et elle avait une façon de se changer en tigresse, dans ces moments-là, qui le surprenait toujours, le réveillait, le hissait à son niveau, lui rappelait ce que le sexe pouvait être. Et c'était merveilleux de s'en souvenir, de réapprendre tout ça — vraiment merveilleux. L'omegendorphe n'était rien à côté. Comment avait-il pu l'oublier ? Pourquoi s'était-il éloigné d'elle comme si elle n'était pas, d'une certaine façon, irremplaçable ? Il la serra contre lui et ils se fondirent l'un dans l'autre, se mordillèrent en haletant et en gémissant. Ils jouirent ensemble, comme si souvent dans le passé, Maya l'entraînant avec elle de l'autre côté. Leur rituel.

Plus tard, ils se parlèrent, et il découvrit qu'il l'aimait vraiment. Ce soir, il avait commencé pour brimer Frank, c'était vrai. Il ne s'était pas vraiment soucié de Maya. Mais à présent, étendu auprès d'elle, il se rendait compte qu'elle lui avait manqué durant ces cinq dernières années, que sa vie avait été creuse. Ce qu'elle avait pu lui manquer ! De nouveaux sentiments... Il se laissait toujours surprendre. Il ne pouvait s'empêcher de penser qu'il était trop vieux pour ça, qu'il avait plus ou moins cessé de changer. Et puis, quelque chose arrivait. Et souvent, cette chose (en y repensant, avec le recul des ans) était une rencontre avec Maya...

C'était la même Maya Toitovna qu'il avait connue : du vif-argent, bourrée de plans et d'idées. Riche. Elle n'avait pas la moindre idée de ce que John faisait ici, au milieu des dunes, et elle ne le lui demanderait pas. Elle était capable de le réduire en lambeaux s'il venait à déranger ses pensées. Il le devinait dans l'inclinaison de ses épaules, dans sa démarche tandis qu'elle sortait de la salle de bains. Mais il la connaissait si bien, et depuis si longtemps. Même son irritabilité était séduisante ! C'était comme Frank et son mépris. Oui, il se faisait vieux, et il avait de la famille. Il faillit rire, dire n'importe quoi pour la mettre en colère, puis oublia. Il suffisait de le savoir, pas besoin de démonstration. Seigneur ! Il se mit à rire et, en l'entendant, elle revint vers le lit et lui donna une bourrade dans les côtes.

— Tu ris à cause de mes grosses fesses, hein ?
— Tu sais bien que tes fesses sont parfaites.

Elle lui donna une autre bourrade, persuadée qu'il mentait. Leur lutte les ramena à la saveur de leur peau, de leur sueur, et ils refirent l'amour. Ensuite, dans sa rêverie, John se dit : *Je t'aime, douce et violente Maya. Je t'aime vraiment.* C'était une pensée déconcertante et dangereuse. Il ne se risquerait jamais à la lui dire.

Deux jours plus tard, quand elle quitta la caravane pour rejoindre Acheron et qu'elle lui demanda de l'accompagner, il fut séduit, mais répondit :

— D'ici deux mois, peut-être.
— Non, non, fit-elle d'un air grave. Plus tôt. Je veux que tu me rejoignes.

Et quand il acquiesça impulsivement, elle sourit comme une petite fille qui cache un secret.

— Tu ne le regretteras pas.

Elle le quitta sur un baiser et se dirigea vers Burroughs pour aller prendre le train.

Après son départ, les chances d'obtenir des informations des Arabes furent réduites à néant. Il avait offensé Frank, et les Arabes étaient solidaires de leur ami, ce qui était juste. Une colonie cachée ? avaient-ils demandé à John. Qu'est-ce que c'était que cette histoire ?

Il soupira et décida de laisser tomber et de partir. Dans la soirée (les Arabes tenaient tout particulièrement à ravitailler leurs hôtes de passage), ils remplirent le coffre de son patrouilleur. Il se demandait où en étaient ses investigations sur les sabotages. Une chose était certaine : Sherlock Holmes n'avait pas à s'inquiéter de sa concurrence. Plus grave encore : toute une nouvelle société pour lui impénétrable s'était implantée sur Mars. Ces musulmans, par exemple, qui étaient-ils exactement ?

Ce même soir, il interrogea Pauline avant de rejoindre ses hôtes. Il les observa attentivement tout en leur posant des questions, jusque tard dans la nuit... Il savait que les questions étaient autant de clés pour ouvrir l'âme des gens, bien plus utiles que la ruse. Mais, dans le cas présent, cela semblait inefficace. Un coyote ? Comment, cette espèce de chien sauvage sur Mars ?...

Perplexe, il quitta la caravane au matin et se dirigea vers l'ouest, suivant la bordure sud de la mer de dunes. Le chemin était long pour rejoindre Maya : Acheron était à 5 000 kilomètres de là, 5 000 kilomètres de dunes. Il préférait rejoindre Burroughs et prendre le train comme elle. Et puis non, il avait besoin de réfléchir. Il obéit à son habitude nouvelle : voyager lentement, prendre le large en patrouilleur ou en planeur. Cela faisait des années qu'il sillonnait la planète, du nord au sud, qu'il inspectait les moholes, remplissait des missions pour Sax, Helmut ou Frank, qu'il inspectait pour Arkady, coupait des rubans d'inauguration un peu partout — pour une ville, un puits, une station météo, une mine, un mohole — et, surtout, il parlait. Il prononçait des discours, il avait des entretiens publics ou privés, avec des étrangers, de vieux amis, de nouvelles connaissances. Il s'exprimait aussi vite que Frank, toujours dans le même souci d'amener les gens à oublier l'histoire, pour créer une société fonctionnelle. Un système scientifique prévu pour Mars, spécifique, rationnel et juste, et toutes ces sortes de choses. Pour montrer le chemin d'une nouvelle planète Mars !

Mais, comme les années passaient, il lui semblait de moins en moins probable que cela se déroule ainsi qu'il l'avait envisagé. Un endroit comme Bradbury Point montrait bien à quelle vitesse changeaient les choses, et sa rencontre avec les Arabes confirmait ce sentiment. Les événements échappaient à son contrôle et, bien plus, au contrôle de quiconque. Il n'existait aucun plan.

Il roulait vers l'ouest en pilotage automatique, sautant d'une dune à l'autre, sans rien voir vraiment, plongé dans ses pensées, essayant de comprendre ce qu'était exactement l'histoire, comment elle fonctionnait. Il finit par l'envisager comme une chose vaste qui se trouvait toujours au-delà d'un horizon resserré, invisible, sinon par ses effets. C'était ce qui se produisait quand on ne regardait pas — une infinité d'événements cachés qui contrôlaient tout mais échappaient à tout contrôle. Après tout, il était sur cette planète depuis le commencement ! Il avait été le *commencement*, le premier humain à poser le pied sur ce monde. Et il y était revenu contre toute probabilité pour aider à sa construction ! Mais à présent, il lui échappait, il se dérobait. Il contemplait ça avec incrédulité, tendu à bloc, parfois en proie à une rage soudaine due à la frustration ; penser que tout ça s'accélérait, échappant à son contrôle et même à sa faculté de compréhension — ce n'était pas juste ! Il ne pouvait pas laisser faire ça.

Mais comment s'y opposer ? Une sorte de programmation sociale... Il était clair qu'ils en avaient besoin. Se lancer ainsi, sans plan, violant même le vague projet qui avait été formulé au début du Traité martien... Enfin, les sociétés sans projet appartenaient à l'histoire. Mais l'histoire, jusque-là, était un cauchemar, un immense magma d'exemples à éviter.

Ils avaient besoin d'un plan. Un nouveau départ était possible. Ce qu'il leur fallait, c'était une vision d'ensemble. Helmut, le fonctionnaire onctueux, aussi bien que Frank, avec son acceptation cynique du statu quo, de la violation du traité, comme s'ils étaient lancés dans une nouvelle ruée vers l'or… Tous deux avaient tort. Frank avait tort. Comme d'habitude !

Mais lui aussi s'était sans doute trompé. Il avait agi en se fondant sur la théorie inexprimée selon laquelle s'il voyait un peu plus de cette planète, s'il visitait une colonie de plus, s'il parlait à une personne de plus, il y arriverait (sans vraiment y réfléchir trop sérieusement) d'une façon ou d'une autre — et que sa compréhension holistique lui échapperait à nouveau pour appartenir à tout le monde, se répandant chez les nouveaux colons et changeant les choses. Il s'était montré naïf. Il y avait désormais tant de gens sur cette planète qu'il ne pouvait plus espérer de rapport direct avec chacun, il ne serait jamais la charnière de leurs espoirs, de leurs désirs. Il n'y avait pas que ça : rares étaient les nouveaux venus qui ressemblaient aux Cent Premiers par leurs motivations. Bien sûr, d'autres scientifiques étaient venus, et des gens comme les Suisses gitans qui construisaient les routes. Mais jamais ils ne seraient comme les Cent Premiers. Ce petit groupe qui l'avait formé, à vrai dire, qui avait façonné ses idées, ses opinions, avec lequel il avait tout appris. Ils étaient sa famille, il leur faisait confiance. Il avait besoin de leur aide, plus que jamais. Ce qui expliquait probablement le retour de ses sentiments vis-à-vis de Maya. Et aussi la colère qu'il sentait monter en lui à l'égard d'Hiroko — il fallait qu'il lui parle, il avait besoin de son aide ! Et elle les avait abandonnés.

Vlad et Ursula avaient déplacé leur complexe biotech sur une crête étroite d'Acheron Fossae, une éminence en arête qui ressemblait au kiosque d'un immense sous-marin. La partie supérieure avait été percée d'alvéoles qui allaient d'une paroi à l'autre. Certaines salles étaient larges d'un kilomètre et entièrement revêtues de baies. Celles qui ouvraient au sud offraient un panorama unique sur Olympus Mons, à six cents kilomètres de là. Au nord, on pouvait contempler les étendues de sable ocre pâle d'Arcadia Planitia.

John s'engagea sur la pente jusqu'au sas du garage, non sans remarquer que le sol du canyon était encombré de ce qui semblait être des entassements de cassonade brune fondue.

— C'est une nouvelle espèce de croûte cryptogamique, annonça Vlad quand John l'interrogea. Une symbiose entre des cynobactéries et des bactéries de la plate-forme de Floride. Les bactéries de Floride vivent jusqu'à de très grandes profondeurs et elles transforment les sulfates en sulfures, qui deviennent ensuite l'aliment d'une variante des *microcoleus*. Les couches supérieures se changent en filaments qui adhèrent au sable et à l'argile pour former de grands archipels dendritiques. Ça ressemble à de petites forêts sylvatiques avec des racines bactériennes très importantes. Il semble que ces racines tendent à se propager à travers le régolite en direction du fond rocheux, tout en faisant fondre le permafrost au fur et à mesure de leur progression.

— Et c'est vous qui avez libéré cette chose ?
— Bien sûr. Il nous faut quelque chose pour faire éclater le permafrost, non ?

— Et il existe quelque chose pour l'empêcher d'envahir toute la planète ?

— Eh bien, ça comporte le contingent habituel de gènes-suicide au cas où il commencerait à envahir le reste de la biomasse, mais si ça se cantonne à sa niche...

— Waouh !

— Ce n'est pas sans similitude avec les premières formes de vie qui ont couvert la Terre. Nous venons juste d'améliorer sa vitesse de croissance et ses systèmes de racines. Ce qui est drôle, c'est que je crois que ça va rafraîchir l'atmosphère, même si ça réchauffe le sous-sol. Parce que ça augmente la désagrégation chimique de la roche, et toutes ces réactions absorbent du CO_2 dans l'air, ce qui va diminuer la pression atmosphérique.

Maya venait d'arriver. Après avoir serré John dans ses bras, elle dit :

— Mais les réactions ne vont-elles pas libérer de l'oxygène aussi vite qu'elles absorbent le CO_2 ? La pression serait ainsi maintenue ?

Vlad haussa les épaules.

— Peut-être. On verra bien.

Ce qui fit rire John.

— Sax est un penseur à long terme. Ça devrait lui plaire.

— Oh, certainement. C'est lui qui a autorisé la libération des organismes. Il viendra voir les résultats au printemps.

Ils dînèrent dans une salle située tout en haut de l'arête. Des châssis s'ouvraient sur la serre installée sur la crête, et des baies avaient été ménagées au nord et au sud. Les parois est et ouest étaient décorées de bouquets de bambous. Tous les résidents d'Acheron étaient rassemblés là. Ils se conformaient ainsi à cette vieille coutume d'Underhill, comme ils le faisaient de bien d'autres façons. La discussion, à la table de Maya et John, revenait fréquemment au travail en cours, et en particulier aux problèmes posés par la nécessité d'implanter des garde-fous dans tous les gems qu'ils libéraient. La présence de couples de gènes-suicide dans tout nouveau gem était une pratique lancée par le groupe d'Acheron, de sa propre initiative. Elle allait être maintenant confirmée comme une loi de l'ONU.

— C'est très bien pour les gems légaux, commenta Vlad.

Mais s'il y a des idiots pour essayer quelque chose de leur côté et que ça rate, on aura quand même de sérieux ennuis.

Après le dîner, Ursula proposa à John et Maya :

— Pendant que vous êtes là, vous pourriez en profiter pour passer vos examens médicaux. Ça fait longtemps que vous ne l'avez pas fait.

John renâcla : il avait horreur des examens et de toute forme d'intervention médicale. Mais Ursula ne le lâchait pas, et il finit par céder. Il lui rendit visite à la clinique deux jours plus tard. Il fut soumis à une série de tests de diagnostics qui lui parut encore plus intense qu'avant, face à des écrans graphiques et des ordinateurs à la voix trop apaisante qui lui disaient de bouger comme ci, comme ça. John obéit sans avoir la moindre idée de ce que tout cela signifiait. C'était la médecine moderne. Mais ensuite, il eut droit à Ursula elle-même, un honneur, et ce fut elle qui écouta, sonda, pianota sur les claviers. Finalement, il se retrouva étendu sur le dos, sous un drap blanc. Elle était près de lui et lisait les analyses en chantonnant.

— Eh bien, tu as l'air en forme, déclara-t-elle enfin. Quelques problèmes avec la gravité, mais rien que nous puissions traiter.

— Superbe.

En vérité, il était soulagé. C'était ça la médecine : pas de nouvelles, bonnes nouvelles. Obtenir cela était déjà une sorte de victoire en soi, plus grande à chaque fois, même si elle s'appréciait en creux ; il n'avait rien : génial !

— Alors, que dirais-tu du traitement ? lui demanda Ursula, sans se retourner, d'un ton désinvolte.

— Le traitement ?

— C'est une sorte de thérapie gériatrique. Une procédure expérimentale. C'est une forme d'inoculation, mais avec un renforçateur d'ADN. Ça répare les torons brisés et restaure la précision de la division cellulaire à un degré sensible.

Il soupira.

— Ce qui veut dire ?

— Eh bien… vois-tu, le vieillissement est provoqué avant tout par des erreurs au niveau des divisions cellulaires. Après un certain nombre de générations, disons des centaines ou des dizaines de milliers selon le type de cellule dont nous parlons, les erreurs de reproduction augmentent et tout s'affaiblit. Le système immunitaire est le premier touché, suivi par d'autres tissus et, finalement, quelque chose déraille, ou alors le système immunitaire est submergé par une maladie. C'est comme ça.

— Et tu es en train de me dire que tu peux stopper ces erreurs ?

— Les ralentir, en tout cas, et réparer ce qui s'est déjà cassé. C'est un mélange des deux, en fait. Les erreurs de division sont causées par des ruptures dans les chaînes d'ADN, les torons. Nous avons donc voulu les consolider. Pour ça, il faut que nous lisions ton génome avant de construire une bibliothèque génomique autoréparable de petits segments qui viendront réparer les torons cassés...

— Autoréparable ?

Elle soupira.

— Tous les Américains trouvent ça drôle. De toute façon, nous infiltrons cette bibliothèque autoréparable dans les cellules, et les segments se fixent sur les chaînes d'ADN pour éviter qu'elles se brisent.

Tout en parlant, elle commença à dessiner des hélices doubles et quadruples, sombrant inévitablement dans le jargon biotechnologique, jusqu'à ce que John ne soit plus capable de saisir autre chose que le sujet général de la conversation, qui portait apparemment sur le projet du génome humain et la correction génétique des anomalies, dont les applications allaient du traitement du cancer à la technologie des gems.

Différents aspects de cette technologie avaient été combinés par le groupe d'Acheron, expliqua Ursula. Le résultat : on infectait les chaînes de son génome, une infection qui s'étendrait à chacune des cellules de son organisme, à l'exception des dents, de la peau, des os et des cheveux.

Après cela, ses torons d'ADN seraient presque parfaits, renforcés, réparés, et la division cellulaire serait plus précise.

— Plus précise à quel degré ?

John essayait de saisir ce que tout cela représentait.

— Disons que tu seras comme à dix ans.

— Tu plaisantes.

— Non, non. Nous l'avons déjà essayé sur nous, vers $L_S = 10$ de cette année, et jusque-là, ça semble marcher.
— Et ça dure ?
— Rien ne dure éternellement, John.
— Combien de temps, alors ?
— Nous ne savons pas. Nous sommes les sujets de l'expérience, et nous pensons que nous le découvrirons au fur et à mesure. Il semble possible qu'on puisse répéter la thérapie quand le taux d'erreur de division cellulaire remonte. Si nous réussissons, ça voudra dire qu'on peut vivre très longtemps.
— Par exemple ? insista-t-il.
— Ça non plus, nous ne le savons pas. Mais plus longtemps qu'actuellement, c'est certain. Probablement beaucoup plus longtemps.

Il l'observait. Elle sourit en voyant son expression, et il prit conscience qu'il était resté la bouche ouverte sous le choc. Il ne devait pas avoir l'air très brillant, mais à quoi s'attendait-elle ? C'était… c'était…

Il avait du mal à suivre le fil de ses pensées, qui se dispersaient.

— A qui as-tu parlé de ça ?
— Eh bien, nous avons posé la question à tous les Cent Premiers qui sont venus ici pour un check-up. Et toute l'équipe d'Acheron a testé le traitement. Le problème, c'est que nous n'avons fait que combiner des méthodes dont tout le monde dispose, et il ne faudra pas longtemps pour que d'autres fassent la même chose. Nous allons préparer des articles pour publication, mais, auparavant, ils doivent être supervisés par l'Organisation mondiale de la santé. A cause des retombées politiques, bien entendu.
— Mmm. (John réfléchit. Dès que les milliards d'habitants de la Terre entendraient parler d'une drogue de longévité mise au point sur Mars… Seigneur !) Et ça coûte cher ?
— Pas vraiment. La lecture du génome est l'opération la plus coûteuse, et elle prend du temps. Mais ça n'est qu'une procédure, tu sais, un facteur de temps sur ordinateur. Il est très possible qu'on puisse offrir le traitement à toute la population de la Terre. Mais la situation est déjà assez critique. Il leur faudra instituer un contrôle particulièrement

sévère, sinon ce sera le boom malthusien. Nous pensons qu'il vaut mieux laisser les autorités décider.

— Mais la nouvelle va filtrer.

— Tu le crois vraiment ? Non, ils vont tout faire pour la bloquer.

— Pfff... Mais vous, vous n'avez pas attendu. Et vous avez essayé sur vous.

— Bien sûr. (Elle haussa les épaules.) Alors, qu'est-ce que tu en dis ? Tu veux bien ?

— Laisse-moi un peu de temps.

Il sortit sur la crête et parcourut la longue serre avec son jardin potager et ses grands bouquets de bambous. Il devait lever la main pour abriter ses yeux de l'éclat du soleil en fin d'après-midi, même à travers le verre teinté. Quand il rebroussa chemin, face à l'est, il découvrit les pentes de lave brisée d'Olympus Mons. Il avait de la difficulté à penser. Il avait soixante-six ans. Il était né en 1982... Sur Terre, on était en quelle année ? 2048 ! M.11. Onze longues années sous les radiations de Mars. Et il avait passé trente-cinq mois dans l'espace, trois voyages entre la Terre et Mars, ce qui constituait encore le record absolu. Il avait reçu un taux de 195 rems, il faisait de la sous-tension, il avait mal aux épaules quand il nageait, et il se sentait passablement fatigué. Il devenait vieux. Il ne lui restait pas tellement d'années devant lui. Etrange pensée qu'il devait pourtant accepter. Il avait confiance dans le groupe d'Acheron. Maintenant qu'il y pensait, ils allaient d'un bout à l'autre de leur nid d'aigle, travaillant sans cesse avec un petit sourire concentré, ils mangeaient, buvaient, jouaient au football, nageaient. Non, ils n'avaient pas tous dix ans, mais il émanait d'eux une aura de bonheur, ou de santé. Peut-être plus encore. Il se mit à rire en partant à la recherche d'Ursula. Et, quand elle le vit s'approcher, elle rit, elle aussi.

— Ça n'est pas si difficile que ça de choisir, non ?

— Non. Et puis : qu'est-ce que j'ai à perdre ?

Il avait donc accepté. Ils avaient son génome dans leur banque de données, mais il faudrait quelques jours pour synthétiser les torons de réparation, les clipper sur les plasmides et en cloner des millions de plus. Ursula lui demanda de revenir dans trois jours.

Quand il regagna les chambres d'hôte, Maya était déjà là, l'air aussi bouleversé que lui. Elle allait nerveusement de la table de maquillage au lavabo, du lavabo à la fenêtre, elle touchait chaque objet comme si elle découvrait ce qu'était une chambre.

Vlad lui avait tout expliqué après ses examens, ainsi qu'Ursula l'avait fait avec John.

— La peste de l'immortalité ! fit-elle avec un rire bizarre. Est-ce que tu peux le croire ?

— La peste de la *longévité*, la corrigea-t-il. Non, je n'y arrive pas. Pas vraiment.

Il se sentait un peu étourdi, et il devina que Maya ne l'avait même pas entendu. Son agitation était contagieuse.

Ils se préparèrent un potage et mangèrent dans une sorte de brume. C'était Vlad qui avait demandé à Maya de venir à Acheron. Voilà pourquoi elle avait insisté pour que John l'y rejoigne au plus tôt. Il éprouva un frisson de tendresse. Il regardait ses mains qui tremblaient et, après toutes ces années, il se sentait plus proche d'elle que jamais. C'était comme s'ils partageaient leurs pensées devant cette situation étrange. Ils n'avaient besoin que de la présence de l'autre. Les mots étaient inutiles.

Cette nuit-là, dans l'ombre tiède du lit, elle lui murmura d'une voix rauque :

— Cette nuit, on ferait mieux de le faire deux fois. *Pendant que nous sommes encore nous.*

Ils entamèrent le traitement trois jours plus tard. John était étendu sur une table, dans le cabinet médical, le regard fixé sur la prise intraveineuse fixée sur le dos de sa main. Ce n'était pas la première fois, mais, en cet instant précis, une chaleur étrange montait dans son bras, se répandait dans sa poitrine, affluait dans ses jambes. Etait-ce réel ? Ou bien un effet de son imagination ? Il lui semblait qu'un fantôme venait de traverser son corps. Puis, finalement, il eut très chaud.

— Est-ce que je devrais être chaud comme ça ? demanda-t-il à Ursula.

— C'est toujours comme une poussée de fièvre, au début. Ensuite, on provoque un petit choc dans tout l'organisme pour que les plasmides pénètrent dans les cellules. Après, quand les nouveaux torons se lient avec les anciens, les gens ont tendance à frissonner. De froid, le plus souvent.

L'injection prit une heure. Il avait encore très chaud et sa vessie était pleine. On le laissa aller jusqu'à la salle de bains. Quand il revint, il se retrouva ligoté sur ce qui ressemblait au croisement d'un canapé et d'une chaise électrique. Il ne s'inquiéta pas : son entraînement d'astronaute l'avait habitué à tous les genres d'appareils. Le choc ne dura que dix secondes à peu près. Il le ressentit comme un picotement désagréable dans tout le corps. Puis Ursula et ses aides le détachèrent. Ursula, les yeux brillants, l'embrassa longuement sur la bouche. Elle lui répéta qu'il ne tarderait pas à se sentir froid, et même glacé, et que cette sensation pouvait persister durant deux jours. Rien ne s'opposait à ce qu'il aille au sauna ou au jacuzzi. En fait, c'était recommandé.

Ils se retrouvèrent, Maya et lui, dans la chaleur de l'eau, observant les corps des autres, blancs en entrant dans l'eau, roses en sortant. Pour John, c'était un peu l'image de ce qui leur était arrivé — on entrait avec ses soixante-six ans, et on en avait dix en repartant. Il n'arrivait tout simplement pas à le croire. Il avait encore le plus grand mal à réfléchir. C'était comme si sa pensée était simplement amortie, son esprit engourdi. Si les cellules grises étaient renforcées également, les siennes s'étaient-elles accidentellement grippées ? Le cheminement de sa pensée avait toujours été lent et chaotique. En réalité, c'était probablement sa balourdise habituelle, et rien d'autre. Mais il en prenait conscience parce qu'il essayait désespérément d'appréhender tout ça, de réfléchir aux implications.

Est-ce que c'était vrai ? Ils pouvaient réellement prendre la mort de vitesse pendant quelques années ? Quelques décennies peut-être ?…

Ils quittèrent le sauna pour manger, puis allèrent se promener dans la serre, contemplant les dunes au nord, le chaos des laves d'Olympus au sud. La vue rappelait à Maya les jours lointains d'Underhill. Les douces ondulations de sable sous le vent d'Arcadia avaient remplacé les lits de pierre de Lunae Planum. C'était comme si, dans sa mémoire, les images avaient retrouvé leur contraste, leurs ocres adoucis, leurs rouges et leurs jaunes citrins. La patine du passé.

John l'observait avec curiosité. Onze années avaient passé depuis ces premiers jours dans le parc de caravaning, et bien souvent ils avaient été amants, entre d'inévitables interruptions ou séparations, parfois salutaires, produits des circonstances ou de leur incapacité à vivre très longtemps ensemble. Mais ils s'étaient toujours retrouvés, et le résultat était un vieux couple, avec une histoire peut-être moins morcelée, peut-être même meilleure, parce que n'importe quel couple rigoureusement constant aurait probablement cessé de faire attention l'un à l'autre à un moment donné, alors que tous les deux, avec leurs séparations et leurs retrouvailles, leurs combats et leurs armistices, avaient dû refaire connaissance un nombre incalculable de fois.

John lui fit part de ses pensées, ils en parlèrent doucement, avec plaisir, et Maya lui dit avec force :

— Il *fallait* que nous prenions garde.

Ça, ils avaient pris garde, ils s'étaient constamment méfiés de l'habitude. Et ils convinrent ensemble que ces heures passées au sauna ou sur la crête compensaient leurs longues séparations. Ils se connaissaient *vraiment mieux* qu'un couple marié.

Ils parlèrent. Pour essayer de tisser des liens entre leurs deux passés et ce bizarre avenir, dans l'espoir angoissé qu'il ne se révélerait pas comme une rupture infranchissable. Tard le soir du lendemain, deux jours après leur inoculation, ils étaient assis seuls dans le sauna. Ils avaient froid mais leur peau était encore rose de sueur. John observa le corps de Maya et ressentit un élan brûlant, comme si une nouvelle injection le parcourait. Il n'avait pas beaucoup mangé depuis le traitement, et le carrelage jaune et beige sur lequel ils étaient assis avait commencé à palpiter, comme animé par une respiration intérieure. La lumière faisait étinceler chacune des minuscules gouttelettes de condensation tels de petits grains de lumière dispersés un peu partout. Le corps de Maya, étalé sur ces carreaux chatoyants, frémissait devant lui comme une chandelle rose. L'intense eccéité du moment, comme avait dit, une fois, Sax, lorsque John lui avait posé une question sur ses croyances religieuses — je crois à l'eccéité, avait répondu Sax, dans le fait d'être là, la chosité, l'ici et maintenant, dans l'individualité particulière de chaque moment. C'est pour ça que je veux savoir ce que c'est que ça ? Et ça, qu'est-ce que c'est ? Et ça ? En y repensant, en repensant au mot étrange que Sax avait employé, à son étrange religion, John l'avait enfin compris. Parce qu'il sentait la *chosité* de ce moment comme une pierre dans sa main. Il avait l'impression que toute sa vie il n'avait vécu que pour arriver à ce moment.

L'air dense et chaud semblait pulser autour de lui, au-dessus des dalles luisantes. Comme s'il allait mourir avant de renaître. Mais n'était-ce pas vrai, s'il croyait Ursula et Vlad ? Et tandis qu'il se transformait, le corps rose de Maya Toitovna était près de lui. Il le connaissait mieux que le sien. Non seulement en cet instant précis, arrêté, mais dans la durée de leur passé. Il la revoyait nue, dérivant dans le dôme de l'*Arès*, entourée d'étoiles, sur le fond noir de l'espace. Il voyait parfaitement tous les changements qui s'étaient produits en elle depuis cette époque, le passage de l'image dont il gardait le souvenir au corps qui se trouvait devant lui constituait un fondu-enchaîné hallucinant, sa chair et sa peau s'altérant, tombant, se ridant — vieillissant. Ils étaient tous les deux plus vieux, plus craquants, plus lourds. C'était comme ça. Mais en réalité, ce qui était stupéfiant, c'était à quel point ils étaient restés eux-mêmes. Quelques vers d'un poème lui revinrent à l'esprit, l'épitaphe de l'expédition de Scott près de la Station de Ross, dans l'Antarctique. Ils avaient tous gravi la colline pour voir ensemble la grande croix de bois sur laquelle étaient gravés ces quelques vers : *Beaucoup a disparu, et pourtant il en reste beaucoup…* ou quelque chose dans ce goût-là ; il ne se souvenait pas exactement — beaucoup de choses avaient disparu, ça faisait longtemps, après tout. Mais ils avaient travaillé dur, et bien mangé, et la gravité de Mars avait certainement été plus douce que celle de la Terre, car l'évidence était rayonnante : Maya était encore une très belle femme, élancée et musclée, avec son visage fier d'impératrice, ses cheveux gris, ses seins qui attireraient son regard comme deux aimants, complètement différents si elle bougeait ne serait-ce qu'un coude, et en même temps absolument familiers dans toutes les positions… ses seins, ses bras, ses côtes, ses flancs, et tout ça était *à lui*. Elle était, pour le meilleur ou pour le pire, la personne la plus proche de lui, un magnifique animal rose, et aussi l'un de ses avatars, un avatar du sexe, de la vie elle-même, sur ce monde rocheux, dénudé. S'ils étaient comme ça à soixante-cinq ans, et si le traitement ne servait qu'à les maintenir à ce stade, ne serait-ce que pendant quelques années de plus ou (et quel choc, encore maintenant !) des décennies ? Des décennies ? Eh bien, c'était stupéfiant quand même. C'en était rigoureusement trop pour lui, il n'arrivait pas à s'y faire. Il devait arrêter d'y penser, ou il allait faire sauter tous les rouages de sa boîte de vitesse mentale. Mais était-ce possible ? Etait-ce vraiment possible ? Le désir mordant de tous les vrais amants depuis le commencement des temps, d'avoir un peu plus de temps ensemble, de pouvoir faire durer les choses, de vivre pleinement leur amour… Et Maya semblait en proie aux mêmes sentiments. Elle était d'une humeur de rêve. Elle le regardait, les yeux mi-clos, avec ce demi-sourire qu'il connaissait si bien, ce demi-sourire qui voulait dire « viens un peu par ici », un genou levé, coincé sous son bras, sans précisément exhiber son sexe, juste à l'aise, détendue, comme si elle était toute seule… Non, il n'y avait rien de tel qu'une Maya heureuse, personne n'avait le bonheur aussi contagieux. Il éprouva une bouffée d'affection pour cet aspect de son caractère, comme une perfusion de sentiments. Alors, il posa la main sur son épaule et serra doucement. *Eros* n'était qu'une épice au festin d'*Agape*, et soudain, comme souvent, les mots jaillirent de sa bouche, et il dit des choses qu'il n'avait jamais dites encore.

— Marions-nous !

Elle rit en l'entendant et il continua :

— Non, non, je suis sincère. Oui, marions-nous et nous deviendrons vieux ensemble, vraiment vieux, nous profiterons de ces années de plus qu'on nous a offertes pour en faire une aventure que nous partagerons. Nous aurons des enfants qui auront des enfants. Et nous regarderons nos petits-enfants qui en feront d'autres encore. Seigneur, combien de temps cela pourra-t-il durer ?

Ils pourraient former toute une nation, devenir patriarche et matriarche, deux Adam et Eve martiens !

Maya riait à chaque phrase, le regard étincelant, plein d'affection. Ses yeux étaient maintenant deux fenêtres ouvertes sur un esprit heureux, tellement heureux. Elle buvait ses paroles en riant toujours. Il sentait la caresse de son regard posé sur lui et il la regardait rire avec délectation à chacune des absurdités hilarantes qu'il laissait échapper, disant chaque fois : « Quelque chose comme ça, oui, quelque chose comme ça. » Puis elle le serra très fort contre elle.

— Oh, John, tu me rends tellement heureuse. Tu es le meilleur des hommes que j'aie jamais connus.

Elle l'embrassa et il s'aperçut que malgré la chaleur du sauna, il était facile de passer d'*Agape* à *Eros*.

— Alors, tu vas m'épouser, et tout ça ?... demanda-t-il en verrouillant la porte du sauna.

— Quelque chose comme ça, dit-elle, le visage illuminé par un sourire de pur ravissement.

Quand on espère vivre encore deux cents ans, on se comporte autrement qu'avec vingt ans devant soi.

Ils le prouvèrent presque immédiatement. John resta à Acheron durant l'hiver, au seuil de la calotte de brume de CO_2 qui descendait du pôle Nord chaque année. Il étudiait l'aréobotanique avec Marina Tokareva et son équipe. Sax le lui avait demandé, et il n'était pas vraiment pressé de s'en aller. Sax semblait avoir oublié la chasse aux saboteurs, ce qui rendait John quelque peu soupçonneux. De son côté, il enquêtait toujours avec Pauline et se concentrait sur les secteurs où il avait travaillé avant de venir à Acheron, sur ses voyages, et aussi sur les CV de tous ceux qui avaient été employés sur des sites où s'étaient produits des sabotages. Il était à craindre qu'ils aient en face d'eux des adversaires nombreux, et les recoupements des déplacements individuels ne lui apprendraient probablement pas grand-chose. Mais tous ceux qui se trouvaient sur Mars actuellement y avaient été envoyés par une organisation et, en remontant à l'origine, à l'attribution des postes, il espérait décrocher quelques indications. C'était un travail compliqué et il devait se fier à Pauline non seulement pour les statistiques mais aussi pour les conseils, ce qui l'agaçait.

La plupart du temps, il avançait dans la connaissance d'une aréobotanique qui n'obtiendrait des résultats que dans quelques décennies au moins. Pourquoi pas ? Il avait le temps, et il pourrait avoir la chance d'observer les fruits des recherches de Marina. L'équipe de Marina était plongée dans la conception d'un nouvel arbre. Il participait à leurs études et partageait avec eux les corvées de labo. L'arbre était destiné à constituer une voûte dans une forêt à plusieurs niveaux qu'ils espéraient faire pousser dans les dunes de Vastitas Borealis. Ils étaient partis du génome d'un séquoia, mais leur but était d'obtenir des séquoias plus grands que ceux de la Terre, hauts de deux cents mètres, avec un tronc de cinquante mètres de diamètre à la base. L'écorce resterait gelée la plupart du temps, et les larges feuilles, qui ressembleraient probablement à des feuilles de tabac malades, seraient destinées à absorber la dose minimale de rayons UV sans endommager leur revers violine. Tout d'abord, John considéra que le diamètre du tronc était excessif, mais Marina lui fit remarquer que l'arbre pourrait ainsi absorber de grandes quantités de gaz carbonique, fixer le carbone, et libérer l'oxygène dans l'atmosphère. Et puis, la forêt serait spectaculaire : les premières variétés obtenues étaient des prototypes qui ne dépassaient pas dix mètres, et il faudrait compter encore vingt ans avant que les vainqueurs de la compétition atteignent leur taille de maturité. Pour l'heure, tous les prototypes mouraient dans les miniserres sous atmosphère martienne. Il faudrait que les conditions atmosphériques changent considérablement pour qu'ils survivent à l'extérieur. L'équipe de Marina galopait en tête.

Mais tous se donnaient à fond. C'était le résultat du traitement : des expériences plus longues, des enquêtes plus longues (John grommela intérieurement), et des réflexions au long cours.

Sous bien des aspects, cependant, rien n'avait changé. John se sentait le même qu'auparavant, si ce n'est qu'il n'avait plus besoin de prendre d'omegendorphe pour retrouver un chantonnement intérieur. C'était comme s'il avait nagé un deux mille mètres, skié tout un après-midi ou… pris de l'omegendorphe. Autant apporter de l'eau à la mer. Parce que tout étincelait. Lorsqu'il s'engagea sur la crête, le monde visible étincelait littéralement : les bulldozers immobiles, une grue pareille à un échafaud. Il ne se lassait pas de les regarder.

Maya partit pour Hellas, ce qui n'était pas très grave : leurs rapports étaient repartis sur des montagnes russes, ils se chamaillaient à nouveau, elle avait à nouveau des états d'âme, mais tout cela n'était guère important. Planer dans la lumière ne changeait rien aux sentiments qu'il éprouvait pour elle, ou à la façon dont elle l'avait parfois regardé comme dans le temps. Il la reverrait dans quelques mois, il lui parlerait à l'écran. En attendant, cette séparation le soulageait un peu.

Ce fut un bon hiver. Il apprit beaucoup de choses en aréobotanique et en bio-ingénierie. Très souvent, après le dîner, il interrogeait les gens d'Acheron sur l'idée qu'ils se faisaient à terme d'une société martienne, à quoi elle devait ressembler, comment elle devrait être gouvernée. A Acheron, cela débouchait toujours sur des considérations écologiques, et leurs effets économiques distordus. Pour eux, ces questions étaient plus critiques que les problèmes politiques, ou ce que Marina appelait le dispositif supposé responsable. Les opinions de Vlad et de Marina à ce sujet étaient particulièrement intéressantes : ils avaient défini un système d'équations pour ce qu'ils avaient baptisé l'éco-économie, ce qui, aux oreilles de John, sonnait toujours comme économie d'écho. Il aimait les écouter expliquer les équations, et il leur posait des questions, et il apprenait en retour des concepts tels que la capacité de transport, la coexistence, la contre-adaptation, les mécanismes de légitimité et l'efficience écologique.

— C'est le seul moyen que nous ayons pour mesurer notre contribution au système, dit Vlad. Si on fait brûler nos corps dans un calorimètre à microbombe, on découvre que nous contenons six ou sept kilocalories par gramme et, bien sûr, nous absorbons une quantité considérable de calories pour survivre. Notre production est plus difficile à mesurer, parce qu'il ne s'agit pas de prédateurs qui se nourriraient de nous, comme dans les équations classiques d'efficience — il s'agit plutôt de savoir combien de calories nous produisons par nos efforts, ou combien nous en envoyons aux générations futures, quelque chose dans ce genre. C'est en grande part indirect, naturellement, et ça repose largement sur la spéculation, sur un jugement subjectif. Si on n'assigne pas de valeurs à un certain nombre d'éléments non physiques, alors les électriciens, les plombiers, les constructeurs de réacteurs et autres membres de l'infrastructure apparaîtraient toujours comme les éléments les plus productifs de notre société, alors que les artistes et autres seraient considérés comme n'apportant aucune contribution.

— Ça me paraît plutôt juste, plaisanta John, mais Vlad et Marina l'ignorèrent.

— En tout cas, ça représente une partie essentielle de ce que font les économistes : des gens arbitraires, ou qui, pour des questions de goût, assignent des valeurs numériques à des choses non numériques. Et ensuite, ils prétendent qu'ils n'ont pas rectifié les chiffres. L'économie est comme l'astrologie, si ce n'est que l'économie sert à justifier la structure actuelle du pouvoir, et elle a donc de fervents adeptes parmi ceux qui gouvernent.

— Mieux vaut nous concentrer sur ce que nous accomplissons ici, intervint Marina. L'équation de base est simple, l'efficience est égale aux calories que nous produisons, divisée par les calories que nous absorbons. Au sens classique du transfert des calories à un prédateur, la moyenne est de 10 %, mais 20 %, c'est vraiment bien. La plupart des prédateurs du sommet des chaînes alimentaires dépassent à peine 5 %.

— C'est pour cette raison que les tigres ont des territoires de chasse qui s'étendent sur des centaines de kilomètres carrés. Les magnats du crime ne sont jamais très efficaces.

— Et si les tigres n'ont pas de prédateurs, ça n'est pas parce qu'ils sont tellement dangereux, mais parce qu'ils ne valent pas l'effort, conclut John.

— Exactement !

— Le problème, c'est de calculer les valeurs, dit Marina. Nous avons dû nous contenter d'assigner certaines valeurs numériques équivalentes aux calories pour tout type d'activité, et partir de là.

— Mais nous parlions d'économie ? fit John.

— Mais c'est bien de l'économie. De l'éco-économie ! Chacun devrait bâtir sa vie, pour ainsi dire, par rapport à un calcul de sa contribution réelle à l'écologie humaine. Chacun peut augmenter son efficience écologique en faisant des efforts pour réduire les kilocalories qu'il utilise — c'est le vieil argument du Sud contre la consommation d'énergie des nations industrielles du Nord. Cette objection était écologiquement fondée, parce que quelle que soit la production des nations industrielles, sur une équation élargie, elles ne pourraient être aussi efficientes que le Sud.

— Mais elles étaient les prédateurs du Sud, remarqua John.

— Oui, et ils deviendront nos prédateurs, si nous les laissons faire. Et, comme tous les prédateurs, ils ont un taux d'efficience faible. Mais là, tu vois — dans cet état théorique d'indépendance dont tu parles... (Elle sourit devant l'air consterné de John.) Il faut que tu admettes que c'est au fond tout ce dont tu parles constamment, John. La loi devrait faire que chacun soit récompensé proportionnellement à sa contribution au système.

Dmitri, qui venait d'entrer dans le labo, lança :

— A chacun selon ses capacités, à chacun selon ses besoins[1] !

— Non, ça n'est pas pareil, protesta Vlad. Ça veut dire : vous aurez ce pour quoi vous avez payé.

— Mais c'est déjà vrai, fit John. En quoi est-ce différent de l'économie qui existe actuellement ?

Ils partirent d'un grand rire moqueur, et Marina fut la dernière à se calmer.

— Il existe toutes sortes de travail fantôme ! De valeurs irréelles assignées à la plupart des emplois sur Terre ! Tous les cadres des transnationales ne font rien qu'un ordinateur ne puisse faire ! Et il existe toutes sortes d'autres catégories d'emplois parasites qui n'apportent rien au système d'un point de vue écologique. La publicité, les agents de change, l'ensemble du dispositif dont le rôle est de manipuler l'argent pour en tirer de l'argent — c'est non seulement du gaspillage, mais de la corruption, puisque les valeurs monétaires signifiantes sont distordues dans ces manipulations.

Elle eut un geste de dégoût.

— On peut dire, enchaîna Vlad, que leur efficience est très basse, qu'ils peuvent être les prédateurs du système sans avoir aucun prédateur. On les trouve ou bien au sommet d'une chaîne, ou à l'état parasitaire : au niveau de la manipulation des lois, de la politique...

---

1. Définition du communisme par Marx. *(N.d.T.)*

— Tous ces jugements sont subjectifs ! s'écria John. Comment avez-vous assigné des valeurs caloriques à une pareille variété d'activités ?

— Je dirais que nous avons fait de notre mieux pour calculer quelle est leur contribution au système en termes de bien-être mesurés comme facteur physique. A quoi équivaut l'activité en termes de nourriture, d'eau, d'abri, de vêtement, d'aide médicale, d'éducation... ou même de temps libre ? Nous en avons longuement discuté, et tous les habitants d'Acheron ont proposé un nombre. C'est ce moyen que nous avons employé. Regarde, je vais te montrer...

Et ils avaient parlé durant toute la soirée devant l'écran. John posait de temps en temps quelques questions, et branchait Pauline pour tout enregistrer. Ils repartaient dans les équations, leurs doigts couraient sur les graphiques et, parfois, ils prenaient un café, ou bien montaient jusqu'à la crête pour poursuivre leurs discussions véhémentes dans la serre. Ils se battaient sur les valeurs des plombiers, des chanteurs d'opéra, des programmes de simulation, au milieu des bambous et des légumes.

Ils étaient justement sur la crête, près du crépuscule, quand John lut une équation qui venait de se former sur son bloc de poignet. Il regarda longuement la pente d'Olympus Mons.

Le ciel s'était assombri. Il prit conscience qu'ils allaient sans doute assister à une double éclipse : Phobos masquait un tiers du soleil, et Deimos un neuvième. Deux fois par mois, les deux satellites se croisaient et projetaient une ombre double sur le paysage, comme si une taie leur avait voilé les yeux, ou comme s'ils avaient eu des idées noires.

Mais ça n'était pas une éclipse : Olympus Mons était hors de vue, et l'horizon sud était une barre brumeuse de bronze.

Il pointa l'index.

— Regardez ! Une tempête de poussière !

Il y avait bien dix ans qu'ils n'avaient pas eu une tempête de poussière à l'échelle planétaire. John appela les photos satellite sur son bloc. L'origine de la tempête se situait près du mohole de Thaumasia : Senzeni Na. Il appela Sax, qui cligna des yeux comme un vieux philosophe, et exprima sa surprise d'un ton mesuré.

— Les vents, au bord de la tempête, étaient de l'ordre de 60 à 600 kilomètres à l'heure, déclara Sax. Un nouveau record planétaire. On dirait que ça va être dur. Je pensais que les sols cryptogamiques allaient atténuer les tempêtes, et même les arrêter. Il est évident que ce modèle avait une tare.

— D'accord, Sax, c'est vraiment dommage, mais ça ira quand même. Je vais y aller maintenant, parce que ça va passer droit sur nous et j'aimerais bien observer comment ça se passe.

— Amuse-toi bien, dit Sax d'un ton neutre avant que John coupe la communication.

Vlad et Ursula se moquaient déjà du modèle de Sax — les gradients de température entre le sol biotiquement dégivré et les zones encore gelées seraient plus importants que jamais, et donc les vents entre ces deux régions encore plus violents. Et quand ils atteindraient les champs de poussière de minerais à fleur de sol, ça éclaterait. C'était évident.

— Mais c'est ce qui se passe, dit John en riant.

Il descendit vers la serre pour observer seul l'approche de la tempête. Les scientifiques pouvaient être tellement vaches, parfois...

Le mur de poussière descendait les pentes de lave d'Olympus Mons sur l'auréole du nord. Il avait déjà avalé une bonne moitié du paysage depuis que John avait levé les yeux. Il déferlait comme un mascaret, comme une vague qui s'enflait, lourde comme du chocolat, haute de 10 000 mètres. Une dentelle de bronze, un filigrane s'élevait et retombait dans le ciel rose, laissant de longues ondulations pareilles à des cirrus.

— Hé ! La voilà ! cria John. Elle arrive !

Et soudain, le sommet de l'arête d'Acheron parut s'ériger encore plus haut au-dessus des canyons longs et étroits. Et, plus bas, d'autres crêtes surgissaient de la lave craquelée comme des dos de dragons. Un lieu sauvage et bien trop exposé pour affronter le déferlement d'une telle tempête. John se pencha une fois encore et cria dans un rire fou :

— Hé ! Hé ! Regardez-moi ça !

Soudain, la poussière les submergea, elle les enveloppa dans les ténèbres avec un hurlement suraigu. Le premier impact sur la chaîne d'Acheron provoqua une turbulence terrible, et des tornades cycloniques surgirent de tous les angles, frappant les parois des goulets étranglés avant de jaillir vers le ciel, s'évanouissant pour reparaître. Le sifflement était ponctué de coups sourds : les ondes de choc allaient mourir dans le roc. Puis, rapidement, au rythme d'un rêve, le vent se stabilisa en une vague déferlante et douce. John éprouva une nausée, comme si la serre tout entière tombait vers le bas de la falaise. Ça y ressemblait bien, d'ailleurs, car la crête avait provoqué un fort courant ascendant.

Il recula et vit que la poussière dérivait vers le nord, maintenant. A présent, il voyait sur des kilomètres. Puis le vent revint, mordit le sol, et la poussière explosa à nouveau en rafales sourdes.

Il avait les yeux secs, et il n'arrivait pas à décoller les lèvres. Les grains de poussière ne dépassaient pas le micron. N'y en avait-il pas une mince couche luisante sur les bambous ? Non. C'était une illusion causée par la lumière étrange de la tempête. Mais il savait bien que la poussière allait pénétrer partout. Jamais aucun système de joint n'avait pu les protéger.

Vlad et Ursula n'avaient pas totalement confiance dans la capacité de résistance aux vents de leur serre, et ils demandèrent que tout le monde descende. John reprit contact avec Sax, dont les lèvres étaient plus crispées que jamais. Cette tempête allait les obliger à faire une importante isolation, annonça-t-il d'un ton neutre. Les températures équatoriales de surface avaient été de 18 degrés supérieures à la moyenne, mais les relevés de Thaumasia étaient toujours inférieurs de 6 degrés, et elles continueraient de chuter pendant toute la tempête. Et il ajouta (ce qui parut une conclusion quasi masochiste pour John) que les colonnes thermiques des moholes porteraient la poussière plus haut que jamais, et qu'il était possible, par conséquent, que la tempête dure très longtemps.

— Ne t'en fais pas, lui dit John. Moi, je crois qu'elle mourra plus vite qu'avant. Ne sois pas pessimiste.

Plus tard, après quinze jours, Sax devait rappeler à John ses prévisions, avec un petit rire.

Officiellement, seuls les trains avaient le droit de circuler pendant une tempête, et à condition d'emprunter des voies à double transpondeur. Mais, quand il apparut à l'évidence que celle-là ne mourrait pas avant la fin de l'été, John décida d'ignorer les restrictions et reprit ses errements. Il chargea à fond son patrouilleur, prit un patrouilleur d'appoint pour le suivre. Pauline, sur le siège du conducteur, serait à même de le piloter dans l'hémisphère nord : il en était certain. Les patrouilleurs tombaient rarement en panne, à cause de leurs systèmes de monitoring internes parfaitement intelligents qui étaient reliés aux ordinateurs de contrôle. Jamais deux patrouilleurs n'étaient tombés en panne en même temps, et il n'y avait eu qu'un seul mort. Aussi John dit-il au revoir à toute l'équipe d'Acheron avant de reprendre la piste.

Rouler dans la tempête, c'était comme de rouler de nuit, mais en plus intéressant. La poussière passait en bourrasques fulgurantes entre deux poches de ciel clair. Il entrevoyait des séquences éclair en sépia, comme si le paysage tout entier roulait vers le sud. Puis les rideaux furieux de poussière revenaient et giflaient les vitres du patrouilleur. Le véhicule était durement balancé au cœur des rafales, et la poussière s'était infiltrée partout.

Au quatrième jour, il mit le cap droit au sud, et attaqua la pente d'extrême nord de la Dorsale de Tharsis. Il montait et, à présent, il n'affrontait pas une falaise mais une grande déclive perdue dans l'ombre de la tempête. Il roula ainsi toute une journée et se retrouva très haut sur les flancs de Tharsis, à plus de 5 000 mètres d'altitude par rapport à Acheron.

Il s'arrêta près d'une autre mine, située à proximité du cratère *Pt* (que l'on appelait plus aisément Pete), au sommet de Tantalus Fossae. La Dorsale de Tharsis avait été à l'origine du grand flot de lave qui couvrait Alba Patera. Des surrections ultérieures avaient fait craquer le bouclier de lave, créant ainsi les canyons de Tantalus. Certains avaient fissuré une inclusion riche en platinoïdes que les mineurs avaient baptisée les Reflets de Merenski. Là, les mineurs étaient d'authentiques Azaniens, mais ils continuaient de se donner le nom d'Afrikanders, et parlaient l'afrikaans. John fut accueilli par des Blancs dans un concert de *God ! volk !* et *trek !* Ils avaient baptisé les canyons sur lesquels ils travaillaient Neuw Orange Free State et Neuw Pretoria. Tout comme leurs collègues de Bradbury Point, ils travaillaient pour l'Armscor.

— Oui, nous avons trouvé du fer, du cuivre, de l'argent, du manganèse, de l'aluminium, de l'or, du platine, du titane, du chrome... Tout ce que vous voulez, lui annonça le directeur des opérations, un personnage jovial, avec d'épais favoris, un nez pointu, le sourire canaille et un accent néo-zélandais particulièrement épais. Et aussi des sulfates, des oxydes, des silicates... On trouve de tout dans le Grand Escarpement.

La mine avait été ouverte un an auparavant sur le plancher du canyon. L'habitat était à demi enfoui dans la mesa qui séparait les deux plus larges canyons. Elle ressemblait à la coquille d'un œuf transparent rempli d'arbres verts et de tuiles orangées.

John passa plusieurs jours avec les Afrikanders. Il leur demanda fréquemment comment ils comptaient expédier leur production aussi précieuse que lourde jusqu'à la Terre. Est-ce que le bénéfice ne serait pas écrasé par le coût du transport ?

— Certainement, lui répondirent-ils comme ceux de Bradbury Point. Il nous faut l'ascenseur spatial pour que ce soit rentable.

Et leur chef ajouta :

— Avec l'ascenseur, nous serons sur le marché terrien. Sans lui, jamais nous ne pourrons faire décoller tout ça de Mars.

— Ça n'est pas nécessairement une mauvaise chose, dit John.

Mais ils ne comprirent pas et, quand il tenta de s'expliquer, leurs visages se fermèrent et ils acquiescèrent poliment pour éviter d'aborder le débat politique. Les Afrikanders avaient toujours excellé dans cet art. Quand John réalisa ce qui se passait, il se rendit compte qu'il n'avait qu'à mettre la conversation sur le terrain politique pour gagner du temps.

C'était comme s'il avait lancé une bombe de gaz lacrymogène dans la pièce. C'est ce qu'il dit un soir à Maya, par le truchement de son bloc-poignet.

Ce qui permit à John d'explorer seul les mines pendant une bonne partie de l'après-midi. Il demanda à Pauline d'enregistrer tout ce qu'elle pouvait trouver et elle répondit qu'aucun schéma inhabituel ne correspondait à cette opération. Elle lui transmit pourtant un échange de communications avec les bureaux de l'Armscor : le site de Tantalus avait demandé une unité de sécurité d'une centaine de personnes, et Singapour avait donné son accord.

John siffla entre ses dents.

— Et l'AMONU ?...

La sécurité dépendait d'eux, et ils donnaient régulièrement leur accord pour des dispositifs de sécurité privés. Mais une centaine de personnes pour un seul site ?... John demanda à Pauline de consulter les messages de l'AMONU sur ce sujet, avant d'aller dîner avec les Afrikanders.

Une fois encore, il fut question de l'ascenseur spatial comme d'une nécessité absolue.

Malgré les cent microgrammes d'omegendorphe qui inondaient son corps de dix ans, John n'était pas vraiment de bonne humeur.

— Est-ce qu'il y a des femmes qui travaillent ici ?

Ils le fixèrent sans répondre. En fait, ils étaient pires que les musulmans.

Il les quitta le lendemain et prit la route de Pavonis Mons, préoccupé par l'ascenseur spatial.

Il poursuivait l'escalade de Tharsis. Pas un instant il n'aperçut le cône sanguinolent d'Acraeus Mons, enveloppé dans la poussière. Il voyageait maintenant dans une série de petites cuvettes et le patrouilleur était sérieusement secoué. Il contournait Ascraeus par le flanc ouest. Il passa sur la crête de Tharsis, entre Ascraeus et Pavonis. Là, la route à transpondeurs doubles se changea littéralement en un ruban de béton qui le conduisit droit jusqu'à la pente nord de Pavonis Mons. Mais elle était si longue qu'il eut l'impression de s'envoler lentement dans l'espace.

Le cratère de Pavonis — les Afrikanders le lui avaient

rappelé — était étrangement équatorial. Le O de sa caldeira était comme un ballon placé très exactement sur l'équateur de Mars. Ce qui faisait de la bordure sud de Pavonis le point d'attache parfait pour un ascenseur spatial, à vingt-sept kilomètres au-dessus du niveau zéro de Mars. Phyllis avait déjà dessiné les plans d'un habitat préliminaire. Elle s'était portée volontaire pour travailler sur le projet, dont elle était une des instigatrices.

L'habitat avait été creusé dans la paroi de la caldeira, dans le style du Belvédère d'Echus, de telle façon que les baies de la plupart des étages s'ouvraient sur la caldeira, du moins quand la poussière retombait. Les agrandissements photo montraient que la caldeira se reformerait comme une simple dépression circulaire, avec des parois de 5 000 mètres, et des terrasses à l'approche du fond. Elle s'était effondrée souvent au cours des premiers âges de son existence, mais presque toujours au même endroit. C'était le seul parmi les grands volcans à s'être comporté de façon aussi régulière. Les trois autres avaient des caldeiras qui formaient des cercles superposés.

Le nouvel habitat, qui n'avait pas encore de nom, avait été construit par l'AMONU. Mais l'équipement et le personnel provenaient de la transnationale Praxis, l'une des plus importantes de la Terre. Dans le personnel, dont certains cadres appartenaient à d'autres transnationales qui agissaient en tant que sous-traitants pour le projet ascenseur, on trouvait des gens de l'Amex, d'Oroico, de Subarashii et de Mitsubishi. Tous les travaux étaient placés sous la coordination de Phyllis, qui semblait être l'assistante d'Helmut Bronski, responsable de l'ensemble du projet.

Helmut était présent. Quand John l'eut retrouvé en même temps que Phyllis, on lui présenta les consultants avant de le conduire jusqu'à une immense salle. Derrière les baies, il découvrit des nuages de poussière orange qui tourbillonnaient dans la caldeira, ce qui donnait l'impression que toute la salle montait vers le ciel dans une lumière atténuée et fluctuante.

L'unique mobilier était un globe de Mars d'un mètre de diamètre, installé sur une estrade de plastique bleu. Un câble d'argent long de cinq mètres reliait la petite bosse qui représentait Pavonis Mons à une tache noire. Le globe tournait lentement, à un tour par minute, et le câble d'argent tournait en même temps, son extrémité restant fixée sur Pavonis.

Ils étaient huit, regroupés autour du globe.

— Tout est à l'échelle, dit Phyllis. La distance entre le satellite aréosynchrone et le centre de la masse est de 20 435 kilomètres, le rayon équatorial de 3 386 kilomètres, ce qui nous donne une distance de 17 049 kilomètres entre la surface et le point synchrone. Il suffit de doubler ça, d'ajouter le rayon, et ça nous donne 37 484 kilomètres. Nous disposerons d'un rocher de lest à l'autre extrémité, et par conséquent le câble ne devra pas être aussi long que ça. Son diamètre sera d'environ dix mètres, et il devrait peser dans les six milliards de tonnes. Les matériaux de construction proviendront de son point de lest, qui devrait être un astéroïde de treize milliards et demi de tonnes. Quand tout aura été foré et le câble fixé, il n'en restera que sept milliards et quelque. Ce n'est pas un astéroïde très important, disons dans les deux kilomètres de diamètre. Il existe six candidats qui croisent l'orbite de Mars, six astéroïdes d'Amor. Le câble sera fabriqué par les robots de la mine et le carbone sera traité à partir des chondrites de l'astéroïde. Ensuite, dans les derniers stades de construction, on déplacera le câble jusqu'à son point d'attache. Là. (Phyllis pointa le doigt vers le sol en un geste dramatique.) Le câble sera aréosynchrone avec l'orbite, il sera à peine en contact avec le sol et son poids sera suspendu entre l'attraction de la planète, la force centrifuge de sa partie supérieure et le lest de la roche à son point terminal.

— Et Phobos ? l'interrompit John.

— Phobos est droit en bas, bien entendu. Le câble va vibrer de façon à l'éviter. Les concepteurs appellent ça une oscillation de Clarke. Ça ne posera aucun problème. Deimos aussi devra être contournée par oscillation, mais avec son orbite plus inclinée, ce sera plus facile.

— Et quand il sera en place ? demanda Helmut, avec une expression rayonnante.

— Quelques centaines d'ascenseurs au moins seront attachés au câble, et leurs chargements seront montés sur orbite en utilisant un système de contrepoids. Il y aura une quantité de matériaux à réceptionner de la Terre, comme d'habitude, ce qui minimisera les besoins en énergie. Il sera également possible d'utiliser la rotation du câble à la manière d'une fronde : les objets libérés de l'astéroïde-lest en direction de la Terre utiliseront la force de rotation de Mars pour la poussée initiale. Economie d'énergie : 100 %. C'est une méthode propre, efficace, extraordinairement économique. Aussi bien pour larguer des charges jusqu'à l'espace que pour leur donner une impulsion d'accélération. Si l'on tient compte des récentes découvertes de métaux stratégiques, qui commencent à manquer sur Terre, une ascension sur orbite plus une poussée gratuite, c'est d'une valeur inestimable, littéralement. Ça rend possible un échange qui n'était pas économiquement viable auparavant. Ce sera une composante essentielle de l'économie martienne, la pierre de touche de son industrie. Et le coût de la construction ne sera pas aussi élevé que ça. Dès qu'un astéroïde carbonacé sera placé sur l'orbite requise et qu'on y aura implanté une usine robotisée pour la fabrication du câble, ce sera comme une grande araignée qui tisse son fil dans l'espace. Nous n'aurons presque rien à faire, sinon attendre. Telle qu'elle a été conçue, l'usine devrait produire 3 000 kilomètres de câble par an — ce qui signifie que nous devons commencer aussi tôt que possible, mais, quand la production aura démarré, ça ne prendra que dix ou onze années. Et ça vaut le coup d'attendre.

John fixait Phyllis, comme toujours impressionné par sa ferveur. Elle se comportait comme un prêcheur, comme un converti témoignant de sa foi, sereine, confiante et triomphante à la fois. Le miracle de l'Ascension aux Cieux. Jack et la tige de haricot[1]. Il y avait un peu de miracle dans tout cela.

— A vrai dire, continuait-elle, nous n'avons pas le choix. Cela va nous libérer de notre puits gravifique, l'éliminer en

---

1. *Jack fait des affaires*, *Jack le tueur de géants*, *Jack et la tige de haricot* font partie de contes du folklore anglais du XVIIIe siècle. *Jack et la tige de haricot* a été largement étudié par Bruno Bettelheim dans *Psychanalyse des contes de fées*. (N.d.T.)

tant que problème physique et économique. C'est crucial : sans cela, nous serions court-circuités, comme l'Australie l'a été au XIXe siècle, parce qu'elle était trop loin pour constituer une partie signifiante de l'économie mondiale. Si nous ne faisons pas ça, ceux de la Terre exploiteront directement les astéroïdes, qui disposent de vastes ressources en minerais et qui n'ont pas de contrainte gravitationnelle. Sans l'ascenseur, nous ne serions plus qu'un trou perdu.

Shikata ga nai, songea John, sardoniquement. Phyllis lui jeta un regard rapide, comme s'il s'était exprimé à haute voix.

— Nous ne laisserons pas faire ça, dit-elle. Et le plus important, c'est que notre ascenseur servira de prototype expérimental pour un modèle terrien. Les transnationales qui vont construire le nôtre seront en position majoritaire quand il s'agira de passer au stade contractuel pour le projet terrien, beaucoup plus important.

Et elle continua, en soulignant tous les aspects de la situation, puis en répondant aux questions des cadres avec son brio habituel. Ses interventions étaient saluées par des rires, et elle était radieuse, les joues roses, les yeux brillants. John avait l'impression de voir des flèches de feu rayonner de la masse de ses cheveux auburn, qui ressemblaient à une masse de joyaux dans la lumière de l'orage. Les scientifiques comme les cadres vibraient de plaisir sous son regard. Ils tenaient là un gros morceau, ils le savaient. Sur Terre, les matériaux que l'on trouvait sur Mars commençaient à manquer. Il y avait ici des fortunes à gagner. Et quiconque détiendrait un bout du pont sur lequel chaque once de métal devait passer se ferait aussi une véritable fortune. C'est probablement même celui qui y gagnerait le plus.

Rien d'étonnant à ce que Phyllis et son équipe aient l'air de dire une messe.

Avant le dîner, John se rendit dans sa salle de bains et, sans même jeter un coup d'œil dans le miroir, il avala deux tablettes d'omegendorphe : il en avait marre de Phyllis. L'omegendorphe fit son effet. Phyllis n'était qu'un élément du jeu, après tout. Lorsqu'il gagna la table, il était détendu. Bon, se dit-il, ils vont avoir leur mine d'or sur leur haricot géant. Mais, à l'évidence, ils ne pourraient pas garder tout ça pour eux. C'était hautement improbable. Dans leur bonheur ronronnant, ils avaient l'air un peu idiots. Il ne put s'empêcher de rire devant leurs congratulations enthousiastes :

— Est-ce que vous ne pensez pas qu'il est très improbable qu'un ascenseur comme ça demeure une propriété privée ?

— Mais ça n'était pas dans nos intentions, rétorqua Phyllis avec son sourire lumineux.

— Mais vous vous attendez quand même à être payés pour sa construction. Et vous espérez que l'on vous accorde des concessions, non ? Et vous espérez aussi tirer profit de cette aventure risquée, n'est-ce pas ? N'est-ce pas le capitalisme dans toute sa splendeur ?

— Oui, bien entendu, dit Phyllis, visiblement offensée qu'il ait parlé de façon aussi élémentaire de telles choses. Tout le monde sur Mars en profitera, c'est normal.

— Et vous prendrez un pourcentage sur chaque pourcentage.

Les prédateurs au sommet de la chaîne alimentaire. Ou plutôt, les parasites, à chaque extrémité…

— Est-ce que vous savez si les constructeurs du Golden Gate Bridge se sont enrichis ? Est-ce que des dynasties transnationales se sont formées à partir de sa construction ? Non. Car c'était un projet public, n'est-ce pas ? Les constructeurs du Golden Gate étaient des fonctionnaires, avec un salaire normal. Est-ce que vous voulez parier que le traité de Mars ne stipule pas une disposition similaire pour toute infrastructure construite ici ? J'en suis certain.

— Mais il doit être révisé dans neuf ans, contra Phyllis, le regard flamboyant.

John lui répondit par un rire.

— Mais oui ! Tu serais surprise de savoir combien de gens sur cette planète sont en faveur d'une restriction renforcée sur les investissements et les profits terriens. Mais tu ne t'en es pas préoccupée, c'est tout. Il faut te souvenir que nous avons affaire à un système économique construit à partir de rien, sur des principes qui n'ont de sens qu'en termes scientifiques. Notre capacité de support est limitée, et si nous voulons créer une société viable, il ne faut pas perdre ça de vue. On ne peut pas envoyer comme ça des matériaux bruts en direction de la Terre — l'ère coloniale, c'est fini.

Tous les regards étaient rivés sur lui et il rit à nouveau en se sentant mitraillé sur place.

Plus tard, il se fit la réflexion que ça n'avait peut-être pas été une très bonne idée de leur mettre le nez aussi durement dans la réalité. L'homme de l'Amex avait même porté son poignet à sa bouche pour murmurer quelques notes, et à l'évidence il comptait bien que John ait vu son geste.

« John Boone et ses bonnes nouvelles ! » avait-il grommelé, certain d'être entendu. Bon, ça faisait toujours un suspect de plus.

Mais John eut du mal à trouver le sommeil.

Il quitta Pavonis le lendemain pour faire route vers l'est, suivant les pentes de Tharsis droit vers Hellas, vers Maya, à 7 000 kilomètres de là. La grande tempête renforçait étrangement le côté solitaire de cette traversée. Il entrevit les Highlands du sud comme des images fugaces, floues, au travers de rideaux de sable ondoyants, dans le sifflement du vent.

Maya l'attendait. Elle l'accueillit avec plaisir. Jamais encore il n'avait visité Hellas, et ils étaient nombreux à vouloir le rencontrer. Ils avaient découvert une ressource aquifère exploitable vers le nord de Low Point, et ils avaient bien l'intention de pomper l'eau jusqu'à la surface et de créer un lac. Sa surface gelée se sublimerait en permanence dans l'atmosphère, et eux continueraient à pomper au fond.

De cette manière, ils enrichiraient l'atmosphère et constitueraient un réservoir d'eau et de chaleur dont profiteraient les cultures dans les fermes sous dôme qu'ils prévoyaient de construire tout autour du lac. Maya semblait très excitée par ces plans.

Puis, il repartit.

Le long voyage de John le plongea dans un état hypnotique, tandis qu'il filait de cratère en cratère sous les longs nuages de poussière. Un soir, il fit halte dans une colonie chinoise où personne ne parlait l'anglais. Ils vivaient dans des boxes qui rappelaient le parc de caravaning de leurs débuts. Pour dialoguer, ils durent faire appel à une intelligence artificielle dont le programme de traduction déchaîna les rires durant une bonne partie de la soirée. Deux jours après, il s'arrêta sur le site d'une mine atmosphérique énorme installée par les Japonais sur les hauteurs d'un col étroit entre deux cratères. Là, tout le monde parlait un anglais parfait. Ils étaient sous le coup de la frustration, car les extracteurs d'atmosphère avaient été bloqués par la tempête. Les techniciens accompagnèrent John, avec un sourire douloureux, pour une visite cauchemardesque des systèmes de filtres qu'ils avaient mis au point pour permettre le travail permanent des pompes. Tout cela pour rien.

A trois journées de voyage des japonais, à l'est, il rencontra un caravansérail soufi sur les hauteurs d'une mesa circulaire particulièrement escarpée. Elle avait constitué autrefois le fond d'un cratère, mais le métamorphisme l'avait durcie à tel point qu'elle avait résisté à l'érosion qui avait largement taillé les terres plus tendres dans les siècles suivants. A présent, la mesa se dressait au-dessus de la plaine comme un piédestal indestructible haut de plus de 1 000 mètres. John n'eut qu'à suivre la double rampe qui accédait au sommet.

Une fois là-haut, il découvrit que la mesa était située sur un point fixe dans les vagues de la tempête de poussière, de sorte que le soleil trouait plus fortement les nuages à cet endroit que partout ailleurs, même sur le pourtour du cratère de Pavonis. La visibilité était presque aussi limitée, mais tout était plus vivement coloré, les aurores étaient violet et marron chocolat, les journées une profusion de jaunes et de rouges, de tons d'ambre et de rouille occasionnellement illuminés par l'or du soleil.

C'était un endroit magnifique, et les soufis se révélèrent plus hospitaliers que tous les groupes arabes qu'il avait rencontrés jusqu'alors. Ils faisaient partie du dernier contingent arabe qui avait débarqué sur Mars, lui apprirent-ils, au titre de concession des diverses factions arabes de la terre. Les soufis étaient présents en grand nombre dans la société scientifique de l'Islam, et personne ne s'était opposé à ce qu'ils forment un groupe cohérent sur Mars. L'un d'eux, un petit homme noir du nom de Dhu el-Nun, déclara à John :

— C'est merveilleux de voir qu'en cette période des soixante-dix voiles, vous, le grand *talib*, avez suivi votre *tariqat* pour nous rejoindre.

— *Talib* ? répéta John. *Tariqat* ?

— Un *talib* est un chercheur. Et la piste du chercheur est son *tariqat*, son sentier personnel, voyez-vous. Celui qui le guide vers la réalité.

— Oh, oui, je vois ! fit John, encore sous l'émotion de leur accueil fraternel.

Dhu le conduisit jusqu'à un bâtiment bas et noir situé au centre d'un cercle de patrouilleurs. Une chose ronde, bourrée d'énergie, bâtie sur le modèle de la mesa elle-même, avec des vitres de cristal brut. Dhu indiqua à John que le matériau noir était de la stishovite, un silicate à haute densité extrait des restes des roches météoritiques, et qui avait dû être créé sous des pressions de l'ordre du millier de tonnes au centimètre carré. Quant aux vitres, elles étaient constituées de léchateriélite, une forme de verre comprimé qui s'était également créée durant l'impact météoritique.

Un groupe d'une vingtaine de personnes l'attendait à l'intérieur, hommes et femmes en nombre égal. Les femmes ne portaient pas le voile et agissaient comme les hommes, ce qui surprit John : apparemment, les soufis se distinguaient des autres Arabes en général. Il s'assit, but le café avec eux, et se mit à poser des questions. Il apprit qu'ils étaient des soufis qadarites, des panthéistes influencés par l'ancienne philosophie grecque et l'existentialisme moderne. Ils essayaient, en suivant la voie de la science moderne et le *ru'yat-al-qalb*, la vision du cœur, de ne faire qu'un avec cette ultime réalité qu'était Dieu.

— Il existe quatre voyages mystiques, lui expliqua Dhu. Le premier commence par la gnose et s'achève par la *fana*, ou bien il transcende tous les phénomènes. Le second commence si la *fana* est suivie de la *baqa*, ou si elle s'y soumet. A ce point-là, ton voyage dans le réel, *par* le réel, vers le réel, et toi en tant que réalité, vous êtes un *haqq*. Après que vous vous serez déplacés au centre de l'univers spirituel, vous ne ferez qu'un avec ceux qui auront accompli le même voyage.

— Je crois, dit John, que ce voyage, je ne l'ai pas encore entamé. Je ne connais rien de tout ça...

Ils étaient satisfaits de sa réponse.

— Vous pouvez encore commencer, lui dirent-ils en lui versant une autre tasse de café. On le peut toujours.

Ils étaient tellement amicaux et encourageants comparés aux Arabes que John avait rencontrés jusque-là qu'il leur parla de ses voyages, de son expédition jusqu'à Pavonis, et des plans pour le grand ascenseur.

— Dans ce monde, il n'est pas de rêverie sans sincérité, commenta Dhu.

Et, quand il leur rapporta sa rencontre avec la caravane arabe et Frank dans Vastitas Borealis, Dhu déclara d'un ton énigmatique :

— C'est l'amour du droit qui attire les hommes vers le mal.

Ce qui fit rire l'une des femmes :

— Chalmers est l'un de tes *nafs*.

— Ça veut dire quoi ? s'exclama John.

Ils riaient tous. Dhu secoua la tête.

— Ce n'est pas un de tes *nafs*. Un *naf* est au service du mal, et certains croient qu'il vit dans la poitrine de l'homme.

— Comme une espèce d'organe ?

— Comme une créature réelle. Mohammed ibn'Ulyan, par exemple, a rapporté qu'un être semblable à un jeune renard lui aurait sauté à la gorge, et qu'il serait devenu plus gros quand il lui a donné un coup de pied. C'étaient ses *nafs*.

— C'est un autre nom pour désigner votre ombre, expliqua la femme.

— Bien, conclut John. Il existe peut-être, alors. A moins que les *nafs* de Frank aient reçu beaucoup de coups de pied.

Et ils rirent tous avec lui à cette pensée.

Plus tard en fin d'après-midi, le soleil perça plus brillamment la poussière, illuminant les nuages qui s'effilochaient et, ainsi, le caravansérail prit l'aspect du ventricule d'un cœur géant qui pulsait dans les bourrasques. Les soufis s'interpellèrent, groupés devant les fenêtres de léchateliérite et, rapidement, ils s'habillèrent pour sortir dans le monde cramoisi, dans le vent, criant à Boone de les suivre. Avec un sourire, il enfila une tenue, avalant subrepticement une tablette d'omeg.

Ils se dirigèrent vers le pourtour déchiqueté de la mesa, les yeux fixés sur les nuages et la vaste plaine tapissée d'ombres, désignant à John les détails visibles. Ensuite, ils se rassemblèrent près du caravansérail et John écouta leurs mélopées. Certains traduisaient les paroles en anglais pour les Arabes et les Farsi.

— Ne possède rien et ne sois possédé par rien. Rejette ce que tu as dans la tête, donne ce que tu as dans ton cœur. Ici un monde et là un monde. Nous sommes assis sur le seuil.

— L'amour fait vibrer l'accord du luth de mon âme, et me change en amour de la tête aux pieds.

Et ils se mirent à danser. En les observant, John comprit c'étaient des derviches tourneurs. Ils sautaient au rythme des tambours, bondissaient et tournoyaient lentement, surnaturels, les bras étendus. Ils recommençaient sans cesse. Des derviches qui tournaient dans la tempête, sur une grande mesa ronde qui avait été le creux d'un cratère noachien. C'était tellement merveilleux dans les stries de lumière sanglante, que John se leva et se mit à tourbillonner avec eux. Il rompit les symétries, et se cogna parfois contre d'autres danseurs, mais nul ne semblait y faire attention. Il découvrit qu'il était plus facile de sauter dans le vent, de ne pas perdre son équilibre. Mais une bourrasque pouvait vous faucher. Et il rit. Certains chantaient par-dessus la musique, en ululements traditionnels séparés d'un quart de ton, ponctués par des cris et des halètements rauques et rythmiques. Ils répétaient la phrase *Ana el-Haqq, ana et-Haqq* : Je suis Dieu, je suis Dieu. Une hérésie soufi. La danse était censée hypnotiser celui qui la regardait — dans certains autres cultes musulmans, on faisait appel à l'autoflagellation, John le savait. Mieux valait tourbillonner comme ça. Il se joignit au chant des autres avec son propre souffle, rapide et rude, ponctué de grognements et de sons vagues. Et, sans même y penser, il mêla au rythme du chant les noms de Mars : Al-Qahira, Arès, Auqakuh, Bahram, Harmakhis, Hrad, Huo Hsing, Kasei, Ma'adim, Maja, Mamers, Mangala, Nirgal, Shalbatanu, Simud, Tiu. Il avait mémorisé cette liste des années auparavant, pour faire son petit numéro dans les soirées. A présent, il était surpris que cela fasse une mélopée séduisante, qui semblait stabiliser sa rotation. Les autres danseurs riaient. De bonheur. Ça leur plaisait. Il avait l'impression d'être ivre, que tout son corps était un fredonnement heureux. Il répéta plusieurs fois sa litanie avant d'enchaîner sur le seul nom arabe : Al-Qahira, Al-Qahira, Al-Qahira. Puis se souvenant des quelques mots qu'on lui avait traduits, il reprit : « Ana el-Haqq, ana Al-Qahira. Ana el-Haqq, ana Al-Qahira. » Je suis Dieu, je suis Mars, je suis Dieu... Les autres se joignirent à lui et il entrevit leurs visages rayonnants. C'étaient de merveilleux derviches. Quand ils tendaient les doigts, ils traçaient des arabesques dans la poussière rouge. Puis, ils le touchèrent, l'effleurèrent, le guidant dans la trame de leur danse. Il ne cessait de répéter les noms de Mars, et ils les répétaient après lui. En arabe, en sanskrit, en inca... Et cela devint une musique polyphonique, magnifique et fascinante, presque effrayante, car tous les noms de Mars venaient d'autres temps où les mots résonnaient autrement et avaient un pouvoir.

Je vais vivre mille ans, se dit John.

Quand il cessa enfin de danser, il s'assit sur le sol et les regarda. Il se sentait mal, soudain. Le monde fluctuait, et son oreille interne continuait à tourner comme une boule de roulette. La scène pulsait, il n'aurait su dire si c'était à cause des tourbillons de poussière ou de ceux des danseurs. Des derviches sur Mars ? Dans le monde musulman, ils étaient en quelque sorte des déviationnistes, avec un pouvoir œcuménique rare dans l'Islam. Et des scientifiques également. C'était peut-être par eux qu'il pourrait pénétrer dans l'Islam. Ils étaient son *tariqat*. Et leurs cérémonies de derviches tourneurs pourraient peut-être faire partie de l'aréophanie, tout comme pendant sa mélopée personnelle. Il se redressa en vacillant. Tout d'un coup, il comprit qu'il n'était pas nécessaire d'inventer à partir de rien, qu'on pouvait faire du neuf à partir du vieux, en réalisant la synthèse de tout ce qu'il comportait de meilleur.

L'amour a fait vibrer l'accord d'amour de mon luth... Tout était trop flou. Les autres le soutenaient en riant. Il leur parla, avec l'espoir qu'ils le comprendraient.

— Je me sens malade. Je crois que je vais vomir. Mais il

faut que vous me disiez quand nous pourrons laisser derrière nous notre triste fardeau terrien. Pourquoi nous ne pouvons inventer ensemble une nouvelle religion. Adorer Al-Qahira, Mangala, Kasei !

Ils rirent et le portèrent sur leurs épaules.

— Je suis sérieux, insista-t-il dans le tourbillon du monde. Je veux que vous le fassiez, que vous dansiez. C'est à vous de définir cette religion. Vous l'avez déjà fait.

Mais il était dangereux de vomir dans un casque, et ils le déposèrent dans l'habitat aussi vite que possible. Tandis qu'il vomissait, une femme lui maintenait la tête. Elle lui dit doucement en un anglais subcontinental musical :

— Le roi de Perse avait demandé à ses sages une chose simple qui pourrait le rendre heureux quand il serait triste. Ils se consultèrent et revinrent avec un anneau sur lequel étaient gravés ces mots : ces choses-là passeront aussi.

— Bon pour les recycleurs, dit Boone.

Il recula en titubant. Bizarre, mais il ne parvenait pas à rester stable.

— Mais qu'est-ce que vous êtes venus chercher ici ? Pourquoi êtes-vous donc sur Mars ? Il faut me dire ce que vous voulez.

Ils le conduisirent jusqu'à la salle commune, disposèrent des tasses et un pot de thé aromatisé. Il avait encore l'impression de tourner ; et la poussière qui filait derrière les vitres cristallines n'arrangeait rien.

L'une des vieilles femmes remplit la tasse de John, reposa le pot et dit :

— A présent, tu me sers.

John s'exécuta, le geste incertain, puis le pot de thé fit le tour de la table, chacun servant l'autre à tour de rôle.

— C'est ainsi que nous entamons nos repas, reprit la vieille. Cela indique que nous sommes ensemble. Nous avons étudié les vieilles cultures, avant que votre marché mondial ne recouvre tout de ses mailles, et dans ces âges anciens, il existait bien des formes d'échange. Certaines étaient basées sur l'offrande. Chacun de nous reçoit un don de l'univers. Et à chaque souffle, nous le rendons.

— C'est comme l'équation de l'efficience écologique, dit John.

— Il se peut. En tout cas, la plupart des cultures des sociétés primitives sont fondées sur l'idée du don, en Malaisie, dans le Nord-Ouest américain... En Arabie, nous offrons l'eau, ou le café. La nourriture et l'abri. Mais quoi que tu puisses recevoir, n'espère pas le garder, car il te faudra le donner à ton tour, et tu en recevras peut-être des intérêts. Tu as travaillé pour donner plus que tu n'as reçu. Maintenant, nous considérons que cela peut être à la base d'une économie de respect.

— C'est exactement ce que Vlad et Ursula m'ont dit !

— C'est possible.

Le thé l'aida à retrouver son équilibre. Ils parlèrent de diverses choses, de la tempête, de la grande plinthe de roc sur laquelle ils vivaient. Plus tard encore, il leur demanda s'ils avaient entendu parler du Coyote, mais non, ils n'en avaient pas eu le moindre écho. Mais ils lui rapportèrent certaines histoires sur une créature qu'ils appelaient le Caché, qui était le dernier survivant de l'ancienne race des Martiens, une chose desséchée qui errait sur la planète et qui venait au secours des voyageurs errants, des patrouilleurs perdus, des établissements en danger. On l'avait repérée dans la station aquatique de Chasma Borealis une année auparavant, pendant une chute de la glaciation.

— Mais ça n'est pas le Géant ? demanda John.

— Non, non. Le Caché est parmi nous. Les siens étaient les sujets du Géant.

— Je vois.

Mais en fait, il ne voyait rien, bien sûr. Si le Géant était propre à Mars, il se pouvait que la légende du Caché ait été inspirée par Hiroko. Impossible de savoir. Il avait besoin d'un folkloriste, d'un spécialiste des mythes, de quelqu'un qui pourrait lui expliquer comment naissaient de tels récits. Pour l'heure, il n'avait que ces aimables et bizarres soufis, qui étaient déjà des créatures de contes et de légendes. De nouveaux amis, de nouveaux citoyens pour cette terre nouvelle. C'est en riant qu'ils l'emportèrent jusqu'à son lit.

— Nous disons toujours une prière pour le sommeil, dit la vieille femme. Elle est du poète persan Rumi Jalaluddin :

Je suis mort comme une pierre
et suis devenu une plante,
Je suis mort comme une plante
et me suis levé comme un animal.
Je suis mort comme un animal et j'étais humain.
De quoi pourrais-je avoir peur ?
Puisque j'ai été moins dans la mort ?
Pourtant, une fois encore je devrai mourir humain,
Pour monter à la rencontre des anges dans le ciel.
Et quand je sacrifierai mon esprit d'ange
Je deviendrai ce que nul esprit ne pourrait concevoir.

— Dormez bien, dit la voix de la vieille femme, s'infiltrant dans son esprit engourdi. Tel est notre chemin.

Le lendemain matin, les membres raides, il grimpa dans son patrouilleur, en se jurant d'avaler une tablette d'omeg dès que possible. La vieille femme était là et elle cogna affectueusement sa visière contre la sienne.

— Que cela dépende de ce monde ou de l'autre, lui dit-elle, ton amour te conduira encore plus loin à la fin.

La route des transpondeurs le mena, par une suite de journées brunes ravagées par les vents, à travers les étendues fracturées du sud de Margaratifer Sinus. John devrait revenir le voir, parce que dans la tempête, ce n'était qu'un magma de cacao filant dans le vent, et que traversaient par instants des puits de lumière couleur de bronze patiné. Près du cratère Bakhuysen, il fit halte dans un nouvel établissement appelé Turner Wells. Là, ils avaient capté un gisement aquifère qui était soumis à une telle pression hydrostatique vers le fond qu'ils allaient produire de l'énergie en alimentant des turbines avec le flot artésien. L'eau ainsi recueillie serait moulée, gelée, avant d'être emportée par des robots jusqu'aux comptoirs secs de l'hémisphère sud. Mary Dunke était la responsable du site, et elle accompagna John de puits en puits, jusqu'à la centrale énergétique et les réservoirs de glace.

— Le forage d'exploration a été effrayant. Quand on a atteint la partie liquide, le foret a été projeté du puits, et on a bien failli ne pas pouvoir capter le jaillissement.

— Et si vous n'aviez pas réussi ?

— Je n'en sais rien. Il y a beaucoup d'eau là-dedans. Si toute cette masse avait brisé la roche autour du puits, ç'aurait pu donner les grands épanchements des chenaux de Chryse.

— A ce point-là ?

— Qui sait ? Oui, c'est possible.

— Waouh !

— C'est exactement ce que j'ai dit ! Ann a commencé des recherches pour déterminer les pressions de l'aquifère par les échos sismiques. Mais il y a aussi d'autres gens qui voudraient bien percer un aquifère ou deux. Tu vois ? Ils laissent des tas de messages sur le réseau. Je ne serais pas surprise qu'il y en ait un de Sax. Des fleuves entiers d'eau et de glace, des marées de sublimation dans l'air. Il a des raisons d'applaudir, non ?

— Mais des inondations de ce genre, comme les anciennes, ravageraient le paysage comme une pluie d'astéroïdes.

— Oh, ce serait plus grave encore ! Ces chenaux en bas des pentes des chaos étaient des déversoirs incroyables. La seule analogie qu'on ait pu trouver sur Terre, ce sont les terres brisées dans l'est de l'Etat de Washington. Tu en as entendu parler ? Il y a dix-huit mille ans, un lac recouvrait la plus grande partie du Montana. On l'a appelé le lac Missoula. Il était constitué par des eaux de la période glaciaire maintenues par un barrage de glace. Quand le barrage a cédé, le lac s'est vidé, et deux billiards de mètres cubes ont été drainés vers le bas du plateau de Columbia, puis jusqu'au Pacifique. En quelques jours.

— Bon Dieu !

— Ça représentait des centaines de fois le cours de l'Amazone, et les chenaux qui ont été alors creusés dans le fond de basalte sont parfois profonds de deux cents mètres.

— Deux cents mètres !

— Et cela n'est rien comparé aux chenaux de Chryse ! Là-bas, l'anastomose couvre des régions...

— Deux cents mètres de *fonds rocheux* ?

— Mais bien sûr, c'est une érosion normale. Dans de telles inondations, les pressions fluctuent au point de provoquer l'exsolution des gaz dissous et, quand ces bulles éclatent, elles créent d'autres pressions incroyables. Un martèlement de cette force peut briser n'importe quoi.

— Plus que le choc avec un astéroïde.

— Bien entendu. Sauf s'il est réellement énorme. Mais certains pensent que nous devrions faire ça, nous aussi, n'est-ce pas ?

— Vraiment ?

— Tu les connais ! Mais les inondations sont plus efficaces pour ce genre de chose. Si nous parvenions à les diriger vers Hellas, par exemple, nous aurions une mer. Et on pourrait la remplir plus vite que l'effet de sublimation qui changerait l'eau en glace.

— *Diriger* un flot pareil ?

— Ce serait impossible, oui. Mais si on trouvait un gisement bien placé, on n'aurait plus à le faire. Tu devrais aller faire un tour vers le site où Sax a envoyé l'équipe d'hydroscopie récemment, rien que pour voir.

— Mais l'AMONU nous l'interdirait.

— Depuis quand Sax se préoccupe-t-il de ça ?

John se mit à rire.

— Depuis peu. Ils lui apportent trop pour qu'il puisse encore les ignorer. Ils le tiennent par l'argent et le pouvoir.

— Possible.

Cette même nuit, à trois heures trente du matin, une petite explosion secoua l'un des puits. Les sonneries d'alarme les arrachèrent tous au sommeil et ils coururent dans les tunnels, à demi nus, pour se retrouver devant une colonne d'eau qui jaillissait à la nuit poussiéreuse, blanche et écumante dans la lumière des spots qui venaient d'être braqués sur elle. L'eau retombait déjà des nuages en fragments de glace gros comme des boules de bowling. Ils passaient en rafales violentes comme des missiles. Sur le sol, ils formaient déjà une couche à hauteur des genoux.

Après leur discussion de la soirée, John était très inquiet, et il courut de tous côtés avant de retrouver Mary. Dans le fracas de la tempête et de l'éruption d'eau, elle lui cria à l'oreille :

— Dégage le secteur ! Je vais poser une charge près du puits pour l'étouffer !

Et elle s'éloigna dans sa chemise de nuit tandis que John rassemblait tous les autres pour les reconduire vers les tunnels et l'habitat. Mary les rejoignit dans le sas, haletante. Elle tripota son bloc de poignet et une explosion assourdie leur parvint.

— Bon, on va aller jeter un coup d'œil.

Ils franchirent le sas et se précipitèrent vers les fenêtres qui donnaient sur le puits. La structure de forage, fracassée, avait basculé sur le côté dans un amas de boules de glace.

— Oui ! C'est couvert ! cria Mary.

Ils applaudirent tous. Certains coururent vers le puits afin de vérifier qu'il n'y avait rien de plus à faire pour la sécurité.

— Beau travail ! dit John à Mary.

— Depuis le premier accident, j'ai lu pas mal de documentation sur les manières d'étouffer les puits, fit-elle, le souffle encore court. Tout était prêt. Mais nous n'avons jamais eu la chance… d'essayer… Bien sûr… Alors… on ne pouvait pas être certains…

— Est-ce que tu as des enregistreurs sur tes sas ?

— Evidemment.

— Parfait.

John connecta Pauline au système de la station, posa les questions nécessaires et scanna les réponses au fur et à mesure. Cette nuit-là, personne n'avait utilisé les sas après le coucher. Il appela le satellite météo, puis cliqua sur les codes de radar et d'infrarouge, que Sax lui avait donnés pour explorer les alentours de Bakhuysen. Aucun signe de présence de machine alentour en dehors de quelques éoliennes de réchauffement. Les transpondeurs lui apprirent que personne n'avait circulé sur l'une des routes depuis son arrivée, la veille.

John se sentait sans force, sans ressort. Il ne voyait pas quels autres contrôles il pourrait faire. Apparemment personne, cette nuit-là, n'était sorti pour saboter le puits. L'explosion avait pu être programmée depuis des jours, quoiqu'il fût difficile de dissimuler le dispositif alors que les puits fonctionnaient régulièrement. Il se leva lentement et alla retrouver Mary. Par son intermédiaire, il put parler à ceux qui avaient fait partie des équipes du puits, la veille. Ils n'avaient rien remarqué de particulier jusqu'à huit heures le soir. Mais, ensuite, ils étaient tous venus à la soirée donnée en son honneur et personne n'avait franchi les sas. Les chances d'irruption étaient vraiment trop minces.

Il regagna son lit et réfléchit encore.

— Oh, Pauline, à propos… vérifie les enregistrements de Sax et donne-moi la liste des expéditions hydroscopiques pour l'année dernière.

Et il reprit son voyage en aveugle droit sur Hellas. Il rencontra Nadia, qui supervisait la construction d'un dôme de type nouveau sur le cratère Rabe. C'était le dôme le plus vaste jamais construit. Nadia avait tiré profit de l'accroissement de densité de l'atmosphère et de l'allègement des matériaux. La gravité, ainsi, était équilibrée par la pression, et le dôme pressurisé était effectivement en apesanteur. La structure était constituée de poutres d'aréogel, la dernière trouvaille des alchimistes : l'aréogel était si léger et si solide que Nadia plongea dans l'extase en décrivant ses utilisations potentielles. Les dômes de cratère étaient relégués dans le passé, selon elle. Il serait désormais tellement plus facile d'ériger des piliers d'aréogel autour d'une ville en évitant les rochers. La population se retrouverait à l'intérieur d'une tente parfaitement vaste et claire.

Elle en parla à John alors qu'ils faisaient à pied le tour du cratère Rabe. Ce n'était plus qu'un immense chantier de construction. Tout le tour du cratère allait devenir un maillage de salles au plafond de verre, et l'intérieur du dôme serait occupé par une ferme capable de nourrir trente mille personnes. Des robots excavateurs et fouisseurs gros comme des immeubles soulevaient des pelletées de poussière en bourdonnant. Ils étaient invisibles à cinquante mètres de distance. Ces monstres mécaniques travaillaient tout seuls, ou étaient guidés à distance par des opérateurs qui n'auraient probablement pas eu une visibilité suffisante, sur place, pour se déplacer en toute sécurité. John suivit nerveusement Nadia qui semblait se promener là-dedans avec indifférence. Il se rappelait que les mineurs de Bradbury Point n'avaient pas l'air rassuré non plus — et ils pouvaient voir ce qui se passait, eux ! Il ne put s'empêcher de rire. Cette inconsciente de Nadia ! Quand ils sentaient le sol trembler sous leurs pieds, ils s'arrêtaient et regardaient autour d'eux, prêts à bondir si l'un des gigantesques engins venait vers eux. C'était une sacrée promenade. Nadia pestait contre la poussière qui endommageait les mécanismes.

La grande tempête durait déjà depuis quatre mois — c'était la plus longue jamais enregistrée, et elle ne semblait pas devoir finir. Les températures avaient chuté, les gens se nourrissaient de conserves ou d'aliments lyophilisés, parfois d'une salade ou de légumes poussés en lumière artificielle. La poussière était partout. John la sentait sur son palais, et il avait les yeux secs. Les maux de tête étaient devenus le lot commun, de même que les troubles des sinus, de la gorge, des bronches. On avait enregistré des cas d'asthme et d'inflammation pulmonaire, ainsi que quelques incidents dus au gel. Les ordinateurs devenaient dangereusement vulnérables : défaillances de circuits, névroses de l'intelligence artificielle, retards des temps de réponse. A midi, à l'intérieur de Rabe, on avait l'impression de se trouver pris dans une brique, remarqua Nadia, et les crépuscules étaient comme des feux de cheminée.

John changea de sujet.

— Qu'est-ce que tu penses de cet ascenseur spatial ?
— Il est très grand.
— Nadia, je te parle de son effet. De son *effet*.
— Qui peut le dire ? Personne… Et toi ?…
— Ça va constituer un goulot d'étranglement stratégique, comme celui dont parlait Phyllis quand nous discutions de la construction de la station de Phobos. Elle aura construit son propre goulot. Et ça représente un sacré pouvoir.
— C'est ce que prétend Arkady, mais pourquoi ne pas le considérer comme une ressource commune, un détail naturel ?
— Tu es une optimiste.
— C'est ce que me dit Arkady. (Elle haussa les épaules.) J'essaie seulement de raisonner.
— Moi aussi.
— Je sais. Quelquefois, je me dis que nous ne sommes que deux.
— Et Arkady ?

Elle rit.

— Mais vous formez un couple !
— Oui, oui. Comme toi et Maya.
— Touché[1] !

Nadia eut un bref sourire.

— J'essaie d'amener Arkady à réfléchir à certaines

---

1. En français dans le texte. *(N.d.T.)*

choses. C'est tout ce que je peux faire. Je vais à Acheron ce mois-ci, pour le traitement. Maya dit que c'est une chose qu'il faut faire ensemble.

— Je la soutiens, fit John en souriant.

— Et le traitement ?

— A-t-on le choix devant ce genre d'alternative ?

Elle eut un rire étouffé. A cet instant, le sol gronda sous leurs bottes. Ils se figèrent tous deux et tournèrent la tête, épiant les ombres. Une masse noire pareille à une colline mouvante surgit sur leur droite.

Ils se précipitèrent sur le côté en trébuchant et en sautant au milieu des débris et des blocs de rochers. John se demandait si c'était une nouvelle attaque. Nadia lançait des ordres sur la fréquence générale, en insultant les téléopérateurs qui étaient incapables de les repérer en infrarouges.

— Regardez vos écrans, bande de salauds !

Le sol cessa de trembler. Le léviathan obscur s'était arrêté. Ils s'en approchèrent prudemment. Un camion de décharge brobdingnagien à chenilles[1]. Construit sur Mars par Utopia Planitia Machines. Un robot conçu par des robots et haut comme un immeuble administratif.

John gardait les yeux levés, la sueur ruisselant sur son front. Son pouls se calmait. Ils s'en étaient sortis.

— Des monstres pareils, il y en a sur toute la planète, dit-il à Nadia d'un ton perplexe. Ils coupent, ils creusent, ils forent, ils grattent, ils remplissent, ils construisent. Bientôt, la plupart s'attaqueront à l'un des gros astéroïdes pour y construire une centrale énergétique qui utilisera l'astéroïde lui-même comme combustible pour le placer sur une orbite martienne. Alors, d'autres machines s'y poseront et elles transformeront ce gros rocher en un câble de 37 000 kilomètres de long ! Tu mesures ça, Nadia ?

— Oui, c'est vraiment immense.

— C'est inimaginable, à vrai dire. Ça dépasse les capacités humaines, du moins telles que nous les comprenions. La téléopération à une pareille échelle !... C'est comme un

---

1. *Voyage à Brobdingnag* fait partie des *Voyages de Gulliver* de Swift. *(N.d.T.)*

waldo spirituel[1]. Tout ce qu'on peut imaginer pourra être exécuté !

Lentement, ils firent le tour du géant noir. Ce n'était qu'un camion de décharge, rien à voir avec l'ascenseur spatial. Et pourtant, songea John, cette chose était stupéfiante.

— Notre cerveau et nos muscles se sont développés dans une structure robotique si vaste et si puissante qu'elle est maintenant difficile ou impossible à conceptualiser. C'est probablement dû en partie à ton talent, et à celui de Sax : faire jouer des muscles dont nous ignorions l'existence. Je veux dire qu'on perce des trous jusqu'à la lithosphère, que le terminateur est éclairé par un miroir, que des villes ont été construites dans les mesas, dans les flancs des falaises — et que maintenant nous allons avoir un câble qui ira plus loin que Phobos et Deimos. Il sera en orbite et touchera le sol en même temps ! C'est inimaginable !

— Non, ça n'est pas impossible, remarqua Nadia.

— Eh oui. Et à présent, bien sûr, nous avons la preuve de notre pouvoir sous les yeux. Il nous écrase presque ! Et voir, c'est croire. Même sans imagination, nous constatons l'effet de notre puissance. C'est peut-être pour ça que les choses deviennent tellement bizarres ces temps-ci, que tout le monde se met à parler de possession, de souveraineté, de lutte, de revendications. Les gens se querellent comme ces anciens dieux sur l'Olympe, parce que désormais nous sommes aussi puissants qu'ils l'étaient.

— Plus même, dit Nadia.

Il roulait dans Hellespontus Montes, la chaîne de montagnes qui s'incurvait autour du bassin d'Hellas. Une nuit, alors qu'il dormait, le patrouilleur quitta la route des transpondeurs. Lorsqu'il se réveilla, il vit entre deux rideaux de poussière qu'il était dans une vallée étroite, entre deux falaises basses coupées par des ravines. Il semblait qu'en restant sur le fond il retrouverait sa route. Bientôt, le fond de

---

1. Le waldo est un dispositif permettant la manipulation à distance de matériaux radioactifs. L'opérateur introduit ses bras dans des manchettes et, in vitro, des pinces et des doigts mécaniques reproduisent le plus infime de ses gestes. *(N.d.T.)*

la vallée fut traversé de grabens[1] transversaux. Pauline devait sans cesse arrêter le patrouilleur pour définir un autre trajet algorithmique, de ravin en fossé. John finit par s'impatienter mais, quand il reprit les commandes en manuel, ce fut pire. Au royaume des aveugles, l'autopilote restait roi.

Mais, peu à peu, il revenait vers l'ouverture de la vallée. La carte montrait que la route des transpondeurs suivait une vallée plus large, juste en dessous. Aussi, ce soir-là, lorsqu'il fit halte, il était détendu. Il s'installa devant la télé tout en mangeant. Mangalavid montrait un reportage sur le lancement d'une éolie construite à Noctis Labyrinthus. L'éolie en question était un petit bâtiment avec des ouvertures qui sifflaient, couinaient ou ululaient selon l'angle et la force du vent. Pour l'inauguration, le vent quotidien des pentes de Noctis avait été grossi par les bourrasques katabastiques de la tempête[2] et la musique de l'éolie fluctuait comme quelque composition musicale, lugubre ou furieuse, tantôt dissonante, tantôt anarchique. Cela semblait l'œuvre d'un esprit, peut-être étranger au monde humain, mais certainement pas l'effet du hasard. L'éolie quasi aléatoire, dit un commentateur.

Suivirent les nouvelles de la Terre. L'existence du traitement gériatrique avait été révélée par un fonctionnaire de Genève. La nouvelle s'était répandue dans le monde. Un violent débat secouait l'assemblée générale de l'ONU à ce sujet. De nombreux délégués exigeaient que le traitement devienne un droit humain fondamental, garanti par l'ONU, financé par les nations selon un quota qui permettrait d'assurer une distribution égale dans le monde. Mais d'autres rapports affluaient de toutes parts : les chefs religieux s'élevaient contre le traitement de longévité, y compris le pape. On avait assisté à des émeutes, des centres médicaux avaient été attaqués. Tous les gouvernements étaient secoués. Les visages des commentateurs et des témoins, à la télé, étaient tendus, marqués par la colère. Ils exprimaient à tel point l'injustice, la haine, la misère que John ne put résister. Il éteignit, et sombra dans un sommeil pénible.

---

1. Synonyme de fossé tectonique. *(N.d.T.)*
2. Katabastique désigne un flux descendant. *(N.d.T.)*

Il rêvait de Frank quand un son le réveilla. On tapait sur le pare-brise. Au milieu de la nuit. L'esprit vague, il ouvrit le sas, avant de se demander pourquoi il avait eu ce réflexe. Où avait-il appris ça ? Il se frotta la joue, passa sur la fréquence générale et demanda :

— Salut ? Il y a quelqu'un, là, dehors ?

— Les Martiens.

C'était une voix d'homme, avec un accent anglais marqué.

— Nous voulons vous parler, reprit la voix.

Il se pencha vers le pare-brise. Dans la nuit et la tempête, il n'y avait pas grand-chose à voir. Mais il lui sembla qu'il discernait des formes dans l'obscurité, juste en dessous.

— Nous voulons seulement vous parler, reprit la voix.

S'ils avaient voulu le tuer, ils auraient pu facilement faire sauter le patrouilleur pendant son sommeil. Et puis, il persistait à croire que personne ne lui voulait de mal. Il ne voyait aucune raison possible !

Aussi, il les laissa entrer.

Ils étaient cinq. Tous des hommes. Leurs marcheurs étaient abîmés, sales, réparés avec des matériaux qui n'avaient pas été prévus pour les marcheurs. Sur leurs casques peints de toutes les couleurs, il n'y avait aucune identification. Quand ils les enlevèrent, John vit que l'un des hommes était asiatique. Très jeune, pas plus de dix-huit ans. Il s'avança et s'assit dans le siège de pilotage, se pencha pour examiner le tableau de bord. Un autre ôta son casque : un homme de petite taille, basané, le visage mince, avec de longues dreadlocks. Il s'installa sur le banc calfeutré en face du lit de John et attendit pendant que les trois autres enlevaient leurs casques. Ils s'accroupirent tous, le regard fixé sur John. Ils lui étaient tous inconnus.

L'homme aux dreadlocks dit :

— Nous voulons que vous ralentissiez le flot d'immigration.

Il reconnut la voix. C'était celui qui lui avait parlé de l'extérieur. A présent, il avait un accent caraïbe. Il s'exprimait doucement, presque dans un chuchotement, et John avait quelque difficulté à ne pas l'imiter.

— Ou que vous l'arrêtiez, ajouta le jeune Asiatique.

— Tais-toi, Kasei, lança l'homme aux dreadlocks sans cesser de fixer John. Il y a beaucoup trop de gens qui débarquent. Ce ne sont pas des Martiens, et ils se fichent de ce qui se passe ici. Ils ne viennent que pour nous envahir. Vous le savez. Nous savons que vous voulez en faire des Martiens, mais ils arrivent trop vite pour que vous puissiez faire quoi que ce soit. La seule solution, c'est de ralentir le flux…

— Ou de l'arrêter.

L'homme roula des yeux avec une grimace qui disait à John que le jeune homme était décidément trop jeune.

— Je n'ai aucun droit à…, commença John, mais l'autre l'interrompit.

— Vous pouvez défendre cette cause. Vous avez le pouvoir, et vous êtes de notre côté.

— Vous êtes avec Hiroko ?

Le jeune Asiatique claqua la langue. L'homme aux dreadlocks se tut. John affrontait quatre visages. Le cinquième était tourné vers la nuit.

— C'est vous qui avez saboté les moholes ? demanda-t-il.

— Nous voulons que vous stoppiez l'immigration.

— Moi, je veux que vous arrêtiez les sabotages. Ça ne fait que nous amener d'autres gens. Des gens de la police, entre autres.

L'homme le regarda fixement.

— Qu'est-ce qui vous fait croire que nous pouvons contacter les saboteurs ?

— Trouvez-les. Tombez-leur dessus pendant la nuit.

L'autre sourit.

— Loin des yeux, loin de l'esprit.

— Pas nécessairement.

Oui, ils devaient être avec Hiroko. La loi du rasoir d'Occam[1]. Il ne pouvait exister plus d'un groupe clandestin sur Mars. Ou alors… Oui, peut-être. Ses pensées étaient floues et il se demanda s'ils n'avaient pas répandu un produit dans l'air. Oui, il avait une impression bizarre. Tout

---

1. Qui dit que la solution la plus simple prévaut quand on a rejeté l'impossible. *(N.d.T.)*

devenait irréel, il dérivait dans un rêve. Le vent secouait le patrouilleur, et il entendit soudain une bouffée de musique éolienne. Il faillit bâiller et se dit : Mais oui, j'essaie de me réveiller. Je suis dans un rêve.

— Pourquoi vous cachez-vous ? s'entendit-il demander.

— Nous construisons Mars. Comme vous. Nous sommes de votre côté.

— Alors, vous devriez m'aider, non ? Et qu'est-ce que vous pensez de l'ascenseur spatial ?

— On s'en fiche, dit le jeune Asiatique. Ça n'est pas ça qui compte. Ce sont les gens.

— Mais, avec l'ascenseur, ils arriveront encore plus nombreux.

— Alors, dit l'homme aux dreadlocks, ralentissez le flux migratoire, et on ne pourra même pas le construire.

Suivit un autre silence, ponctué par les sinistres commentaires du vent. Comment ça ? Ils ne pourraient pas construire l'ascenseur ? Ils pensaient que c'étaient des gens qui allaient édifier l'ascenseur ? Ou bien pensaient-ils à l'argent ?

— Je vais voir, dit John.

Le gamin se retourna et John leva la main.

— Je ferai ce que je pourrai. C'est tout ce que je peux dire pour l'instant. Si je vous promettais des résultats, je serais un menteur. Je sais ce que vous pensez. Je vais faire tout mon possible. (Il réfléchit encore, l'esprit de plus en plus vague.) Vous devriez vous montrer à découvert et nous aider. Nous avons besoin d'aide.

— A chacun son rôle. Maintenant, nous allons repartir. Nous vous suivrons à la trace pour savoir ce que vous faites.

— Dites à Hiroko que je veux lui parler.

Les cinq hommes le dévisagèrent, le plus jeune avec une expression de colère.

L'homme aux dreadlocks eut un sourire fugace.

— Si je la vois, je le lui dirai.

L'un des hommes restés accroupis brandit une masse d'un bleu diaphane — une éponge d'aérogel, à peine visible dans l'éclairage de nuit. Il la serra. Oui, c'était une drogue ! John plongea et le prit par surprise, lui serra la gorge, puis s'effondra, paralysé.

Quand il revint à lui, ils avaient disparu. Il avait mal à la tête et se laissa retomber sur le lit pour sombrer dans un sommeil agité. Il retrouva Frank en rêve, et lui parla de cette visite.

— Tu es idiot, lui dit Frank. Tu ne comprends pas.

Il se réveilla au matin. Des tourbillons d'ambre brun défilaient devant le pare-brise. Depuis un mois, les vents semblaient se calmer. Des formes apparaissaient brièvement entre les nuages de poussière pour retourner au chaos, comme des hallucinations. La tempête provoquait cette impression d'altération sensorielle, et augmentait encore la claustrophobie. Il avala une tablette d'omeg, enfila sa tenue d'extérieur et sortit. Il chercha les traces de ses visiteurs, tout en respirant le talc. Il les trouva. Mais elles atteignaient une plaque rocheuse, un peu plus loin, et devenaient invisibles. Comment l'avaient-ils retrouvé en pleine tempête, et de nuit ?

Et s'ils l'avaient suivi…

De retour à bord, il interrogea les satellites. Les radars et les détecteurs IR ne repéraient que son patrouilleur. Même des marcheurs auraient été visibles en IR, donc ils avaient sans doute un refuge à proximité. Il était facile de se cacher dans ces montagnes. Il appela la carte d'Hiroko et traça un cercle grossier autour du point où il se trouvait, l'étendant vers le nord et le sud. Il y avait maintenant plusieurs cercles comme celui-ci sur la carte d'Hiroko, mais aucun n'avait été exploré à fond par les équipes de terrain, et ils ne le seraient probablement jamais. Ils étaient situés dans des régions trop chaotiques, des terres ravagées de la taille du Wyoming ou du Texas.

— Ce monde est vaste, marmonna John.

Il explora l'intérieur du patrouilleur. Puis se souvint alors de la dernière chose qu'il avait faite. Il examina ses ongles. Oui, des fragments de peau y adhéraient encore. Il prit une soucoupe à échantillon dans le petit autoclave et gratta soigneusement. A bord du patrouilleur, une identification de génome était hors de question, mais n'importe quel labo pourrait identifier le jeune type qu'il avait attaqué, si son génome était enregistré quelque part. Sinon, il n'aurait aucune information à en tirer. Ursula et Vlad pourraient peut-être l'identifier par parentage.

Il localisa la route des transpondeurs dans l'après-midi et rallia Hellas tard le lendemain. Sax donnait une conférence sur le nouveau lac, mais il s'avéra que c'était plutôt une conférence sur la culture en lumière artificielle. Le lendemain matin, John l'emmena pour une promenade dans les tunnels clairs qui reliaient les bâtiments. Le soleil était une vague lanterne safran entre les nuages de brume jaunâtre.

— Je crois que j'ai rencontré le Coyote, dit John.
— Tu es sûr ? Est-ce qu'il t'a dit où se cache Hiroko ?
— Non.

Sax haussa les épaules. Il semblait avoir l'esprit ailleurs : il devait prononcer une autre allocution le soir. John décida donc d'attendre et il écouta le discours de Sax avec tous les résidents de la station du lac. Sax leur assura que l'atmosphère, les conditions de surface et les microbactéries du permafrost avaient un taux d'accroissement proche de leurs maxima théoriques — 2 % pour être précis — et qu'ils devraient aborder les problèmes de culture extérieure dans les prochaines décennies. Personne ou presque n'applaudit : ils étaient tous sous l'effet des problèmes affreux engendrés par la grande tempête qu'ils attribuaient à une erreur de calcul de Sax. L'isolation du sol était toujours à 25 % de la normale, comme le remarqua perfidement l'un des auditeurs, et la tempête ne montrait pas le moindre signe d'accalmie. Les températures avaient chuté, mais la colère montait. La plupart des nouveaux arrivants n'avaient jusque-là bénéficié que de quelques mètres de visibilité, et les cas de catatonie se multipliaient.

Sax balaya tout cela d'un haussement d'épaules.

— C'est la dernière des tempêtes globales. Elle sera enregistrée dans l'histoire des âges héroïques. Profitez-en.

Sa tirade ne lui fit marquer aucun point. Mais il ne parut pas le comprendre.

Quelques jours plus tard, Ann et Simon rallièrent la station avec leur fils, Peter, qui avait maintenant trois ans. Selon eux, s'ils avaient bien calculé, c'était le trente-troisième enfant né sur Mars. Les colonies qui s'étaient établies après les Cent Premiers s'étaient montrées particulièrement prolifiques. Pendant que Simon et Ann apprenaient les nouvelles et échangeaient les derniers récits de la grande tempête, John se mit à jouer avec le petit garçon. Il se disait qu'Ann devait être reconnaissante à la tempête du rude coup qu'elle avait porté au processus de terraforming. C'était comme une réaction allergique à l'échelle planétaire. Les températures chutaient en dessous des normes inférieures, les expérimentateurs inconscients se bagarraient avec leurs engins englués dans la poussière... Mais non, elle ne semblait pas s'en amuser. Elle était irritée, comme d'habitude.

— Une équipe d'hydroscopie a effectué un forage dans une cheminée volcanique de Daedalia. Ils ont trouvé un échantillon qui contenait des micro-organismes unicellulaires très différents des cyanobactéries que vous avez semées dans le nord. La cheminée était profondément enfermée dans la couche rocheuse, à l'écart de tous les sites d'ensemencement biotiques. Ils ont envoyé des échantillons à Acheron, Vlad les a étudiés, et il a déclaré que ça semblait être une variété mutante des premiers ensemencements, et qu'ils auraient été injectés dans la roche par forage. (Ann tapota du doigt la poitrine de John.) Il a dit qu'ils étaient probablement terriens ! *Probablement* terriens !

— Oui, ça se pourrait, dit John.

— Mais nous ne le saurons jamais ! Ils vont discuter de ça durant les siècles à venir. Mais *nous ne saurons jamais la vérité* !

— S'il y a ambiguïté, dit John, on décidera sans doute que c'est d'origine terrestre. (Il fit un sourire au gamin.) N'importe quelle forme de vie différente d'une variété terrienne serait détectée en un instant.

— Probablement, fit Ann. Si l'on excepte une source commune, la théorie de la panspermie spatiale, par exemple, une déjection venue d'un autre monde, des micro-organismes dans des astéroïdes ?...

— Ça ne paraît guère probable, non ?

— On ne sait pas. Pour le moment du moins, on ne sait pas.

John avait du mal à suivre le cours des pensées d'Ann.

— Pour ce que nous en savons, dit-il enfin, ça pourrait

provenir des premières sondes *Viking*. On n'a jamais vraiment fait tous les efforts nécessaires pour stériliser nos engins de débarquement. Et nous avons eu ensuite des problèmes plus pressants. Comme une tempête sans fin, ou un flux d'immigration dont la motivation était aussi minimale que les habitats, ou encore une révision d'un traité sur lequel personne ne pouvait se mettre d'accord, plus un programme de terraforming détesté par la plupart.

Et une planète natale où la situation se faisait critique. Plus, encore, quelques attentats dirigés contre John Boone.

— Oui, oui, je sais, disait Ann. Mais tout ça c'est de la politique, et nous n'en sortirons jamais. Moi, je parlais de science, et je voulais qu'on me réponde. Mais personne ne le peut.

— Ann, nous ne pourrons jamais répondre à ta question. Elle est une de ces questions, justement, auxquelles nul ne peut jamais répondre. Est-ce que tu n'as pas conscience de ça ?

— Probablement terrienne, hein ?

Quelques jours plus tard, une fusée se posa sur le petit port spatial du lac et un groupe de Terriens surgit dans la poussière en bondissant. C'étaient des agents d'investigation, annoncèrent-ils, envoyés par l'AMONU pour enquêter sur les sabotages et les incidents. Ils étaient dix, dont huit hommes parfaitement jeunes et bien coiffés, comme sortis des écrans vidéo, plus deux jeunes femmes très séduisantes. La plupart étaient issus du FBI. Le chef, un grand type brun du nom de Sam Houston, demanda une entrevue avec Boone, et John accepta poliment.

Ils se rencontrèrent le lendemain matin, après le petit déjeuner — avec six des agents, y compris les deux jeunes femmes —, et John répondit docilement à toutes les questions sans la moindre hésitation. Mais, instinctivement, il ne leur apprit que ce qu'ils devaient déjà savoir, plus quelques détails qui pouvaient sembler honnêtes et utiles.

Eux se montrèrent polis et respectueux, très professionnels dans leurs questions, très réticents dès qu'il posait une question en retour. Ils ne semblaient pas connaître en détail la situation sur Mars, ils évoquaient des épisodes qui remontaient aux premières années d'Underhill, ou à la disparition d'Hiroko. Par contre, il était évident qu'ils étaient au courant des événements récents et des relations entre les dirigeants des Cent Premiers. Ils ne cessaient de lui poser des questions à propos de Maya, de Phyllis, d'Arkady, de Nadia, du groupe d'Acheron, de Sax... Sans doute parce qu'il s'agissait pour eux d'autant de stars omniprésentes sur la TV. Pourtant, ils ne paraissaient pas connaître grand-chose de ce qui avait été récemment enregistré et transmis sur Terre. John laissa errer ses pensées : est-ce que ça pouvait être vrai de tous les Terriens ? Après tout, de quelles autres sources d'information disposaient-ils ?

A la fin de leur entrevue, un nommé Chang lui demanda s'il désirait ajouter quelque chose. John, qui avait soigneusement omis sa rencontre de minuit avec le Coyote, entre autres, répondit :

— Non, je ne vois rien...

Chang hocha la tête et Sam Houston demanda alors :

— Nous aimerions avoir accès à vos programmes d'ordinateur.

— Je suis désolé, fit John d'un air navré, mais je n'autorise pas l'accès à mes intelligences artificielles.

— Mais vous avez un verrou de destruction ? insista Houston, surpris.

— Non. Ces données sont privées, c'est tout.

Il regarda l'autre droit dans les yeux, et constata qu'il hésitait sous les regards de ses collègues.

— Nous... nous pourrions obtenir un mandat de l'AMONU pour cela, si vous voulez.

— Je doute que ça vous soit possible. Et je ne vous laisserai pas accéder à mes ordinateurs, de toute façon.

John était souriant, au bord du rire. C'était parfois utile d'être le premier homme sur Mars. Ils ne pouvaient rien contre lui, au risque de créer plus d'ennuis que nécessaire. Il se leva et promena les yeux sur le petit groupe d'enquêteurs avec toute l'arrogance dont il était capable, ce qui était largement suffisant.

— Dites-moi s'il y a quelque chose d'autre que je peux faire pour vous.

Il sortit.

— Pauline, branche-toi sur le centre de communications et copie tout ce qu'ils envoient.

Puis il appela Helmut quand il se souvint que ses appels allaient apparaître également. Il posa des questions très brèves, comme s'il vérifiait des identifications. Oui, apprit-il, une équipe avait été envoyée sur Mars par l'AMONU. Elle faisait partie d'une force expéditionnaire qui avait été formée dans les six derniers mois pour résoudre les problèmes qui se posaient sur la planète.

La police sur Mars. Des détectives sur la planète rouge. Ma foi, il aurait dû s'y attendre. Mais c'était un sérieux embêtement. Ils étaient toujours là, l'air soupçonneux depuis qu'il avait refusé de leur donner accès à Pauline. Et, dans Hellas, il n'y avait pas grand-chose à faire. Aucun incident ne s'y était produit et il était très improbable que cela arrive. Maya se montrait hostile, elle ne voulait pas entendre parler des problèmes de John, elle en avait suffisamment avec les aspects techniques du projet d'aquifère.

— Tu es sans doute leur suspect numéro un, lui avait-elle lancé d'un ton irrité. Ce genre de chose se répète constamment et tu es toujours là : le camion à Thaumasia, le puits de Bakhuysen, et voilà que tu refuses de les laisser consulter tes banques de données. Pourquoi ?

— Parce que je ne les aime pas, répondit John, furieux.

Avec Maya, ils en étaient revenus à leurs anciennes habitudes. En fait, pas vraiment : ils vaquaient à leurs routines avec une sorte de bonne humeur, comme s'ils interprétaient leurs rôles au théâtre. Ils savaient qu'ils avaient du temps devant eux, et cela constituait la base de leurs rapports. Au fond, c'était aussi bien. Cela dit, en surface, c'était toujours le même mélodrame. Maya refusait de comprendre, et John finissait par laisser tomber. Après, il ruminait pendant quelques jours.

Il se rendit dans les labos de la station avec le fragment de peau prélevé sous ses ongles. Il fut cultivé, cloné et on déchiffra le génome. Il n'existait pas dans les données planétaires, alors il adressa l'information à Acheron en demandant une analyse. Ursula lui envoya les résultats codés, avec un seul mot à la fin : *Félicitations*.

Il lut et relut le message en jurant tout haut. Il sortit faire un tour, partagé entre de longues crises de rire et de jurons.

— Hiroko, va te faire foutre ! Va crever en enfer ! Sors de ton trou et viens nous aider, putain ! J'en ai marre de ton truc de merde à la Perséphone !

Même les tubes de circulation lui semblaient oppressants, et il se rendit au garage pour enfiler un marcheur. Il sortit, pour la première fois depuis plusieurs jours. Il se trouvait à l'extrémité du bras nord de la ville, sur le fond de sable fin du désert. Il se promena aux alentours, sans jamais quitter la colonne d'air dépoussiéré que générait chaque ville.

Hellas serait bien moins impressionnante que Burroughs, Acheron, Echus ou Senzeni Na. Située au point le plus bas du bassin, elle ne disposait d'aucun relief pour des constructions spectaculaires. Mais les tourbillons de poussière pouvaient peut-être fausser un peu son jugement. Hellas avait été construite le long d'un croissant qui devrait devenir à terme le littoral du lac. Cela pourrait être assez beau mais, en attendant, elle avait l'aspect morne d'Underhill, avec des centrales énergétiques du dernier type, des structures de ventilation, de câblage et des tunnels qui se déployaient comme des peaux de serpent... La bonne vieille station scientifique, loin de tout souci esthétique. C'était parfait. Ils ne pouvaient quand même pas édifier toutes les villes sur la crête des montagnes...

Il croisa deux silhouettes aux visières polarisées. Etrange, pensa-t-il. Il faisait déjà suffisamment sombre avec la tempête... C'est alors qu'ils sautèrent sur lui. Il roula dans le sable et se redressa d'un bond à la John Carter, lança les poings en avant. Mais, à sa grande surprise, les deux autres disparaissaient déjà dans les lanières de poussière. Il vacilla, puis se lança à leur poursuite. Mais il ne les voyait déjà plus. Il sentit le sang pulser plus vite dans ses veines, ses épaules étaient brûlantes. Il passa la main dans son dos : ils avaient taillé son marcheur. Il garda les doigts pressés contre l'entaille et se mit à courir. Il ne sentait déjà plus ses épaules. Et il avait du mal à courir avec cette main dans le dos. Sa réserve d'air paraissait intacte. Non, il y avait un trou dans le tube, près du cou. Il dégagea sa main le temps de composer le code du flux maximum sur son bloc de poignet. Le froid descendait vers ses reins comme de l'eau gelée : 100 degrés au-dessous de zéro. Il retenait son souffle : il avait de la poussière sur les lèvres et sur la langue. Impossible de savoir combien de CO_2 s'était infiltré dans sa réserve d'oxygène, mais il n'en fallait guère pour mourir.

Le garage apparut dans la tourmente. Il avait couru droit dessus. Il se félicita jusqu'à l'instant où il pressa la touche de commande du sas et que rien ne se passa. C'était facile de bloquer un sas, si l'on maintenait le verrou intérieur ouvert. Il avait les poumons en feu, il fallait qu'il respire. Il contourna le garage en direction du tube qui le reliait à l'habitat et se pencha sur les parois de plastique. Personne en vue. Il ôta sa main de la déchirure et, aussi vite que possible, il ouvrit la boîte fixée sur son avant-bras gauche, prit la petite perceuse, et s'attaqua au plastique, qui céda sans craquer et se referma sur la mèche. Il attaqua une fois encore, frénétiquement, et le plastique se déchira enfin. Il appuya vers le bas, le lacéra, et agrandit l'orifice jusqu'à pouvoir y engager son casque. Dès qu'il fut à l'intérieur jusqu'à la taille, il se servit de son corps comme d'un bouchon naturel. Il déverrouilla son casque, dégagea la tête et inspira comme un plongeur remontant du fond. Un, deux, un, deux. Il fallait que tout ce gaz carbonique fiche le camp. Il ne sentait plus son cou ni ses épaules. Là-bas, dans le garage, l'alarme sonnait.

Il laissa passer un train de pensées, dégagea enfin ses jambes, et se mit à courir dans le tube qui se dépressurisait rapidement. La porte, heureusement, s'ouvrit au premier essai. Il s'élança vers un ascenseur, descendit jusqu'au troisième sous-sol, où se trouvait son logement d'hôte. Il ne referma pas la porte de l'ascenseur et regarda autour de lui. Il ne vit personne. Il courut vers sa chambre. Là, il ôta son marcheur et le mit dans un placard avec son casque. Il passa dans la salle de bains et tiqua en découvrant la blancheur de ses épaules : un vilain coup de gel. Il avala quelques tablettes d'antidouleur, plus une triple dose d'omeg, mit une chemise, un pantalon, et enfila des chaussures avant de se peigner soigneusement. Le visage qui le regardait avait les yeux un peu vitreux, l'air absent, hébété. Il contracta ses muscles, se tapota les joues, recomposa son expression et se mit à respirer régulièrement. Les drogues faisaient déjà leur effet et son image lui plaisait un peu mieux.

Il enfila le couloir jusqu'à l'allée principale qui descendait. Il examinait les gens avec un curieux mélange de soulagement et de rage. Puis Sam Houston s'approcha de lui avec une de ses collègues.

— Excusez-moi, monsieur Boone, mais est-ce que voudriez venir avec nous ?

— Que se passe-t-il ?

— Il y a eu un nouvel incident. Quelqu'un a déchiré la paroi d'un tube.

— Déchiré un tube ? Et vous appelez ça *un incident* ?

Houston lui lança un regard furibond, et Boone dut se retenir de rire.

— Vous pensez que je peux être utile ?

— Nous savons que vous travaillez sur ces affaires pour le Dr Russell et nous nous sommes dit que vous aimeriez être tenu au courant.

— Oh, je vois... Eh bien, allons jeter un coup d'œil.

Ils circulèrent un peu partout pendant deux heures. John avait les épaules en feu. Houston, Chang et les autres enquêteurs lui posaient des questions en toute confiance, apparemment avides de ses réactions, mais leur regard demeurait froid et calculateur.

John dit enfin avec un petit sourire :

— Il y a peut-être quelqu'un qui n'aime pas vous voir ici.

Ce ne fut qu'une fois cette comédie terminée qu'il se posa la question : pourquoi ne voulait-il pas qu'ils soient au courant de son agression ? Sans aucun doute, ça ne ferait qu'attirer d'autres enquêteurs, ce qu'il ne souhaitait pas. Et il deviendrait la cible des médias autant sur Mars que sur Terre, en plein centre de l'actualité. Le poisson rouge de la planète rouge ! Et ça, il ne le voulait plus.

Mais il y avait aussi autre chose qu'il n'arrivait pas encore à définir. Son subconscient enquêtait. Il eut un reniflement de dégoût. Pour oublier la douleur, il se promena de réfectoire en réfectoire, espérant capter une expression de surprise. Boone ressuscité d'entre les morts ! Oui, et qui est mon meurtrier ? Une ou deux fois, il surprit des regards qui se baissaient. Comme s'ils évitaient de fixer un monstre, un homme condamné. Jamais, auparavant, il n'avait éprouvé cet autre aspect de sa célébrité, et la colère montait en lui.

L'effet des antidouleur se dissipait, et il dut rejoindre son appartement. La porte était ouverte. Il se rua à l'intérieur et se retrouva face aux enquêteurs de l'AMONU.

— Mais qu'est-ce que vous foutez ici ?

— On vous cherchait, dit l'un des hommes d'un ton suave. (Ils échangèrent un regard.) On aimerait mieux que personne n'essaie de s'en prendre directement à vous.

— Quelqu'un qui entrerait par effraction, par exemple ? demanda John, immobile sur le seuil.

— Ça fait partie de notre boulot, monsieur. Désolé de vous déranger.

Ils s'agitaient sur place, nerveux, pris au piège.

— Mais qui vous a donné le mandat de perquisitionner comme ça ?

— Eh bien... M. Houston est notre supérieur et...

— Appelez-le et dites-lui de venir nous rejoindre.

L'un des deux hommes chuchota quelques mots sur son bloc de poignet. En un temps trop court pour n'être pas suspect, Sam Houston se matérialisa au-dehors. John éclata de rire :

— Alors, vous guettiez à l'angle du couloir ?

Houston s'avança et déclara d'une voix rauque :

— Ecoutez, monsieur Boone, nous menons une enquête importante, et vous faites obstruction. En dépit de ce que vous semblez croire, vous n'êtes pas au-dessus de la loi.

Boone se pencha vers lui au point que Houston dut reculer.

— Mais vous n'êtes pas la loi, dit-il.

Il pointa un doigt sur Houston. L'autre perdait visiblement son calme, ce qui fit rire John.

— Qu'est-ce que vous comptez faire, inspecteur ? M'arrêter ? Me menacer ? Ou bien me donner de quoi faire un bon rapport pour Eurovid ? Ça vous plairait ? Je pourrais montrer au monde entier comment John Boone est persécuté par un petit fonctionnaire avec sa plaque à deux dollars, un shérif dans un nouveau Far West ! (Il avait toujours pensé que quiconque s'exprimait à la troisième personne était définitivement un crétin.) Non, John Boone n'aime pas ça ! Vraiment pas du tout !

Les deux premiers avaient réussi à se glisser hors de la chambre et observaient la scène. Le visage de Houston avait à peu près la couleur d'Ascraeus Mons et il montrait les dents.

— Personne n'est au-dessus de la loi, grinça-t-il. Des actes criminels se sont produits, des actes dangereux, et la plupart quand vous étiez à proximité.

— Des actes d'effraction, par exemple ?

— Si nous décidons que nous devons fouiller vos quartiers, examiner votre dossier afin de poursuivre notre enquête, nous le ferons. Nous en avons le pouvoir.

— Moi, je vous dis que non, fit John avec arrogance en claquant les doigts sous le nez de Houston.

— Nous allons fouiller cet appartement, insista l'autre, en appuyant sur chaque syllabe.

— Foutez le camp, fit Boone d'un ton méprisant, en levant la main.

Puis il rit :

— Oui, c'est ça, foutez le camp ! Dégagez, bande d'incapables. Rentrez chez vous et relisez les lois sur les enquêtes et perquisitions !

Il claqua la porte.

Il s'immobilisa. Apparemment, ils étaient repartis mais, d'un autre côté, il devait simuler l'indifférence absolue. En riant, il se rendit à la salle de bains et prit encore quelques antidouleur.

Ils n'avaient pas ouvert le placard. Pur coup de chance. Il aurait été difficile de leur expliquer la présence du marcheur déchiré sans leur raconter la vérité, ce qui aurait embrouillé les choses. C'était d'ailleurs curieux de constater à quel point les choses s'embrouillaient d'elles-mêmes dès que l'on décidait de dissimuler le fait que quelqu'un avait tenté de vous tuer.

Il s'arrêta à cette pensée. La tentative de meurtre avait été plutôt maladroite. Il devait exister des centaines d'autres moyens d'assassiner quelqu'un qui se déplaçait en marcheur sur Mars. Donc, s'ils voulaient seulement lui faire peur, ou bien s'ils espéraient qu'il ne parlerait pas de cette agression, ils pouvaient le prendre en défaut. Auquel cas, il y aurait une charge contre lui…

Il secoua la tête, troublé. La loi du rasoir d'Occam, encore une fois. L'outil de base du détective. Si quelqu'un vous attaque, c'est qu'il vous veut du mal. L'important était avant tout de découvrir qui étaient ses agresseurs. Et ainsi de suite. L'effet des antidouleur était puissant, alors que les vagues de l'omegendorphe refluaient. Il avait du mal à se concentrer. Le problème allait être de se débarrasser du marcheur, et surtout du casque. Mais il était dans les emmerdes, et il n'existait aucun moyen élégant de s'en sortir. Il se dit en souriant qu'il finirait bien par trouver.

Il voulait parler à Arkady. Il apprit qu'il avait achevé son traitement gériatrique à Acheron avec Nadia et qu'il était reparti pour Phobos. John se dit qu'il n'avait encore jamais visité cette petite lune rapide.

— Pourquoi tu ne viens pas te rendre compte par toi-même ? lui proposa Arkady. Et puis, on pourra se parler seul à seul, non ?

— D'accord.

Il ne s'était pas retrouvé dans l'espace depuis l'arrivée de l'*Arès*, vingt-trois ans auparavant, et les sensations familières d'accélération, puis d'apesanteur, provoquèrent une nausée inattendue. Dès qu'il eut débarqué sur Phobos, il s'en ouvrit à Arkady, qui lui dit :

— Moi, ça m'arrivait tout le temps, jusqu'à ce que je boive un coup de vodka avant le départ.

Il avait une longue explication physiologique pour cela, mais c'en était trop pour John, qui l'interrompit. Arkady éclata de rire. Le traitement de longévité lui avait donné son coup de pouce habituel, et c'était déjà un homme heureux, au départ. On aurait dit, en le voyant, qu'il ne pourrait pas tomber malade avant un millier d'années.

Stickney était une petite ville à l'ambiance agitée, inscrite dans son cratère recouvert d'un dôme de béton renforcé des joints antiradiations les plus performants. Le fond du cratère avait été aménagé en terrasses concentriques qui s'achevaient sur une plaza. Entre chaque anneau, il y avait des parcs et des bâtiments bas de deux étages avec des jardins sur le toit. Des filets avaient été tendus pour protéger la population contre les bonds incontrôlés qui pouvaient être autant de décollages accidentels : la vitesse de libération gravitique était de 50 kilomètres à l'heure sur Phobos, et il était donc pratiquement possible de décoller de la surface d'un bond. Immédiatement à l'intérieur des fondations du dôme, John repéra une version miniature de leur train planétaire. Il circulait horizontalement par rapport aux bâtiments et donnait à ses passagers l'illusion de la pesanteur martienne. Il s'arrêtait quatre fois dans la journée, mais John se dit que s'il le prenait, ça ne ferait que ralentir son acclimatation à Phobos. Aussi se rendit-il jusqu'à son appartement en supportant la nausée. Apparemment, il était devenu un vrai Martien, et il souffrait d'avoir à quitter sa planète. C'était aussi vrai que ridicule.

Le lendemain, il se sentit mieux, et Arkady l'emmena faire le tour de Phobos. L'intérieur de la lune était comme une ruche, transpercé de tunnels, de galeries, de dérivations et de quelques salles gigantesques où l'on creusait encore, à la recherche d'eau et de minerais. La plupart des tunnels internes étaient des tubes aussi lisses que fonctionnels, mais les salles intérieures et certaines des galeries les plus vastes avaient été aménagées selon les théories socio-architecturales d'Arkady. Il les fit visiter à John : couloirs circulaires, secteurs de travail et de récréation, terrasses, parois de métal gravé : tout était dominé par ce qui avait donné à Mars son identité dans l'aménagement des cratères. Mais Arkady en restait l'auteur et il en était fier.

A l'opposé de Stickney, trois petits cratères de surface avaient été recouverts d'un dôme de verre et peuplés de villages qui avaient vue sur Mars — une vue qui était impossible depuis Stickney, étant donné que l'axe le plus long de Phobos était orienté en permanence vers Mars et que les grands cratères demeuraient aveugles.

Arkady et John se trouvaient dans Semenov et observaient la planète rouge qui occupait la moitié du ciel enveloppée de nuages de poussière, tous les traits de son paysage estompés.

— La grande tempête, dit Arkady. Sax doit être fou furieux.

— Non, dit John. Il dit que ce n'est qu'un épisode.

Arkady partit d'un rire énorme. Les deux hommes avaient retrouvé leur vieille camaraderie, le sentiment d'être des égaux, des frères de longue date. Arkady n'avait pas changé, toujours aussi rieur, truculent, la plaisanterie facile, bourré d'idées et d'opinions, riche d'une confiance que John appréciait particulièrement, même s'il savait que bien des idées d'Arkady étaient fausses, voire dangereuses.

— En fait, disait Arkady, Sax a probablement raison. Si ces traitements de longévité sont efficaces, si nous devons vivre des dizaines d'années encore, cela déclenchera certainement une révolte sociale. La brièveté de la vie était une des forces élémentaires dans la permanence des institutions, aussi étrange qu'il soit de le dire comme ça. Mais il est tellement plus facile de se raccrocher à un plan de survie à long terme que de se hasarder dans un plan nouveau qui risque d'échouer. Même si ton plan à court terme risque d'être destructeur pour les générations à venir. Qu'ils se débrouillent, tu connais le raisonnement... Vraiment, ils n'auront que ce qu'ils méritent, le temps qu'ils apprennent à vivre, ils seront vieux et mourants. La prochaine génération n'aurait qu'à tout réapprendre. Maintenant, si nous parvenons à apprendre, si nous attendons encore cinquante ans, est-ce que nous ne finirons pas par nous demander : Pourquoi ne pas rendre ça plus rationnel ? Plus proche de nos désirs profonds ? Qu'est-ce qui nous en empêche ?

— C'est peut-être pour ça que les choses deviennent si bizarres, là, en bas, dit John. Mais je ne pense pas que ces gens aient un recul suffisant. (Il résuma brièvement à Arkady la série de sabotages et posa la question brutalement.) Arkady, est-ce que tu sais qui est responsable ? Tu es compromis là-dedans ?

— Quoi, moi ? Ecoute, John, tu ne vas quand même pas croire ça. Ces destructions sont stupides. A première vue, je dirais que ce sont les rouges, et je n'en ai pas dans mon équipe. Je ne vois vraiment pas qui peut faire ça. Ann, peut-être. Tu lui as posé la question ?

— Oui. Elle ne sait rien.

Arkady ricana.

— John Boone, tu n'as pas changé ! Je t'aime comme ça. Ecoute, mon copain, je vais t'expliquer pourquoi ce genre de chose se passe, et alors, tu pourras peut-être travailler plus systématiquement et y voir plus clair. Tiens, voilà le métro de Stickney — je vais te montrer la crypte de l'infini, c'est vraiment du beau travail.

Il précéda John jusqu'à la petite voiture et ils flottèrent en direction du cœur de Phobos. Ils se retrouvèrent dans une pièce étroite et se laissèrent tomber dans la profondeur d'un couloir. John remarqua que son corps s'était adapté à l'apesanteur, qu'il pouvait flotter en retrouvant le contrôle de ses gestes. Ils étaient maintenant dans une vaste galerie récemment creusée qui, au premier regard, semblait bien trop vaste pour tenir à l'intérieur de Phobos. Le sol, les murs et le plafond étaient revêtus de miroirs à facettes et chaque dalle de magnésium poli avait été taillée de telle façon que tout ce qui se trouvait dans son espace micrograviphique était reflété en milliers d'images, en abîme.

Ils passèrent leurs orteils dans des crochets et flottèrent doucement comme des algues au fond de la mer : toute une flore mouvante d'Arkady et de John, de milliers d'Arkady et de John.

— Tu vois, John, la base économique de la vie sur Mars est en train de changer. Non, ne te moque pas ! Jusque-là, nous n'avons pas dépendu d'une économie monétaire, c'est le sort des stations scientifiques. C'est comme quand on reçoit un prix qui vous libère de la roue économique. Ce prix, on l'a reçu, comme beaucoup d'autres, et nous sommes là depuis des années, à vivre de cette façon. Mais il se trouve que des milliers de gens débarquent sur Mars en un flot permanent ! Et ils sont nombreux à vouloir travailler ici, à se faire un peu d'argent avant de retourner sur Terre. Ils travaillent pour les transnationales qui ont décroché des concessions de l'AMONU. Le traité de Mars est appliqué à la lettre parce que l'AMONU est censée se charger de tout, mais l'esprit du traité est battu en brèche par l'ONU elle-même.

John hochait la tête.

— Oui, je m'en suis rendu compte. Helmut me l'a dit en face.

— Helmut est une limace. Mais écoute-moi, quand le traité va être renouvelé, ils vont changer la lettre de la loi pour correspondre à l'esprit nouveau. Ils se permettront même d'aller plus loin. A cause de la découverte de tous ces métaux stratégiques et de ces nouveaux espaces. Pour de nombreux pays de la Terre, c'est le salut, et c'est aussi un nouveau territoire pour les transnationales.

— Et tu penses qu'ils ont suffisamment d'appuis pour modifier le traité ?

Des millions d'Arkady écarquillèrent les yeux devant des millions de John.

— Ne sois pas naïf à ce point ! Bien sûr qu'ils les ont, ces appuis ! Réfléchis : le traité de Mars est inspiré de l'ancien traité sur l'espace. Première faute, puisque le traité sur l'espace était un arrangement très fragile, et le traité de Mars en a hérité. Selon les accords prévus, chaque pays devient un membre à part entière avec droit de vote dès lors qu'il s'établit sur Mars, ce qui explique pourquoi nous voyons rappliquer toutes ces nouvelles stations scientifiques : la Ligue arabe, le Nigeria, l'Indonésie, l'Azanie, le Brésil, l'Inde, la Chine et j'en oublie… Et un nombre appréciable de ces pays s'inscrivent dans le traité dans l'intention spécifique de le dissoudre quand le renouvellement interviendra. Ils veulent ouvrir Mars à des gouvernements individuels qui échapperaient à l'ONU. Et les transnationales se servent de pavillons de complaisance comme les cargos avec Singapour, les Seychelles ou la Moldavie. Pour ouvrir Mars aux investissements privés.

— Mais le renouvellement n'est prévu que dans quelques années, dit John.

— Non, ça commence déjà. Pas seulement dans les discussions et les pourparlers, mais au quotidien. Quand nous sommes arrivés, et pendant vingt ans, Mars était comme l'Antarctique. Plus pure encore. Nous avions échappé au monde, nous n'avions rien : quelques vêtements, un pupitre, et c'est tout ! Maintenant, tu sais ce que je pense, John. Cet arrangement ressemble au mode de vie préhistorique, et c'est pour ça que nous le trouvons juste, parce que nos cerveaux ont grandi pour atteindre leur configuration actuelle en réponse aux réalités de cette existence-là. Le résultat, c'est que les gens sont devenus *profondément attachés* à ce type d'existence, dès lors qu'ils ont l'occasion de la vivre. Parce qu'elle permet à chacun de concentrer son attention sur un véritable travail, qui implique que l'on doit tout faire pour survivre, satisfaire sa curiosité, ou simplement s'amuser. C'est l'utopie, John, et tout spécialement pour les primitifs et les scientifiques, c'est-à-dire tout le monde, en un sens. Et c'est bien pour cette raison qu'une station de recherche scientifique est en vérité un modèle réduit de l'utopie préhistorique, creusée dans l'économie financière des transnationales par des primates malins qui veulent seulement vivre bien.

— Tout le monde désirerait y adhérer, remarqua John.

— Oui, et ils le pourraient, mais on ne le leur a pas proposé. Ce qui signifie que ça n'était pas une authentique utopie. Les primates scientifiques et malins que nous sommes voulaient se tailler des îles pour eux-mêmes, et non pas travailler à offrir à tous ce genre de condition. Et c'est pour ça que dans la réalité, les îles font partie de l'ordre des transnationales. Elles ont été achetées, elles n'ont jamais été vraiment gratuites, et il n'a jamais été question de recherche vraiment pure et absolue. Parce que ceux qui ont payé pour ces îles scientifiques vont tôt ou tard exiger le bénéfice de leur investissement. Et nous y arrivons. On demande un bilan sur l'état de notre île. On ne faisait pas de la recherche pure, John, mais de la recherche appliquée. Et avec la découverte de tous ces métaux stratégiques, l'application est devenue claire. Tout nous revient dessus : la propriété, les prix, les salaires. Tout le système de profit. La petite station scientifique est transformée en mine, dans l'esprit habituel de la quête de l'or. Et on demanda aux scientifiques : « Qu'est-ce que vous faites ? Qu'est-ce que ça veut dire ? » On leur demande de faire leur travail pour être payés, et le produit de ce travail tombe dans la poche des nouveaux propriétaires pour lesquels ils travaillent.

— Mais je ne travaille pour personne, dit John.

— Oui, d'accord, mais tu travailles sur le projet de terraforming. Et qui paie pour ça ?...

John essaya de s'en sortir avec la réponse de Sax :

— Le soleil.

Arkady pouffa de rire.

— Faux ! Pas question du soleil et de quelques robots. Il s'agit essentiellement de temps humain. Beaucoup de temps. Et les humains ont besoin de manger. Il faut donc que quelqu'un leur fournisse tout ça, parce que nous n'avons pas pris la peine d'établir un mode de vie qui nous aurait permis de survivre par nous-mêmes.

John plissait le front.

— Mais il était normal que nous ayons besoin d'aide au début. Des milliards de dollars de matériel avaient été largués ici. Ce qui représentait pas mal de temps de travail, comme tu dirais.

— Oui, c'est vrai. Mais dès que nous avons débarqué, nous avons concentré tous nos efforts à devenir autonomes, indépendants, pour les rembourser et en finir. Mais nous avons échoué, et les requins d'hypothèque sont de retour, John. Au départ, si quelqu'un nous avait demandé de produire plus d'argent, à toi ou à moi, nous n'aurions pas su quoi répondre, n'est-ce pas ?

— Exact.

— C'est une question qui n'a plus de sens. Mais repose-la maintenant. A qui vas-tu faire appel ?

— A personne.

— Moi non plus. Mais Phyllis va s'adresser à Amex, à Subarashii et à Armscor. Et Frank à Honeywell — Messerschmitt, General Electric, Boeing. Et ainsi de suite. Ils sont plus riches que nous. Et dans ce système, être plus riche c'est être encore plus puissant.

On va y réfléchir, songea John. Mais, comme il ne tenait pas à faire rire Arkady de nouveau, il ne dit rien.

— Et c'est la même chose partout sur Mars, dit Arkady.

Autour d'eux, des nuées d'Arkady agitaient les bras comme un mandala tibétain représentant des démons aux cheveux rouges.

— Naturellement, il y en a qui s'en sont aperçus. Ou bien je les ai prévenus. John, c'est ça que tu dois comprendre — il existe des gens qui sont prêts à se battre pour que les choses demeurent telles qu'elles sont. Des gens qui aiment vivre comme des scientifiques primitifs, qui refuseront de se rendre sans se battre.

— Alors, les sabotages…

— Oui ! C'est peut-être vrai que certains sont le fait de ces gens-là. Je pense pour ma part que c'est antiproductif, mais ils ne sont pas d'accord. La plupart des sabotages sont accomplis par des gens qui veulent que Mars soit telle qu'elle était avant notre arrivée. Je ne suis pas de leur côté. Mais je suis avec ceux qui se battront pour que Mars ne devienne pas une zone minière des transnationales. Pour que nous ne devenions pas les esclaves heureux de la classe dirigeante enfermée dans sa forteresse de luxe. (Il se tourna vers John, et celui-ci vit, du coin de l'œil, une infinité d'affrontements autour d'eux.) Tu n'es pas d'accord ?

— Si, bien sûr, fit John en souriant. Mais oui ! Mais je pense que nous ne sommes pas d'accord sur les méthodes à employer.

— Quel genre de méthodes proposerais-tu ?

— Eh bien... En gros, je souhaiterais que le traité soit renouvelé tel qu'il était et que nous donnions notre accord. Si tel est le cas, nous aurons ce que nous voulons, ou du moins la base nécessaire pour acquérir pleinement notre indépendance, au moins.

— Le traité ne sera pas renouvelé, dit Arkady d'un ton froid. Il faudra quelque chose de plus radical pour les arrêter, John. Une action directe — oui, ne prends pas cet air incrédule ! Il faudra nous emparer de certains biens, de certains systèmes de communication — appliquer le dispositif de lois que tu as toi-même défini, avec l'appui de tous. Mais oui, John ! Nous devrons en arriver là, parce que chacun cache ses armes. Les démonstrations de masse et l'insurrection, ce sont les seules forces qui pourront les vaincre. L'Histoire l'a prouvé.

Un million d'Arkady reflétés entouraient John, avec une expression grave qu'il n'avait jamais vue.

— J'aimerais essayer à ma manière d'abord, dit-il enfin.

Et un million d'Arkady se mirent à rire. John lui donna une bourrade, pour rire, sur le bras, et Arkady tomba à terre, puis il se releva et le plaqua au sol. Ils luttèrent ainsi tout le temps qu'ils purent rester en contact, puis ils volèrent chacun à un bout de la pièce. Dans les miroirs, des millions de John et d'Arkady planaient dans l'infini.

Ils reprirent le métro vers la surface pour aller dîner à Semenov. Tout en mangeant, ils observaient la surface de Mars qui tournait lentement, comme une géante gazeuse. Pour John, c'était une grande cellule orange, un embryon, un œuf. Des chromosomes défilaient furieusement. Une nouvelle créature attendait de naître, une création purement génétique. Et les ingénieurs, c'étaient eux, c'étaient eux qui façonnaient cette créature qui allait naître. Ils essayaient de clipper les gènes qu'ils désiraient (*leurs* gènes) sur les plasmides, de les insérer dans les spirales d'ADN de la planète, afin d'obtenir les expressions qu'ils voulaient donner à cette chimère. Oui, c'était exactement ça. Et John était séduit par ce qu'Arkady désirait mettre dans la cellule orange. Mais il avait aussi ses projets à lui. On verrait bien qui réussirait à créer la plus grande part du génome, à terme.

Il jeta un regard à Arkady qui, lui aussi, gardait les yeux fixés sur la planète, avec cette même expression grave qu'il avait eue dans la salle aux miroirs. Elle l'avait frappé par son intensité, se dit-il, mais comme la vision étrange d'un œil de mouche.

John retrouva la brume de rouille de la grande tempête, s'enfonça une fois encore dans de longs jours de voyage entre les rideaux de sable. Mais, désormais, des choses lui apparaissaient, qu'il avait ignorées auparavant. Tout ce qu'il avait gagné en s'entretenant avec Arkady. Il avait un autre regard. Il se dirigea vers le sud à partir de Burroughs vers le mohole de Sabishii, le Solitaire, pour rendre visite à la colonie japonaise installée là. C'étaient des anciens, l'équivalent nippon des Cent Premiers. Ils avaient débarqué sur Mars sept ans seulement après eux. A la différence des Cent Premiers, ils constituaient encore un tout très uni, et ils étaient devenus des indigènes de façon indéniable. Sabishii était restée une petite station, même après le creusement du mohole. Elle était située dans une région de blocs erratiques, à proximité du cratère Jarry-Deslonges. Dans les derniers kilomètres de la route à transpondeurs, John entrevit des blocs gravés de dessins et de portraits géants, couverts de pictogrammes élaborés, ou bien encore creusés en petits temples zen ou shinto. Ils se perdaient très vite dans les nuages, comme des hallucinations. Quand il entra dans la zone d'air limpide, sous le vent du mohole, il remarqua que les Sabishiians avaient remonté les rochers dégagés du grand puits pour en former des monticules selon un dessin particulier. Vus de l'espace, est-ce qu'ils allaient former un grand dragon ? Il atteignit enfin le garage où il fut accueilli par un groupe de Japonais aux cheveux longs, les pieds nus, certains en combinaison jaune, d'autres en tenue de sumotori. De vieux sages qui parlaient des *kami*[1] et dont le sens profond du *on* ne s'attachait plus depuis longtemps à l'empereur mais à la planète rouge.

Ils lui firent visiter leurs labos : ils travaillaient sur l'aréobotanie et les tissus d'habillement antiradiations. Ils avaient aussi fait de grands progrès dans la recherche des aquifères et dans la climatologie de la ceinture équatoriale. Tout en les écoutant, John se dit qu'ils devaient être en contact avec Hiroko. Il déploya donc ses talents habituels qui lui avaient été si souvent utiles avec les anciens de Mars. Il passa deux jours à poser des questions, à faire connaissance avec leur ville, à prouver qu'il était un homme qui connaissait le *giri*. Et, lentement, ils s'ouvrirent à lui, en lui faisant comprendre d'un ton serein mais net qu'ils n'appréciaient guère la croissance soudaine de Burroughs, non plus que le mohole voisin, la croissance de la population en général, ni les pressions que le gouvernement japonais exerçait sur eux pour qu'ils explorent le Grand Escarpement et tentent d'y trouver de « l'or ».

— Nous refusons, déclara Nanao Nakayama, un vieil homme au visage ridé, avec des favoris blancs et des boucles d'oreilles en turquoise, dont les longs cheveux étaient coiffés en queue de cheval.

— Non, ils ne peuvent pas nous y obliger.
— Et s'ils essaient ? insista John.
— Ils échoueront.

Son assurance paisible retint l'attention de John, et il se souvint de sa conversation avec Arkady dans la salle aux miroirs de Phobos.

Son regard sur les choses avait changé, ainsi que sa façon de poser des questions. Mais il devinait aussi l'effet d'Arkady, qui avait dû donner le mot à son réseau d'amis et de relations, afin qu'ils se fassent connaître et prennent John en charge pour lui montrer ce qu'ils faisaient vraiment. Et, entre Sabishii et Senzeni Na, John fut fréquemment approché

---

1. Les dieux, en japonais. *Kamikaze* signifiait le vent divin. *(N.d.T.)*

par de petits groupes, de deux, trois ou cinq membres, qui lui disaient qu'Arkady pensait que telle ou telle chose pourrait l'intéresser... Il visita ainsi une ferme souterraine avec une station énergétique indépendante, une cache pour des outils et du matériel, un garage clandestin rempli de patrouilleurs, et de petits habitats construits dans les mesas, vides mais prêts à être habités. A chaque fois, John était sidéré, le regard étonné, bouche bée, secouant la tête en entendant les réponses à ses questions. Oui, Arkady lui avait organisé une sorte de visite guidée. Tout un mouvement s'était déployé, et dans chaque ville il était présent !

Il rallia enfin Senzeni Na. Surtout parce que Pauline avait identifié deux ouvriers qui n'avaient pu fournir aucun motif à leur absence ce fameux jour où le camion était tombé dans le puits du mohole. Il les interrogea le lendemain de son arrivée, mais ils avaient des explications : ils étaient en escalade dans la montagne. Il s'excusa de leur avoir pris quelques instants de leur travail mais, comme il regagnait sa chambre, trois techniciens se présentèrent à lui comme étant des amis d'Arkady. Il les accueillit avec bonheur et se retrouva bientôt dans un groupe de huit, à bord d'un patrouilleur, suivant le plancher d'un canyon parallèle au mohole. Dans la pénombre poussiéreuse, ils atteignirent un habitat qui avait été creusé dans la paroi. Il était invisible aux regards des satellites, et la chaleur qu'il produisait était diffusée par divers évents dispersés qui, détectés depuis l'espace, passaient facilement pour de vieilles éoliennes de Sax.

— Nous pensons que c'est comme ça que le groupe d'Hiroko s'y est pris, déclara l'une des filles qui l'accompagnaient.

Elle s'appelait Marian, elle avait le nez long, les yeux trop rapprochés, ce qui conférait à son regard une intensité bizarre.

— Vous savez où se trouve Hiroko ? demanda-t-il.

— Non, mais nous pensons qu'elle se cache dans le chaos.

C'était la réponse habituelle. Il les interrogea sur l'habitat de cette falaise. Marian lui expliqua qu'ils avaient utilisé le matériel de Senzeni Na. C'était un site inutilisé encore, mais habitable.

— Dans quelles circonstances ? demanda John en errant de pièce en pièce.

— En cas de révolution, bien sûr, fit Marian en l'observant.

— Une révolution ?

Il ne trouva pas grand-chose à dire sur le chemin du retour. Marian et ses compagnons avaient conscience du choc qu'il avait éprouvé, et lui-même était mal à l'aise. Ils étaient probablement en train de se dire qu'Arkady avait commis une erreur en leur demandant de montrer cet habitat caché à John Boone.

— Il y en a beaucoup d'autres en préparation, déclara enfin Marian d'un ton méfiant.

C'était Hiroko qui leur avait donné cette idée, et Arkady pensait que ça pourrait être utile. Ils comptaient sur leurs doigts : un dépôt de minage atmosphérique et glaciaire enfoui dans un tunnel de glace sèche sous l'une des stations de traitement du pôle Sud ; un puits dans le grand aquifère de Kasei Vallis ; des serres-labos dispersées aux alentours d'Acheron, où l'on cultivait des plantes utiles en pharmacopée ; un centre de communications sous Underhill.

— C'est tout ce que nous connaissons pour l'instant. Arkady pense qu'il existe d'autres groupes qui font la même chose que nous. Parce que lorsque la pression montera, nous aurons tous besoin d'endroits où nous cacher avant de nous battre.

— Allons, dit John. Il va quand même falloir que vous vous mettiez dans la tête que votre scénario de révolution n'est qu'un rêve qui répète la révolution américaine. Vous savez : la frontière, les vaillants pionniers exploités par le pouvoir impérial, la révolte pour faire d'une colonie un Etat souverain — mais l'analogie est fausse !

— Pourquoi dites-vous ça ? s'étonna Marian. Où est la différence ?

— D'abord, nous ne sommes pas sur des terres où nous pourrons survivre. Ensuite, nous n'avons pas les moyens de nous révolter avec succès !

— Je ne suis pas d'accord sur ces deux points. Vous devriez en parler à Arkady.

— Je vais essayer. En tout cas, je pense qu'il y a quand même mieux à faire que de voler du matériel, quelque chose de plus direct. Nous devons tout simplement dire à l'AMONU quelles seront les bases du nouveau traité de Mars.

Ils hochèrent la tête avec mépris.

— Bien sûr que nous pouvons leur parler, dit Marian, mais ça ne changera rien à ce qu'ils vont faire.

— Pourquoi pas ? Vous croyez vraiment qu'ils peuvent ignorer l'opinion de tous ceux qui vivent ici ? D'accord, il existe maintenant des navettes permanentes, mais nous sommes toujours à une soixantaine de millions de kilomètres de la Terre. Nous sommes là, pas eux. Ça n'est pas l'Amérique de 1769, mais nous disposons de quelques avantages : nous sommes loin, très loin, et nous sommes *propriétaires*. La chose la plus importante est de ne pas tomber dans leur façon de penser et de commettre les mêmes fautes violentes !

Et il continua ainsi : contre la révolution, les nationalismes, la religion, l'économie — contre tous les modes de pensée terriens qui pouvaient lui venir à l'esprit, tous entremêlés selon son style habituel.

— La révolution n'a jamais vraiment été efficace sur Terre, pas vraiment. Et ici, elle serait démodée. Nous devrions mettre au point un nouveau programme, l'inventer, comme dit Arkady, *y compris* les moyens de contrôler notre destin. Vous vivez tous dans les rêves du passé, ce qui va nous projeter tout droit dans cette répression dont vous vous plaignez déjà ! Nous avons besoin d'une vue martienne ! D'une philosophie, d'une économie, d'une religion martiennes !

Ils lui demandèrent quels pouvaient être ces nouveaux modes de pensée martiens, et il leva les mains.

— Comment pourrais-je le dire ? Ils n'ont jamais existé, et il est difficile d'en parler, ou même de les imaginer, parce que nous ne disposons pas de modèles. Le problème se représente toujours dès que l'on veut créer quelque chose de neuf. Croyez-moi : je le sais, parce que j'ai essayé. Mais je pense que je peux vous dire à quoi ça devrait ressembler —

aux premières années que nous avons vécues ici, quand nous formions un groupe, que nous travaillions tous ensemble. Quand nous n'avions d'autre but dans notre vie que de nous installer ici, de découvrir. Quand nous décidions ensemble de ce que nous devions faire pour ça. Ça devrait ressembler à ça.

— Mais ces jours sont loin, dit Marian, tandis que les autres acquiesçaient. Ça n'est qu'un rêve venu du passé. Des mots. C'est comme si on donnait des cours de philosophie dans une immense mine d'or cernée par des armées.

— Non, non. Je parle de méthodes de résistance, appropriées à notre situation réelle, et non pas de fantasmes révolutionnaires sortis des livres d'histoire !

Et ils continuèrent à argumenter sans cesse, jusqu'à ce qu'ils soient de retour à Senzeni Na. Là, ils se retirèrent dans les chambres des ouvriers, au niveau inférieur. Et ils se remirent à discuter avec passion. Ils franchirent le laps de temps martien, continuèrent durant la nuit. Une sorte de soulagement se répandait dans John, parce qu'il constatait qu'ils commençaient à sérieusement réfléchir — il était évident qu'ils l'écoutaient à présent, et que ce qu'il leur disait était devenu important. Le premier homme était de retour dans son bocal, avec l'approbation d'Arkady, ce qui lui conférait une influence palpable. Il avait accès à leur confiance, il pouvait les obliger à penser différemment, à réévaluer leurs certitudes, à changer d'idée !

Et c'est ainsi que, dans le limon violacé de la grande tempête, ils s'aventurèrent dans les couloirs jusqu'à la cuisine où ils s'installèrent devant les vitres pour bavarder en vidant des pots de café. Ils rayonnaient de l'espèce d'inspiration, de l'excitation ancestrale du débat honnête. Et lorsqu'ils décidèrent finalement d'aller dormir un peu avant le lever du jour, même Marian était visiblement ébranlée. Ils étaient tous plongés dans leurs pensées, à moitié convaincus que John avait raison.

John regagna son appartement épuisé mais satisfait. Qu'Arkady en ait eu vraiment l'intention ou non, il avait fait de lui un des chefs de son mouvement. Il le regretterait peut-être, mais il n'était pas question de faire machine arrière. Et John était convaincu qu'il avait agi pour le mieux. Il pouvait être une sorte de lien entre ce mouvement clandestin et l'ensemble de la population de Mars. Il pouvait avoir un rôle déterminant dans les deux camps, les réconcilier, en faire une force unique qui serait plus efficace. Une force qui disposerait des ressources principales de la planète, mais aussi de l'enthousiasme des clandestins. Pour Arkady, cette synthèse était impossible, mais John disposait de pouvoirs qu'Arkady n'avait pas. Aussi pourrait-il, non pas *usurper* le leadership d'Arkady, mais simplement *tout changer*. La porte de sa chambre était ouverte. Il se rua à l'intérieur, inquiet. Sam Houston et Michael Chang étaient installés dans les deux fauteuils.

— Et alors, fit Houston, où étiez-vous passé ?
— Oh, ça va ! lança John.

Sa bonne humeur s'était envolée, remplacée par une bouffée de colère.

— Je me suis trompé de porte ? (Il se retourna.) Non. C'est bien mon appartement. (Il leva les bras et cliqua sur son enregistreur de poignet.) Qu'est-ce que vous faites ici ?

— Nous voulons seulement savoir où vous étiez, dit Houston d'un ton égal. Nous avons désormais tout pouvoir d'entrer où nous voulons et de poser toutes les questions que nous voulons. Donc, vous feriez bien de commencer par me répondre.

— Mais vous n'en avez donc jamais assez de jouer au méchant flic ? Vous ne vous reposez jamais ?

— Tout ce que nous voulons, ce sont des réponses à nos questions, fit Chang d'une voix aimable.

— Oh, je vous en prie, monsieur le gentil flic. Nous sommes tous dans le même cas, non ?

Houston se leva — il était déjà sur le point de perdre son calme et John s'avança jusqu'à n'être qu'à quelques centimètres de lui.

— Sortez de mon appartement. Fichez le camp tout de suite, ou c'est moi qui vais vous virer. Ensuite, on verra qui a le droit d'être ici.

Houston se contentait de le fixer. Sans avertissement, John lui donna une brusque bourrade en pleine poitrine. Houston heurta le fauteuil et se rassit involontairement, avant de se redresser d'un bond. Mais Chang s'interposa.

— Une seconde, Sam ! Attends !

Tandis que John continuait de hurler : « Sortez de cet appartement ! » à s'en faire éclater les poumons tout en cognant sur le dos de Chang, les yeux rivés sur le visage cramoisi de Houston.

Il faillit éclater de rire. Il avait enfin retrouvé sa bonne humeur et il dut se tourner vers la porte pour que l'autre ne voie pas son sourire. Sans cesser de hurler.

Chang poussa son collègue vers le couloir et John les suivit. Ils s'immobilisèrent, Chang prudemment campé entre Houston et John. Il était le plus grand des trois et, soudain, il semblait irrité.

— Alors, qu'est-ce que vous attendiez de moi ? demanda John d'un air innocent.

— Juste savoir où vous étiez, fit Chang, d'un ton rogue cette fois. Nous avons des motifs de soupçonner que votre prétendue enquête sur les sabotages constitue une couverture très pratique pour vous.

— J'ai les mêmes soupçons à votre encontre.

Chang ignora sa réplique.

— Ces événements se produisent toujours juste après vos visites, vous comprenez...

— Non, ils se produisent *pendant* mes visites.

— Des camions n'ont pas cessé de tomber dans chacun des moholes que vous avez visités pendant la grande tempête. Des virus ont attaqué les logiciels de Sax Russell au Belvédère d'Echus, juste après que vous vous y étiez rencontrés en 2047. Des virus biologiques ont envahi les lichens à propagation rapide d'Acheron immédiatement après votre passage. Et la liste ne s'arrête pas là.

John haussa les épaules.

— Et alors ? Vous êtes là depuis deux mois et c'est tout ce que vous avez trouvé.

— Si nous ne nous trompons pas, c'est largement suffisant. Alors, où étiez-vous la nuit dernière ?

— Désolé. Je ne réponds pas à des gens qui s'introduisent chez moi par effraction.

— Vous devez répondre. C'est la loi.

— Quelle loi ? Qu'est-ce que vous pouvez faire contre moi ?

Il se retourna pour rentrer dans sa chambre, mais Chang s'interposa. John, alors, redevint furieux et bondit sur lui. Mais Chang recula et resta sur le seuil, immobile. John s'éloigna.

Il quitta Senzeni Na cet après-midi-là et s'engagea sur la route des transpondeurs, droit vers le nord, en suivant le flanc est de Tharsis. La route était en parfait état, et trois jours plus tard il avait parcouru 1 300 kilomètres. Il se trouvait au nord-est de Noctis Labyrinthus quand il atteignit une importante intersection à transpondeurs où avait été installée récemment une station de ravitaillement. Il prit à droite, vers l'est, en direction d'Underhill. Jour après jour, dans la tempête, il travaillait avec Pauline.

— Pauline, est-ce que tu peux voir ce que donnent les chiffres concernant le vol de matériel dentaire ?

Elle était aussi lente qu'un humain dès qu'il s'agissait d'une question incongrue, mais la réponse vint enfin. Ensuite, il lui demanda de recenser tous les mouvements des suspects possibles qui lui venaient à l'esprit. Lorsqu'il fut certain des lieux où tous ces suspects s'étaient rendus, il appela Helmut Bronski pour protester contre les agissements de Houston et Chang.

— Ils disent qu'ils travaillent avec votre autorisation, Helmut, et j'ai donc pensé que vous deviez savoir ce qu'ils faisaient exactement.

— Ils font de leur mieux. John, j'aimerais que vous cessiez de vous en prendre à eux pour coopérer un peu. Ça nous aiderait bien. Je sais que vous n'avez rien à cacher, alors pourquoi ne pas nous assister ?

— Ecoutez-moi, Helmut. Ils ne me demandent pas mon *aide*. Ils font de l'intimidation. Dites-leur d'arrêter.

— Mais ils essaient seulement de faire leur boulot. Rien d'illégal ne m'a été rapporté jusque-là.

John coupa la communication. Plus tard, il appela Frank, à Burroughs.

— Que se passe-t-il avec Helmut ? Pourquoi est-il en train de livrer la planète aux flics ?

— Tu es complètement stupide. (Il tapait comme un fou sur un clavier tout en lui répondant, et il semblait avoir à peine entendu la question de John.) Est-ce que tu prêtes seulement attention à ce qui se passe ici ?

— Je le croyais, dit John.

— Mais on baigne dans l'essence, mon vieux ! Et ces putains de traités qui vont être périmés sont l'allumette qui nous menace. Mais tu n'as jamais compris pourquoi on était venus ici ; alors qu'est-ce que tu voudrais comprendre maintenant ?

Il continuait de pianoter sur son clavier, sans détourner les yeux de l'écran.

John l'observait sur son bloc de poignet. Il demanda enfin :

— Frank, pourquoi nous a-t-on envoyés ici ?

— Parce que la Russie et nos chers Etats-Unis étaient à bout de ressources, voilà pourquoi. De vieux dinosaures industriels décrépits, voilà ce que nous étions. Sur le point de se faire bouffer par le Japon, par l'Europe, et par tous ces petits tigres qui proliféraient en Asie. Et nous avions toute cette expérience spatiale à dépenser, des industries aérospatiales aussi énormes qu'inutiles. Alors, on en a fait une équipe pour venir débarquer ici avec l'espoir que ce serait payant ! Et ça l'a été ! Une vraie ruée vers l'or, pour ainsi dire. Encore plus de carburant, parce que c'est ça, le rôle des ruées vers l'or : montrer qui a le pouvoir et qui ne l'a pas. Mais même à présent, il y a encore des tas de tigres là-bas qui sont meilleurs que nous, et ils veulent leur part du gâteau. Il y a des pays surpeuplés et sans ressources. Dix milliards d'humains qui pataugent dans la merde !

— Je croyais t'avoir entendu dire que la Terre tombait en miettes.

— Ça n'est pas exactement ça. Réfléchis : si ce putain de traité ne profite qu'aux riches, alors les pauvres vont se révolter et tout va sauter — mais s'il redistribue les ressources, le taux de population va grimper en flèche et tout va sauter. D'une façon ou d'une autre, c'est ce qui nous guette ! Et ça se passe en ce moment ! Naturellement, les trans n'aiment pas ça, parce que les affaires ne marchent pas vraiment bien quand le monde éclate, tu comprends ? Alors, elles ont peur, et ont décidé d'employer la force pour maintenir la cohésion. Helmut et ces flics ne sont que la partie émergée de l'iceberg, John — il y a des tas de politiciens qui considèrent qu'un état policier sur cette planète, installé pour quelques décennies, serait notre unique chance de parvenir à stabiliser la population sans catastrophe. Ce qu'ils veulent, ces salauds d'abrutis, c'est tout contrôler d'en haut !

Frank secouait la tête d'un air écœuré. Puis il revint à son écran.

— Frank, est-ce que tu as accepté le traitement ? demanda John.

— Bien sûr. Maintenant, laisse-moi, John. J'ai du travail.

L'été du sud était plus tiède que le précédent, qui avait été enveloppé dans le linceul de la grande tempête, mais quand même plus froid que tous ceux qui avaient été enregistrés. La tempête durait depuis bientôt deux ans, près de trois années terrestres, mais Sax conservait son attitude de philosophe. John l'appela au Belvédère d'Echus et, quand il lui parla des nuits glacées qu'il vivait, Sax se contenta de lui dire :

— Pendant toute la période de terraforming, il est probable que nous ayons des températures très basses. Mais nous ne visons pas un climat chaud. Vénus est chaude. Ce que nous voulons, c'est survivre. Si l'air devient respirable, peu importe qu'il soit froid.

En attendant, il faisait froid partout, et les températures descendaient au-dessous de zéro chaque nuit, même sur l'équateur. Lorsque John rejoignit Underhill, une semaine après avoir quitté Senzeni Na, il découvrit une sorte de verglas rose sur les trottoirs. Dans la faible clarté de la tempête, la ville était presque invisible, mais on avait quelque difficulté à la contourner. Les habitants d'Underhill passaient la plupart du temps à l'intérieur. John consacra quelques semaines à aider l'équipe de bio-ingéniérie qui testait une nouvelle espèce d'algue des neiges à propagation rapide. Underhill était envahie par les étrangers, principalement des Européens ou des Japonais mais, heureusement, ils communiquaient en anglais pour la plupart. John s'installa dans l'une des anciennes salles-caveaux, près du coin nord-est du carré. Le vieux carré était moins populaire que l'avenue de Nadia, plus étroit, plus sombre, et la plupart des salles en voûte étaient désormais utilisées pour le stockage. C'était tellement étrange de parcourir les couloirs, de se souvenir de la piscine, de la chambre de Maya, du réfectoire. Tout était maintenant sombre, encombré de caissons. Tout cela remontait à cette période où les Cent Premiers étaient les cent, c'est tout. Difficile de retrouver des souvenirs précis de cette époque.

Grâce à Pauline, il suivait à la trace un grand nombre d'individus, dont certains membres de l'équipe d'enquête de l'AMONU. Ce n'était pas une surveillance très rigoureuse, car il n'était pas toujours facile de suivre les enquêteurs, et plus spécialement Houston, Chang et leur équipe, qui semblaient se tenir délibérément à l'écart du réseau. Les rapports d'arrivée des spatioports montraient de mois en mois que Frank avait eu raison : ils ne représentaient que la partie visible de l'iceberg. Surtout à Burroughs, où de nombreux fonctionnaires de l'AMONU avaient débarqué sans affectation précise. Ils se répandaient dans les mines, les moholes et autres établissements, et travaillaient avec les responsables de la sécurité. Les dossiers de leurs emplois sur Terre étaient tout particulièrement intéressants.

Souvent, au terme d'une séance avec Pauline, il partait faire un tour à l'extérieur, perplexe, concentré. La visibilité s'était nettement améliorée. Les choses commençaient à s'éclaircir en surface, mais la glace rose rendait toujours la progression dangereuse. Il semblait pourtant que la grande tempête s'apaisait. Les vents n'étaient plus que deux ou trois fois supérieurs à la moyenne de 30 kilomètres à l'heure. La poussière, parfois, était réduite à une brume dense qui changeait les crépuscules en tourbillons éblouissants de rose pastel, de jaune, d'orange, de rouge et de mauve. Des striures de vert et de turquoise jouaient entre les arcs de glace et les fantômes de soleil, perçant parfois des puits de pure lumière d'un jaune citrin. C'était le spectacle de la nature, éphémère et somptueuse. Dans ce théâtre de coloris brumeux et de mouvements estompés, John oubliait ses préoccupations. Il escalada la grande pyramide de sel, promena les yeux sur le paysage, puis regagna le patrouilleur pour reprendre le combat.

Un soir, après avoir assisté aux fastes du coucher de

soleil, il redescendait la pyramide en direction d'Underhill quand il repéra deux silhouettes qui sortaient des garages du côté sud. Elles dévalèrent un tube avant de s'engouffrer dans un patrouilleur. Leurs mouvements étaient rapides et furtifs et il observa plus attentivement. Les deux hommes n'avaient pas mis leurs masques et il identifia aussitôt Houston et Chang à la forme de leur nuque et à leur stature. Ils venaient droit sur lui. John polarisa sa visière et se remit en marche, la tête penchée, s'efforçant de ressembler à n'importe quel travailleur regagnant la station, s'orientant vers le côté pour s'éloigner un peu plus d'eux. Le patrouilleur plongea dans un épais nuage de poussière et disparut brusquement.

Quand il atteignit enfin les sas, il était presque effrayé. Quand la porte s'ouvrit, il se précipita sur la console de l'intercom. Sous les haut-parleurs, il y avait plusieurs jacks. Avec soin, il déconnecta la carte d'arrêt et dégagea les grains de poussière — les jacks ne servaient plus guère — avant d'insérer son bloc de poignet. Il tapa le code de Pauline, attendit l'encryptage.

— Oui, John ? fit la voix de Pauline dans son casque.

— Pauline, déclenche ta caméra et fais-moi un pano sur ma chambre.

Pauline était posée sur sa table de chevet, reliée à la prise murale. Sa caméra était une petite chose en fibre optique qu'il n'utilisait que rarement. L'image, sur l'écran de son bloc, était minuscule, et la chambre n'était éclairée que par une veilleuse de nuit. De plus, sa visière le gênait et, même en appuyant le bloc sur sa surface, il ne parvenait à distinguer que des formes grises, mouvantes. Il identifia le lit — il y avait quelque chose dessus — puis le mur.

— Recule de 10 degrés.

Il plissa les yeux. Le lit revint. Il y avait un homme sur son lit. Est-ce que c'était bien ça ? Oui, une semelle, un torse, des cheveux. Difficile d'en être certain. La forme ne bougeait pas.

— Pauline, est-ce que tu entends quelque chose ?

— La ventilation, l'électricité.

— Transmets-moi ce que capte ton micro à plein volume.

Il pencha la tête à l'intérieur de son casque, l'oreille

collée au haut-parleur. Un sifflement, un souffle, de la statique… Il y avait trop d'erreurs de transmission dans ce genre de processus, surtout avec ces vieux jacks corrodés. Mais il était certain de n'entendre aucune respiration.

— Pauline, est-ce que tu peux entrer dans le système de monitoring d'Underhill, localiser la caméra qui surveille la porte de notre caveau et retransmettre l'image sur mon écran de poignet, s'il te plaît ?

Il avait supervisé l'installation du système de sécurité d'Underhill quelques années auparavant. Pauline avait encore tous les plans et les codes, et il n'eut pas longtemps à attendre pour recevoir l'image du couloir, avec la porte de sa chambre. Les lumières de l'appartement étaient éclairées, et, en panotant, la caméra lui confirma que la porte était fermée. C'est tout.

Il laissa retomber son bras et réfléchit. Cinq minutes s'écoulèrent avant qu'il transmette des consignes au système de sécurité d'Underhill par le biais de Pauline. Il détenait les codes d'accès et il put ainsi donner l'ordre à tout le dispositif de caméras d'effacer les films de surveillance pour les reprendre en boucle sur une heure au lieu du cycle habituel de huit heures. Ensuite, il donna l'ordre à deux robots de voirie de venir ouvrir la porte. Il attendit en frissonnant. Ils arrivaient lentement, de caveau en caveau. Lorsqu'ils ouvrirent la porte, il les vit par le regard de Pauline. La lumière jaillit dans la chambre, d'abord aveuglante, avant de se régler, et il put y voir plus nettement. Oui, il y avait un homme sur son lit. Son souffle devint rapide. Il téléopéra les robots en utilisant les boutons de son bloc. La manœuvre était tremblotante, mais si l'homme se réveillait, tant mieux.

Il ne se réveilla pas. Il oscillait entre les bras des robots qui venaient de le soulever avec toute leur délicatesse algorithmique. Ça n'était qu'un corps inerte. Il était mort.

John inspira profondément avant de poursuivre la téléopération. Le premier robot déposa le cadavre dans la benne de son collègue. Puis il n'eut plus qu'à les renvoyer vers le couloir et le magasin-caveau. Ils croisèrent plusieurs personnes, mais John n'y pouvait rien. Le corps n'était pas visible si l'on ne se penchait pas sur la benne, et il espérait que, plus tard, personne ne se souviendrait d'avoir rencontré les deux robots de voirie.

Quand ils eurent atteint le magasin-caveau, il hésita. Est-ce qu'il devait jeter le corps dans les incinérateurs du quartier des alchimistes ? Mais non — à présent qu'il n'était plus dans sa chambre, il n'était pas nécessaire de se débarrasser du cadavre. Il en aurait même besoin plus tard. Pour la première fois, il se demanda qui ça pouvait être. Il dirigea l'extenseur oculaire du premier robot sur le poignet droit et utilisa son œil magnétique qui parut mettre un temps infini pour se braquer sur le point voulu. Il se stabilisa. Le minuscule tag implanté dans le bloc de poignet contenait des informations en langage standard digital, et il ne fallut qu'une minute à Pauline pour identifier le mort. Yashika Mui, auditeur de l'AMONU, stationné à Underhill, enregistré en 2050. Une personne bien réelle et qui aurait pu vivre mille ans.

John se remit à frissonner. Il s'appuya contre la paroi de brique bleue d'Underhill. Il lui fallait encore attendre une heure, peut-être un peu moins, avant d'entrer. D'un pas nerveux, il se déplaça à l'intérieur du quadrant. D'ordinaire, il lui fallait un quart d'heure pour en faire le tour, mais il constata qu'il y parvenait en dix minutes. Après le deuxième tour, il alla dans le parc de caravaning.

Il ne restait plus que deux des anciennes caravanes. Apparemment abandonnées, elles servaient d'entrepôts. Il surprit des silhouettes dans la poussière sombre, se pétrifia sous l'effet de la peur, mais elles s'éloignèrent. Il retourna alors dans le quadrant d'Underhill, reprit sa ronde, puis se dirigea vers le quartier des alchimistes. Il s'arrêta devant les bâtiments trapus, les antiques circuits de tubes et de tuyauteries avec leurs équations noires, et repensa aux premières années. Et il en était là, le temps d'un clin d'œil. Dans l'obscurité de la grande tempête. Civilisation, corruption, crise. Un meurtre sur Mars.

Il serra les dents. Une heure s'était écoulée. Il était exactement neuf heures du soir. Il retourna dans le sas, enleva son casque, son marcheur et ses bottes dans la salle d'habillement, passa sous la douche, se sécha et revêtit une combinaison avant de se peigner. Il inspira à fond, et se dirigea vers son appartement. A l'instant où il ouvrait la porte, il ne fut nullement étonné de se trouver face à quatre agents de l'AMONU, mais il réussit à prendre un air surpris quand ils lui ordonnèrent de s'arrêter.

— Qu'est-ce que ça veut dire ?

Il n'y avait là ni Houston ni Chang, mais trois hommes plus la femme qui avait fait partie du premier groupe de Low Point. Les hommes l'encadrèrent sans répondre, poussèrent la porte, et deux d'entre eux pénétrèrent dans la chambre. John refréna son envie de les frapper, de hurler, ou encore d'exploser de rire en voyant leur expression quand ils découvrirent que la pièce était déserte. Lui se contenta de les dévisager avec curiosité, en se limitant à l'attitude irritée de l'homme qui ne comprend rien à ce qui se passe.

Mais quand il fut à l'intérieur, il eut bien du mal à réprimer sa colère. Il se demandait s'il affrontait des policiers trop zélés ou des fonctionnaires du meurtre.

Il profita de leur désarroi devant cette situation inattendue pour leur décocher quelques phrases mordantes et, dès qu'il eut refermé la porte sur eux, il dit :

— Pauline, transmets ce qu'enregistre le système de sécurité, s'il te plaît, et enregistre. Montre-moi les images des caméras.

Pauline commença sa recherche. Il ne fallut que deux minutes aux trois hommes et à la femme pour rejoindre la salle de sécurité, où ils retrouvèrent Chang et les autres. Ils passèrent à la lecture des bobines. John observait sur l'écran de Pauline. Ils parcouraient les boucles, découvraient qu'elles avaient été réduites à une heure, et que les événements de l'après-midi avaient été effacés. Voilà qui allait leur donner à réfléchir. Avec un sourire sombre, John demanda à Pauline de quitter le système.

Une vague d'épuisement l'enveloppa. Il n'était que onze heures, mais l'adrénaline avait cessé de faire son effet, de même que sa dose d'omeg matinale. Il s'assit sur le lit, puis se souvint du cadavre et se leva. Il décida finalement de dormir par terre.

Ce fut Spencer Jackson qui le tira du sommeil pendant le laps de temps martien. On avait découvert un cadavre dans la benne d'un robot de la voirie. Il accompagna Jackson jusqu'à la clinique et observa le corps de Yashika Mui tandis que les enquêteurs le dévisageaient avec méfiance.

La machine à diagnostic se surpassait quand il s'agissait d'autopsie : les premiers prélèvements indiquaient la présence d'un agent coagulant. D'un air sombre, John ordonna une autopsie criminelle totale. On allait passer au scanner le corps aussi bien que les vêtements de Mui, et toutes les particules seraient comparées à son génome. Toutes celles qui ne correspondraient pas seraient analysées et comparées à celles de tous les résidents d'Underhill. Tout en donnant ses instructions, John observa les gens de l'AMONU, mais ils ne cillèrent pas une seconde. Ils avaient sans doute opéré avec des gants ou en marcheur, ou bien par téléopération, comme lui. Il dut se détourner pour masquer le dégoût qu'il éprouvait.

Mais, bien sûr, ils savaient que c'étaient eux qui avaient déposé le corps dans sa chambre, et ils devaient donc soupçonner que c'était lui qui l'avait éclipsé et qui avait effacé les enregistrements des caméras. Ils savaient qu'il savait, ou ils le soupçonnaient du moins. Mais ils n'avaient aucune certitude. Et il n'avait pas la moindre raison de révéler quoi que ce soit.

Une heure plus tard, de retour dans sa chambre, il s'allongea de nouveau sur le sol. Il était épuisé, mais il n'arrivait pas à trouver le sommeil. Il gardait les yeux fixés au plafond. Et repensait à tout ce qu'il avait appris le jour même.

A l'approche de l'aube, il avait fait le tri. Il céda au sommeil et, quand il se réveilla, il partit faire un tour. Il avait besoin de se retrouver à l'extérieur, loin des humains et de toute cette corruption qui lui donnait la nausée, dans les grandes bourrasques du vent, dans les vagues de poussière.

Mais, en sortant du sas, il découvrit les étoiles dans le ciel. Des myriades d'étoiles brillantes, qui ne scintillaient pas. Les plus faibles étaient visibles, comme si le ciel tout entier était occupé par la Voie lactée.

Quand il émergea de son ébahissement, émerveillé, il courut jusqu'à un intercom et annonça la nouvelle.

Il avait déclenché un véritable pandémonium. Tous ceux qui avaient entendu réveillaient leurs amis, leurs voisins, et ils se précipitaient pour s'emparer d'un marcheur. Les sas ne cessaient de s'ouvrir pour déverser des flots de gens.

Le ciel, à l'est, était devenu d'un rouge noirâtre qui s'éclaircissait peu à peu. Bientôt, le ciel tout entier devint d'un rose profond, puis lumineux. Les étoiles furent balayées, et seules Vénus et la Terre demeurèrent sur l'horizon oriental, au-dessus de la marée du matin naissant. Alors, la clarté se fit plus brillante, encore plus brillante, toujours plus brillante, telle qu'il n'en avait jamais connu dans les jours d'avant la tempête. Derrière les visières, on versait des larmes, et des plaintes émerveillées se croisaient sur la fréquence commune. L'intercom était saturé par les commentaires et les cris, des silhouettes couraient et dansaient de tous côtés sous le ciel qui se changeait en un dôme éclatant, éblouissant, gonflé de rose, comme près d'éclater, avalant peu à peu Vénus et la Terre. C'est alors que le soleil fendit l'horizon et ruissela sur la plaine comme la marée d'une bombe thermonucléaire. Et les gens sautaient, hurlaient, entre les ombres allongées des bâtiments et des rochers. Tous les murs d'Underhill semblaient sortis du pinceau des Fauves et le regard soutenait difficilement les reflets des mosaïques. L'air était clair comme du cristal, presque solide, imprégnant le paysage d'une clarté qui transformait la moindre aspérité en lame de rasoir.

John s'éloigna de la foule en direction de Tchernobyl, à l'est. Il coupa son intercom. Jamais il n'avait vu le ciel d'un rose aussi intense, avec une touche de mauve au zénith. La population d'Underhill semblait prise de folie. Beaucoup n'avaient jamais connu le soleil sur Mars et ils avaient vécu jusqu'alors dans la grande tempête. Et maintenant que c'était fini, ils s'aventuraient dans le soleil, s'en enivraient, faisaient des glissades sur la glace rose, se livraient des batailles de boules de neige jaune, escaladaient les pyramides glacées. En voyant cela, John fit demi-tour et escalada la pyramide pour contempler les tores et les cuvettes qui cernaient Underhill. Ils semblaient givrés ou ensablés, mais leurs formes n'avaient pas changé. Il se mit sur la fréquence commune, mais éteignit dans la seconde : les gens hurlaient de tous côtés pour avoir des marcheurs. Quelqu'un cria que le soleil s'était levé depuis une heure déjà, et John eut du mal à le croire. Il secoua la tête : toute cette agitation venant après la découverte du mort sur son lit l'empêchait de se réjouir vraiment de la fin de la tempête.

Il retourna à la station et offrit son marcheur à deux femmes qui avaient à peu près sa taille et qui se mirent aussitôt à se disputer pour l'avoir. Il descendit au centre de communications et appela Sax à Echus. Dès qu'il l'eut sur l'écran, il le félicita pour la fin de la tempête.

Sax eut un geste brusque, comme si l'événement remontait déjà à plusieurs années.

— Ils se sont amarrés à Amor 2051B, annonça-t-il.

C'était l'astéroïde de glace qu'ils avaient choisi pour une insertion sur orbite martienne. On y installait déjà des fusées qui le détourneraient sur une trajectoire similaire à celle de l'*Arès*, des années auparavant. Sans bouclier thermique, il se consumerait. Le temps d'arrivée estimée était de six mois. Ça, c'était une nouvelle importante. Et Sax le lui fit comprendre avec son calme habituel : la grande tempête appartenait à l'Histoire.

John ne put que rire. Puis il repensa à Yashika Mui, et il en parla à Sax parce qu'il voulait que quelqu'un d'autre partage son amertume. Mais Sax se contenta de cligner des yeux, comme à son habitude.

— Ça devient sérieux, dit-il.

Ecœuré, John lui dit au revoir et s'éloigna.

Il traversa les caveaux, en proie à un mélange troublant d'émotions farouches, agréables et désagréables. Il regagna sa chambre, prit une omegendorphe et l'une des nouvelles pandorphes que Spencer lui avait données, après quoi il gagna l'atrium central et se promena au milieu des plantes, toutes atrophiées par la tempête, dressées vers les éclairages d'appoint. Le ciel était toujours rose sombre, mais en même temps très brillant. La plupart des gens qui étaient sortis dans les premières minutes étaient maintenant de retour, et John rencontra quelques amis, des relations, pour la plupart des étrangers. Il retourna dans les caveaux et fut applaudi plusieurs fois. Si on le pressait de prononcer un discours, il grimpait sur une chaise et lançait quelques mots. Il lui arriva d'être véhément. La plupart du temps, il improvisait. Les autres devaient se dire qu'il était soûl, qu'il avait fêté la fin de la grande tempête. Très bien, parfait. Peu importait ce qu'il faisait, du moment que la légende était préservée.

Il entra dans une salle où étaient rassemblés des Egyptiens. Non pas des soufis tels que ceux qu'il avait rencontrés, mais des musulmans orthodoxes, qui bavardaient tous en même temps en buvant du café fort sous le soleil, souriant derrière leur moustache, extrêmement cordiaux pour une fois, et même visiblement heureux de le voir. Surpris et séduit, il leur dit sans réfléchir :

— Vous savez que nous partageons tous un nouveau monde. Si vous ne fondez pas vos actes sur la réalité martienne, vous deviendrez schizophrènes : votre corps sera sur une planète et votre esprit sur une autre. Aucune société partagée de cette façon ne saurait fonctionner longtemps.

— Allons, lui répondit l'un d'eux sans cesser de sourire. Il faut comprendre que nous avons déjà voyagé. Nous sommes un peuple de voyageurs. Mais, où que nous soyons, La Mecque est notre demeure spirituelle. Nous pourrions voler jusqu'à l'autre bout de l'univers que ce serait encore vrai.

Il ne voyait rien à ajouter à cela. En fait, une honnêteté aussi directe était tellement plus propre, plus claire que tout ce qu'il avait affronté cette nuit-là, qu'il dit :

— Je vois, et je comprends.

Il comparait ce qu'il venait d'entendre à toute l'hypocrisie occidentale, où les gens parlaient affaires après la messe, des gens qui étaient incapables d'affirmer une vraie croyance, qui ne pensaient qu'en termes de constantes physiques et qui répétaient, comme Frank le disait si souvent : les choses sont comme ça, pas autrement.

Il se sentait un peu mieux lorsqu'il quitta les Egyptiens. Il retourna vers son appartement en prêtant vaguement l'oreille aux appels, aux rires, aux cris, aux plaisanteries scientifiques. (Un organisme halophyte[1] au point qu'il n'aime pas la saumure mûre parce qu'elle contient trop d'eau... Rires.)

1. Se dit de toute plante affectionnant les milieux salés. *(N.d.T.)*

John avait une idée. Spencer Jackson était son voisin. Il le saisit au vol pour lui en faire part.

— On devrait rassembler un maximum de gens pour célébrer la fin de la tempête. Tous les anciens de Mars, tu vois, et même tous ceux qui voudront bien y participer. Tous ceux qui souhaitent être là.

— Où ?

— Sur Olympus Mons, dit John sans même avoir réfléchi. On arrivera probablement à convaincre Sax de calculer la chute de son astéroïde de glace pour qu'on puisse y assister.

— Bonne idée ! dit Spencer.

Olympus Mons est un volcan bouclier, un cône sans abrupts, dont la hauteur exceptionnelle résulte de son diamètre exceptionnel. Il culmine à 25 000 mètres au-dessus d'Amazonis Planitia, mais il se déploie sur huit cents kilomètres et la moyenne de ses pentes ne dépasse pas 6 degrés. A sa périphérie, un renflement important forme un escarpement circulaire haut de 7 000 mètres, et cette falaise exceptionnelle, deux fois plus haute que le Belvédère d'Echus, est en de nombreux endroits presque verticale. Certains à-pic ont attiré de nombreux grimpeurs, mais nul n'est encore parvenu jusqu'au point culminant. Pour la plupart des habitants de la planète, l'escarpement n'est qu'un simple obstacle impressionnant sur le chemin qui conduit à la caldeira du sommet d'Olympus. Les voyageurs abordent le volcan par une large rampe sur son flanc nord, là où les ultimes déjections de lave ont submergé la falaise. Les aréologues évoquent un fleuve de roche ignifiée large de cent kilomètres, aveuglant, tombant en cataracte depuis une hauteur de 7 000 mètres sur la plaine de lave craquelée et noire, s'empilant vague après vague, de plus en plus haut… C'est ce flot de lave qui a laissé une rampe d'accès dont l'escalade est aisée. Ensuite, une marche de deux cents kilomètres permet d'accéder au rebord de la caldeira.

Le pourtour du sommet d'Olympus Mons est si large et plat que, tout en ayant une vue parfaite sur les anneaux multiples de la caldeira, on ne peut voir le reste de la planète. Seul le ciel est accessible. Mais, sur le flanc sud du pourtour, il existe un petit cratère d'impact météoritique, qui ne porte d'autre nom que son relevé cartographique : THA-Zp. L'intérieur de ce petit cratère est plus ou moins abrité des courant ténus qui soufflent sur Olympus, et si l'on se tient sur l'arc sud de son rebord déchiqueté, on peut découvrir le bas du volcan et, au-delà, la plaine immense de Tharsis, vers l'ouest. Ainsi, on a l'impression de contempler Mars depuis une plate-forme sur orbite très basse.

Il fallut presque neuf mois, en fait, pour que l'astéroïde soit amené au point de rendez-vous avec Mars, et l'annonce de la fête qu'allait donner John avait eu tout le temps de se répandre. Ils arrivaient de partout, en caravanes de patrouilleurs qui s'étiraient sur la rampe nord et autour de la pente sud de Zp. Là, ils dressèrent d'immenses tentes en croissant aux parois translucides, avec des planchers rigides isolés à deux mètres au-dessus du sol. C'était le dernier cri en matière d'abri provisoire, et tous les croissants étaient tournés vers le haut de la pente. Ainsi, ils formaient autant de gradins, pareils à des jardins en terrasses, des serres dressées au-dessus de l'immensité de ce monde de bronze. Durant une semaine, les caravanes ne cessèrent d'affluer, puis vinrent des dirigeables. Ils s'arrimèrent dans le cratère de Zp qui ressembla bientôt à un cirque rempli de ballons d'anniversaire multicolores.

La foule surprit John : il s'était attendu à ne voir que quelques amis dans ce site éloigné. Encore une nouvelle preuve de son incapacité à comprendre l'évolution de la population nouvelle. Ils étaient sans doute près de mille et la vision était stupéfiante. Bien sûr, il y avait des visages connus, et d'autres très familiers. En fait, ses amis étaient rassemblés là, en quelque sorte. C'était comme s'il découvrait une ville dont il avait jusqu'alors ignoré l'existence. Les représentants des Cent Premiers étaient nombreux, quarante en tout : Maya et Sax, Ann et Simon, Nadia et Arkady, Vlad et Ursula, plus le groupe d'Acheron, Spencer, Alex et Janet, Mary, Dmitri et Elena, et celui de Phobos, plus Armie, Sacha et Yeli, et d'autres encore qu'il n'avait pas vus depuis vingt ans peut-être. Tous ceux qui lui étaient proches étaient là, sauf Frank, qui avait prétexté être trop occupé, et Phyllis, qui n'avait même pas répondu à son invitation.

Mais il n'y avait pas que les Cent Premiers. Il fit le compte des anciens amis, ou des amis de ses amis : beaucoup de Suisses, au nombre desquels les gitans constructeurs de routes, des Japonais venus de tous les coins de la planète, les Russes, et aussi ses camarades soufis. Ils étaient tous dispersés sous les tentes en gradins, dans des regroupements de caravanes ou des équipes de dirigeables, se précipitant de temps en temps vers les sas pour accueillir les derniers arrivants.

Chaque jour, ils s'élançaient de plus en plus nombreux sur la pente pour recueillir des échantillons de roche. Le météore qui avait formé Zp avait laissé un champ de fragments de lave bréchiforme où l'on trouvait des cônes de stishovite semblables à des éclats de poterie, noirs, rouge sanguinolent, ou ocellés par des impacts de diamant. Une équipe aréologique grecque avait amené un four et entrepris d'émailler certains éclats en jaune, en bleu ou en vert. Ils revêtirent le sol d'une mosaïque multicolore. L'idée se répandit et, deux jours après, chaque tente se dressait au-dessus d'un parterre aux motifs personnalisés : cartes de circuits, images d'oiseaux ou de poissons, abstractions, dessins d'Escher, calligraphies tibétaines qui proclamaient *Om Mani Padme Oum*, cartes de la planète, équations, portraits, paysages...

John allait d'une tente à l'autre, il bavardait avec tous, s'imprégnait de l'atmosphère de carnaval. Une atmosphère qui n'empêchait pas les discussions — il y en avait beaucoup —, mais la plupart des gens faisaient la fête, buvaient, bavardaient durant des heures quand ils ne partaient pas en folles excursions sur les anciens champs de lave pour composer d'autres mosaïques ou danser sur la musique des orchestres amateurs qui s'étaient peu à peu formés. Le meilleur était un groupe de percussions, avec des batteries magnésiques, dont les musiciens venaient de Trinidad, l'un des pavillons de complaisance les plus répandus parmi les transnationales, mais où il existait un solide mouvement de résistance locale représentée justement par ce groupe. Il y avait aussi un groupe de country américain avec un très bon joueur de slide guitar, plus un orchestre irlandais avec ses instruments de fabrication locale, tellement nombreux qu'il pouvait jouer en non-stop.

Ces trois orchestres étaient entourés par des groupes de

danseurs. En fait, sous les tentes qu'ils occupaient, tous leurs mouvements étaient transformés en une sorte de danse pulsatile, comme si le simple fait d'aller d'un point à un autre était soudain empli de la grâce et de l'exubérance de la musique, de la gravité, du panorama.

C'était un merveilleux festival et John nageait dans le bonheur. Il n'avait plus besoin d'omegendorphe, et quand Marian et ses amis de Senzeni Na lui proposèrent des tablettes, il répondit en riant :

— Non, je ne pense pas que j'en aie besoin en ce moment. Ça serait... comme de déverser du permafrost sur Vastitas Borealis.

— Ou de pomper un peu plus de CO_2 dans l'atmosphère.

— Ou de décharger de la lave sur Olympus.

— Ou d'infiltrer encore un peu de sel dans ce maudit sol.

— Ou de pulvériser de l'oxyde de fer sur cette pauvre planète !

— Exactement ! s'écria John en riant. Je suis déjà dans le rouge !

— Pas aussi rouge que ceux-là, fit quelqu'un en pointant un doigt vers le ciel, à l'ouest. Trois dirigeables couleur sable remontaient la pente du volcan. Ils étaient petits et d'aspect désuet, et ne répondaient pas aux appels radio. Ils rasèrent le rebord du cratère et s'amarrèrent au milieu des autres ballons multicolores. Tous attendaient que les observateurs postés aux sas identifient les passagers. Quand les nacelles s'ouvrirent et qu'une vingtaine de silhouettes apparurent en marcheurs, le silence s'installa.

— C'est Hiroko, annonça Nadia sur la fréquence commune.

Les représentants des Cent Premiers se précipitèrent alors vers la tente du haut, les yeux fixés sur le tube qui courait sur le rebord. Les visiteurs se dirigeaient vers le sas et ils entrèrent bientôt : Hiroko, Michel, Evgenia, Iwao, Gene, Ellen, Rya, Raul, et pas mal de jeunots.

Appels et cris de joie, colère et reproches se répondaient et se mêlaient dans des étreintes amicales ou bourrues. Quelques larmes coulèrent, reflets du bonheur ou du regret... John lui-même ne put s'empêcher de serrer Hiroko entre ses bras pour la secouer un peu trop violemment, après toutes ces journées qu'il avait passées seul dans son patrouilleur, à sa recherche, espérant une réponse plausible à son inquiétude, à son anxiété. Il aurait voulu lui crier tout ce qu'il avait ressenti, lui lancer des mots durs, mais il retrouvait son visage et son sourire presque inchangés. Elle était plus maigre, plus svelte. Son image se superposait à celle, un peu floue, qu'il avait gardée dans sa mémoire. C'était comme un maquillage hallucinatoire, et il ne put que dire :

— Oh, je voulais tellement te parler !
— Et moi aussi, souffla-t-elle, et ces quelques mots furent à peine perceptibles dans le tumulte.

Nadia s'était interposée entre Maya et Michel. Car Maya hurlait sans arrêt :

— Pourquoi tu ne m'as rien dit ? Pourquoi tu ne m'as rien dit ?

Et elle éclata en sanglots. L'attention de John fut brusquement distraite et, regardant par-dessus l'épaule d'Hiroko, il lut sur le visage crispé d'Arkady une expression très nette : *C'est plus tard qu'il faudra répondre à toutes les questions.* Ce qui l'arracha au cours de ses pensées. Oui, ils devraient prononcer des paroles difficiles mais, pour l'instant au moins, ils s'étaient retrouvés ! Et le niveau de bruit à l'intérieur des tentes du cratère avait augmenté de 20 décibels. Ils clamaient tous bruyamment leur joie d'être de nouveau ensemble.

Tard dans la soirée, John rassembla les représentants des Cent Premiers, qui étaient maintenant une soixantaine. Ils se retrouvèrent tous dans la tente du haut et observèrent un instant le paysage et l'ensemble du camp.

Tout paraissait tellement plus grand qu'Underhill et les étroites plaines rocailleuses qui l'entouraient... Tout avait changé. Le monde et sa civilisation étaient plus vastes et plus complexes. Mais ils étaient là, ensemble à nouveau. Les visages familiers s'étaient transformés avec le temps, évadés, comme cette vieille planète. C'était presque comme s'ils pouvaient deviner les aquifères derrière le regard des autres. Ils tournaient presque tous autour des soixante-dix ans. Et le monde était bien plus grand que lors de leur arrivée — et bien différent. Après tout, il était possible qu'ils se voient encore vieillir pour des années. Et c'était un sentiment étrange.

Ils vibrionnaient en regardant les gens dans les tentes en dessous, jusqu'au tapis orange moucheté de la planète. Et les conversations fusaient en vagues rapides, chaotiques, créant des schémas d'interférence, de sorte que parfois ils se taisaient tous en même temps et restaient debout là, ensemble, étonnés, rêveurs ou souriant du même sourire que les dauphins. Et dans les tentes en dessous, les gens jetaient parfois un coup d'œil à travers les croissants de plastique dans leur direction, comme s'ils espéraient conserver une image de cette réunion historique.

Ils se retrouvèrent tous installés sur des chaises, à se passer les crackers, le fromage et les bouteilles de vin rouge. John se laissa aller en arrière et regarda autour de lui. Arkady trônait au milieu de Maya et de Nadia, ses mains sur leurs épaules. Ils étaient en train de rire tous trois d'une plaisanterie de Maya. Sax, comme d'habitude, clignait des yeux à la façon d'un hibou heureux, et Hiroko était radieuse. Il y avait bien des années que John n'avait pas reconnu une pareille expression du bonheur. Il songea que c'était une honte de perturber un tel moment, mais l'instant était idéal et il ne retrouverait jamais pareille occasion. Aussi, profitant d'un instant d'apaisement dans les bavardages, il lança à Sax d'une voix haute et claire :

— Je peux te dire qui est derrière les sabotages.

Sax cilla.

— Vraiment ?

— Oui. (John se tourna vers Hiroko.) Ce sont les tiens, Hiroko.

L'expression de bonheur s'évanouit de son visage, mais elle continuait de sourire. Pourtant, son sourire était maintenant celui, secret, réservé aux gens vieillissants.

— Non, non, protesta-t-elle doucement en secouant la tête. Tu sais bien que je serais incapable de ça.

— C'est ce que j'ai pensé. Mais tes gens agissent derrière ton dos. Tes enfants, à vrai dire. Ils travaillent avec le Coyote.

Ses yeux se plissèrent et elle jeta un bref regard vers les tentes du bas.

Quand elle revint à John, il poursuivit :

— C'est toi qui les as élevés, non ? Tu as fertilisé tes ovules et tu les as développés in vitro ?...

Elle n'eut qu'une brève hésitation avant d'acquiescer.

— Hiroko ! lança Ann. Tu ne savais même pas comment cette technique d'ectogénèse fonctionnait !

— Nous l'avons testée. Les enfants sont nés normalement.

Ils étaient tous silencieux, les yeux fixés sur Hiroko et John.

— C'est sans doute vrai, dit-il, mais certains d'entre eux ne sont pas d'accord avec tes idées. Ils agissent de leur côté, comme le font souvent les gamins. Ils ont des canines en pierre, n'est-ce pas ?

Hiroko plissa le nez.

— Ce sont des couronnes. En matériaux composites. Une mode stupide.

— Mais une sorte de badge. Que des gens de la surface ont repris, des gens qui sont en contact avec tes gamins, qui les aident pour les sabotages. J'ai failli être tué à Senzeni Na. Mon guide avait une canine en pierre. Mais il m'a fallu longtemps pour m'en souvenir. J'avais supposé tout le temps que c'était par pur accident que nous étions au fond du puits à l'instant où ce camion est tombé. Je ne les avais pas prévenus de ma visite, et j'ai donc supposé que tout ce plan avait été préparé avant que j'arrive, et qu'ils n'ont pas su comment l'arrêter. Okakura est sans doute descendu avec moi en se disant qu'il allait se faire écraser comme un insecte pour le bien de la cause.

— Tu en es certain ? demanda Hiroko.

— Tout à fait. Longtemps, je me suis embrouillé dans cette affaire, parce qu'il n'y a pas qu'eux — il se passe d'autres choses. Mais quand je me suis souvenu de la première fois où j'avais vu cette canine en pierre, j'ai découvert que toute un container de matériel dentaire était arrivé de la Terre en 2044, vide. Toute une cargaison avait été pillée. J'avais une piste. Et les sabotages ont continué, sur des sites et à des moments où aucune personne du réseau n'aurait pu être soupçonnée. Comme lorsque j'ai rendu visite à Mary, à l'aquifère de Margaritifer, la nuit où ce puits a sauté. Il était évident que ça n'était pas le fait d'un des résidents de la station, et personne d'autre ne se trouvait à proximité. Donc, c'était venu de l'extérieur du réseau. Et j'ai pensé à toi. (Il haussa les épaules comme pour s'excuser.) Quand on vérifie de près, on constate que près de la moitié des sabotages ne peut être imputée à des gens appartenant au réseau. D'un autre côté, on a toujours plus ou moins repéré des gens avec une canine en pierre dans le secteur incriminé. D'accord, la mode s'est répandue, mais quand même… J'ai pensé à toi, et j'ai demandé à mon ordinateur de me faire une analyse, qui a fait apparaître que les trois quarts des affaires avaient eu lieu très bas dans l'hémisphère sud, ou bien à l'intérieur d'un cercle de 3 000 kilomètres englobant la région chaotique à l'est de Marineris. Dans ce cercle, on trouve de nombreuses stations, mais il m'est apparu avant tout que le chaos est un lieu idéal de refuge pour des saboteurs. Et depuis des années que vous avez quitté Underhill, nous avons déterminé que c'était dans ce secteur que vous vous trouviez.

On ne lisait rien sur le visage d'Hiroko.

— Je vais faire une enquête, dit-elle enfin.

— Bien.

— John, intervint Sax, tu as dit qu'il y avait autre chose ?…

— Oui, il n'y a pas que ces sabotages, vois-tu. Quelqu'un a tenté de me tuer.

Sax cilla, et tous les autres affichèrent une expression de stupeur.

— Tout d'abord, j'ai pensé aux saboteurs. Je me suis dit qu'ils voulaient m'arrêter dans mon enquête. Ça semblait logique, et le premier accident était réellement un acte de sabotage, c'est ce qui m'a trompé. Mais les saboteurs ne veulent pas me tuer — ils ne l'ont pas fait alors qu'ils l'auraient pu. Un soir, j'ai été arrêté par un groupe. Ton fils Kasei en faisait partie, Hiroko, ainsi que le Coyote. Je pense que c'est lui que tu avais caché comme passager clandestin à bord de l'*Arès*…

Ce qui déchaîna le tumulte — apparemment, ils avaient

été nombreux à soupçonner l'existence de ce passager clandestin. Maya se dressa et pointa le doigt sur Hiroko en hurlant. John les fit taire et continua :

— C'est leur visite, leur *visite* qui m'a fourni la meilleure preuve de ma théorie quant aux sabotages. Parce que j'ai récupéré quelques cellules de peau et que j'ai pu faire déchiffrer l'ADN, et le comparer à d'autres échantillons prélevés sur les sites des accidents. La même personne s'y était trouvée. J'avais donc bien eu affaire aux saboteurs, mais ils n'ont pas tenté de me tuer. Mais, un soir, à Hellas Low Point, on m'a attaqué et on a fendu mon marcheur.

Il hocha la tête devant les exclamations de ses amis.

— C'était la première agression délibérée, et elle s'est produite très peu de temps après que j'ai visité Pavonis et que j'ai eu un entretien avec Phyllis et une bande de types des transnationales à propos de l'ascenseur et tout le reste.

Arkady s'était mis à rire, mais John l'ignora.

— Ensuite, j'ai été persécuté plusieurs fois par des enquêteurs de l'AMONU qu'Helmut avait autorisés à venir m'interroger. S'il a fait cela, c'est sous la pression des mêmes trans. J'ai découvert qu'en fait certains de ces enquêteurs avaient travaillé pour Armscor ou Subarashii sur Terre, plutôt que pour le FBI, comme ils le prétendaient. Ces deux transnationales sont les plus impliquées dans le projet d'ascenseur spatial et l'exploitation minière du Grand Escarpement. Maintenant, elles déploient leurs agents de sécurité un peu partout, en même temps que cette équipe de prétendus enquêteurs qui se promène sur toute la planète. Peu avant la fin de la tempête, certains de ces enquêteurs ont tenté de me faire accuser du meurtre qui a eu lieu à Underhill. Oui, ils ont osé ! Ça n'a pas marché, mais je n'ai aucune preuve qu'ils soient responsables du meurtre. Néanmoins, j'en ai surpris deux qui montaient le traquenard. Je crois qu'ils ont tué ce type rien que pour essayer de me mettre dans une sale situation. Pour que je leur laisse le champ libre.

— Tu devrais en parler à Helmut, dit Nadia. Si nous présentons un front uni et que nous insistons pour que ces gens soient renvoyés sur Terre, je ne pense pas qu'il puisse le refuser.

— Je ne sais pas quels sont encore ses pouvoirs, dit John. Mais ça vaut peut-être le coup d'essayer. Je veux qu'on vire ces types. Et en particulier ces deux-là que le système de sécurité de Senzeni Na a filmés en train d'entrer dans la clinique et de trafiquer les robots de nettoyage avant moi. Autant dire que nous avons contre eux des preuves circonstanciées, irréfutables.

Ils étaient tous embarrassés, mais plusieurs d'entre eux avaient été persécutés par d'autres équipes de l'AMONU : Arkady, Alex, Spencer, Vlad et Ursula, et ils convinrent rapidement que c'était une bonne idée que d'essayer de faire expulser les enquêteurs.

— Les deux que tu as cités devraient être réexpédiés d'urgence ! lança Maya.

Sax tapota sur son bloc de poignet et entra aussitôt en liaison avec Helmut. Il lui exposa la situation, appuyé par diverses interventions irritées des autres.

— Si vous ne faites rien, on va donner tout le dossier à la presse terrienne, ajouta Vlad.

Helmut plissa le front, réfléchit et dit :

— Je vais voir. Mais ces deux agents dont vous vous plaignez en particulier seront réexpédiés, c'est certain.

— Faites une vérification ADN avant de les laisser repartir, demanda John. Le meurtrier d'Underhill est l'un d'eux, j'en suis convaincu.

— Ce sera fait, l'assura Helmut d'un ton grave.

Sax coupa la communication et John promena les yeux autour de lui.

— Bon. Mais il va nous falloir bien plus qu'un appel à Helmut pour obtenir les changements nécessaires. Il est temps de retravailler ensemble si nous voulons obtenir tous les résultats souhaités, si nous voulons que le traité nous permette de survivre. C'est un minimum, vous le comprenez. Un début. Il faut que nous formions une unité politique cohérente, quels que soient nos désaccords.

— Ce que nous ferons importe peu, dit Sax, doucement.

Mais ils lui tombèrent immédiatement dessus dans un concert de protestations véhémentes.

— Mais si ! s'écria John. Nous avons autant de chances que les autres d'influer sur ce qui se passe ici !

Sax secoua la tête, mais tous les autres n'écoutaient que John : Arkady, Ann, Maya, Vlad… Chacun l'approuvait selon ses perspectives personnelles. Oui, tout était encore possible. John lisait la réponse sur leurs visages. Seule Hiroko restait de glace, les traits fermés. Et il se souvint tout à coup qu'elle s'était toujours comportée ainsi avec lui. Et il retrouva brusquement l'amertume, le chagrin, et il fut envahi par une soudaine détresse. Il se leva et tendit la main. Le crépuscule approchait et l'immensité courbe de la planète se drapait d'un tissu d'ombres infinies.

— Hiroko, est-ce que je peux te dire quelques mots en privé ? Rien qu'une seconde. Nous pouvons descendre jusqu'à la tente qui est immédiatement en dessous. Ensuite, nous reviendrons ici.

Les autres les regardèrent avec curiosité. Hiroko céda enfin et le suivit.

La tente était quasi déserte. Ils s'installèrent à une extrémité du croissant : les gens respectaient l'intimité des Cent Premiers.

— Tu aurais des suggestions à me faire pour identifier les saboteurs ? demanda Hiroko.

— Tu devrais commencer par ce garçon appelé Kasei. Celui qui est un mélange de toi et moi.

Elle refusa d'affronter son regard.

Il se pencha vers elle, soudain gagné par la colère.

— Je présume que tu as eu des enfants de tous les hommes qui faisaient partie des Cent Premiers ?…

Hiroko inclina la tête, puis haussa brièvement les épaules.

— Nous avons pris tous les échantillons que chacun voulait bien donner. Les mères sont toutes les femmes du groupe, et les pères tous les hommes.

— Qu'est-ce qui te donnait le droit de faire ces choses sans notre autorisation ? De fabriquer des enfants sans notre accord ? Pour t'enfuir et te cacher de tous ? Pourquoi as-tu fait ça ? Pourquoi ?

Elle le regarda avec calme.

— Nous avions la vision de ce que la vie sur Mars pouvait être. Nous avons compris qu'elle ne serait pas ainsi. La suite nous a prouvé que nous avions raison. Donc, nous avons pensé à nous installer dans notre propre vie…

— Mais c'est de l'égoïsme absolu, non ? Nous avons *tous* eu une vision de la vie sur Mars, nous voulions *tous* qu'elle soit différente, et nous avons travaillé dur pour ça. Et toi et les autres, pendant ce temps, vous vous êtes tenus à l'écart, vous avez construit votre monde de poche rien que pour votre petit groupe ! Nous aurions eu besoin de votre aide ! J'ai désiré si souvent te parler ! Nous avons eu un enfant ensemble, un mélange de toi et de moi, et tu ne m'en as même pas parlé en vingt ans !

— Non, nous ne voulions pas nous comporter en égoïstes. Nous voulions seulement essayer de prouver par l'expérience qu'on pouvait vivre ici. Ecoute-moi, John Boone : il fallait que quelqu'un te montre ce qu'est cette vie différente dont tu parlais. Il fallait bien que quelqu'un la vive vraiment, cette vie !

— Mais si tu la vis en secret, personne ne s'en rend compte !

— Nous n'avons jamais fait le projet de vivre éternellement dans la clandestinité. La situation a mal tourné, et nous nous sommes tenus à l'écart, c'est tout. Mais nous voilà. Et quand on aura besoin de nous, nous reviendrons.

— Mais c'est tous les jours que nous avons besoin de vous ! C'est ça, la vie sociale. Hiroko, tu as commis une erreur. Parce que, pendant que tu te cachais dans ton repaire secret, les chances que Mars demeure telle qu'elle est ont diminué terriblement, et des tas de gens ont travaillé à accélérer ça, même parmi les Cent Premiers. Et qu'est-ce que tu as fait, toi, pour les arrêter ?

Comme elle ne répondait pas, il continua :

— Je suppose que tu as aidé un petit peu Sax en secret. Je suis tombé sur certaines notes que tu lui avais adressées. Voilà encore un sujet sur lequel je m'oppose à toi : aider certains d'entre nous mais pas d'autres.

— Nous le faisons tous, protesta Hiroko, mal à l'aise.

— Est-ce que ta colonie a eu droit au traitement gériatrique ?

— Oui.

— Et c'est Sax qui a fourni le processus ?

— Oui.

— Est-ce que tes enfants connaissent qui sont leurs parents ?

— Oui.

Il secoua la tête. Il était plus qu'exaspéré.

— Je n'arrive pas à croire que tu aies pu faire de telles choses !

— Mais personne ne t'a demandé de le croire.

— C'est évident. Mais ça ne t'a pas gêné de voler nos gènes pour fabriquer des enfants sans notre consentement ? Sans que nous le sachions ? Et de les élever sans que nous ayons le moindre rôle dans leur enfance ?

Elle haussa les épaules.

— Tu peux reprendre tes enfants, si tu le désires. Mais, il y a vingt ans, est-ce qu'un seul d'entre vous souhaitait avoir des enfants ? Non. Le sujet n'a même jamais été abordé.

— Nous étions trop âgés !

— Non. Nous avons préféré ne pas y penser. L'ignorance est souvent un choix, tu le sais, et elle est très révélatrice de ce qui compte pour les gens. Vous ne vouliez pas d'enfants et, par conséquent, vous avez tout ignoré des naissances tardives. Mais nous, nous avons appris les techniques. Et quand vous verrez les résultats, je crois que vous trouverez que l'idée était bonne. Je pense que vous nous remercierez. Qu'est-ce que vous avez perdu, au fond ? Tous ces enfants sont à nous. Mais ils ont des liens génétiques, comme ceux qui sont de toi et moi, et à partir de maintenant, ils existent. Ils sont en quelque sorte un cadeau-surprise.

Son sourire de Mona Lisa joua fugacement sur son visage.

Toujours cette idée du don, songea John. Il réfléchit un instant.

— Bien. Nous pourrions continuer à parler de ça très longtemps, j'imagine.

Le crépuscule avait transformé le ciel du cratère en un ruban violet sous le dôme des étoiles. Dans les tentes, un peu plus bas, les soufis chantaient : « Harmakhis, Mangala, Nirgal, Auqakuh. Harmakhis, Mangala, Nirgal, Auqakuh ».

Et ils recommençaient, inlassablement, en énumérant les différents noms de Mars, et ils encourageaient les orchestres présents à les accompagner, jusqu'à ce que toutes les tentes soient emplies de ce chant et que toutes le reprennent à l'unisson. Alors les soufis se mirent à tourner sur eux-mêmes, formant de petits groupes de danseurs tournoyants un peu partout dans la foule.

— Est-ce que tu resteras au moins en contact avec moi maintenant ? demanda John. Est-ce que tu peux m'accorder ça ?

— Oui.

Ils rejoignirent les autres et, tous ensemble, ils descendirent pour se mêler à la fête. John retrouva les soufis et se mit à tournoyer avec eux, comme ils le lui avaient appris sur la mesa, et tous applaudirent et le récupérèrent au vol quand il perdit le contrôle de ses mouvements. Un homme au visage émacié, avec des dreadlocks, le releva.

— Coyote ! s'écria John.

— C'est moi, oui, dit l'autre, et sa voix éveilla une onde électrique dans l'échine de John. Mais il n'y a aucune raison de vous inquiéter.

Il tendit une flasque à John, qui l'accepta et but une gorgée. La fortune sourit aux audacieux, songea-t-il. C'était de la tequila, apparemment.

— Coyote ! répéta-t-il par-dessus le rythme des tambours de magnésium.

L'autre accentua son sourire, hocha la tête et reprit la flasque pour boire à son tour.

— Kasei est avec vous ?

— Non. Il n'aime pas ce cratère de météore.

Coyote frappa amicalement le bras de John avant de se perdre dans la foule des derviches. Une seconde, pourtant, il regarda John par-dessus son épaule et lui lança :

— Amusez-vous bien !

La tequila était maintenant comme un brasier dans l'estomac de John. Il aimait tout le monde : les soufis, Hiroko, et maintenant le Coyote. Il aperçut Maya, se précipita vers elle, passa un bras autour de ses épaules, et des gens levèrent leur verre à leur passage. Le sol semi-rigide des tentes rebondissait doucement sous leurs pas.

Le compte à rebours annonça moins deux minutes, et ils

furent nombreux à se précipiter vers le haut pour observer le ciel du sud. L'astéroïde de glace se consumerait probablement en une unique trajectoire sous cet angle d'injection accentué. Si son volume était bien le quart de celui de Phobos, il se transformerait en vapeur, puis en molécules séparées d'hydrogène et d'oxygène, en quelques minutes. Nul ne pouvait savoir à quoi allait ressembler le spectacle.

Ils restèrent donc là, certains reprenant la mélopée. Ils entamèrent le compte à rebours, hurlant à pleins poumons, retrouvant les appels primitifs des astronautes. Ils poussèrent tous enfin le *zéro* final et restèrent le souffle suspendu. Quelques battements de cœur : rien ne se passait. Soudain, une boule blanche suivie d'une traînée de feu ardent jaillit à l'horizon du sud-ouest. Elle était aussi grosse que la comète de la tapisserie de Bayeux, plus brillante que toutes les lunes de Mars, tous les miroirs de l'espace et toutes les étoiles. De la glace en fusion qui pleuvait depuis le ciel, blanche sur fond noir, suivant une trajectoire basse et rapide, si basse qu'elle était à peu près au niveau d'Olympus et qu'ils distinguaient les fragments qui s'éparpillaient autour de la queue comme autant d'étincelles géantes. Alors, à mi-course, la comète de glace éclata, et ses débris incandescents, éblouissants, se dispersèrent comme une immense volée de mitraille. Et toutes les étoiles vibrèrent à la seconde où la première onde de choc frappa les tentes. Une deuxième suivit, accompagnant l'averse violente de morceaux de phosphore qui s'abîmèrent très vite à l'horizon du sud-est, prolongés de leurs sillages de feu qui s'éteignirent après eux. Et la nuit revint, comme si rien ne s'était passé. Si ce n'est que les étoiles scintillaient, maintenant.

Ils avaient tant attendu, et le passage n'avait duré guère plus de deux ou trois minutes. Pour la plupart, ils étaient demeurés silencieux devant le spectacle, mais certains avaient laissé échapper des cris, comme s'ils assistaient à un feu d'artifice, puis ensuite, lorsque les deux explosions s'étaient succédé. A présent, le silence était aussi total que l'obscurité, et chacun restait figé sur place. Que faire après un pareil événement ?

Mais Hiroko accourait déjà entre les tentes, en direction

de John, Maya, Nadia et Arkady. Elle fredonnait une incantation, d'une voix basse mais qui portait alentour, dans chaque tente :

— Al-Qahira, Arès, Auqakuh, Bahram. Harmakhis, Hrad, Huo Sing, Kasei. Ma'adom, Maja, Mamers, Mangala. Mawrth, Nirgal, Shalbatanu, Simud, Tiu.

Elle vint se planter devant John, lui prit la main droite, la leva très haut, et lança :

— John Boone ! John Boone !

Et c'est alors qu'ils se mirent tous à l'ovationner :

— Boone ! Boone ! Boone ! (Et d'autres enchaînèrent :) Mars ! Mars ! Mars !

Et John, soudain paralysé, sentit son visage devenir d'un rouge ardent, comme si un fragment du météorite venait de lui cogner la tête. Tous ses vieux amis riaient en le regardant, et Arkady lui cria avec un accent qu'il devait juger parfait :

— Vas-y ! Parle ! Parle ! Paarrle !

D'autres reprirent en chœur, et puis, après quelque temps, la rumeur s'apaisa, et la foule attendit. Il ne percevait plus que quelques gloussements de rire devant son expression éberluée. Hiroko, alors, lui lâcha la main droite et il la leva en même temps que la gauche, éperdu, les doigts écartés.

— Mes amis, que voulez-vous que je vous dise ? La chose s'est produite, et il n'y a pas encore de mots pour la décrire !

Mais dans le torrent de son sang couraient l'adrénaline, la tequila, l'omegendorphe, plus le bonheur, et les mots suivirent et jaillirent, comme tant de fois auparavant.

— Voilà : on est sur Mars ! (Rires.) C'est un don immense qui nous a été fait, et la raison même pour laquelle nous devons consacrer nos existences à la continuation de ce cycle. Exactement comme dans le système éco-économique où ce que l'on prélève sur le tout doit être contrebalancé par ce que l'on y apporte, contrebalancé ou mis en excédent pour créer ce flot anti-entropique qui caractérise toute forme de vie, et tout particulièrement l'irruption de l'existence vitale sur un monde nouveau, un lieu qui ne porte pas plus la nature que la culture. Une planète que nous devons transformer en un monde qui sera notre foyer. Nous savons désormais que tous ces gens différents sont arrivés ici pour des raisons différentes et, plus important, que les gens qui nous ont envoyés ici avaient des raisons différentes pour nous y envoyer. Maintenant, nous commençons à découvrir les conflits suscités par ces différences. Des tempêtes se forment à l'horizon, des météores menacent de tomber en pluie, et certains tomberont droit sur nos têtes, ils ne glisseront pas dans le ciel comme cette grande traînée de glace que nous venons de voir ! (Applaudissements.) Cela pourrait devenir moche et, tôt ou tard, ça sera moche, mais il faudra nous rappeler que si ces chutes de météores enrichissent l'atmosphère, la rendent plus dense et apportent l'élixir oxygène dans cette soupe empoisonnée qui nous entoure, l'apaisement des conflits humains peut avoir le même résultat en faisant fondre le permafrost de notre base sociale, et toutes ces institutions gelées, pour nous laisser face à la seule *nécessité de création*, au besoin impérieux d'inventer un nouvel ordre social purement martien, aussi martien qu'Hiroko Ai, notre Perséphone sortie enfin du régolite pour nous annoncer ce nouveau printemps ! (Applaudissements.) Bon, je sais que j'ai dit et répété que nous devions repartir de zéro, mais, ces dernières années, j'ai beaucoup voyagé, j'ai rencontré beaucoup de monde, et j'ai compris que j'avais tort de dire la chose comme ça. Ce n'est pas comme si nous étions totalement dépourvus et forcés de conjurer des formes divines dans le vide — nous avons nos gènes, nos gènes culturels, et ce que nous accomplissons ici, c'est aussi du génie génétique. Nous avons nos éléments ADN de culture, construits, puis rebrassés par l'Histoire. Nous pouvons choisir, couper et clipper afin d'obtenir ce qu'il y a de mieux dans notre patrimoine génétique, tricoter le tout comme les Suisses l'ont fait pour leur constitution, les soufis pour leur croyance, le groupe d'Acheron pour son dernier lichen à croissance rapide. Un peu de ceci, un peu de cela, tout ce qui peut convenir, en gardant bien à l'esprit la règle de la septième génération, en arrière dans le temps comme en avant. Et je vous dirai même sept fois sept, parce que désormais nos existences vont s'étendre sur des années de plus, et nous ne savons pas encore quels seront les effets produits. Mais une chose est vraie : l'altruisme et l'égotisme se fondent ensemble plus que jamais auparavant. Mais c'est à la vie de nos enfants et de nos arrière-petits-enfants qu'il nous faut penser, parce que nous devons leur donner autant de chances de survivre que nous en avons eues, et, espérons-le, plus encore. Car nous allons pouvoir canaliser l'énergie du soleil par des moyens plus ingénieux encore et inverser le flux de l'entropie dans cette petite poche du flux universel. Je sais que je résume bien mal les choses alors que ce traité qui régit nos existences doit déjà être renouvelé, mais nous devons garder ces questions-là à l'esprit, car ce qui se prépare n'est pas seulement un nouveau traité, mais plutôt une sorte de congrès constitutionnel. Ce qui nous occupe, c'est le génome de notre organisation sociale : vous pouvez faire ceci, pas cela ; vous devez faire ça, prendre ou rendre. Nous avons jusqu'alors vécu selon des règles édictées pour une terre désertique. Le traité de l'Antarctique, fragile et idéaliste, a longtemps protégé le continent froid de toute intrusion, jusqu'à cette dernière décennie, où ont été donnés les premiers coups de griffes. Ces égratignures annonçaient ce qui commence à se passer ici même. L'usurpation des règles établies est visible partout, comme un parasite qui se nourrirait sur la frange de l'hôte-organisme. C'est cela, la redéfinition des règles : l'ancienne cupidité parasite des rois et de leurs séides. Le système que nous avons baptisé ordre mondial transnational n'est qu'une autre forme de féodalité, un faisceau de règles anti-écologiques, qui ne rapporte rien mais enrichit une élite internationale instable tout en appauvrissant *tout le reste* et, en fait, cette prétendue élite tout aussi bien. A l'écart du véritable effort humain, et donc de la signification véritable des réalisations humaines, parasite au sens le plus exact du terme, forte de tous les parasites qui contrôlent le pouvoir, qui se nourrissent des produits de l'effort humain tout en fourbissant les forces répressives destinées à maintenir l'état des choses ! (Applaudissements.)

« Mes amis, à ce point, c'est la démocratie contre le capitalisme. Sur cet avant-poste de la civilisation, nous sommes sans aucun doute mieux en mesure d'apprécier la situation et de mener cette bataille. Ce monde est désert et ses ressources sont rares et épuisables. Nous allons être balayés dans le combat, et nous n'avons pas d'autre choix que d'y participer : nous sommes l'un des enjeux et notre sort dépendra de ce qui va se passer dans l'univers humain. Nous avons donc intérêt à faire cause commune, pour Mars, pour nous tous, pour tous ceux qui vivent sur Terre et pour les sept générations. Cela risque d'être dur et de prendre des années. Plus nous serons forts, meilleures seront nos chances. C'est pour ça que je suis tellement heureux d'avoir vu ce météore qui nous apportait la matrice de la vie, heureux de vous retrouver tous rassemblés ici pour célébrer l'événement. Vous formez le congrès de tout ce que j'aime sur ce monde, mais je crois que nous ferions aussi bien d'écouter la musique de nos tambours magnésiques, de danser jusqu'au bout de la nuit avant de nous disperser demain à tous les vents, sur tous les flancs de cette montagne, pour porter notre message.

Des ovations folles montèrent vers John. L'orchestre attaqua en rythme, et la foule se remit en mouvement.

La fête dura toute la nuit. John circulait, il entrait dans les tentes, serrait des mains, échangeait des accolades.

— Merci, merci, merci, disait-il. Je ne sais même plus ce que j'ai dit. Mais je sais ce que je voulais dire depuis longtemps.

Ses anciens amis riaient. Sax, très calme, lui déclara en buvant un café :

— Du syncrétisme, c'est ça, non ?... Très intéressant, et bien exposé...

Maya, avec son sourire le plus fugace, vint l'embrasser, de même que Vlad, Ursula et Nadia.

Arkady le souleva entre ses bras et le fit tournoyer avec un grondement de joie tout en l'embrassant sur les deux joues.

— Hé, John ! Est-ce que tu pourrais me répéter tout ça, dis ? Tu sais que tu m'as épaté ? Complètement épaté ! Comme toujours !

Puis il retrouva Hiroko et son sourire secret, avec Michel et Iwao.

— Je crois, déclara Michel, que c'est ce que Maslow appelait une expérience de pointe.

Iwao, avec un grognement, lui donna un coup de coude,

tandis qu'Hiroko posait l'index sur le bras de John comme pour lui communiquer une force, lui apporter un don.

Le lendemain, ils nettoyèrent le site, plièrent les tentes, ne laissant derrière eux que les plaques de mosaïque qui formaient comme un collier coloré autour du grand volcan noir. Ils se dirent au revoir et les dirigeables dérivèrent vers le ciel comme autant de ballons échappés de la main d'un enfant. Ceux d'Hiroko, avec leur teinte de sable, furent les premiers à disparaître.

John monta dans le patrouilleur de Maya en adressant un millier d'au revoir. Plus loin sur la bordure d'Olympus, ils rejoignirent Arkady et Nadia, Ann, Simon et leur fils, Peter. John devait leur dire, plus tard :

— Il faut que nous parlions à Helmut et que l'ONU nous accepte en tant que porte-parole de la population. Il faut aussi que nous présentions à l'ONU une esquisse de révision du traité. Vers L_S 90, je dois inaugurer une nouvelle ville couverte à l'est de Tharsis. Helmut devrait être présent. Qu'est-ce que vous diriez que nous nous y retrouvions ?

Seuls quelques-uns seraient disponibles, mais ils avaient des délégués et ils se mirent d'accord sur ce plan. Après cela, ils discutèrent du contenu du traité, battant le rappel de toutes les caravanes et des dirigeables.

Le lendemain, ils atteignirent la rampe de l'escarpement nord et se séparèrent.

— C'était une fête formidable ! dit John par radio. On se revoit pour la prochaine !

Les soufis les doublèrent et les saluèrent de la main tout en leur disant au revoir par radio. John reconnut la voix de la vieille femme qui s'était occupée de lui après sa danse folle dans la tempête. Elle lui dit :

> *Dans ce monde ou dans l'autre,*
> *Ton amour nous guidera plus loin.*

SIXIÈME PARTIE

Les armes sous la table

Le jour où John Boone fut assassiné, ils étaient sur la pente orientale d'Elysium. C'était le matin et le météore tombait en pluie, en une trentaine de traînées peut-être, toutes noires. J'ignore de quelle matière ces météorites étaient composés, mais ils éclataient tous en noir et non plus en blanc. On aurait dit des avions de guerre du passé qui s'écrasaient au sol à la vitesse d'un éclair. C'était tellement étrange à voir que nous en restions muets. Nous n'avions pas encore entendu la nouvelle, mais quand nous avons été au courant, nous avons compris. Tout s'était passé en même temps, très exactement.

On était au bord du Lac d'Hellas quand le ciel s'est assombri et qu'un vent soudain s'est levé et a abattu tous les tubes de circulation de la ville. Et puis, le bruit a suivi.

On était à Senzeni Na, où il avait beaucoup travaillé. Il faisait nuit et des éclairs jaillissaient sans arrêt, des éclairs géants qui étaient dardés droit sur le mohole. Impossible à croire, et le bruit était assourdissant. Il y avait une photo de lui dans les quartiers ouvriers. Un éclair a touché une fenêtre de l'avenue et on a tous été aveuglés une seconde. Quand on a pu y voir de nouveau, le cadre de la photo était cassé, ça sentait le brûlé. Après, nous avons appris la nouvelle.

On était à Carr et, d'abord, on n'a pas pu y croire. Tous les Cent Premiers pleuraient. Il devait être le seul qu'ils aimaient tous. Si la moitié d'entre eux venaient à être tués, les autres applaudiraient. Arkady avait complètement perdu la tête. Il a pleuré pendant des heures. Il avait peur, ce qui ne lui ressemblait pas. Nadia essayait de le consoler, mais elle ne pouvait rien y faire. Et elle a fini par craquer elle aussi. C'est à ce moment qu'il s'est précipité au-dehors et qu'il est revenu avec une des boîtes d'émetteur d'ignition. Quand il a expliqué à Nadia comment ça fonctionnait, elle est vraiment devenue furieuse. Et elle lui a demandé pourquoi il avait fabriqué un truc comme ça !... Arkady pleurait et il n'arrêtait pas de lui demander : « Qu'est-ce que tu veux dire, pourquoi ? C'est à cause de ça, c'est à cause de ce qui est arrivé à John. Ils l'ont tué ! Ils l'ont tué ! Et maintenant, à qui le tour ? Ils sont capables de tous nous liquider s'ils le peuvent ! » Et Nadia qui voulait absolument rendre l'émetteur. Ça le rendait fou ! Il n'arrêtait pas de lui répéter : « Je t'en prie, Nadia, c'est seulement en cas d'urgence, tu comprends ? Seulement en cas d'urgence... » Et elle a bien été forcée de le garder pour le calmer. Non, je n'ai jamais rien vu de pareil...

Nous nous trouvions à Underhill au moment de la panne. Quand le courant a été rétabli, toutes les plantes étaient gelées. Avec la lumière et la chaleur, elles se sont flétries. Nous nous étions rassemblés pour parler de lui pendant toute la nuit. Je me rappelais son arrivée sur Mars dans le début des années vingt, comme pas mal d'entre nous. J'étais un gosse à cette époque, mais je me rappelle que ses premiers mots m'avaient fait rire. Et j'ai été très surpris de voir que les adultes riaient, eux aussi. Je crois bien que c'est à ce moment-là que tout le monde est tombé amoureux de lui. C'est normal, non ? Comment pourrait-on ne pas aimer quelqu'un qui débarque le premier sur une autre planète et qui dit comme ça : Voilà, on y est. Impossible.

Oh, je ne sais pas vraiment. Une fois, je l'ai vu cogner sur un type. C'était dans le train de Burroughs. Il y avait une femme qui allait aux toilettes. Elle avait une difformité : un gros nez et pas de menton. Et quelqu'un a dit sur son passage : « Bon Dieu, y a une méchante fée qui s'est salement occupée d'elle ! » Et c'est pour ça que Boone l'a cogné. Il a collé le type dans un autre siège et il lui a dit, je crois, qu'une femme moche, ça n'existait pas. Ça, ça le regarde.

Il le pensait, alors qu'il couchait avec une nouvelle femme chaque nuit, sans se soucier de quoi elles avaient l'air. Ni même de leur âge. Quand on l'a trouvé avec cette fille de cinquante ans, il a bien dû s'expliquer. Je suppose que Toitovna n'a jamais entendu parler de cette affaire, sinon elle lui aurait mis un coup de pied dans les burnes, comme des centaines d'autres. Est-ce que vous savez qu'il aimait faire ça dans un planeur avec la fille sur lui pendant qu'il pilotait ?

Mon vieux, je l'ai vu sortir un planeur d'un courant descendant qui aurait écrasé n'importe qui d'autre. S'il avait tenté de résister, l'appareil aurait été déchiré, mais il a suivi le mouvement en tombant à mille mètres à la seconde et, juste à l'instant où il allait se crasher, il a esquivé sur le côté et l'a plaqué à l'atterrissage vingt mètres plus loin. Quand il est descendu, il avait du sang qui lui coulait du nez et des oreilles. C'était le meilleur pilote de Mars : il volait comme un ange. Et puis, Bon Dieu, les Cent Premiers seraient tous morts s'il n'avait pas dirigé l'insertion sur orbite. C'est ce qu'on m'a dit.

Il y avait des gens qui le haïssaient. Et ils avaient de bonnes raisons pour ça. Il a empêché la construction de la mosquée sur Phobos. Et il pouvait se montrer cruel. Je n'ai jamais rencontré quelqu'un de plus arrogant que lui.

Nous étions sur Olympus Mons et le ciel devint tout noir.

Et voilà : il y a bien longtemps, bien avant tout cela, Paul Bunyan était venu sur Mars avec Babe, son bœuf bleu. Il avait beaucoup marché à la recherche de bois de construction, et chacun de ses pas avait fendu la lave, y formant un canyon. Il était si grand qu'il pouvait toucher la ceinture d'astéroïde tout en marchant. Il mâchait les planétoïdes comme des cerises et quand il crachait les noyaux, boum, ça formait un nouveau cratère.

C'est alors qu'il rencontra le Géant. C'était la première fois que Paul rencontrait un homme plus grand que lui, et croyez-moi, le Géant était grand — de deux ordres de grandeur, ce qui fait beaucoup plus que deux fois plus, je vous prie de le croire. Mais Paul Bunyan s'en moquait. Quand le Géant lui dit : « Voyons ce que tu sais faire avec cette hache », Paul répondit : « Pour sûr », et il frappa si fort que, d'un coup, il fit apparaître toutes les ramifications de Noctis. Mais le Géant racla le même endroit avec son cure-dents, faisant naître tout le système de Marineris. Essayons à main nue, proposa Paul, et d'une bonne droite dans l'hémisphère sud il forma Argyre. Mais le Géant tapota un point non loin de là avec son cure-dents, et ce fut Hellas. « Essayons de cracher », proposa le Géant, et Paul cracha, créant Nirgal Vallis, aussi long que le Mississippi. Alors le Géant cracha, et tous les canaux afférents se ruèrent aussitôt dans le fleuve. « Essayons de chier ! » dit le Géant, et Paul s'accroupit, poussa, et forma Ceraunius Tholus — mais le Géant tendit le cul et le massif d'Elysium se dressa aussitôt à côté, tout chaud et fumant. « Fais-moi ce que tu sais faire de pire », suggéra le Géant. Et Paul Bunyan le prit par le gros orteil, fit tourner son énorme passe au-dessus de sa tête et l'envoya si fort au pôle nord qu'il provoqua la dépression de l'hémisphère nord que l'on constate encore aujourd'hui. Alors, sans même se relever, le Géant prit Paul par la cheville, prit Babe, son bœuf bleu, dans le même poing et les projeta si violemment dans le sol qu'ils faillirent ressortir de l'autre côté. Et ce fut la butte de Tharsis — Paul Bunyan, qui dépasse presque. Ascraeus est son nez, Pavonis son sexe et Arsia son gros orteil. Babe est sur le côté, poussant Olympus Mons. Paul Bunyan et Babe moururent dans le choc, et après cela, Paul dut admettre qu'il était battu.

Ses propres bactéries le mangèrent, évidemment, après quoi elles rampèrent sur le lit de roche et sous le mégarégolithe, allant partout, aspirant la chaleur du manteau, dévorant les sulfides, fondant le permafrost. Et tout en s'infiltrant, chacune de ces petites bactéries disait : « Je suis Paul Bunyan. »

— C'est une question de volonté, dit Frank Chalmers à son reflet dans le miroir.

Cette phrase était tout ce qui lui restait du rêve qu'il avait fait juste avant de se réveiller. Il se rasa à grands coups nerveux. Il se sentait tendu, sous l'effet d'une énergie qui ne demandait qu'à éclater. Et il avait envie d'aller travailler. Un autre reste de son rêve : c'est celui qui en veut le plus qui gagne !

Il prit une douche, s'habilla et descendit vers la salle à manger. L'aube s'achevait et les rayons du soleil effleuraient Isidis d'une lumière rouge bronze. Très haut dans le ciel du levant, des cirrus passaient comme des copeaux de cuivre.

Il croisa Rashid Niazi, le représentant de la Syrie à la conférence, qui lui adressa un signe du menton, l'air distant. Frank répondit à son salut et s'éloigna. A cause de Selim el-Hayil, la phalange Ahad de la Fraternité musulmane avait été rendue responsable de l'assassinat de Boone. Chalmers avait toujours pris leur défense en public. Selim avait agi en tueur solitaire, avait-il affirmé. C'était un cas de meurtre suicidaire. Cette explication ne faisait que souligner la culpabilité de l'Ahad tout en appelant leur gratitude vis-à-vis de Frank. Et, naturellement, Niazi, l'un des chefs de l'Ahad, se sentait quelque peu mécontent.

Maya arriva et Frank l'accueillit chaleureusement, chassant dans la seconde le malaise qu'il ressentait toujours en sa présence.

— Je peux me joindre à toi ?
— Bien sûr.

Maya était toujours sensible à sa manière. Frank se

concentra sur le moment présent. Ils bavardèrent. Ils en vinrent au traité.

— J'aimerais que John soit là, dit Frank. Il nous serait tellement précieux… Il me manque.

Le genre de propos qui distrairait instantanément Maya.

Elle posa sa main sur la sienne, mais il sentit à peine le contact. Elle souriait en le regardant. Et, malgré lui, il fut bien obligé de détourner les yeux.

Le résumé des infos s'était déployé sur la paroi, et Frank pianota sur la console de sa table pour monter le son. La Terre était dans un sale état. On montrait une manifestation dans Manhattan : toute l'île était envahie par une foule que les protestataires estimeraient à dix millions de personnes et la police à cinq cent mille. Les vues d'hélicoptère étaient fascinantes mais, depuis quelque temps, ils avaient eu droit à d'autres images, moins spectaculaires, mais plus dangereuses. Les populations des nations nanties manifestaient à cause des réductions draconiennes sur la natalité, qui faisaient apparaître les Chinois comme des anarchistes. Les plus jeunes avaient fait éclater leur désespoir et leur colère : ils avaient le sentiment que des immortels avaient fait main basse sur leurs existences. La situation était alarmante, c'était certain. Mais dans les pays en voie de développement, on se battait pour les « conditions injustes » du droit au traitement, ce qui était plus grave. Les gouvernements tombaient les uns après les autres, et on comptait des milliers de morts. En vérité, ces vues des manifestations de Manhattan étaient sans doute destinées à rassurer : tout fonctionnait encore normalement ! Les gens réagissaient comme ils l'avaient toujours fait, même si on pouvait considérer cela comme de la désobéissance civique. Pendant ce temps, Mexico, São Paulo, New Delhi et Manille étaient en flammes.

Maya, les yeux fixés sur l'écran, déchiffra à voix haute les banderoles : Expédiez les vieux sur Mars.

— C'est la base d'une proposition faite au congrès, dit-il. Prenez-en une centaine et l'affaire est faite. Mettez-les sur des orbites résidentielles, sur la Lune… ou bien ici.

— Surtout ici, ajouta Maya.

— Peut-être.

— Je suppose que ça explique leur entêtement à propos des quotas d'émigration.

Il hocha la tête.

— Nous n'y aurons jamais accès. La pression est trop forte là-bas, et on nous considère comme une des quelques valves de décompression. Est-ce que tu as vu l'émission d'Eurovid sur tous les territoires inexploités de Mars ? (Maya secoua la tête.) C'était une annonce immobilière. Non. Si les représentants de l'ONU nous donnaient voix au chapitre en ce qui concerne l'émigration, ils seraient crucifiés.

— Alors, qu'est-ce que nous allons faire ?

Il haussa les épaules.

— Nous appuyer sur chaque point de l'ancien traité. Comme si toute modification signifiait la fin du monde.

— Alors c'est pour ça que tu te déchaînes sur les termes du préambule ?...

— Evidemment. Tout ça ne paraît peut-être pas aussi important, mais nous sommes dans la position des Anglais à Waterloo. Si nous cédons sur un point, ce sont toutes nos lignes qui s'effondrent.

Ça la fit rire : Maya était séduite par ses idées, elle admirait sa stratégie. Une stratégie qui était bonne, quoique ce ne fût pas celle qu'il entendait appliquer. Ils n'étaient pas exactement dans la situation des Anglais à Waterloo : ils ressemblaient plutôt aux Français, lancés dans un ultime assaut pour tenter de survivre. Ce qui expliquait que Frank ait cédé sur de nombreux points du traité dans l'espoir de réussir des percées, de se raccrocher à ce qu'il désirait réellement. Y compris, très certainement, un poste au département des Affaires martiennes, et son secrétariat de cabinet. Après tout, il lui fallait bien une base pour travailler.

Frank oublia son plaisir dans un haussement d'épaules. Sur le mur télé, les gens déferlaient dans toutes les avenues de New York. Il serra les dents.

— On ferait bien de s'y remettre, dit-il.

Au niveau supérieur, les membres de la conférence s'étaient répandus dans les grandes salles divisées en boxes. La lumière qui filtrait dans la salle principale provenait des salons de rassemblement de l'aile est, projetant une lueur rougeâtre sur le tapis laine haute blanc, les lourdes chaises de teck et le plateau de pierre rose foncé de la longue table. Des groupes de gens bavardaient le long des murs.

Maya retrouva Samantha et Spencer. Dirigeants de la coalition des Premiers sur Mars, ils avaient été invités à la conférence au titre de représentants de la population mais n'avaient pas le droit de vote : Helmut avait choisi de tolérer leur présence. Il s'était montré aussi compréhensif que possible. Il avait autorisé Ann à représenter les rouges à titre de membre non votant, même s'ils faisaient partie de la coalition. Sax était également sur place pour superviser l'équipe de terraforming, et il y avait aussi un certain nombre de cadres des mines et des plans de développement. A vrai dire, les observateurs à eux seuls constituaient la plus grande part de l'assistance. Mais les membres disposant du droit de vote sur le traité étaient seuls admis autour de la table centrale.

Helmut agita la sonnette, et les cinquante-trois représentants des nations terrestres gagnèrent leurs sièges en même temps que les dix-huit membres de l'ONU, tandis qu'une centaine de personnes continuaient d'errer dans les salons de l'est, observant les débats par les portiques, ou sur les moniteurs.

Burroughs, au-dehors, était devenue une ville grouillante entre les mesas, le réseau dense des tubes de connexion et l'immense tente déployée sur la vallée. Une sorte de petite métropole avec ses canaux et ses grands boulevards bordés de pelouse.

Helmut ouvrit la session. Dans les pièces du côté est, les gens étaient massés devant les écrans de télévision. Frank se pencha vers un portique. Sur Mars comme sur la Terre, des millions d'observateurs devaient s'être figés en cet instant. Deux mondes observaient.

L'ordre du jour n'avait pas changé depuis deux semaines : les quotas d'immigration. L'Inde et la Chine avaient une proposition commune à présenter, que le représentant indien lut dans son anglais musical de Bombay. Si l'on ne tenait pas compte du camouflage, cela se résumait encore à un système proportionnel. Chalmers secoua la tête. L'Inde et la Chine représentaient 40 % de la population terrestre, mais elles n'avaient quand même droit qu'à deux voix sur cinquante-trois, et leur proposition n'avait aucune chance d'être adoptée. Les Britanniques, à leur façon discrète, firent remarquer ce point de détail. Et la lutte commença. Elle durerait toute la matinée. Mars était une proie juteuse, et les nations riches ou pauvres de la Terre se battaient pour elle comme pour tout le reste. Les riches avaient l'argent, mais les pauvres avaient leur population, et les armes étaient largement distribuées au hasard, en particulier les vecteurs de germes capables de liquider la population d'un continent. Les enjeux étaient élevés, et la situation dans un équilibre fragile : les pauvres montaient du sud pour faire pression sur les barrières du nord — les lois, l'argent, et la force militaire. On les braquait à bout portant, en fait. Mais l'attaque pouvait survenir à tout instant, exploser sous la pression du nombre, car les premiers rangs étaient poussés sur les barricades par les bébés qui suivaient par millions, affamés d'immortalité.

A l'heure de la pause, Frank se leva. Ils n'avaient pas fait un pas en avant. Il n'avait guère prêté attention aux diatribes, mais il avait beaucoup réfléchi et griffonné une vague esquisse sur son bloc. Argent, population, territoires, armes… Des équations anciennes, des compromis qui ne dataient pas d'aujourd'hui. Mais il ne cherchait pas une solution originale : il ne voulait qu'une technique efficace.

Il ne se passerait rien autour de la longue table proprement dite, c'était certain. Quelqu'un devait trancher le nœud. Il se dirigea vers les membres de la délégation sino-indienne.

Ils étaient dix environ, repliés dans un salon sans caméra. Après les premières déclarations de courtoisie, il invita les deux dirigeants, Hanavada et Sung, à une promenade sur le pont d'observation. Ils échangèrent un regard rapide et conversèrent fébrilement en mandarin et en hindi avec leurs assistants avant d'accepter.

Ils suivirent les longs couloirs qui accédaient au pont, un tube rigide fixé à la paroi de la mesa et qui surplombait en arche la vallée avant de pénétrer dans le flanc d'une mesa voisine, encore plus haute, au sud. A une telle hauteur, on avait l'impression de voler et bien peu s'aventuraient sur les quatre kilomètres du parcours jeté au-dessus du panorama magnifique. Mais on pouvait toujours s'arrêter à mi-chemin pour profiter de la vue exceptionnelle sur Burroughs.

— Ecoutez, dit Chalmers à ses deux collègues, l'accroissement de l'émigration est tellement important que vous ne résoudrez jamais vos problèmes de population en envoyant les gens ici. Vous le savez. Et vous disposez de terres récupérables dans vos propres pays. Ce que vous attendez donc de Mars, ce ne sont pas des territoires exploitables, mais de l'argent. Mars est le moyen de récupérer les ressources que vous avez investies. Vous êtes à la traîne par rapport au Nord à cause des ressources qui vous ont été ôtées durant les années coloniales, et vous considérez qu'on devrait vous rembourser, à présent.

— Je crains qu'en vérité la période coloniale ne soit pas finie, déclara Hanavada d'un ton poli.

— C'est exactement le sens du capitalisme transnational, approuva Frank. Nous sommes tous devenus des colonies, désormais. Et l'on exerce un maximum de pression sur nous afin que le traité soit modifié et que les profits des exploitations minières deviennent la propriété des transnationales. Les nations les plus développées en ont la certitude absolue.

— Nous le savons aussi, dit Hanavada en hochant la tête.

— D'accord. Et vous jouez la carte de l'émigration proportionnelle, ce qui est tout aussi logique que de permettre des profits proportionnels à vos investissements. Mais aucune de ces deux propositions ne favorise vos intérêts. L'émigration, ça ne serait qu'une goutte d'eau dans la mer, ce qui n'est pas le cas de l'argent. Et, en attendant, les nations développées connaissent un nouveau problème de population, et une part d'émigration élargie les arrangerait. Elles se partageraient l'argent, qui irait surtout dans la poche des transnationales, de toute façon, pour devenir un capital flottant échappant à tout contrôle national. Donc, pourquoi les nations développées ne vous en céderaient-elles pas une part plus importante ? Après tout, ça ne sortirait pas de leur poche...

Sung acquiesça brièvement, l'air solennel. Ils avaient peut-être prévu la réaction de Frank et n'avaient fait leur proposition que pour la provoquer. Ils attendaient qu'il joue son rôle. Ce qui simplifiait encore les choses.

— Croyez-vous que vos gouvernements vont accepter un tel marché ? demanda Sung.

— Oui. Ils rétabliront ainsi leur pouvoir sur les transnationales, non ? Le partage des profits ressemble d'une certaine façon à vos anciens mouvements de nationalisation, si ce n'est que cette fois tous les pays devraient en tirer bénéfice. Ça pourrait être l'internationalisation, si vous le souhaitez.

— Ça risque de stopper les investissements de toutes les sociétés, remarqua Hanavada.

— Ce qui séduira les rouges, enchaîna Chalmers. Et également le groupe des Premiers sur Mars.

— Et en ce qui concerne votre gouvernement ?

— Je peux garantir son accord, dit Frank.

A vrai dire, il rencontrerait des problèmes face à l'administration. Mais, le moment venu, il traiterait avec les méchants gamins de la chambre de commerce, aussi arrogants que stupides. Il leur expliquerait qu'ils devaient traiter avec un troisième monde, une planète Mars chinoise, ou plutôt sino-indienne, avec des gens au teint sombre et des vaches sacrées que l'on rencontrerait dans les tubes de circulation. Et ils finiraient bien par accepter. A terme, ils le supplieraient de les protéger de cette horde jaunâtre.

Il surprit le regard que le Chinois et l'Indien échangeaient.

— Bon Dieu, mais c'est exactement ce que vous espériez, non ?...

— Nous devrions peut-être travailler sur quelques estimations, suggéra Hanavada.

Il fallut aller loin dans le mois suivant pour rendre effectif ce compromis, qui entraînait toute une série de corollaires que les délégations devaient voter. Chaque représentant avait droit à une interruption de séance afin de convaincre son pays. Et, surtout, il y avait Washington. A terme, Frank dut passer par-dessus les gamins proches du président, qui n'était guère plus âgé qu'eux, mais qui comprenait qu'un marché était nécessaire si on lui pointait l'index droit sur le sternum. Frank était très occupé et passait seize heures par jour en réunions. Il fallut bien apaiser les partisans des lobbies transnats, comme Andy Jahns, ce qui fut le plus difficile — à vrai dire à la limite de l'impossible, puisque l'accord proposé était à leur détriment absolu et qu'ils le savaient. Ils exercèrent au maximum leur pression sur les gouvernements de l'hémisphère nord et leurs pavillons de complaisance. Ce qui était considérable, si l'on en jugeait par l'irritabilité craintive du président, et la récente défection de Singapour et de Sofia. Mais Frank réussit à se montrer persuasif, à travers les millions de kilomètres qui les séparaient, à travers la barrière psychologique du temps. Et il se servit des mêmes arguments avec tous les gouvernements du Nord. S'ils cédaient face aux transnationales, leur dit-il, elles seraient alors réellement aux gouvernes du monde. Ils avaient là une chance de faire peser le poids de leurs intérêts et de leur population sur ces accumulations de capitaux libres qui n'allaient pas tarder à constituer le pouvoir principal sur Terre ! Il fallait bien trouver un moyen de les tenir en laisse !

Et c'était la même chose pour l'ONU, pour chacun de ses représentants.

— Qui voulez-vous voir à la tête du gouvernement mondial ? Vous ou eux ?

L'affaire était serrée. Les pressions que les transnats pouvaient exercer étaient énormes, impressionnantes. Subarashii, Armscor et Shellalco étaient chacune plus forte que dix des principaux pays ou communautés et, financièrement, elles pesaient très lourd. L'argent donne le pouvoir, le pouvoir donne la loi, et c'est la loi qui fait les gouvernements. Les gouvernements de chaque nation, en essayant de bloquer les transnationales, c'étaient les Lilliputiens qui tentaient de ligoter Gulliver. Ils avaient besoin d'une infinité de câbles ténus arrimés millimètre après millimètre pour former un filet. Et dès que le géant se secouait pour tenter de se lever, ils devaient courir d'un côté à l'autre, lancer d'autres câbles, planter d'autres poteaux. Passer seize heures par jour à courir à des rendez-vous d'un quart d'heure pour planter d'autres poteaux. Un numéro de jongleur de dingue.

Andy Jahns était l'un des plus anciens contacts de Frank

auprès des sociétés. Il l'invita à dîner un soir. Il était en colère contre Frank, naturellement, mais il essayait de ne pas le montrer : le but de cette soirée était de soudoyer Frank presque ouvertement, sur un fond de menaces tout aussi évidentes. Simple business, en d'autres termes. Il proposa à Frank le poste de directeur d'une fondation que mettait sur pied le consortium de transport Terre-Mars — les anciennes industries aérospatiales, avec leurs vieilles attaches au Pentagone. La nouvelle fondation devrait assister le consortium en ce qui concernait la politique martienne et tenir le rôle de conseillère auprès de l'ONU pour tout ce qui concernait Mars. Frank pourrait prendre ses nouvelles fonctions quand il aurait abandonné son poste de secrétaire de cabinet chargé des Affaires martiennes, afin d'éviter tout conflit d'intérêts.

— Mais ça m'a l'air splendide, dit Frank. Pour dire vrai je suis très intéressé.

Durant le dîner, il parvint à convaincre Jahns qu'il était sincère. Non seulement il voulait avoir une position dans la fondation, mais il souhaitait travailler pour le consortium dès à présent. Il excellait à ce genre de jeu et, peu à peu, il vit la suspicion s'estomper dans le regard de Jahns. C'était la faiblesse des gens d'affaires : ils pensaient que l'argent était l'arme absolue de la partie. Ils travaillaient quatorze heures par jour pour s'offrir des voitures avec des sièges de cuir, et considéraient la tournée des casinos comme une distraction sublime. Autant de crétins. Mais des crétins utiles.

— Je ferai mon possible, acheva Frank d'un ton énergique, avant de définir certaines lignes de stratégie qu'il entendait utiliser. D'abord, s'entretenir avec les Chinois sur leurs besoins réels de débarquement, puis amener le congrès à des idées plus justes à propos des bénéfices sur les investissements de base. Avec des promesses distribuées un peu partout, la pression diminuerait et, entre-temps, le travail pourrait se poursuivre. Oui, c'était un vrai plaisir que de doubler un escroc.

Il retourna donc à la salle de conférences. Cette promenade sur le pont, comme on la surnommait déjà (pour d'autres, ça devait être le coup de Chalmers), les avait fait sortir de l'impasse. C'était le 6 février 2057, $L_S = 144$,

M.15 : une date historique pour la diplomatie mondiale. Désormais, il fallait que tous les autres reçoivent leur part et donc, avant tout, fixer les chiffres. Frank interrogea les Cent Premiers, d'abord pour les rassurer, puis pour avoir leurs opinions. Sax n'était pas d'accord : il considérait que si les transnats gelaient leurs investissements, tout son plan de terraforming en serait considérablement ralenti. Pour lui, n'importe quel nouveau plan était dangereux. Mais Ann aussi était inquiète : un nouveau traité fondé sur l'échange favoriserait à la fois l'émigration et l'investissement, alors qu'elle avait espéré jusqu'alors, comme tous les rouges, que le traité pourrait accorder à Mars une sorte de statut de monde-parc. C'était le genre de déconnexion du réel qui rendait Frank fou furieux.

— Je t'ai épargné cinquante millions d'immigrants chinois ! lui cria-t-il. Et toi, tu m'engueules parce que je n'ai pas réussi à réexpédier tout le monde. Tu m'engueules parce que je n'ai pas réussi à accomplir un miracle en faisant de ce bout de rocher un autel sacré, juste à côté d'un monde qui ressemble à Calcutta un mauvais jour. Ann, Ann, Ann ! Mais qu'est-ce que tu aurais fait, *toi* ? Qu'est-ce que tu aurais fait, sinon te déchaîner chaque fois qu'ils disent quelque chose et essayer de convaincre tout le monde que tu es une vraie Martienne ? Seigneur ! Va donc t'amuser avec tes cailloux et laisse la politique à ceux qui savent penser.

— Frank, tu devrais te rappeler ce que penser veut dire.

Un bref instant, il avait réussi à la faire sourire, au beau milieu de sa tirade. Cependant, à l'instant de le quitter, elle avait retrouvé son vieux regard hostile.

Mais Maya était satisfaite. Heureuse de tout ce qu'il faisait. Il sentait son regard quand il prononçait un discours. Des millions de gens avaient les yeux rivés sur lui, mais il ne sentait que ce seul regard. Et ça le mettait en colère. Elle était éperdue d'admiration pour la fameuse promenade sur le pont, et il ne lui révéla que ce qu'elle voulait entendre sur les compromis qu'il avait dû consentir. Elle le rejoignait à la fin de chaque après-midi, à l'heure du cocktail, dès que la première cohorte des quémandeurs et des critiques avait reflué. Elle restait à son côté pour le deuxième et le troisième assaut, observant tout, égayant certains instants de son rire, et le libérant parfois en faisant remarquer qu'ils étaient invités à dîner à l'extérieur. Ensuite, ils gagnaient les terrasses des restaurants sous les étoiles, ils mangeaient tranquillement en buvant du café, promenant les yeux sur les jardins et les dallages orangés, avec l'impression de sentir la brise du soir comme s'ils étaient vraiment dehors. Les premiers sur Mars avaient adhéré à son plan, et il avait avec lui la majorité de la population, il détenait toujours son poste au secrétariat d'Etat : pour lui, les deux éléments essentiels dans ce processus, si l'on exceptait les transnationales, vis-à-vis desquelles il ne pouvait pas grand-chose. Ce n'était plus qu'une question de temps avant qu'il accepte le marché. Ainsi qu'il le disait à Maya, tard certains soirs, quand il retombait sous son charme. Elle l'apaisait.

— Nous y arriverons tous les deux, disait-il en levant les yeux vers les étoiles, incapable de soutenir son regard pénétrant.

Un soir, pendant le cocktail, elle revint sans cesse près de lui. Avec tous les autres, ils regardèrent les informations de la Terre, qui leur paraissaient de plus en plus monotones et distordues, comme un incompréhensible feuilleton. Ils allèrent dîner comme d'habitude, puis se promenèrent entre les pelouses des boulevards avant de se retrouver dans sa chambre. Elle l'accompagna, à sa façon habituelle. Et tout se passa normalement. Elle était entre ses bras, elle le serrait. Ils étaient sur le lit et ses lèvres étaient sur les siennes. Le choc fut tel que Frank eut l'impression d'être complètement projeté hors de son corps. Sa chair était devenue du caoutchouc. Ça commençait à l'ennuyer quand la seule présence animale de Maya lui parvint malgré le choc, le corps parla au corps et il eut soudain l'impression de pouvoir la sentir à nouveau — c'est-à-dire qu'il retrouva ses sensations, et il réagit avec une intensité animale. Ça faisait si longtemps.

Plus tard, elle arpenta la chambre, un drap en guise de peignoir.

— J'aime la façon dont tu les manipules, déclara-t-elle en lui tournant le dos.

Elle buvait un verre d'eau. Elle se tourna vers lui, avec son sourire affectueux, son regard franc et clair qui était comme une lumière vive et qui le mettait à nu, comme si toutes ses pensées étaient lisibles. Il ramena le drap sur lui avec le sentiment d'avoir cédé, de s'être dévoilé. Oui, elle devinerait tout, elle allait voir que l'air se changeait en eau glaciale dans ses poumons, que son estomac était noué, et ses pieds gelés. Il cilla et lui renvoya son sourire. Il savait parfaitement que c'était un sourire faux, sournois. Mais il avait l'impression qu'un masque roide dissimulait maintenant son visage, et cela le rassura. Personne ne pouvait déchiffrer exactement les émotions dans les expressions d'un visage. C'était un mensonge, une duperie, comme de lire les lignes de la main, comme l'astrologie. Donc, il était à l'abri.

Mais, après cette nuit, elle passa encore plus de temps en sa compagnie, aussi bien en public qu'en privé. A chaque réception donnée par telle ou telle société nationale, elle le rejoignait. Elle était toujours sa voisine à table, elle se mêlait à toutes les conversations, elle regardait régulièrement avec lui les infos de la Terre, quand elle ne prenait pas place parmi les Cent Premiers. Et elle suivait Frank jusqu'à sa chambre, quand elle ne l'entraînait pas vers la sienne, ce qui était encore plus dérangeant.

Sans jamais lui donner le moindre indice de ce qu'elle attendait vraiment de lui... Il en vint à la conclusion qu'elle savait qu'elle n'avait pas besoin d'en parler, qu'il lui suffisait d'être là, qu'il comprendrait de lui-même ce qu'elle attendait, et qu'il ferait de son mieux pour la satisfaire sans qu'elle ait à prononcer une seule parole. Car, évidemment, il était impossible qu'elle se livre à tout ce jeu sans un but précis. Telle était la nature du pouvoir : dès qu'on le possédait, il n'était plus question de simple amitié, de pur amour. Inévitablement, ils voulaient tous ce que vous pouviez leur donner — et même, à défaut, le simple prestige d'être proche de celui qui avait le pouvoir. C'était un prestige dont Maya n'avait pas besoin, mais elle savait ce qu'elle voulait. Et ne le faisait-il pas, après tout, énervant une bonne partie de sa base de pouvoir, pour forger un traité qui ne plairait pas à un seul, mais à une poignée d'indigènes ? Oui, elle obtenait ce qu'elle voulait. Et tout ça sans un mot, ou en tout cas sans un ordre direct. Rien que des compliments et de l'affection.

Alors, tandis qu'il parlait dans les interminables conférences, mettant soigneusement en forme les termes de chacune des clauses du nouveau traité, jouant les James Madison de cet étrange simulacre de convention constitutionnelle, Spencer, Samantha et Maya l'aidaient de leur mieux, et Maya le regardait avec un imperceptible sourire qui lui révélait à lui seul son approbation et combien elle était fière de lui.

Stimulé par sa journée de travail, il arrivait et elle était là, elle riait, se pressait contre lui, bavardait avec les autres. Comme une espèce de conjointe. Oh, bon Dieu, une *conjointe* ! Et, la nuit, elle le couvrait de baisers, jusqu'à ce qu'il ne puisse même plus imaginer qu'elle ne l'aimait pas vraiment.

Ce qui était intolérable. Il était tellement facile de tromper les gens qui vous étaient les plus proches... Intolérable qu'elle puisse être aussi stupide... C'était un choc réel que de prendre conscience de tout cela plus intensément qu'auparavant.

Qu'il était bien caché, le vrai moi, se dit-il. Caché sous le masque phénoménologique. En réalité, ils étaient tous des acteurs, ils jouaient *tout le temps* un rôle dans leur film, et ils n'avaient aucune chance de contact avec les vrais moi des autres, plus maintenant. Au fil des ans, toutes ces longues années, leur rôle s'était cristallisé, devenant une coquille dans laquelle leur moi s'était atrophié, ou carrément anéanti. Et ce n'étaient plus que des coquilles vides.

Mais peut-être était-il seul dans ce cas. Parce qu'elle avait l'air tellement réel ! Son rire, ses cheveux blancs, sa passion, mon Dieu : sa peau humide de sueur, sur les côtes, ces côtes qui glissaient sous ses doigts comme les barreaux d'une palissade, des côtes qui se figeaient au paroxysme de l'orgasme. Le vrai moi n'était-il pas obligé d'être comme ça ? N'était-ce pas obligatoire ? Il ne pouvait pas croire le contraire. Un vrai moi.

Mais tristement déçu. Abusé.

Il rêvait de John quand il s'arracha au sommeil, un matin. Ils étaient dans la station spatiale, à l'époque de leur jeunesse.

Si ce n'est que, dans son rêve, ils étaient vieux, que John n'était pas mort, mais mort quand même. Il parlait comme un fantôme, il savait que Frank l'avait tué, et il était au courant de tout ce qui s'était passé ensuite. Il était sans reproche ni colère. Tout cela était arrivé comme au temps où il avait effectué sa première mission sur Mars, ou comme lorsqu'il avait détourné Maya à bord de l'*Arès*. Ils étaient encore amis, ou frères, malgré tout ce qui était arrivé. Ils pouvaient se parler et se comprendre. Saisi d'horreur, Frank avait gémi dans ce rêve, il s'était recroquevillé, puis s'était réveillé. Brûlant, baigné de sueur. Maya s'était redressée, les cheveux défaits, les bras refermés contre ses seins.

— Qu'est-ce qui se passe ? Tu as quelque chose ?

— Non, rien ! cria-t-il en courant vers la salle de bains.

Mais elle le suivit et posa les mains sur lui.

— Frank ! Qu'est-ce qui t'est arrivé ?

— Rien ! (Il se dégagea.) Tu ne peux pas me laisser seul ?

— Oh, bien sûr. (Elle était vexée, au bord de la colère.) Mais certainement.

Elle sortit.

— Maintenant que tu as eu ce que tu voulais ! lança-t-il, soudain furieux devant la stupidité, l'égoïsme, la vulnérabilité qu'elle montrait. Alors que tous les jeux étaient faussés.

— Ça veut dire quoi ? demanda-t-elle en réapparaissant aussitôt.

— Tu le sais très bien. Tu as eu ta part du traité, n'est-ce pas ? Sans moi, ça n'aurait pas été possible.

Elle était campée devant lui, comme la statue de la Liberté, aussi belle que dangereuse, les lèvres crispées. Elle secoua la tête d'un air de dégoût.

— Mais tu n'en sais absolument rien !

Il la suivit.

— Qu'est-ce que tu dis ?

Elle rejeta le drap qui l'enveloppait et enfila ses sous-vêtements avec des gestes violents tout en lui crachant de petites phrases sèches.

— Tu ne sais rien de ce que pensent les autres. Tu ne sais même pas ce que tu penses toi-même. Qu'est-ce que tu comptes *retirer* du traité ? Toi, Frank Chalmers ? Tu l'ignores.

Il y a seulement ce que je veux, moi, ce que veut Sax, ce que veut Helmut. Ce qu'ils veulent tous. Toi, tu n'as pas d'opinion véritable. Tu ne t'intéresses qu'à ce qui est le plus facile à gérer. Qu'à ce qui te laissera aux commandes. Quant aux *sentiments* !...

Elle était habillée, déjà sur le seuil, et lui décocha un regard dur comme un éclair. Et il était resté inerte, comme tétanisé, exposé aux rafales de son mépris.

— Des sentiments, tu n'en as pas. J'ai tout essayé, tu peux me croire. Tu es...

Elle haussa les épaules, apparemment incapable de trouver des mots assez cruels, alors il pensa pour elle et voulut dire creux.

Elle sortit.

Et c'est ainsi que lorsqu'ils signèrent le nouveau traité, Maya n'était plus à ses côtés. Elle avait même quitté Burroughs. Ce qui fut pour lui un soulagement. Mais un certain vide persistait en lui, et un certain froid au creux de sa poitrine. Et puis, il était évident que, parmi les Cent Premiers (au moins), on savait qu'il était advenu quelque chose entre eux (encore !), ce qui était exaspérant. C'était du moins ce qu'il se disait.

Ils signèrent le traité dans la salle même où ils s'étaient battus. Helmut leur fit l'honneur d'un large sourire, et chacun des délégués fit son entrée déguisé en pingouin ou en costume noir-cravate, pour dire quelques mots devant les caméras avant d'apposer son paraphe sur le document, un geste qui semblait à Frank bizarrement archaïque. La signature d'un pétroglyphe. Ridicule. Lorsque vint son tour, il se leva et prononça quelques paroles sur l'équilibre d'une balance — ce qui était très exactement approprié, puisqu'il avait bricolé les intérêts en compétition afin qu'ils se heurtent selon des angles convenus, créant ainsi un accident de circulation qui précipiterait tous les véhicules dans une collision générale où ils formeraient une masse soudée. Le résultat ne serait pas tellement différent de la version initiale du traité, avec les deux facteurs d'émigration et d'investissement, les deux menaces essentielles dirigées contre le statu quo (si pareille chose pouvait être concevable sur Mars) bloquées en grande partie, et de plus (le détail malin) *bloquées l'une par l'autre*. Un excellent travail qu'il parapha avec ampleur avant d'ajouter : « Pour les Etats-Unis d'Amérique. »

Il promena un regard ardent sur l'assistance, conscient de la vidéo. Ça serait efficace.

Et il se retira avec la froide satisfaction du travail bien fait. Les pelouses des vastes tentes, tout autant que les tubes de circulation, étaient embouteillées. La fête se déversait par-delà la mesa, sur chaque pont. Elle s'enfla dans le parc de la Princesse et emplit les rues. La météo avait prévu un temps frais et sec avec du vent. Sous les tentes, les cerfs-volants semblaient s'affronter comme des rapaces aux couleurs éclatantes sous les reflets rose sombre du ciel de fin d'après-midi.

En pénétrant dans le parc, Frank ressentit un sentiment de malaise : il affrontait trop de regards, trop de gens qui voulaient l'approcher, lui parler. Oui, toujours la célébrité. Il fit demi-tour et remonta vers la tente au bord du canal.

Deux rangées de piliers blancs se dressaient sur les deux berges. Chaque pilier était une colonne de Bareiss, semi-circulaire au sommet et au pied, mais dont les hémisphères étaient en rotation de 180 degrés l'un par rapport à l'autre. Cette simple manœuvre leur donnait un aspect complètement différent selon l'endroit d'où on les observait, ce qui conférait aux deux rangées un aspect bizarre d'écroulement, comme si les piliers étaient déjà en ruine, ce que démentaient l'aspect lisse et la blancheur de la matière. Ils se dressaient au-dessus de la pelouse comme des sucres d'un blanc parfait, et brillaient comme s'ils étaient humides.

En s'avançant, Frank les effleurait de la main, l'un après l'autre. Les à-pic des mesas s'étageaient de part et d'autre de la vallée. Derrière leurs baies, des plantes géantes donnaient l'impression que la ville était entourée d'immenses terrariums. Une ferme de fourmis vraiment très élégante. La partie recouverte était plantée d'arbres, semée de toits de tuiles, traversée par de larges boulevards en pelouse. La partie à ciel ouvert était restée un flanc de rocaille rougeâtre. La plupart des constructions étaient achevées, ou bien le seraient bientôt. Il y avait des grues partout, qui montaient jusqu'en haut des tentes, composant une sorte de statuaire squelettique, multicolore. Des échafaudages se dressaient un peu partout. Helmut avait dit que la partie recouverte lui rappelait la Suisse. Ce qui n'avait rien d'étonnant puisque la plupart des constructeurs étaient suisses.

— Là-bas, ils installent un échafaudage pour remplacer un châssis de fenêtre.

Sax Russell était là, inspectant justement un des échafaudages d'un œil critique. Frank se dirigea vers lui.

— Ils consolident deux fois plus que nécessaire, remarqua Sax. Plus peut-être.

— Les Suisses sont comme ça.

Sax acquiesça.

— Alors ? demanda Frank. Qu'est-ce que tu en penses ?

— Du traité ? Ça va réduire le soutien du projet de terraforming. Les gens sont plus enclins à investir qu'à donner.

Frank plissa le front.

— Tous les investissements ne sont pas bons pour le terraforming, Sax, il ne faut pas que tu l'oublies. Il y a énormément d'argent dépensé pour d'autres choses.

— Mais le terraforming est un moyen de réduire les frais généraux, tu le sais. Et il aura toujours droit à un certain pourcentage de l'investissement global. Je veux donc que le total soit aussi élevé que possible.

— Les bénéfices réels ne peuvent être calculés qu'à partir des coûts réels, rétorqua Frank. *Tous* les coûts réels. L'économie terrienne ne s'est jamais souciée de cela, mais tu es un scientifique et tu le devrais. Il faut que tu juges des dommages écologiques de l'accroissement de population et d'activité aussi bien que des bénéfices du terraforming qui les accompagnant. Il vaut mieux accroître l'investissement voué au terraforming pur que de faire un compromis et de prendre un certain pourcentage sur un total qui, de diverses manières, travaille contre toi.

Sax eut un rictus.

— C'est drôle de t'entendre attaquer les compromis après ces quatre mois, Frank. De toute façon, je persiste à dire qu'il faut augmenter à la fois le total et le pourcentage. Les coûts environnementiels sont négligeables. S'ils sont bien gérés, ils peuvent devenir des bénéfices. L'économie d'un système se mesure en terrawatts ou en kilocalories, comme disait John. C'est de l'énergie. Et ici, nous pouvons utiliser l'énergie sous n'importe quelle forme, même les corps. Les corps représentent simplement plus de travail, ils sont très énergétiques, très polyvalents.

— Les coûts réels, Sax. Tous. Tu essaies encore de jouer sur l'économie, mais ça n'est pas comme la physique. Ça ressemble plus à la politique. Pense à ce qui va se produire quand des millions d'immigrants débarqueront ici, avec leurs virus, aussi bien biologiques que psychiques. Peut-être qu'ils rallieront le camp d'Arkady, ou celui d'Ann... Tu y as seulement songé ? Ils pourraient déclencher des épidémies qui feraient s'écrouler tout le système ! Dis-moi, est-ce que le groupe d'Acheron n'a pas essayé de t'enseigner la biologie ? Tu devrais t'en souvenir ! Tu n'as pas affaire à un problème de mécanique, Sax. Il s'agit d'écologie. D'une écologie dirigée, fragile. Qui *doit* être dirigée !

— Peut-être...

Frank reconnut cette phrase. L'un des maniérismes de John. Et, une minute, il n'écouta plus ce que disait Sax.

— ... mais ce traité de changera pas les choses à ce point. Les transnationales qui souhaitent investir trouveront bien un moyen d'y parvenir. Elles se trouveront un autre pavillon de complaisance et ce sera exactement comme si une nouvelle nation revendiquait des territoires selon les quotas du traité. Mais, derrière, ce sera l'argent des trans. Frank, ce genre de truc se fait déjà. Tu connais la politique, non ? Et l'économie aussi ?

— Peut-être, dit Frank d'un ton dur, irrité. Et il s'éloigna.

Un peu plus tard, il se retrouva dans un district du haut de la vallée qui était en cours de construction. L'échafaudage était exagéré, comme l'aurait jugé Sax, surtout sous la gravité martienne. On se demandait même comment on pourrait l'abattre. Frank se tourna vers la vallée. Oui, la ville était parfaitement située, c'était indéniable. Où que l'on se trouve, la vue serait admirable.

Soudain, son bloc de poignet émit un bip. Il découvrit le visage d'Ann.

— Qu'est-ce que tu veux ? Je suppose que tu considères

que je t'ai soldée, toi aussi. Que j'ai ouvert la porte aux hordes qui vont venir jouer sur ton terrain.

Elle répondit par une grimace.

— Non. Tu as fais de ton mieux, vu la situation. C'est ce que je voulais te dire.

Elle coupa la communication.

— Formidable ! s'exclama-t-il. Tout le monde, sur les deux planètes, est contre moi, *sauf* Ann Clayborne !

Il repartit avec un rire amer.

Et retourna près du canal et des colonnes de Bareiss. Des femmes de Loth. De petits groupes de fêtards étaient disséminés le long du canal, plantés en haut des ombres interminables couchées par la lumière de la fin de l'après-midi. La vision avait quelque chose d'inquiétant, et Frank se détourna, ne sachant trop où aller. Il n'aimait pas la façon dont les choses se présentaient. Tout semblait terminé, achevé, et se révélait en fin de compte inutile. C'était toujours comme ça.

Il rencontra un groupe de Terriens dans l'un des superbes ensembles de bureaux édifiés sous la tente de Niederdorf. Andy Jahns était parmi eux.

A la différence d'Ann, il était furieux. Dès qu'il aperçut Frank, son visage se figea.

— Frank Chalmers... Qu'est-ce qui vous amène par ici ?

Si le ton était courtois, il n'y avait pas la moindre chaleur dans son regard. Oui, il était furieux.

— Je faisais seulement un tour, Andy. Et vous, ça va ?

Jahns hésita brièvement.

— Nous sommes en quête d'un espace de bureaux.

Il guetta la réaction de Frank. Et il eut un sourire d'abord discret, puis franc. Avant d'ajouter :

— Ce sont des amis d'Ethiopie, d'Addis-Abeba. Nous envisagions d'y installer notre siège principal l'an prochain. Et... (Son sourire s'accentua, sans doute devant la réaction dure qu'il lisait sur le visage de Frank.) Nous avons pas mal de choses à discuter.

Al-Qahira est le nom de Mars en arabe, mais aussi en malais et en indonésien. Les deux derniers dérivent du premier. Si vous regardez un globe terrestre, vous verrez jusqu'où s'étend l'Islam. Il occupe le centre du monde, de l'Afrique de l'Ouest au Pacifique ouest. Et cela s'est fait en l'espace d'un siècle. Oui, il y eut un empire arabe et, comme tous les empires, il a survécu longtemps après dans une sorte de léthargie.

Les Arabes qui vivent hors de l'Arabie sont appelés des Mahjaris. Et les Arabes qui étaient venus sur Mars furent appelés des Qahirans Mahjaris. Quand ils arrivèrent sur Mars, un grand nombre d'entre eux se répandit dans Vastitas Borealis (La Badia du Nord) et le Grand Escarpement. Ces premiers peuples errants étaient surtout constitués de bédouins. Ils voyageaient en caravanes, recréant délibérément un type d'existence qui avait disparu sur Terre. Des gens qui jusque-là avaient vécu dans des villes affluèrent sur Mars pour voyager en patrouilleurs et vivre sous des tentes. Ils expliquaient leurs périples incessants par la chasse aux métaux, l'aréologie, le commerce, mais il était évident que ce qui comptait vraiment pour eux, c'était le voyage considéré comme une vie.

Frank Chalmers rejoignit la vieille caravane de Zeyk Tuqa un mois après la signature du traité, durant l'automne septentrional de M.15. Il voyagea longtemps sur les pentes fracturées du Grand Escarpement. Il améliora son arabe, participa aux travaux de mine, et effectua des relevés météo. La caravane était composée de véritables bédouins d'Awlad'Ali, le littoral ouest de l'Egypte. Ils avaient vécu au nord de la région que le gouvernement égyptien appelait le projet de la vallée nouvelle, depuis qu'une équipe de recherche pétrolière avait découvert un aquifère qui représentait le débit du Nil sur mille années. Avant même la découverte du traitement gériatrique, la surpopulation égyptienne posait un grave problème. Avec 96 % de désert et 99 % de la population concentrés dans la vallée du Nil, il était inévitable que les foules relogées dans le projet de la vallée nouvelle submergeraient les bédouins et leur culture fondamentalement différente. Les bédouins de toutes les autres nations arabes avaient pris le parti de ces avant-postes menacés de leur culture et, quand la communauté arabe lança son programme martien et acheta sa participation à la navette Terre-Mars, ils demandèrent qu'on leur accorde la priorité. Ce que le gouvernement égyptien avait accepté avec joie, puisqu'il se débarrassait ainsi d'une minorité gênante. C'est ainsi que les bédouins étaient arrivés sur Mars et qu'ils vagabondaient dans le grand désert qui ceinturait le nord de la planète rouge.

La caravane était une exploitation minière mobile. On trouvait des métaux et des minerais dans d'innombrables régions de Mars, mais les Arabes découvraient surtout les sulfures qui avaient été dispersés sur le Grand Escarpement et la plaine immédiatement en dessous. La plupart de ces dépôts représentaient des concentrations et des quantités qui ne pouvaient justifier l'utilisation des méthodes minières traditionnelles, et les Arabes s'étaient lancés dans de nouveaux procédés d'extraction et de traitement. Ils avaient conçu tout un dispositif d'équipement mobile, modifié des engins de construction et des patrouilleurs d'exploration. Les machines ainsi obtenues étaient énormes, segmentées. Elles ressemblaient à des insectes monstrueux surgis des cauchemars d'un mécanicien de poids lourds. Elles sinuaient sur le Grand Escarpement en caravanes éparses, à la recherche des dépôts stratiformes de sels de cuivre, avec une nette préférence pour les taux élevés en tétrahédrite ou chalcocite qui promettaient une récolte d'argent comme sous-produit du cuivre. Dès qu'un filon était repéré, on s'arrêtait pour ce que les bédouins appelaient la moisson.

Frank s'était piqué de météo et se lança dans la climatologie comme personne ne l'avait fait jusqu'ici sur Mars. Zeyk, qui l'avait accueilli, lui avait proposé de choisir un travail à sa convenance. Et Frank s'était installé aux commandes d'un des patrouilleurs de prospection qui suivaient en solo les anciens déversements et les rifts. Il lui arrivait ainsi de passer une semaine loin de la caravane, à consulter son sismographe, ses échantillonneurs et ses instruments de mesure météo. Il effectuait parfois un forage, mais passait le plus clair de son temps à observer le ciel.

Sur Terre comme sur Mars, les camps des bédouins offraient un aspect extérieur décevant. Lorsqu'ils abandonnaient les tentes, elles avaient quelque chose de carcéral avec leurs murs épais, sans fenêtres. On aurait dit qu'elles étaient perpétuellement recroquevillées sur elles-mêmes pour se protéger de la chaleur du désert. Mais, lorsqu'on pénétrait à l'intérieur, on découvrait ce qu'ils abritaient vraiment : les cours, les jardins, les fontaines, les oiseaux, les escaliers, les miroirs et les arabesques.

Le Grand Escarpement était une région étrange, découpée par des canyons orientés nord-sud, ravagée par les anciens cratères, investie par les coulées de lave, cassée en autant de tertres, de mesas, de karsts et de crêtes sur la même pente abrupte. Du haut de chaque éminence, de chaque saillie, le regard portait loin vers le nord. Dans ses errances solitaires, Frank laissait les décisions au programme de prospection et se contentait de regarder défiler le paysage : dénudé, immense, silencieux, déchiré par le passé. Les jours s'écoulaient et les ombres tournaient. Les vents soufflaient vers le haut de la pente chaque matin, et vers le bas quand l'après-midi touchait à son terme. Les nuages s'accumulaient dans le ciel : ils montaient des boules de brume qui rebondissaient entre les rochers vers les grandes strates des cirrus. Parfois, le tonnerre annonçait la distance. Les grandes masses nuageuses culminaient à 20 000 mètres.

Il lui arrivait d'allumer la TV et de regarder le canal arabe. Et, parfois, dans le silence de certains matins, il invectivait l'écran. Une part de lui était offensée par la stupidité des médias, des événements qu'ils véhiculaient. La totale stupidité de la race humaine considérée comme un spectacle. Sauf que l'immense masse de l'humanité n'apparaissait jamais sur les vidéos, jamais, pas même dans les images des manifestations où la caméra balayait la foule. Sur Terre, le passé vivait encore dans des régions énormes où la vie villageoise poursuivait son petit train-train, comme elle l'avait toujours fait. Peut-être. Mais c'était difficile à croire, parce que, regardez ce qui arrivait quand ils se regroupaient dans les villes. Des imbéciles sur les écrans, l'histoire en train de se faire. « On peut dire que l'allongement de la vie humaine doit, par définition, être un grand progrès. » Ce genre de chose le faisait rire. « Tu n'as jamais entendu parler des effets secondaires, espèce de trou du cul ! »

Il regarda un soir un programme consacré à la fertilisation de l'océan Antarctique avec de la poudre de fer destinée à suppléer le phytoplancton qui diminuait à une vitesse inquiétante et sans raison connue. C'étaient des avions qui pulvérisaient le fer, comme s'ils combattaient un incendie sous-marin. L'opération allait coûter dix milliards de dollars par an et devrait être poursuivie perpétuellement. Mais on avait calculé qu'un siècle de fertilisation réduirait la concentration de gaz carbonique de 15 à 10 %. Face au réchauffement planétaire et à la menace des marées sur les villes côtières, pour ne pas citer la mort des barrières de corail, le projet avait été jugé acceptable.

— Ça va plaire à Ann, marmonna Frank. Les voilà en train de terraformer la Terre !

Chaque éclat de voix dénouait un peu le nœud qu'il avait dans la poitrine. Il prit conscience que personne ne l'écoutait, que personne ne l'épiait. Le petit public qu'il imaginait dans sa tête n'existait pas. Jamais aucun ami ou ennemi ne regarderait le film de sa vie. Il pouvait faire n'importe quoi, insulter la normalité. Apparemment, il avait toujours rêvé de ça. Il pouvait passer des après-midi à shooter dans des cailloux, à inscrire des aphorismes dans le sable, à pleurer, à crier sous les lunes jumelles. Il pouvait organiser des conversations avec lui-même à l'heure des repas, répondre à la TV, s'entretenir avec ses parents ou ses amis disparus, avec le président, ou John, ou encore Maya. Il pouvait dicter des chapitres entiers de carnet de bord : une histoire sociobiologique du monde, un traité de philo, un roman porno — il pouvait aussi se masturber —, une analyse de la culture arabe et de son histoire.

Il fit tout cela, et quand il retourna vers les caravanes, il était mieux, bien mieux : plus calme, plus vide. Très certainement creux. Vivant, comme disaient les Japonais. Vivant comme si tu étais déjà mort.

Mais les Japonais étaient des étrangers. En vivant avec les Arabes, il avait compris avec plus d'acuité encore à quel point ils étaient étrangers, eux aussi. Bien sûr, ils faisaient partie de l'humanité du XXIe siècle. Aucun doute. Tous des techniciens et des scientifiques sophistiqués, enfermés dans leur cocon comme tous les autres, dans leur coquille de technologie, ils passaient leur temps à filmer leur vie et à la regarder. Et pourtant ils priaient six fois par jour, inclinés devant la Terre quand elle montait dans le ciel, comme l'étoile du matin ou du soir. Et s'ils trouvaient un plaisir aussi évident à vivre dans leurs techno-caravanes, c'était parce qu'elles étaient le symbole manifeste du rapprochement du monde moderne et de leurs quêtes anciennes.

— La tâche de l'homme est de réaliser la volonté de Dieu dans l'histoire, déclarait Zeyk. Nous pouvons changer le monde de certaines façons afin d'aider à la réalisation du plan divin. Nous avons toujours suivi cette voie : l'Islam dit que le désert ne doit pas rester un désert, que la montagne ne doit pas rester une montagne. Le monde peut être transformé jusqu'à ressembler au plan divin, et c'est ce qui, pour l'Islam, constitue l'Histoire. Al-Qahira nous pose le même défi que le monde ancien, mais sous une forme plus pure.

C'est ce qu'il disait à Frank alors qu'ils étaient assis dans son patrouilleur, dans sa petite cour intérieure. Ces patrouilleurs familiaux étaient transformés en espaces privés, des espaces où Frank était rarement invité à pénétrer. Il ne l'avait été que par Zeyk. Chaque fois qu'il allait le voir, il était aussi surpris ; le patrouilleur n'avait rien de particulier, vu de dehors : c'était un gros engin aux vitres noires relié par des tubes à plusieurs autres ; mais quand on entrait, en baissant un peu la tête, on se retrouvait dans un espace clair, la lumière entrant par les toits transparents éclairait des couchettes et des tapis raffinés, un sol carrelé, des plantes vertes, des coupes à fruits, une fenêtre qui encadrait le paysage martien telle une photo sépia, des divans, des services à café en argent, des consoles d'ordinateur en teck et en acajou, des bassins et des fontaines d'eau cristalline. Un petit monde intime et frais, plein de vert, de blanc et d'eau. En regardant autour de lui, Frank eut l'impression renversante que ce genre d'endroit existait depuis des siècles, que la pièce aurait aussitôt été reconnue pour ce qu'elle était par les gens qui vivaient dans le Quartier Vide au Xe siècle, ou dans toute l'Asie au XIIe siècle.

Zeyk l'invitait souvent dans l'après-midi, quand un groupe d'hommes se rassemblait dans le patrouilleur pour bavarder à l'heure du café. Frank s'accroupissait près de Zeyk en sirotant la vase noire de son café et en se concentrant sur les conversations en arabe. Il aimait cette langue musicale et riche en métaphores. En arabe, la terminologie technique se teintait de l'imagerie du désert, à cause de toutes les racines des termes nouveaux qui, bien qu'abstraits, avaient des origines physiques concrètes. L'arabe, tout comme le grec, avait été une langue scientifique au départ, et cela transparaissait dans certaines ressemblances inattendues avec l'anglais et la nature compacte et organique du vocabulaire.

Les conversations abordaient tous les sujets, mais elles étaient dirigées par Zeyk et les aînés, auxquels les plus jeunes accordaient une déférence qui stupéfiait Frank. Il en apprenait ainsi beaucoup sur les usages des bédouins, ce qui lui permettait d'approuver, de poser des questions et, parfois, de faire des commentaires ou des critiques.

— Quand il existe un courant conservateur très fort dans une société, disait Zeyk, qui se détache progressivement du courant principal, vous avez le risque le plus grave de voir éclater des guerres civiles. Comme ce conflit en Colombie qu'on a nommé *la violencia*. Une guerre civile qui a entraîné la chute de l'Etat, un chaos incompréhensible et encore moins contrôlable.

— Ou comme Beyrouth, dit Frank d'un ton innocent.

Mais Zeyk sourit.

— Non, non. La situation de Beyrouth était bien plus complexe. Il ne s'agissait pas uniquement d'une guerre civile. D'autres conflits extérieurs étaient venus s'y greffer. Il ne s'agissait pas de conservateurs sociaux ou religieux qui se seraient détachés de la culture majoritaire, comme en Colombie ou dans la guerre d'Espagne.

— Vous parlez comme un véritable progressiste.

— Tous les Qahirans Mahjaris sont progressistes par définition, sinon nous ne serions pas là. Mais l'Islam a évité la guerre civile en demeurant un tout. Nous avons une culture cohérente, et les Arabes qui sont ici sont encore sincèrement pieux. Les éléments les plus conservateurs, là-bas, sur Terre, le comprennent. Nous ne connaîtrons jamais la guerre civile, parce que nous sommes unis par notre foi.

Frank ne dit rien, mais on lisait clairement sur son visage ce qu'il pensait de l'hérésie chiite qui s'était manifestée dans certaines « guerres civiles » de l'Islam. Mais Zeyk l'ignora et poursuivit :

— Nous avançons dans l'Histoire comme une caravane libre. On pourrait dire que nous sommes sur Al-Qahira comme un patrouilleur de prospection. Et vous savez quel plaisir cela représente.

— Bien…, commença Frank.

Il hésitait : son inexpérience dans la pratique de l'arabe ne lui offrirait qu'une faible marge de doute avant que les autres ne s'offensent.

— … Le concept de progrès social existe-t-il vraiment dans l'Islam ?

Ils furent plusieurs à répondre.

— Mais certainement !

Et Zeyk ajouta :

— Vous ne le croyez pas ?

— Eh bien…

Frank laissa mourir sa phrase.

Il n'existait toujours pas de véritable démocratie arabe. Ce qui existait, c'était une société hiérarchique fondée sur l'honneur et la liberté. Mais pour ceux qui se situaient au bas de la hiérarchie, l'honneur et la liberté ne pouvaient se concevoir sans la déférence. Ce qui renforçait le système et le rendait absolument statique. Que pouvait-il dire à cela ?

— La destruction de Beyrouth a été un désastre pour la culture progressiste arabe, déclara quelqu'un. C'était la ville où se réunissaient les artistes, les intellectuels et les radicaux. Ils ont été attaqués par leurs gouvernements. Les nations arabes détestaient l'idée d'un panarabisme idéal, mais il n'en reste pas moins que nous ne parlons qu'une seule langue dans tous ces pays, et la langue est la grande unificatrice des sociétés. Nous ne sommes qu'un, en dépit des frontières politiques. Beyrouth la première a affirmé cette position et, quand les Israéliens l'ont détruite, tout est devenu plus difficile. Cette destruction visait à nous fractionner, et ils ont réussi. Donc, nous recommençons.

Pour eux, c'était ça, le progrès social.

La strate de cuivre qu'ils avaient exploitée était maintenant épuisée, et le temps était venu d'un autre *rahla*, le voyage de la *hejra* vers un autre site. Ils roulèrent pendant deux journées avant d'atteindre un autre gisement que Frank avait découvert. Il repartit alors en prospection solitaire.

Il passait des jours sur son siège, renversé, les pieds sur le tableau de bord, à regarder le paysage qui se déroulait. Ils étaient dans une région de *thulleya*, de plissements parallèles. Il n'allumait plus la TV : il devait beaucoup réfléchir.

— Les Arabes ne croient pas au péché originel, écrivit-il dans son lutrin. Ils considèrent que tout homme est innocent et que la mort est naturelle. Que nous n'avons pas besoin d'un sauveur. Qu'il n'existe ni paradis ni enfer, mais seulement la récompense ou le châtiment, qui peuvent se manifester dans l'existence présente et la manière dont on la vit. D'une certaine manière, c'est une correction humaniste du judaïsme et du christianisme. Mais, par ailleurs, ils ont toujours refusé la responsabilité de leur destin. Pour eux, il s'agit toujours de la volonté d'Allah. Et je ne comprends pas cette contradiction. De toute manière, ils sont là. Et les Mahjaris ont toujours fait intimement partie de la culture arabe, et l'ont même quelquefois dirigée.

« La poésie arabe avait connu un renouveau au XXe siècle grâce aux poètes installés à New York ou en Amérique latine. Il en irait peut-être de même ici. Il était étonnant de voir à quel point leur vision de l'histoire correspondait aux convictions de Boone. Je ne pense pas que l'un ou l'autre l'ait jamais compris. Rares sont ceux qui se préoccupent de ce que pensent vraiment les autres. Ils sont prêts à croire ce qu'on leur dit de n'importe quel individu suffisamment éloigné.

Il était arrivé sur une couche de porphyre de cuivre, particulièrement dense, avec des concentrations très élevées d'argent. Un bon filon. Le cuivre et l'argent étaient devenus des matériaux rares sur la Terre, alors que l'argent était toujours utilisé massivement par les industries. Ce gisement en était particulièrement riche en surface, mais pas autant que sur le site de la montagne d'Argent dans Elysium. Mais, pour les Arabes, cela importait peu. Ils allaient moissonner tout ça et repartir.

Il roulait toujours. Les jours passaient, les ombres défilaient. Le vent dévalait les pentes, remontait les pentes, les descendait, les remontait. Des nuages se formaient et des tempêtes éclataient. Parfois, des aurores boréales, des parhélies, des tornades de cristaux de glace apparaissaient dans le ciel, brillants comme du mica dans la lumière rosée du soleil. De temps en temps, il voyait une navette amorcer l'aérofreinage, météore éblouissant traversant le ciel. Par une claire matinée, il aperçut Elysium Montes, dressé sur l'horizon comme un Himalaya noir. C'était une image reflétée par une couche d'inversion de l'atmosphère. Elysium était à 1 000 kilomètres de distance. Il avait cessé de prendre des notes sur son lutrin, tout comme il avait cessé de regarder la TV. Il n'y avait que le monde et lui. Et les vents qui jouaient avec le sable, qu'ils envoyaient en grands nuages sur le patrouilleur. *Khala*, la terre vide.

Mais des rêves vinrent alors le hanter, faits de souvenirs, intenses, denses et précis, comme s'il revivait son existence dans son sommeil. Une nuit, il revécut ce jour où il avait compris avec certitude qu'il serait à la tête de la moitié de la première colonie américaine de Mars. Il avait quitté Washington pour la vallée de la Shenandoah avec un sentiment confus. Longtemps, il s'était promené dans la forêt. Il avait atteint les grottes dolomitiques de Luray, qui étaient devenues un site touristique et, impulsivement, il avait acheté un billet. Chaque stalactite ou stalagmite était éclairée par des projecteurs aux couleurs criardes. On avait même prévu des maillets pour ceux qui voulaient jouer du xylophone de pierre ! Du clavier calcaire bien tempéré ! Il avait dû se cacher dans un recoin d'ombre pour étouffer son rire.

Puis il s'était garé sur une esplanade et s'était avancé dans la forêt. Il s'était assis au creux des racines d'un arbre énorme. Les lieux étaient déserts, la terre sombre, la nuit tiède dans le frémissement doux du feuillage. Les cigales stridulaient encore dans leur langage étrange, les criquets lançaient leurs derniers appels désolés, sentant l'approche du gel qui les tuerait bientôt. Tout cela était tellement *bizarre*... Comment pouvait-il abandonner ce monde ? En cet instant, il avait souhaité être un enfant des fées pour se glisser dans une fente et resurgir différent, meilleur, plus fort, noble, presque éternel — comme un arbre de la forêt. Mais il ne s'était rien passé, bien sûr. Il était resté allongé sur cette terre dont il était déjà séparé. Déjà Martien.

Il se réveilla et il fut troublé durant toute la journée.

Ensuite, ce fut plus grave encore, car il rêva de John. Il se retrouva à Washington, cette nuit où il avait vu John posant le pied sur Mars, suivi de ses trois compagnons. L'été de 2020. Frank avait quitté la soirée de réjouissances de la NASA et s'était perdu dans les rues. La nuit était chaude. John débarquant le premier sur Mars : cela avait fait partie de son plan. C'était comme dans une partie d'échecs, quand on sacrifie la reine. Parce que cette première expédition serait brûlée par les radiations dures et que, après son retour, elle serait mise au rencard, en application des règles de sécurité. Le champ serait ensuite ouvert en toute sécurité pour ceux qui allaient s'installer définitivement sur Mars. Ce qui était l'enjeu essentiel. Et Frank comptait bien être le chef.

Mais, durant cette nuit historique, son humeur avait chuté. Il était retourné jusqu'à son appartement, près de Dupont Circle, avant de ressortir. Il avait perdu son badge du FBI quand il se faufila dans un bar pour regarder la télé par-dessus les têtes des consommateurs agglutinés, en buvant du bourbon comme son père. La lumière de Mars posait des reflets rouges dans le bar ténébreux. Il se soûlait consciemment tout en écoutant le discours inepte de John Boone et son humeur s'assombrissait. Il avait du mal à réfléchir à son plan. La salle était bruyante et les spectateurs peu attentifs. Le débarquement sur Mars n'avait pas échappé à la clientèle, mais ce n'était qu'un événement de plus, comme le dernier match des Bullets vers lequel un des barmen zappait régulièrement. Et puis, clic ! on revenait sur Chryse Planitia. Un type jura à côté de Frank qui lança, en retrouvant cet accent de Floride qu'il avait depuis longtemps perdu :

— Le basket, ça va être super sur Mars.

— Il va falloir qu'ils remontent le panier, sinon ils vont se péter le crâne.

— Ça c'est sûr. Parce qu'ils pourront sauter jusqu'à six mètres facile.

— Ouais, même les Blancs sauteront comme ça, là-bas. C'est ce qu'ils racontent. Mais il vaudrait mieux laisser tomber le basket, sinon vous aurez les mêmes emmerdes qu'ici !

Frank éclata de rire. Mais quand il regagna son appartement dans la nuit moite du District de Columbia, il était d'une humeur encore plus noire qu'auparavant. Il tomba sur un des clochards de Dupont Circle et lui lança un billet de dix dollars en hurlant :

— Va te faire foutre ! T'as qu'à trouver du boulot !

Mais, au même moment, des gens surgirent du métro et il s'éloigna rapidement, furieux et bouleversé. Il y avait des mendiants dans toutes les portes cochères. Des humains avaient débarqué sur Mars et les mendiants envahissaient la capitale de l'Amérique, pendant que les hommes de loi, les avocats et les juges continuaient leur bavardage sur la liberté et la justice, une couverture pour leur cupidité.

— On s'y prendra d'une autre façon sur Mars ! dit Frank d'un ton mauvais. (Tout à coup, il aurait voulu y être instantanément, sans avoir à attendre toutes ces années, à militer.) Trouve-toi un job, merde ! hurla-t-il à un autre clodo.

Puis il entra dans son immeuble. L'équipe de sécurité somnolait derrière le comptoir d'entrée. Ces gars-là gaspillaient leur vie à ne rien foutre. Quand il arriva devant la porte de son appartement, il eut du mal à ouvrir tellement ses mains tremblaient. Il se figea dès qu'il fut à l'intérieur, horrifié devant le spectacle rutilant de son mobilier de cadre commercial, disposé comme un décor de théâtre afin d'impressionner les rares visiteurs qui n'appartenaient pas à la NASA ou au FBI. Rien ne lui appartenait. Rien, *sinon son plan*.

Et il se réveilla, seul dans son patrouilleur, sur le Grand Escarpement.

Il revint enfin de son éprouvante expédition de cauchemars. Il eut du mal à en parler aux gens de la caravane. Zeyk l'invita pour le café et il avala une tablette de complexe opiacé pour retrouver son calme. Il reprit sa place dans le cercle de Zeyk, accepta son infime dose de café. Unsi Al-Khal était assis à sa gauche, discourant sur la vision islamique de l'Histoire, comment elle avait débuté durant le Jahili ou la période préislamique. Al-Khal ne s'était jamais montré amical avec Frank, et lorsque ce dernier lui tendit la tasse qui lui revenait en un simple geste de politesse, Al-Khal insista pour que Frank accepte de boire le premier : lui, Al-Khal, ne pouvait usurper cet hommage. Une insulte islamique typique sur fond de courtoisie exagérée. Ainsi Frank retrouvait-il la hiérarchie : on n'accordait pas de faveurs à ceux qui étaient plus élevés que vous dans le système, mais seulement aux inférieurs. Ils se retrouvaient dans la savane primitive (ou bien à Washington). Avec les tactiques de domination des primates.

Frank grinça des dents, et quand Al-Khal se remit à pontifier, il demanda :

— Et en ce qui concerne vos femmes ?

Déconcertés, ils le fixèrent. Et Al-Khal haussa les épaules.

— Dans l'Islam, les hommes et les femmes ont des rôles différents. Tout comme en Occident. C'est biologique, à l'origine.

Frank secoua la tête. Il percevait le murmure sensuel des tentures, le poids noir du passé. Et la pression de l'aquifère de dégoût, au fond de ses pensées, s'accrut. Quelque chose céda. Et soudain, plus rien n'eut d'importance, et il se sentit malade à la seule idée de simuler quoi que ce soit, malade de cette huile visqueuse qui permettait à la société de continuer son atroce chemin.

— Oui, dit-il, mais c'est de l'esclavage, n'est-ce pas ?

Autour de lui, les hommes se raidirent, choqués.

— N'est-ce pas ? (Les mots montaient de sa gorge sans qu'il puisse rien y faire.) Vos femmes et vos filles n'ont aucun pouvoir, et c'est de l'esclavage. Vous pouvez les entretenir et, en tant qu'esclaves, elles peuvent toujours disposer de pouvoirs intimes et particuliers sur leurs maîtres. Mais la relation de maître à esclave est à l'origine de la distorsion générale. Les relations sont donc distordues, ce qui suscite une pression qui mène au point d'explosion.

Zeyk plissait le nez.

— Je peux t'assurer que telle n'est pas l'expérience vécue. Tu devrais lire notre poésie.

— Et vos femmes me le confirmeraient ?

— Oui, fit Zeyk d'un ton parfaitement confiant.

— Peut-être. Mais, quand même, les femmes qui réussissent, dans votre société, n'en restent pas moins modestes et respectueuses. Elles honorent scrupuleusement le système. Je parle de celles qui aident leurs époux et leurs fils à s'élever dans le système. Donc, pour réussir, il leur faut travailler pour renforcer ce système qui les opprime. Et les effets sont pernicieux. Et le cycle se répète de génération en génération. Soutenu par les maîtres autant que par les esclaves.

— L'usage du mot *esclave* est offensant, dit lentement Al-Khal. (Il fit une brève pause.) Parce qu'il présume un jugement. Un jugement porté sur une culture que tu ne connais pas vraiment.

— C'est vrai. Je ne peux que vous rapporter ce qui est observable de l'extérieur. Et ça ne peut intéresser qu'un musulman progressiste. Est-ce là le plan divin pour lequel vous vous battez afin qu'il soit réalisé dans le cours de l'Histoire ? Il existe des lois dont on peut observer les effets et, pour moi, tout ça ne me semble qu'une forme d'esclavage. Et vous savez que nous avons déclenché des guerres pour mettre fin à l'esclavage. Nous avons exclu l'Afrique du Sud de la communauté des nations parce qu'elle avait voté des lois afin que les Noirs ne puissent pas vivre comme les Blancs. Mais c'est ce que vous faites en permanence. Si des hommes étaient traités comme vos femmes, l'ONU prendrait des mesures. Mais, du moment qu'il s'agit de femmes, les hommes au pouvoir détournent le regard. Ils disent qu'il s'agit de problèmes de culture, de religion, dont il ne faut surtout pas se mêler. On ne parle pas d'esclavage, car on considère que c'est une exagération par rapport à la façon dont les femmes sont traitées ailleurs dans le monde.

— Ne parlons pas d'exagération, intervint Zeyk, mais de variation.

— Non, non. Il s'agit bien d'exagération. Les femmes en Occident ont le choix de leur vie. Ce qui n'est pas le cas chez vous. Mais un être humain ne peut se résoudre à appartenir à quelqu'un. Il déteste ça, il se révolte, et il se venge n'importe comment. Les humains sont comme ça. Et, dans votre cas, il s'agit de votre mère, de votre femme, de vos sœurs, de vos filles.

Tous s'étaient tournés vers lui. Ils étaient plus stupéfaits qu'offensés. Mais Frank, plongeant le regard dans sa tasse, continua :

— Il faut que vous libériez vos femmes.

— Et comment nous suggères-tu de le faire ? lui demanda Zeyk, le regard curieux.

— En changeant vos lois ! En éduquant vos femmes dans les écoles où vont vos fils. Qu'elles aient les mêmes droits que tous les musulmans. Rappelle-toi que vous avez de nombreuses lois qui ne figurent pas dans le Coran et qui sont venues s'ajouter depuis le temps de Mahomet.

— Par de saints hommes, rétorqua Al-Khal d'un ton irrité.

— Certainement. Mais nous choisissons de modifier nos croyances religieuses à la lumière de la vie de tous les jours. C'est vrai pour toutes les cultures. Et nous pouvons choisir de nouvelles orientations. Vous devez libérer vos femmes.

— Je n'aime pas que quiconque me donne des leçons, si ce n'est un mullah. (Al-Khal pinçait les lèvres sous sa moustache.) C'est à ceux qui sont innocents de tout crime de prêcher ce qui est bien.

Zeyk eut un sourire radieux.

— C'est ce que disait Selim el-Hayil.

Et un lourd silence retomba.

Frank accusa le coup. La plupart souriaient maintenant en regardant Zeyk d'un air de connivence. Et il comprit soudain qu'ils savaient tous ce qui était arrivé à Nicosia. Bien sûr ! Selim était mort cette même nuit, quelques heures après l'assassinat, empoisonné par une étrange combinaison de microbes. Ils savaient.

Et pourtant, ils l'avaient accepté, ils l'avaient admis dans leur maison, dans les lieux privés où ils vivaient. Ils avaient essayé de lui enseigner ce en quoi ils croyaient.

— Peut-être que nous devrions les rendre aussi libres que les femmes russes, proposa Zeyk avec un rire qui arracha Frank à ses réflexions.

— Elles sont écrasées de travail, non ? Mais on leur raconte qu'elles sont les égales de l'homme, alors qu'il n'en est rien, c'est ça ?...

Youssouf Hawi, un jeune homme brillant, ricana, le regard salace :

— Je vous le dis, ce sont toutes des chiennes ! Mais ni plus ni moins que toutes les autres ! N'est-il pas vrai qu'au foyer le pouvoir revient au plus fort ? Dans mon patrouilleur, c'est *moi* qui suis l'esclave, je peux vous le dire. Tous les jours, j'embrasse un serpent avec mon Aziza !

Les rires explosèrent. Zeyk servit une nouvelle tournée de café. Ils effaçaient les paroles insultantes de Frank, soit parce qu'ils les mettaient sur le compte de l'ignorance, soit parce qu'ils acceptaient le soutien que Zeyk lui apportait. Mais ils étaient moins de la moitié, maintenant, à regarder Frank.

Il s'enferma dans le silence, se contentant de les écouter, profondément irrité contre lui-même. C'était une faute que de se livrer n'importe quand, à moins que cela ne corresponde parfaitement à votre objectif politique. Ce qui n'était jamais le cas. Mieux valait vider toute déclaration de son contenu réel. C'était une règle de base de la diplomatie. Mais là-bas, sur l'escarpement, il avait oublié.

Il repartit en prospection. Les rêves se firent moins fréquents. A son retour, il cessa de prendre des drogues. Il gardait le silence à l'heure du café, ou bien il parlait d'aquifères et de minerais, ou des nouveaux patrouilleurs de prospection. Les hommes le regardaient avec méfiance et n'acceptaient qu'il participe à leurs conversations qu'à cause de l'attitude amicale de Zeyk, qui jamais ne se relâchait. Sauf en cette occasion où il avait efficacement rappelé à Frank l'un des faits de base de la situation.

Zeyk l'invita un soir en privé avec sa femme, Nazik. Celle-ci était vêtue d'une longue robe blanche dans le style bédouin, avec une ceinture bleue. Elle avait ramené ses cheveux noirs sous un peigne, mais les laissait flotter dans son dos. Frank avait suffisamment lu à ce sujet pour savoir que tout cela était faux : chez les Bédouins d'Awlad-Ali, les femmes portaient des robes noires et des ceintures rouges pour marquer leur impureté, leur sexualité, et leur infériorité morale. Elles devaient se couvrir la tête et pratiquaient l'usage du voile selon un code hiérarchique complexe de modestie. Tout cela par déférence envers le mâle. Ainsi coiffée et vêtue, Nazik aurait choqué sa mère autant que sa grand-mère, même si elle se présentait ainsi à un étranger pour qui cela n'avait pas d'importance. Mais s'il en savait assez pour comprendre, alors, il y avait là un signe certain.

A un moment de la soirée, alors que tous trois riaient, Nazik se leva, obéissant à la demande de Zeyk de servir le dessert, et elle dit sans cesser de rire :

— Oui, maître.

Il plissa le front et fit : « Va, esclave ! » en levant la main. Nazik montra les dents et ils redoublèrent de rire en voyant Frank rougir. Ils se moquaient de lui et, dans le même temps, ils brisaient le tabou marital bédouin qui interdisait toute démonstration d'affection devant un témoin. Quand Nazik revint, elle posa un doigt sur l'épaule de Frank, ce qui le troubla encore plus.

— On plaisante avec vous, dit-elle. Nous, les femmes, nous avons appris ce que vous aviez dit aux hommes sur nous, et nous vous aimons à cause de cela. Vous pourriez avoir beaucoup d'entre nous, comme un sultan ottoman. Parce qu'il y a du vrai dans ce que vous avez dit, beaucoup trop de vrai. (Elle hocha la tête d'un air sérieux, pointa le doigt sur Zeyk dont le sourire s'effaçait mais qui approuvait néanmoins.) Mais tant de choses dépendent de ceux qui font les lois, n'est-ce pas ? Les hommes de la caravane sont bons, et intelligents. Les femmes sont encore plus intelligentes et, comme ça, nous les tenons complètement. (Zeyk haussa les sourcils et elle rit encore.) Non, je vous assure, nous avons pris notre part. C'est sérieux.

— Mais où est-ce que vous êtes, alors ? s'étonna Frank. Je veux dire : où passez-vous votre temps, vous, les femmes de la caravane, pendant la journée ? Que faites-vous ?

— Nous travaillons. Venez voir par vous-même.

— Et vous faites toutes sortes de travaux ?

— Bien sûr que oui. Mais peut-être pas là où vous pouvez nous voir le plus souvent. Nous avons encore... des habitudes, des coutumes. Nous sommes recluses, séparées, nous avons notre propre monde — et ça n'est peut-être pas aussi bien que ça. Nous autres Bédouins, nous avons tendance à nous regrouper, hommes comme femmes. Nous avons nos traditions qui persistent. Mais beaucoup de choses changent, vous savez, et très vite. Nous entrons dans l'autre étape islamique. Nous sommes...

Elle cherchait le mot.

— L'utopie, suggéra Zeyk. L'utopie musulmane.

Elle agita la main avec un air de doute.

— L'Histoire. Du hadj à l'utopie...

Zeyk rit avec une expression ravie.

— Mais le hadj est notre destination, dit-il. C'est ce que les mullahs nous ont toujours enseigné. Nous en sommes déjà là, non ?

Il sourit à sa femme, qui lui répondit d'un air complice, en un bref instant de communication intense. Et ils partagèrent leur sourire avec Frank. Avant que la conversation ne dévie.

En termes pratiques, Al-Qahira était le rêve panarabique réalisé. Toutes les nations arabes avaient apporté leur soutien financier et humain aux Mahjaris. Sur Mars, le mélange des nations arabes avait réussi mais, dans les caravanes individuelles, la séparation existait encore. Pourtant, ils se rencontraient, ils se mêlaient les uns aux autres. Et les différences n'étaient plus marquées, désormais, entre les pays enrichis par le pétrole et les pays appauvris par le pétrole. Ils étaient tous cousins : Syriens et Irakiens, Egyptiens et Saoudiens, Arabes des Emirats du Golfe, Palestiniens, Libyens et Bédouins. Tous cousins. Sur Mars.

Frank commençait à se sentir mieux. Il avait retrouvé un sommeil profond, rafraîchi par le laps de temps martien, cette petite faille dans le rythme circadien, ce congé du corps. Le temps, dans la caravane, avait été changé. Il y en avait plus qu'avant à gaspiller, il n'existait plus aucune raison de se hâter.

Et les saisons passaient. Le soleil se couchait presque au même endroit chaque soir, doucement. Ils étaient désormais complètement régis par le calendrier martien et ils s'y fiaient pour célébrer la nouvelle année. $L_S = 0$ marquait le début du printemps de l'hémisphère nord, le début de l'année 16. Chaque saison durait six mois, et le sens de la mortalité était devenu diffus pour chacun d'eux : comme s'ils devaient vivre éternellement.

Un matin, à leur réveil, ils découvrirent qu'il avait neigé durant la nuit. Le paysage était blanc. Les cristaux étaient essentiellement composés d'eau. Durant toute la journée, la caravane fut prise de folie. Tous, hommes et femmes, se précipitèrent au-dehors en marcheur. Ils donnèrent de grands coups de pied dans la couche de neige, essayèrent de confectionner des boules qui ne voulaient pas coller, des bonshommes de neige qui s'écroulaient dans la minute. Car la neige était trop froide.

Zeyk riait comme un fou.

— Ça fait un sacré albédo, déclara-t-il. C'est étonnant de constater à quel point tout ce que Sax fait se retourne contre lui. L'effet de feedback s'ajuste naturellement selon l'homéostase, n'est-ce pas ? Je me demande parfois si Sax n'aurait pas pu s'arranger pour que tout se refroidisse à tel point que toute l'atmosphère se gèle en surface. Ça représenterait quoi ? Un centimètre ? Puis on aurait fait passer nos moissonneuses d'un pôle à l'autre et, ensuite, on aurait tracé des lignes de latitude, en transformant le gaz carbonique avec un fertilisant pour avoir de l'air respirable. Tu ne penses pas que c'était valable ?

Frank hocha la tête.

— Sax y a probablement pensé, et il a rejeté cette idée pour une raison que nous ne pouvons pas deviner.
— Sans doute.

La neige finit par se sublimer, la terre rouge réapparut, et ils continuèrent leur route. Ils passaient parfois devant des réacteurs nucléaires Rickover, pareils à d'antiques châteaux — des alimentateurs Westinghouse gigantesques qui crachaient des jets de givre. Ils regardèrent, sur Manlavid, divers programmes concernant un prototype de réacteur à fusion installé dans Chasma Borealis.

Ils enfilaient canyon après canyon. Ils connaissaient ce monde encore mieux qu'Ann elle-même. Toutes les parties de Mars l'intéressaient de la même façon, et elle était incapable d'avoir cette connaissance approfondie d'une seule et unique région, cette façon qu'ils avaient de la déchiffrer comme une histoire, suivant ses traces à travers la roche rouge vers une zone noirâtre de sulfides, ou les tons cannelle délicats des dépôts de mercure. Ils n'étaient pas tant des étudiants de la terre que ses amants ; ils en attendaient quelque chose. Ann, au contraire, ne lui demandait rien, que des réponses. Il y avait tant de sortes différentes de désir.

Les saisons passaient. Lorsqu'ils rencontraient d'autres caravanes arabes, la fête durait toute la nuit, avec de la musique et des danses, du café, des hookahs et d'interminables bavardages. Ils n'écoutaient jamais de musique enregistrée : il y avait toujours parmi eux des musiciens qui jouaient avec talent de la flûte, de la guitare électrique, qui chantaient aussi, en quarts de tons et en lamentos si étranges que Frank mit très longtemps à savoir s'ils étaient ou non doués. Les repas duraient des heures, on parlait jusqu'à l'aube, et ils se faisaient tous un devoir d'assister à la fournaise du lever de soleil.

Quand ils rencontraient d'autres nations, ils se montraient plus réservés. Dans Tantalus Foss, près d'Alba Patera, ils passèrent devant une nouvelle station minière de l'Amex, perchée sur l'une des rares grandes veines de platinoïdes. La mine, exploitée surtout par des Américains, avait été installée sur le plancher du rift étroit et elle était en grande partie robotisée. L'équipe de la station vivait sous une tente somptueuse, au bord du rift. Les Arabes firent un détour, rendirent une brève visite aux Américains, puis regagnèrent très vite leurs véhicules insectoïdes pour la nuit. Les Américains n'apprendraient rien d'eux.

Mais, ce même soir, Frank se rendit seul jusqu'à la tente de l'Amex. Les hommes de l'équipe venaient de Floride, et leur accent réveilla ses souvenirs. Mais il ne tint pas compte des petites explosions mentales que certaines phrases déclenchaient en lui et posa des salves de questions, se concentrant surtout sur les Noirs, les Latinos et les ploucs. Il s'aperçut que ce groupe se comportait comme une communauté ancienne, à l'imitation des Arabes. Une équipe de forage qui vivait dans des conditions particulièrement dures et s'éreintait pour de gros salaires, économisant le maximum pour le retour à la civilisation. Cela en valait la peine, même si Mars vous suçait jusqu'à la moelle.

— Vous comprenez, même sur la glace on peut sortir, mais ici, rien à foutre.

Peu leur importait qui il était. Il resta là, à les écouter échanger des histoires qui l'étonnaient, même si elles lui étaient profondément familières.

— On était vingt-deux à prospecter dans un petit habitat mobile sans aucune cloison. Une nuit, on a fait la fête. On s'est tous mis à poil, les femmes se sont disposées en cercle la tête tournée vers le centre, et tous les gars se sont mis à tourner. On était douze pour dix filles, et il y avait toujours deux gars qui restaient en dehors du coup, ce qui accélérait la rotation. Ça a marché super bien. C'était comme un tourbillon et on y plongeait chacun à son tour. Oui, c'était vraiment terrible.

Quand les éclats de rire et les protestations d'incrédulité se furent calmés, le type ajouta :

— On était dans Acidalia. On abattait des porcs pour les surgeler après. Ces bestiaux, ça vous tue des humains, et on devait leur planter une grosse flèche dans le crâne. On s'est dit pourquoi pas les tuer tous d'un coup en les surgelant en même temps pour voir comment ça se passe. Alors, on les a tous blessés et on a parié sur ceux qui iraient le plus loin. Ensuite, on a ouvert le sas, tous les cochons se sont carapatés, et *crac !* ils ont tous crevé à moins de cinquante mètres de là, sauf une petite cochonne qui a fait presque deux cents mètres et qui est morte gelée en restant sur ses pattes. Du coup, elle m'a fait gagner mille dollars.

Dans le tonnerre de hurlements, Frank sourit. Il était de retour en Amérique. Il leur demanda ce qu'ils avaient fait d'autre sur Mars. Certains avaient participé à la construction de réacteurs nucléaires au sommet de Pavonis Mons, là où aboutirait l'ascenseur spatial. D'autres avaient travaillé à la pose du pipeline qui traversait la dorsale de Tharsis, entre Noctis et Pavonis. Praxis, la transnationale de l'ascenseur, avait des tas d'intérêts derrière tout ça.

— J'ai travaillé sur un Westinghouse, sur l'aquifère de Compton, sous Noctis. Il est censé contenir autant de flotte que la Méditerranée, et notre réacteur devait seulement fournir de l'énergie à toute une série d'humidificateurs. Des putains d'humidificateurs qui tournent à 200 mégawatts, comme celui que j'avais dans ma chambre quand j'étais gosse et qui ne bouffait que 50 watts ! Des monstres de la Rockwell avec des vaporisateurs monomoléculaires et des moteurs à turbine qui crachent leur brouillard jusqu'à 1000 mètres de haut ! Incroyable ! Un million de litres d'H_2O à l'heure !

Un autre avait travaillé sur une nouvelle cité sous tente dans le chenal d'Echus, sous le Belvédère.

— Ils ont capté un aquifère et il y a des fontaines partout, avec des statues, des cascades, des canaux, des bassins, des piscines. Une espèce de petite Venise. Avec un taux de rétention thermique important, aussi.

La conversation se poursuivit dans le gymnase, dont l'équipement était spécialement conçu de façon à entretenir la musculature pour un milieu terrien.

Ils suivaient tous un programme rigoureux : au moins trois heures d'exercices par jour.

— Si on laisse tomber, on est coincés ici, non ? Et alors, qu'est-ce qu'on fera de nos économies ?

— Ça finira bien par devenir la monnaie officielle. Le dollar américain, ça vous suit partout.

— Tu prends le problème à l'envers, branleur.

— On en est la preuve vivante.

— Je croyais que le traité bloquait l'usage de la monnaie terrienne sur Mars ? s'étonna Frank.

— Le traité, c'est une belle connerie.

— Oui, il est mort. Comme Bessy, ma petite cochonne longue distance.

Ils observaient tous Frank, ils avaient vingt ans, trente ans, une génération avec laquelle il ne parlait guère. Il ignorait comment ils avaient grandi, comment ils avaient été façonnés, et ce en quoi ils croyaient. Leur accent familier et leurs visages étaient trompeurs, peut-être, et même certainement.

— Vous le pensez vraiment ?

Certains d'entre eux semblaient avoir vaguement conscience qu'il pouvait avoir un rapport direct avec le traité, ainsi qu'avec toutes les associations historiques. Mais son interlocuteur répondit sans hésiter :

— Ecoutez, vieux, on est ici illégalement, selon le traité, grâce à un marché. Et ça se passe comme ça un peu partout. Le Brésil, la Géorgie, les Etats du Golfe… Tous les pays qui ont voté contre le traité laissent les transnats s'installer. C'est une véritable compétition de pavillons de complaisance ! Et l'AMONU est allongée sur le dos, les cuisses bien écartées, et elle en redemande. Les gens débarquent par milliers et presque tous sont au service des transnats. Ils ont leur visa et un contrat de cinq ans, y compris le programme de musculation pour garder la forme terrienne et des machins de ce genre…

— Des milliers ?

— Ça, oui ! Des dizaines de milliers, je dirais.

Et Frank prit conscience qu'il n'avait pas regardé la TV depuis… depuis très longtemps.

Un type qui soulevait un jeu complet de contrepoids intervint :

— Ça va péter bientôt — des tas de gens n'aiment pas ça — et pas seulement les anciens comme vous, mais aussi pas mal de nouveaux. Ils disparaissent par troupeaux entiers. Ils abandonnent des sites, des villes parfois. On tombe sur une mine dans Syrtis : elle est déserte. Tout ce qui pouvait être utile a disparu — tout a été nettoyé — les sas, les verrous, les réservoirs d'oxygène, les chiottes. Ça doit leur prendre des heures, mais ils raflent tout.

— Et pourquoi ?

— Parce qu'ils deviennent des indigènes ! lança un autre, attelé à une machine d'extension. Parce qu'ils sont passés dans le camp de votre camarade Arkady Bogdanov !

Allongé sur sa banquette d'exercice, il soutenait le regard de Frank. C'était un Noir, très grand, les épaules larges, le nez aquilin. Il continua :

— Ils rappliquent tous ici et la compagnie en fait un maximum. Bonne bouffe, gymnase et tout. Mais ça se résume à une seule chose : on vous dit ce qu'il faut faire et ne pas faire. Tout est programmé : l'heure du réveil, les repas, quand il faut aller chier... C'est comme si la Marine s'était payé le Club Med, vous comprenez ? Et alors, voilà votre copain Arkady qui nous tombe dessus pour nous dire : Hé, les garçons, vous êtes des vrais Américains et vous devriez être libres ici. Parce que Mars, c'est la nouvelle frontière. Et c'est ce que vous devez comprendre. On est un certain nombre à vivre ça comme l'Ouest, on n'est pas des logiciels de robots, on a nos propres règles et notre monde est ici ! Et voilà comment ça se passe !

Les rires emplirent la salle. Peu à peu le silence s'était installé. Franck venait de s'en apercevoir.

— C'est ça, le truc ! Les gars débarquent, ils s'aperçoivent qu'on les a programmés, ils comprennent qu'ils ne peuvent pas garder la forme terrienne en respirant dans des masques à oxygène. Ils nous ont menti sur toute la ligne. La paie ne veut plus rien dire puisqu'on est du matériel, de la camelote, qu'on est cloués ici pour des années ! Des esclaves, mon vieux ! Des putains de merdes d'esclaves ! Il faut me croire : ça dégoûte les types. Ils sont prêts à la casse, c'est sûr. C'est ça qu'il faut que vous compreniez. Et c'est eux, les gars qui disparaissent. Avant que ça finisse, ça va faire un sacré nombre.

Frank le dévisagea.

— Et pourquoi vous n'avez pas fait comme eux ?

Avec un rire bref, l'autre se remit à ses exercices.

— A cause de la sécurité ! lança une voix.

L'homme des contrepoids n'était pas d'accord.

— La sécurité débloque — mais il faut... il faut bien aller quelque part. Et dès qu'Arkady se montre, c'est fini !

— Une fois, dit le Noir, j'ai vu une vidéo de lui. Il disait que les gens de couleur étaient plus adaptés à la vie sur Mars que les Blancs, qu'on s'en tirait mieux avec les UV.

— Ouais, c'est ça !

Ils riaient tous, à la fois sceptiques et amusés.

— D'accord, tout ça, c'est des conneries, mais pourquoi pas ? Disons qu'on est chez nous. C'est notre monde. Nova Africa. Et pas question qu'un boss nous fasse décarrer, cette fois.

Le Noir riait, comme ravi à l'idée d'avoir seulement lancé une absurdité. A moins que ce ne fût une vérité joyeuse, délicieuse, qui pouvait faire rire durant des heures.

Dans la nuit, très tard, Frank retourna à la caravane et reprit la route avec les Bédouins. Mais rien n'était plus pareil. Il avait été ramené en arrière dans le temps et, désormais, les longues journées qu'il passait dans son prospecteur le lassaient. Il regardait à nouveau la TV et lançait des appels. Il n'avait pas démissionné de son poste à Washington. Slusinski, son assistant, l'avait remplacé à la tête de l'équipe et, de son côté, il s'était suffisamment couvert en expliquant qu'il était lancé dans la recherche, puis qu'il prenait un congé actif, parce qu'il était nécessaire que l'un des Cent Premiers visite toute la planète. Cela n'aurait pu se prolonger plus longtemps, mais lorsque Frank appela Washington en direct, le président se montra ravi. Puis à Burroughs, Slusinski, épuisé, et à vrai dire tout son staff se réjouirent de son retour prochain, ce qui surprit Frank. Quand il était parti, écœuré par le traité, déprimé par ses rapports avec Maya, on avait certes pensé qu'il était un patron totalement nul. Mais ils l'avaient couvert durant près de deux ans. Les gens étaient bizarres. C'était l'aura des Cent Premiers, sans doute. Comme si cela avait encore de l'importance.

Frank revint de son dernier tour de prospection et reprit sa place dans le patrouilleur de Zeyk pour l'heure du café. Il les écoutait bavarder, Zeyk, Al-Khan, Youssouf et tous les autres, tandis que Nazik et Aziza allaient et venaient. Tous ces gens l'avaient accepté, ils l'avaient compris, en un certain sens.

Selon leur code, il avait fait ce qui était nécessaire. Il se détendait une fois encore dans le flot de la langue arabe et de ses ambiguïtés fascinantes : rivière, forêt, lis, jasmin... autant de termes qui pouvaient s'appliquer à un manipulateur waldo, une canalisation, des pièces de robot. Ou bien, très précisément, à une rivière, une forêt, le lis et le jasmin. Une langue merveilleuse. Celle de ce peuple qui l'avait accepté, auprès duquel il s'était reposé. Et qu'il devait maintenant quitter.

A Underhill, si l'on passait six mois de l'année, on avait droit à une chambre personnelle en permanence. Toutes les villes de la planète adoptaient le même système, parce que la plupart des gens se déplaçaient si souvent que nul ne se sentait vraiment chez soi où que ce fût, et l'arrangement semblait compenser cet effet. Une chose était certaine : les Cent Premiers, qui étaient au nombre des grands nomades de Mars, avaient commencé à passer plus de temps à Underhill qu'au début du séjour, des années auparavant. Et, pour la plupart, c'était un vrai bonheur. Ils étaient toujours là au nombre de vingt ou trente, à n'importe quelle période. D'autres les rejoignaient et, entre leurs tours de travail, ils se retrouvaient. Ce va-et-vient perpétuel permettait d'entretenir le flux des informations, une sorte de colloque permanent sur l'état des choses. Les derniers arrivants apportaient des nouvelles fraîches qu'ils commentaient avec les autres.

Frank, lui, n'avait pas passé le temps requis à Underhill pour avoir droit à sa chambre. En 2050, il avait installé ses bureaux à Burroughs et, avant de se joindre aux Arabes en 2057, la seule chambre qu'il y avait conservée se situait au niveau des bureaux.

On était en 2059 et il était de retour. Sa nouvelle chambre était à un niveau au-dessous de l'ancienne. Il jeta son sac sur le sol, regarda autour de lui et jura à haute voix. Il fallait qu'il soit physiquement présent à Burroughs — comme si la présence matérielle de quiconque en un lieu précis avait encore un sens ! Un anachronisme absurde. Mais les gens étaient comme ça. Encore un vestige de la savane. Ils vivaient comme des singes alors qu'ils étaient des dieux. Mais leurs pouvoirs étaient dispersés dans les hautes herbes.

Slusinski entra. Il avait un pur accent new-yorkais, mais Frank l'avait toujours appelé Jeeves, à cause de sa ressemblance avec l'acteur des séries de la BBC[1].

— On est comme des nains dans un waldo ! lança Frank d'un ton agacé. Tu sais, l'un de ces gros waldos excavateurs. On nous a mis là-dedans et on est censés déplacer une montagne. Mais nous, on se penche à la fenêtre et on creuse le sol avec des cuillers à café. Et on se complimente sur les progrès que l'on fait.

— Je vois, dit Jeeves d'un ton prudent.

Mais il n'y avait rien à y faire. Il était de retour à Burroughs, et il avait droit à quatre conférences par heure, où il apprenait tout ce qu'il savait déjà, à savoir que l'AMONU considérait désormais le traité comme du papier hygiénique. Ils avaient approuvé des systèmes comptables qui garantissaient que les mines n'afficheraient jamais de bénéfices susceptibles d'être reversés aux membres de l'assemblée générale, même après la mise en service de l'ascenseur. Ils accordaient le statut de personnel nécessaire aux milliers d'émigrants. Ils ignoraient les divers groupes locaux en place, ils ignoraient les premiers sur Mars. Tout cela au nom de l'ascenseur spatial, qui était une source inépuisable d'excuses. 35 000 kilomètres d'excuses, cent vingt milliards de dollars d'alibi. Ça n'était pas aussi ruineux que ça, comparé aux budgets militaires du siècle passé. La plus grosse partie des fonds avait été investie durant les premières années du projet dans la recherche d'un astéroïde approprié qu'il avait fallu placer sur orbite avant d'installer la fabrique de câble. Après quoi, la fabrique avait dévoré l'astéroïde, recraché le câble, et le tour était joué. Ils n'avaient eu qu'à attendre qu'il soit suffisamment long pour le mettre en position. Une véritable affaire !

Et une excuse permanente et précieuse pour violer le traité dès que cela semblait plus pratique et expéditif. Bon Dieu de merde ! s'écria Frank au terme de sa première

---

[1]. Jeeves, valet sophistiqué et astucieux, est le personnage principal des romans de P.G. Wodehouse. *(N.d.T.)*

semaine, après une énième réunion. Pourquoi l'AMONU nous bouffe-t-elle comme ça ?

Jeeves, de même que toute son équipe, considérait que sa question était rhétorique et ils ne lui suggérèrent aucune théorie. Il était vraiment resté absent trop longtemps, réalisa-t-il. Et ils avaient peur de lui, à présent. Et c'est lui qui répondit à sa question :

— Ce n'est que de la cupidité, je pense : ils sont tous payés par des moyens détournés.

Le même soir, à l'heure du dîner, dans un petit café, il tomba sur Janet Blyleven, Ursula Kohl et Vlad Taneev. Tout en mangeant, ils regardèrent les infos terriennes. C'était à peine supportable. Le Canada et la Norvège venaient de se joindre au plan de décroissance de la population. Bien sûr, personne ne parlait de contrôle des naissances, expression strictement interdite en politique, mais c'était bel et bien ça. Et la tragédie se répétait : si un quelconque pays ne tenait pas compte des résolutions de l'ONU, son voisin se déclarait menacé par le flux migratoire. Entre-temps, l'Australie, la Nouvelle-Zélande, la Scandinavie, l'Azanie, les Etats-Unis, le Canada et la Suisse avaient déclaré l'immigration illégale, alors que le taux de natalité de l'Inde était de 8 % par an. La famine serait une solution dans pas mal de pays. Les Quatre Cavaliers de l'Apocalypse étaient maîtres dans l'art du contrôle de la population. Jusqu'à maintenant... La TV passa une publicité pour une graisse de régime inassimilable, qui traversait le tube digestif sans être absorbée. « Mangez autant que vous voulez ! »

Janet coupa la TV.

— Et si nous changions de sujet ?

Ils revinrent à leurs assiettes. Vlad et Ursula étaient revenus d'Acheron à cause des cas de tuberculose résistante apparus dans Elysium.

— Le *cordon sanitaire* est usé, commenta Ursula. Certains des virus immigrants vont sûrement muter ou entrer en combinaison avec nos systèmes déjà adaptés.

La Terre. Impossible de l'oublier ou de l'éviter.

— Ici aussi, les choses s'usent ! dit Janet.

— Ça se passe comme ça depuis des années, intervint Frank d'un ton dur, brusquement libéré par le spectacle des visages de ses vieux amis. Même avant le traitement gériatrique, l'espérance de vie dans les pays riches était double de celle des pays pauvres. Réfléchissez ! Autrefois, les pauvres étaient tellement pauvres qu'ils savaient à peine quelle espérance de vie était la leur. Ils vivaient au jour le jour. Mais aujourd'hui, ils peuvent regarder les infos TV dans n'importe quelle boutique — et ils savent qu'ils sont les seuls à attraper encore le SIDA. Ça va très loin dans la différence : je veux dire qu'ils meurent jeunes et que les riches vivent presque éternellement ! Alors, ils n'ont rien à perdre !

— Et tout à gagner, oui, acheva Vlad. Ils pourraient vivre comme nous.

Ils étaient penchés sur des tasses de café, dans la pénombre de la pièce. Les meubles de pin avaient une patine sombre ; des taches, des entailles, des poussières laissées par des mains innombrables... Ç'aurait pu être une de ces nuits, à cette époque lointaine où ils étaient seuls au monde, quelques couche-tard en train de bavarder. Sauf que Frank regardait autour de lui en clignant des yeux. Il lut la lassitude sur le visage de ses amis, dans leurs cheveux blancs, leurs faciès de vieille tortue. Le temps avait passé, ils étaient disséminés sur la planète, courant comme lui, ou cachés comme Hiroko, ou morts comme John. L'absence de John lui parut subitement immense, béante, un cratère au bord duquel ils se blottissaient sombrement, essayant de se réchauffer les mains. Frank eut un frisson.

Plus tard, Vlad et Ursula regagnèrent leur chambre. Frank regardait Janet. Il était comme paralysé, ce qui lui arrivait souvent à la fin d'une longue journée.

— Et Maya ? demanda-t-il, avec l'espoir de retenir encore un instant Janet.

Elles avaient été très amies au temps d'Hellas.

— Mais elle est ici, à Burroughs. Tu ne le savais pas ?...
— Non.
— Elle s'est installée dans les anciennes chambres de Samantha. Elle doit probablement t'éviter.
— Comment ça ?
— Elle est très en colère contre toi.

— Pourquoi ?

Janet le fixa du regard. Dans la salle, les murmures se faisaient discrets.

— Mais tu dois le savoir.

Il essayait de mesurer à quel point il pouvait être sincère avec elle.

— Non. Je devrais ?...

— Oh, Frank ! (Janet se pencha vers lui.) Cesse de te comporter comme si tu avais un manche dans le cul ! On te connaît tous, on était là, et on a tout vu ! (Il se rétracta, et elle ajouta plus calmement :) Tu devrais pourtant savoir que Maya t'aime. Qu'elle t'a toujours aimé.

— Moi ? (Sa voix s'étranglait.) Mais c'est John qu'elle aimait.

— Oui, certainement. Mais avec John, c'était facile. Trop facile pour Maya. Elle aime les problèmes. Comme toi.

Il secoua la tête.

— Non, je ne pense pas que ça soit vrai.

Janet se mit à rire.

— Je sais que j'ai raison, parce qu'elle m'a tout raconté ! Depuis cette conférence sur le traité, elle t'en veut, et elle parle toujours beaucoup quand elle est en rage.

— Mais pourquoi, je te demande pourquoi ?

— Parce que tu l'as rejetée ! Alors que tu lui as couru après pendant des années et des années. Elle aimait ça, elle en avait pris l'habitude. C'était romantique, cette façon que tu avais d'insister. C'est ça qu'elle aimait avec toi. Et aussi ta force. Et maintenant John est mort, elle peut te dire oui, et tu l'envoies balader. Ça l'a rendue folle ! Et avec elle, ça dure...

Il luttait pour rétablir le cours de ses pensées.

— Mais... ça ne correspond à rien de ce que je croyais !

Janet se leva pour se retirer, mais elle lui tapota la tête au passage.

— Tu devrais peut-être en parler à Maya, en ce cas.

Il resta longtemps immobile, les yeux fixés sur l'accoudoir luisant de son fauteuil, incapable de penser vraiment. Finalement, il retourna vers sa chambre.

Il dormit très mal et, à la fin d'une nuit interminable, il retomba au milieu d'un rêve, avec John. Ils étaient dans les longues salles voûtées de la station spatiale, sous gravité martienne, durant leur vol de 2010. Six semaines ensemble, jeunes et forts. Et John disait qu'il se sentait comme Superman quand il faisait des bonds dans la coursive ! Frank, tout sera différent sur Mars !

Non. A chaque fois, c'était comme le dernier bond d'un triple saut. *Boing, boing, boing !*

Oui ! La question principale sera d'apprendre à courir suffisamment vite.

Une interférence nuageuse parfaite était collée sur le littoral ouest de Madagascar. Le soleil changeait l'océan Indien en écailles de bronze.

A cette distance, tout semblait si beau !

Et dès qu'on se rapproche, on en voit trop, murmura Frank.

Ou pas assez.

Il faisait froid et ils parlèrent de la température. John était du Minnesota et, enfant, il avait toujours dormi la fenêtre ouverte. Frank frissonnait, une couverture jetée sur les épaules, les pieds comme deux blocs de glace. Ils jouaient aux échecs. Frank gagna la partie. John se mit à rire.

Comme c'est stupide, dit-il.

Qu'est-ce que tu veux dire ?

Les jeux ne signifient rien.

Tu en es sûr ? Quelquefois, la vie ressemble à un jeu, pour moi.

John secoua la tête.

Dans les jeux, il y a des règles, mais dans la vie, les règles ne cessent de changer. Tu peux déplacer ton fou pour faire échec au roi, mais le roi chuchote à l'oreille de ton fou, qui se met à jouer contre son camp, à se déplacer comme un cavalier. Et c'est toi qui te fais avoir.

Frank acquiesça. C'était lui qui avait appris à John toutes ces choses.

Les repas, les parties d'échecs, leurs conversations, le

spectacle de la Terre qui tournait : c'était comme la seule vie qu'ils auraient vécue. Les voix qui venaient de Houston étaient celles d'ordinateurs aux préoccupations absurdes. Mais la planète était belle, avec les dessins compliqués des continents et des nuages.

Je ne redescendrai jamais. Je crois que c'est presque mieux que Mars, tu ne crois pas ?

Non.

Recroquevillé, frissonnant, il écoutait John parler de l'enfance. Les filles, le sport, les rêves d'espace. Frank répondait en parlant de Washington, des lectures de Machiavel, jusqu'à ce qu'il prenne conscience que John était déjà suffisamment extraordinaire. L'amitié, ça n'était que la poursuite de la diplomatie par d'autres moyens, après tout. Mais plus tard, après un flou passager, il parla, en s'interrompant parfois entre deux frissons. Des bars de Jacksonville, des longs cheveux blonds de Priscilla, de son visage idéal de mannequin de mode. Cela n'avait été qu'un mariage, en fait, ne serait-ce que pour paraître normal aux yeux des psys, pour n'être pas recalé. Mais ça n'était pas sa faute. Il avait été abandonné, après tout. Trahi.

Ça sonne mal. Pas étonnant que tu penses que les autres sont des cons.

Frank avait levé la main vers la grande lampe bleue de la Terre. Mais oui, ce sont des cons. Par hasard, il pointait l'index sur la pointe sud de l'Afrique. Pense à tout ce qui se passe là-bas.

C'est l'Histoire, Frank. On peut faire mieux que ça.

Tu le crois vraiment ? Tu le crois ?

Attends et tu verras.

Il s'éveilla avec l'estomac noué, en sueur. Il prit une douche. Seul un fragment du rêve lui revenait : « Attends et tu verras. » Mais il avait toujours la gueule de bois.

Il prit son petit déjeuner et se mit à réfléchir en tapotant sa fourchette sur la table. Durant toute la journée, il eut l'esprit ailleurs, comme s'il s'était toujours immergé dans le rêve, se demandant parfois où était la différence avec le réel.

Tout, autour de lui, était trop lumineux, bizarre, symbolique. De quoi ?

Le soir venu, il se mit en quête de Maya, obéissant à une compulsion soudaine, avec le sentiment d'être sans défense. C'est Janet qui avait provoqué sa décision la veille en disant « Elle t'aime, tu sais ». Il entra dans le réfectoire. Elle était là, elle riait, la tête rejetée en arrière, toujours vive, avec ses cheveux devenus blancs, qui avaient été si noirs dans le temps, les yeux fixés sur son compagnon : un beau type brun qui devait avoir la cinquantaine, et qui lui souriait. Maya posa la main sur son avant-bras, un geste qui lui était familier. Ça ne signifiait pas qu'elle était amoureuse mais qu'elle entamait le processus de séduction. Ils avaient très bien pu se rencontrer quelques minutes auparavant, quoique le regard de l'homme fût trop éloquent.

Maya détourna le regard et vit Frank. Elle cligna des yeux, surprise, avant de revenir à son partenaire. Elle lui parlait en russe, gardant la main sur son avant-bras.

Frank hésita. Il faillit rebrousser chemin. Il se maudit en silence : il se comportait comme un gamin... Il s'approcha, lança un bonjour ! sans se soucier de leur réponse. Pendant tout le dîner, elle demeura collée à son type, sans jeter un regard à Frank. L'homme parut surpris de son attitude, mais séduit. Il était clair qu'ils allaient partir pour passer la nuit ensemble. Cette perspective rendait toujours les autres encore plus séduisants. Et Maya s'en servait sans vergogne, cette pute. L'amour... Plus il y pensait, plus la colère montait en lui. Elle n'avait jamais aimé qu'elle-même. Et pourtant... il se souvenait de son expression quand elle l'avait vu. Durant une fraction de seconde, est-ce qu'elle n'avait pas semblé heureuse ? Avant de vouloir provoquer sa colère ? Est-ce que ça n'était pas le signe de sa blessure sentimentale, du désir de revenir en arrière ? Ce qui signifiait une certaine *passion* pour lui ? incroyablement infantile ?

Qu'elle aille au diable ! Il retourna dans sa chambre, fit ses bagages et prit le métro jusqu'à la gare. Il s'installa dans un train de nuit qui partait pour Pavonis Mons.

En quelques mois, après que l'ascenseur spatial avait été placé sur son orbite, Pavonis Mons était devenu le nombril énergétique de Mars, dépassant Burroughs, tout comme Burroughs avait dépassé Underhill. L'accès à l'ascenseur serait proche, et les signes de la nouvelle prédominance de la ville étaient déjà visibles un peu partout. La voie magnétique du train escaladait la pente orientale abrupte du volcan. Elle était maintenant flanquée de deux nouvelles routes, de quatre pipelines, d'un réseau de câbles, d'une ligne de tourelles à micro-ondes, plus d'innombrables pistes de débarquement, hangars et décharges. Et puis, dans l'ultime montée vers le cône du volcan, on découvrait un formidable rassemblement de tentes d'habitation et de bâtiments industriels. Bientôt, ils s'étendirent partout, entre d'immenses voiles de captage solaire et des forêts de récepteurs à micro-ondes qui stockaient l'énergie des panneaux solaires en orbite. Chaque tente était une petite ville bourrée de blocs résidentiels. Et chaque appartement était surpeuplé, et le linge pendait à tous les balcons. Frank remarqua quelques arbres dans ce qui semblait être des centres commerciaux. Il entrevit des boutiques alimentaires, des stands de location de vidéo, des gymnases, des magasins d'habillement, des laveries. Et des détritus répandus un peu partout dans les rues.

Il débarqua dans la gare installée sous une vaste tente. Ici, sur la bordure sud, on avait une vue formidable de la grande caldeira de Pavonis. Elle formait un trou presque parfaitement circulaire, si l'on exceptait une dépression dans la bordure, qui formait une faille : la trace d'explosions volcaniques secondaires titanesques. Mais, à part ce détail, la falaise était régulière, et le fond de la caldeira presque parfait et plat. Soixante kilomètres de diamètre pour une profondeur de cinq. Le début d'un mohole à faire oublier tous les moholes humains. Les quelques traces de présence humaine sur le fond de la caldeira étaient d'une taille de fourmi, quasi invisibles depuis la bordure.

L'équateur martien passait sur le bord sud de Pavonis. C'était là que l'ascenseur aboutirait. On remarquait très vite le point d'attache : un bloc massif de béton, blanc et fauve, à quelques kilomètres à l'ouest de la grande tente de la gare. Sous le ciel couleur prune, au-delà du bloc central, des usines de traitement, des bulldozers et des cônes de matières premières se détachaient avec une netteté photographique dans l'atmosphère limpide. Au zénith brillaient des étoiles qui étaient encore visibles le jour.

Le lendemain de son arrivée, le staff du département local l'accompagna jusqu'à la base de l'ascenseur. Apparemment, les techniciens s'apprêtaient à capter la ligne principale du câble dans l'après-midi. Ça ne fut pas spectaculaire, plutôt particulier. Une petite fusée de guidage avait été fixée à l'extrémité du câble. Ses tuyères orientées vers l'est crachaient sans cesse, tandis que les autres, dirigées vers le nord et le sud, donnaient de petites poussées d'appoint occasionnelles. Dirigée par un portique, la fusée descendait vers le sol comme n'importe quel véhicule spatial, à cette seule différence qu'un câble argenté et fin montait derrière elle dans le ciel s'enfonçant dans l'infini.

Frank avait l'impression de se tenir debout sur le fond de la mer, regardant descendre vers lui la ligne d'un pêcheur depuis la surface mauve. Une ligne à laquelle était fixé un appât coloré destinée à attirer les proies des grands fonds. Son sang battait plus fort et plus chaud dans sa gorge, et il dut baisser les yeux, respirer à fond. Oui, le spectacle était étrange.

Ils visitèrent le complexe. Le portique qui avait amené la fusée se dressait dans une fosse aménagée dans le bloc de béton : un cratère solidement encastré, entouré de colonnes d'argent incurvées qui contenaient les bobines magnétiques destinées à fixer l'extrémité du câble dans un collier antichoc. Le câble flotterait au-dessus du sol de béton, suspendu par la traction de la moitié extérieure. Une orbite subtilement équilibrée : un objet qui allait d'un planétoïde jusqu'à cette salle, sur 37 000 kilomètres.

Une fois la ligne principale arrimée, le câble lui-même pourrait être descendu assez facilement, sinon rapidement, en approche asymptotique.

— Ça va se passer comme dans le paradoxe de Zénon, commenta Slusinski.

L'extrémité du câble n'apparut dans le ciel pour s'y stabiliser que plusieurs jours après l'arrivée de Frank. Il fallut encore quelques semaines pour qu'il descende lentement.

La vision était maintenant vraiment bizarre et Frank en avait le vertige. Chaque fois, il se retrouvait au fond de la mer, attendant de mordre à l'appât. Une chose noire descendait vers eux depuis les vagues lointaines de la mer violacée.

Frank consacra son temps à installer le bureau principal du département de Mars, et la ville fut baptisée Sheffield. Le staff de Burroughs protesta, mais il l'ignora. Il passait son temps en rencontres avec des directeurs de projets et des cadres américains qui, tous, travaillaient à divers niveaux sur l'ascenseur de Sheffield et les cités de Pavonis. Les Américains ne constituaient qu'une fraction de la population du chantier, mais l'ensemble était tellement important que cela prenait un maximum de temps à Frank. Et, apparemment, les Américains étaient responsables du supraconducteur ainsi que des programmes informatiques et des cabines de l'ascenseur, ce qui représentait un coût de plusieurs milliards que l'on portait au crédit de Frank, alors que c'était son intelligence artificielle, ainsi que Slusinski et Phyllis, qui étaient les vrais responsables.

La majorité des Américains s'étaient installés sous une tente-cité appelée Texas, à l'est de Sheffield. Ils partageaient l'espace vital avec des représentants d'autres nations qui avaient été séduits par le nom ou qui avaient tout simplement abouti là par hasard. Frank s'arrangea pour en rencontrer le plus grand nombre afin de fixer une stratégie cohérente de mise en place finale de l'ascenseur — ou pour qu'ils soient à sa botte, comme disaient certains. Mais ils étaient heureux de se retrouver là. Ils savaient qu'ils étaient moins puissants que ceux de la communauté est-asiatique, qui construisait les cabines de l'ascenseur, moins puissants que ceux de la CE, qui avaient construit le câble. Et de loin inférieurs à l'Amex, l'Armscor et Subarashii.

Une foule énorme afflua dans Sheffield pour le jour de l'arrimage. La gare était bondée, car c'était de là qu'on avait la meilleure vue du complexe de base de l'ascenseur, qu'on appelait maintenant le socle.

L'extrémité de la colonne noire descendit de plus en plus lentement à l'approche de sa cible. Elle semblait à peine plus grosse que la ligne guide qui l'avait précédée, et plus petite, en fait, qu'une fusée Energia. Elle était parfaitement verticale, comme un immense gratte-ciel. Mais un gratte-ciel aminci, qui flottait dans les airs. Un tronc d'arbre qui évoluait au-dessus de la Terre.

— On devrait être dans le socle, tout en bas pour l'accueillir, suggéra un des hommes du staff. On aura de la place pour se tenir debout, non ?...

— Oui, mais le champ magnétique risque de vous brouiller un peu les molécules, commenta Slusinski sans détourner le regard du ciel.

Au fur et à mesure que le grand câble se rapprochait, ils découvrirent les excroissances diverses et les lignes d'argent qui le couvraient comme des filigranes. L'extrémité s'engagea enfin dans le complexe du socle, et le grondement sourd de l'assistance se fit plus fort. Sur les écrans, l'image prise depuis l'intérieur montra l'arrêt du câble à quelque dix mètres du sol de béton. Après quoi, les grues tendirent leurs pinces, un collier fut abaissé sur le câble à quelques mètres au-dessus de l'extrémité. Tout semblait se passer au ralenti, comme dans un rêve, et, quand l'opération fut achevée, la salle du socle était couverte d'un toit noir bancal.

Une voix féminine annonça :

— Ascenseur en place.

Quelques applaudissements s'élevèrent. Puis l'assistance se détourna des écrans et retourna vers l'extérieur. A présent, l'objet arrimé au socle était bien moins étrange que lors de sa descente du ciel. Ça n'était plus qu'une réduction *ad absurdum* de l'architecture martienne, une spire noire et mince, très haute : une tige de haricot qui montait vers le pays imaginaire. Bizarre, mais pas vraiment dérangeant. Les conversations reprirent.

Peu après, toutes les cabines de l'ascenseur entrèrent en fonction. Pendant toutes ces années où le câble avait été tissé à partir de Clarke, des robots n'avaient cessé de travailler comme des araignées pour installer les faisceaux d'alimentation, les câblages de sécurité, les générateurs, les pistes supraconductrices, les stations de maintenance, de défense, les fusées de correction d'orbite, les réservoirs et les abris d'urgence. Tout cela avait été conduit à la même vitesse que le dévidement du câble et, dès qu'il fut arrimé dans Pavonis, les cabines se mirent à circuler. Il y en avait quatre cents. Elles ressemblaient à des poux qui auraient glissé sur un cheveu. Quelques mois plus tard, il fut possible de les mettre sur orbite et de les redescendre aussi tranquillement vers la surface.

Et les immigrants affluaient, transportés par la flotte de navettes énormes qui utilisaient le champ gravitique de la Terre, de Mars et de Vénus comme des tremplins. Chacun des trente cargos-ferries était bourré d'un millier de passagers à chaque voyage. Les gens débarquaient sur Clarke en un flot continu, pour être canalisés vers les ascenseurs et finalement atterrir dans le socle, avant de se répandre dans les allées de Sheffield, ébahis, effarés, tandis qu'on les poussait vers la gare où ils s'entassaient dans les trains. La plupart descendaient aussitôt dans une des villes de Pavonis. Les équipes de robots érigeaient des tentes à toute allure pour suivre le rythme du flux, et les nouvelles canalisations assuraient l'alimentation en eau à partir de l'aquifère de Compton, sous Noctis Labyrinthus.

Les immigrants s'installaient.

Pendant ce temps, les cabines de charge emportaient les métaux, le platine, l'or, l'argent et l'uranium, accélérant progressivement jusqu'à atteindre plus de 300 kilomètres à l'heure. Il leur fallait cinq jours pour atteindre la station terminale et décélérer jusqu'aux sas de Clarke. L'astéroïde de lest était devenu un bloc de chondrite carbonée creusé d'innombrables tunnels. Des constructions extérieures étaient venues s'y greffer, tellement nombreuses qu'il ressemblait plus à un vaisseau spatial qu'à la troisième lune de Mars. Les gens débarquaient sans cesse des navettes, les astronefs décollaient et se posaient, leurs équipages en perpétuel transit. Et les contrôleurs de trafic canalisaient tout ça avec l'aide des intelligences artificielles les plus performantes. Le câble était avant tout contrôlé par des ordinateurs et des robots, mais tout un ensemble de professions humaines était impliqué dans la direction et la supervision.

Et, bien entendu, la couverture médiatique de cette imagerie nouvelle avait été aussi immédiate qu'intense. Ils avaient tous attendu dix ans, mais l'achèvement de l'ascenseur avait été comme la naissance d'une nouvelle Athènes.

Les ennuis commençaient. Frank s'aperçut que son staff consacrait de plus en plus de temps aux hommes et aux femmes des tentes qui s'étaient installés à Sheffield et qui défilaient dans leurs bureaux, souvent très nerveux, parfois furieux, protestant à grands cris contre les conditions de vie, la surpopulation, l'inefficacité de la police ou la qualité de la nourriture.

Un personnage corpulent, au visage rougeaud, coiffé d'une casquette de base-ball, agitait le doigt d'un air menaçant :

— Des compagnies de sécurité privées nous ont offert leurs services, mais ce n'est que du racket ! Je ne peux même pas vous dire mon nom car ils risqueraient de savoir que je suis venu vous voir ! Je savais pour le marché noir comme n'importe qui, mais ça, c'est vraiment dingue ! On n'est pas venus sur cette planète pour se retrouver dans une merde pareille !

Frank arpentait son bureau, bouillonnant de rage. Ce genre d'allégations était parfaitement vrai, mais difficile à vérifier sans une équipe de sécurité officielle, une force de police, en fait. Dès que l'homme fut reparti, il interrogea tous les membres du staff, mais ils ne purent rien lui apprendre de nouveau, ce qui le rendit encore plus furieux.

— On vous paie pour enquêter sur ce genre de trucs ! Et vous passez votre temps à regarder les infos de la Terre !

Il annula ses rendez-vous de la journée : trente-sept au total.

— Crétins de fainéants incompétents ! gronda-t-il en passant la porte.

Il se rendit à la gare et prit un train local en direction du fond du cratère pour aller jeter un coup d'œil par lui-même.

Le train s'arrêtait à chaque kilomètre dans de petits sas d'inox qui étaient autant de gares desservant les cités-tentes. Il descendit au hasard et déchiffra sur la plaque du sas : *El Paso*. Il entra.

Au moins, la vue était formidable, c'était indéniable. La piste magnétique du train courait sur le versant est du cratère en parallèle avec les canalisations, entre les essaims des tentes qui étaient comme autant de bulles. Les plus anciennes, qui avaient été transparentes, se teintaient de mauve, à présent. Le bourdonnement des ventilateurs de la station de physique se mêlait à celui du générateur d'hydrazine. Les gens, ici, conversaient en espagnol aussi bien qu'en anglais. Frank appela ses adjoints et leur demanda de contacter l'homme d'El Paso qui était venu se plaindre. Quand il fut en communication avec lui, il lui donna rendez-vous dans un café proche de la gare, puis alla s'installer à la terrasse. Autour de lui, des couples buvaient, grignotaient et bavardaient comme partout ailleurs. De petites voitures électriques chargées de colis montaient et descendaient dans les ruelles en vrombissant doucement. Les bâtiments qui entouraient la gare étaient hauts de trois étages, apparemment préfabriqués, peints dans des tons blanc et bleu. On avait planté des arbustes dans les tubes qui reliaient la gare à la promenade principale. De petits groupes se promenaient sur les pelouses de l'astroport, ou bien erraient de boutique en boutique, quand ils ne se hâtaient pas vers la gare avec leurs sacs à dos. On lisait sur tous les visages la même expression déconcertée : ils n'avaient pas encore acquis de nouvelles habitudes, et certains n'avaient même pas appris à marcher correctement.

L'homme se présenta avec toute une bande de voisins. Ils avaient dans les vingt ans, trop jeunes pour se retrouver sur Mars, du moins à ce qu'on disait. Le traitement pouvait peut-être guérir les dommages dus aux radiations dures, éviter les accidents génétiques, mais qui pouvait en être certain ? En fait, des cobayes. Ce qu'ils avaient toujours été.

Frank éprouvait un sentiment étrange à leur rendre visite comme un patriarche. Il leur demanda de lui faire visiter leur habitat. Et ils se perdirent dans des ruelles étroites, loin de la gare et des grands bâtiments, pour se retrouver entre des huttes d'Agee, qui avaient été conçues à l'origine comme des abris temporaires dans les régions désertiques de Mars, les avant-postes, les stations météo ou comme de simples refuges. Maintenant, il en découvrait partout. La pente du cratère avait été redressée, ce qui faisait que la plupart des huttes se trouvaient sur une pente de deux ou trois degrés. Il fallait être très prudent dans les cuisines et s'assurer que les lits étaient bien disposés.

Frank leur demanda quel était leur travail. Ils étaient dockers à Sheffield, en majorité. Ils déchargeaient les cabines de l'ascenseur et assuraient la mise en place des marchandises sur les trains. En principe, c'étaient des robots qui effectuaient ce genre de tâche, mais on constatait avec surprise, souvent, que le muscle humain jouait encore un rôle. Conducteurs d'engins lourds, programmeurs de robots, réparateurs, opérateurs de waldos, ouvriers de construction... Pour la plupart, ils n'étaient que rarement sortis en surface, et quelques-uns jamais. Ils avaient retrouvé les mêmes emplois que sur Terre, à moins d'avoir été chômeurs. Mars leur avait offert leur chance. Ils rêvaient tous de retourner un jour sur Terre, mais les gymnases étaient combles, coûteux, et on y perdait de précieuses heures de travail. Résultat, ils perdaient leur force de Terriens. Ils parlaient avec un accent du Sud que Frank n'avait pas entendu depuis longtemps. Il avait l'impression de se retrouver loin dans le temps. Il y avait encore des gens qui parlaient comme ça ? A la TV, ça ne s'entendait guère. « Vous êtes là depuis si longtemps que ça vous est égal d'être enfermés, mais moi, j'peux pas l'supporter. » *Ch'peux pôs l'supporter.*

Frank alla jeter un coup d'œil dans la cuisine.

— Et vous mangez quoi ?

Du poisson, des légumes, du riz, du tofu[1]. Tout cela arrivait en colis volumineux. Non, ils ne se plaignaient pas. Ils trouvaient ça plutôt bon. Les Américains : les palais les plus médiocres de l'Histoire. « Je vous en supplie : trouvez-moi un cheeseburger ! » Ils en avaient surtout après le confinement, l'absence d'intimité. Et tous les problèmes qui en découlaient.

— On m'a tout volé le lendemain de mon arrivée !

— Moi aussi !

---

[1]. Fromage de lait de soja, accompagnement typique de nombreux plats japonais. *(N.d.T.)*

— Et moi aussi !

Oui, ils avaient eu droit à tout : agressions, vol, extorsion.

Les criminels étaient un peu partout dans les autres tentes, selon eux. Des Blancs qui parlaient une langue bizarre. Il y avait aussi des Noirs, mais pas autant que là-bas, dans le Sud. Une femme avait été violée la semaine auparavant.

— Vous plaisantez ! s'exclama Frank.

— Ça veut dire quoi, ça ? lui lança-t-elle d'un ton écœuré.

Quand ils le raccompagnèrent à la gare, Frank ne trouva rien à leur dire. Des tas de gens l'entouraient. Certains l'avaient reconnu, d'autres avaient été rameutés par le groupe des Sudistes.

— Je vais voir ce que je peux faire, marmonna-t-il avant de franchir le sas.

Dans le train qui remontait, il regarda les tentes sans penser à rien. L'une était aménagée en hôtel-cercueil, comme à Tokyo. Elle devait être plus peuplée qu'El Paso, mais ses occupants s'en souciaient-ils ? Il y avait des gens qui avaient l'habitude d'être traités comme des roulements à billes ; beaucoup de gens, en fait, étaient comme ça. Mais sur Mars, c'était censé être différent !

De retour à Sheffield, il parcourut l'allée extérieure, en contemplant le grand tronc de l'ascenseur, ignorant ceux qu'il croisait, tellement absorbé dans ses pensées qu'ils étaient obligés de s'écarter brusquement. A un moment, il s'arrêta pour regarder autour de lui. Il était entouré de cinq cents personnes peut-être. Et toutes vivaient leur existence. Comment tout cela était-il arrivé ? Ils avaient constitué un avant-poste scientifique, avec une poignée de chercheurs, dispersés sur un monde aussi vaste que la surface émergée de la Terre. Mais aujourd'hui, sous les dômes et les tentes qui représentaient bien moins de 1 % de la surface de Mars et qui était pourtant la seule habitable, vivaient déjà un million d'êtres humains. Et l'AMONU en annonçait plus encore qui s'apprêtaient à débarquer, alors qu'on n'avait aucune police. Mais déjà des crimes. Le crime sans police. Un million d'habitants et aucune loi, sauf la loi corporative.

Le fond : minimiser les dépenses, maximiser les profits. Se débrouiller avec les forçats du bagne rouge.

La semaine suivante, toute la population d'une cité-tente du versant sud se mit en grève. Frank apprit la nouvelle alors qu'il était en route pour son bureau. Slusinski lui dit que la plupart des grévistes étaient américains. Tout le monde était pris de panique.

— Ils ont bouclé toutes les gares et ils interdisent qu'on sorte des trains. On ne peut pas les contrôler, à moins d'attaquer les sas...

— Tais-toi !

Il redescendit la pente sud en direction des grévistes, sans tenir compte des protestations de Slusinski. Il ordonna même à plusieurs membres de son équipe de le rejoindre.

Des membres de la sécurité de Sheffield avaient pris position dans la gare, mais il leur donna l'ordre de repartir par le premier train et, après avoir consulté l'administration municipale, ils obéirent. Il se présenta devant le sas, donna son identité et demanda à entrer seul. On le laissa passer.

Il se retrouva au centre d'un cercle de visages hostiles, sur la place aménagée entre les tentes.

— Eteignez la télé. Il faut que nous parlions en privé.

Ils lui obéirent. Ils étaient comme les gens d'El Paso, avec des accents différents mais les mêmes plaintes. Il comprenait d'avance ce qu'ils avaient à lui dire. Il lut la surprise sur leurs visages et eut un sourire sans joie. Ils étaient terriblement jeunes.

— Ecoutez-moi, résuma-t-il après leur avoir parlé pendant une heure. Nous sommes dans une sale situation. Mais si vous poursuivez trop longtemps votre grève, vous ne ferez que l'aggraver encore. Ils enverront les forces de sécurité et il ne sera plus question de gangs et de police, mais de prison. Pour vous. Vous m'avez exposé vos motifs et, maintenant, il faut que vous envisagiez une issue, pour arrêter votre mouvement et négocier. Il faut que vous formiez un comité représentatif, et que vous dressiez une liste de vos plaintes et de vos exigences. Ajoutez-y tous les documents et témoignages se rapportant aux crimes commis et faites-les signer par les victimes. Ça me sera utile. Je pourrai faire pression sur l'AMONU, puisque que le traité a été violé. (Il se contrôla et s'efforça de desserrer les mâchoires.) Entretemps, retournez à votre travail ! Ce sera mieux que de rester assis à ne rien faire et ça vous donnera plus de force dans la négociation. Sinon, ils sont bien capables de vous couper les vivres. Non, mieux vaut vous comporter comme des négociateurs raisonnables et agir de votre plein gré.

Ils mirent fin à leur grève. Et il eut même droit à quelques applaudissements quand il sortit.

Il reprit le train dans un état de fureur noire, refusa de répondre aux questions de ses adjoints et alla secouer le chef de la sécurité, qui était un crétin arrogant.

— Si des salopards de votre genre avaient un rien d'honnêteté, rien ne serait arrivé ! Vous n'êtes qu'une bande de racketteurs ! Dites-moi pourquoi ces gens se font attaquer sous leurs tentes ? Pourquoi ils paient pour être protégés, et ce que vous faites, *vous*, pendant ce temps ?…

— C'est hors de notre juridiction, répondit l'autre, les lèvres serrées.

— Ça suffit ! C'est *quoi* exactement, votre juridiction ? Vos poches ?

Frank continua sur ce ton jusqu'à ce que toute l'équipe se lève et sorte. Ils étaient aussi furieux que lui, mais bien trop effrayés et disciplinés pour le montrer.

De retour dans les bureaux, il alla de pièce en pièce, et invectiva un peu tout le monde avant de lancer plusieurs appels. A Sax, Vlad et Janet. Il leur rapporta ce qui se passait à Sheffield, et tous lui firent la même suggestion qu'il dut reconnaître comme excellente. Il fallait qu'il prenne l'ascenseur pour aller s'entretenir avec Phyllis.

— Essayez de me réserver une place, dit-il.

La cabine de l'ascenseur évoquait une maison de l'ancienne Amsterdam, haute et étroite, avec une pièce illuminée à son sommet, dans ce cas une chambre transparente qui rappela à Frank le dôme en bulle de l'*Arès*. Au second jour du trajet, il rejoignit les autres passagers (qui n'étaient que vingt au total car les remontées étaient rares), et ils prirent ensemble le petit ascenseur interne pour franchir les trente étages qui les séparaient de la chambre transparente, afin d'observer Phobos. Le périmètre de la salle était en saillie, ce qui permettait de regarder également vers le bas. Frank contempla l'horizon courbe de Mars. La planète lui parut plus blanche et aussi plus dense que la dernière fois qu'il l'avait vue. La pression atmosphérique était de 150 millibars, désormais. Très impressionnant, même si les gaz qui la composaient étaient toxiques.

La flèche du câble pointait droit vers le sol. Comme s'ils voyageaient à bord d'une fusée étrangement longue, s'étirant sur des kilomètres. Ils ne pouvaient avoir d'autre vision du câble. Et, tout en bas, sur la surface orange de Mars, les détails restaient aussi flous que lors de leur arrivée, il y avait tant d'années, inchangés malgré toutes leurs interventions. Il n'y avait qu'à s'éloigner un peu.

C'est alors qu'un des pilotes de l'ascenseur leur désigna Phobos, qui venait d'apparaître comme une marque blanche à peine perceptible à l'ouest. En dix minutes, ce fut une grande pomme de terre grise qu'ils frôlèrent à une vitesse affolante. Ils eurent à peine le temps de tourner la tête : Phobos avait disparu. Il y eut des cris, des sifflets, et un brusque flot de bavardages. Frank avait à peine eu le temps d'entrevoir le dôme de Stickney, qui scintillait comme une pierre précieuse. Une piste en faisait le tour, à l'équateur, telle une alliance hérissée de masses argentées. C'était le seul souvenir qu'il gardait de l'image floue. Ils étaient passés à cinquante kilomètres, leur dit le pilote. A sept mille kilomètres/heure. Assez vite, mais pas tant que ça, en fait. Certains météores s'écrasaient sur la planète à cinquante mille kilomètres à l'heure.

Il retourna au salon, en essayant de garder l'image fugitive de Phobos. Des gens, à la table voisine, discutaient de la possibilité de placer Phobos en orbite couplée avec Deimos. Le satellite était maintenant dans la zone des Açores, et il ne pouvait plus que gêner le câble. Depuis longtemps, Phyllis leur avait fait remarquer que cela aurait pu être le sort de Mars s'il n'y avait eu l'ascenseur spatial. Les compagnies minières auraient contourné la planète rouge pour aller droit vers les astéroïdes bourrés de minerais qui, eux, ne posaient pas le problème du puits gravitique. Et il y avait aussi les lunes de Jupiter, de Saturne, et Uranus, Neptune, Pluton…

Ils avaient frôlé le danger. Mais ils ne craignaient plus rien.

Au cinquième jour, ils ralentirent : ils approchaient de Clarke. L'astéroïde avait été un rocher carbonacé de deux kilomètres de long qui avait à présent une forme cubique. Chaque centimètre de la face tournée vers Mars avait été taillé et couvert de béton, d'acier ou de verre. Le câble plongeait au centre de cette formation. Au point d'attache, on avait foré des trous suffisamment larges pour permettre l'accès aux cabines de l'ascenseur.

Ils passèrent un à un par ces trous et glissèrent doucement jusqu'à un volume intérieur qui évoquait une station de métro verticale. Ils se dispersèrent dans les tunnels de la station. C'est un des assistants de Phyllis qui les accueillit et qui les précéda jusqu'à un petit véhicule qui circulait dans un dédale de boyaux rocheux. Ils atteignirent enfin les bureaux de Phyllis, sur la face martienne de la station. Lambris de bambou et miroirs, les bureaux étaient sous microgravité mais tout le monde portait des chaussures à semelles de velcro. Une pratique plutôt ancienne mais prévisible dans cette station sous contrôle terrien. Et Frank imita les autres.

Phyllis achevait un entretien avec un groupe d'hommes.

— Non seulement c'est un dispositif élégant et économique pour en finir avec le puits gravifique, mais aussi un système de propulsion qui permet d'éjecter des charges dans tout le système solaire ! Une réussite d'ingénierie !

— Certainement !

Elle avait l'air d'avoir cinquante ans. Elle fit les présentations — il y avait là plusieurs représentants de l'Amex —, puis ils se retrouvèrent seuls, tous les deux.

— Tu ferais bien de ne plus utiliser cette élégante réussite d'ingénierie pour déverser des flots d'immigrants sur Mars, commença Frank, sinon elle va t'exploser à la figure et tu perdras ton point d'ancrage.

— Oh, Frank…, fit-elle en riant.

Elle avait plutôt bien mûri : ses cheveux étaient argentés, mais son visage était encore joli, mince, avec quelques rides qui lui allaient très bien. Impeccable dans sa combinaison rouille et ses bijoux en or. Même la monture de ses lunettes était en or. Comme ça, elle semblait fixer du regard les images vidéo sur la face interne de ses verres.

— Tu ne peux pas continuer à les expédier en bas à cette cadence, insista Frank. On n'a pas d'infrastructure pour eux, pas plus physique que culturelle. Les campements de mineurs se multiplient de la pire manière. Ils ressemblent à des camps de réfugiés, à des bagnes. C'est ce que diront les rapports : tu sais à quel point ils aiment se servir de comparaisons terriennes. Et tu vas en souffrir.

Elle posa son regard devant lui, mais pas *sur* lui.

— Pour la plupart, les gens ne voient pas les choses de cette manière. (Elle s'exprimait d'une voix forte, comme si un vaste public les entourait.) Ceci ne constitue qu'un pas en avant vers la pleine exploitation de Mars par l'homme. Parce que nous allons nous servir de ses ressources. La Terre est dramatiquement surpeuplée et le taux de mortalité n'arrête pas de diminuer. Les premiers pionniers vont souffrir de leurs conditions de vie, mais ça ne durera pas. Nous avons connu plus grave encore quand nous sommes arrivés.

Déconcerté par ce mensonge évident, Frank lui décocha un regard furieux. Mais elle ne céda pas, et il lui jeta avec mépris :

— Tu n'écoutes rien !

Pourtant, cette pensée avait quelque chose d'effrayant, et il n'insista pas.

Mais il réussit à se maîtriser et leva les yeux vers le plafond transparent. Ils étaient en orbite aréostationnaire, bien sûr, et ils ne pouvaient observer que Tharsis. A cette distance, c'était comme l'un des premiers clichés des sondes Mariner : une grosse boule orange avec ses volcans, et Noctis Labyrinthus, les canyons, le chaos...

— Quand es-tu redescendue ? demanda-t-il.

— En L_S 60. Je redescends régulièrement, tu sais.

Elle souriait.

— Et tu t'installes où ?

— Dans les dortoirs de l'AMONU.

Oui, se dit-il. Et elle s'activait dur pour briser le traité de l'ONU.

Mais ça faisait partie de son job. L'AMONU l'avait nommée à ce poste pour ça. Directrice de l'ascenseur et chargée des intérêts miniers. Quand elle quitterait l'ONU, on déploierait des tapis rouges devant elle pour n'importe quel poste. La reine de l'ascenseur. Le débarcadère dont dépendait une bonne partie de l'économie martienne. Elle aurait à sa disposition tous les fonds de n'importe quelle multinationale à laquelle elle choisirait de s'allier.

Et tout cela était apparent. Dans sa démarche, dans son sourire, dans ses remarques mordantes. Certes, elle avait toujours été un peu stupide. Frank serrait les dents. Apparemment, l'instant était venu de frapper fort dans le bon vieux style US, s'il lui en restait un peu.

— La majorité des transnationales détiennent des holdings aux States. Si le gouvernement américain décidait de geler leurs biens, parce qu'elles auraient violé le traité, elles en seraient considérablement ralenties, et certaines s'effondreraient.

— Mais vous ne le ferez jamais. Ça mettrait le gouvernement lui-même en banqueroute.

— Ce qui équivaut à menacer un mort de pendaison. Quelques zéros de plus dans le schéma représentent un niveau supplémentaire dans l'irréalisme, ce que nul ne peut plus imaginer. Les seuls capables de ça sont tes cadres des transnats. Ils assument la dette, mais tout le monde se fout de leur argent. Il me faudrait une minute pour en convaincre Washington, et tu verras comment ça va se passer. Quoi qu'il advienne, c'en sera fini de ton petit jeu. (Il leva la main en un geste de colère.) Et alors, quelqu'un d'autre viendra s'installer ici et… (Il lui vint une intuition soudaine :) Tu te retrouveras à Underhill.

Ce qui éveilla enfin son attention, c'était évident. Son mépris s'atténua.

— Il n'existe pas un individu qui puisse à lui seul convaincre Washington de quoi que ce soit. Là-bas, on marche sur du sable mouvant. Tu diras ce que tu as à dire, et moi aussi, et nous verrons bien qui de nous deux a le plus d'influence.

Elle traversa la salle d'un pas précipité et ouvrit la porte pour accueillir une nouvelle équipe de représentants de l'ONU.

Bon, il avait perdu son temps. Ce qui ne le surprenait pas contrairement à ceux qui lui avaient conseillé cette démarche, il ne croyait pas que Phyllis puisse se montrer rationnelle. A l'image de nombreux fondamentalistes religieux, les affaires, pour elle, faisaient partie intégrante de la religion. Les deux dogmes se renforçaient mutuellement car ils appartenaient au même système. Et cela n'avait rien à voir avec la raison pure. Il était possible que Phyllis croit encore à la puissance politique de l'Amérique, mais elle ne pensait certainement pas un instant que Frank ait le pouvoir de la faire fléchir. Bien pensé. Mais il comptait lui démontrer qu'elle avait tort.

En redescendant, il consacra une demi-heure à fixer ses rendez-vous vidéo, à raison de quinze heures par jour. Il entra bientôt en contact avec Washington, après le délai de transmission habituel, et se lança dans des entretiens complexes avec des représentants du secrétariat d'Etat et du Commerce, ainsi qu'avec les principaux responsables de cabinets influents. Très vite, le nouveau président accepta de l'écouter. Entre-temps, les messages s'entrecroisaient, il répondait au premier interlocuteur qui se présentait. C'était à la fois compliqué et épuisant. Sur Terre, l'affaire se construisait comme un château de cartes. Et certaines cartes étaient cornées.

Il approchait de l'arrivée, et le socle de Sheffield était déjà visible, quand il éprouva un sentiment bizarre — une sorte de vague qui déferlait en lui. Cette sensation s'effaça rapidement et, après quelques secondes, il se dit qu'elle avait sans doute été provoquée par la décélération de la cabine qui était passée momentanément en 0 *g*. Une image lui vint : celle d'un ponton sur lequel il courait. Les planches étaient humides, visqueuses à cause des écailles argentées des poissons. L'air sentait le sel et la marée. Comme c'était étrange, tout ce que le corps pouvait emmagasiner comme souvenirs.

Dès qu'il se trouva à Sheffield, il reprit la ronde des messages et de l'analyse des réponses. Il affronta des vieux cons et de nouveaux petits chefs dans un patchwork dément d'argumentations sur divers tons, et autant de niveaux différents. Tard dans l'automne de l'hémisphère nord, il en arriva à cinquante entretiens simultanés. Comme ces champions d'échecs qui jouent en aveugle face à toute une salle d'adversaires. Cela dura trois semaines, puis il put sortir. Principalement parce que le président Incaviglia lui-même avait besoin d'un moyen de pression qu'il pourrait utiliser contre Amex, Mitsubishi ou Armscor. Il était prêt à livrer aux médias les allégations de violation du traité portées contre les transnationales.

Ce qu'il fit, et les quotas chutèrent brutalement à la Bourse dans les secteurs concernés. Deux jours après, le consortium de l'ascenseur annonça que la demande avait été tellement forte en ce qui concernait les intérêts martiens qu'elle excédait l'offre, provisoirement. Bien sûr, ils allaient augmenter les prix, selon leur tactique habituelle, mais cela aurait aussi pour effet de réduire temporairement le taux d'immigration. Du moins jusqu'à ce que l'on ait construit d'autres villes et, pour ça, d'autres équipes de robots de construction.

Frank apprit les premières nouvelles dans un bar où il dînait en solitaire. Il eut un sourire amer.

— Alors, ma garce, marmonna-t-il en mâchonnant, on

va voir maintenant qui se débat le mieux dans tes sables mouvants.

Il finit son repas et partit pour une longue promenade dans l'allée de ceinture. Ça n'était qu'une première bataille, il le savait. La guerre serait longue et acharnée. Mais ça lui plaisait comme ça.

Et puis, au milieu de l'hiver septentrional, les habitants de la plus ancienne des tentes de la colonie américaine se révoltèrent, la police de l'AMONU dut intervenir, et ils s'enfermèrent tous à l'intérieur. Les Russes, leurs voisins, les imitèrent.

Frank eut une brève entrevue avec Slusinski, qui lui apprit le fond de l'affaire. Apparemment, les deux groupes avaient été employés par une subdivision de construction routière d'Armscor, et les deux tentes avaient été attaquées dans la nuit par des mercenaires asiates, qui avaient lacéré les parois, tué trois hommes dans chaque tente et poignardé plusieurs autres. Les Américains comme les Russes dénonçaient un coup de force des yakusa. Mais, pour Frank, ça ressemblait plutôt à une opération de l'escouade de sécurité de la Subarashii, une petite armée composée en majorité de Coréens. En tout cas, la police de l'AMONU, intervenue après l'attaque, s'était retrouvée en pleine panique. Les deux tentes avaient été mises sous scellés, avec interdiction de sortir à ceux qui se trouvaient encore à l'intérieur. Les membres de la colonie en avaient conclu qu'ils étaient prisonniers et, poussés par la colère, ils avaient cassé les sas des tentes et attaqué les pistes d'accès des stations au chalumeau. On avait dénombré plusieurs morts. La police de l'AMONU avait envoyé des renforts. Les travailleurs des deux tentes étaient pris au piège. Plus que jamais.

Ecœuré, fou de rage, Frank redescendit pour entamer de nouveaux pourparlers. Il dut ignorer les habituelles objections de son staff, mais aussi les nouvelles interdictions. Quand il se retrouva à la station, il dut affronter les responsables de la police de l'AMONU, ce qui n'était pas facile. Jamais encore il ne s'était autant appuyé sur le charisme des Cent Premiers, et il fulminait littéralement. Finalement, il se retrouva devant quelques policiers, comme un vieux fou qui ne savait plus se maîtriser. Mais, cette fois, personne ne tenta de lui barrer le chemin.

Il frappa à la porte du sas et fut accueilli par une foule de jeunes gens en colère. L'air était chaud et fétide. Ils étaient si nombreux à l'invectiver qu'il ne put rien faire durant un moment, mais ceux du premier rang le reconnurent enfin, surpris de le voir là. Quelques-uns se mirent à l'applaudir.

— Ça va ! Ça va ! Je suis venu ! cria-t-il. Qui est votre porte-parole ?

Ils n'en avaient pas. Il jura.

— Mais vous êtes complètement idiots, ou quoi ? Vous feriez bien d'apprendre à vous servir du système, sinon vous risquez de vous retrouver dans des merdiers comme celui-là pour toujours. Bon, je m'adresse à vous tous ! Mais si vous avez quelque chose à me dire, asseyez-vous, que je puisse voir qui me parle !

Ils refusèrent de s'asseoir, mais ils demeurèrent immobiles autour de lui. Frank grimpa sur une caisse posée sur l'astrogazon maculé de la tente. Il leur demanda ce qui s'était passé et ils furent plusieurs à lui décrire l'attaque nocturne, l'émeute qui avait eu lieu à la gare.

— On vous a provoqués. Ils voulaient que vous fassiez une folie et vous l'avez faite, c'est vieux comme le monde. Ils se sont débrouillés pour que vous tuiez un type qui n'avait rien à voir avec l'attaque, et maintenant la police vous recherche. Vous êtes stupides !

De la foule monta une rumeur et des injures fusèrent contre lui, mais personne ne broncha.

— Ces soi-disant policiers étaient là ! dit quelqu'un à voix haute.

— Peut-être, répliqua Chalmers, mais c'étaient des troupes régulières qui vous ont attaqués, et non un quelconque Japonais isolé. Vous auriez dû faire la différence ! De cette façon, vous avez fait leur jeu, et la police de l'AMONU en a profité. Certains sont passés de l'autre côté, maintenant. Mais les armées nationales sont en train de prendre votre parti ! Il va donc falloir apprendre à coopérer avec elles, reconnaître quels sont vos alliés et agir en accord avec vos choix ! Je ne sais pas pourquoi il y a si peu de gens capables de le faire sur cette planète. On dirait que le voyage depuis la Terre brouille les méninges ou je ne sais quoi…

Quelqu'un partit d'un grand rire. Il les interrogea sur leurs conditions de vie dans les tentes. Ils avaient diverses plaintes à formuler, comme tous les autres, mais Frank savait déjà lesquelles et il le leur dit. Puis il leur expliqua le résultat de son aller-retour entre Sheffield et Clarke.

— J'ai obtenu un moratoire sur l'immigration, ce qui veut dire que non seulement nous aurons le temps nécessaire pour construire des villes, mais que nous entrons dans une phase nouvelle des rapports entre les Etats-Unis et l'ONU. Ils ont enfin compris à Washington que l'ONU travaille pour les transnationales, et qu'il leur faut renforcer eux-mêmes le traité. C'est dans l'intérêt de Washington. Le traité est un des enjeux de la bataille, désormais, la bataille qui s'est engagée entre le peuple et les transnationales. Vous y participez, vous avez subi une attaque, et c'est à vous de décider sur qui porter votre contre-attaque et comment vous entendre avec vos alliés.

Les visages étaient sombres, ce qui était normal, et il ajouta :

— Mais à terme, c'est nous qui gagnerons, vous savez. Parce que nous sommes plus nombreux.

Bon, c'était réglé en ce qui concernait la carotte. Quant au bâton… il était toujours facile à manier avec des gens sans ressources.

— Si les gouvernements ne parviennent pas très vite à apaiser les choses, si les troubles s'étendent ici, si la situation commence à s'effriter, ils laisseront tout tomber — et les transnats resteront seules sur le terrain pour résoudre les problèmes d'emploi. Elles sont très efficaces pour ça. Mais vous comprenez ce que ça signifierait pour vous.

— On en a marre ! cria un homme.

— Bien sûr que vous en avez marre ! (Frank pointa l'index.) Alors, est-ce que vous avez un plan pour en finir ou pas ?

Il fallut un certain temps de tohu-bohu pour qu'ils se mettent d'accord. Ils devaient rendre les armes, coopérer, s'organiser, adresser une pétition au gouvernement américain afin d'obtenir son aide et la justice. En fait, remettre leurs existences entre ses mains. Tout cela prit du temps. Et Frank dut promettre de transmettre toutes les plaintes, de résoudre tous les cas d'injustice, de redresser tous les torts. C'était ridicule, monstrueux, mais il fit son devoir, les lèvres crispées. Il leur prodigua ses conseils pour nouer des relations avec les médias, il leur dit comment créer des cellules et des comités, comment élire leurs chefs. Ils étaient totalement ignorants ! Tous ces jeunes gens avaient été soigneusement préparés à être absolument apolitiques, ils étaient destinés à devenir des techniciens qui croyaient détester la politique, de la pâte à modeler entre les mains de leurs employeurs, comme toujours. Ils étaient vraiment d'une stupidité terrifiante, et il ne pouvait s'empêcher de le leur envoyer à la figure.

Frank les quitta sous les vivats.

Maya l'attendait dans la gare. Epuisé, il ne put que la regarder, incrédule. Elle lui dit qu'elle l'avait vu et entendu sur la vidéo. Frank secoua la tête : ces pauvres crétins n'avaient même pas pensé à neutraliser les caméras intérieures. Ils ne savaient peut-être même pas qu'il y en avait. Le monde entier les avait vus. Il le savait, rien qu'en lisant de l'admiration sur le visage de Maya, comme si le fait de pacifier des travailleurs exploités avec des mensonges et des discours sophistiqués constituait un acte d'héroïsme. C'était sans doute ce qu'elle pensait. En fait, elle s'apprêtait à appliquer les mêmes techniques auprès des Russes, puisque aucun progrès n'avait été fait de leur côté, et on l'avait appelée. La présidente des Premiers sur Mars ! Conclusion : les Russes étaient encore plus stupides que les Américains.

Elle lui demanda de l'accompagner. Trop fatigué pour se lancer dans une estimation pertes-bénéfices, il accepta.

Ils descendirent à la gare suivante, franchirent le barrage de police et entrèrent dans la tente russe bondée.

— Tu vas avoir plus de boulot que moi, dit Frank en regardant autour d'eux.

— Les Russes ont l'habitude de ce genre de situation. Ces tentes ne sont pas très différentes de certains appartements moscovites.

— Oui, oui, sans doute.

La Russie était devenue une espèce d'immense Corée, vendue au même capitalisme brutal, parfaitement néotaylorisée, sous un vernis de démocratie et de biens de consommation qui ne faisait que dissimuler la junte au pouvoir.

— C'est surprenant de constater comme il est facile d'endormir les gens qui crèvent de faim.

— Frank, je t'en prie.

— N'oublie pas. Ça va bien se passer, tu verras.

— Tu vas m'aider ?...

— Mais oui, mais oui...

La place centrale sentait le lait caillé aux haricots, le bortsch et les barbecues électriques, et la foule était aussi indisciplinée et bruyante que dans la tente américaine. Il n'y avait là que des chefs agressifs, tous prêts à se lancer dans un discours. Les femmes étaient plus nombreuses que chez les Américains. Ils avaient fait dérailler un train, ce qui les avait galvanisés, et ils étaient prêts pour d'autres actions. Maya prit un mégaphone, mais la cohue ne parut pas l'entendre, comme si elle n'était qu'une pianiste dans un bar à cocktails.

Le russe de Frank était plutôt précaire, et il ne comprenait pas la plupart des phrases lancées vers Maya, mais il saisissait plutôt bien ses répliques. Elle était en train de leur expliquer le moratoire sur l'immigration, le goulot d'étranglement de la production robotique et du ravitaillement en eau, la nécessité du retour à la discipline, la promesse d'une existence meilleure si tout se déroulait en bon ordre. Il se dit que c'était sans doute une harangue de babouchka typique. En tout cas, elle eut pour effet de les calmer un peu, comme s'ils se rappelaient soudain ce que signifiaient les troubles sociaux. Et puis, les promesses étaient nombreuses et plausibles : un monde vaste et peu peuplé, des tas de ressources matérielles, de bons robots, des logiciels, des gabarits génétiques...

Au plus fort des débats, Frank lui lança en anglais :

— N'oublie pas le bâton.

— Quoi ?

— Le bâton. Menace-les. La carotte et le bâton.

Elle hocha la tête et entama le vieux couplet de l'atmosphère toxique, du froid mortel de l'extérieur. S'ils étaient encore vivants, c'était uniquement grâce aux tentes, à l'électricité et à l'eau. Ils étaient absolument vulnérables et ils n'y avaient pas songé vraiment.

Elle leur dit tout cela très vite, à sa manière. Puis elle en vint aux promesses. Et continua entre la carotte et le bâton. Un petit coup sur la laisse, une petite caresse. Finalement, elle réussit à les apaiser.

Plus tard, comme le train les ramenait vers Sheffield, elle ne put s'empêcher d'éclater d'un rire nerveux, le visage empourpré, les yeux brillants, une main crispée sur son bras. Cette intelligence tendue, cette présence physique marquante... Il devait être épuisé, lui aussi, ou du moins plus secoué qu'il ne l'avait pensé sur le coup, sous les tentes. A moins que ce ne soit la confrontation avec Phyllis. En tout cas, il se sentait réchauffé par sa présence. C'était comme s'il entrait dans un sauna après une journée passée au-dehors, dans le froid. Il avait la même impression de soulagement, de pouvoir relâcher sa vigilance. S'abandonner, enfin.

— Je ne sais pas ce que j'aurais fait sans toi. Tu es vraiment très bon dans ce genre de situation, tellement ferme et net. Ils te croient parce que tu n'essaies pas de les caresser dans le sens du poil ou d'adoucir la vérité.

— C'est comme ça que ça fonctionne le mieux. (Il contemplait par la baie les tentes qui défilaient sous le train.) Surtout quand on les caresse tout en leur mentant.

— Oh, Frank !

— C'est vrai. Toi aussi tu es très bonne à ce jeu.

C'était un exemple du trope en cours de discussion, et Maya ne le voyait pas. Ça portait un nom, en rhétorique ; il n'arrivait pas à s'en souvenir. Métonymie ? Synecdoque ? Mais elle se contenta de rire et de lui serrer l'épaule, comme s'ils n'avaient jamais eu cette querelle à Burroughs. Et quand il descendit, elle le suivit jusqu'à son appartement. Elle se déshabilla, passa sous la douche, enfila une des combinaisons de Frank, sans cesser de bavarder à propos des événements de la journée, comme s'ils vivaient ensemble depuis toujours. Ils allèrent dîner : soupe, truite, salade, avec une bouteille de vin. Oui, comme tous les soirs ! Ils se rencognèrent dans leur fauteuil pour déguster leur café suivi d'un cognac. Deux politiciens après une dure journée de politique. Deux dirigeants.

Elle l'observait et, miraculeusement, ça ne le rendait pas nerveux. C'était plutôt comme si quelque champ de force le protégeait. Ou bien était-ce le regard de Maya ? Parfois, on pouvait dire avec certitude que quelqu'un vous aimait.

Elle passa la nuit avec lui. Plus tard, elle partagea son temps entre son bureau et l'appartement de Frank, sans qu'ils discutent jamais de ce qu'elle faisait ou des implications de son travail. Et quand ils se couchaient, elle se déshabillait et s'allongeait tout contre lui, puis sur lui, chaude et calme. Sentir son corps sur lui, comme ça... Et si c'était lui qui prenait l'initiative, elle réagissait si vite... Il n'avait qu'à lui effleurer le bras. L'image du sauna s'imposait toujours à lui. Elle était si chaude. Si calme, si facile à vivre, ces temps-ci. On aurait dit que ce n'était plus la même ; c'était stupéfiant. Ce n'était plus la Maya qu'il connaissait, et pourtant elle était bien là, et elle murmurait « Frank, Frank »...

En fait, ils ne parlaient de rien. Si ce n'est des nouvelles de la journée, de la situation. Les troubles de Pavonis s'étaient atténués temporairement, mais le même phénomène s'était étendu à toute la planète, et la situation s'aggravait : sabotages, grèves, émeutes, affrontements, meurtres. Et les nouvelles de la Terre n'avaient fait que rajouter à l'ambiance sinistre. Mars, comparée à la planète mère, était un modèle d'ordre, un petit refuge tranquille loin à l'écart d'un maelström géant évoquant pour Frank une spirale mortelle qui pourrait bien tous les aspirer. Des guerres mineures éclataient de toutes parts. L'Inde et le Pakistan avaient fait usage de l'arme nucléaire au Cachemire. L'Afrique était agonisante, tandis qu'au Nord on se chamaillait pour savoir qui aider en premier.

Ils apprirent que la cité-mohole d'Hephaestus, à l'ouest d'Elysium, contrôlée par des Américains et des Russes, avait été abandonnée. Les liaisons radio étaient interrompues et, quand des patrouilles atteignirent Hephaestus, elles trouvèrent la ville totalement vide. La région d'Elysium tout entière était en effervescence, aussi Frank et Maya décidèrent-ils d'essayer d'intervenir personnellement. Ils prirent donc le train pour Tharsis et s'enfoncèrent dans les plaines rocailleuses désormais bigarrées de plaques de neige qui ne fondaient jamais, d'un rose pâle à l'aspect granuleux, collées en général sur le versant nord de chaque dune, de chaque rocher, comme autant d'ombres de couleur. Ils pénétrèrent dans les plaines noires iridescentes d'Isidis, là où le permafrost arrivait à fondre durant les journées les plus chaudes avant de geler à nouveau en une croûte noire craquelée. C'était tour à tour une toundra, puis un marécage. Ils eurent la vision fugace d'une herbe noire, et même de fleurs arctiques. A moins qu'il ne s'agît de détritus.

Ils trouvèrent Burroughs tranquille et apaisante. Les grands boulevards bordés de pelouse étaient déserts, toujours aussi verts et insolites, comme suscités par un effet de lumière. Tandis qu'ils attendaient le train d'Elysium, Frank se rendit dans le dépôt de la gare et exigea la restitution des affaires qu'il avait abandonnées dans sa chambre. L'employé revint bientôt avec un grand coffre qui contenait des ustensiles de cuisine, une lampe, un lutrin électronique, et quelques combinaisons. Rien de cela n'était plus familier à Frank. Il glissa le lutrin dans sa poche et jeta le reste dans une poubelle. Des résidus de toutes ces années gaspillées dont il ne pouvait retrouver un seul jour. On savait maintenant que la négociation du traité était pure comédie, comme si quelqu'un avait flanqué un coup de pied dans un décor de théâtre, révélant la machinerie, derrière, dévoilant tout ce qui se passait en coulisse, les deux hommes debout sur les marches et qui échangeaient une poignée de main et un hochement de tête entendu.

Le bureau russe de Burroughs demanda à Maya de rester quelque temps afin de régler diverses affaires, aussi Frank prit-il seul le train d'Elysium. Il se retrouva en compagnie de toute une caravane en route vers Hephaestus. Les autres semblaient impressionnés par sa présence. Irrité, il se plongea dans son vieux lutrin, retrouvé avec ses centaines de milliers de volumes. Une sélection standard, pour l'essentiel : une série d'œuvres importantes enrichies de quelques textes de philosophie politique. Les lutrins actuels étaient mille fois plus puissants, ils constituaient des bibliothèques absolues. Il s'aperçut qu'il avait dû apprécier Nietzsche, dans le passé : il avait marqué de nombreux passages. Ce qu'il ne s'expliqua guère. Ce n'était que du vent. Puis il lut une chose qui lui donna le frisson : « L'individu est, dans son avenir comme dans son passé, un fragment de destin, une loi de plus, une nécessité de plus pour tout ce qui est et tout ce qui sera. Lui dire de changer revient à exiger que tout change, même dans le passé. »

Une nouvelle équipe de mohole s'installait dans Hephaestus, des vieux routiers pour la plupart, techniciens et ingénieurs, nettement plus experts que les nouvelles recrues de Pavonis. Frank discuta avec plusieurs d'entre eux et leur posa des questions sur ceux qui avaient disparu. Un matin, à l'heure du petit déjeuner, près d'une fenêtre qui dominait la colonne de fumée du mohole, une femme américaine qui lui rappelait Ursula lui dit :

— Ces gens ont vu des vidéos de Mars toute leur vie, ce sont les étudiants de la planète, ils y croient comme au Saint-Graal, et toute leur vie tourne autour. Ils ont travaillé en économisant pour le prix du voyage parce qu'ils avaient une certaine idée de ce qui les attendait. Et dès qu'ils arrivent, ils se retrouvent incarcérés, au mieux dans des travaux intérieurs, dans la même routine. Et c'est comme ça qu'ils disparaissent. Parce qu'ils vont à la recherche de ce qu'ils espéraient trouver ici.

— Mais ils ne savent pas comment vivent les disparus ! s'exclama Frank. Ni même s'ils survivent !

La femme secoua la tête.

— On raconte des choses. Des gens reviennent. Et on se passe des vidéos, quelquefois. (Autour d'elle, d'autres acquiesçaient.) Et nous voyons aussi ce qui se passe sur Terre. Il vaut mieux s'installer sur le terrain pendant que nous en avons encore la chance.

Il secoua la tête, stupéfait. C'était plus ou moins ce que l'homme du gymnase lui avait dit, dans le camp minier. Mais, de la part de cette femme d'âge moyen, c'était encore plus déconcertant.

Cette nuit-là, incapable de trouver le sommeil, il appela Arkady et le joignit une demi-heure après. Arkady se trouvait à l'observatoire d'Olympus Mons.

— Qu'est-ce que tu veux *vraiment* ? l'apostropha Frank. Est-ce que tu imagines ce qui va se passer si tout le monde fiche le camp dans les Highlands ?

Arkady sourit.

— Et alors, on bâtira une vie humaine, Frank. Nous travaillerons pour subvenir à nos besoins, nous nous servirons de la science, et nous terraformerons sans doute un peu plus. Et nous chanterons, nous danserons et nous nous baladerons sous le soleil, et nous bosserons comme des fous pour notre nourriture autant que pour notre curiosité.

— Mais c'est *impossible* ! Nous faisons partie du monde, nous ne pouvons pas lui échapper !

— Non ? Mais ce monde dont tu parles, Frank, ça n'est que l'étoile bleue du soir. Ce monde rouge où nous sommes est tout ce qui compte pour nous.

Frank abandonna, exaspéré. Il n'avait jamais eu de vraie conversation avec Arkady. Jamais. Avec John, ç'avait été différent. Mais ils étaient amis.

Il regagna Elysium. Le massif se dressait à l'horizon comme une énorme selle jetée sur le désert. Les pentes abruptes des deux volcans étaient couvertes de neige rosée formant autant de névés qui ne tarderaient pas à se changer en glaciers.

Frank avait toujours considéré les cités d'Elysium comme faisant contrepoids à celles de Tharsis : elles étaient plus anciennes, plus petites, plus saines et plus faciles à gérer. Mais voilà que leurs habitants disparaissaient par centaines et qu'elles constituaient autant de points de tremplins vers la nation inconnue qui se dissimulait dans les régions sauvages des cratères.

A Elysium, on lui demanda de prononcer un discours devant un groupe de nouveaux arrivants américains, comme d'habitude, mais la réunion qui précéda n'avait rien de classique, et Frank posa des questions.

— Bien sûr qu'on s'évadera si on le peut, lui jeta quelqu'un d'un air de défi.

D'autres intervinrent aussitôt.

— On nous a dit de ne surtout pas venir ici si on avait besoin de grands espaces. Sur Mars, il paraît que ça ne se passe pas comme ça.

— Et ils croient tromper qui ?...

— On a vu les mêmes vidéos qu'eux. Celles que vous avez envoyées.

— Dans tous les articles qu'on lit, on ne parle que des clandestins de Mars. On dit qu'ils sont communistes, nudistes, rosicruciens...

— Qu'ils ont construit des utopies, qu'ils circulent en caravanes, ou encore qu'ils se cachent dans les grottes comme des primitifs... Il y aurait des Amazones, des cow-boys, des lamas...

— Qu'est-ce que vous en dites ? Est-ce que tout le monde ne projette pas ses fantasmes ici parce que c'est tellement dur sur Terre, non ?...

— Peut-être qu'il n'existe qu'un seul antimonde coordonné...

— Ça, c'est encore un rêve, le fantasme absolu...

— Et pourquoi ils ne seraient pas les maîtres absolus de la planète ? Cachés partout, peut-être conduits par votre amie Hiroko, qui pourrait garder le contact avec votre autre ami Arkady. Pourquoi pas, hein ? Qui peut savoir ? En tout cas, sur Terre, personne ne le sait.

— Tout ça, c'est des histoires. Tout le monde adore, des millions de gens y croient sur Terre. C'est comme une drogue. Ils veulent tous venir ici, mais on est tellement peu à réussir. Et il faut dire qu'un sacré pourcentage d'entre nous a menti à fond pendant toutes les épreuves de sélection.

— Oui, oui, réussit à dire Frank d'un air sombre. On a tous fait la même chose.

La vieille plaisanterie de Michel Duval lui revenait à la mémoire : puisque, de toute façon, ils étaient tous destinés à devenir fous...

— Mais vous êtes là maintenant ! Et vous vous attendiez à quoi ?

— Je ne sais pas. (Il secoua la tête, irrité.) Mais ce ne sont que des délires, vous ne comprenez pas ? Le besoin de rester caché serait un handicap terrible pour une communauté. Si vous y réfléchissez sérieusement, il n'existe que des rumeurs, des histoires.

— Alors, tous ceux qui ont disparu, où sont-ils allés ?

Frank haussa les épaules et ils sourirent tous.

Il y pensait encore une heure plus tard. Ils s'étaient tous déplacés jusqu'à l'amphithéâtre à ciel ouvert, construit avec des blocs de sel dans le style grec classique. Tous les visages étaient attentifs. Dans l'hémicycle, tous les bancs étaient occupés : on attendait avec curiosité ce qu'allait pouvoir dire l'un des Cent Premiers. Il était une relique du passé, un personnage historique, il était déjà sur Mars dix ans avant que la plupart d'entre eux soient nés, et les souvenirs qu'il gardait de la Terre remontait au temps de leurs grands-parents. Un gouffre vaste et sombre les séparait.

Les anciens Grecs avaient certainement connu les dimensions et les proportions qui convenaient pour un orateur et Frank dut à peine hausser la voix pour se faire entendre. Il commença par les déclarations habituelles, plus ou moins coupées ou censurées, à cause des récents événements. Mais il n'était guère cohérent, même à ses propres oreilles.

— Ecoutez, poursuivit-il en essayant désespérément de trouver un autre ton, son regard courant entre les rangs. Nous sommes arrivés ici sur un monde nouveau et différent, ce qui rendait nécessaire que nous devenions des êtres différents. Aucun des vieux principes de la Terre n'avait plus vraiment d'importance. A terme, inévitablement, nous allons former une nouvelle société, une société martienne, car c'est dans la nature des choses. Cela résulte des décisions que nous prenons ensemble, de notre action collective. Et ces décisions, nous les prenons en ce moment même. Mais si vous vous réfugiez dans la clandestinité, si vous rejoignez les colonies cachées, vous vous isolez, de votre propre fait ! Vous restez ce que vous étiez lors de votre arrivée, et jamais vous ne vous métamorphoserez en humain martien. Et vous nous priverez aussi de vos connaissances. Je l'ai appris personnellement, croyez-moi. (Il fut surpris de la peine qu'il ressentait tout à coup.) Comme vous le savez, quelques-uns des Cent Premiers ont été aussi les premiers à disparaître, sans doute sous l'égide de Hiroko Ai. Je ne comprends toujours pas pourquoi. Mais j'aurais du mal à vous expliquer à quel point le génie d'Hiroko pour la conception de systèmes nous a fait défaut ! Je crois que l'on peut dire qu'une grande partie de nos problèmes sont dus à son absence durant toutes ces dernières années. (Il secoua la tête, en essayant de rassembler ses pensées.) La première fois que j'ai vu ce canyon où nous nous trouvons, c'était avec elle. C'était une de nos premières explorations dans cette région et, quand nous avons découvert le sol de ce canyon, tellement nu et plat, elle m'a dit : « C'est comme le plancher d'une chambre. » Il regarda l'assistance en essayant de se remémorer le visage d'Hiroko. Oui... non. C'était bizarre comme on croyait se rappeler les visages jusqu'à ce qu'on essaie de les retrouver dans son esprit, lorsqu'ils s'éloignaient de nous. Elle m'a manqué. En venant ici, je me suis demandé s'il s'agissait bien du même lieu, et aussi... j'ai eu du mal à me dire que j'avais vraiment connu Hiroko. (Il s'interrompit, essayant de discerner leurs expressions.) Est-ce que vous comprenez ?

— Non ! lança une voix.

Dans son trouble, il retrouva une trace de son tempérament coléreux.

— Je suis en train de vous dire qu'il faut que nous fabriquions une nouvelle planète Mars ! Que nous sommes des êtres complètement différents, qu'ici rien n'est plus pareil ! Rien !

Il dut abandonner et se rasseoir. D'autres orateurs lui succédèrent. Il restait immobile, abasourdi par leurs voix ronronnantes, le regard rivé sur l'autre extrémité de l'amphithéâtre, sur les sycomores du parc, les grands bâtiments blancs aux terrasses envahies de verdure. Image blanche et verte.

Il ne pouvait pas leur dire ça. Personne ne pouvait le leur dire. Seuls le temps et Mars pourraient le leur faire comprendre. Et entre-temps, ils devraient agir en contradiction avec leurs intérêts. Ça arrivait tout le temps, mais maintenant ? Comment était-ce possible ? Pourquoi les gens étaient-ils tellement stupides ?

En quittant l'amphithéâtre, il traversa le parc, puis la ville. Et il demanda à Slusinski, par l'intermédiaire de son bloc de poignet :

— Comment des gens peuvent-ils agir contre leur propres intérêts matériels ? C'est fou ! Les marxistes étaient des matérialistes, alors comment expliquaient-ils ça ?

— Par l'idéologie.

— Mais si le monde matériel et nos méthodes pour le manipuler déterminent tout, comment une idéologie peut-elle surgir ? Comment expliquaient-ils son origine ?

— Certains définissaient une idéologie comme le rapport imaginaire avec une situation réelle. En postulant que l'imagination était une force puissante dans l'existence humaine.

— Mais alors, ils n'étaient absolument pas matérialistes ! Pas étonnant que Marx soit mort !

Il jura, écœuré.

— A vrai dire, monsieur Frank, il y a nombre de gens sur Mars qui se considèrent comme marxistes.

— Merde alors ! Ils pourraient être tout aussi bien jansénistes, hégéliens, disciples de Zoroastre !

— Les marxistes étaient hégéliens, monsieur.

— Tais-toi, gronda Frank en coupant la communication.

Des êtres imaginaires dans un paysage réel. Pas étonnant qu'il ait oublié la carotte et le bâton pour se perdre dans ces concepts de vie nouvelle, de différence radicale... Toutes ces conneries ! Oui, il jouait à être John Boone. C'était vrai ! Il essayait de faire comme lui. Mais John avait été expert à ce jeu. Il avait un tour de main magique pour ça, et Frank l'avait tant de fois observé au bon vieux temps. Il savait infléchir les choses à coups de paroles. Alors que les paroles, entre les lèvres de Frank, étaient comme des cailloux. Même à présent, alors qu'il en avait tant besoin. Alors que les paroles seules pouvaient le sauver.

Maya l'attendait à la gare de Burroughs et elle l'étreignit brièvement. Il se laissa faire avec raideur, ses sacs pendus au bout du bras. Hors de la tente, des gros nuages d'orage couleur de chocolat bouillonnaient dans le ciel mauve. Il fut incapable de soutenir son regard.

— Tu as été splendide, lui dit-elle. Tout le monde en parle.

— Au moins pendant une heure.

Après quoi, les immigrants disparaîtraient comme d'habitude. C'était un monde de faits, d'actes, et les paroles n'avaient pas plus d'influence sur les actes que le bruit d'une cascade sur le cours du torrent.

Il marchait à grands pas vers les bureaux de la mesa. Maya l'accompagna sans cesser de bavarder tandis qu'il s'installait dans l'une des chambres jaunes du quatrième étage. Meubles en bambou, coussins et draps à fleurs. Maya était joyeuse, heureuse de le revoir, excitée par toutes sortes de plans. Il serra les dents jusqu'à en avoir mal. C'était le bruxisme. Une source de maux de tête et de douleurs faciales ou maxillaires intenses.

Il se leva.

— Il faut que j'aille faire un tour.

En sortant, il entrevit l'expression de Maya : elle était surprise et blessée. Comme d'habitude.

Il se perdit entre les pelouses et les colonnes de Bareiss, pareilles à des quilles de bowling. Sur l'autre berge du canal, il s'installa à une table ronde, dans un petit café, et mit une bonne heure à déguster son café grec.

Et Maya surgit devant lui.

— Ça veut dire quoi ? fit-elle. Qu'est-ce qu'il y a encore qui ne va pas ?

Il observa le fond de sa tasse avant de la regarder, puis de revenir à sa tasse. Dans son esprit, maintenant, il n'y avait plus qu'une seule phrase, aux mots nets : *J'ai tué John*.

— Il n'y a rien, dit-il. Pourquoi ?

Elle plissa les lèvres et elle parut ainsi plus vieille, et plus furieuse encore. Elle devait bien avoir quatre-vingts ans. Oui, ils étaient trop vieux pour ce genre d'affaire. Après un long silence, elle s'installa en face de lui.

— Ecoute, dit-elle lentement. Peu m'importe ce qui s'est passé autrefois. (Elle s'interrompit et il la regarda. Elle avait baissé les yeux et paraissait plongée dans son monde intérieur.) A bord de l'*Arès*, je veux dire, ou à Underhill. Où que ce soit.

Il sentit son cœur battre plus fort. Ses poumons étaient froids. Maya lui parlait toujours, mais il ne saisissait pas ce qu'elle disait. Est-ce qu'elle pouvait savoir ce qu'il avait fait à Nicosia ? Impossible, sinon elle n'aurait pas été là. Pourtant, elle devait bien savoir.

— Est-ce que tu comprends ? demandait-elle.

Il n'avait pas entendu le début. Il continuait de fixer sa tasse de café. Et elle la frappa soudain d'un revers de main. La tasse se fracassa sur la table voisine.

— Je t'ai demandé si tu *comprenais* ?

Paralysé, il ne quittait pas la table des yeux. Et ses taches de café. Maya se pencha en avant et porta les mains à son visage. Elle ne respira plus pendant un instant. Puis elle releva la tête et lui dit :

— Non. (Et son ton était si calme qu'il crut qu'elle se parlait à elle-même.) Ne dis rien. Tu crois que j'y pense, et c'est pour cette raison que tu te conduis comme ça. Nous nous sommes connus il y a trente-cinq ans, et trente ans ont passé depuis que c'est arrivé. Je ne suis plus cette Maya Katarina Toitovna. Je ne la connais pas, je ne sais pas ce qu'elle pense ni ce qu'elle éprouve. Ni pourquoi. C'était un monde différent, une autre vie. Pour moi, elle ne compte plus. Je suis là, et je suis moi. (Elle pointa un doigt entre ses seins et ajouta :) Et je t'aime.

Elle laissa le silence persister. Il la regarda avant de détourner les yeux vers les étoiles qui commençaient à briller, et il se souvint de leur position : quand elle lui avait dit je t'aime, Orion était haut dans le ciel du sud. Sous lui, la chaise de métal était aussi froide que ses pieds.

— Je ne veux pas penser à autre chose, dit Maya.

Elle ne savait pas, mais lui si. Pourtant, chacun devait assumer son passé. Ils avaient quatre-vingts ans, et ils étaient en parfaite santé. Il existait autour d'eux des gens qui avaient plus de cent dix ans et qui étaient encore en pleine forme, vigoureux et sains. Qui pouvait dire la durée de leurs vies ? Ça leur ferait un long passé à assumer. Et au fur et à mesure, alors que les années de leur jeunesse reculeraient dans un lointain passé, toutes ces passions brûlantes leur auraient laissé de telles blessures... Se pouvait-il que ce ne soient que des cicatrices ? N'étaient-ce pas plutôt des blessures invalidantes, un millier d'amputations ?

Mais ce n'était pas un simple problème physique. Les amputations, les castrations, les excisions ; tout cela se passait dans leur tête. Une relation imaginaire avec une situation réelle...

— Le cerveau est un animal bizarre, marmonna Frank.

Elle inclina la tête avec un regard intrigué. Brusquement, il fut effrayé : *ils étaient leur passé*. Sinon, ils n'étaient plus rien. Tout ce qu'ils éprouvaient, pensaient ou disaient dans le présent n'était que l'écho du passé. Alors, comment pouvaient-ils vraiment savoir ce que leur esprit, au plus profond, ressentait, pensait ? Ce qu'il avait à dire ? Ils ne le savaient pas. Pas vraiment. C'est pour ça que les relations étaient rigoureusement mystérieuses, elles se déroulaient entre deux esprits subconscients, et quel que soit le filet de pensées en surface, on ne pouvait pas s'y fier, le considérer comme exact.

Et cette Maya qu'il avait en face de lui en cet instant se rappelait-elle vraiment ? Ou bien avait-elle oublié ? Voulait-elle la vengeance ou le pardon ? Impossible à dire.

Elle était là, malheureuse et fragile. Il pouvait la casser comme elle l'avait fait de sa tasse, d'un seul geste. S'il ne faisait pas semblant de la croire, que se passerait-il ?... Il ne pouvait la briser ainsi. Elle le haïrait ensuite — pour l'avoir obligée à retrouver le passé, pour s'être souvenue... Mais il devait continuer.

Il leva la main avec un sentiment de peur, comme s'il s'apprêtait à une téléopération chirurgicale. Il n'était qu'un manipulateur de waldo, une machine aux doigts habiles, mais raide, étrangère, sensible, rapide ! A gauche, stop ! Retour, stop ! Arrêt. Vers le bas doucement. Serrer, très doucement. La main de Maya était froide. Comme la sienne.

Elle posa sur lui un regard triste.

— On va... (Il s'éclaircit la gorge.) On va retourner dans nos chambres.

Après cet épisode, des semaines durant, il resta maladroit physiquement, comme s'il avait été plongé dans un espace différent et obligé de faire mouvoir son corps à distance. De la téléopération. Il prenait conscience du nombre de ses muscles. Parfois, il les sentait si bien qu'il aurait pu danser dans les airs, mais la plupart du temps, il se déplaçait par saccades, comme le monstre de Frankenstein.

Les mauvaises nouvelles déferlaient sur Burroughs. La vie de la cité semblait normale, mais les écrans vidéo débordaient de scènes montrant un monde auquel Frank avait du mal à croire : émeutes dans Hellas. Le cratère-dôme de New Houston se déclarait république indépendante. Et, cette même semaine, Slusinski lui expédia une bande émise par un office d'orientation américain selon laquelle cinq dortoirs avaient voté à l'unanimité pour quitter Hellas sans les autorisations de déplacement requises. Frank contacta le nouveau délégué de l'AMONU et on envoya sur place un détachement de la police de sécurité de l'ONU. Dix hommes suffirent pour en arrêter cinq cents, tout simplement en contrôlant l'ordinateur de contrôle physique de la station énergétique de la tente. Les occupants, sans défense, reçurent l'ordre d'embarquer dans des trains avant que l'atmosphère de la tente ne soit libérée. Ils avaient été conduits jusqu'à Korolyov, qui était devenue une cité-prison. Sa transformation était de notoriété publique, même si c'était récent. Il avait du mal à se rappeler quand exactement elle s'était produite. On aurait dit qu'elle avait toujours été comme ça, peut-être parce que les éléments d'un système carcéral existaient depuis plusieurs années un peu partout sur la planète.

Frank interrogea certains prisonniers par vidéo.

— Vous voyez comme ç'a été facile de vous retenir. Et ce sera toujours comme ça. Les systèmes de survie sont tellement fragiles que les cités sont impossibles à défendre. Sur Terre, les technologies militaires de pointe rendent les forces de police plus efficaces mais, ici, c'est d'une facilité absurde.

— Vous nous avez surpris au moment le plus facile, répliqua un homme qui devait avoir la soixantaine. C'était bien joué. Quand nous serons libres, j'aimerais bien voir comment vous allez vous y prendre pour nous rattraper. A ce stade, votre système de survie est aussi vulnérable que les nôtres, mais plus visible.

— Ça n'est pas aussi simple ! Toutes nos installations dépendent de la Terre. La Terre dispose d'un puissant arsenal, pas nous. Vous et vos amis, vous essayez de vous lancer dans une rébellion de pure fantaisie, une aventure de S.-F. de 1776. Les pionniers en lutte contre la tyrannie. Mais ça n'est pas du tout ça ! Toutes les analogies sont fausses et trompeuses, car elles masquent la réalité, la vraie nature de notre dépendance et de leur puissance. Elles vous empêchent de réaliser que tout ça n'est qu'une vision !

— Je suis persuadé qu'il y a eu pas mal de bons tories pour défendre la même position au temps des colonies, dit l'homme avec un rictus. A vrai dire, l'analogie est plutôt juste sous bien des aspects. Ici, nous ne sommes pas seulement les rouages d'une machine, mais des individus, pour la plupart ordinaires. Mais il y a parmi nous des personnages plus marqués — nous aurons nos Washington, nos Jefferson, nos Paine, je vous le garantis. Et aussi nos Andrew Jackson et nos Forrest Moseby : des brutes qui sauront obtenir ce qu'ils veulent !

— Ridicule ! s'écria Frank. Encore une fausse analogie !

— Disons que ce serait plutôt une métaphore. Il existe des différences, mais nous avons l'intention d'y répondre de façon créative. Nous ne comptons pas nous installer derrière des remparts de rocaille pour vous canarder à coups de mousquet.

— Et braquer les lasers de minage du haut des cratères ? Vous croyez que c'est différent ?

L'image de l'autre dansa sur l'écran.

— Je pense que la vraie question est de savoir si nous aurons un Lincoln.

— Lincoln est mort ! lâcha Frank d'un ton sec. Et l'analogie historique est le dernier refuge de ceux qui ne peuvent appréhender une situation.

Il coupa la communication.

L'appel à la raison était inutile. De même que la colère, le sarcasme, ou l'ironie. Il ne pouvait qu'essayer d'y répondre dans ses rêves. C'est pourquoi il se prenait la parole dans les réunions et s'efforçait d'être convaincant, les haranguant sur Mars, sur sa nature, sur ce qu'elle était devenue, le bel avenir qu'elle pouvait avoir en tant que société collective, spécifiquement et organiquement martienne dans sa nature, « quand le flux de toutes ces haines terrestres se serait consumé, quand toutes ces habitudes mortes qui nous empêchaient de vivre vraiment à partir de la création qui était la seule véritable beauté du monde, et merde ! ».

Il essaya d'arranger des rencontres avec certains des disparus. Il réussit à joindre un groupe au téléphone et demanda qu'on passe le mot à Hiroko, si possible. Il avait besoin de s'entretenir avec elle de toute urgence. Mais nul ne semblait savoir où elle se trouvait.

Et puis, un jour, il reçut un message d'elle, un fax en provenance de Phobos. Qui lui disait qu'il ferait mieux de s'adresser à Arkady. Mais Arkady avait disparu dans Hellas et ne répondait plus à aucun message.

— Merde, c'est comme si on jouait à cache-cache ! dit-il à Maya d'un ton amer. Vous avez le même jeu, en Russie ? Je me rappelle y avoir joué avec des gamins plus grands que moi. C'était le soir, il y avait de l'orage, il faisait vraiment sombre, et je m'étais perdu dans les rues en me disant que jamais je ne les trouverais.

— Oublie les disparus. Concentre-toi sur ceux que tu peux voir. Les disparus te surveilleront toujours, de toute façon. Peu importe que tu les voies ou qu'ils ne répondent pas à tes appels.

Il secoua la tête.

Une nouvelle vague d'immigrants déferla. Il hurla après Slusinski en exigeant une explication de Washington.

— Apparemment, monsieur, le consortium de l'ascenseur aurait été racheté par OPA : Subarashii. Le siège de la société a donc été transféré à Tobago, sur l'île de Trinidad, et les intérêts américains ne sont plus concernés. Ils déclarent que la capacité de construction des infrastructures est désormais alignée avec un taux modéré d'immigration.

— Les salauds ! Ils ne savent pas ce qu'ils font !

Il se mit à tourner en rond. Et les mots sortirent entre ses dents serrées.

— Vous savez voir mais vous ne comprenez rien. C'est ce que disait John : il existe des parties de la réalité martienne qui ne réussissent pas à franchir le vide entre les deux mondes. Non seulement le changement de gravité, mais le rythme des journées, la vie dans un dortoir, les repas dans les réfectoires. Et c'est pour ça que vous ne comprenez rien à rien, bande de fils de putes ignorants, arrogants et cons !

Il prit le train avec Maya en direction de Pavonis Mons. Pendant le voyage, il resta immobile devant une fenêtre à regarder le paysage rouge monter et descendre. La Bosse de Tharsis était énorme. On sentait que quelque chose, en profondeur, tentait de sortir : la situation politique actuelle. Avec de grands volcans tout au sommet, prêts à entrer en éruption.

Pavonis Mons. Une montagne gigantesque surgie d'un rêve, d'une estampe de Hokusai. Frank, devant ce spectacle, avait du mal à prononcer un mot. Il évita de regarder l'écran de TV qui se trouvait à l'avant de la voiture. De toute façon, les nouvelles traversaient le train presque instantanément, dans les bribes de conversation et l'expression des passagers. Il n'était pas nécessaire de regarder les vidéos pour découvrir les nouvelles vraiment importantes.

Le train s'engagea dans une forêt de pins d'Acheron, de petits arbustes dont l'écorce était comme du fer noir, avec des bouquets d'épines cylindriques. Mais les épines étaient jaunes et flasques. Il avait entendu parler de ça : il y avait un problème avec le sol. Trop de sel ou pas assez d'azote, il n'aurait su le dire. Des silhouettes casquées étaient groupées autour d'un arbre, sur des échelles, occupées à prélever des spécimens d'aiguilles.

— C'est comme moi, souffla-t-il à Maya qui s'était endormie. Je joue avec les aiguilles alors que les racines sont déjà malades.

Il rencontra les nouveaux administrateurs de l'ascenseur dans les bureaux de Sheffield et, dans le même temps, il entama un tour de concertations simultanées avec Washington. Il apprit ainsi que Phyllis avait toujours le contrôle de l'ascenseur, car elle avait aidé Subarashii dans leur prise de contrôle.

Puis on leur dit qu'Arkady était toujours à Nicosia, au bas de la pente de Pavonis, et qu'il avait déclaré avec ses partisans que Nicosia était une cité libre au même titre que New Houston. La cité était devenue l'un des principaux centres de disparition de la planète. On entrait dans Nicosia et personne n'entendait plus jamais parler de vous. Ça s'était passé des centaines de fois, et il était clair qu'il existait un dispositif de contact ou de transfert, une espèce de métro secret qu'aucun agent n'avait réussi à découvrir jusque-là. Et certains n'en étaient jamais revenus.

— On va descendre et lui parler, proposa Frank à Maya. Je voudrais vraiment discuter en personne avec lui.

— Ça n'apportera rien de bon, fit Maya d'un air sombre.

Mais Nadia devait y être, elle aussi. Et elle suivit Frank.

A Nicosia, leur train s'arrêta normalement : la gare leur était ouverte, comme s'il n'avait pas été question de les repousser. Mais Arkady pas plus que Nadia ne se trouvaient dans l'assistance clairsemée. Alexander Zhalin les avait remplacés. Lorsqu'ils furent dans les bureaux de la municipalité, ils appelèrent Arkady en liaison vidéo. A en juger par les rayons du soleil qui l'encadraient, il était déjà à plusieurs kilomètres à l'est. Et Nadia, leur dit-on, n'était jamais venue à Nicosia.

Arkady n'avait pas changé : calme et ouvert.

— C'est de la folie, lui dit Frank, furieux de ne pouvoir le rencontrer. Tu ne peux quand même pas espérer réussir.

— Mais nous le pouvons. Nous sommes en train de réussir.

Sa luxuriante barbe rousse et blanche était son insigne révolutionnaire : le jeune Fidel se préparant à entrer dans La Havane.

— Bien sûr, ce serait plus facile avec ton aide, Frank. Penses-y.

Et puis, avant que Frank ait pu parler, quelqu'un, hors du champ, attira l'attention d'Arkady. Suivit une conversation à voix étouffées en russe, et Arkady revint à lui :

— Désolé, Frank. Il faut que je m'occupe de quelque chose. Je te reprendrai dès que possible.

— Ne t'en va pas ! cria Frank, mais la communication n'était pas coupée.

— Oh, bordel !

Nadia apparut. Elle était à Burroughs, mais elle avait été branchée sur leur conversation. En contraste avec Arkady, elle se montra rigide, brusque et sombre.

— Tu ne peux pas soutenir ce qu'il fait ! lança Frank.

— Non, fit-elle sans joie. Nous ne nous parlons pas. Nous restons encore en contact téléphonique, et c'est comme ça que j'ai su où tu étais, mais on ne s'appelle plus guère.

— Tu ne peux pas l'influencer ? demanda Maya.

— Non.

Frank devina que Maya avait du mal à la croire, et il faillit en rire : comment ? Une femme incapable d'influencer un homme ? De le manipuler ? Mais quel était donc le problème de Nadia ?

Cette nuit-là, ils s'installèrent dans le dortoir de la gare. Après le dîner, Maya retourna au bureau du directeur de la cité afin de s'entretenir avec Alexander, Dmitri et Elena. Pour Frank, c'était une perte de temps. Il fit le tour de la vieille ville d'un pas nerveux, se souvenant de cette nuit, il y avait si longtemps. Cela remontait à neuf ans, en fait, mais ç'aurait aussi bien pu être un siècle. Nicosia lui semblait petite. Du parc, à l'apex ouest, on avait toujours une vaste vue d'ensemble, mais tout semblait trop noir.

Dans le bosquet de sycomores devenus adultes, il croisa un homme qui allait d'un pas rapide. Il s'arrêta et dévisagea Frank, qui se trouvait sous une rampe d'éclairage.

— Chalmers ! s'exclama-t-il.

Frank se tourna vers lui. L'autre avait un visage émacié, la peau sombre, de longues dreadlocks. Il ne le reconnaissait pas, mais il éprouva pourtant un frisson.

— Oui ?

L'homme le fixait, et il demanda :

— Vous ne me connaissez pas, hein ?

— Non, je ne crois pas. Qui êtes-vous ?

Le sourire de l'homme était asymétrique, comme si sa mâchoire avait été cassée. Sous la lumière, ses traits semblaient déformés.

— Qui êtes-vous ? répéta Frank.

L'homme leva un doigt.

— La dernière fois que nous nous sommes rencontrés, vous étiez en train de foutre la ville en l'air. Cette nuit, c'est à mon tour.

Et il s'éloigna en riant sur un ton de plus en plus aigu.

Quand il retrouva Maya, elle lui serra le bras.

— Je m'inquiétais. Tu ne devrais pas te promener seul la nuit dans cette ville !

— Tais-toi.

Il appela la centrale. Tout était normal. Puis la police de l'AMONU. Il demanda qu'on place des gardes à la centrale et à la gare. Il répétait ses ordres devant un supérieur quand l'écran devint noir. Il sentit un frémissement sous ses pieds et tous les circuits d'alarme se déclenchèrent à la même seconde, dans toute la ville.

Une violente secousse suivit. Les sas se refermèrent en sifflant. Le bâtiment se cloisonnait, ce qui signifiait que la pression baissait rapidement. Avec Maya, il se précipita vers la baie. La tente de Nicosia s'était affalée, agitée par le vent, accrochée par endroits aux plus hautes constructions. Les gens couraient dans les rues, cognaient aux portes, s'écroulaient, recroquevillés, comme les morts de Pompéi. Frank se retourna, la douleur fusant dans toute sa mâchoire.

Apparemment, les sécurités avaient bien fonctionné. Il entendit le bourdonnement d'un générateur. Ou le sentit. Les écrans étaient obscurs, ce qui rendait incroyable le spectacle qu'on voyait à travers la baie. Maya avait le visage empourpré, mais elle restait calme.

— La tente est tombée !
— Je sais.
— Mais qu'est-ce qui s'est passé ?
Il ne répondit pas.
— Tu as essayé la radio ?
— Non.
— Alors ? cria-t-elle, excédée par son mutisme. Tu sais ce qui se passe ?
— La révolution, dit-il.

SEPTIÈME PARTIE

Senzeni Na

Au quatorzième jour de la révolution, Arkady Bogdanov rêva de son père. Il était assis sur un coffre en bois, devant un petit feu, au fond de la clairière — une sorte de feu de camp, si ce n'est que les longs toits de tôle d'Ugoly étaient visibles à une centaine de mètres derrière eux. Ils tendaient les mains vers les flammes, et son père lui racontait encore une fois sa rencontre avec un léopard des neiges. Le vent soufflait et faisait danser les flammes. Alors, une sirène d'alarme retentit.

C'était le réveil d'Arkady, réglé sur quatre heures du matin. Il se leva et prit un bain chaud. Une image du rêve lui revint. Depuis le commencement de la révolte, il avait peu dormi : quelques heures grappillées çà et là, et son réveil l'avait tiré de plusieurs rêves en sommeil profond, dont on ne se souvient généralement pas. Presque tous étaient construits autour de souvenirs déformés de son enfance, des souvenirs qui ne lui étaient encore jamais revenus. Il se demandait quel pouvait être le contenu de la mémoire, et si ce stockage n'était pas immensément plus fort que le mécanisme de recherche. Est-ce que chacun était capable de se souvenir de chaque seconde de sa vie, mais seulement dans ces rêves que l'on perdait au réveil ? Est-ce que c'était en quelque sorte nécessaire ? Dans ce cas, que se passerait-il si les gens se mettaient à vivre pendant cent ou deux cents ans ?

Janet Blyleven entra. Elle avait l'air inquiète.

— Ils ont fait sauter Nemesis. Roald a analysé la vidéo et il pense qu'ils ont utilisé un paquet de bombes à hydrogène.

Ils passèrent à côté, dans les vastes bureaux de Carr, où Arkady avait passé la majeure partie de ces deux dernières semaines. Alex et Roald étaient installés devant la TV.

— *Ecran, dit Roald. Repasser bande 1.*

L'image clignota avant de se stabiliser : l'espace noir, le fond des étoiles et, au milieu de l'écran, un astéroïde sombre et irrégulier, visible en fait comme une tache sur les étoiles. Une tache d'un blanc intense apparut sur un côté. Et l'astéroïde éclata et se dispersa presque immédiatement.

— *Vite fait, bien fait, commenta Arkady.*

— *On a une autre prise, sous un autre angle, plus loin.*

Sur cette image, l'astéroïde était oblong et on distinguait les cloques argentées de son propulseur de masse. Un éclair blanc, et l'espace noir restitué avec des traces de fragments entre les étoiles, sur la droite de l'écran. Puis plus rien. Pas de nuage incandescent, pas de grondement. Rien que la voix ténue d'un commentateur, qui parlait de la défaite des émeutiers de Mars et de l'écrasement de leur menace d'apocalypse, de la riposte de la défense stratégique terrienne. Quoique, apparemment, les missiles aient été lancés à partir des pistes de la base lunaire de l'Amex.

— *Je n'ai jamais vraiment aimé cette idée, dit Arkady. C'est la destruction mutuelle assurée.*

— *Mais s'il y a bien une destruction mutuelle, et que l'un des camps perde ses capacités..., commença Roald.*

— *Nous n'avons pas perdu nos capacités, en ce qui nous concerne. Et ils estiment aussi bien nos forces que nous estimons les leurs. On repasse donc à la défense suisse.*

Ce qui voulait dire : détruire ce que les autres veulent, partir dans les collines et recommencer l'éternelle résistance. Ce qui séduisait infiniment plus Arkady.

— *Nous serons plus faibles, trancha Roald d'un ton sec.*

Avec la majorité, il avait voté pour qu'on envoie Nemesis vers la Terre.

Arkady acquiesça. Ça, on ne pouvait nier qu'un facteur venait d'être éliminé de l'équation. Mais il n'était pas évident que l'équilibre des forces en ait été modifié. Ce n'était pas lui qui avait eu l'idée de Nemesis, mais Mikhail Yangel, et c'est le groupe des astéroïdes qui avait été chargé du lancement. A présent, ils étaient nombreux à avoir été tués par la grande explosion ou par d'autres, résiduelles, à l'intérieur de la ceinture. Et l'opération Nemesis avait fait croire aux populations que les rebelles étaient prêts à des destruc-

tions massives sur Terre. Comme l'avait fait remarquer Arkady, c'était vraiment une très mauvaise idée.

Mais une révolution se vivait comme ça. Personne n'exerçait un réel contrôle, quoi qu'en pensent les gens. Et c'était sans doute mieux comme ça, et plus particulièrement ici, sur Mars. Les combats avaient été durs pendant la première semaine : l'AMONU comme les transnationales avaient augmenté leurs forces de sécurité l'année précédente. Un certain nombre de grandes villes avaient été investies instantanément, mais le nombre de groupes rebelles avait été sous-estimé. Plus de soixante cités et stations avaient proclamé leur indépendance. Les gens avaient surgi des collines, des labos et ils avaient simplement pris le pouvoir. La Terre, maintenant, était en opposition par rapport au soleil, le port de transit de navette le plus proche avait été détruit, et c'était au tour des forces de sécurité d'être assiégées, dans les cités majeures ou ailleurs.

La centrale physique appela : ils avaient des ennuis avec les ordinateurs, et ils voulaient qu'Arkady vienne jeter un coup d'œil sur place.

Il traversa Menlo Park. Le soleil venait de se lever et le cratère de Carr était encore presque complètement plongé dans l'ombre. Seuls la paroi ouest et les grands bâtiments de béton de la centrale apparaissaient dans les rayons jaunes et durs du soleil levant, qui transformaient les pistes des pentes en rubans d'argent. Les rues de la cité s'éveillaient lentement. Des rebelles avaient afflué depuis les autres villes et les Highlands, et ils dormaient dans le parc. Les gens se levaient et s'extrayaient de leurs sacs de couchage, les jambes raides, les cheveux hirsutes, les yeux gonflés. Les températures nocturnes restaient stables, mais il faisait encore froid à l'aube, et tous se pressaient maintenant autour des réchauds, en s'activant avec leurs samovars et leurs cafetières, se tournant souvent vers l'ouest pour mesurer la progression de la lumière. Ils agitaient la main en apercevant Arkady, et il s'arrêta plusieurs fois pour répondre à leurs questions ou donner des conseils d'un ton joyeux. Il sentait le changement d'atmosphère, il retrouvait ce sentiment d'être avec tous les autres dans un espace différent, face une fois encore aux mêmes problèmes. Ils étaient de nouveau tous égaux, ils brillaient du même éclat devant leurs réchauds, leurs circuits thermiques : l'éclat électrique de la liberté.

Il murmura dans son bloc de poignet :

— Ce parc me rappelle ce qu'Orwell disait à propos de Barcelone aux mains des anarchistes — c'est l'euphorie d'un nouveau contrat social, le retour à ce rêve d'enfant d'honnêteté et de justice avec lequel nous commençons tous...

Un bip, et le visage de Phyllis apparut sur l'écran minuscule, ce qui l'agaça.

— Qu'est-ce que tu veux ?

— Nemesis a été détruite. Nous voulons que vous vous rendiez avant que d'autres dommages soient commis. Arkady, c'est très simple. C'est vous rendre ou mourir...

Il faillit rire. Elle était tout à coup comme la vieille sorcière méchante du Magicien d'Oz, *au centre de la boule de cristal.*

— Il n'y a pas de quoi sourire !

Il comprit soudain qu'elle avait peur.

— Tu sais très bien que nous n'étions pour rien dans Nemesis. C'est absurde.

— Comment peux-tu te montrer aussi stupide ?

— Ce n'est pas de la stupidité. Ecoute, voilà ce que tu vas dire à tes maîtres : s'ils essaient de neutraliser les villes libérées, nous détruirons tout sur Mars.

La tactique de défense suisse.

— Est-ce que tu crois que c'est vraiment important ?

Elle avait les lèvres blêmes et son visage n'était plus qu'un masque primitif de fureur.

— Mais oui, ça compte, Phyllis. Je ne suis que la calotte polaire de tout cela. En profondeur, il existe une lentille énorme que tu ne peux pas voir. Elle est vraiment très vaste et, là, ils ont les moyens de riposter s'ils le veulent.

Elle avait dû baisser le bras car l'image tourbillonna et montra soudain le sol.

*— Tu as toujours été un idiot, fit la voix désincarnée de Phyllis. Même à bord de l'*Arès.

Et elle coupa la communication.

Arkady reprit son chemin. Le réveil de la ville n'était

plus aussi réconfortant que le moment d'avant. Si Phyllis avait peur...

Les gens de la centrale travaillaient sur un dysfonctionnement. Quelques heures auparavant, le niveau d'oxygène s'était mis à grimper dans toute la ville et aucune alarme ne s'était déclenchée. C'était un technicien qui l'avait découvert par hasard.

Une demi-heure encore, et ils trouvèrent : il y avait eu substitution de programme. Ils effectuèrent le changement, mais cela ne parut pas apaiser Tati Anokhin.

— Il y a certainement eu sabotage. Il doit rester plus d'oxygène qu'on ne le lit. En ce moment même, ça doit monter à 40 %.

— Pas étonnant que tout le monde soit de bonne humeur ce matin.

— Pas moi. Et puis, cette histoire d'euphorie, c'est un mythe.

— Vous en êtes certain ? Revoyez donc le programme et vérifiez l'identification d'encryptage. Il y a peut-être d'autres substituts sous celui-là.

Arkady retourna vers les bureaux. Il était à mi-chemin quand il entendit une détonation au-dessus de lui. Il leva la tête et découvrit un petit trou dans le dôme. L'air devint iridescent, comme s'ils étaient à l'intérieur d'une énorme bulle de savon. Un éclair et un grondement le firent trébucher. Il lutta pour se redresser et tout prit feu autour de lui dans le même instant : les gens flambaient comme des torches. Et, sous ses yeux, son bras droit s'enflamma.

Détruire les villes martiennes n'était pas difficile. Pas plus que de briser une vitrine, de faire éclater un ballon.

Nadia Chernechevski le découvrit alors qu'elle se terrait dans les bureaux municipaux de Lasswitz, une cité-tente qui avait été trouée un soir, juste après le coucher du soleil. Tous les survivants s'étaient repliés dans les bureaux et la centrale. Depuis trois jours, ils passaient leur temps à essayer de réparer la tente et à regarder la TV pour savoir ce qui était arrivé. Mais les bulletins d'infos de la Terre ne parlaient que des conflits de la planète mère, qui paraissaient s'être fondus en une seule déflagration. Parfois, un flash rapportait la destruction de cités martiennes. De nombreux cratères sous dôme avaient été touchés par des missiles venus de l'horizon. Dans un premier temps, ils étaient chargés d'oxygène ou de carburants oxygénés, et rapidement suivis d'un ignoteur qui déclenchait des explosions à divers degrés : incendies antipersonnels, détonations qui soufflaient les dômes, et enfin des explosions assez puissantes pour laisser un nouveau cratère. Les incendies antipersonnels déclenchés par l'oxygène semblaient les plus courants : ils laissaient en grande partie l'infrastructure intacte.

Avec les villes sous tente, c'était encore plus simple. La plupart avaient été crevées par des lasers basés sur Phobos. Les centrales énergétiques avaient presque toutes été la cible de missiles de croisière guidés ; d'autres avaient été envahies par des troupes d'un bord ou de l'autre, leurs spatioports occupés, des patrouilleurs armés lancés sur les parois translucides, et dans de rares cas, des bataillons de paras propulsés par fusées dorsales avaient été largués du ciel.

Nadia observait, l'estomac noué, les images dansantes qui témoignaient de la peur réelle des cameramen.

— Qu'est-ce qu'ils font ? Ils testent des méthodes ? hurla-t-elle.

— J'en doute, fit Yeli Zudov. Il s'agit probablement de différents groupes qui utilisent des méthodes différentes. Certains semblent viser des dommages minimes alors que d'autres veulent apparemment tuer le plus grand nombre de gens possible. Rien que pour faire de la place aux prochains flux migratoires.

Nadia se détourna, bouleversée. Elle se dirigea vers la cuisine où l'on avait installé un générateur pour le micro-ondes. Ils se nourrissaient maintenant de surgelés. Elle donna un coup de main en sortant les plats. Elle circulait entre les files d'attente, les visages défaits, sales, plusieurs marqués de cloques de gelure. Certains bavardaient, excités, d'autres restaient plantés comme des statues, ou bien somnolaient, effondrés les uns contre les autres. La plupart étaient des réfugiés de Lasswitz, mais un grand nombre avaient été sous des tentes ou des abris détruits par des attaques venues de l'espace, ou des forces au sol.

— C'est stupide, disait une vieille femme arabe à un petit homme noueux. Mes parents étaient dans le Croissant rouge lors des bombardements américains sur Bagdad. Si l'ennemi occupe le ciel, on ne peut rien faire ! Rien ! Il faut nous rendre. Dès que possible !

— Mais à qui ? dit le petit homme d'un ton méfiant. Et pour qui ? Et comment ?

— A n'importe qui, pour tout le monde, et par radio, bien sûr !

La vieille femme lança un regard noir à Nadia, qui haussa les épaules.

Son bloc de poignet bipa, et elle entendit la voix ténue de Sacha Yefremov. La station de captage d'eau du nord de la ville venait d'être détruite par une explosion et le puits crachait de l'eau et de la glace.

— J'arrive, dit Nadia, secouée.

La station de captage était située sur l'aquifère de Lasswitz, l'un des plus importants de la planète. Si l'aquifère perçait en surface, la station, la cité et le canyon tout entier seraient engloutis — plus grave encore : Burroughs n'était qu'à deux cents kilomètres plus bas, sur la pente de Syrtis et d'Isidis, et l'inondation se propagerait jusque-là ! Burroughs ! La population était trop nombreuse pour concevoir une évacuation, surtout depuis qu'elle était devenue le principal refuge de ceux qui fuyaient la guerre, car ils ne pouvaient aller nulle part ailleurs.

— Il faut se rendre ! insista la vieille femme, depuis l'autre bout de la salle. Tous !

— Je crois que ça ne servirait plus à rien, dit Nadia avant de s'élancer vers le sas.

Une partie d'elle-même était infiniment soulagée de pouvoir enfin faire quelque chose, de cesser d'attendre dans un bâtiment en regardant les catastrophes à la TV — d'*agir*. Nadia avait dressé les plans de Lasswitz et en avait supervisé la construction, six ans auparavant seulement, et elle avait une idée sur ce qu'il convenait de faire. La cité était sous tente, du type Nicosia, la ferme et la centrale installées dans des structures différentes, et la station de captage plus loin au nord. Toutes les structures se trouvaient sur le plancher du canyon Arena, orienté est-ouest. Les parois étaient presque verticales, hautes de cinq cents mètres. La station de captage de l'aquifère se trouvait à quelques centaines de mètres de la paroi nord qui, à cet endroit, était dominée par un surplomb impressionnant. Tout en roulant vers la station avec Sacha et Yeli, Nadia leur expliqua rapidement son plan.

— Je pense que nous pouvons abattre la falaise sur la station. Si nous y arrivons, le glissement de terrain devrait étouffer la fuite.

— Mais est-ce qu'elle n'est pas assez forte pour repousser l'avalanche de rocaille ? s'inquiéta Sacha.

— Sûrement, si tout l'aquifère explosait. Mais si nous le recouvrons alors qu'il n'est encore qu'un puits débouché, l'eau sera gelée dans l'avalanche et, je l'espère, elle formera un barrage assez solide. La pression hydrostatique dans cet aquifère est à peine supérieure à la pression lithostatique de la roche, donc le flux artésien n'est pas trop élevé. Sinon, nous serions déjà tous noyés.

Elle freina. A travers le pare-brise, les restes de la station étaient visibles sous le nuage de vapeur gelée. Un patrouilleur venait droit sur eux à pleine vitesse, en cahotant. Nadia fit un appel de phares et passa sur la fréquence radio commune. C'était l'équipe de la station : Angela et Sam, fous de rage après les événements qu'ils venaient de vivre. Quand ils eurent achevé le récit de la dernière heure, Nadia leur exposa son idée.

— Ça pourrait marcher, dit Angela. Une chose est certaine : rien d'autre ne peut l'arrêter à présent. Ça jaillit à plein.

— Il va falloir faire vite, ajouta Sam. La roche se délite à une vitesse incroyable.

— Si nous n'arrivons pas à l'étouffer, fit Angela avec un enthousiasme quelque peu morbide, ce sera comme lorsque l'Atlantique a franchi le détroit de Gibraltar pour la première fois et s'est déversé dans le bassin méditerranéen. Une cataracte de dix mille ans.

— Je n'en ai pas entendu parler, de celle-là, dit Nadia. Venez : on va aller jusqu'à la falaise et mettre les robots au travail.

En route, elle avait donné l'ordre à tous les robots de construction de quitter leur hangar pour se diriger vers la paroi nord voisine de la station de captage. Quand ils descendirent des patrouilleurs, ils constatèrent que certains des robots les plus rapides étaient déjà sur place, et que les autres suivaient à quelque distance dans le fond du canyon. Une pente d'éboulis se dressait au pied de la falaise comme une énorme vague figée, luisant sous le soleil au zénith. Nadia coupla les excavatrices et les bulldozers et programma les instructions nécessaires pour se frayer un chemin dans les éboulis.

Elle montra aux autres la carte aréologique du canyon qu'elle venait d'appeler sur l'écran du patrouilleur.

— Vous voyez... Il y a une fissure, là, juste derrière le surplomb. C'est ce qui provoque cette inclinaison du bord. Si nous déclenchons tous les explosifs dont nous disposons ici, au fond de la fissure, le rocher va tomber, vous ne pensez pas ?

— Je ne sais pas, dit Yeli. Mais ça vaut le coup d'essayer.

Dès que les autres robots les eurent rejoints avec l'arsenal d'explosifs qui restait du creusement des fondations de la ville, elle se mit au travail. Elle programma les véhicules pour qu'ils creusent un tunnel au bas de la falaise. Au bout d'une heure, elle déclara :

— Maintenant, on retourne en ville et on fait évacuer tout le monde. Je ne suis pas certaine de l'importance de l'effondrement et je ne tiens pas à ce que quiconque soit enterré là-dessous. Nous disposons de quatre heures.

— Grands dieux, Nadia !

— J'ai dit quatre heures.

Elle pianota un dernier ordre et lança le patrouilleur. Angela et Sam suivirent, en poussant un grand cri de soulagement.

— Vous n'avez pas l'air fâchés de ficher le camp, leur dit Yeli.

— Bon Dieu, ça commençait à être vraiment emmerdant ! fit Angela.

— Ça ne posera plus de problème dorénavant.

L'évacuation s'avéra difficile. Ils étaient nombreux à refuser de partir, et il n'y avait guère de place dans les patrouilleurs. Finalement, on réussit à tous les entasser et la caravane s'engagea sur la route à transpondeurs en direction de Burroughs. Lasswitz était désormais déserte. Nadia perdit une heure à essayer de joindre Phyllis par satellite, mais tous les canaux étaient encombrés ou brouillés. Elle laissa finalement un message sur le satellite : « Nous sommes les non-combattants de Syrtis Major. Nous essayons d'endiguer l'aquifère de Lasswitz pour qu'il n'inonde pas Burroughs. Alors laissez-nous tranquilles ! »

C'était une reddition, en quelque sorte.

Angela et Sam avaient quitté leur patrouilleur pour les rejoindre. Ils escaladèrent la route en montagnes russes de la falaise jusqu'à la bordure sud du canyon d'Arena. La paroi nord intimidante se dressait devant eux. Tout en bas, sur la gauche, ils distinguaient la cité. A cette distance, elle paraissait presque normale. Mais, un peu plus à droite, il était évident que quelque chose se passait. La station était traversée en son milieu par un épais geyser blanc, pareil à un jet de gaz carbonique, qui retombait en une averse de blocs de glace sale, blanchâtres ou rougeâtres. Sous leurs yeux, l'équilibre de cette masse bizarre changea, révélant brièvement un torrent d'eau noire qui fut gelé avec une rapidité folle. Des tourbillons de brouillard montèrent des craquelures de la roche avant de s'effilocher vers le bas du canyon, emportés par le vent. Le rocher et le gravier étaient à tel point déshydratés que, lorsque l'eau les touchait, ils explosaient sous l'effet de violentes réactions chimiques. Quand l'eau ruisselait sur un sol sec, de grands nuages de poussière jaillissaient dans l'air pour se confondre avec les vapeurs gelées.

— Ça, ça plairait à Sax, commenta Nadia d'un ton sinistre.

A la minute prévue, quatre jets de fumée fusèrent à la base de la paroi nord. Durant plusieurs secondes, ensuite, il ne se passa rien, et les observateurs, paralysés, gémirent. Puis la falaise fut secouée, et le roc en surplomb dévala la pente, lentement, majestueusement. Des nuages de fumée denses furent soufflés depuis la base de la falaise, et des nappes de déjections suivirent, comme l'eau filtrant d'un iceberg. Le patrouilleur vibra sous l'effet d'un grondement sourd et Nadia l'éloigna prudemment du rebord sud. Juste avant qu'un nuage boursouflé de poussière n'occulte la vue, ils aperçurent la coulée de terrain qui enfouissait la station.

Angela et Sam applaudissaient.

— Comment saurons-nous si ça a marché ? demanda Sacha.

— Attendons d'y voir à nouveau, fit Nadia. Heureusement, l'eau aura gelé en aval. Rien ne devrait plus bouger.

Sacha hocha la tête. Ils attendirent, assis là, en regardant au fond de l'ancien canyon. Nadia avait la tête vide ; de mornes pensées lui passaient par l'esprit. Elle avait besoin d'action, comme ce qui s'était passé au cours des dernières heures, le genre d'activité intense qui ne lui laissait pas le temps de réfléchir. La moindre pause et elle était assaillie par leur misérable situation, les cités détruites, les morts partout, la disparition d'Arkady. Et personne aux commandes, apparemment. Pas l'ombre d'un plan. Les forces de police rasaient les villes pour écraser la rébellion et les rebelles détruisaient les villes pour faire vivre la rébellion.

Ça finirait par la destruction totale. Le travail de toute une vie, de toute sa vie, disparaissait en fumée sous ses yeux, et sans raison ! Sans aucune raison.

Elle ne pouvait pas se permettre de penser. En bas, un glissement de terrain avait enfoui une station de pompage, par bonheur, et l'eau jaillissant du puits avait gelé, formant un barrage composite. Après cela, c'était difficile à dire. Si la pression hydrostatique de l'aquifère était suffisante, un nouveau puits pourrait être foré. Mais si le barrage était assez résistant… Enfin, on n'y pouvait rien. A moins qu'ils n'arrivent à ménager une sorte de valve, de soupape d'échappement, pour diminuer la pression dans le barrage formé par le glissement de terrain…

Lentement, le vent dispersa la poussière. Ses compagnons applaudirent : la station de captage avait disparu, recouverte maintenant d'une couche de terrain noir. Il y avait une découpe en arc béante dans la paroi nord. Mais ils étaient passés à un doigt de la catastrophe et, si Lasswitz existait encore, la couche qui recouvrait la station ne semblait pas très dense. Le déversement s'était interrompu, pourtant. Il restait une enveloppe épaisse, d'un blanc sale, dressée comme le front d'un glacier au milieu du canyon. Un mince rideau de vapeur givrée s'en élevait. Néanmoins…

— On redescend à Lasswitz pour jeter un coup d'œil sur les moniteurs de l'aquifère, décida Nadia.

Ils redescendirent le long de la paroi du canyon et rentrèrent au garage de Lasswitz. En marcheur, casqués, ils parcoururent les rues désertes. Le centre d'étude de l'aquifère était tout proche des bureaux. C'était étrange, de retrouver leur refuge de ces derniers jours totalement vide.

Ils pénétrèrent dans le centre et lurent les relevés des senseurs souterrains. Beaucoup avaient été neutralisés, mais ceux qui fonctionnaient encore indiquaient que la pression hydrostatique était plus élevée que jamais, et qu'elle ne cessait d'augmenter. Comme une confirmation, ils sentirent une faible secousse sous leurs pieds. Jamais cela ne s'était produit sur Mars.

— Merde ! s'exclama Yeli. Ça va péter une fois encore, c'est sûr !

— Il faut forer un puits d'écoulement, dit Nadia. Une sorte de valve de pression.

— Mais s'il explose comme le premier ? s'inquiéta Sacha.

— Si on le met en place en haut de l'aquifère, ou au milieu, la pression devrait être suffisante. Aussi bien en tout cas que l'ancienne station de captage, que quelqu'un a dû faire sauter, sinon elle fonctionnerait encore. (Elle secoua la tête avec une expression amère.) C'est un risque que nous devons courir. Si ça marche, ça marche... Sinon... Nous ne ferons que provoquer un autre geyser. Mais si nous ne faisons rien, de toute façon, ça ressemblera à un geyser.

Elle redescendit la rue principale avec son équipe jusqu'au hangar des robots, et s'installa dans le centre de commande pour recommencer la programmation. Un forage standard, sous une menace d'éruption maximale. L'eau atteindrait la surface sous l'effet de la pression artésienne avant d'être canalisée jusqu'à un pipeline qui l'évacuerait de la région d'Arena. Ils étudièrent diverses cartes et simulèrent des écoulements dans plusieurs canyons parallèles, vers le nord et le sud. Ils s'aperçurent qu'ils étaient tous importants. Tout ce qui se déversait dans Syrtis descendait vers Burroughs comme dans un bol gigantesque. Il leur faudrait faire courir le pipeline sur près de trois cents kilomètres pour trouver un chenal.

— Et si on prenait Nili Fossae comme déversoir, proposa Yeli. L'eau s'écoulerait droit vers le nord sur Utopia Planitia et elle gèlerait sur les dunes du nord.

— Sax doit vraiment *adorer* cette révolution, répéta Nadia. Ils n'auraient jamais approuvé tout ça.

— Oui, mais il y a pas mal de ses projets qui vont être bousillés.

— En termes de pensée, pour Sax, ça doit quand même représenter un bénéfice net. Toute cette eau en surface...

— Il faudra lui poser la question.

— Si jamais on le revoit...

Yeli resta silencieux un bref instant, puis dit :

— Il y a tant d'eau que ça, en réalité ?

— Oui, il n'y a pas que Lasswitz, intervint Sam. J'ai vu quelques séquences — ils ont fait exploser l'aquifère de

Lowell. Une inondation énorme comme celles qui ont submergé les chenaux d'évacuation. Des milliards de tonnes de régolite ont été précipités sur les pentes. Pour l'eau, toute mesure est impossible. C'est incroyable.

— Mais *pourquoi* ? geignit Nadia.

— Parce que c'est la meilleure arme dont ils disposent, à mon avis.

— Mais ça n'est pas une arme ! Ils ne peuvent pas viser, ni l'arrêter !

— Non. Personne ne le peut. Réfléchis bien — toutes les villes des pentes de Lowell ont disparu : Franklin, Drexler, Osaka, Galileo, et même Silverton, j'imagine. Elles appartenaient toutes aux transnationales. Je crois que la plupart des cités minières installées dans les chenaux sont vulnérables. J'aurais dû y penser avant.

— Alors, les deux camps attaquent l'infrastructure, résuma Nadia d'un ton morne.

— C'est ça.

Elle devait se remettre au travail : il n'y avait pas d'autre choix possible. Ils reprirent la programmation des robots et passèrent toute la soirée, puis la journée du lendemain, à diriger les robots sur le site du forage. Ils perçaient tout droit. L'unique problème était de ne pas provoquer une éruption. Le raccordement du pipeline destiné à évacuer l'eau vers le nord fut encore plus simple. Depuis plusieurs années, l'opération était entièrement automatique. Mais ils doublèrent tout le dispositif, pour ne pas courir de risque.

En haut et vers le nord, à partir de la route du canyon. Inutile de prévoir des pompes ; la pression artésienne régulerait le flux, parce que quand la pression descendrait suffisamment pour cesser de chasser l'eau hors du canyon, le danger d'explosion à la partie inférieure serait probablement passé. Et quand les unités de transformation de magnésium mobiles se remettraient en marche, collectant les poussières pour extruder des segments de tuyau que des chariots élévateurs et des pelleteuses transporteraient jusqu'à l'assembleur, et quand la gigantesque usine roulante les prendrait pour extruder un pipeline derrière elle tout en suivant la route, quand un autre monstre mécanique passerait par-dessus le pipeline pour l'enrober dans une gaine isolante faite à partir de sous-produits de raffinage et quand le premier tronçon du pipeline commencerait à chauffer et à fonctionner, là, enfin, ils pourraient estimer l'ensemble opérationnel. Avec l'espoir qu'il tiendrait sur trois cents kilomètres. Le pipeline allait être construit au rythme d'un kilomètre à l'heure, vingt-quatre heures sur vingt-quatre. Si tout se passait bien, il atteindrait Nili Fossae dans douze jours. Juste au moment où le forage serait achevé. Et si le barrage créé par le glissement de terrain tenait jusque-là, ils auraient enfin leur valve.

Burroughs était donc momentanément hors de danger. Ils pouvaient y aller. Mais où ? Telle était maintenant la question. Nadia, écroulée dans un siège, regardait les infos de la Terre en grignotant son dîner micro-ondes. Les révolutionnaires de Mars étaient décrits de cent façons, toutes plus atroces les unes que les autres : des extrémistes, des communistes, des vandales, des saboteurs, des rouges, des terroristes... Mais il n'était question nulle part de *rebelles* ou de *révolutionnaires*, des mots que la moitié de la population terrienne (au moins) aurait approuvés. Non, ils n'étaient que des groupes de fous destructeurs. Il y avait un zeste de vérité là-dedans, se dit Nadia, augmentant du coup sa colère.

— On devrait rallier n'importe quel camp ! proclama Angela, et participer à la lutte !

— Mais je ne lutte contre personne, s'entêta Nadia. C'est idiot ! Jamais je ne m'engagerai. Je répare ce que je peux, mais je ne vais pas me battre pour tout ça !

Ils reçurent un message radio. Le dôme du cratère de Fournier, à huit cent soixante kilomètres de là, venait de craquer. La population s'était réfugiée dans des bâtiments étanches, mais l'air commençait à manquer.

— Je veux y aller, déclara Nadia. Il y a un hangar à robots énorme là-bas. Ils pourront réparer le dôme et, ensuite, on les enverra sur Isidis.

— Mais comment vas-tu y aller ? demanda Sam.

Nadia réfléchit.

— En ULM, je pense. Il y a encore certains des nouveaux 16 D sur le terrain de la bordure sud. C'est le moyen le plus rapide, et peut-être le plus sûr, qui sait ? (Elle se tourna vers Yeli et Sacha.) Qui veut s'envoler avec moi ?

— Je veux bien, dit Yeli, et Sacha acquiesça.

— On va t'accompagner, dit Angela. Avec deux unités, ce sera plus sûr.

Les deux appareils avaient été construits aux ateliers aéronautiques de Spencer, dans Elysium. Les 16 D étaient le dernier cri en matière de deltas quadriplaces ultralégers à turbojets. Ils étaient en aréogel et plastique et plutôt dangereux à piloter à cause de leur extrême légèreté. Mais Yeli était un as du pilotage, et Angela aussi. Ils passèrent la nuit dans le petit aéodrome désert avant de décoller au matin droit vers le soleil. Il leur fallut un bon moment avant de plafonner à mille mètres.

La planète présentait une apparence trompeusement normale, toujours aussi rude, quoique un petit peu plus blanche sur les parois nord, comme gagnée par le parasite du vieillissement. Puis ils survolèrent le canyon d'Arena : un glacier sale, un fleuve de blocs de glace brisés. Là où le flot s'était étalé quelque temps, le glacier s'était élargi. Parfois, la glace redevenait d'un blanc pur mais, partout ailleurs, elle portait les traces des tons de Mars et se fondait souvent en une mosaïque de brique, de soufre, de noir charbonneux et de cannelle, de crème et de sang… Un tapis multicolore qui coulait sur le plancher du canyon jusqu'à l'horizon, à quelque soixante-quinze kilomètres de distance…

Nadia demanda à Yeli de mettre le cap au nord afin d'inspecter la région où les robots étaient censés poser le pipeline. Peu après, un message leur parvint, très faible. Il provenait d'Ann Clayborne et Simon Frazier. Ils étaient pris au piège dans le cratère Peridier, qui n'avait plus de dôme. C'était sur la route du nord, ce qui ne posait aucun problème.

Le secteur qu'ils survolaient semblait tout à fait négociable pour l'équipe robotique. Le terrain était plat, parsemé de déjections, mais sans escarpements incontournables. La région de Nili Fossae commençait au-delà, très graduellement, par quatre dépressions très faibles qui s'infléchissaient vers le nord-est comme des empreintes de doigts estompées. A cent kilomètres au nord, ils se retrouvèrent en parallèle avec des failles profondes de cinq cents mètres, séparées par des terres sombres, les coulées des cratères : une configuration lunaire qui, pour Nadia, évoquait un site de construction délabré. Plus au nord encore, ils eurent une surprise : à l'endroit où le canyon le plus oriental débouchait sur Utopia, un autre aquifère avait éclaté. Dans sa partie supérieure, ce n'était qu'un simple affaissement de terrain, fendillé par des éclats de verre, mais, plus bas, des plaques d'eau gelée marquaient en noir et blanc le sol fracturé, déchirant d'autres blocs qui étaient portés par le flot de vapeur avant d'exploser. La blessure avait creusé le sol sur trente kilomètres et elle allait jusqu'à l'horizon du nord sans montrer le moindre signe de dissipation.

Nadia appela Yeli et lui demanda de se rapprocher.

— Je veux éviter la vapeur, dit Yeli, qui observait lui aussi les dommages.

Le nuage de givre blanc était presque complètement chassé vers l'est et retombait sur le sol, mais le vent était capricieux, et parfois le voile laiteux, impalpable, montait à la verticale, masquant l'étendue d'eau noire et de glace blanche. Le geyser était aussi imposant que les plus grands glaciers de l'Antarctique, parfois même davantage. Il coupait le paysage rouge en deux.

— Ça représente une énorme quantité d'eau, dit Angela.
Nadia passa sur la fréquence des Cent Premiers et appela Ann à Peridier.

— Ann, est-ce que tu es au courant de ça ? (Elle lui décrivit le spectacle qu'ils avaient sous les yeux.) Et ça continue. La glace se déplace et on voit des étendues d'eau libre. Certaines sont noires, d'autres rouges.

— Tu entends quelque chose ?

— Une sorte de bourdonnement. Comme un ventilateur. Et aussi des craquements dans la croûte de glace... Oui. Mais il y a tellement d'eau et on fait aussi tellement de bruit !

— Tu sais, cet aquifère n'est pas aussi énorme que ça à côté de certains autres.

— Et comment font-ils pour les faire sauter ? On peut vraiment y arriver ?

— Avec certains, oui. Ceux dont la pression hydrostatique dépasse la pression lithostatique poussent la roche vers le haut. La couche de permafrost forme une sorte de barrage de glace, si tu veux. Mais si tu fores un puits, ou si tu fais fondre cette couche…

— Comment ?

— Grâce à la fusion du réacteur.

Angela appuya sa réponse d'un sifflement.

— Mais les radiations ?

— Oui, bien sûr, mais est-ce que tu as consulté ton tableau de contrôle récemment ? Je pense que deux ou trois de tes cadrans ont dû griller !

— Oh, bon sang ! s'écria Angela.

— Voilà où nous en sommes, conclut Ann avec ce ton morne et distant qu'elle prenait quand elle était très en colère.

Elle répondit laconiquement à leurs questions concernant l'inondation. Un écoulement d'eau aussi massif provoquait des fluctuations de pression extrêmes. Le lit de roche était écrasé, puis emporté et projeté en aval par le flot tumultueux, un déluge gazeux dévastateur, qui charriait des tonnes de roches.

— Est-ce que vous allez venir à Peridier ?

— Nous mettons cap à l'est, dit Yeli. Je voulais un point visuel sur le cratère Fv.

— Bonne idée.

Peridier apparut bientôt à l'horizon, avec ses parois basses et érodées. Son dôme avait été effectivement détruit et des lambeaux de tissu roulaient sur les bords du cratère, comme des étendards déchirés. En s'envolant, ils évoquaient plutôt les restes d'une cosse éclatée. La piste du sud était éblouissante sous le soleil. Nadia décrivit un arc au-dessus des bâtiments sombres en les observant à la lunette. Comment ? Qui ? Pourquoi ? Elle ne trouvait pas de réponse. Ils se dirigèrent vers une piste d'atterrissage, vers la paroi opposée du cratère. Les hangars avaient été abandonnés et ils empruntèrent les quelques petits véhicules qui restaient pour gagner la cité.

Les survivants de Peridier s'étaient terrés dans la centrale physique. Nadia et Yeli franchirent le sas et serrèrent Ann et Simon entre leurs bras avant d'être présentés aux autres. Ils étaient une quarantaine et ne survivaient que sur les réserves d'atmosphère des bâtiments étanches et les rations d'urgence.

— Qu'est-ce qui s'est passé ? demanda Angela, et elle reçut la réponse d'un chœur grec.

En résumé, une explosion unique avait fait éclater le dôme comme un ballon et, sous l'effet de la décompression brutale, plusieurs bâtiments avaient sauté. Heureusement, la centrale avait été renforcée et elle était parvenue à soutenir la différence de pression. Ceux qui se trouvaient à l'intérieur avaient survécu. Seuls.

— Où est Peter ? demanda Yeli, effrayé.

— Il est à Clarke, lui dit très vite Simon. Il nous a appelés immédiatement après que tout a commencé. Il a essayé de prendre une des cabines de descente mais, maintenant, c'est l'affaire de la police, et je pense qu'ils sont nombreux en orbite. Il redescendra quand il pourra. De toute façon, il y a moins de risques là-haut. Et je ne suis pas pressé de le revoir.

Nadia pensa à Arkady. Mais il n'y avait rien qu'elle puisse faire et, très vite, elle se lança dans la reconstruction de Peridier. Elle demanda d'abord aux survivants quels étaient leurs plans. Ils haussèrent les épaules et elle leur suggéra alors de dresser une tente plus petite que le dôme en utilisant les matériaux stockés dans les hangars de l'aéroport. Il y avait sur place une quantité de robots en réserve et la reconstruction ne nécessiterait pas trop de travaux préliminaires. Les survivants étaient enthousiastes : ils venaient de découvrir que les hangars étaient autant de cavernes d'Ali Baba. Mais Nadia secoua la tête.

— Tout était dans les données, dit-elle à Yeli un peu plus tard. Ils n'avaient qu'à les interroger. Mais ils ne pensent à rien. Ils regardent la TV et ils attendent.

— Nadia, voir un dôme comme celui-là partir en éclats,

ça fait vraiment un choc. Ils voulaient avant tout être certains que leur habitat était en sécurité.

— Je suppose.

Mais il y avait très peu d'ingénieurs ou de spécialistes du bâtiment, parmi eux. C'étaient surtout des aréologues de l'escarpement, des mineurs. Les travaux de construction de base étaient réservés aux robots, ou du moins c'est ce qu'ils semblaient penser. Il était difficile de dire où ils en seraient arrivés avant de se lancer eux-mêmes dans les travaux de reconstruction, mais avec Nadia pour leur dire ce qui pouvait être fait, et les pousser à le faire, par ses répliques méprisantes devant leur inaction, ils se mirent très vite au travail. Nadia fit des journées de dix-huit ou vingt heures pendant quelques jours, et réussit à leur faire ériger un mur de soutènement et des grues pour ériger une tente au-dessus des toits. Après cela, le travail se borna pratiquement à de la supervision. Nadia demanda sans ménagement à ses compagnons de Lasswitz s'ils voulaient repartir avec elle par la voie des airs, et ils acceptèrent.

Une semaine environ après leur arrivée, ils redécollèrent. Ann et Simon avaient pris place dans l'appareil d'Angela et Sam.

Ils volaient vers le sud, au-dessus de la pente d'Isidis, en direction de Burroughs, lorsqu'un message codé crépita dans la radio. Nadia trouva dans son sac une liste qu'Arkady lui avait donnée et, quand elle eut repéré le numéro de code qu'elle voulait, elle l'introduisit dans l'intelligence du delta et ils purent déchiffrer le message grâce au programme d'Arkady. L'IA le débita d'un ton monocorde :

— L'AMONU s'est emparée de Burroughs et tous ceux qui s'y présentent sont mis en état d'arrestation.

Le silence régna un instant. Ils filaient dans le ciel rose. Tout en bas, la plaine d'Isidis s'inclinait vers la gauche.

— Allons n'importe où, déclara Ann. Nous pouvons leur dire en personne de cesser leurs attaques.

— Non, protesta Nadia. Il faut que je puisse travailler. Et s'ils nous bouclent... Et puis, qu'est-ce qui te fait croire qu'ils écouteront ce que nous avons à leur dire ?

Ann se tut et Nadia se tourna vers Yeli.

— Est-ce qu'on pourrait atteindre Elysium ?
— Oui.

Ils dévièrent donc vers l'est en ignorant les appels du contrôle aérien de Burroughs.

— Ils ne nous poursuivront pas, dit Yeli d'un ton assuré. Le radar satellite montre qu'il y a des tas d'appareils dans ce secteur, trop nombreux pour qu'ils puissent tous les intercepter. Et puis, ce serait une perte de temps, car je soupçonne qu'il y a pas mal de leurres dans le ciel en ce moment. Quelqu'un a dû lancer des drones, ce qui brouille la situation à notre avantage.

— Quelqu'un qui se donne à fond dans cette bataille, murmura Nadia en fixant l'image radar.

Cinq ou six objets scintillaient dans le quadrant sud.

— C'est toi, Arkady ? Et tu m'aurais caché ça ?... (Elle repensa à cet émetteur radio qu'elle venait de trouver dans son sac.) Mais peut-être qu'il n'était pas caché. Peut-être que je refusais de le voir, c'est tout.

Ils se posèrent à proximité de Fossa Sud, le plus grand canyon couvert de la région. La toiture était encore là mais — ils le découvrirent peu après — seulement parce que la cité avait été dépressurisée avant d'être trouée. Les habitants s'étaient enfermés dans les derniers bâtiments intacts et luttaient pour entretenir la ferme. Il y avait eu une explosion à la centrale, et plusieurs autres dans la cité. Des travaux importants étaient nécessaires, mais le site pouvait fonctionner à nouveau très vite, et la population était plus entreprenante que celle de Peridier. Nadia se lança à corps perdu dans le travail, bien décidée à ne pas perdre une minute.

Elle ne pouvait supporter de rester inactive ; elle consacrait chacun de ses moments de veille à travailler, ses vieux standards de jazz tournant dans la tête — rien qui aille avec ce qu'elle faisait, ça n'existait pas ; c'était complètement incongru : *On the Sunny Side of the Street*, *Pennies from Heaven*, *A Kiss to Build a Dream On*...

Et pendant ces jours de frénésie sur Elysium, elle commença à mesurer le pouvoir des robots. Jamais au cours des années qu'elle avait consacrées à la construction, elle n'avait eu l'occasion d'exploiter pleinement ce pouvoir. Ce n'était tout simplement pas nécessaire. Mais à présent, il y avait des centaines de tâches à effectuer, plus qu'on n'en pouvait accomplir, même au prix d'un engagement total, et c'est ainsi qu'elle poussa le système au-delà de la limite, comme disaient les programmateurs, et elle vit ce qu'ils pouvaient obtenir grâce à cet effort alors même qu'elle réfléchissait déjà au moyen de faire plus. Elle avait toujours considéré la télécommande comme une procédure fondamentalement locale, par exemple, or ce n'était pas forcément le cas. Grâce aux satellites relais, elle pouvait piloter un bulldozer dans l'autre hémisphère, et maintenant, partout où elle pouvait établir une bonne liaison, elle le faisait. Elle ne s'arrêtait pas de travailler une seule seconde ; elle travaillait en mangeant, elle lisait des rapports et des programmes dans la salle de bains, et elle ne dormait que lorsqu'elle succombait à l'épuisement. Dans cet état hors du temps, elle disait à chacun de ceux avec qui elle travaillait, individuellement ou collectivement, ce qu'il avait à faire, sans considération de son avis ou de son agrément, et son autorité de compétence était telle que tout le monde lui obéissait.

Malgré tous ces efforts, ils n'en faisaient pas encore assez. Et tout retombait toujours sur Nadia. Elle seule avait une vision d'ensemble du système, pendant ses heures sans sommeil, toujours à la limite. Et Elysium disposait d'une énorme flotte de robots de construction tout prêts, de sorte qu'il était possible d'attaquer simultanément la plupart des problèmes les plus urgents. La plupart étaient localisés dans les canyons sur le versant ouest d'Elysium. Tous les canyons sous tente avaient été ouverts à un degré ou à un autre, mais la plupart des unités énergétiques étaient intactes, et il y avait beaucoup de survivants tapis dans les bâtiments individuels, où ils tenaient le coup grâce aux générateurs de secours, comme dans Fossa Sud.

Quand Fossa Sud fut recouverte à nouveau, asséchée et chauffée, elle lança des équipes à la recherche des survivants éventuels sur le flanc ouest du canyon, puis plus loin en direction du sud, vers d'autres canyons. Ensuite, elle se pencha sur les programmes de fabrication d'outils afin de mettre en place des lignes de robots sur les pipelines fracturés de Chasma Borealis.

— Mais qui a pu faire tous ces dégâts ? demanda-t-elle avec dégoût en regardant sur la TV les canalisations qui crachaient leur purée de glace.

Cette question lui avait été arrachée malgré elle. En vérité, elle ne voulait pas savoir. Elle ne tenait pas à réfléchir à la stratégie d'ensemble, elle ne voulait penser qu'à ce pipeline brisé, perdu entre les dunes. Mais Yeli la prit au mot :

— C'est difficile à dire. Les journaux terriens ne concernent plus que la Terre, maintenant, si l'on excepte une info de temps en temps. Apparemment, les prochaines navettes vont amener des troupes de l'ONU qui sont censées rétablir l'ordre sur Mars. Mais sur la Terre, on ne parle que de la guerre du Moyen-Orient, de la mer Noire, de l'Afrique, et tout le reste... Une bonne partie du club du Sud est en train de bombarder les nations à pavillons de complaisance, et le groupe des Sept a déclaré qu'il allait les défendre. Il y a aussi un agent biologique qui s'est répandu sur le Canada et la Scandinavie...

— Et peut-être ici, l'interrompit Sacha. Est-ce que vous avez vu le reportage sur Acheron ? Il s'est passé quelque chose. Les baies de l'habitat ont été soufflées et le sol est recouvert de ces espèces de pousses de je ne sais quoi... Personne ne veut aller y voir de plus près...

Nadia ferma les yeux pour essayer de se concentrer sur le problème du pipeline. Quand elle revint au réel, elle s'aperçut que tous les robots qu'elle avait pu trouver travaillaient à la reconstruction des villes et que les usines sortaient à plein rythme des bulldozers, des excavatrices, des camions, des chargeurs, des unités de soudure, des cimenteries, des unités de plasturgie, de couverture... Tout. Le système était relancé à plein régime et elle n'avait même plus de quoi s'occuper suffisamment. Elle déclara donc aux autres qu'elle allait redécoller. Ann, Simon, Yeli et Sacha décidèrent de l'accompagner. Mais Angela et Sam avaient retrouvé des amis dans Fossa Sud et ils restaient.

Ils s'envolèrent. Et Yeli leur assura qu'il en serait toujours ainsi : quand des membres des Cent Premiers se rencontraient, ils n'arrivaient plus à se séparer.

Les deux appareils se dirigeaient vers Hellas, droit au sud. Ils se posèrent brièvement près du mohole de Tyrrhena, proche de Hadriaca Patera. La cité avait été trouée et elle avait besoin de secours. Il n'existait pas de robots disponibles, mais Nadia avait découvert qu'elle pouvait démarrer ce genre d'opération mineure avec son seul ordinateur, ses programmes, et un extracteur d'air. Ce type de génération spontanée de machinerie était un autre aspect de leur puissance. C'était plus lent, sans doute, mais néanmoins, en un mois, avec ces trois éléments, on pouvait faire surgir du sable d'abord des usines, puis des ateliers d'assemblage. D'où sortaient les robots, des véhicules de toutes tailles, certains grands comme des immeubles, tous capables de travailler efficacement en son absence. Une puissance confondante.

Mais ce n'était rien face à la capacité de destruction des humains. De ruine en ruine, ils étaient abasourdis par les dommages et le nombre des morts. Et leurs vies étaient également menacées : après avoir rencontré un certain nombre d'épaves dans le couloir arésien Hellas-Elysium, ils prirent la décision de ne voler que de nuit. Par certains côtés, le danger était plus grand, mais Yeli se sentait plus à l'aise en vol furtif. Les 16 D étaient presque invisibles au radar et ils ne laissaient que des traces infimes sur les détecteurs infrarouges les plus pointus. Pour Nadia, cela n'avait guère d'importance. Elle aurait préféré voler de jour, mais ses pensées tournaient en rond autour du choc qu'elle avait éprouvé devant l'étendue des destructions. Elle essayait de refouler ses émotions et ne souhaitait qu'une chose : travailler.

Et Ann allait encore plus mal, ainsi que le remarquait une partie de Nadia. Evidemment, elle devait s'en faire pour Peter. Et puis il y avait toutes ces destructions — pas celles des structures, pour Ann, ce qui était dévasté, c'était le paysage proprement dit, les inondations, les catastrophes naturelles, la neige, les radiations. Et elle, elle n'avait pas le secours du travail pour se distraire. Son travail aurait dû être la constatation des dégâts. De sorte qu'elle ne faisait rien, à part aider Nadia quand elle pouvait, en se déplaçant comme un automate.

Au fil des jours, ils intervenaient sur des structures détruites des ponts, des pipelines, des puits, une centrale énergétique, une piste, une ville. Yeli disait qu'ils vivaient dans un monde waldo, donnant leurs ordres aux robots comme des négriers, des magiciens, ou des dieux. Et quand les machines se mettaient au travail, c'était comme si elles essayaient de repasser un film, de recoller des débris. Ils allaient vite et sans finesse, mais ils s'étonnaient de voir à quelle allure ils arrivaient à relancer la construction de tous côtés avant de reprendre leur vol.

— Au début, il y avait le monde, déclara Simon d'un ton las en pianotant sur son bloc de poignet.

Ils décollaient dans le soleil couchant, au-dessus d'un immense pont-grue.

Ils mirent en place des programmes d'extinction et d'enfouissement pour trois réacteurs qui avaient explosé. Ils se tenaient au-dessous de l'horizon et travaillaient par téléopération. Tout en surveillant l'ensemble, Yeli interrogeait les différents canaux d'information. Ils tombèrent sur une image prise sur orbite : la région occidentale de l'hémisphère de Tharsis en plein jour. A pareille distance, on ne discernait pas les inondations. Mais le commentateur précisait qu'elles avaient suivi les anciens chenaux qui s'écoulaient du nord, à partir de Valles Marineris et de Chryse. L'image zooma, révélant des bandes roses et blanches dans cette région. Mars s'était trouvé des canaux, en fait.

Nadia revint à son travail. Tant de choses détruites, tant de gens tués qui auraient pu vivre des centaines d'années — et, bien sûr, Arkady restait silencieux. Depuis vingt jours. Certains prétendaient qu'il avait dû se terrer afin de pas être tué par des engins sur orbite. Mais Nadia n'y croyait pas, sauf dans ses moments les plus extrêmes de désir et de chagrin, les deux émotions surgissant en arrière-plan du mode de travail obsessionnel comme un nouveau programme, un nouveau sentiment qu'elle craignait et détestait : le désir provoquant la souffrance, la souffrance causant le désir — un désir brûlant, farouche, que les choses ne soient pas telles qu'elles étaient. Qu'il était pénible, ce désir ! Mais si elle travaillait assez dur, elle n'avait pas le temps de l'éprouver. Elle n'avait le temps ni de sentir, ni de réfléchir.

Ils survolèrent le pont qui enjambait Harmakhis Vallis, sur le pourtour est d'Hellas. Il était effondré. Ici encore, ils mirent les robots au travail. Sur tous les grands ponts, les robots de réparation étaient stockés dans des hangars. Ils travaillaient lentement, mais ils les activèrent ce même soir avant de s'installer autour d'un plat de spaghettis sorti du micro-ondes, dans la cabine d'un des deltas. Yeli mit les infos terriennes. Mais ils ne virent qu'un déferlement de parasites. Il essaya d'autres canaux, avec le même résultat.

— Est-ce qu'ils auraient fait sauter la Terre ? demanda Ann.

— Non, non, fit Yeli. Quelqu'un brouille leurs émissions. Le soleil est entre nous et la Terre, depuis quelques jours, et il suffit d'interférer avec des satellites relais pour couper le contact.

Ils fixaient l'écran enneigé d'un air sombre. Récemment, les satellites de communication aréosynchrones avaient été détruits un peu partout, atteints par des tirs ou sabotés. Impossible à dire. Désormais, privés des infos terriennes, ils se retrouvaient réellement dans le noir. Les communications radio de surface étaient limitées par l'absence d'horizon ionique et l'étroitesse de l'horizon. Elles ne portaient guère plus loin que les intercoms de leurs marcheurs. Yeli essaya différents schémas de résonance stochastique pour tenter de franchir le brouillage. Sans succès. En grommelant, il lança un programme de recherche. La radio monta et redescendit la gamme hertzienne, s'arrêtant parfois sur des cliquetis codés, des lambeaux de musique. Des voix fantomatiques balbutiaient dans des langues incompréhensibles, comme si Yeli réussissait là où le programme SETI avait échoué : il recevait peut-être des messages incohérents venus des étoiles. Mais non : il ne s'agissait sans doute que de dialogues entre des équipes de mineurs des astéroïdes.

Ils étaient vraiment seuls sur Mars. Cinq des Cent Premiers dans deux minuscules appareils volants.

C'était un sentiment nouveau et très bizarre, qui ne fit que se renforcer dans les jours suivants. Il ne disparut pas, et ils se firent à l'idée de continuer avec le bruit blanc des ondes radio et télé. C'était une expérience unique, non seulement dans le temps de leur existence martienne, mais sur l'ensemble de leur vie. Ils s'aperçurent très vite que la rupture avec le réseau d'information électronique était presque comme perdre un de leurs cinq sens. Nadia consultait fréquemment son bloc sur lequel l'image d'Arkady aurait pu apparaître, tout comme n'importe lequel des Cent Premiers. Et quand elle relevait les yeux, le paysage lui paraissait encore plus vaste, plus aride et vide qu'avant. Effrayant.

Il n'y avait rien, à perte de vue, que des collines déchiquetées, couleur de rouille, même quand ils les survolaient à l'aube et cherchaient l'une des petites pistes d'atterrissage indiquées sur la carte. Lorsqu'ils parvenaient à les repérer, elles se réduisaient à un coup de crayon jaune. C'était un monde si vaste ! Et ils y étaient seuls. Rien n'était acquis, pas même la navigation. Ils ne pouvaient plus se reposer sur les ordinateurs ; ils devaient utiliser les transpondeurs placés le long des routes, naviguer à vue, parfois au jugé, en scrutant le paysage avec angoisse, dans la lumière crépusculaire de l'aube, afin de repérer la piste suivante. Une fois, il leur fallut presque toute la matinée pour localiser une piste près de Dao Vallis. Après quoi Yeli commença à suivre les pistes en question, volant en rase-mottes dans la nuit et observant le serpent argenté en dessous d'eux à la lueur des étoiles, tout en comparant les signaux des transpondeurs à leurs cartes.

Ils atteignirent les régions basses du bassin d'Hellas, suivant la piste de Low Point Lakefront. Et c'est alors que, sous la lumière rouge et les ombres allongées du soleil levant, ils découvrirent une mer de blocs de glace fracassés. Elle semblait remplir toute la partie orientale d'Hellas.

Une mer !

Ils allaient droit dessus. La grève était un agglomérat de plaques gelées : rouges, noires, blanches, bleues, ou parfois d'un vert jade somptueux. C'était comme si un mascaret avait traversé une collection de papillons géants. Au-delà, la mer de glace se déployait jusqu'à l'horizon.

Après plusieurs secondes de silence, Ann déclara :

— Ils ont dû faire sauter l'aquifère d'Hellespontus. Il était énorme et il aurait pu aller jusqu'à Low Point.

— Mais alors, le mohole d'Hellas a dû être inondé ! s'écria Yeli.

— Exact. Et l'eau va se réchauffer au fond. Ce qui empêchera sans doute la surface du lac de geler. Difficile à dire. L'air est froid mais, avec les turbulences, il doit bien y avoir un point clair. Sinon, sous la surface, l'eau doit rester à l'état liquide. Les courants de convection doivent être puissants, à vrai dire. Mais quant à la surface…

— On va le voir très bientôt, annonça Yeli.

— Nous devrions nous poser, dit Nadia.

— Quand on le pourra, oui, d'accord. Et puis, on dirait que la situation se calme un peu.

— C'est parce que nous ne recevons plus d'informations.

— Mmm…

Ils furent en fait obligés de traverser toute l'étendue pour aller se poser sur l'autre rive. C'était une matinée sinistre. Ils avaient l'impression de survoler l'océan Arctique, à cette différence près qu'ici, les courants de glaciation évoquaient une porte de réfrigérateur ouverte : ils prenaient toutes les teintes du spectre et formaient une mosaïque chaotique du rouge au jaune, en passant par toutes les nuances de bleu et de vert.

Ils étaient encore en altitude mais, au centre, la mer de glace allait jusqu'aux quatre horizons. Et un gigantesque nuage de vapeur montait à des milliers de mètres dans l'atmosphère. Ils en firent prudemment le tour. Des icebergs et des blocs à la dérive flottaient à la base, sur les eaux noires. Ils tournoyaient et se heurtaient sans cesse, projetant d'épais rideaux d'encre.

Le spectacle n'appartenait pas à Mars et ils le contemplaient en silence, fascinés. Puis, après avoir fait deux autres tours de la colonne de vapeur, ils remirent cap à l'ouest.

— Oui, Sax doit réellement adorer cette révolution, répéta Nadia. Vous croyez qu'il y joue un rôle ?

— J'en doute, dit Ann. Il est probable qu'il ne risquerait pas ses investissements terriens. Pas plus qu'une atteinte à son projet ou quelque tentative de contrôle que ce soit. Mais je suis persuadée qu'il évalue son effet sur le terraforming. Je ne veux pas dire qu'il se soucie des morts et des blessés, des destructions ou de qui gagnera à terme : non, il n'y a que le projet qui compte.

— Intéressant, comme expérience, commenta Nadia.

— Oui, mais difficile à dupliquer.

Ils partirent tous d'un grand rire.

Quand on parle du loup… Ils s'étaient posés à l'ouest de la mer nouvelle (Lakefront avait été submergée), et ils passèrent leur journée à se reposer. Dans la nuit qui suivit, alors qu'ils suivaient la piste du nord-ouest vers Marineris, ils survolèrent un transpondeur qui émettait un signal de SOS en morse. Ils tournèrent au-dessus jusqu'à ce que l'aube pointe, avant de se poser sur la piste, non loin d'un patrouilleur en panne. Et Sax était là, en marcheur, répétant son signal sur le transpondeur.

Il monta avec eux et, lentement, ôta son casque, les yeux écarquillés, les lèvres serrées, comme à son habitude. Il semblait fatigué. Mais comme le chat qui a mangé le canari, ainsi qu'Ann le dit plus tard à Nadia. Il n'était pas très disert. Il était bloqué là depuis trois jours. La piste des transpondeurs ne répondait plus, et son patrouilleur n'avait pas de réserve de secours. Lakefront était bel et bien anéantie.

— J'étais sur la route du Caire pour rencontrer Maya et Frank, parce qu'ils pensent que ce serait bien que les Cent Premiers se rassemblent pour créer une forme d'autorité afin de négocier avec la police de l'AMONU, pour qu'elle arrête ses actions.

Il expliqua qu'il se trouvait au pied des collines d'Hellespontus quand le nuage du mohole de Low Point était devenu jaune, tout à coup, et avait jailli jusqu'à 20 000 mètres dans le ciel.

— Il ressemblait à un champignon, comme une explosion nucléaire, mais en plus petit. Le gradient de température n'est pas aussi élevé sur Mars que sur la Terre.

Après quoi, il avait fait demi-tour pour observer l'inondation. L'eau qui s'était déversée dans le bassin avait été noire au début, avant de blanchir en se recouvrant de blocs de glace. A l'exception de Lakefront, où elle s'était mise à bouillir.

— ... comme sur un réchaud. Les échanges thermodynamiques ont été très complexes pendant un temps, mais l'eau a refroidi assez vite le mohole et...

— Tais-toi, Sax ! lança Ann.

Il haussa les sourcils et, sans un mot, se mit à bricoler sur le récepteur radio du delta.

Ils étaient six, désormais, à voler dans le ciel de Mars : Sacha, Yeli, Ann, Simon, Nadia et Sax. Six parmi les Cent Premiers, rassemblés comme par l'effet d'une force magnétique. Durant cette première nuit, les sujets de conversation ne leur manquèrent pas et ils échangèrent des informations, des récits, des rumeurs, et des spéculations. Mais Sax ne leur apportait pas d'éléments concrets. Il était sans informations, tout comme eux. Nadia eut encore un frisson. Elle avait l'impression d'avoir perdu un de ses sens, et elle se rendait compte que c'était un problème qui n'était pas près de s'arranger.

Le lendemain à l'aube, ils se posèrent sur la piste de Bakhuysen et furent accueillis par une dizaine d'hommes armés de paralyseurs. Ils gardaient leurs canons baissés, mais ils escortèrent sans égards leurs six visiteurs jusqu'à un hangar, à l'intérieur du cratère.

Là, la population était plus nombreuse, et les gens ne cessaient d'arriver. Ils étaient en tout une cinquantaine, dont une trentaine de femmes. Tous se montraient courtois et, quand ils apprirent l'identité de leurs hôtes, ils devinrent franchement amicaux.

— Nous devions être certains de qui nous avions affaire, leur expliqua une grosse femme avec un épais accent du Yorkshire.

— Et vous, qui êtes-vous ? demanda Nadia.

— Nous venons de Korolyov Prime. Nous nous sommes évadés.

Ils conduisirent leurs visiteurs jusqu'au réfectoire, où on leur servit un petit déjeuner honorable. Lorsqu'ils furent tous assis, les gens prirent des pichets de magnésium contenant du jus de pomme et se penchèrent sur la table pour servir leurs voisins, qui leur rendirent le même service, jusqu'à ce que tout le monde ait à boire. Tout en dégustant des crêpes, ils apprirent que le groupe de Bakhuysen s'était enfui de Korolyov Prime au tout premier jour de la révolte, qu'ils s'étaient dirigés vers le sud, vers les régions polaires.

— C'est un nid de rebelles, assura la femme à l'accent du Yorkshire (qui se révéla plus tard être finlandaise). Avec ces terrasses incroyables suspendues au-dessus du vide, et ces grottes très longues et très larges, c'est parfait comme refuge pour échapper aux satellites tout en respirant à l'aise. Ils se sont installés un peu comme des Cro-Magnon. C'est vraiment bien.

Il semblait que ces grottes étaient célèbres parmi les réfugiés de Korolyov et qu'un grand nombre de prisonniers avaient décidé de s'y fixer rendez-vous en cas d'accident.

— Est-ce que vous êtes avec Arkady ? demanda enfin Nadia.

— Qui ?

En fait, ils étaient des partisans du biologiste Schnelling. A les entendre, une sorte de mystique rouge, qui avait vécu avec eux à Korolyov, où il était mort quelques années auparavant. Il avait donné des conférences sur tout le réseau de Tharsis et, après son arrestation, de nombreux prisonniers de Korolyov étaient devenus ses étudiants. Il leur avait apparemment enseigné une sorte de communalisme martien fondé sur les principes de la biochimie locale. Les gens de Bakhuysen n'étaient pas très clairs à ce sujet, mais ils n'avaient qu'une idée en tête : contacter d'autres forces rebelles. Ils avaient réussi à établir le contact avec un satellite furtif programmé pour opérer par salves de signaux directifs. Ils étaient également parvenus à monitorer brièvement un canal utilisé par les forces de sécurité de Phobos. Ils avaient donc quelques nouvelles. Phobos servait de base de surveillance et d'attaque pour les forces des transnationales et la police de l'AMONU, qui venaient de débarquer par la dernière navette. Ces mêmes forces avaient le contrôle de l'ascenseur, de Pavonis Mons, ainsi que du reste de Tharsis. L'observatoire d'Olympus était entré en rébellion et il avait été foudroyé par les engins en orbite. Les unités transnationales avaient pris position sur une majeure partie du Grand Escarpement, coupant ainsi la planète en deux. Quant à la guerre sur Terre, elle semblait se poursuivre. Les points les plus chauds, apparemment, étaient l'Afrique, l'Espagne, et la frontière entre les Etats-Unis et le Mexique.

Ils pensaient qu'il était inutile d'essayer de rallier Pavonis.

— Ils vous arrêteront ou ils vous abattront, résuma Sonia.

Mais quand ils décidèrent de tenter quand même leur chance, on leur donna la direction précise d'un refuge situé à une nuit de vol vers l'ouest : la station météo de Margaritifer sud. Les gens de Bakhuysen ajoutèrent qu'elle était occupée par des bogdanovistes.

Leurs vols nocturnes ressemblaient maintenant à un étrange rituel, comme s'ils étaient en train d'inventer une nouvelle forme épuisante de pèlerinage. Les deux appareils étaient si légers qu'ils encaissaient durement les vents dominants d'ouest, ce qui rendait le sommeil difficile — un bond ou un plongeon de dix mètres et on se réveillait dans l'obscurité de la cabine, dans le tournoiement des étoiles, ou au-dessus du fond noir de la surface. Ils parlaient très peu. Les pilotes étaient penchés en avant et consacraient toute leur énergie à maintenir le contact visuel avec l'appareil qu'ils suivaient. Et les deux appareils poursuivaient inexorablement leur trajectoire bourdonnante, le vent gémissant sur leurs longues ailes flexibles. Il faisait moins soixante, à l'extérieur ; la pression atmosphérique n'était que de cent cinquante millibars, et l'air était empoisonné. Il n'y avait aucun abri à la surface de la planète noire, en dessous d'eux, à des kilomètres à la ronde. Nadia pilotait parfois, entre deux périodes de demi-sommeil agité. Quelquefois, le cliquetis d'un transpondeur dans la radio lui rappelait le temps où elle et Arkady avaient affronté cette fameuse tempête à bord de l'*Arrowhead*. Elle le revoyait, nu avec sa barbe rousse, dans l'intérieur démantelé du dirigeable, arrachant des panneaux pour les jeter par-dessus bord en riant, projetant derrière eux des nimbus de poussière.

De temps en temps une secousse du 16 D la réveillait, et

elle se tortillait, mal à l'aise, apeurée. Ça lui aurait fait du bien de reprendre les commandes, mais Yeli avait autant envie qu'elle de piloter, au moins pour les deux premières heures de son quart. Elle devait se contenter de l'aider à suivre l'autre appareil, qui restait à un kilomètre sur la droite, si tout se passait bien. Ils correspondaient par microrafales pour faire le point, poser de brèves questions si l'un des deux appareils prenait du retard. Parfois, au cœur de la nuit, il leur venait le sentiment d'avoir toujours vécu ainsi, et ils avaient presque du mal à se rappeler leur existence avant la révolte. Pourtant, cela durait depuis combien de temps ? Trois semaines ?… qui auraient aussi bien pu être cinq années.

Puis des traînées sanglantes se dessinèrent dans le ciel derrière eux. Les cirrus se révélaient en violet avant de passer dans des tons de rouille, de cramoisi, de lavande, pour se changer enfin très vite en lames de métal dans le ciel rose. La fontaine éblouissante du soleil réapparut au-dessus d'une crête dentelée ou au détour d'un escarpement, et ils cherchèrent alors dans l'angoisse un terrain possible au milieu du paysage. Après cette nuit qui leur avait paru durer une éternité, il semblait impossible qu'ils aient navigué pour rien. Mais la piste était bien là, droit devant, sous le soleil. Et les transpondeurs leur indiquaient la route. C'est ainsi qu'ils continuèrent leur vol, nuit après nuit, pour découvrir à l'aube une nouvelle ligne brillante entre les dernières ombres. Ils se posaient doucement, roulaient vers un éventuel refuge, coupaient les moteurs et se relaxaient un moment dans leurs sièges, retrouvant l'absence de vibration, le silence d'un autre jour.

Quand ils se posèrent sur la piste de Margaritifer, ils furent accueillis par une dizaine d'hommes et de femmes avec un enthousiasme extravagant. Ils serrèrent les six voyageurs entre leurs bras en les embrassant un millier de fois, riant comme des fous. Mais les six restaient groupés, plus inquiets encore que devant les accueils méfiants. On passa quand même leurs blocs de poignet au laser et, quand les ordinateurs confirmèrent qu'ils appartenaient bien aux Cent Premiers, l'accueil devint encore plus frénétique. Ils franchirent un sas et découvrirent que leurs hôtes inspiraient des bouffées d'oxygène nitreux et d'un aérosol de pandorphine, ce qui déclenchait chez eux des déflagrations de rires idiots.

L'un d'eux, un grand Américain rasé de frais, se présenta :

— Steve. J'ai suivi la formation d'Arkady sur Phobos dans l'année 12, et j'ai ensuite travaillé avec lui sur Clarke. La plupart d'entre nous étaient avec lui à cette époque. Nous étions dans Schiaparelli quand la révolution a commencé.

— Vous savez où il est ? demanda Nadia.

— La dernière fois que nous avons eu de ses nouvelles, il se trouvait à Carr, mais il s'est échappé du filet, bien entendu.

Un grand personnage noueux s'approcha de Nadia en traînant les pieds, lui posa la main sur l'épaule et dit :

— Nous ne sommes pas toujours comme ça !

Il éclata de rire.

— Non ! confirma Steve. Mais aujourd'hui, c'est un jour de fête, non ? Vous ne le saviez pas ?

Une femme, sans cesser de glousser, s'écria :

— On est le 4 juillet ! La fête de l'Indépendance !

Steve pointa le doigt sur un écran de TV.

— Tenez ! Regardez ça !

Sur l'écran, une vue de l'espace tremblotait. Et, soudain, le groupe se mit à applaudir en criant. Ils avaient accroché un canal codé de Clarke, expliqua Steve, et même s'ils étaient dans l'impossibilité de décoder les messages, cela leur servait de balise pour braquer leur télescope optique. L'image était transmise sur les écrans de TV, et ils contemplaient à présent l'espace noir et les étoiles, avec, au centre, cet astéroïde métallique aux facettes abruptes d'où pendait le câble.

— Regardez bien !

Après une nouvelle vague de hurlements, certains entamèrent un compte à rebours à partir de cent. Ils étaient quelques-uns à continuer d'inhaler de l'hélium et du peroxyde d'azote. Et ils chantaient :

> *We're off to see the wizard,*
> *the wonderful wizard of Oz !*
> *Because, because, because, because, because*

> *of the wonderful things he does!*
> *We're off to see the wizard,*
> *the wonderful wizard of Oz!* [1]...

Nadia se surprit en train de frissonner. Le compte à rebours approchait de son terme et, tous ensemble, ils crièrent :

— Zéro !

Un espace se creusa entre l'astéroïde et le câble. Instantanément, Clarke s'effaça de l'écran. Le câble n'était plus qu'un fil ténu sur le fond des étoiles, et il tombait hors de vue à la même vitesse.

Le tohu-bohu monta dans la pièce. Mais certains furent distraits par Ann, qui dansait sur place, les mains crispées sur ses lèvres.

— Il est descendu ! lui hurla Simon. Ça c'est sûr ! Il a appelé il y a des semaines déjà !

La frénésie s'apaisa et Nadia se retrouva au côté d'Ann, non loin de Simon et Sacha. Elle ne savait que dire. Ann restait figée, les yeux exorbités.

— Comment avez-vous fait pour rompre le câble ? demanda enfin Sax.

— Mais on ne peut pas, répliqua Steve.

— Pourtant *vous l'avez rompu, non...* ? insista Yeli.

— Eh bien, non, à vrai dire. Nous l'avons juste séparé de Clarke. Mais le résultat est le même. Le câble est en train de redescendre.

De nouveaux applaudissement éclatèrent, plus discrets cette fois. Et Steve poursuivit son explication :

— Le câble lui-même était inattaquable. Il est constitué d'une trichite de graphite avec un gel de maille-éponge en diamant à double hélice. Tous les cent kilomètres, il y a des stations de défense imprenables, et toutes les cabines étaient protégées au maximum. Arkady nous a donc suggéré de viser directement Clarke. Le câble traversait la roche avant d'atteindre les centrales, puis l'intérieur, et son extrémité était scellée dans l'astéroïde, physiquement et magnétiquement. Nous sommes tombés dessus avec nos robots, nous

---

1. Chanson extraite du *Magicien d'Oz*.

avons foré. On a placé des bombes thermiques autour du blindage du câble et du générateur magnétique. Aujourd'hui, on a tout fait sauter en même temps. La roche a fondu quand les générateurs magnétiques ont stoppé. Clarke est alors devenu une balle sur sa trajectoire, et il s'est détaché tout naturellement du câble ! Et on a programmé la séparation pour qu'il s'éloigne directement du soleil, à 24 degrés sur le plan de l'écliptique ! Difficile de le rattraper ! C'est ce qu'on espère du moins !

— Et le câble ? demanda Sacha.

D'autres applaudissements, et Sax répondit dans le moment d'accalmie qui suivit :

— Il tombe, dit-il brièvement.

Il était devant une console et pianotait fébrilement, mais Steve insista :

— Nous avons les équations de descente, si vous le désirez. Elles sont plutôt complexes, avec des différentielles.

— Je sais.

— Je n'arrive pas à y croire, dit Simon.

Il n'avait pas lâché le bras d'Ann, et promena son regard sur les visages réjouis des autres d'un air sombre.

— Mais l'impact va tuer des tas d'autres gens !

— Probablement pas ! Et s'il y a des victimes, ce sera surtout parmi les policiers de l'ONU qui ont emprunté l'ascenseur pour venir massacrer des populations au sol.

Simon se tourna vers Ann, qui demeurait blême, et lui dit :

— Il est probablement redescendu depuis une ou deux semaines.

— Peut-être.

Quelques-uns avaient entendu et se turent. Mais d'autres poursuivirent leurs réjouissances.

— Nous ne savions pas, déclara Steve à Simon et Ann. Son expression de triomphe s'était effacée de son visage. Il avait maintenant l'air soucieux.

— Sinon, je pense que nous aurions réussi à le contacter. Mais... Je suis désolé. J'espère... J'espère qu'il n'était pas là-haut.

Ann retourna s'asseoir à table. Simon s'installa près d'elle sans un mot. C'était comme si Steve ne leur avait rien dit.

Le trafic radio s'accrut. D'autres, qui contrôlaient les derniers satellites de communication, avaient appris la nouvelle à propos du câble. Tous les messages étaient monitorés et enregistrés.

Sax, lui, était toujours absorbé par les équations qui apparaissaient sur l'écran.

— Il va vers l'est.

— Exact, dit Steve. Il va décrire un très bel arc au début, quand sa partie inférieure touchera le sol, et puis le reste suivra.

— A quelle vitesse ?

— C'est difficile à déterminer, mais nous estimons que le premier tour demandera quatre heures, et le second une heure seulement.

— Deux tours !

— Eh bien, vous le savez, le câble est long de 37 000 kilomètres, et la circonférence de la planète, à l'équateur, est de 21 000 kilomètres. Donc, deux tours seront nécessaires. Ou presque.

— Les gens de l'équateur feraient bien de se tenir prêts, et très vite, dit Sax.

— Il ne retombera pas exactement sur l'équateur, dit Steve. L'oscillation de Phobos va le dévier. C'est la trajectoire la plus complexe à calculer, car les facteurs dépendent de l'oscillation du câble pendant le début de sa chute.

— Nord ou sud ?

— On devrait le savoir dans les prochaines heures.

Les six voyageurs gardaient les yeux fixés sur l'écran. Pour la première fois depuis leur arrivée, l'ambiance était calme. Ils ne distinguaient que des étoiles. Le câble, jusqu'à sa chute finale, resterait invisible. Si ce n'est, à la dernière minute, comme une ligne de feu.

— Fini le pont de Phyllis, dit Nadia.

— Et Phyllis aussi, ajouta Sax.

Le groupe de Margaritifer rétablit le contact avec le satellite de transmission qu'ils avaient repéré. Ils découvrirent qu'ils pouvaient aussi piller d'autres satellites de sécurité. C'est à partir de ces canaux qu'ils purent partiellement reconstituer la chute du câble. Une équipe de l'AMONU, depuis Nicosia, rapporta que le câble était tombé vers le nord, en se repliant en accordéon comme s'il allait traverser la planète. Pourtant, au nord, on jugeait qu'il avait atteint le sud de l'équateur. Une voix affolée perça les parasites depuis Sheffield : est-ce qu'ils avaient la confirmation de cela ? Le câble s'était d'ores et déjà abattu sur la moitié de la ville et tout un campement sur la pente de Pavonis Mons, vers l'est de Tharsis. La déflagration sonique avait aplati une zone de dix kilomètres de large. Ç'aurait pu être pire, mais l'atmosphère était tellement ténue à cette hauteur que l'impact avait été faible. Les survivants de Sheffield voulaient savoir s'ils devaient fuir vers le sud, ou contourner la caldeira vers le nord.

Ils n'obtinrent pas de réponse. Mais d'autres rescapés de Korolyov, sur la bordure sud de Melas Chasma, dans Marineris, rapportèrent sur une fréquence rebelle que le câble tombait maintenant avec une violence telle qu'il se fracassait sous l'effet de l'impact. Une demi-heure plus tard, une équipe de forage dans Aureum appela : après le choc sonique, ils avaient découvert un monticule de rocs fragmentés, acérés et brillants qui s'étendait sur tout l'horizon.

Pendant une heure, il n'y eut pas d'autre information majeure, rien que des interrogations, des rumeurs et des spéculations. Puis l'un des radios se pencha en arrière, leva les pouces en direction des autres et actionna l'interrupteur du circuit audio. Une voix leur parvint par-dessus le ressac de la statique :

— Il est en train d'exploser ! Il est tombé en moins de quatre secondes, entièrement en feu, et quand il a heurté le sol, on a dégusté une sacrée secousse ! On a une fuite, ici. On a calculé qu'on se trouvait à dix-huit kilomètres du point de chute, et on est à vingt-cinq au sud de l'équateur. Vous devriez donc pouvoir calculer la couverture de l'impact, j'espère. C'était une fournaise du haut en bas ! Comme cette ligne blanche qui coupe le ciel en deux ! Je n'ai jamais rien vu de pareil. J'en ai encore des images résiduelles, vert vif. C'est comme si on avait reçu un météore... Attendez : j'ai Jorge sur l'intercom. Il est sur place et il me dit que le reste du câble ne fait pas plus de trois mètres. Le régolite est tendre, dans le coin, et le câble a dû creuser une tranchée. Il paraît qu'il est tellement enfoncé, par endroits, que si on le recouvrait on obtiendrait une surface plane. Mais en d'autres endroits, il est haut de cinq ou six mètres. Ça va finir par ressembler à la Grande Muraille !

On les appela du cratère d'Escalante, situé exactement sur l'équateur. Les occupants avaient évacué leur base dès qu'on avait annoncé la rupture du câble. Mais ils avaient fait route au sud, et ils avaient bien failli être écrasés. Ils rapportèrent que le câble était en train d'exploser en crachant des rideaux de déjections, des bouquets de lave effervescente qui se déployaient dans l'aube avant de noircir en retombant.

Sax, durant toutes ces heures, n'avait pas quitté son écran du regard. Il marmonnait entre ses lèvres tout en frappant sur son clavier. Il leur annonça que dans sa seconde rotation, la vitesse de chute du câble passerait à 21 000 kilomètres à l'heure, soit près de six kilomètres par seconde. Il deviendrait alors un véritable météore, dangereux pour tous ceux qui se trouveraient sur des éminences ou à quelques kilomètres de distance. Il traverserait l'horizon en moins d'une seconde et des chocs soniques suivraient inévitablement.

— On va sortir pour aller jeter un coup d'œil, proposa Steve avec un regard coupable en direction d'Ann et de Simon.

Ils furent nombreux à enfiler une tenue pour le suivre. Quant aux six voyageurs, ils se contentèrent des images retransmises par une caméra extérieure, en alternance avec celles envoyées par les satellites. Celles qui venaient de la face nocturne étaient particulièrement spectaculaires : elles montraient une courbe embrasée qui évoquait une faucille de feu prête à trancher Mars en deux.

Mais ils avaient du mal à se concentrer sur ce qu'ils voyaient et entendaient, encore plus à le ressentir. Quand ils s'étaient posés, ils étaient épuisés mais, à présent, ils l'étaient encore plus, à tel point qu'il leur devenait impossible de dormir. Les images se succédaient, certaines prises par des caméras-robots placées sur des drones qui survolaient la face éclairée de la planète et qui révélaient un véritable réseau noirâtre de désolation — le régolite avait éclaté en deux barrières de déjections bordant un canal obscur qui se remplissait de matières brasillantes à mesure que l'impact s'accentuait. Finalement, ils découvrirent une tranchée qui traversait l'horizon et que Sax identifia comme du diamant noir et brut.

Dans la dernière demi-heure de la chute, l'impact aplatit tout ce qui se trouvait à quelque distance, au nord comme au sud. Des témoins lointains rapportèrent que tous ceux qui avaient pu observer l'impact final n'avaient pas survécu et que la plupart des caméras-drones avaient été détruites. Ainsi, il n'existait aucun témoin oculaire de la fin du dernier millier de kilomètres du câble.

Des images leur parvinrent tardivement de Tharsis, montrant le dernier passage du câble. La séquence était aussi brève qu'impressionnante. Un brasier dans le ciel, suivi d'une explosion qui avait couru sur tout le flanc ouest du grand volcan. Une autre vue, prise par une caméra-robot au-dessus de Sheffield ouest, montrait le câble explosant au sud. Un séisme, puis une explosion sonique, et tout le secteur périphérique de Sheffield s'écroula dans la caldeira, à 5 000 mètres en dessous.

Après cela, un certain nombre de vidéoclips passèrent et repassèrent en boucle sur le système fragmenté, mais c'étaient toujours les mêmes images, ou des resucées, parfois des séquences montrant les conséquences de la catastrophe. Puis les satellites cessèrent à nouveau d'émettre.

Cinq heures s'étaient écoulées depuis le début de la chute du câble. Les six voyageurs étaient affalés sur leurs chaises, regardant la TV sans la voir, trop fatigués pour éprouver quoi que ce soit. Trop fatigués pour penser.

— Bien, déclara Sax, nous avons maintenant un équateur comme celui que j'imaginais sur Terre quand j'avais quatre ans : une grosse ligne noire qui ceinturerait le monde.

Ann lui lança un regard tellement haineux que Nadia eut peur qu'il s'en aperçoive. Mais aucun d'entre eux ne bougea. Seules les images de la TV tremblotaient et les voix des speakers chuintaient.

Alors qu'ils volaient vers Shalbatana Vallis, au cours de la seconde nuit, ils virent le nouvel équateur, du moins sa partie extrême sud. Dans l'ombre, il formait un treillis d'un noir profond qui les entraînait vers l'ouest. Le regard de Nadia était tout aussi sombre. Elle n'était pas l'auteur du projet, mais elle y avait travaillé. Et on avait détruit son travail.

Cette bande noire était aussi une tombe. En surface, il n'y avait pas eu trop de morts, si l'on exceptait le versant oriental de Pavonis Mons. Mais la plupart de ceux qui s'étaient trouvés dans l'ascenseur avaient disparu, ce qui signifiait plusieurs milliers de victimes au moins. Dont la plupart avaient sans doute péri quand le câble avait touché l'atmosphère pour se transformer en un immense incendie.

Sax intercepta un nouveau clip. Apparemment, quelqu'un avait fait un montage de toutes les images reçues en direct sur le réseau, ou dans les heures suivantes. Dans ce montage, très efficace au demeurant, les plans de la fin montraient la dernière section du câble qui explosait dans le paysage. La zone d'impact n'y apparaissait que sous la forme d'une tache blanche mouvante : une sorte de défaut d'enregistrement. Aucune vidéo n'aurait pu supporter un pareil degré de luminance. Une vue ultraralentie révélait des détails qui auraient été masqués par une prise directe. Ainsi, ils constatèrent que le graphite enflammé s'était décollé en premier du sol en laissant derrière lui une double hélice de diamant qui avait flotté majestueusement dans le crépuscule.

Vision étrange et belle d'une immense tombe, image fantasmatique de l'ADN : un macromonde de lumière pure qui ensemençait une planète dénudée…

Nadia cessa de regarder la TV et s'installa dans le siège du copilote. Durant toute la nuit qui suivit, elle observa le ciel, incapable de chasser de son esprit l'image de ce croissant de diamant. Pour elle, cette nuit fut la plus longue depuis le début de leur voyage. L'aube pointa après une éternité.

Ils se posèrent peu après sur une piste de service du pipeline de Shalbatana et rejoignirent un groupe de réfugiés qui étaient bloqués sur place. Ces gens n'avaient pas d'opinion politique sur les événements. Ils voulaient seulement survivre. Retrouver une vie normale. Nadia pensa que cette attitude était revigorante et fit tout ses efforts pour les persuader de sortir et de réparer les pipelines. Mais ils ne parurent pas très convaincus.

Ils redécollèrent encore une fois avec du ravitaillement fourni par leurs hôtes. A l'aube suivante, ils se posèrent sur le terrain abandonné du cratère de Carr. Il n'était pas encore huit heures, et Nadia, Sax, Simon, Sacha et Yeli étaient déjà sur le bord du cratère, en marcheur.

Le dôme avait disparu. Il y avait eu un incendie à la base. Tous les bâtiments étaient intacts mais les baies avaient fondu sous la chaleur. Les parois de plastique étaient déformées et tout était couvert de suie. Il y avait des tas de scories un peu partout. Des traces noires rappelaient les ombres d'Hiroshima. Et il y avait aussi les cadavres, les longues files de corps agrippés aux trottoirs.

— L'atmosphère de la cité était hyperoxygénée, risqua Sax.

Les tissus humains devenaient alors combustibles. C'était arrivé aux premiers astronautes des missions Apollo, prisonniers d'une capsule remplie d'oxygène pur. Dès la première étincelle, ils avaient brûlé comme de la paraffine.

Comme ici. Tous ceux qui avaient été surpris dans la ville avaient été transformés en torches : on ne voyait que des tas de suie.

Ils étaient six à marcher dans l'ombre de la paroi est du cratère. Six sous le ciel rose, à s'arrêter devant des amas de corps noirs avant de s'éloigner aussi vite. Lorsque c'était possible, ils pénétraient dans les immeubles, poussaient des portes déformées, et sondaient les murs avec une sorte de stéthoscope que Sax avait apporté. Mais ils ne percevaient que leurs battements de cœur, violents, rapides, dans leur gorge de cuivre.

Nadia errait, le souffle rauque. Elle effleurait du regard les corps charbonneux, essayant d'estimer leur taille. Les os n'étaient plus que des tiges noires. Tous ces morts semblaient plus grands. Comme à Hiroshima ou Pompéi.

Elle s'approcha d'un autre amas, souleva un bras droit, gratta de sa main gantée le poignet carbonisé, et trouva la médaille codée d'identité. Elle la balaya de son laser et déchiffra : Emily Hargrove.

Elle continua sur un autre empilement de carcasses.

Thabo Moeti. C'était plus efficace que la recherche par dentition, qu'elle aurait été incapable de faire de toute façon.

La tête vide, les membres gourds, elle s'approcha enfin, seule, d'un amas de cendres proche des bureaux. Une main était dressée. Elle nettoya la médaille et la décrypta : Arkady Nikeliovitch Bogdanov.

Durant onze jours, ils continuèrent à voler vers l'ouest, se dissimulant pendant la journée quand ils ne s'arrêtaient pas dans un refuge. Chaque nuit, ils suivaient les itinéraires des transpondeurs, ou les directions indiquées par le dernier groupe rencontré. Mais, pour la plupart, ces groupes dispersés ignoraient l'existence de leurs voisins, ou même leur situation précise. Il n'existait aucune coordination et ils ne faisaient pas partie d'un mouvement de résistance unifié. Certains espéraient rallier la calotte polaire sud, comme les prisonniers de Korolyov, d'autres n'avaient jamais entendu parler de ce refuge. Il y avait des bogdanovistes, des révolutionnaires obéissant à divers chefs, des communautés religieuses, des utopies expérimentales, des groupes nationalistes qui essayaient d'entrer en contact avec leur pays, et de simples survivants sans programme, rendus orphelins par la violence. Les six voyageurs s'arrêtèrent même à Korolyov mais, en découvrant les corps glacés des gardes à l'extérieur des sas, pareils à des statues, ils renoncèrent à entrer. Après Korolyov, ils ne rencontrèrent plus personne. Les radios et les fréquences TV étaient mortes au fur et à mesure de la destruction des satellites, les pistes étaient vides, et la Terre de l'autre côté du soleil. Le paysage leur apparaissait aussi désolé qu'à leur arrivée, si l'on oubliait les plaques de givre. Ils volaient dans le ciel rose comme s'ils étaient seuls désormais.

Nadia avait gardé ses corvées. Dès qu'ils s'étaient posés ou juste avant le décollage, elle allait se promener seule. Ils étaient tous encore sous le coup de ce qu'ils avaient trouvé à Carr et à Korolyov, incapables de lui venir en aide, ce qui, pour elle, était en fait un soulagement. Ann et Simon étaient toujours inquiets pour Peter. Yeli et Sax étaient préoccupés par le ravitaillement et ne cessaient de se poser depuis que les soutes des appareils se vidaient.

Mais Arkady était mort, et le reste importait peu. Plus que jamais, la révolte martienne semblait à Nadia un gâchis absolu, un spasme de rage qui avait laissé un monde en ruine ! Elle demanda aux autres de lancer un message pour annoncer la mort d'Arkady sur toutes les ondes. Sacha était d'accord et il l'aida à convaincre ses compagnons.

— Ça aidera à arrêter plus vite tout ça, dit-il.

Sax secoua la tête.

— Les insurrections ignorent les chefs. Et puis, il est probable que personne ne pourra nous capter.

Mais, quelques jours plus tard, il fut évident que certains avaient reçu le message. Une réponse en microrafale leur parvint d'Alex Zhalin :

— Sax, ça n'est pas la guerre d'Indépendance américaine, pas plus que la Révolution française, russe ou anglaise. C'est toutes les révolutions à la fois, et partout ! Tout un monde s'est soulevé, un monde dont la surface est équivalente à celle de la Terre, et il n'y a que quelques milliers de personnes pour s'y opposer — et encore : la plupart sont dans l'espace. De là-haut, ils ont une vue imprenable mais ils sont vulnérables. S'ils parviennent à étouffer un soulèvement dans Syrtis, il y en aura un autre dans Hellespontus. Imagine seulement des forces spatiales en train d'essayer d'écraser une révolution au Cambodge, en Alaska, au Japon, en Espagne, à Madagascar... Tu en dirais quoi ? Rien. J'aurais seulement souhaité qu'Arkady Nikeliovich vive pour voir ça. Il aurait...

Le faisceau fut brutalement coupé. C'était peut-être un mauvais signe. Mais qui pouvait savoir ?... Pourtant, même Alex n'avait pu empêcher de transparaître une note de découragement quand il avait parlé d'Arkady. C'était impossible ; Arkady était bien plus qu'un leader politique — c'était le frère de tout le monde, une force de la nature, la voix de leur conscience. Un sens inné de ce qui était juste et bien. Le meilleur ami de chacun d'eux.

Nadia domina son chagrin et aida de nouveau au pilotage de nuit, dormant plus longtemps dans la journée. Elle perdit du poids et ses cheveux devinrent entièrement blancs. Elle avait de la difficulté à s'exprimer, comme si ses viscères s'étaient figés en même temps que sa gorge. Elle était changée en pierre, désormais incapable de pleurer. Ils rencontrèrent d'autres groupes qui n'avaient pas la moindre provision à leur céder. Ils établirent un régime strict et réduisirent les portions de moitié.

Au trentième jour de leur périple depuis Lasswitz, soit 10 000 kilomètres, ils atteignirent Le Caire, au sud de Noctis Labyrinthus, exactement au sud extrême du câble.

Le Caire était *de facto* sous le contrôle de l'AMONU. Aucun habitant n'avait protesté. Comme toutes les autres cités-tentes, la ville était demeurée sous la menace des lasers des vaisseaux de l'AMONU en orbite. Et puis, au Caire, la plupart des résidants étaient suisses ou arabes, et s'étaient apparemment tenus à l'écart du conflit.

Mais, depuis, tout un flot de population était descendu de Tharsis après la destruction de Sheffield et du reste des cités de Pavonis. D'autres encore avaient afflué de Marineris en traversant Noctis Labyrinthus. La population avait été multipliée par quatre. Des foules entières campaient dans les rues et les parcs, la centrale était au seuil de la saturation. Les ressources en gaz et en aliments seraient bientôt épuisées.

Ils apprirent tout cela d'une employée de l'aéroport qui s'acharnait toujours à faire son travail alors qu'aucune navette ne se posait plus. Après les avoir guidés jusqu'à un parking entre deux flottes d'avions, tout en bout de piste, elle leur dit d'enfiler leur marcheur pour aller jusqu'à la cité. Nadia éprouva une crainte irrationnelle en quittant les 16 D. Elle ne fut guère plus rassurée quand ils eurent passé le sas et découvrirent qu'à l'intérieur tout le monde circulait en marcheur et casque en cas de dépressurisation brutale.

Dans les bureaux municipaux, ils retrouvèrent Frank, Maya, Mary Dunkel et Spencer Jackson. Ils se saluèrent avec soulagement, mais ce n'était pas le moment de se raconter leurs diverses aventures. Frank, collé devant un écran, dialoguait avec un interlocuteur sur orbite, et il rejeta nerveusement les embrassades des visiteurs. Apparemment, il avait réussi à accrocher un système de communication encore en fonction car il resta six heures d'affilée devant son écran, ne s'interrompant que pour boire un verre d'eau, sans jamais accorder le moindre regard à ses compatriotes. Il semblait être perpétuellement en rage, les muscles de ses mâchoires se crispant et se détendant spasmodiquement. En dehors de cela, il était dans son élément : il expliquait et pontifiait, cajolait et menaçait, posant des questions et commentant avec agacement les réponses. En d'autres termes, il louvoyait et manœuvrait à sa manière habituelle, mais avec un mélange de fureur, d'amertume et de quelque chose qui ressemblait à de la peur, comme s'il était tombé d'une falaise et tentait de remonter au sommet en baratinant tout le monde.

Quand il coupa enfin la communication, il soupira longuement en s'étirant, puis se redressa avec des mouvements roides et alla enfin jusqu'à eux, posant au passage une main amicale sur l'épaule de Nadia. Mais il se comporta de façon plutôt rude et se montra complètement indifférent quant à leur voyage jusqu'au Caire. Il voulait seulement savoir qui ils avaient rencontré, où, et comment les petits groupes éparpillés s'en sortaient. Plusieurs fois, il retourna à son écran pour contacter certains de ces groupes avec une précision qui les stupéfia tous. D'autant plus qu'ils avaient eu le sentiment d'être absolument coupés du reste de la planète.

— Les relais de l'AMONU, expliqua-t-il brièvement. Ils gardent certains canaux ouverts pour moi.

— Et pourquoi ? demanda Sax.

— Parce que j'essaie d'arrêter tout ça. J'essaie d'obtenir un cessez-le-feu et une amnistie générale pour qu'on commence la reconstruction tous ensemble.

— Mais sous la direction de qui ?

— De l'AMONU, bien sûr. Et des administrations nationales.

— Mais l'AMONU n'est d'accord que pour un cessez-le-feu. Alors que les rebelles ne s'accordent que sur l'amnistie générale !

Frank acquiesça.

— Oui, et ils ne font aucun pas vers la reconstruction. Mais la situation est tellement détériorée qu'ils vont y venir.

Depuis la chute du câble, quatre autres aquifères ont sauté. Ils étaient tous sur l'équateur et certains pensent à un lien de cause à effet.

Ann hocha la tête, ce qui parut plaire à Frank.

— Ils ont été complètement éventrés, j'en suis certain. Ils se sont déversés à l'embouchure de Chasma Borealis pour continuer dans les dunes.

— Le poids de la calotte polaire a probablement ajouté de la pression, remarqua Ann.

— Tu sais ce qui est arrivé au groupe d'Acheron? demanda Sax à Frank.

— Non. Ils ont disparu. Ils ont peut-être eu le même sort qu'Arkady, j'en ai peur. (Il jeta un regard à Nadia, les lèvres serrées.) Bon, je crois que je devrais me remettre au travail.

— Mais que se passe-t-il sur Terre? insista Ann. Qu'en dit l'ONU?

— Mars n'est pas une nation mais une ressource mondiale, cita Frank d'un ton grave. Ils disent que cette minuscule fraction d'humanité qui y vit ne saurait contrôler les ressources alors que l'avenir matériel humain dans son ensemble est sérieusement secoué.

— Ce qui est probablement vrai, fit Nadia dans un coassement rauque.

Frank haussa les épaules.

— Je suppose que c'est la raison pour laquelle ils ont lâché la bride aux transnationales, dit Sax. Leurs forces de sécurité sont plus importantes que celles de la police de l'ONU.

— Exact, approuva Frank. Il a fallu pas mal de temps à l'ONU pour envoyer ses émissaires de paix.

— Ils se fichent pas mal que le sale boulot soit fait par d'autres.

— Bien sûr.

— Et la Terre? demanda Ann.

— Le groupe des Sept semble avoir repris le contrôle de la situation, fit Frank. Difficile d'en juger d'ici.

Il retourna devant son écran pour lancer d'autres appels. Les autres partirent manger, puis se laver avant d'aller se coucher ou de retrouver des amis, des connaissances, ou de chercher les dernières nouvelles de la Terre. Les pavillons de complaisance avaient été détruits par les non-nantis dans le sud mais, apparemment, les transnationales s'étaient réfugiées sous la protection du groupe des Sept et les géants militaires les avaient défendues. Un douzième cessez-le-feu semblait tenir depuis plusieurs jours.

Ils eurent donc un peu de temps pour récupérer. Mais quand ils entraient dans la salle des ordinateurs, ils trouvaient toujours Frank en train de rager devant son écran, plongé dans ce qui semblait être un cauchemar de télédiplomatie, argumentant sans cesse d'un ton amer ou méprisant. Il ne caressait plus personne dans le sens du poil ; il n'en était plus là. Il marchait à l'énergie. Il essayait de déplacer le monde sans point d'appui, et sans levier.

Les seuls moyens dont il disposait étaient ses anciens contacts américains et les relations qu'il avait personnellement avec les chefs de l'insurrection. Les uns et les autres résistaient fort mal aux événements, et les possibilités de Frank s'amenuisaient jour après jour, au fur et à mesure que l'AMONU et les forces transnationales reprenaient les villes. Nadia avait le sentiment que Frank luttait pour maintenir sa place dans le processus, par le seul effet de la colère qu'il éprouvait en constatant son manque d'influence. Elle ne supportait plus sa présence. Les choses étaient déjà assez graves sans toute cette bile qu'il déversait.

Mais, avec l'aide de Sax, il réussit à émettre en direction de la Terre en passant par les techniciens de Véga qui établirent un relais. Quelques jours plus tard, il envoya cinq messages codés au secrétaire d'Etat, Wu. Il dut attendre toute une nuit les réponses, mais les gens de Véga leur retransmirent des programmes d'infos terriens qu'ils n'avaient pas vus. La situation sur Mars était décrite comme un trouble mineur provoqué par des éléments criminels, principalement des prisonniers évadés de Korolyov qui s'étaient livrés à des actes de violence inconsidérés, provoquant la mort d'un grand nombre de civils innocents. On montra quelques vues : des téléphotos des aquifères éclatés, les gardes gelés devant l'entrée de Korolyov. Certains programmes précisaient que les images étaient de source AMONU, et certaines stations, en Chine et aux Pays-Bas, mirent en question l'authenticité et l'exactitude des informations. Mais c'était avant tout la version des transnationales que retransmettaient les médias. Nadia le fit remarquer, et Frank grommela :

— Evidemment, puisque les réseaux d'info terriens *appartiennent* aux trans.

Il coupa le son.

Derrière lui, Nadia et Yeli se penchèrent instinctivement en avant, comme si ça devait leur permettre de mieux entendre le son du vidéoclip, qui était inaudible. Les deux semaines qu'ils avaient passées privés de toute nouvelle du monde extérieur leur avaient paru une année, et ils regardaient l'écran avec impuissance, se repaissant de toutes les informations qu'ils pouvaient glaner. Yeli finit par se lever pour remonter le son, puis il vit que Frank dormait sur sa chaise, le menton appuyé sur la poitrine.

Un message parvint du département d'Etat. Frank, qui sommeillait, monta brusquement le son, observa les visages minuscules sur l'écran et aboya une réponse rauque avant de fermer les yeux à nouveau.

Au terme de la deuxième nuit de liaison via Véga, il obtint de Wu qu'il fasse pression sur l'ONU, à New York, afin de rétablir les communications entre la Terre et Mars et de mettre un terme à toutes les actions de police jusqu'à ce que la situation soit stabilisée. Le secrétaire d'Etat tentait aussi d'obtenir le retrait des forces transnationales et leur rapatriement sur Terre. Mais Frank savait que ce serait impossible.

Le soleil s'était levé depuis deux heures quand Frank reçut le signal de réception de Véga. Il put enfin couper la liaison. Yeli dormait, roulé en boule par terre.

Nadia se leva, les membres roides, et sortit dans le parc, dans la fraîche clarté du jour. Elle dut enjamber les corps endormis dans l'herbe, par groupes de deux ou trois, emboîtés les uns dans les autres comme des cuillères pour se tenir chaud. Les Suisses avaient installé de grandes cuisines et des rangées de bâtiments le long de la paroi de la cité. On aurait dit un chantier de construction, et elle se rendit compte, tout à coup, qu'elle était en larmes. Que c'était bon de marcher à nouveau au grand air, en pleine lumière.

Quand elle revint dans les bureaux, elle surprit Frank penché sur Maya, qui dormait sur une banquette. Il la contemplait avec une expression vide. Il leva les yeux sur Nadia.

— Elle est vraiment claquée.
— Mais tout le monde est fatigué !
— Mmm… C'était comment, à Hellas ?
— Inondé.

Il secoua la tête.

— C'est Sax qui doit être satisfait.
— Je n'arrête pas de le répéter. Mais je pense que tout lui a échappé.
— Oui. Je suis désolé pour Arkady.
— Oui.

Un autre silence.

— On dirait une petite fille.
— Oui.

A dire vrai, Nadia n'avait jamais trouvé Maya aussi vieille. Ils allaient tous sur leurs quatre-vingts ans, et ils ne pouvaient plus suivre le rythme, traitement ou non. En esprit, ils étaient vieux.

— Les types de Véga m'ont dit que Phyllis et son équipe de Clarke vont tenter de les rejoindre à bord d'une fusée d'urgence.
— Est-ce qu'ils ne se trouvent pas en dehors de l'écliptique ?
— En ce moment, oui, mais ils vont essayer de se servir du tremplin gravitique de Jupiter.
— Ce qui va leur prendre un ou deux ans, non ?…
— Un an à peu près. J'espère qu'ils vont louper leur manœuvre ou tomber sur Jupiter. A moins qu'ils ne meurent de faim et de soif.
— Je crois deviner que tu en veux à Phyllis.
— C'est une garce. Elle a une sacrée part de responsabilité dans tout ce qui s'est passé. Elle a ramené toutes ces transnats en leur promettant tous les métaux de l'univers — elle a cru qu'elle allait devenir la reine de Mars. Tu aurais dû la voir sur Clarke : une vraie petite divinité en plomb qui contemplait sa planète rouge. Je l'aurais étranglée. J'aurais tellement voulu être là quand Clarke a dégagé !

Il eut un rire dur.

Maya s'éveilla. Avec Nadia, ils l'aidèrent à se lever et

partirent dans le parc, en quête d'un déjeuner. Ils prirent place dans une file de gens en marcheur, qui toussotaient en se frottant les mains. Les conversations étaient rares. Frank observait la scène avec dégoût. Quand ils reçurent enfin leurs plateaux de *rushti* et de *tabouli*, il se mit à dévorer avant de parler en arabe dans son bloc.

Quand il coupa la communication, il dit à Maya et Nadia :

— Alex, Evgenia et Samantha arrivent de Noctis avec des amis bédouins.

Une bonne nouvelle. La dernière fois qu'ils avaient entendu parler d'Alex et Evgenia, ils étaient au Belvédère d'Aureum, un bastion rebelle qui avait été détruit par des vaisseaux de l'ONU sur orbite avant d'être incinéré par un tir de missile venu de Phobos. Et nul n'avait plus entendu parler d'eux depuis un mois.

Aussi, tous les Cent Premiers présents se rendirent-ils à la porte nord du Caire pour les accueillir. De là, on dominait une rampe naturelle qui plongeait vers les confins sud de Noctis. Une caravane de patrouilleurs approchait dans le soir, lentement, suivie d'un nuage de poussière.

Une heure passa encore avant que les véhicules n'abordent la dernière pente. Ils n'étaient plus qu'à trois kilomètres de distance quand des flammes et des déjections jaillirent au sein de la colonne. Plusieurs patrouilleurs tombèrent dans le gouffre, d'autres furent projetés contre la falaise, et les autres stoppèrent, fracassés ou incendiés.

Une explosion secoua alors toute la porte nord de la cité et ils plongèrent vers l'abri de la muraille. Des hurlements et des appels se mêlaient sur la fréquence commune. Ils se redressèrent. La tente était toujours en place, mais le verrou de la porte semblait bloqué.

Plus loin, sur la route, de minces panaches de fumée ocre montaient dans l'air et s'effilochaient vers l'est. Le vent du crépuscule les rabattait vers Noctis. Nadia expédia un robot à la recherche des survivants. Seul le crépitement de la statique se faisait entendre dans les blocs de poignet, et Nadia en fut presque soulagée : qu'attendaient-ils ? Des cris ? Des plaintes ?

Frank lançait des jurons en arabe et en anglais. Il s'agitait pour tenter de savoir ce qui s'était produit. Alexander, Evgenia, Samantha... Nadia fixait d'un regard effrayé les minuscules images de son écran, tout en dirigeant les caméras du robot. Des carcasses tordues. Des corps. Aucun mouvement discernable. L'un des véhicules crachait encore de la fumée.

— Où est Sacha ? cria Yeli. Où est Sacha ?

— Elle était dans le sas, répondit quelqu'un. Elle allait à leur rencontre.

Ils luttaient pour rouvrir la porte intérieure du sas. Nadia, au premier rang, essaya tous les codes avant de sortir des outils, puis une charge explosive modulée. Ils reculèrent et le verrou sauta. L'instant d'après, ils dégageaient la porte au pied-de-biche. Nadia entra la première et s'agenouilla auprès de Sacha, qui était accroupie, la tête en avant. Mais elle était morte, les yeux vitreux, le visage cramoisi.

Avec le sentiment qu'elle devait bouger dans l'instant ou se figer comme une pierre, Nadia se releva et courut vers un véhicule. Elle démarra sans but précis : elle n'avait pas de plan et le véhicule semblait choisir lui-même son chemin. Les voix de ses amis montaient de son poignet comme des stridulations de criquets en cage. Maya pleurait et jurait en russe :

— C'est Phobos ! Encore eux ! Ils sont fous, là-haut !

— Non, ils ne sont pas fous, disait Frank. C'est parfaitement logique. Ils voient qu'un équilibre politique va s'établir, et ils essaient de le détruire.

— Fumiers d'assassins ! hurla Maya. Fascistes du KGB !

Le véhicule de Nadia s'arrêta devant les bureaux. Elle se précipita à l'intérieur, retrouva son vieux sac bleu et fouilla, sans savoir vraiment ce qu'elle espérait trouver. L'émetteur d'Arkady. Oui, bien sûr, c'était ça. Elle le serra contre elle et retourna à la porte sud. Sax et Frank discutaient toujours.

— Tous ceux d'entre nous dont la position est connue se trouvent ici, ou bien ils ont déjà été tués. Je crois qu'ils en ont après les Cent Premiers en priorité.

— Pour nous isoler, tu crois ?

— Dans les infos de la Terre, on dit que nous sommes les meneurs de la rébellion. Et depuis qu'elle a éclaté, vingt et un d'entre nous sont morts. Et quarante sont portés disparus.

Le véhicule s'arrêta. Nadia coupa l'intercom et pénétra

dans le sas. Elle chaussa ses bottes, mit son casque et ses gants. Elle appuya sur le bouton d'ouverture et attendit que le sas se vide et s'ouvre. Comme pour Sacha. Et elle se retrouva à l'extérieur, dans le jour brumeux et venteux, et elle ressentit le premier éclat de diamant du froid. Elle donna des coups de pied dans le sable et de grandes bouffées rougeâtres passèrent sur elle. La femme vide dans un nuage de sang. Et, là-bas, il y avait les corps de ses amis, et d'autres encore. Leurs visages étaient violets et boursouflés, comme ceux de tant d'autres morts qu'elle avait vus sur les chantiers.

Nadia en avait vu plusieurs, à présent, elle avait vu la mort de près à plusieurs reprises, et c'était chaque fois la même horreur. Et voilà qu'ils provoquaient délibérément autant de ces monstrueux accidents qu'ils pouvaient. C'était la guerre ; ils tuaient par tous les moyens à leur disposition.

Ces gens auraient pu vivre des siècles. Elle pensa à Arkady, au temps qui aurait pu passer, et siffla entre ses dents. Ils s'étaient si souvent querellés durant ces dernières années, surtout à propos de politique. Nadia lui avait dit que ses plans étaient anachroniques. Qu'il ne comprenait rien au monde. Mais il avait ri, furieux et blessé. Il lui avait dit qu'il connaissait ce monde, avec une expression sombre qu'elle ne lui avait jamais vue. Et elle se souvenait du moment où il lui avait donné l'émetteur, alors qu'il pleurait la mort de John, fou de fureur et de chagrin. C'est juste en cas d'urgence, avait-il insisté alors qu'elle refusait. Juste au cas où.

Et le cas, c'était maintenant. Elle ne parvenait pas à y croire. Elle sortit le boîtier de la poche de son marcheur. Phobos montait à l'horizon d'ouest comme une pomme de terre grise. Le soleil venait à peine de se coucher, et la clarté sanguinolente lui donnait l'impression d'être une créature microscopique, une cellule perdue entre les parois corrodées de son cœur, tandis qu'autour d'elle se levaient de grands vents de plasma poussiéreux. Des fusées se posaient sur le spatioport, au nord de la cité. Les miroirs brillaient dans le ciel d'occident comme des essaims d'étoiles. Un ciel embouteillé. Dans lequel, bientôt, les vaisseaux de l'ONU descendraient.

Phobos traversait le ciel en quatre heures et demie, et elle ne devait pas s'attarder. Il se présentait déjà comme une demi-lune à mi-chemin du zénith, gibbeuse encore dans le ciel coagulé. Nadia discernait deux points lumineux : les cratères sous dômes : Semenov et Leveykin. Elle leva son émetteur-radio et tapa le code de mise à feu : MANGALA. C'était aussi simple que n'importe quelle télécommande.

Un éclair éblouissant jaillit du bord du petit disque grisâtre. Les deux points s'éteignirent. L'éclair se fit encore plus intense. Est-ce qu'elle pouvait mesurer la décélération ? Probablement pas. Mais Phobos décélérait.

Et descendait.

De retour dans Le Caire, elle découvrit que la nouvelle s'était déjà répandue. L'éclair avait attiré tous les regards. Ensuite, tous ceux qui étaient là s'étaient agglutinés devant les écrans TV, en échangeant des rumeurs et des suppositions. Finalement, la vérité courait. Nadia, circulant entre les divers groupes, entendait partout :

— Phobos a été touché ! Phobos a été touché !

Un moment, elle crut s'être perdue dans la médina, puis se retrouva devant les bureaux de la cité. Et Maya lui cria :

— Nadia ! Tu as vu Phobos ?

— Oui.

— Roger m'a dit que lorsqu'ils s'y trouvaient, dans la première année, ils avaient mis en place un dispositif de fusées et d'explosifs ! Est-ce qu'Arkady t'en avait parlé ?

— Oui.

Ils entrèrent.

— S'ils parviennent à le freiner, il se posera, supputa Maya à haute voix. Je me demande si on va pouvoir calculer sa trajectoire. On est tout près de l'équateur, ici.

— Il va se fragmenter, c'est certain, et tomber un peu partout.

— Exact. Je me demande ce que Sax peut en penser.

Sax et Frank étaient plantés devant un écran, Yeli, Ann et Simon devant un autre. Phobos était suivi au télescope par l'AMONU, et Sax mesurait la vélocité du satellite. Sur l'image, le dôme de Stickney scintillait comme un œuf de

Fabergé, mais, à l'avant, tout était brouillé par les traînées et les éclats de gaz et de déjections.

— La poussée est très équilibrée, commenta Sax. Si elle avait été trop brusque initialement, tout le planétoïde aurait été brisé. Et si elle n'avait pas été calculée, il se serait mis à tournoyer et il aurait littéralement mitraillé la planète en se fragmentant.

— Je discerne des signes de poussées latérales, annonça son IA.

— Correction d'altitude. Ils ont transformé Phobos en une gigantesque fusée.

— Ils l'ont fait au cours de la première année, expliqua Nadia.

Elle n'était pas certaine de devoir leur révéler ça, elle n'avait pas encore vraiment repris le contrôle d'elle-même, et conservait un retard de plusieurs secondes par rapport à ses actes. Elle s'entendit parler :

— Sur Phobos, les spécialistes en guidage et propulsion étaient nombreux. Ils ont infiltré les veines glaciaires avec de l'oxygène et du deutérium, en formant des colonnes alignées et inscrites dans la chondrite. Le complexe de contrôle et les moteurs ont été placés au centre.

— Donc, c'est bien une énorme fusée, appuya Sax tout en hochant la tête et en pianotant sur son clavier. Périodicité 27,452 secondes. Ce qui nous donne... 2 146 kilomètres à la seconde approximativement. Pour descendre, il faudrait que la décélération atteigne... voyons... 1 561 kilomètres à la seconde. Pour une masse pareille... Waouh ! Ça représente une sacrée quantité de carburant.

— Quelle est sa trajectoire maintenant ? demanda Frank.

Il avait le visage sombre, les mâchoires serrées. Il était furieux, constata Nadia. Furieux de n'avoir pas prévu ce qui allait se passer.

— Environ 1,7. Et ces gros générateurs de poussée fonctionnent toujours. Il va descendre, d'accord. Mais pas en un seul morceau. Il va se casser, c'est sûr.

— Le point de fracture de Roche ?

— Non, c'est un simple effet de l'aréofreinage, et avec tous ces réservoirs de carburant vides...

— Que va-t-il se passer pour ceux qui se trouvent encore

dessus ? demanda Nadia, avec l'impression que quelqu'un d'autre venait de poser la question.

— Quelqu'un nous a dit qu'ils avaient tous évacué Phobos. Il n'y a plus personne qui puisse stopper ces fusées.

— Bonne chose, dit Nadia en se laissant tomber sur une banquette.

— Et il tombera quand ? demanda Frank.

Sax hésita.

— Impossible à dire. Tout dépend du moment où il se brisera. Mais ça ne tardera guère, je pense. Disons dans la journée. Ensuite, il va survoler l'équateur et on aura droit à une formidable averse de météores.

— Comme ça, on sera débarrassés des derniers restes du câble, commenta Simon d'une voix sourde.

Assis auprès d'Ann, il l'observait avec inquiétude. Elle avait les yeux fixés sur l'écran et ne parut pas l'entendre. Nul n'avait eu de nouvelles de son fils, Peter. Est-ce que ça valait mieux ou est-ce que c'était pire qu'un tas de suie, un nom suivi de « .com » qui s'inscrivait sur l'écran de votre bloc de poignet ? Nadia décida que oui, ça valait mieux. Mais c'était dur quand même.

— Regardez ! s'écria Sax. Il se brise.

La caméra du télescope leur transmettait une image excellente. Le dôme de Stickney explosait en échardes de feu, et la ligne de cratères qui avait marqué Phobos, soudain béante, se transformait en poussière. Puis le petit satellite pomme de terre s'ouvrit et se dispersa en blocs irréguliers. Lentement, le plus important se dégagea sur le côté, apparemment propulsé par une des fusées. Les autres se placèrent en une ligne irrégulière, à des vitesses différentes.

— Eh bien... On dirait que nous sommes dans la ligne de feu, remarqua Sax. Les plus gros vont bientôt toucher l'atmosphère.

— Est-ce que tu peux déterminer leurs points d'entrée ?

— Non, il y a trop d'inconnues. Ça se passera sur la ligne équatoriale, de toute façon. Nous sommes probablement un peu trop au sud pour être atteints directement, mais il va y avoir des effets de dispersion.

— Donc, tous ceux qui sont sur l'équateur devraient évacuer vers le nord ou le sud, résuma Maya.

— Ils le savent sans doute. Et le câble a déjà dû nettoyer le secteur.

Il n'y avait pas grand-chose à faire sinon attendre. Aucun d'eux ne voulait quitter la ville et aller vers le sud. Ils n'en avaient plus la force. Ils étaient trop endurcis, ou trop las pour prendre ce genre de risques. Frank faisait les cent pas dans la pièce, son visage boucané frémissant de colère. Pour finir, n'y tenant plus, il retourna vers son écran et envoya une salve de messages brefs, âpres. L'un d'eux revint, et il eut un reniflement.

— Nous avons un répit, grogna Frank. La police de l'ONU ne descendra pas avant que toute la merde ne soit tombée. Ensuite, ils vont s'abattre comme des faucons. Ils prétendent que c'est à partir d'ici que l'explosion de Phobos a été déclenchée, et ils disent qu'ils en ont assez qu'une ville neutre serve de centre de commandement à l'insurrection.

— On va donc attendre que la chute soit terminée, conclut Sax.

Il repassa sur le réseau de l'AMONU et obtint une image radar composite des fragments. Après quoi, ils n'eurent plus rien à faire. Ils restèrent assis, les bras croisés. Ou bien ils tournaient en rond. Ils regardaient les écrans. Ils mangeaient des pizzas froides. Ils faisaient un somme. Nadia ne faisait rien de tout ça. Elle restait assise, pliée en deux. Elle avait l'impression d'avoir une boule d'acier à la place de l'estomac. Elle attendait.

Juste avant minuit et le laps de temps martien, quelque chose attira l'attention de Sax. Il pianota frénétiquement sur les canaux de Frank et établit enfin la liaison avec l'observatoire d'Olympus Mons. Là-bas, c'était encore la nuit, peu avant l'aube. L'une des caméras cadrait l'horizon du sud. La courbe noire de la planète occultait les étoiles. Des traces de météorites striaient le ciel d'ouest et explosaient quelques secondes avant l'impact final pour laisser des taches phosphorescentes, comme autant de minuscules nuages nucléaires. En moins de dix secondes, la pluie cessa, ne laissant que de vagues taches jaunes sur le fond obscur de l'espace.

Nadia ferma les yeux et retrouva des images fantômes. Quand elle regarda l'écran de la TV, elle découvrit des nuages de fumée dans le ciel de Tharsis, juste avant l'aube. Ils montaient si haut dans l'atmosphère qu'ils accrochaient les premiers rayons du soleil. Ils étaient d'un rose vif, en forme de champignons, avec de longues tiges d'un gris sombre. Puis le soleil monta sur cette végétation tumultueuse, et la recouvrit d'un vernis de bronze. Ensuite, le barrage des champignons jaunes et roses dériva au-dessus d'un horizon de pastel indigo un cauchemar aux couleurs de Maxfield Parrish[1], trop étrange et beau pour que l'on y croie. Nadia repensa aux derniers instants du câble, à cette double hélice de diamant... Le spectacle de la destruction pouvait-il atteindre une pareille beauté ? Etait-ce dû à une combinaison accidentelle des éléments, la preuve finale que la beauté ne connaissait pas de dimension morale ?

Elle regardait fixement l'image, incapable d'en détacher ses yeux, mais elle avait beau se concentrer, elle n'avait aucun sens pour elle.

— Ça devrait donner suffisamment de matière particulaire pour déclencher une autre tempête planétaire, remarqua Sax. Mais l'apport de chaleur dans le système va certainement être considérable.

— Tais-toi, Sax, fit Maya.

— C'est à notre tour d'être touchés, hein ? demanda Frank, et Sax acquiesça.

Ils quittèrent les bureaux et sortirent dans le parc. Tous avaient le regard braqué sur le nord-ouest. Ils gardaient le silence, comme s'ils accomplissaient un rite religieux. C'était tout à fait différent des moments où ils avaient guetté les bombardements. A présent, on était au milieu de la matinée et le ciel était d'un rose poussiéreux et terne.

Une comète jaillit au-dessus de l'horizon. Elle irradiait une lumière douloureuse. Quelques cris s'élevèrent, mais la plupart de ceux qui étaient là retinrent leur souffle. Le sillon blanc venait vers eux. Puis, en un instant, il passa et disparut à l'est. L'instant d'après, le sol trembla sous eux, et des

---

1. Peintre et illustrateur américain (1870-1966). Ses décors marqués par les préraphaélites et des couleurs irréelles — ciels orangés, végétation bleue — lui ont valu une large renommée posthume durant la période hippie. (*N.d.T.*)

exclamations trouèrent le silence. A l'est, un nuage monta vers le sommet du grand dôme du ciel rose, à 20 000 mètres !

Puis d'autres traces blanches traversèrent le ciel comme autant de queues de comètes perdues. Toutes plongèrent vers l'horizon d'orient, vers les profondeurs de Marineris. Quand, enfin, la pluie cessa, les spectateurs du Caire restèrent un moment à demi aveugles, titubants, inondés d'images fantômes sur la rétine. Ils avaient été épargnés.

— Maintenant, reste l'ONU, déclara Frank. Au mieux...
— Est-ce que tu penses que nous devrions ?... commença Maya. Je veux dire : est-ce que nous sommes...
— En sécurité ? Compléta Frank d'un ton acerbe.
— Peut-être que nous devrions redécoller ?
— De jour ?
— Ça serait peut-être plus sûr que de rester là ! Je ne sais pas vraiment ce que tu en penses, mais moi, je ne tiens pas à me retrouver contre un mur pour être fusillée !
— Si ce sont les types de l'AMONU, ils ne feront jamais ça, dit Sax.
— On ne peut pas en être certains. Tout le monde sur Terre pense que nous sommes les instigateurs de la rébellion.
— Mais il n'y a pas eu d'instigateurs ! insista Frank.
— Il suffit qu'ils veuillent qu'il y en ait, dit Nadia.

Ce qui les ramena au silence.

Et Sax conclut humblement :
— Quelqu'un a dû décider qu'il serait plus facile de contrôler les choses sans nous.

Ils reçurent des nouvelles des impacts dans l'autre hémisphère, et Sax s'installa devant les écrans avec Ann, qui essayait de l'aider.

Il y avait tout le temps des impacts de ce genre, durant l'Age noachien, et elle ne pouvait laisser passer l'occasion d'en observer une de ses propres yeux, même si c'était le résultat d'une action humaine.

Pendant qu'ils regardaient, Maya continuait à les harceler : il fallait qu'ils fassent quelque chose : qu'ils partent, qu'ils se cachent, n'importe quoi, mais quelque chose. Et comme Sax et Ann ne réagissaient pas, elle les invectiva.

Frank sortit pour aller inspecter le spatioport et Nadia l'accompagna jusqu'aux portes. Elle craignait que Maya n'ait raison, mais elle ne voulait plus l'écouter. Elle dit au revoir à Frank et resta là, devant le bâtiment, et regarda le ciel.

C'était l'après-midi, et les vents dominants d'ouest balayaient la pente de Tharsis, ramenant la poussière des impacts. On aurait dit que de la fumée montait dans le ciel, comme s'il y avait un feu de forêt de l'autre côté de Tharsis. La lumière, à l'intérieur du Caire, était assombrie par les nuages qui défilaient devant le soleil, et la polarisation de la tente suscitait des arcs-en-ciel et des effets de lumière, comme si la planète tout entière était devenue un kaléidoscope. Des masses recroquevillées sur elles-mêmes, sous un ciel ardent. Nadia frissonna. Un nuage plus épais que les autres était venu couvrir soudain le soleil. Elle s'échappa de l'ombre et rentra.

A l'instant, Sax déclarait :

— Ça ressemble bien à une autre tempête globale !

— Je l'espère, dit Maya. Ça nous aidera à fuir.

— Vers où ? demanda Sax.

Elle inspira nerveusement.

— Les appareils sont prêts. Nous pourrions aller jusqu'à Hellespontus Montes. Il y a encore des habitats, là-bas.

— Mais ils nous repéreraient.

Frank apparut sur l'écran de Sax. L'image vacillait. Il consultait son bloc de poignet.

— Je suis à la porte ouest avec le maire. Des patrouilleurs sont arrivés. Nous avons bouclé les portes parce qu'ils refusaient de s'identifier. Apparemment, ils ont encerclé toute la ville et ils tentent d'approcher de la centrale physique par l'extérieur. Gardez tous votre marcheur et préparez-vous à battre en retraite.

— J'avais bien dit qu'il fallait partir ! cria Maya.

— On n'aurait pas pu, dit Sax. De toute manière, nous aurions les mêmes chances en cas de mêlée. Si on tente une sortie en masse, ils seront peut-être débordés. Ecoutez : s'il arrive quoi que ce soit, on se retrouve tous à la porte est, d'accord ? Vous partez les premiers. Frank... toi aussi, tu devrais aller là-bas dès que tu le pourras. Je vais essayer quelques petits bricolages sur nos robots de la centrale pour retarder nos gentils visiteurs au moins jusqu'à la nuit.

Il était maintenant trois heures, mais on se serait cru au crépuscule sous un ciel de plus en plus épais, chargé de nuages de poussière. Les forces qui cernaient la ville s'identifièrent comme appartenant à la police de l'AMONU, exigeant qu'on les laisse entrer. Frank et le maire leur demandèrent de bien vouloir présenter un mandat de Genève et d'interdire l'usage des armes dans l'enceinte de la cité. Les forces extérieures ne répondirent pas.

A quatre heures trente, toutes les sirènes d'alarme résonnèrent en même temps : une déchirure de la tente, et apparemment très large, car un vent violent balayait soudain les rues et l'alerte de dépressurisation s'était déclenchée dans tous les immeubles. L'électricité était coupée, et la ville devint une coquille en perdition dans laquelle des silhouettes en marcheur se précipitaient vers les portes, titubant dans les rafales, se heurtant dans l'affolement. Les fenêtres explosaient. L'air était plein de bandeaux de plastique transparent. Nadia, Maya, Ann, Simon et Yeli quittèrent le bâtiment municipal et se frayèrent un chemin dans la foule, se dirigeant vers la porte est. On se battait, car le sas était ouvert. Ceux qui tombaient étaient en danger de mort et, si le sas finissait par être bloqué sous la pression, alors ils risquaient de mourir tous. Tout se passait en silence, et ils ne communiquaient plus que par leurs intercoms. Les Cent Premiers s'était calés sur leur vieille fréquence. La voix de Frank leur parvint par-dessus le grésillement de la statique.

— Je me trouve à la porte est. Dégagez-vous de la mêlée, que je puisse vous retrouver. (Il s'exprimait d'un ton grave, professionnel.) Dépêchez-vous : il se passe quelque chose à l'extérieur.

Ils découvrirent Frank qui agitait la main, appuyé contre la paroi intérieure.

— Allez ! La tente a craqué et il faut foncer vers les avions.

— Je vous l'avais bien dit, fit Maya.

Mais il la fit taire :

— Ferme ça, Maya. Nous n'avions pas à partir avant que ce genre de truc ne se produise, *souviens-toi* !

Le crépuscule approchait et le soleil filtrait entre Pavonis et le nuage de poussière, illuminant les nuages par en dessous dans un déchaînement de couleurs martiennes, projetant une lueur infernale sur cette frénésie.

Des silhouettes en uniformes camouflés se ruaient à l'intérieur par les déchirures de la tente. Dehors, de grands bus-navettes venaient de s'arrêter et d'autres troupes s'en déversaient.

Sax apparut au détour d'une allée.

— Je ne pense pas qu'on réussisse à atteindre les appareils !

Une silhouette casquée, en marcheur, surgit de la poussière.

— Venez, lança-t-il sur leur fréquence. Suivez-moi.

Ils se tournèrent vers l'étranger.

— Qui êtes-vous ? demanda Frank.

— Suivez-moi !

L'étranger était de petite taille et, derrière la visière de son casque, ils entrevirent son sourire éclatant et féroce, son teint mat. Il plongea dans une allée qui conduisait à la médina, et Maya fut la première à le suivre, entre les blessés et les morts qui jonchaient le sol. Des gens casqués couraient dans tous les sens, et ceux qui n'avaient pas de casque gisaient par terre, morts ou mourants, dans la clameur des sirènes et les secousses profondes qu'ils ressentaient en courant. Ils ne percevaient plus que leur souffle et les brefs messages qu'ils échangeaient.

— Où allons-nous ?

— Sax, tu es toujours là ?

— Il est passé par là !

Etrange conversation privée dans le chaos ambiant, la frénésie des cohortes humaines dans le crépuscule poussiéreux. Nadia faillit trébucher sur le cadavre d'un chat recroquevillé sur la pelouse.

L'homme qu'ils suivaient fredonnait un air sur leur fréquence, un *Ta-toum, ta-ta-tatoum, ta-ta-ta-toum...* obsédant. Peut-être *Pierre et le loup*... Il semblait connaître par cœur les moindres ruelles du Caire et s'infiltrait dans les dédales de la médina sans la moindre hésitation. En moins de dix minutes, ils se retrouvèrent devant le mur de la ville.

Et là, ils purent observer l'extérieur à travers la tente déformée. Dans la suie et la brume, des silhouettes couraient, isolées ou par groupes de trois, sur la bordure sud de Noctis.

— Où est Yeli ? s'écria Maya.

Personne ne put lui répondre.

Puis Frank, tout à coup, pointa l'index.

— Regardez !

Vers l'est, en bas de la route, une file de patrouilleurs venait d'apparaître, sortant de Noctis Labyrinthus. Ils étaient rapides et leur carrosserie n'était pas familière. Ils roulaient tous feux éteints.

— Qui c'est, ça, encore ? demanda Sax en se tournant vers leur guide.

Mais le petit homme brun avait disparu dans le dédale des ruelles.

— Je suis encore sur la fréquence des Cent Premiers ? demanda une voix nouvelle.

— Oui ! dit Frank. Qui est-ce ?

— Mais, fit Maya, est-ce que ce n'est pas Michel ?

— Tu as encore de l'oreille, Maya. Oui, c'est bien moi... On est prêts à vous embarquer si vous le voulez. Il semble qu'ils éliminent systématiquement les Cent Premiers dès qu'ils tombent dessus. On s'est donc dit que vous accepteriez notre compagnie.

— Je crois qu'on est tous d'accord, dit Frank. Mais comment ?

— Ça, c'est le plus difficile. Est-ce qu'un guide vous a conduits où vous êtes ?

— Oui !

— Bien. C'était le Coyote. Il excelle à ce genre de truc. Vous attendez là. On va créer des diversions avant de revenir vous récupérer.

Sax colla son casque sur la paroi de la tente et alluma la lampe de sa visière, projetant un cône de lumière dans l'air enfumé. La visibilité se limitait à une centaine de mètres, peut-être moins, mais Michel accusa réception :

— Contact. Vu. Maintenant, passez à l'extérieur. On arrive. On redémarre dès que vous êtes dans nos sas, alors préparez-vous. Vous êtes combien ?

— Six, dit Frank après une courte hésitation.

— Magnifique. Nous avons deux véhicules, ça devrait aller. Trois dans chacun d'eux, OK ?... Préparez-vous et faites vite.

Sax et Ann s'attaquèrent à la paroi de la tente avec les petits couteaux qui appartenaient à l'outillage de leur bloc-poignet. Ainsi, ils ressemblaient à des chatons furieux déchirant des rideaux. Mais, très vite, ils se glissèrent au-dehors et se laissèrent tomber sur la couche molle de régolite. Derrière eux, la centrale explosa en une série d'éclairs stroboscopiques qui figeaient les silhouettes floues perdues dans la brume.

Et soudain, les étranges patrouilleurs resurgirent dans la poussière et s'arrêtèrent à quelques pas. Ils ouvrirent les sas et s'entassèrent à l'intérieur, Sax, avec Ann et Simon, Nadia, avec Maya et Frank. Ils roulèrent les uns sur les autres dès que le patrouilleur redémarra et accéléra.

— Vous êtes tous là ? demanda Michel.

Ils déclinèrent leurs noms.

— Bien. Heureux de vous avoir retrouvés ! Ça devient vraiment dur. Je viens d'apprendre que Dmitri et Elena sont morts au Belvédère d'Echus.

Dans le silence qui suivit, ils entendirent le crissement des pneus sur le gravier.

— Vos patrouilleurs sont drôlement rapides, remarqua enfin Sax.

— Oui. Et surtout, ils absorbent tous les chocs. Je crains qu'ils n'aient pas été conçus pour ce genre de situation. Il va falloir qu'on les abandonne dans Noctis. Ils sont trop repérables.

— Vous avez des véhicules invisibles ?

— Oui, pour ainsi dire.

Au bout d'une demi-heure de secousses dans le sas, le patrouilleur stoppa et ils purent pénétrer dans l'habitacle principal. Michel Duval les y attendait, le visage ridé, les cheveux blancs — c'était maintenant un vieil homme, qui dévisageait Maya, Nadia et Frank avec des larmes dans les yeux. Il les serra dans ses bras avec un rire douloureux.

— Tu vas nous conduire à Hiroko ? demanda Maya.

— On va essayer. Mais le voyage va être long et les conditions sont loin d'être excellentes. Mais je pense qu'on y arrivera. Je suis tellement heureux qu'on vous ait récupérés ! Si vous saviez à quel point c'était horrible de vous chercher partout et de ne trouver que des cadavres !

— On le sait, dit Maya. Nous avons retrouvé Arkady. Et Sacha a été tuée aujourd'hui, et Alex, Edvard et Samantha aussi. Et sans doute Yeli... Il y a un instant.

— On va faire tout notre possible pour qu'il n'y en ait plus d'autre.

Sur l'écran de TV, ils découvrirent l'intérieur de l'autre patrouilleur. Ann, Simon et Sax étaient accueillis par un jeune inconnu.

Michel tourna la tête vers le pare-brise avec un sifflement. Ils se trouvaient à l'entrée d'un des nombreux canyons qui descendaient vers le fond de Noctis. La route avait jusque-là suivi une rampe artificielle qui, maintenant, n'existait plus. Elle avait disparu en même temps que la route.

— Il va falloir marcher, déclara Michel. De toute manière, on aurait dû abandonner les véhicules au fond. Il nous reste cinq kilomètres à faire. Il faut refaire le plein de vos marcheurs.

Ils remirent leurs casques et franchirent à nouveau le sas.

Au-dehors, ils se regardèrent : les six réfugiés, Michel, et le jeune pilote du deuxième patrouilleur. Ils se mirent en marche en n'allumant leurs lampes que pour la traversée dangereuse de la pente de gravier, là où la route avait été abattue. Il n'y avait pas la moindre étoile dans le ciel et le vent sifflait entre les canyons en bourrasques brutales. A l'évidence, une autre tempête de poussière était en formation. Sax marmonna que le global s'opposait à l'équatorial, mais que le résultat était impossible à prévoir.

— Espérons que ce sera global, dit Michel. Ça nous servira de couverture, au moins.

— Je doute que ce soit le cas, dit Sax.

— Mais nous allons où ? demanda Nadia.

— Il y a une station d'urgence dans Aureum Chaos.

Ce qui signifiait qu'ils devaient parcourir Valles Marineris sur toute sa longueur ! 5 000 kilomètres !

— Mais comment allons-nous faire ? geignit Maya.

— Nous avons des transcanyons, répondit Michel, brièvement. Tu vas voir.

La route était abrupte, et ils devaient peiner pour maintenir l'allure. Le genou droit de Nadia commençait à l'élancer et son doigt fantôme se mit à la picoter pour la première fois depuis des années. Elle avait soif et froid. Il faisait si noir et il y avait tellement de poussière qu'ils durent allumer leurs lampes frontales. Les cônes de lumière qui montaient et descendaient au gré de leurs pas atteignaient à peine la surface de la route, et en se retournant, Nadia se dit qu'ils devaient ressembler à une file de poissons des profondeurs avec leurs points lumineux brillants au fond de l'océan. Ou à des mineurs dans un tunnel enfumé, visqueux. Une partie d'elle-même commençait à apprécier la situation — c'était une petite excitation, une sensation essentiellement physique, mais quand même, le premier sentiment positif qu'elle se souvenait d'avoir éprouvé depuis qu'ils avaient retrouvé Arkady. Un plaisir comparable au picotement de son doigt perdu : léger, et un peu agaçant.

Au milieu de la nuit, ils atteignirent le plancher du canyon, qui dessinait un U très large, typique de toutes les formations de Noctis Labyrinthus. Michel s'approcha d'un rocher, pressa un point de sa surface avant de soulever une trappe sur le côté.

— Entrez.

Il y avait deux rochers roulants : de grands patrouilleurs, recouverts d'une fine couche de basalte.

— Et leur signal thermique ? demanda Sax en passant la tête à l'intérieur.

— La chaleur est détournée dans des tubulures et étouffée. Il n'y a donc aucun signal captable.

— Bonne idée.

Le jeune pilote les précédait.

Il les poussa presque avec brutalité vers les sas.

— Foutons le camp d'ici !

La clarté du sas dessinait ses traits, sous son casque : il était asiatique et n'avait pas plus de vingt-cinq ans. Il avait l'air écœuré, effrayé, hautain, et il ajouta :
— La prochaine fois que vous tenterez une révolution, essayez de vous y prendre autrement.

HUITIÈME PARTIE

Shikata ga nai

Lorsque les occupants de la cabine d'ascenseur Bangkok Friend *apprirent que le câble avait été arraché de Clarke et tombait, ils se précipitèrent dans les vestiaires du foyer pour revêtir des tenues spatiales aussi rapidement que possible. Miracle : il n'y eut pas de panique générale. Tout s'était passé dans le cœur ; en surface, tout le monde s'était montré efficace et attentif au petit groupe massé devant la porte du sas, qui essayait de déterminer où ils étaient exactement, et quand ils devraient abandonner la cabine. Ce calme stupéfia Peter Clayborne, dont le sang pulsait violemment dans les artères, poussé à grands coups d'adrénaline. Il n'était pas du tout certain d'être capable de formuler un mot. Un homme qui se trouvait dans le groupe d'avant leur dit qu'ils approchaient du point aréosynchrone et qu'ils devraient tous s'entasser dans le sas avant d'être compressés comme l'avaient été leurs tenues dans les placards de stockage. La porte extérieure glissa et ils se retrouvèrent devant un grand rectangle d'espace, noir, étoilé, mortel. Sauter là-dedans sans fil de sécurité, c'était comme un suicide, se dit Peter. Mais tous ses compagnons s'élançaient, et il suivit. Ils se répandirent comme des spores expulsés d'une cosse.*

La cabine et l'ascenseur dérivaient vers l'orient de la planète et ne tardèrent pas à disparaître à leur vue. L'amas de scaphandres commença à se dilater. Ils étaient nombreux à pointer les pieds vers Mars, qui s'offrait à eux comme un vieux ballon de basket plutôt sale. Le groupe chargé des calculs d'orbite était toujours là, sur la fréquence commune, énonçant des données comme s'il s'agissait d'un tournoi d'échecs. Bien sûr, ils approchaient de l'orbite aréosynchrone, mais avec une vélocité de plusieurs centaines de kilomètres à l'heure. Ils pourraient freiner cette descente vers le bas en brûlant la moitié de leur carburant et se retrouver sur une orbite plus stable que nécessaire, en tenant compte de leurs réserves d'air. Autrement dit, ils risquaient de mourir d'asphyxie et non pas carbonisés dans la rentrée atmosphérique. Mais ç'avait été le point crucial au moment de l'évacuation. Et il était toujours possible que des sauveteurs fassent leur apparition, on ne savait jamais. A l'évidence, ils étaient une majorité à vouloir tenter le risque.

Peter Clayborne dégagea les tiges de contrôle des fusées de ses consoles de poignet, plaça les doigts sur les boutons. Il avait le monde entre ses bottes. Il dériva un bref instant. La plupart des autres essayaient de rester groupés, mais lui jugeait cela totalement vain. De plus, c'était un gaspillage de carburant. Il les laissa donc s'éloigner jusqu'à ce qu'ils ne soient plus que de simples étoiles. Il n'avait plus aussi peur que dans le vestiaire. Mais il éprouvait de la colère et de la tristesse : il ne voulait pas mourir. Il éprouva même un spasme de chagrin en pensant à son avenir perdu et se mit à sangloter bruyamment. Après un instant, ces pénibles manifestations physiques cessèrent, quoiqu'il se sentît toujours aussi malheureux. Il observait les étoiles d'un regard morne. Des bouffées de frayeur ou de désespoir le traversaient, mais elles diminuaient au fil des heures. Il tenta de ralentir son métabolisme, mais obtint le résultat contraire de celui qu'il avait espéré et décida de laisser tomber. Sur sa console de poignet, son pouls était à cent huit pulsations. Avec une grimace, il essaya de s'amuser à identifier les constellations. Et le temps s'étira.

Il s'éveilla, surpris de réaliser qu'il avait dormi. Avant de retourner immédiatement dans le sommeil. Il se réveilla enfin, pour de bon. Les autres réfugiés de l'ascenseur étaient hors de vue, encore que certaines étoiles qu'il apercevait... Mais il n'y avait plus aucune trace de l'ascenseur, pas plus dans l'espace qu'à la surface de la planète.

Etrange manière d'en finir. Un rêve spatial, peut-être, avant de se retrouver au petit matin devant un peloton d'exécution. La mort, ça devait être un peu ça : sans les étoiles. Sans la pensée. Mais c'était une attente plutôt pénible, qui le rendait impatient, et il songea à couper son système de chauffage pour en finir plus vite. Du coup, cela le calma : il pourrait toujours le faire quand sa réserve d'air viendrait à épuisement. Son pouls remonta à cent trente et il focalisa toutes ses pensées sur la planète rouge, au-dessous. Bonjour la maison ! Il était toujours sur orbite aréosynchrone, ou presque, et il dominait Tharsis depuis des heures. Non, il se situait un peu plus à l'ouest. Oui, à la verticale de Valles Marineris.

Des heures passèrent, et il sombra de nouveau dans le sommeil. Quand il se réveilla, il vit un petit vaisseau spatial argenté qui dansait sous son regard comme une soucoupe volante et il poussa un cri de surprise. Il se mit à tournoyer, s'activa fébrilement sur les commandes pour déclencher les fusées et se stabiliser et, quand il y parvint, l'engin argenté était toujours là. Il distingua un visage de femme derrière une baie. Elle semblait lui parler tout en montrant son oreille. Il fonça vers l'engin spatial et fit peur à la femme en passant un peu trop près. Elle agitait les mains comme pour lui faire signe d'entrer. Il acquiesça énergiquement et décrivit un cercle chaloupé en appuyant sur les boutons de commande avec son pouce et son index gantés. Une écoutille s'ouvrit au sommet de l'engin, il freina, se stabilisa, et se dirigea vers l'ouverture en se demandant si tout ça serait réel quand il serait à l'intérieur. Il pleurait et ses larmes dansèrent en sphères minuscules quand il toucha le sol. Il lui restait encore une heure d'atmosphère.

L'écoutille se referma et il put enlever son casque. L'air qu'il respirait était riche en oxygène mais ténu et frais. Il entra dès que le sas s'ouvrit.

Il vit deux femmes qui riaient follement.

— Qu'est-ce que vous comptiez faire ? Débarquer comme ça ?

— J'étais dans l'ascenseur, coassa-t-il. Il a bien fallu sauter. Vous n'avez pas reçu de message ?

— Non. Vous êtes le seul survivant qu'on ait trouvé. On vous ramène en bas ?

Il ne trouva rien à répondre. Ce qui les fit rire encore plus fort.

— On peut dire qu'on a été surprises de te trouver, mon petit ! Qu'est-ce qui te va, comme g ?

— Je l'ignore... Trois, non ?...
Les rires repartirent.
— Tu peux supporter combien ?
— Beaucoup plus, c'est sûr, déclara la femme qui avait tourné la tête vers lui.
— Oui, beaucoup plus, souffla-t-il. C'est quoi, la limite pour un être humain ?
— Ça, on va le voir.
Le petit vaisseau se mit à accélérer tout en plongeant vers la surface martienne. Peter Clayborne s'écroula derrière les deux femmes, tout en grignotant du cheddar et en buvant de l'eau. Il apprit qu'elles venaient d'un des complexes de miroirs et qu'elles avaient détourné cet atterrisseur d'urgence après avoir transformé les miroirs en un amas de molécules. Elles comptaient se poser à proximité de la calotte polaire sud.
Peter avala tout cela en silence. Puis ils furent sérieusement secoués, les hublots devinrent blancs, puis jaunes, puis d'un orange violent. Il fut écrasé dans son siège par la gravité et sa vision se fit trouble.
— Poids plume, dit une des femmes, et il ne sut pas s'il s'agissait de lui ou de l'atterrisseur.
Puis les forces gravitiques se relâchèrent et le hublot s'éclaira. Regardant au-dehors, il vit qu'ils tombaient vers la planète rouge en angle abrupt et qu'ils n'étaient plus qu'à quelques milliers de mètres de la surface. Incroyable. Les deux femmes maintinrent leur cap avant de redresser à la dernière minute, et il fut brutalement rejeté dans son siège.
— Tout en douceur, dit l'une des femmes à la seconde où ils se posaient dans un boum assourdi.
La pesanteur retrouvée. Peter descendit, suivit les deux femmes dans un tube de circulation jusqu'à un énorme patrouilleur. Il se sentait paralysé, au bord des larmes. Il y avait deux hommes dans le véhicule. Ils serrèrent les deux femmes dans leurs bras, puis s'écrièrent :
— Hé, qui c'est ?
— Oh, on l'a récupéré là-haut. Il avait sauté de l'ascenseur. Il a encore un vieux coup d'espace. Hein ? (La femme se tourna vers Peter.) Mais on est arrivés. Tout va bien.

Il y a des fautes qu'on ne peut pas corriger.

Ann Clayborne était effondrée à l'arrière du patrouilleur de Michel Duval. Elle avait commis deux fautes : venir sur Mars, d'abord, et tomber amoureuse de cette planète que tous les autres voulaient détruire.

La planète avait été changée à jamais. Ils étaient sur l'autoroute de Noctis, sur lequel s'était abattue une pluie de rocs. Michel contournait sans difficulté les plus importants. Pour le reste, ils circulaient sur une chaussée de gravier grossier. Les hublots étroits donnaient une vision fragmentaire de l'extérieur, sous l'auvent de pierre. Ils roulaient à 60 kilomètres à l'heure et il leur arrivait de rebondir dans leurs sièges.

— Désolé, disait Michel. Il faut qu'on rejoigne le Chandelier aussi vite que possible.

— Le Chandelier ?

— Noctis Labyrinthus.

C'était le nom d'origine. Ann le savait. On l'avait baptisé ainsi en hommage à l'un des géologues qui avaient examiné les premiers clichés transmis par Mariner. Mais elle ne fit aucun commentaire.

Et Michel poursuivit son discours, d'une voix calme, rassurante.

— Il existe plusieurs endroits où, si la route est coupée, il sera impossible de continuer. Des escarpements, des champs d'éboulis, ce genre de chose... Mais quand nous serons dans Marineris, ça s'arrangera : il y a toutes sortes de routes transversales.

— Est-ce que ces véhicules ont été équipés pour descendre tout le canyon ? demanda Sax.

— Non. Mais nous disposons de cachettes un peu partout.

Apparemment, les grands canyons de Noctis avaient constitué les principaux corridors de transit de la colonie clandestine. La construction de l'autoroute leur avait causé pas mal de problèmes en coupant à travers leurs itinéraires.

Ann écoutait attentivement. Sa curiosité avait toujours été attirée par la colonie cachée. Leur utilisation des canyons avait été ingénieuse. Ils avaient maquillé leurs patrouilleurs en blocs de rocher et les avaient dissimulés parmi les autres, au pied des falaises. Les toits étaient faits de rocher et l'isolation empêchait le réchauffement, ce qui coupait tout signal. D'autant qu'il y a encore un certain nombre d'éoliennes de Sax sur le sol, en dessous, et qu'elles brouillaient le tableau. Les transcanyons étaient également isolés en dessous afin d'éviter de laisser des traces d'escargots. La chaleur des moteurs à hydrazine était récupérée pour les quartiers d'habitation, et le surplus était stocké dans des bobines d'accumulateurs. En cas de surcharge, les bobines étaient larguées dans des trous creusés sous le véhicule, avec du régolite et de l'oxygène liquide. Quand le sol commençait à se réchauffer, le patrouilleur était parti depuis longtemps. Donc, ils ne laissaient jamais la moindre trace thermique, ils ne se servaient jamais de la radio, et ne se déplaçaient que durant la nuit. Dans la journée, ils se cachaient au milieu des blocs de rocher. Et même s'ils comparaient des photos quotidiennes et voyaient que nous venons d'arriver dans la zone, nous ne serions que l'un des innombrables rochers qui se sont détachés de la falaise, cette nuit-là. L'érosion s'est accélérée depuis que vous avez commencé le terraforming, parce qu'il gèle et que la glace fond tous les jours. Le matin et le soir, il tombe des pierres à chaque instant.

— Donc, ils n'ont aucun moyen de nous repérer, résuma Sax, surpris.

— Exact. Aucun signal visuel, électronique ni thermique.

— Un patrouilleur furtif, acheva Frank sur l'intercom avec son habituel rire rauque.

— C'est tout à fait ça. Le vrai danger, ce sont ces éboulis

qui nous dissimulent. (Un voyant rouge s'était mis à clignoter sur le tableau de bord et Michel rit en achevant :) On roule tellement bien qu'il va falloir enterrer une autre bobine.

— Mais est-ce que ça ne prend pas trop de temps de creuser ces trous ? s'inquiéta Sax.

— Non. Parce qu'ils sont déjà creusés. Si on arrive à atteindre le prochain, encore quatre kilomètres, je pense que nous n'aurons pas de problème.

— Vous avez installé un sacré système.

— Nous sommes dans la clandestinité depuis quatorze ans, non ? Quatorze années martiennes... L'ingénierie thermique, c'est notre grande spécialité.

— Mais pour vos habitats permanents, vous faites comment ?... A supposer que vous en ayez ?

— Nous pompons dans les couches profondes de régolite, et c'est la glace fondue qui nous fournit notre eau. Ou alors, nous pillons vos éoliennes. Entre autres techniques.

— Les éoliennes... Ça, c'était une mauvaise idée, dit Sax.

Frank rit. Il n'avait mis que trente ans à s'en rendre compte, aurait dit Ann, si elle avait dit quelque chose.

— Mais non, elle était excellente ! s'exclama Michel. Parce qu'à présent elles ont dû ajouter des millions de kilocalories dans l'atmosphère.

— Ce que donne n'importe quel mohole par heure.

Sax et Michel entreprirent de discuter des projets de terraforming. Et Ann les laissa poursuivre leur glossolalie. C'était étonnamment facile. Les conversations n'avaient pour ainsi dire aucun sens pour elle, ces temps-ci. Elle devait se forcer pour y comprendre quelque chose. Elle prit un peu de distance et se détendit, sentant Mars tanguer et rouler sous son corps. Elle s'arrêta brièvement pour enfouir un serpentin chauffant. La route redevint meilleure lorsqu'ils repartirent. Ils étaient au fond du labyrinthe, à ce moment-là, et dans un patrouilleur normal, elle aurait regardé par les vitres du toit les parois verticales, toutes proches, du canyon. Des vallées du rift, élargies par l'affaissement ; il y avait jadis eu de la glace sur le sol. Elle avait probablement migré vers l'aquifère de Compton, au fond de Noctis.

Ann pensa à Peter et eut un haussement d'épaules. On n'y pouvait rien. On ne pouvait pas savoir, mais la peur lui nouait les tripes. Simon la regarda subrepticement, regarda l'inquiétude inscrite sur son visage, et soudain, elle se prit à haïr sa loyauté de chien fidèle, son amour de chien fidèle. Elle ne voulait pas qu'on s'inquiète d'elle comme ça ; c'était un fardeau insupportable. Ça lui était imposé.

Ils firent halte à l'aube. Les deux transcanyons maquillés en rochers se garèrent au milieu d'un éboulis. Durant toute la journée, ils se réhydratèrent et dévorèrent des repas micro-ondes en essayant toutes les fréquences radio et TV. Ils ne captèrent aucune conversation, uniquement des transmissions cryptées dans des langages divers. Une autre poubelle à ajouter à l'ensemble. Des salves plus marquées de statiques paraissaient indiquer des rafales électromagnétiques. Mais les éléments électroniques du patrouilleur s'étaient endurcis, déclara Michel Duval, en s'éveillant d'une période de méditation. Encore une, songea Ann. Comme s'il avait pris l'habitude d'attendre depuis qu'il était entré dans la clandestinité. Son compagnon, le jeune homme qui conduisait l'autre patrouilleur, s'appelait Kasei. Il ne s'exprimait que sur un ton sinistre de désapprobation permanente. A vrai dire, ils le méritaient. Dans l'après-midi, Michel montra à Sax et Frank leur position sur une carte topographique projetée sur l'écran des deux véhicules. Ils traversaient le Noctis Labyrinthus du sud-ouest au nord-est en suivant l'un des plus longs canyons. Leur route quittait le labyrinthe pour zigzaguer vers l'est selon une pente abrupte, jusqu'à rejoindre la vaste région située entre Noctis et les débouchés de Ius et Tithonium Chasma. Michel la nommait la Percée de Compton. C'était un terrain chaotique et il ne se sentirait pas rassuré aussi longtemps qu'ils ne l'auraient pas traversé pour enfiler Ius Chasma. En dehors de leur route secrète, leur dit-il, la zone était infranchissable.

— Et s'ils devinent que nous sommes allés dans cette direction en quittant Le Caire, ils vont bombarder la route.

Durant la nuit précédente, ils avaient franchi près de cinq cents kilomètres et couvert presque toute la longueur de

Noctis. Encore une nuit, et ils auraient rejoint Ius. Au-delà, ils ne dépendraient plus que d'une unique route.

La journée était sombre. Les vents violents charriaient des écharpes denses de particules brunes. Aucun doute : c'était une nouvelle tempête de poussière qui se levait. Les températures chutaient. Sax capta une radio qui annonçait que la tempête allait être planétaire comme la précédente. Mais cette prévision semblait séduire Michel. Ils pourraient rouler durant le jour, ce qui raccourcirait de moitié leur voyage.

— Il nous reste 5 000 kilomètres à parcourir, et en grande partie hors de la route. Ce sera splendide de voyager dans la journée. Je ne l'ai plus fait depuis la grande tempête.

Lui et Kasei pilotaient donc en permanence, selon des quarts de trois heures, suivis d'une demi-heure de repos. Une autre journée passa et ils se retrouvèrent dans la Percée de Compton, entre les parois étroites de Ius Chasma. Là, Michel se détendit.

Ius était le plus étroit de tous les canyons du système de Marineris. Il ne faisait que vingt-cinq kilomètres de large en quittant la Percée de Compton et séparait Sinai Planum de Tithania Catena. C'était en fait une crevasse entre les deux plateaux, profonde de 3 000 mètres, un rift resserré et géant à la fois. Mais, dans la tourmente de poussière, ils ne faisaient qu'entrevoir les falaises. Ils continuèrent à suivre une route horizontale semée de pierres. Ce fut une longue et morne journée. Ils avançaient bien. Tout était silencieux dans le véhicule, la radio était baissée pour diminuer l'agacement provoqué par l'électricité statique. La caméra, placée plus haut que les vitres, ne filmait que la poussière qui filait, de telle sorte qu'ils avaient l'impression d'avancer à une allure de tortue. Il leur semblait souvent qu'ils dérapaient latéralement. La conduite devenait périlleuse, et Simon et Sax relayèrent Michel et Kasei. Ann ne disait toujours rien et personne ne lui demanda de conduire. Sax ne quittait pas du regard l'écran de son IA qui lui indiquait les relevés atmosphériques. L'impact de Phobos, conclut Ann, avait considérablement augmenté la densité de l'atmosphère. De plus de 50 millibars, en fait, ce qui était extraordinaire. Et les cratères fracturés continuaient de déverser leurs gaz. Sax enregistra ce changement avec son habituelle expression de hibou satisfait, oubliant complètement la traînée de morts et de destruction.

— Ça ressemble un peu à l'Age noachien, commenta-t-il.

Il faillit se lancer dans un discours, mais Simon le fit taire d'un regard.

Dans le véhicule suivant, Maya et Frank passaient le temps en appelant Michel pour lui poser des questions sur la colonie cachée, en parlant à Sax des modifications physiques qui se produisaient ou en faisant des spéculations sur la guerre. Ils ruminaient interminablement le moindre détail, essayant d'en extraire un sens, d'imaginer ce qui avait bien pu se passer. Parlant, parlant, parlant. Le jour du Jugement dernier, se dit Ann, lorsque les vivants et les morts se presseraient en titubant autour d'eux, Maya et Frank continueraient à bavarder, à essayer de comprendre les événements. Où ils avaient commis une erreur.

Durant la troisième nuit, ils s'engagèrent sur la dernière pente de Ius pour atteindre une longue arête qui divisait le canyon en deux. Ils s'engagèrent sur l'autoroute officielle de Marineris, en direction de la fourche sud. Dans l'heure qui précéda l'aube, il entrevirent des nuages, et la clarté, quand elle perça, était plus vive que les jours précédents. Assez pour qu'ils se mettent à couvert dans un lit de rochers, au pied de la paroi sud. Ils se rassemblèrent tous dans le patrouilleur de tête pour passer la journée.

De là, ils avaient une bonne vue sur la vaste étendue de Melas Chasma, le plus grand de tous les canyons. La roche d'Ius se détachait, rugueuse et noirâtre, sur le sol rouge, lisse, de Melas. Il se pouvait, se dit Ann, que les deux canyons aient été formés à partir d'antiques plaques tectoniques qui se seraient jadis frôlées et étaient désormais juxtaposées pour toujours.

Ils passèrent ainsi cette longue journée assis, à bavarder, tendus, épuisés, les cheveux poisseux, en désordre, le visage maculé par les poussières rouges de la tempête de poussière qui s'infiltraient partout. Il y avait parfois des nuages, parfois du brouillard, parfois de soudaines poches de clarté.

Au milieu de l'après-midi, brusquement, le patrouilleur

oscilla. Ils se redressèrent tous. La caméra arrière était braquée sur Ius, et Sax désigna l'écran :

— Le givre ! Je me demande si...

La caméra montrait nettement, à présent, la vapeur givrante qui s'épaississait et dévalait le canyon dans leur direction. L'autoroute, à l'endroit où ils se trouvaient, suivait un surplomb, juste au-dessus de la fourche sud de Ius. Une chance pour eux car, dans un grondement qui fit vibrer tout le véhicule, le plancher du canyon disparut sous un déluge d'eau noire et d'écume sale. Des blocs de glace suivirent, mêlés à des rocs, de la boue, de la mousse, et de l'eau encore : une coulée dégorgée dans le canyon, roulant dans un bruit de tonnerre.

Le plancher du canyon, à cet endroit, était large d'une quinzaine de kilomètres. Le flot boueux l'envahit en quelques minutes et commença rapidement à monter sur la longue pente d'un talus qui partait de la falaise et descendait vers le canyon. La surface de l'eau devint étale en heurtant le barrage et se solidifia sous leurs yeux pour se changer en un chaos glaciaire, immobile, décoloré. Ils s'entendaient soudain crier par-dessus les craquements et les grondements. Mais, en fait, ils n'avaient rien à se dire. Ils gardaient les yeux fixés sur les écrans, tétanisés. La vapeur givrée qui montait de la surface du chaos devint un simple brouillard. Moins d'un quart d'heure plus tard, le lac de glace éclata à son extrémité inférieure. Le flot dévala encore une fois le canyon dans un fracas d'avalanche et disparut hors de leur vue sur la pente de Melas Chasma.

Le déluge de glace qui dévalait à présent Valles Marineris était un fleuve. Un immense torrent emballé. Ann avait vu des vidéos des inondations du nord, mais c'était la première fois qu'elle en observait une directement. Et ça se passait là, devant elle, et elle avait du mal à admettre ce qu'elle voyait. Le paysage lui-même se perdait dans une sorte de glossolalie. Les grondements leur revenaient en échos jusqu'au plus profond du ventre. Mais le spectacle qu'ils observaient était celui d'un chaos minéral, un torrent de tourbillons et de courants qui partaient vers le haut ou le bas, clairs ou obscurs, déconcertant et vertigineux. Elle dut faire un sérieux effort pour saisir ce que disaient ses compagnons. Elle ne parvenait pas à regarder Sax en face, mais elle le comprenait, au moins. Il essayait de ne pas le montrer, mais il était clair qu'il était très excité par les événements. Son calme extérieur avait toujours masqué sa nature passionnée. Il semblait avoir la fièvre et évitait constamment le regard d'Ann, car il savait qu'elle le devinait. Elle éprouvait du mépris pour son attitude fuyante, même si, au fond, Sax avait un certain respect pour elle. Et à la façon dont il s'affairait constamment devant son écran — il ne regardait jamais par les vitres du bas du patrouilleur, pour voir le flot tumultueux de ses propres yeux. Les caméras en avaient une meilleure vision, disait-il doucement quand Michel le pressait de jeter au moins un coup d'œil. Après avoir observé la crue sur les écrans, il était revenu à son IA et à son projet.

Les torrents d'eau s'engouffraient dans Ius, se gelaient, craquaient et se précipitaient à nouveau vers le bas. Dans Melas, où ils retrouvaient encore de l'eau pour dévaler jusqu'à Coprates, puis Capri, Eos, avant de se déverser enfin dans Aureum Chaos... Ça paraissait peu probable, à la lumière des événements, mais l'Aquifère de Compton était immense, l'un des plus vastes qu'ils aient trouvés. Marineris devait vraisemblablement son existence à des jaillissements d'incarnations antérieures du même aquifère, et la Bosse de Tharsis n'avait jamais cessé de dégazer.

Elle prit conscience qu'elle était allongée sur le sol, qu'elle observait le déferlement en essayant de comprendre. Et qu'elle calculait pour mieux se focaliser sur ce qu'elle voyait, pour arracher un sens à tout ce qui menaçait de l'engloutir. L'image, tout autant que ses calculs, la fascinait. Tout cela s'était déjà produit sur Mars, des milliards d'années auparavant, sans doute très exactement de la même manière. Les traces d'inondations catastrophiques étaient visibles : terrasses, îles en arêtes, chenaux, déserts de croûtes... Et les anciens aquifères s'étaient remplis, avec la surrection de Tharsis, la chaleur et les dégagements de gaz que cela avait engendrés. Tout avait été très lent... mais, en deux milliards d'années...

Elle s'efforçait de regarder. Le torrent était à un kilomètre de là, et à deux cents mètres en contrebas. La base de la paroi nord de Ius était à quinze kilomètres de distance et le flot allait se déverser droit dessus. A en juger par les énormes blocs de rocher qu'il roulait, le mur d'eau devait être haut de dix mètres. Il brisait la glace en échardes, laissant dans son sillage des polyplaques noires. L'eau à ciel ouvert paraissait s'écouler à une trentaine de kilomètres/heure. Ce qui représentait — elle tapota des chiffres sur son bloc-poignet — environ quatre millions et demi de mètres cubes d'eau à l'heure. Une centaine d'Amazones se ruaient en même temps, mais irrégulièrement, se figeant parfois en barrages de glace qui s'entassaient en étages avant de s'effondrer. Des lacs bouillonnants ruisselaient des falaises, creusant des crevasses dans la glace jusqu'à dénuder la roche... Ann ressentait l'écho de tous ces assauts dans ses pommettes, dans ses tempes. Des millions d'années auparavant, de pareilles secousses avaient transformé Mars, ce qui expliquait qu'elle avait vu sans le comprendre. La paroi nord de Ius bougeait. Des blocs arrachés à la falaise tombaient dans le canyon, provoquant de terribles impacts, engendrant d'autres effondrements, d'autres vagues géantes qui déferlaient sur la glace qui, à son tour, explosait dans des geysers de vapeur masquant la vue.

Il ne faisait aucun doute que la paroi nord allait s'effondrer. Et si elle commençait à s'effriter depuis son sommet, ils étaient perdus. Ce qui était possible, affreusement possible. Pour autant qu'ils pouvaient en juger par quelques visions fugaces, les chances étaient strictement partagées. Mais la situation était sans doute plus grave encore : la base de la paroi nord était creusée par la crue, alors que la paroi sud était isolée par le banc sur lequel ils roulaient. Donc, les falaises du sud devaient être un peu plus stables.

Quelque chose attira son regard vers l'aval. Là-bas, la paroi sud s'effritait vraiment et s'abattait en grandes plaques. La base de la falaise explosa dans un nuage dense qui se dilata au-dessus du talus tandis que le haut glissait et disparaissait. Une seconde plus tard, la masse tout entière réapparut : elle volait horizontalement et sortait du nuage — étrange vision. Le bruit était épouvantable, douloureux, même à l'intérieur du patrouilleur. Puis ce ne fut plus qu'un glissement de terrain, long et lent, qui se déversait dans les flots, les rochers brisant la glace pour constituer un barrage. Un barrage instantané, retenant la majeure partie de la masse d'eau dans le fond du canyon. De sorte que les rives commencèrent à monter. Ann regardait la plaque de glace du rivage en dessous de la rupture, plaque qui forma bientôt des morceaux agités par les flots. Une mer se forma un moment, noire, sifflante et fumante, montant rapidement vers eux. Si la coulée persistait, se dit Ann, ils seraient emportés. Elle jeta un coup d'œil à la longue pointe de roche qui se trouvait devant eux : on n'en voyait plus qu'une étroite bande au-dessus de l'eau. Dont le niveau, en dessous d'elle, montait toujours ; c'était une sorte de course. La baignoire du Géant qui se vidait alors qu'il déversait de nouveaux seaux dedans. La vitesse de montée du lac amena Ann à revoir son estimation du volume d'eau qui s'écoulait.

Elle était paralysée, coupée de la réalité, et curieusement sereine. Elle se sentait indifférente. Que le barrage momentané se brise ou non. Et, dans le bruit ambiant, elle n'avait plus à parler aux autres. Elle était heureuse de voir monter le grand torrent. Après tout, il leur rendrait service à tous.

Puis le barrage s'effondra sous l'écoulement décoloré et se dispersa dans le flot. Le lac s'écoula tandis que les blocs de glace s'entrechoquaient à sa surface, se brisaient dans un bruit énorme, se fissuraient et jaillissaient dans les airs avec des vrombissements assourdissants. Ann se boucha les oreilles. Le patrouilleur sautait sur place. Elle discerna d'autres effondrements en aval, provoqués sans doute par la poussée des eaux, des rocs et de la glace. Elle avait l'impression que tout le canyon allait déborder. Dans ce bruit terrible et ces vibrations, il semblait impossible que les deux véhicules en réchappent. Tous étaient crispés dans leurs sièges ou recroquevillés sur le sol comme Ann. Et elle-même avait de plus en plus de difficulté à respirer, tous ses muscles tétanisés par l'assaut des chocs.

Quand ils purent à nouveau échanger des mots, ils lui demandèrent ce qu'elle avait. Mais, sans répondre, elle fixait le paysage d'un air morne. Apparemment, ils allaient survivre. La surface du torrent était devenue le terrain le plus chaotique qu'elle ait jamais observé. La glace s'était pulvérisée en aiguilles acérées, et la surface du lac qui était montée sur leur rive avait laissé en se retirant un terrain détrempé qui passait lentement d'un rouille noirâtre à un blanc douteux au fil des secondes. Il gelait sur Mars.

Sax n'avait pas quitté son siège, absorbé entièrement par son écran. Il marmonnait entre ses dents : l'eau allait s'évaporer en grande partie, ou bien se geler ou se sublimer. Elle était hautement saline et riche en carbonates mais, de toute façon, elle se changerait en neige mêlée de poussière pour retomber un peu partout. L'atmosphère deviendrait alors suffisamment hydratée pour que la neige retombe plusieurs fois, ou bien adopte un rythme régulier selon des cycles précis de sublimation et de précipitation. Ainsi, les inondations seraient distribuées sur toute la planète, à l'exception des points les plus élevés. L'indice d'albédo en serait d'autant augmenté. Ils seraient sans doute obligés de l'abaisser, probablement en favorisant la croissance des algues des neiges que le groupe d'Acheron avait créées. (Mais il n'y a plus d'Acheron, songea Ann.) La glace noire fondrait avec le jour avant de se reformer la nuit. Sublimation et précipitation. Ils trouveraient ainsi un cycle de l'eau. Des ruissellements, des flaques, des écoulements, puis le gel, l'incrustation glaciaire, la sublimation, la cristallisation, la neige, la fonte et la pluie. Un monde gelé ou boueux, tour à tour. Mais avec un cycle de l'eau.

Et toute trace de la planète primitive disparaîtrait.

C'était la fin de Mars la rouge.

Ann demeurait étendue près du hublot. Et les larmes qui coulaient sur ses joues semblaient rejoindre le flot de glace, d'eau et de roc. Sur le barrage de son nez, dans les canyons de ses oreilles et de ses joues.

Jusqu'à ce que son visage tout entier en soit inondé.

— Cela va compliquer notre descente du canyon, remarqua Michel Duval avec son petit sourire français, ce qui fit rire Frank.

En fait, il semblait impossible qu'ils puissent parcourir plus de cinq kilomètres. Droit devant eux, l'autoroute du canyon était ensevelie sous le glissement de terrain. Le nouvel entassement de rocs était instable, séparé à la base par la coulée et écrasé en haut par une nouvelle avalanche de débris.

Longtemps, ils discutèrent pour savoir s'ils devaient essayer. Ils devaient presque crier pour s'entendre dans le grondement du flot qui ne semblait pas près de ralentir. Nadia considérait que toute tentative de franchir la pente serait suicidaire, mais Michel et Kasei étaient convaincus qu'ils pourraient trouver un chemin possible. Après une journée de reconnaissance à pied, ils réussirent à la convaincre d'essayer. La décision des autres dépendait de celle de Nadia.

Et c'est ainsi que, le lendemain, ils repartirent dans les deux patrouilleurs et s'engagèrent lentement sur l'éboulement.

C'était un agglomérat de sable et de gravier semé de blocs. Il y avait toutefois une partie relativement plane, qui correspondait à la berge. C'était le seul chemin possible. Le jeu consistait à trouver des passages non obstrués sur une surface qui ressemblait à du ciment mal gâché, en contournant des pans de roches et, parfois, des trous béants. Michel conduisait le patrouilleur de tête avec une témérité et une sûreté proches de l'inconscience.

— Mesures exceptionnelles ! lança-t-il d'un ton ravi. Vous vous imaginez sur ce genre de terrain en temps normal ? Ce serait de la folie.

— Mais *c'est* de la folie, remarqua Nadia d'un ton aigre.

— Qu'est-ce que nous pourrions faire d'autre ? Nous ne pouvons pas rebrousser chemin, ni abandonner. C'est en de pareils moments que l'âme de l'homme est soumise à l'épreuve.

— Mais les femmes s'en tirent aussi très bien.

— Ce n'était qu'une citation. Tu comprends parfaitement ce que je veux dire. Le débouché de Ius va être submergé. Je suppose que c'est à cause de ça que je suis plutôt de bonne humeur. Est-ce que nous avons eu le choix ? Le passé est balayé, seul le présent compte. Et l'avenir. L'avenir, c'est ce champ de pierres où nous sommes. Tu sais bien qu'on ne fait appel à toutes ses forces que s'il n'existe plus de moyens de reculer, quand on ne peut plus faire autrement qu'avancer.

Et ils avancèrent. Mais l'optimisme de Michel fut sérieusement douché quand le deuxième patrouilleur bascula dans un trou dissimulé par des blocs, comme un véritable piège. Ils durent batailler pour ouvrir le sas avant et faire sortir Kasei, Maya, Frank et Nadia. Mais ils n'avaient aucun espoir de dégager le véhicule sans cric. Ils transférèrent donc toutes les provisions dans le patrouilleur un, qui se retrouva bourré jusqu'au plafond, et remontèrent à bord. Ils étaient maintenant huit dans un seul véhicule.

Après le glissement de terrain, cependant, ce fut plus facile. Ils purent suivre l'autoroute du canyon dans Melas Chasma. La route avait été construite à proximité de la paroi sud, et Melas était un canyon très large : l'inondation s'y était répandue sans entraves pour déferler vers le nord en suivant plusieurs couloirs d'écoulement. On aurait encore dit que des compresseurs tournaient à plein régime devant leur sas, mais la route était bien au-dessus et au sud de l'inondation, qui libérait des voiles de vapeur givrée dans la faille, bouchant la vue vers le nord.

Ils progressèrent sans trop de difficultés pendant deux nuits consécutives, jusqu'à ce qu'ils atteignent l'Eperon de Genève, qui se dressait au-dessus de l'immense paroi sud, jusqu'au bord du courant. A cet endroit, la route officielle plongeait dans le déluge et ils durent en trouver une autre en hauteur. Les traverses rocailleuses, au bas de l'Eperon, étaient difficiles, même pour un patrouilleur. Ils se retrouvèrent suspendus sur un énorme rocher rond et Maya se mit à invectiver Michel. Elle prit le volant tandis que Michel, Kasei et Nadia sortaient en marcheur. Ils dégagèrent le rocher et s'avancèrent en reconnaissance sur la route de traverse.

Frank et Simon aidaient Maya à détecter les obstacles, tandis que Sax continuait à passer son temps sur son écran. Parfois, Frank allumait la TV en quête d'éventuels signaux, essayant de tirer des informations cohérentes des rafales de voix brouillées qu'il captait. Quand ils se retrouvèrent sur l'échine de l'Eperon de Genève et traversèrent le mince ruban de ciment de l'autoroute transcanyon, la réception s'améliora. Il semblait que les prévisions de tempête de poussière planétaire n'étaient pas confirmées. A vrai dire, ils ne rencontraient plus que des couches de brume. Sax déclara que c'était la preuve de l'efficacité des stratégies de fixage de poussière qu'ils avaient utilisées après la grande tempête. Mais personne ne réagit. Frank observa que la brume qui demeurait en suspens dans l'air semblait curieusement amplifier les signaux radio. Simple résonance stochastique, dit Sax. Frank lui demanda de s'expliquer plus clairement. Quand il comprit enfin, il partit de son grand rire sans joie.

— Peut-être que toute l'immigration était un effet de résonance stochastique qui a amplifié le signal de la révolution !

— Je ne crois pas que l'on puisse tirer profit de toute analogie entre l'univers physique et le monde social.

— Tais-toi, Sax. Retourne donc à ta réalité virtuelle.

Frank était toujours furieux. Il dégageait de l'amertume comme l'inondation répandait ses vapeurs givrées. Deux ou trois fois par jour, il assaillait Michel de ses questions sur la colonie cachée. Ann se disait qu'elle n'aurait pas voulu être Hiroko. Mais Michel réagissait calmement aux accusations de Frank, ignorant son ton sarcastique et son regard furibond. Les tentatives de Maya pour l'apaiser ne faisaient que le déchaîner un peu plus, mais elle persistait. Ann était impressionnée par sa constance, par son insensibilité devant la rebuffade de Frank. C'était un aspect de Maya qu'Ann n'avait encore jamais perçu ; Maya était d'ordinaire la personne la plus volatile qu'on puisse imaginer. Mais pas maintenant, pas alors que la pression était réelle.

Ils finirent de contourner l'Eperon de Genève et redescendirent vers la berge sud. La route de l'est était fréquemment coupée par des glissements de terrain, qu'ils parvenaient à contourner. Et ils roulaient plus rapidement, désormais.

Ils parvinrent à l'extrémité sud de Melas. Là, la faille se rétrécissait avant de descendre de plusieurs centaines de mètres vers les deux canyons parallèles de Coprates, séparés par un plateau étroit et long. Coprates sud s'achevait en impasse sur une falaise, à deux cent cinquante kilomètres de là. Quant à Coprates nord, il était relié aux canyons inférieurs, plus loin à l'est, et il constituait leur seule route possible. C'était le plus long des segments isolés du système de Marineris. Michel l'appelait en français *la Manche*. De fait, tout comme entre la France et l'Angleterre, le canyon se rétrécissait en allant vers l'est. Vers le 60e degré de longitude, il devenait une gorge gigantesque — les falaises hautes de 4 000 mètres n'étaient éloignées que de trente-cinq kilomètres. Michel appelait cette région *le Pas-de-Calais*.

C'est ainsi qu'ils descendirent dans Coprates nord, et que les falaises commencèrent à se rapprocher un peu plus tous les jours. L'eau remplissait presque toute la largeur du canyon, et le flot était si violent que la glace, à la surface, s'était rompue en petits bergs, qui volaient sur les lèvres des vagues cabrées, et s'écrasaient dans la cascade : des rapides blancs, mousseux, écumant, vastes comme une centaine d'Amazones, semés d'icebergs. Le fond du canyon était arraché, libéré de son lit et se précipitait dans les jaillissements d'eau rouge telles les pulsations impétueuses d'un sang rouillé, comme si la planète saignait à mort. Le bruit était incroyable, un rugissement si continu, qui envahissait tout, au point qu'il amortissait toute pensée et interdisait toute conversation. Ils devaient hurler pour se faire entendre, ce qui réduisait la communication aux échanges indispensables.

Or ils avaient une nécessité absolue de communiquer. En effet, lorsqu'ils arrivèrent au *Pas-de-Calais*, ils découvrirent que le plancher du canyon avait été inondé. La berge, sous la falaise sud de la gorge, n'était large que de deux kilomètres. Plus loin, elle se rétrécissait encore. Elle paraissait vulnérable, susceptible d'être emportée à tout instant. Maya clama qu'il était trop dangereux de continuer et qu'il fallait envisager une retraite. S'ils décrivaient un cercle pour remonter vers le débouché de Coprates sud, ils pourraient escalader la pente jusqu'au plateau, et contourner les puits jusqu'à Aureum.

Michel insistait, lui, pour qu'ils poursuivent.

— En roulant vite, nous y arriverons ! Il faut essayer !

Et, comme Maya criait qu'elle refusait, il ajouta :

— La pente au débouché de Coprates est trop raide !

Jamais on ne pourra l'escalader ! Et nous n'avons pas assez de vivres pour tenir aussi longtemps ! Non, nous ne pouvons pas faire demi-tour !

Le rugissement insensé des eaux était sa seule réponse. Ils étaient assis dans le véhicule, chacun plongé dans ses pensées, séparés par le tumulte comme par des kilomètres d'espace. Ann se prit à espérer que la berge se dérobe sous leur poids, ou qu'une partie de la paroi sud leur tombe dessus, mettant fin à leur indécision et au bruit terrible, affolant.

Ils continuèrent. Frank, Maya, Simon et Nadia se tenaient derrière Michel et Kasei. Sax, lui, était toujours collé à son écran. Il s'étirait comme un chat, fixant de son regard de myope les minuscules images du déluge. La surface s'apaisa un moment et se figea pendant que le bruit d'enfer se réduisait à un grondement violent, mais assourdi.

— C'est un peu comme le Grand Canyon à une échelle superhimalayenne. (Il se parlait à lui-même, mais Ann l'entendit.) La gorge de Kala Gandaki est profonde de 3 000 mètres, non ?... Et le Dhaulagiri et l'Anapurna ne sont éloignés que de cinquante kilomètres, je pense. Si on déverse là-dedans une inondation pareille... (Il réfléchit un instant.) Je me demande ce que toute cette eau faisait à cette altitude dans Tharsis.

Des craquements qui ressemblaient à des tirs de canon annoncèrent une autre montée. La surface blanchâtre du flot se déchira, explosa, puis retomba vers l'aval. L'univers tout entier se mit à vibrer et un bruit sourd éteignit leurs paroles comme leurs pensées.

— Dégazage, commenta Ann. (Elle avait les lèvres durcies.) Tharsis repose sur une poche de plasma. La roche ne pouvait contenir la pression. La poche aurait cédé sans le courant ascendant du manteau.

— Je croyais qu'il n'y avait pas de manteau.

— Non, non. (Peu lui importait que Sax l'entende ou pas.) C'est un effet de ralentissement. Mais les courants sont là. Et depuis les dernières grandes inondations, ils ont rempli à nouveau les aquifères les plus élevés de Tharsis. Et ceux de Compton sont demeurés à l'état liquide. Il se peut que les pressions hydrostatiques aient été extrêmes. Mais avec une activité volcanique moindre, et des impacts météoritiques en diminution, rien ne s'est passé. Les aquifères auraient pu rester pleins pendant un milliard d'années.

— Est-ce que tu crois que c'est Phobos qui les a crevés ?

— Peut-être. Mais je pencherais plutôt pour une sorte de fusion de réacteur.

— Tu voyais l'aquifère de Compton aussi énorme ?

— Oui.

— Je n'en avais jamais entendu parler.

— Non.

Elle leva les yeux. Est-ce que Sax avait entendu cette dernière réponse ?

Oui, c'était évident. Dissimulation d'information. Il était ébranlé, elle le voyait. Il ne pouvait imaginer pour quel motif elle avait pu cacher une pareille information. Et là se trouvait sans doute la racine de leur incompréhension. Des systèmes de valeurs fondés sur des postulats différents. Deux sciences totalement séparées.

— Est-ce que tu savais que l'eau était à l'état liquide ? demanda enfin Sax après s'être éclairci la gorge.

— Je le supposais. Mais maintenant, nous en avons la preuve.

Il appela sur son écran les images de la caméra de gauche. La turbulence des eaux noires, des débris grisâtres, des fragments de glace, des rochers qui roulaient comme des dés géants, des vagues gelées, des geysers de vapeur givrante...

— Je ne m'y serais pas pris de cette façon !

Ann l'observait. Il ne détournait pas les yeux de son écran.

— Je sais, fit-elle.

Elle était soudain lasse de parler et elle se laissa partir dans l'immense grondement du monde : elle ne l'entendait plus qu'à demi, ne le comprenait plus qu'à demi.

Ils suivaient toujours la rampe, traversant *le Pas-de-Calais*, puisque Michel avait ainsi rebaptisé leur crête. Ils avançaient à une lenteur exaspérante. Faire franchir au patrouilleur l'éboulis rocheux qui recouvrait l'étroite corniche était un combat de tous les instants. Les roches étaient éparpillées un peu partout et l'énorme masse d'eau dévorait le terrain sur leur gauche, étrécissant la berge à vue d'œil. Les parois de la falaise s'effondraient devant et derrière eux, et plus d'une fois, des blocs de pierre s'écrasèrent sur le toit de leur véhicule, les faisant sursauter. Il était tout à fait possible qu'une roche plus grosse s'abatte sur eux sans prévenir, les écrasant comme des mouches. Cette éventualité les plongeait dans un silence inquiet, ce qui convenait à Ann. Même Simon la laissait tranquille. Il était absorbé par la navigation, et partait pour des reconnaissances avec Nadia, Frank ou Kasei, heureux, se disait-elle, d'avoir un prétexte pour prendre un peu de distance par rapport à elle. Et pourquoi pas ? Ils ne dépassaient pas deux kilomètres à l'heure, rebondissant de bosse en creux. Ils roulèrent ainsi toute la nuit et durant toute la journée suivante. Pourtant, la brume s'était éclaircie au point de les rendre à nouveau visibles pour les satellites. Mais ils n'avaient plus le choix.

Coprates s'ouvrit enfin à nouveau devant eux. Le flot du déluge s'orientait vers le nord sur quelques kilomètres.

Au crépuscule, ils firent halte. Ils roulaient depuis quarante heures. Ils se levèrent tous en s'étirant avant de se rassembler autour d'un repas micro-ondes. Maya, Simon, Michel et Kasei étaient soulagés, heureux d'avoir franchi le *Pas*. Sax restait le même, mais Nadia et Frank étaient un peu moins sinistres qu'à l'accoutumée. Le grondement de l'inondation s'était estompé et ils pouvaient converser sans se déchirer la gorge.

Les portions étaient minces mais leurs bavardages aussi légers. Après ce repas paisible, Ann observa ses compagnons avec curiosité, soudain admirative devant l'adaptabilité de l'être humain. Ils finissaient de dîner en bavardant du grondement sourd qu'ils avaient entendu au nord, dans une parfaite illusion de convivialité. Ils auraient pu être n'importe où, n'importe quand, et leurs visages las étaient illuminés par la réussite collective, ou au moins le plaisir de partager un repas, alors qu'au-dehors le monde brisé rugissait et qu'une chute de pierre pouvait les anéantir à tout instant. Il lui vint à l'esprit que le plaisir et la stabilité des salles à manger s'étaient toujours manifesté dans ce genre de contexte, sur fond de catastrophe ou de chaos universel. Ces moments de calme étaient aussi fragiles et transitoires que des bulles de savon, destinées à éclater à la seconde où elles commençaient à exister. Des groupes d'amis, des pièces, des rues, des années, rien de tout ça ne durerait ; l'illusion de stabilité était créée par un effort concerté pour ignorer le chaos dans lequel ils étaient incrustés. Et c'est ainsi qu'ils mangeaient, parlaient et jouissaient de la compagnie les uns des autres. C'était déjà comme ça dans les grottes, dans la savane, dans les pavillons de banlieue, les tranchées et les cités qui faisaient le gros dos sous les bombardements.

C'est en cet instant de la tempête qu'Ann Clayborne s'activa. Elle se mit à débarrasser les couverts, en commençant par l'assiette de Sax. Elle emporta la pile jusqu'à l'évier de magnésium et, tout en faisant la vaisselle, elle sentit sa gorge s'assouplir. Elle coassa quelques phrases et tenta de se comporter en être humain.

— C'est vraiment un soir de tempête ! résuma Michel en la rejoignant devant les assiettes étincelantes.

Au matin, elle s'éveilla bien avant les autres, observa leurs visages dans le sommeil. Plissés, bouffis, noircis par le gel, les lèvres entrouvertes, ils semblaient tous morts. Et elle n'avait rien fait pour les aider — bien au contraire !

Elle avait été un poids mort ! Ils avaient toujours eu en face d'eux cette folle recroquevillée, qui refusait tout dialogue, qui pleurait. Exactement ce dont ils avaient besoin dans cette situation de désastre !

Elle n'éprouvait plus que de la honte en finissant de nettoyer la pièce principale et le poste de conduite. Et, plus tard dans la journée, elle prit le volant à son tour et pilota durant six heures d'affilée avant de finir épuisée. Mais elle réussit à les amener sains et saufs de l'autre côté du *Pas-de-Calais*. Leurs ennuis n'étaient pourtant pas terminés. Certes, Coprates s'était élargi et la paroi sud avait supporté le choc. Mais, dans ce secteur, une longue arête, transformée en île désormais, divisait le canyon en deux chenaux qui s'orientaient vers le nord et le sud. Malheureusement pour eux, le chenal sud était situé plus bas, et la crue s'y déversait à grands remous. Une consolation : la berge était large de cinq kilomètres. Mais avec le torrent énorme sur leur gauche et les falaises menaçantes sur leur droite, le danger ne les abandonna pas une seconde. Et la moitié du temps, ils étaient obligés de hurler pour se faire entendre. Le rugissement strident des flots leur emplissait la tête, les empêchait plus que jamais de se concentrer, de faire preuve d'attention ou tout simplement de réfléchir.

Un jour, Maya, cogna du poing sur la table.

— Est-ce qu'on ne pourrait pas attendre que cette arête soit emportée par le courant ?

Kasei hésita brièvement.

— Mais elle fait cent kilomètres de long.

— Et alors ?... Et si on attendait que la crue s'arrête ? Je veux dire : combien de temps ça va-t-il encore durer ?

— Quelques mois, avança Ann.

— Et alors, on ne peut pas attendre ?

— On va être à court de vivres, intervint Michel.

— Et puis, il faut bien continuer ! lâcha Frank en fixant Maya. Ne sois pas idiote !

Elle le foudroya du regard et se détourna, furieuse. Le patrouilleur était tout à coup encore plus petit, habité par une horde de tigres et de lionnes. Simon et Kasei, qui ne supportaient visiblement pas ce retour de tension, enfilèrent leurs marcheurs et partirent en reconnaissance.

Plus loin devant eux, il y avait Island Ridge, Coprates s'y ouvrait comme une trompe, avec des goulets profonds qui plongeaient dans les falaises. Capri Chasma allait vers le nord, tandis qu'Eos Chasma continuait vers le sud, suivant le cours de Coprates. Ils n'avaient d'autre choix que de continuer sur Eos, mais Michel leur précisa que c'était de toute manière le chemin qu'ils auraient dû suivre. A cet endroit, la falaise du côté sud s'abaissait enfin un peu et était traversée par des sortes de criques profondes. Des météores de vastes dimensions y avaient formé des cratères. Capri Chasma s'incurvait, disparaissant à leur vue au nord-est. Les deux tranchées des canons transversaux encadraient une mesa triangulaire, basse, qui formait à présent une péninsule divisant le cours des flots. Pour leur malheur, le torrent se déversait dans le lit d'Eos et, s'ils étaient enfin sortis des gorges étranglées de Coprates, ils étaient cependant obligés de suivre au plus près la falaise. Ils roulaient désormais encore plus lentement, hors de toute route, de toute piste, et leurs ressources en carburant et en aliments s'épuisaient.

Ils étaient dans un état d'épuisement absolu. Ils avaient fui Le Caire depuis vingt-trois jours et avaient parcouru 2 500 kilomètres de canyons en se relayant pour de courtes périodes de sommeil. Ils conduisaient pratiquement sans discontinuer et vivaient dans l'agression sonore perpétuelle des flots, le rugissement du monde qui se délitait et leur tombait sur la tête. Ils étaient trop vieux pour ça, comme ne cessait de le répéter Maya, et leurs nerfs étaient fragiles. Ils commettaient des fautes de conduite et somnolaient en plein jour.

La banquette qu'ils suivaient entre la falaise et le torrent devint un immense champ de rocaille. Des déjections des cratères proches, des détritus crachés par des coulées. Ann avait l'impression que les grands renfoncements échancrés et rainurés de la falaise sud étaient des canyons en formation. Mais le temps lui manquait pour les examiner de plus près. D'énormes blocs leur barraient souvent la route, comme si après tous ces jours, tous ces kilomètres, après avoir affronté Marineris dans le cataclysme, ils allaient s'arrêter là, tout près des derniers remous, au débouché des canyons.

Mais ils trouvaient toujours un itinéraire de contournement, avant d'être bloqués à nouveau et d'en trouver un autre, et un autre encore, jour après jour.

Ils avaient encore réduit leurs rations. Ann conduisait plus souvent qu'à son tour, comme si elle était plus en forme que les autres. Elle se montrait presque aussi experte que Michel. Elle se disait qu'elle leur devait bien ça, après avoir craqué comme elle l'avait fait pendant la majeure partie de leur équipée. De toute sa volonté, elle voulait aider, et quand elle n'était pas au volant, elle allait explorer la route. Le fracas était toujours assourdissant et le sol vibrait sous ses bottes. Impossible de s'y habituer, même si elle faisait tous ses efforts pour l'ignorer. Le soleil perçait parfois entre les bancs de brume en nappes phosphorescentes, des arcs-en-ciel et des mirages colorés inondaient le ciel qui, le plus souvent, semblait incendié : l'Apocalypse vue par Turner.

Ann s'en lassa assez vite aussi, et la tâche devint épuisante ; elle comprenait maintenant pourquoi ses compagnons étaient tellement fatigués, pourquoi ils lui avaient parlé sèchement, pourquoi ils s'étaient montrés cassants les uns envers les autres. Michel n'avait pas réussi à repérer les trois dernières cachettes devant lesquelles ils étaient passés — peu importait qu'elles aient été enfouies ou submergées par les eaux. Ils vivaient sur des demi-rations de mille deux cents calories par jour, beaucoup moins que leur dépense journalière. Le manque de sommeil et de nourriture, et, pour Ann, cette bonne vieille dépression, aussi tenace que la mort, qu'elle sentait monter en elle comme un noir torrent de boue, de vapeur, de glace, de merde. Elle travaillait avec obstination, mais son attention connaissait des éclipses, et la glossolalie revenait, balayant tout sur son passage dans le bruit blanc du désespoir.

La route devint encore plus difficile. Il leur advint de ne parcourir qu'un seul kilomètre en une journée. Et, le lendemain, ils durent s'arrêter face à une rangée de rocs géants qui évoquaient une sorte de ligne Maginot martienne. Un plan fractal parfait, selon le diagnostic de Sax. Personne ne se risqua à en discuter.

Kasei descendit et découvrit un passage possible tout au bord du courant. Pour l'heure, le déluge était gelé, comme il l'avait été depuis ces deux derniers jours. Il se déployait jusque sous l'horizon, hérissé, chaotique, semblable à l'océan arctique de la Terre, mais nettement plus sale, composé d'un foisonnement de fragments noirs, rouges ou blanchâtres. Sur la berge, néanmoins, la surface de glace était quasi plane, et par endroits translucide. Quand ils regardaient en bas, ils constataient qu'elle n'avait pas l'air de faire plus de quelques mètres de profondeur, et était prise en glace jusqu'au fond. Ils empruntèrent donc cette nouvelle piste. Ann, lorsqu'elle rencontrait des rochers, déviait sur la gauche, roulant carrément sur la glace, ce qui rendit ses passagers nerveux. Mais Maya et Nadia vinrent à son secours.

— En Sibérie, déclara Nadia, on passait chaque hiver à rouler sur les fleuves gelés. C'étaient nos meilleures routes.

Durant toute une journée, Ann suivit la berge déchiquetée, et ils parcoururent ainsi cent soixante kilomètres, leur meilleure étape en deux semaines.

A l'approche du crépuscule, il neiga. Le vent d'ouest soufflait depuis Coprates de grandes bouffées denses de flocons grésillants. Avec une force telle qu'ils avaient l'impression de ne plus avancer. Ils abordaient un secteur de glissement récent, qui se déversait jusqu'à la glace du torrent. Les gros blocs de pierre disséminés sur la glace lui donnaient des airs de terrain vague laissé à l'abandon. La lumière était grisâtre, morne. Dans le dédale des éléments, ils avaient besoin d'un éclaireur, et Frank se porta volontaire. Il était le dernier à conserver encore suffisamment de forces, plus même que le jeune Kasei. Toujours en état de rage : un réservoir d'énergie qui semblait chez lui inépuisable. Lentement, il s'avança sur le terrain et revint en secouant la tête et en adressant de grands signes à Ann. Autour d'eux, des rideaux ténus de vapeur givrée se formaient dans l'averse de neige pour se fondre dans le vent puissant du soir et se perdre dans la brume.

Au plus fort d'une bourrasque, Ann se perdit dans les lacis de glace sur le sol et le patrouilleur fit une embardée sur un rocher arrondi, à la lisière de la berge, sa roue arrière gauche tournant dans le vide. Ann lança la puissance sur le train avant pour se dégager, mais s'embourba dans un creux de neige et de sable. Brusquement, tout l'essieu arrière fut soulevé tandis que les roues avant patinaient. Le patrouilleur était échoué.

Cela s'était déjà produit plusieurs fois, mais elle s'en voulait de s'être laissé distraire par le spectacle tourmenté du ciel.

— Merde, qu'est-ce que tu fous ? cracha Frank dans l'intercom.

Ann tressaillit. Jamais elle ne s'habituerait à la véhémence de Frank.

— Roule, bordel !
— Mais je suis coincée sur un rocher !
— Bon Dieu ! Tu ne regardes même pas où tu vas ! Arrête-moi ces putains de roues ! Je vais mettre les bandes d'accrochage à l'avant et te tirer. Quand tu atteindras le

rocher, tu grimperas aussi vite que tu le pourras. Compris ? Il y a une autre secousse qui se prépare !

— Frank ! cria Maya. Remonte !

— Dès que j'aurai mis ces conneries de bandes dessous ! Tenez-vous prêts !

Les bandes étaient en métal tressé muni de pointes. Il les mit en place sous les creux des roues avant de les tendre pour que les roues puissent mordre au démarrage. Une ancienne méthode qui avait été employée jadis dans le désert. Frank courait devant le patrouilleur en jurant à voix sourde, lançant parfois des indications de braquage à Ann qui obéissait, les dents serrées, l'estomac noué.

— C'est bon, vas-y ! Fonce !

— Monte d'abord !

— Pas le temps ! Allez, roule, tu y es presque ! Je vais m'accrocher. Roule, Bon Dieu !

Ann accéléra doucement et sentit les roues avant accrocher sur les bandes en grinçant. Les roues arrière passèrent ensuite, et ils furent sur le rocher, libres. Mais le grondement du flot redoublait soudain derrière eux, et des éclats de glace volèrent autour du patrouilleur dans des craquements affreux. Puis la glace fut submergée par une vague sombre de boue gargouillante et fumante qui monta jusqu'aux hublots. Ann écrasa l'accélérateur et serra son volant, affolée, dans une étreinte mortelle. Elle entendit les cris de Frank par-dessus le fracas de la coulée déferlante :

— Vas-y, idiote ! Vas-y !

Un choc violent et ils dérapèrent sur la gauche. Ann perdit un bref instant le contrôle de la conduite, mais resta cramponnée au volant tandis que le patrouilleur oscillait follement. Une douleur intense lui vrilla l'oreille gauche. Toujours soudée au volant, elle écrasait l'accélérateur. Les roues mordirent dans le terrain, au fond de l'eau. Un coup mat résonna contre le flanc.

— Vas-y !

L'accélérateur au plancher, elle escaladait la pente, rebondissant sur son siège, et tous les hublots et les écrans étaient submergés. Puis, tout à coup, l'eau reflua vers l'arrière et les images redevinrent claires. Sous les projecteurs, le terrain rocheux luisait, des flocons de neige passaient, et Ann discerna une zone plane droit devant. Elle garda le patrouilleur en ligne en dépit des secousses. Derrière, le torrent grondait toujours. En atteignant enfin l'étroite terrasse, elle dut s'aider de ses deux mains pour dégager son pied de l'accélérateur. Le patrouilleur était arrêté. Il dominait la coulée qui était en train de diminuer. Mais Frank Chalmers avait disparu.

Maya insista pour qu'ils repartent à sa recherche. Il était probable qu'ils n'auraient plus à redouter de coulée aussi énorme, et ils firent demi-tour. En vain. Dans le crépuscule, les faisceaux des projecteurs portaient à cinquante mètres sous l'averse de neige et, dans les deux cônes de lumière jaune, ils ne discernaient que la surface déchiquetée du torrent, un déversoir gris sombre de débris et de glace sans la moindre forme régulière. Personne n'aurait pu survivre dans un pareil déchaînement. Frank avait été emporté : il avait dû lâcher prise dans une secousse, ou bien avait été balayé par l'ultime déferlement d'eau et de boue.

Dans le grondement ambiant et le grésillement de statique de la radio, Ann entendait encore ses imprécations : « Vas-y, idiote ! Vas-y ! » C'était sa faute, se dit-elle…

Maya sanglotait, les mains crispées sur son ventre.

— Oh, non, non ! Frank ! Il faut qu'on le retrouve !

A la fin, elle se tut, étouffée par ses larmes. Sax alla jusqu'à l'armoire d'urgence et revint s'accroupir près d'elle.

— Maya, tu veux un calmant ?

Elle recula en lui frappant la main.

— Non ! Non ! Je pleure parce qu'ils étaient *mes* hommes ! Tu crois que je suis lâche, que je veux être un zombie comme toi ?

Elle replongea dans ses sanglots déchirants et Sax resta là, devant elle, bouleversé. Ann se précipita en voyant son expression.

— Viens, je t'en prie !

Elle le prit par le bras. Puis elle aida Nadia et Simon à porter Maya jusqu'à sa couchette. Déjà, elle semblait plus calme, les yeux rougis, une main crispée sur le poignet de Nadia qui l'observait avec le détachement d'un médecin en murmurant en russe.

— Maya, dit Ann, j'ai tellement de peine. C'est ma faute. Je suis navrée.

Elle avait la gorge nouée.

Mais Maya secoua la tête.

— Non, c'était un accident.

Ann ne trouva pas la force de lui dire que son attention s'était relâchée un instant. Les paroles étaient bloquées dans sa gorge. Un nouveau spasme de sanglots secoua Maya et elles perdirent leur dernière chance de communiquer.

Michel et Kasei s'installèrent de nouveau aux commandes et lancèrent le patrouilleur en avant.

Un peu plus loin à l'est, la falaise sud plongeait vers la plaine, et ils purent enfin s'écarter du torrent, qui enfilait Eos Chasma vers le nord pour rejoindre Capri Chasma. Michel tentait de suivre la piste de la colonie cachée, mais il la perdit une fois encore dans la couche de neige. Toute la journée, il essaya de retrouver une cache qu'il savait proche, mais vainement. Ils décidèrent de rouler vite aussi souvent que possible plutôt que de perdre du temps, cap au nord-nord-est. Michel prétendait qu'ils allaient en direction du refuge qui se trouvait dans la région accidentée d'Aureum Chaos.

— Ce n'est plus notre colonie principale, expliqua-t-il aux autres. Mais c'est bien là que nous nous sommes installés au début, après avoir quitté Underhill. Mais Hiroko a décidé d'aller plus loin au sud, ce que nous avons fait quelques années plus tard. Notre premier refuge ne lui plaisait pas, parce que Aureum est une cuvette et qu'elle pensait qu'un jour elle pourrait bien se transformer en lac. Je me disais à l'époque que c'était de la folie, mais les événements lui donnent raison. Aureum pourrait d'ailleurs bien être le dernier réceptacle de cette crue. Je ne sais pas. Mais le refuge est en altitude, et on devrait y être en sûreté. Il n'y a plus personne, mais nous y avons laissé des vivres. Et dans une tempête, tous les ports font l'affaire, non ?...

Nul n'avait le cœur à lui répondre.

Au second jour, le flot disparut à l'horizon du nord et le grondement sourd s'estompa, puis s'éteignit. Le sol, sous un mètre de neige, ne vibrait plus. Le monde semblait mort, silencieux et figé. Le blanc avait recouvert le rouge. Quand il ne neigeait pas, le ciel demeurait brumeux, mais il faisait assez clair pour qu'on puisse à nouveau les repérer d'en haut, aussi cessèrent-ils de rouler de jour. La nuit, ils se déplaçaient dans l'obscurité, sans projecteurs, sous les étoiles revenues.

Ann était le plus souvent au volant. Elle ne parla jamais de son instant d'inattention aux autres. Elle n'en eut jamais l'occasion. Elle restait concentrée, désespérément focalisée sur sa tâche, se mordant l'intérieur des joues à s'en faire saigner, oubliant tout sauf ce qui se trouvait dans les cônes de lumière, devant elle. Elle conduisait généralement toute la nuit, oubliant de réveiller le conducteur qui devait la relever, ou décidant de ne pas le faire. Par sa faute, Frank Chalmers était mort. Désespérément, elle se disait parfois qu'elle pourrait revenir en arrière, changer le cours des choses. Mais il est des fautes qu'on ne corrige jamais. Le paysage blanc était maculé de pierres, d'une infinité de pierres, chacune coiffée par un macaron de neige, et le paysage poivre et sel était un tel patchwork que l'œil avait du mal, la nuit, à y reconnaître quelque chose. Ils avaient parfois l'impression de plonger dans le sol, parfois de flotter à cinq mètres au-dessus ; un monde de blancheur.

Certaines nuits, elle avait le sentiment de conduire un corbillard. Nadia et Maya, les veuves, étaient à l'arrière. Et elle avait à présent la certitude que Peter, lui aussi, était mort.

Par deux fois, elle entendit la voix de Frank dans l'intercom. La première fois, il lui demandait de faire demi-tour et de venir à son secours. La seconde, il criait : « Vas-y, idiote ! Roule ! »

Maya tenait le coup. Elle était coriace, en dépit de ses états d'âme. Nadia, qu'Ann avait longtemps jugée la plus dure, gardait le silence la plupart du temps. Sax restait devant son écran. Michel, lui, essayait constamment de rétablir le contact avec ses vieux amis et abandonnait, l'air sombre quand personne ne lui répondait. Simon, comme à l'accoutumée, observait Ann avec inquiétude, même avec une angoisse insupportable. Et elle évitait son regard. Quant au malheureux Kasei, il devait se sentir prisonnier d'un asile de vieillards fous. C'était presque amusant d'y penser, sauf que son esprit était comme brisé, elle ne savait pourquoi, peut-être à cause de tout ce gâchis, ou alors par la perspective de plus en plus probable qu'ils ne survivraient pas. A moins que ce ne soit simplement la faim, c'était impossible à dire ; les jeunes étaient vieux. Mais il lui rappelait Peter, et elle évitait aussi de le regarder.

La neige emplissait chaque nuit de sa pulsation blanche. Quand elle fondait, elle traçait de nouveaux sillons, creusait de nouveaux lits, et emportait Mars. Mars disparaissait.

Michel s'installait près d'Ann à chaque deuxième quart, cherchant obstinément des traces de la piste perdue.

— Nous nous sommes égarés ? s'inquiéta Maya, un peu avant l'aube.

— Non, c'est seulement que... nous laissons des traces dans la neige. J'ignore combien de temps elles vont persister, ni même si elles sont vraiment visibles, mais si c'est le cas... Il faudra que je parte seul en avant, à pied. Je veux être certain de notre position auparavant. Nous avons mis en place des pierres et des dolmens, et il faut d'abord que j'en trouve. Normalement, ils devraient être visibles à l'horizon. Des rochers plus gros que la normale, des colonnes...

— Ce sera plus facile de les repérer de jour, remarqua Simon.

— C'est vrai. Nous surveillerons tous tour à tour demain et on devrait y arriver. Nous sommes tout près de la zone. Ça ira.

Oui, tout irait bien. Si ce n'est que leurs amis étaient morts. Qu'Ann avait perdu son seul enfant. Que leur monde était foutu, disparu. Quand elle se pencha vers un hublot, à la première lueur de l'aube, Ann tenta de s'imaginer la vie dans un abri secret. Des années sous la terre. Impossible ! Vas-y, idiote ! Fonce ! Roule !

Kasei poussa un cri rauque de triomphe. Trois pierres se dressaient à l'horizon du nord. Comme un reste de Stonehenge. La maison les attendait là-bas, annonça-t-il.

Mais ils devraient d'abord attendre durant toute la journée. Michel se méfiait de plus en plus des satellites et ils prirent quelques heures de sommeil.

Pour Ann, c'était impossible. Elle avait pris sa résolution.

Quand ils furent tous endormis, que Michel se mit à ronfler tranquillement, elle se glissa dans son marcheur et s'approcha en silence du sas. Elle se retourna et les regarda tous, l'un après l'autre. Ils étaient épuisés, sales, affamés. Inévitablement, le sas grinça, mais ils avaient tous l'habitude de dormir dans le bruit, avec les ronronnements et les cliquetis du système de survie. Et Ann sortit sans éveiller personne.

Le froid basique de la planète... Elle frissonna et partit vers l'ouest, dans les traces du patrouilleur. Le soleil perçait déjà la brume. La neige tombait toujours, esquissant des puits roses dans la lumière. Elle atteignit le faîte d'un drumlin[1] dont la paroi abrupte était nue. Elle pourrait donc traverser sans laisser de traces. Elle marcha longtemps jusqu'à être gagnée par la fatigue. Il faisait réellement très froid, et la neige ressemblait à de la grêle, sans doute parce que des cristaux s'étaient agglomérés sur des grains de sable. Au bas du drumlin, elle trouva un gros rocher bien pansu et s'assit sous sa protection. Elle coupa l'unité de chauffage de son marcheur et masqua la lampe d'alerte de son bloc de poignet avec de la neige tassée.

Très vite, le froid la gagna. Le ciel était maintenant d'un gris opaque marqué de faibles traces roses. Les flocons se posaient sur sa visière.

Elle ne frissonnait plus. Elle gelait, confortablement, quand une botte heurta violemment son casque. On la remit sur pied si brusquement qu'un tintement résonna dans son crâne. Un casque se pencha jusqu'à heurter le sien. Puis, avec violence, on la jeta sur le sol.

— Hé ! cria-t-elle dans un souffle.

C'est alors qu'on la souleva par les épaules jusqu'à ce qu'elle se retrouve debout. On lui tordit le bras gauche dans le dos. Son assaillant tritura son bloc de poignet, puis la souleva. C'était douloureux, et elle ne pouvait tomber sans avoir le bras cassé. Elle sentait la chaleur de son marcheur se répandre sur sa peau. C'était presque comme une brûlure. A chaque pas, sa tête cognait à l'intérieur de son casque.

L'homme la ramenait droit vers leur patrouilleur, ce qui

1. Bosse elliptique de moraine de fond, d'origine glaciaire. *(N.d.T.)*

l'étonna. Il la jeta dans le sas, lui arracha son casque tandis que l'atmosphère se rétablissait. Et elle vit que c'était Simon. Il avait le visage violacé et la secouait en criant et en pleurant.

Simon, son paisible Simon...

— Pourquoi ? Pourquoi tu as fait ça ? Merde, tu fais *toujours* la même chose ! Il n'y a que toi qui comptes dans *ton* monde ! Ton monde à toi ! Tu es tellement *égoïste* !

Simon, son Simon qui ne disait jamais rien, la secouait dans un hurlement de chagrin. Furieux et déchiré, criant et crachant dans le même temps, inondé de larmes. Et, brusquement, la colère monta en elle. Pourquoi n'avait-il jamais fait ça avant ? Quand elle avait tellement besoin de quelqu'un dans sa vie ? Pourquoi se réveillait-il maintenant ? Elle lui frappa la poitrine et il tomba en arrière.

— Laisse-moi ! Laisse-moi seule !

La peur et l'angoisse refluaient, avec le froid mortel de Mars.

— *Pourquoi tu ne me laisses pas seule ?*

Il se redressa et la prit par les épaules. Elle n'avait jamais eu conscience que sa poigne pouvait être aussi puissante.

— *Parce que !* cria-t-il de toutes ses forces avant de passer la langue sur ses lèvres et de retrouver son souffle.

Les yeux écarquillés, le visage encore plus rouge. Comme si un millier de phrases lui bloquaient la gorge. Simon, le timide et tranquille Simon...

— *Parce que ! Parce que ! Parce que !*

Il neigeait. C'était le milieu de la matinée mais la lumière était encore terne. Le vent soufflait sur le chaos, brassant des volées d'embruns au-dessus du paysage brisé. Des rochers vastes comme des immeubles étaient affaissés en un champ d'amas, et la terre était maintenant découpée en millions de falaises, de trous, de crêtes, de pics et de mesas — avec en plus des pointes, des tourelles, des entassements précaires des rochers que seuls les *kami* maintenaient en place. Tout ce qui était vertical était demeuré noir, le reste était blanc de neige. Le paysage était en dominos, mêlé de voiles de brume et de flocons, de tourbillons qui effaçaient les formes.

Puis la neige cessa et le vent tomba. Les verticales noires et les plans blancs donnaient au monde un aspect qu'il n'avait jamais eu. Il n'y avait plus d'ombres et tout brillait comme si une lumière nouvelle montait du sol à travers la couche de neige. Les arêtes étaient acérées, taillées dans du verre.

Des silhouettes en marcheur se dessinaient sur l'horizon. L'une après l'autre, jusqu'à sept, en ligne brisée.

Elles avançaient lentement, les épaules affaissées, leurs casques inclinés. Elles ne semblaient pas avoir de destination précise.

A l'avant, deux silhouettes redressaient parfois la tête, mais elles ne s'arrêtaient jamais, pas plus qu'elles ne tendaient la main pour montrer le chemin.

Les nuages d'orient avaient l'éclat de la nacre, seul indice, dans cette terne journée, du déclin du soleil.

Les silhouettes escaladaient la pente d'une longue crête

qui émergeait du paysage bouleversé. De là-haut, la vision portait très loin.

Il fallut un certain temps aux silhouettes pour atteindre la cime. Elles s'approchèrent alors d'une bosse noueuse à partir de laquelle la ligne de crête redescendait. Au sommet, il se trouvait une chose curieuse : un gros rocher aplati qui semblait suspendu dans l'air, mais qui était en fait soutenu par six frêles piliers de pierre.

Les sept silhouettes s'approchèrent de ce mégalithe et s'arrêtèrent pour le contempler un moment, sous les sombres nuages déchiquetés. Ensuite, elles se groupèrent entre les piliers.

Et le rocher aplati était au-dessus de leurs têtes comme un toit massif.

Le sol, lui, était plat, un cercle fait de pierre polie.

L'une des silhouettes gagna le pilier le plus éloigné et le toucha du doigt. Les autres contemplaient le chaos enneigé. Une trappe glissa dans le sol.

L'une après l'autre, les silhouettes s'y glissèrent et disparurent.

L'instant suivant, les six piliers commencèrent à s'enfoncer dans le sol, et le grand dolmen suivit, jusqu'à ce que les piliers aient entièrement disparu, ne laissant qu'un rocher impressionnant.

Au-delà des nuages, le soleil s'était couché, et la lumière s'évanouit du paysage déserté.

Maya commandait leur course. Maya les poussait vers le sud.

Le refuge du dolmen n'était qu'une suite de petites cavernes remplies de rations de secours, de réserves de gaz, sans rien d'autre.

Après quelques jours de repos, passés à manger et à dormir, Maya avait commencé à se plaindre. Ça n'était pas une existence, disait-elle, guère plus qu'un fantôme de survie. Où étaient donc tous les autres ? Où était Hiroko ?

Michel et Kasei lui expliquèrent une fois encore que la colonie était dans le sud, qu'ils avaient depuis longtemps abandonné ce refuge.

— D'accord, dit-elle, alors nous devons aller vers le sud. Dans le garage du refuge, il y avait d'autres patrouilleurs camouflés en rochers. Elle décida qu'ils rouleraient de nuit, comme auparavant, et que dès qu'ils seraient sortis des canyons, ils seraient sauvés. Le refuge n'était plus autonome, de toute façon, et ils devraient repartir tôt ou tard. Mieux valait redémarrer dans les dernières heures de la tempête, sous le couvert de la poussière. Mieux valait redémarrer.

C'est donc Maya qui les remit tous en mouvement. Ils embarquèrent dans deux patrouilleurs et s'engagèrent vers les grandes plaines froissées de Margaritifer Sinus. Libérés des contraintes du dédale de Marineris, ils parcouraient quelques centaines de kilomètres chaque nuit, dormaient durant la journée et, en quelques jours, ils passèrent entre Argyre et Hellas, franchissant l'interminable région de cratères des Highlands du sud. Ils avaient l'impression d'avoir toujours vécu ainsi, roulant sans cesse dans leurs engins, avec la certitude que leur voyage n'aurait jamais de terme.

Et puis, un soir, ils parvinrent à la région polaire. L'horizon devint lumineux avant de se changer en une barre blanche et diffuse qui s'épaissit au fur et à mesure de leur avance, et se transforma en une grande falaise en travers de leur route. La calotte polaire. Michel et Kasei reprirent les commandes et conversèrent à voix basse. Ils roulèrent vers la base de la falaise jusqu'à rencontrer une croûte de sable gelé. Un tunnel avait été creusé au bas de la falaise. Une silhouette en marcheur venait d'apparaître et les guidait. Une femme.

Ils parcoururent au moins un kilomètre sous la glace. Le tunnel était suffisamment large pour deux ou trois patrouilleurs, mais la voûte était basse. La glace était d'un blanc pur, marquée par endroits par les strates. Ils passèrent devant deux sas et, au troisième, Michel et Kasei s'arrêtèrent et descendirent, laissant les sas des véhicules ouverts. Maya, Nadia, Sax, Simon et Ann les suivirent. Ils franchirent une porte et continuèrent en silence dans le tunnel. A l'autre extrémité, ils s'arrêtèrent, pétrifiés par ce qu'ils découvraient.

Un gigantesque dôme de glace étincelante les dominait. Il devait mesurer plusieurs kilomètres de diamètre pour une hauteur de mille mètres, sans doute. Peut-être plus. Il s'élevait presque à la verticale de la périphérie avant de se courber doucement vers le haut. La clarté était diffuse mais puissante, comme celle qu'aurait diffusée un ciel d'été sur Terre à travers les nuages.

Le sol était de sable rougeâtre, avec des creux d'herbe, des bouquets de bambous et de pins noueux. Sur leur droite, ils découvrirent quelques tertres ainsi qu'un petit village. Les maisons, d'un ou deux étages, étaient peintes en blanc et en bleu, séparées par de grands arbres qui supportaient des plates-formes et des escaliers de bambou entre leurs branches épaisses.

Michel et Kasei s'avançaient vers le village, précédés par la femme qui les avait accueillis et qui criait maintenant : « Les voilà ! Les voilà ! » De l'autre côté du dôme, ils découvrirent un lac qui bouillonnait doucement. Des vaguelettes scintillantes couraient à sa surface jusqu'à la rive proche. De l'autre côté se dressait la masse bleue d'un générateur nucléaire Rickover qui se reflétait dans l'eau. Des bouffées de vent humide passèrent sur leurs visages.

Michel rebroussa chemin vers ses amis, qui restaient immobiles comme des statues.

— Venez, il fait froid ici, dit-il avec un sourire. Il y a une nappe d'eau gelée collée au dôme, et il faut laisser l'air souffler en permanence.

Des gens apparaissaient de toutes parts dans le village et les interpellaient. Près du petit lac, un jeune homme courait dans leur direction, sautant comme une gazelle par-dessus les dunes. Même après tant d'années sur Mars, cette course folle semblait un rêve aux yeux des Cent Premiers, et un instant passa avant que Simon ne saisisse Ann par le bras en s'écriant :

— C'est Peter ! C'est Peter !

— Peter..., répéta-t-elle.

Et soudain, ils se retrouvèrent tous ensemble. Des jeunes, des enfants, des étrangers, des visages familiers : Hiroko et Iwao, Raul, Rya, Gene et Peter qui serrait Ann et Simon dans ses bras. Et puis aussi Vlad et Ursula, et Marina, et d'autres encore venus du groupe d'Acheron. Tous voulaient les embrasser.

— Mais c'est quoi, cet endroit ? s'exclama Maya.

— C'est chez nous, dit Hiroko. C'est ici que nous allons tout recommencer.

Remerciements

A Lou Aronica, Gregory Benford, Adam Bridge, Michael H. Carr, Robert Craddock, Bruce Faust, Bill Fisher, Hal Handley, Jennifer Hershey, Cecilia Holland, Fredric Jameson, Jane Johnson, Steve McDow, Beth Meacham, Tom Meyer, Lisa Nowell, James Edward Oberg, Ralph Vicinanza et John B. West.

Et plus particulièrement à Charles Sheffield.

TABLE DES MATIÈRES

Première partie : La nuit du festival 11
Deuxième partie : Hors la Terre 41
Troisième partie : Le creuset 121
Quatrième partie : Le mal du pays 247
Cinquième partie : Chute dans l'Histoire 279
Sixième partie : Les armes sous la table 451
Septième partie : Senzeni Na 551
Huitième partie : Shikata ga nai 623

Faites de nouvelles découvertes sur **www.pocket.fr**

- Des 1ers chapitres à télécharger
- Les dernières parutions
- Toute l'actualité des auteurs
- Des jeux-concours

POCKET

Il y a toujours un **Pocket** à découvrir

Cet ouvrage a été imprimé en France par

CPI
Bussière

à Saint-Amand-Montrond (Cher)
en août 2009

POCKET - 12, avenue d'Italie - 75627 Paris Cedex 13

— N° d'imp. : 91224. —
Dépôt légal : octobre 2003.
Suite du premier tirage : août 2009.